D1831010

कर्मभूमि

(उपन्यास)

वाणी प्रकाशन
21-ए, दरियागंज, नई दिल्ली-110002
फोनः 23273167, 23275710 फैक्सः 23275710
e-mail : vani_prakashan@yahoo.com
vani_prakashan@mantraonline.com

कर्मभूमि

प्रेमचंद

वाणी प्रकाशन

प्रकाशन के उत्कृष्टतम 61 वर्ष

vaniprakashan.com

पेपरबैक पहला संस्करण : 2002
पेपरबैक दूसरा संस्करण : 2008
पेपरबैक तीसरा संस्करण : 2018
पेपरबैक चौथा संस्करण : 2024

वाणी प्रकाशन

4695, 21-ए, दरियागंज, नयी दिल्ली-110 002

फ़ोन : + 91 11 23273167, 23275710

शाखाएँ

अशोक राजपथ, पटना-800 004, बिहार

कॉफ़ी हाउस कैम्पस, महात्मा गांधी मार्ग, प्रयागराज-211 001, उत्तर प्रदेश

महात्मा गांधी अन्तरराष्ट्रीय हिन्दी विश्वविद्यालय, वर्धा-442 001, महाराष्ट्र

sales@vaniprakashan.in
vaniprakashan@gmail.com

KARMBHOOMI
by Premchand

ISBN : 978-93-87024-76-2

Novel

© सर्वाधिकार सुरक्षित

मूल्य : ₹ 375

इस पुस्तक के किसी भी अंश को किसी भी माध्यम में उपयोग
करने के लिए प्रकाशक से लिखित अनुमति लेना अनिवार्य है।

आर. टेक ऑफ़सेट प्रिंटर्स, दिल्ली-110032 में मुद्रित

वाणी प्रकाशन का लोगो मक़बूल फ़िदा हुसेन की कूची से

पहला भाग

1

हमारे स्कूलों और कालेजों में जिस तत्परता से फ़ीस वसूल की जाती है, शायद मालगुज़ारी भी उतनी सख़्ती से नहीं वसूल की जाती। महीने में एक दिन नियत कर दिया जाता है। उस दिन फ़ीस का दाख़िला होना अनिवार्य है। या तो फ़ीस दीजिए, या नाम कटवाइए, या जब तक फ़ीस न दाख़िल हो, रोज़ कुछ जुर्माना दीजिए। कहीं-कहीं ऐसा भी नियम है कि उसी दिन फ़ीस दुगुनी कर दी जाती है, और किसी दूसरी तारीख़ को दुगुनी फ़ीस न दी तो नाम कट जाता है। काशी के क्वींस कालेज में यही नियम था। सातवीं तारीख़ को फ़ीस न दो, तो इक्कीसवीं तारीख़ को दुगुनी फ़ीस देनी पड़ती थी, या नाम कट जाता था। ऐसे कठोर नियमों का उद्देश्य इसके सिवा और क्या हो सकता था, कि ग़रीबों के लड़के स्कूल छोड़कर भाग जायँ। वही हृदयहीन दफ्तरी शासन, जो अन्य विभागों में है, हमारे शिक्षालयों में भी है। वह किसी के साथ रिआयत नहीं करता। चाहे जहाँ से लाओ, क़र्ज़ लो, गहने गिरो रखो, लोटा-थाली बेचो, चोरी करो, मगर फ़ीस जरूर दो, नहीं दूनी फ़ीस देनी पड़ेगी, या नाम कट जाएगा। ज़मीन और जायदाद के कर वसूल करने में भी कुछ रिआयत की जाती है। हमारे शिक्षालयों में नर्मी को घुसने ही नहीं दिया जाता। वहाँ स्थायी रूप से मार्शल-लॉ का व्यवहार होता है। कचहरी में पैसे का राज है, हमारे स्कूलों में भी पैसे का राज है, उससे कहीं कठोर, कहीं निर्दय। देर में आइये तो जुर्माना; न आइये तो जुर्माना; सबक़ न याद हो तो जुर्माना; किताबें न खरीद सकिए तो जुर्माना; कोई अपराध हो जाए तो जुर्माना; शिक्षालय क्या है, जुर्मानालय है। यही हमारी पश्चिमी शिक्षा का आदर्श है, जिसकी तारीफ़ों के पुल बाँधे जाते हैं। यदि ऐसे शिक्षालयों से पैसे पर जान देनेवाले, पैसे के लिए ग़रीबों का गला काटनेवाले, पैसे के लिए अपनी आत्मा को बेच देनेवाले छात्र निकलते हैं, तो आश्चर्य क्या है ?

आज वही वसूली की तारीख़ है। अध्यापकों की मेज़ों पर रुपयों के ढेर लगे हैं। चारों तरफ़ खनाखन की आवाज़ें आ रही हैं। सर्राफ़े में भी रुपये की ऐसी झंकार कम सुनाई देती है। हरेक मास्टर तहसील का चपरासी बना बैठा हुआ है। जिस लड़के का नाम पुकारा जाता है, वह अध्यापक के सामने आता है, फ़ीस देता है और अपनी जगह पर आ बैठता है। मार्च का महीना है। इसी महीने में अप्रैल, मई और जून की फ़ीस भी वसूल की जा रही है। इम्तहान की फ़ीस भी ली जा रही है। दसवें दर्जे में तो एक-एक लड़के को चालीस

रुपये देने पड़ रहे हैं।

अध्यापक ने बीसवें लड़के का नाम पुकारा—'अमरकान्त !'

अमरकान्त ग़ैरहाज़िर था।

अध्यापक ने पूछा—'क्या आज अमरकान्त नहीं आया ?'

एक लड़के ने कहा—'आये तो थे, शायद बाहर चले गये हों।'

'क्या फ़ीस नहीं लाया है ?'

किसी लड़के ने जवाब नहीं दिया।

अध्यापक की मुद्रा पर खेद की रेखा झलक पड़ी। अमरकान्त अच्छे लड़कों में था। बोले—'शायद फ़ीस लाने गया होगा। इस घंटे में न आया, तो दूनी फ़ीस देनी पड़ेगी। मेरा क्या अख़्तियार है। दूसरा लड़का चले—गोबर्धनदास !'

सहसा एक लड़के ने पूछा—'अगर आपकी इजाज़त हो तो मैं बाहर जाकर देखूं।' अध्यापक ने मुस्कराकर कहा—'घर की याद आयी होगी। ख़ैर जाओ; मगर दस मिनट के अन्दर आ जाना। लड़कों को बुला-बुलाकर फ़ीस लेना मेरा काम नहीं है।'

लड़के ने नम्रता से कहा—'अभी आता हूँ। क़सम ले लीजिए, जो हाते के बाहर जाऊँ।'

यह इस कक्षा के सम्पन्न लड़कों में था, बड़ा खिलाड़ी, बड़ा बैठकबाज़। हाज़िरी देकर ग़ायब हो जाता, तो शाम की ख़बर लाता। हर महीने फ़ीस की दूनी रक़म जुर्माना दिया करता था। गोरे रंग का, लम्बा, छरहरा, शौक़ीन युवक था जिसके प्राण खेल में बसते थे। नाम था मोहम्मद सलीम।

सलीम और अमरकान्त दोनों पास-पास बैठते थे। सलीम को हिसाब लगाने या तर्जुमा करने में अमरकान्त से विशेष सहायता मिलती थी। उसकी कापी से नक़ल कर लिया करता था। इससे दोनों में दोस्ती हो गयी थी। सलीम कवि था। अमरकान्त उसकी ग़ज़लें बड़े चाव से सुनता था। मैत्री का यह एक और कारण था।

सलीम ने बाहर जाकर इधर-उधर निगाह दौड़ाई, अमरकान्त का कहीं पता न था। ज़रा और आगे बढ़े, तो देखा, वह एक वृक्ष की आड़ में खड़ा है। पुकारा—'अमरकान्त ! ओ बुद्धूलाल ! चलो, फ़ीस जमा करो, पंडितजी बिगड़ रहे हैं।'

अमरकान्त ने अचकन के दामन से आँखें पोंछ लीं और सलीम की तरफ़ आता हुआ बोला—'क्या मेरा नम्बर आ गया ?'

सलीम ने उसके मुँह की तरफ़ देखा, तो आँखें लाल थीं। वह अपने जीवन में शायद ही कभी रोया हो ! चौंककर बोला—'अरे, तुम रो रहे हो ! क्या बात है ?'

अमरकान्त साँवले रंग का, छोटा-सा, दुबला-पतला कुमार था। अवस्था बीस की हो गयी थी; पर अभी मसें भी न भीगी थीं। चौदह-पन्द्रह साल का किशोर-सा लगता था। उसके मुख पर एक वेदनामय दृढ़ता, जो निराशा से बहुत कुछ मिलती-जुलती थी, अंकित हो रही थी, मानो संसार में उसका कोई नहीं है। इसके साथ ही उसकी मुद्रा पर कुछ ऐसी प्रतिभा, कुछ ऐसी मनस्विता थी कि एक बार उसे देखकर फिर भूल जाना कठिन था।

उसने मुस्कराकर कहा—'कुछ नहीं जी, रोता कौन है।'

'आप रोते हैं और कौन रोता है। सच बताओ क्या हुआ है ?'

अमरकान्त की आँखें फिर भर आयीं। लाख यत्न करने पर भी आँसू न रुक सके। सलीम समझ गया। उसका हाथ पकड़कर बोला—'क्या फ़ीस के लिए रो रहे हो ? भले आदमी, मुझसे क्यों न कह दिया। तुम मुझे भी ग़ैर समझते हो। क़सम खुदा की, बड़े नालायक़ आदमी हो तुम। ऐसे आदमी को गोली मार देनी चाहिए ! दोस्तों से भी यह ग़ैरियत ! चलो क्लास में, मैं फ़ीस दिए देता हूँ। ज़रा-सी बात के लिए घण्टे-भर से रो रहे हो। वह तो कहो मैं आ गया, नहीं तो आज जनाब का नाम ही कट गया होता।'

अमरकान्त को तसल्ली तो हुई; पर अनुग्रह के बोझ से उसकी गर्दन दब गयी। बोला—'क्या पण्डितजी आज मान न जायेंगे ?'

सलीम ने खड़े होकर कहा—पण्डितजी के बस की बात थोड़े ही है। यही सरकारी क़ायदा है। मगर हो तुम बड़े शैतान, वह तो खैरियत हो गयी, मैं रुपये लेता आया था, नहीं ख़ूब इम्तहान देते। देखो, आज एक ताज़ा ग़ज़ल कही है। पीठ सहला देना—

आपको मेरी वफ़ा याद आयी,
खैर है आज यह क्या याद आयी।

अमरकान्त का व्यथित चित्त इस समय ग़ज़ल सुनने को तैयार न था; पर सुने बग़ैर काम भी तो नहीं चल सकता। बोला—'नाजुक चीज़ है। ख़ूब कहा है। मैं तुम्हारी ज़बान की सफ़ाई पर जान देता हूँ।'

सलीम—यही तो ख़ास बात है भाई साहब ! लफ़्जों की झंकार का नाम ग़ज़ल नहीं है। दूसरा शेर सुनो—

फिर मेरे सीने में एक हूक उठी,
फिर मुझे तेरी अदा याद आयी।

अमरकान्त ने फिर तारीफ़ की—लाजवाब चीज़ है। कैसे तुम्हें ऐसे शेर सूझ जाते हैं ?

सलीम हँसा—उसी तरह, जैसे तुम्हें हिसाब और मज़मून सूझ जाते हैं। जैसे एसोसिएशन में स्पीचें दे लेते हो। आओ, पान खाते चलें।

दोनों दोस्तों ने पान खाए और स्कूल की तरफ़ चले। अमरकान्त ने कहा—'पण्डितजी बड़ी डाँट बतायेंगे।'

'फ़ीस ही तो लेंगे !'

'और जो पूछें, अब तक कहाँ थे ?'

'कह देना, फ़ीस लाना भूल गया था।'

'मुझसे तो न कहते बनेगा। मैं साफ़-साफ़ कह दूँगा।'

'तो तुम पिटोगे भी मेरे हाथ से !'

संध्या समय जब छुट्टी हुई और दोनों मित्र घर चले, अमरकान्त ने कहा—'तुमने आज मुझ पर जो एहसान किया है...'

सलीम ने उसके मुँह पर हाथ रखकर कहा—बस ख़बरदार, जो मुँह से एक आवाज़ भी निकाली। कभी भूलकर भी इसका जिक्र न करना।

'आज जलसे में आओगे ?'

'मजमून क्या है, मुझे तो याद नहीं।'

'अजी वही पश्चिमी सभ्यता है।'

'तो मुझे दो-चार पाइंट बता दो, नहीं मैं वहाँ कहूँगा क्या ?'

'बताना क्या है। पश्चिमी सभ्यता की बुराइयाँ हम सब जानते ही हैं। वही बयान कर देना।'

'तुम जानते होगे, मुझे तो एक भी नहीं मालूम।'

'एक तो यह तालीम ही है। जहाँ देखो वहीं दुकानदारी। अदालत की दुकान, इल्म की दुकान, सेहत की दुकान। इस एक पाइंट पर बहुत कुछ कहा जा सकता है।'

'अच्छी बात है, जाऊँगा।'

2

अमरकान्त के पिता लाला समरकान्त बड़े उद्योगी पुरुष थे। उनके पिता केवल एक झोंपड़ी छोड़कर मरे थे; मगर समरकान्त ने अपने बाहुबल से लाखों की संपत्ति जमा कर ली थी। पहले उनकी एक छोटी-सी हल्दी की आढ़त थी। हल्दी से गुड़ और चावल की बारी आयी। तीन बरस तक लगातार उनके व्यापार का क्षेत्र बढ़ता ही गया। अब आढ़तें बन्द कर दी थीं। केवल लेन-देन करते थे। जिसे कोई महाजन रुपये न दे, उसे वह बेखटके दे देते और वसूल भी कर लेते ! उन्हें आश्चर्य होता था कि किसी के रुपये मारे कैसे जाते हैं। ऐसा मेहनती आदमी भी कम होगा। घड़ी रात रहे गंगा स्नान करने चले जाते और सूर्योदय के पहले विश्वनाथजी के दर्शन करके दुकान पर पहुँच जाते। वहाँ मुनीम को ज़रूरी काम समझाकर तगादे पर निकल जाते और तीसरे पहर लौटते। भोजन करके फिर दुकान आ जाते और आधी रात तक डटे रहते। थे भी भीमकाय। भोजन तो एक ही बार करते थे, पर खूब डटकर। दो-ढाई सौ मुग्दर के हाथ अभी तक फेरते थे। अमरकान्त की माता का उसके बचपन ही में देहान्त हो गया था। समरकान्त ने मित्रों के कहने-सुनने से दूसरा विवाह कर लिया था। उस सात साल के बालक ने नयी माँ का बड़े प्रेम से स्वागत किया; लेकिन उसे जल्द मालूम हो गया कि उसकी नयी माता उसकी ज़िद और शरारतों को उस क्षमा दृष्टि से नहीं देखतीं, जैसे उसकी माँ देखती थीं। वह अपनी माँ का अकेला लाड़ला लड़का था, बड़ा जिद्दी, बड़ा नटखट। जो बात मुँह से निकल जाती, उसे पूरा करके ही छोड़ता। नई माताजी बात-बात पर डाँटती थीं। यहाँ तक कि उसे माता से द्वेष हो गया। जिस बात को वह मना करतीं, उसे वह अदबदाकर करता। पिता से भी ढीठ हो गया। पिता और पुत्र में स्नेह का बन्धन न रहा। लालाजी जो काम करते, बेटे को उससे अरुचि होती। वह मलाई के प्रेमी थे, बेटे को मलाई से अरुचि थी। वह पूजा-पाठ बहुत करते थे, लड़का इसे ढोंग समझता था। वह परले सिरे के लोभी थे; लड़का पैसे को ठीकरा समझता था।

मगर कभी-कभी बुराई से भलाई पैदा हो जाती है। पुत्र सामान्य रीति से पिता का अनुगामी होता है। महाजन का बेटा महाजन, पण्डित का पण्डित, वकील का वकील, किसान का किसान होता है; मगर यहाँ इस द्वेष ने महाजन के पुत्र को महाजन का शत्रु बना दिया।

जिस बात का पिता ने विरोध किया, वह पुत्र के लिए मान्य हो गयी, और जिसको सराहा, वह त्याज्य। महाजनी के हथकण्डे और षड्यन्त्र उसके सामने रोज़ ही रचे जाते थे। उसे इस व्यापार से घृणा होती थी। इसे चाहे पूर्व संस्कार कह लो; पर हम तो यही कहेंगे कि अमरकान्त के चरित्र का निर्माण पिता-द्वेष के हाथों हुआ।

ख़ैरियत यह हुई कि उसके कोई सौतेला भाई न हुआ। नहीं शायद वह घर से निकल गया होता। समरकान्त अपनी सम्पत्ति को पुत्र से ज्यादा मूल्यवान समझते थे। पुत्र के लिए तो सम्पत्ति की कोई ज़रूरत न थी; पर सम्पत्ति के लिए पुत्र की ज़रूरत थी। विमाता की तो इच्छा यही थी उसे वनवास देकर अपनी चहेती नैना के लिए रास्ता साफ कर दे; पर समरकान्त इस विषय में निश्चल रहे। मज़ा यह था कि नैना स्वयं भाई से प्रेम करती थी, और अमरकान्त के हृदय में अगर घर वालों के लिए कहीं कोमल स्थान था, तो वह नैना के लिए था। नैना की सूरत भाई से इतनी मिलती-जुलती थी, जैसे सगी बहन हो। इस अनुरूपता ने उसे अमरकान्त के और भी समीप कर दिया था। माता-पिता के इस दुर्व्यवहार को वह इस स्नेह के नशे में भुला दिया करता था। घर में कोई बालक न था और नैना के लिए किसी साथी का होना अनिवार्य था। माता चाहती थीं, नैना भाई से दूर-दूर रहे। वह अमरकान्त को इस योग्य न समझती थीं कि वह उनकी बेटी के साथ खेले। नैना की बाल-प्रकृति इस कूटनीति के झुकाये न झुकी। भाई-बहन में यह स्नेह यहाँ तक बढ़ा कि अन्त में विमातृत्व से मातृत्व को भी परास्त कर दिया। विमाता ने नैना को भी आँखों से गिरा दिया और पुत्र की कामना लिए संसार से विदा हो गयीं।

अब नैना घर में अकेली रह गयी। समरकान्त बाल-विवाह की बुराइयाँ समझते थे। अपना विवाह भी न कर सके। वृद्ध-विवाह की बुराइयाँ भी समझते थे। अमरकान्त का विवाह करना ज़रूरी हो गया। अब इस प्रस्ताव का विरोध कौन करता ?

अमरकान्त की अवस्था उन्नीस साल से कम न थी; पर देह और बुद्धि को देखते हुए, अभी किशोरावस्था ही में था। देह का दुर्बल, बुद्धि का मंद। पौधे को कभी मुक्त प्रकाश न मिला, कैसे बढ़ता, कैसे फैलता। बढ़ने और फैलने के दिन कुसंगति और असंयम में निकल गये। दस साल पढ़ते हो गये थे और अभी ज्यों-त्यों करके आठवें में पहुँचा था। किन्तु विवाह के लिए यह बातें नहीं देखी जातीं। देखा जाता है धन, विशेषकर उस बिरादरी में, जिसका उद्यम ही व्यवसाय हो। लखनऊ के एक धनी परिवार से बातचीत चल पड़ी। समरकान्त की तो लार टपक पड़ी। कन्या के घर में विधवा माता के सिवा निकट का कोई सम्बन्धी न था, और धन की कहीं थाह नहीं। ऐसी कन्या बड़े भागों से मिलती है। उसकी माता ने बेटे की साध बेटी से पूरी की थी। त्याग की जगह भोग, शील की जगह तेज, कोमल की जगह तीव्र का संस्कार किया था। सिकुड़ने और सिमटने का उसे अभ्यास न था। और यह युवक-प्रकृति की युवती ब्याही गयी युवती-प्रकृति के युवक से, जिसमें पुरुषार्थ का कोई गुण नहीं। अगर दोनों के कपड़े बदल दिए जाते, तो एक-दूसरे के स्थानापन्न हो जाते। दबा हुआ पुरुषार्थ ही स्त्रीत्व है।

विवाह हुए दो साल हो चुक थे; पर दोनों में कोई सामंजस्य न था। दोनों अपने-अपने मार्ग पर चले जाते थे। दोनों के विचार अलग, व्यवहार अलग, संसार अलग। जैसे दो भिन्न

जलवायु के जन्तु एक पिंजरे में बन्द कर दिए गये हों। हाँ, तभी अमरकान्त के जीवन में संयम और प्रयास की लगन पैदा हो गयी थी। उसकी प्रकृति में जो ढीलापन, निर्जीवता और संकोच था वह कोमलता के रूप में बदलता जाता था। विद्याभ्यास में उसे अब रुचि हो गयी थी। हालाँकि लालाजी अब उसे घर के धन्धे में लगाना चाहते थे—वह तार-वार पढ़ लेता था और इससे अधिक योग्यता की उनकी समझ में ज़रूरत न थी—पर अमरकान्त उस पथिक की भाँति, जिसने दिन विश्राम में काट दिया हो, अब अपने स्थान पर पहुँचने के लिए दूने वेग से क़दम बढ़ाए चला जाता था।

3

स्कूल से लौटकर अमरकान्त नियमानुसार अपनी छोटी कोठरी में जाकर चरखे पर बैठ गया। उस विशाल भवन में, जहाँ बारात ठहर सकती थी, उसने अपने लिए यही छोटी-सी कोठरी पसन्द की थी। इधर कई महीने से उसने दो घण्टे रोज सूत कातने की प्रतिज्ञा कर ली थी और पिता के विरोध करने पर भी उसे निभाये जाता था।

मकान था तो बहुत बड़ा; मगर निवासियों की रक्षा के लिए उतना उपयुक्त न था, जितना धन की रक्षा के लिए। नीचे के तल्ले में कई बड़े-बड़े कमरे थे, जो गोदाम के लिए बहुत अनुकूल थे। हवा और प्रकाश का कहीं रास्ता नहीं। जिस रास्ते से हवा और प्रकाश आ सकता है, उसी रास्ते से चोर भी तो आ सकता है। चोर की शंका उसकी एक-एक ईंट से टपकती थी। ऊपर के दोनों तल्ले हवादार और खुले हुए थे। भोजन नीचे बनता था। सोना-बैठना ऊपर होता था। सामने सड़क पर दो कमरे थे। एक में लालाजी बैठते थे, दूसरे में मुनीम। कमरों के आगे एक सायबान था, जिसमें गायें बँधती थीं। लालाजी पक्के गोभक्त थे।

अमरकान्त सूत कातने में मग्न था कि उसकी छोटी बहन नैना आकर बोली—क्या हुआ भैया, फ़ीस जमा हुई या नहीं ? मेरे पास बीस रुपये हैं, यह ले लो। मैं कल और किसी से माँग लाऊँगी।

अमर ने चरखा चलाते हुए कहा—'आज ही तो फ़ीस जमा करने की तारीख थी। नाम कट गया। अब रुपये लेकर क्या करूँगा।'

नैना रूप-रंग में अपने भाई से इतनी मिलती थी कि अमरकान्त उसकी साड़ी पहन लेता, तो यह बतलाना मुश्किल हो जाता कि कौन यह है कौन वह ! हाँ, इतना अन्तर अवश्य था कि भाई की दुर्बलता यहाँ सुकुमारता बनकर आकर्षक हो गयी थी।

अमर ने तो दिल्लगी की थी; पर नैना के चेहरे का रंग उड़ गया। बोली—'तुमने कहा नहीं, नाम न काटो, मैं दो-एक दिन में दे दूँगा ?'

अमर ने उसकी घबराहट का आनन्द उठाते हुए कहा—'कहने को तो मैंने सब कुछ कहा; लेकिन सुनता कौन था ?'

नैना ने रोष के भाव से कहा—'मैं तो तुम्हें अपने कड़े दे रही थी, क्यों नहीं लिए ?'

अमर ने हँसकर पूछा–'और जो दादा पूछते, तो क्या होता ?'

'दादा से बतलाती ही क्यों ?'

अमर ने मुँह लम्बा करके कहा–'चोरी से कोई काम नहीं करना चाहता नैना ! अब खुश हो जाओ, मैंने फ़ीस जमा कर दी।'

नैना को विश्वास न आया, बोली–'फ़ीस नहीं, वह जमा कर दी। तुम्हारे पास रुपये कहाँ थे ?'

'नहीं नैना, सच कहता हूँ, जमा कर दी।'

'रुपये कहाँ थे ?'

'एक दोस्त से ले लिए।'

'तुमने माँगे कैसे ?'

'उसने आप-ही-आप दे दिए, मुझे माँगने न पड़े।'

'कोई बड़ा सज्जन आदमी होगा।'

'हाँ, है तो सज्जन, नैना। जब फ़ीस जमा होने लगी तो मैं मारे शर्म के बाहर चला गया। न जाने क्यों उस वक्त मुझे रोना आ गया। सोचता था, मैं ऐसा गया-बीता हूँ कि मेरे पास चालीस रुपये नहीं। वह मित्र ज़रा देर में मुझे बुलाने आया। मेरी आँखें लाल थीं। समझ गया। तुरन्त जाकर फ़ीस जमा कर दी। तुमने कहाँ पाये ये बीस रुपये ?'

'यह न बताऊँगी।'

नैना ने भाग जाना चाहा। बारह बरस की यह लज्जाशील बालिका एक साथ ही सरल भी थी और चतुर भी। उसे ठगना सहज था। उससे अपनी चिन्ताओं को छिपाना कठिन था।

अमर ने लपककर उसका हाथ पकड़ लिया और बोला–'जब तक बताओगी नहीं, मैं जाने न दूँगा। किसी से कहूँगा नहीं, सच कहता हूँ।'

नैना झेंपती हुई बोली–'दादा से लिए।'

अमरकान्त ने बेदिली के साथ कहा–'तुमने उनसे नाहक माँगे नैना। जब उन्होंने मुझे इतनी निर्दयता से दुत्कार दिया, तो मैं नहीं चाहता कि उनसे एक पैसा भी माँगूँ। मैंने तो समझा था, तुम्हारे पास कहीं पड़े होंगे; अगर मैं जानता कि तुम भी दादा से ही माँगोगी तो साफ़ कह देता, मुझे रुपये की ज़रूरत नहीं। दादा क्या बोले ?'

नैना सजल नेत्र होकर बोली–बोले तो नहीं। यही कहते रहे कि करना-धरना तो कुछ नहीं, रोज रुपये चाहिए, कभी फ़ीस; कभी किताब; कभी चंदा। फिर मुनीमजी से कहा बीस रुपये दे दो। बीस रुपये फिर देना।

अमर ने उत्तेजित होकर कहा–तुम रुपये लौटा देना, मुझे नहीं चाहिए।

नैना सिसक-सिसककर रोने लगी। अमरकान्त ने रुपये ज़मीन पर फेंक दिए थे और वह सारी कोठरी में बिखरे पड़े थे। दो में एक भी चुनने का नाम न लेता था। सहसा लाला समरकान्त आकर द्वार पर खड़े हो गये। नैना की सिसकियाँ बन्द हो गयीं और अमरकान्त मानो तलवार की चोट खाने के लिए अपने मन को तैयार करने लगा। लालाजी दोहरे बदन के दीर्घकाय मनुष्य थे। सिर से पाँव तक सेठ–वही खल्वाट मस्तक, वही फूले हुए कपोल,

वही निकली हुई तोंद। मुख पर संयम का तेज था, जिसमें स्वार्थ की गहरी झलक मिली हुई थी। कठोर स्वर में बोले—चरखा चला रहा है। इतनी देर में कितना सूत काता ? होगा दो-चार रुपये का ?

अमरकान्त ने गर्व से कहा—'चरखा रुपये के लिए नहीं चलाया जाता।'

'और किसलिए चलाया जाता है ?'

'यह आत्म-शुद्धि का एक साधन है।'

समरकान्त के घाव पर जैसे नमक पड़ गया। बोले—'यह आज नई बात मालूम हुई। तब तो तुम्हारे ऋषि होने में कोई सन्देह नहीं रहा; मगर साधना के साथ कुछ घर-गृहस्थी का काम भी देखना होता है। दिन-भर स्कूल में रहो, वहाँ से लौटो तो चरखे पर बैठो, रात को तुम्हारी स्त्री-पाठशाला खुले, संध्या समय जलसे हों, तो घर का धन्धा कौन करे ? मैं बैल नहीं हूँ। तुम्हीं लोगों के लिए इस जंजाल में फँसा हुआ हूँ। अपने ऊपर लाद न ले जाऊँगा। तुम्हें कुछ तो मेरी मदद करनी चाहिए। बड़े नीतिवान बनते हो, क्या यही नीति है कि बूढ़ा बाप मरा करे और जवान बेटा उसकी बात भी न पूछे ?'

अमरकान्त ने उद्दण्डता से कहा—'मैं तो आपसे बार-बार कह चुका, आप मेरे लिए कुछ न करें। मुझे धन की ज़रूरत नहीं। आपकी भी वृद्धावस्था है। शान्तचित्त होकर भगवत-भजन कीजिए।'

समरकान्त तीखे शब्दों में बोले—'धन न रहेगा लाला, तो भीख माँगोगे। यों चैन से बैठकर चरखा न चलाओगे। यह तो न होगा, मेरी कुछ मदद करो, पुरुषार्थहीन मनुष्यों की तरह कहने लगे, मुझे धन की ज़रूरत नहीं ? कौन है, जिसे धन की ज़रूरत नहीं ? साधु-संन्यासी तक तो पैसों पर प्राण देते हैं। धन बड़े पुरुषार्थ से मिलता है। जिसमें पुरुषार्थ नहीं, वह क्या धन कमायेगा ? बड़े-बड़े तो धन की उपेक्षा कर ही नहीं सकते, तुम किस खेत की मूली हो !'

अमर ने उसी वितण्डा-भाव से कहा—'संसार धन के लिए प्राण दे, मुझे धन की इच्छा नहीं। एक मजूर भी धर्म और आत्मा की रक्षा करते हुए जीवन का निर्वाह कर सकता है। कम-से-कम मैं अपने जीवन में इसकी परीक्षा करना चाहता हूँ।'

लालाजी को वाद-विवाद का अवकाश न था। हारकर बोले—'अच्छा बाबा, कर लो खूब जी भरकर परीक्षा; लेकिन रोज़-रोज़ रुपये के लिए मेरा सिर न खाया करो। मैं अपनी गाढ़ी कमाई तुम्हारे व्यसन के लिए नहीं लुटाना चाहता।'

लालाजी चले गये। नैना कहीं एकान्त में जाकर खूब रोना चाहती थी; पर हिल न सकती थी; और अमरकान्त ऐसा विरक्त हो रहा था, मानो जीवन उसे भार हो रहा है।

उसी वक्त महरी ने ऊपर से आकर कहा—'भैया, तुम्हें बहूजी बुला रही हैं।

अमरकान्त ने बिगड़कर कहा—'जा कह दे, फुरसत नहीं है। चली वहाँ से—बहूजी बुला रही हैं।'

लेकिन जब महरी लौटने लगी, तो उसने अपने तीखेपन पर लज्जित होकर कहा—'मैंने तुम्हें कुछ नहीं कहा है सिल्लो ! कह दो, अभी आता हूँ। तुम्हारी रानीजी क्या कर रही हैं।'

सिल्लो का पूरा नाम था कौशल्या। सीतला में पति, पुत्र और एक आँख जाती रही

थी। तब से विक्षिप्त-सी हो गयी थी। रोने की बात पर हँसती, हँसने की बात पर रोती। घर के और सभी प्राणी, यहाँ तक कि नौकर-चाकर तक उसे डाँटते रहते थे। केवल अमरकान्त उसे मनुष्य समझता था। कुछ स्वस्थ होकर बोली–'बैठी कुछ लिख रही हैं। लालाजी चीखते थे। इसी से तुम्हें बुला भेजा।'

अमर जैसे गिर पड़ने के बाद गर्द झाड़ता हुआ, प्रसन्न मुख ऊपर चला। सुखदा अपने कमरे के द्वार पर खड़ी थी। बोली–'तुम्हारे तो दर्शन ही दुर्लभ हो जाते हैं। स्कूल से आकर चरखा ले बैठते हो। क्यों नहीं मुझे घर भेज देते ? जब मेरी ज़रूरत समझना, बुला भेजना। अबकी आये मुझे छः महीने हुए। मीयाद पूरी हो गयी। अब तो रिहाई हो जानी चाहिए।'

यह कहते हुए उसने एक तश्तरी में कुछ नमकीन और मिठाई लाकर मेज़ पर रख दी और अमर का हाथ पकड़ कमरे में ले जाकर कुरसी पर बैठा दिया।

यह कमरा और सब कमरों से बड़ा, हवादार और सुसज्जित था। दरी का फ़र्श था, उस पर क़रीने से कई गद्देदार और सादी कुरसियाँ लगी हुई थीं। बीच में एक छोटी-सी नक्शदार गोल मेज़ थी। शीशे की आलमारियों में सजिल्द पुस्तकें सजी हुई थीं। आलों पर तरह-तरह के खिलौने रखे हुए थे। एक कोने में मेज़ पर हारमोनियम रखा हुआ था। दीवारों पर धुरन्धर, रवि वर्मा और कई चित्रकारों की तस्वीरें शोभा दे रही थीं। दो-तीन पुराने चित्र भी थे। कमरे की सजावट से सुरुचि और सम्पन्नता का आभास होता था।

अमरकान्त का सुखदा से विवाह हुए दो साल हो चुके थे। सुखदा दो बार तो एक-एक महीना रहकर चली गयी थी। अबकी उसे आये छः महीने हो गये थे; मगर उनका स्नेह अभी तक ऊपर-ही-ऊपर था। गहराइयों में दोनों एक दूसरे से अलग-अलग थे। सुखदा ने कभी अभाव न जाना था, जीवन की कठिनाइयाँ न सही थीं। वह जाने-माने मार्ग को छोड़कर अनजान रास्ते पर पाँव रखते डरती थी। भोग और विलास को वह जीवन की सबसे मूल्यवान वस्तु समझती थी और उसे हृदय से लगाए रहना चाहती थी। अमरकान्त को वह घर के काम-काज की ओर खींचने का प्रयास करती रहती थी। कभी समझाती थी, कभी रूठती थी, कभी बिगड़ती थी। सास के न रहने से वह एक प्रकार से घर की स्वामिनी हो गयी थी। बाहर के स्वामी लाला समरकान्त थे; पर भीतर का संचालन सुखदा ही के हाथों में था। किन्तु अमरकान्त उसकी बातों को हँसी में टाल देता। उस पर अपना प्रभाव डालने की कभी चेष्टा न करता। उसकी विलासप्रियता मानो खेतों में हौवे की भाँति उसे डराती रहती थी। खेत में हरियाली थी, दाने थे; लेकिन वह हौवा निश्चल भाव से दोनों हाथ फैलाये खड़ा उसकी ओर घूरता रहता था। अपनी आशा और दुराशा, हार और जीत को वह सुखदा से बुराई की भाँति छिपाता था। कभी-कभी उसे घर लौटने में देर हो जाती, तो सुखदा व्यंग्य करने से बाज़ न आती थी–हाँ, यहाँ कौन अपना बैठा हुआ है ! बाहर के मज़े घर में कहाँ ! और यह तिरस्कार, किसान की 'कड़े-कड़े' की भाँति हौवे के भय को और भी उत्तेजित कर देती थी। वह उसकी खुशामद करता, अपने सिद्धान्तों को लम्बी-से-लम्बी रस्सी देता; पर सुखदा इसे उसकी दुर्बलता समझकर ठुकरा देती थी। वह पति को दया-भाव से देखती थी, उसकी त्यागमय प्रवृत्ति का अनादर न करती थी; पर इसका तथ्य न समझ सकती थी। वह अगर सहानुभूति की भिक्षा माँगता, उसके सहयोग के लिए हाथ फैलाता, तो शायद वह उसकी

उपेक्षा न करती। अपनी मुट्ठी बन्द करके, अपनी मिठाई आप खाकर, वह उसे रुला देता। वह भी अपनी मुट्ठी बन्द कर लेती थी और अपनी मिठाई आप खाती थी। दोनों आपस में हँसते-बोलते थे, साहित्य और इतिहास की चर्चा करते थे; लेकिन जीवन के गूढ़ व्यापारों में पृथक थे। दूध और पानी का मेल नहीं, रेत और पानी का मेल था, जो एक क्षण के लिए मिलकर पृथक हो जाता था।

अमर ने इस शिकायत की कोमलता या तो समझी नहीं, या समझकर उसका रस न ले सका। लालाजी ने जो आघात किया था, अभी उसकी आत्मा उस वेदना से तड़प रही थी। बोला–'मैं भी यही उचित समझता हूँ। अब मुझे पढ़ना छोड़कर जीविका की फ़िक्र करनी पड़ेगी।'

सुखदा ने खीझकर कहा–'हाँ, ज्यादा पढ़ लेने से सुनती हूँ आदमी पागल हो जाता है।'

अमर ने लड़ने के लिए यहाँ भी आस्तीनें चढ़ा लीं–तुम यह आक्षेप व्यर्थ कर रही हो। पढ़ने से मैं जी नहीं चुराता; लेकिन इस दशा में मेरा पढ़ना नहीं हो सकता। आज स्कूल में मुझे जितना लज्जित होना पड़ा, वह मैं ही जानता हूँ। अपनी आत्मा की हत्या करके पढ़ने से भूखा रहना कहीं अच्छा है।

सुखदा ने भी अपने शस्त्र सँभाले। बोली–'मैं तो समझती हूँ कि घड़ी-दो घड़ी दुकान पर बैठकर भी आदमी बहुत कुछ पढ़ सकता है। चरखे और जलसों में जो समय देते हो, वह दुकान पर दो, तो कोई बुराई न होगी। फिर, जब तुम किसी से कुछ कहोगे नहीं, तो कोई तुम्हारे दिल की बातें कैसे समझ लेगा। मेरे पास इस वक्त भी एक हज़ार रुपये से कम नहीं। वह मेरे रुपये हैं, मैं उन्हें उड़ा सकती हूँ। तुमने मुझसे चर्चा तक न की। मैं बुरी सही, तुम्हारी दुश्मन नहीं। आज लालाजी की बातें सुनकर मेरा रक्त खौल रहा था। चालीस रुपये के लिए इतना हंगामा ! तुम्हें जितनी ज़रूरत हो, मुझसे लो, मुझसे लेते तुम्हारे आत्म-सम्मान को चोट लगती हो, अम्माँ से लो। वह अपने को धन्य समझेंगी। उन्हें इसका अरमान ही रह गया कि तुम उनसे कुछ माँगते। मैं तो कहती हूँ, मुझे लेकर लखनऊ चले चलो और निश्चिंत होकर पढ़ो। अम्माँ तुम्हें इंग्लैंड भेज देंगी। वहाँ से अच्छी डिग्री ला सकते हो।'

सुखदा ने निष्कपट भाव से यह प्रस्ताव किया था। शायद पहली बार उसने पति से अपने दिल की बात कही; पर अमरकान्त को बुरा लगा। बोला–'मुझे डिग्री इतनी प्यारी नहीं है कि उसके लिए ससुराल की रोटियाँ तोड़ूँ; अगर मैं अपने परिश्रम से धनोपार्जन करके पढ़ सकूँगा, तो पढ़ूँगा, नहीं कोई धन्धा देखूँगा। मैं अब तक व्यर्थ ही शिक्षा के मोह में पड़ा हुआ था। कालेज के बाहर भी अध्ययनशील आदमी बहुत-कुछ सीख सकता है। मैं अभिमान नहीं करता; लेकिन साहित्य और इतिहास की जितनी पुस्तकें इन दो-तीन सालों में मैंने पढ़ी हैं, शायद ही मेरे कालेज में किसी ने पढ़ी हों।'

सुखदा ने इस अप्रिय विषय का अन्त करने के लिए कहा–'अच्छा, नाश्ता तो कर लो। आज तो तुम्हारी मीटिंग है। नौ बजे के पहले क्यों लौटने लगे। मैं तो टाकी में जाऊँगी। अगर तुम ले चलो, तो मैं तुम्हारे साथ चलने को तैयार हूँ।'

अमर ने रूखेपन से कहा—'मुझे टाकी में जाने की फ़ुरसत नहीं है। तुम जा सकती हो।'

'फ़िल्मों से भी बहुत-कुछ लाभ उठाया जा सकता है।'

'तो मैं तुम्हें मना तो नहीं करता।'

'तुम क्यों नहीं चलते ?'

'जो आदमी कुछ उपार्जन न करता हो, उसे सिनेमा देखने का कोई अधिकार नहीं। मैं उसी सम्पत्ति को अपना समझता हूँ जिसे मैंने अपने परिश्रम से कमाया है।'

कई मिनट तक दोनों गुम बैठे रहे। जब अमर जलपान करके उठा, तो सुखदा ने सप्रेम आग्रह से कहा—'कल से संध्या समय दुकान पर बैठा करो। कठिनाइयों पर विजय पाना पुरुषार्थी मनुष्यों का काम है अवश्य; मगर कठिनाइयों की सृष्टि करना, अनायास पाँव में काँटे चुभाना कोई बुद्धिमानी नहीं है।'

अमरकान्त इस आदेश का आशय समझ गया; पर कुछ बोला नहीं। विलासिनी संकटों से कितना डरती है ! यह चाहती है, मैं भी ग़रीबों का खून चूसूँ; उनका गला काटूँ; यह मुझसे न होगा।

सुखदा उसके दृष्टिकोण का समर्थन करके कदाचित उसे जीत सकती थी। उधर से हटाने की चेष्टा करके वह उसके संकल्प को और भी दृढ़ कर रही थी। अमरकान्त उससे सहानुभूति करके अपने अनुकूल बना सकता था; पर शुष्क त्याग का रूप दिखाकर उसे भयभीत कर रहा था।

4

अमरकान्त मैट्रिकुलेशन की परीक्षा में प्रान्त में सर्वप्रथम आया; पर अवस्था अधिक होने के कारण छात्रवृत्ति न पा सका। इससे उसे निराशा की जगह एक तरह का संतोष हुआ; क्योंकि वह अपने मनोविकारों को कोई टिकौना न देना चाहता था। उसने कई बड़ी-बड़ी कोठियों में पत्र-व्यवहार करने का काम उठा लिया। धनी पिता का पुत्र था, यह काम उसे आसानी से मिल गया। लाला समरकान्त की व्यवसाय-नीति से प्रायः उनकी बिरादरीवाले जलते थे और पिता-पुत्र के इस वैमनस्य का तमाशा देखना चाहते थे। लालाजी पहले तो बहुत बिगड़े। उनका पुत्र उन्हीं के सहवर्गियों की सेवा करे। यह उन्हें अपमानजनक जान पड़ा; पर अमर ने उन्हें सुझाया कि वह यह काम केवल व्यावसायिक ज्ञानोपार्जन के भाव से कर रहा है। लालाजी ने भी समझा, कुछ-न-कुछ सीख ही जायेगा। विरोध करना छोड़ दिया। सुखदा इतनी आसानी से माननेवाली न थी। एक दिन दोनों में इसी बात पर झौड़ हो गयी।

सुखदा ने कहा—'तुम दस-दस पाँच-पाँच रुपये के लिए दूसरों की खुशामद करते फिरते हो; तुम्हें शर्म भी नहीं आती।'

अमर ने शान्तिपूर्वक कहा—'काम करके कुछ उपार्जन करना शर्म की बात नहीं। दूसरों

का मुँह ताकना शर्म की बात है।'

'तो ये धनियों के जितने लड़के हैं, सभी बेशर्म हैं ?'

'हैं ही, इसमें आश्चर्य की कोई बात नहीं। अब तो लालाजी मुझे खुशी से भी रुपये दें; तो न लूँ। जब तक अपनी सामर्थ्य का ज्ञान न था, तब तक उन्हें कष्ट देता था। जब मालूम हो गया कि मैं अपने खर्च-भर को कमा सकता हूँ, तो किसी के सामने हाथ क्यों फैलाऊँ।'

सुखदा ने निर्दयता के साथ कहा—'सो जब तुम अपने पिता से कुछ लेना अपमान की बात समझते हो, तो मैं क्यों उनकी आश्रित बनकर रहूँ। इसका आशय तो यही हो सकता है कि मैं भी किसी पाठशाला में नौकरी करूँ या सीने-पिरोने का धन्धा उठाऊँ।'

अमरकान्त ने संकट में पड़कर कहा—'तुम्हारे लिए इसकी जरूरत नहीं।'

'क्यों ! मैं खाती-पहनती हूँ, गहने बनवाती हूँ, पुस्तकें लेती हूँ, पत्रिकाएँ मँगवाती हूँ, दूसरों ही की कमाई पर तो ? इसका तो यह आशय भी हो सकता है कि मुझे तुम्हारी कमाई पर भी कोई अधिकार नहीं, मुझे खुद परिश्रम करके कमाना चाहिए।'

अमरकान्त को संकट से निकलने की एक युक्ति सूझ गयी—'अगर दादा, या तुम्हारी अम्माँजी तुमसे चिढ़ें और मैं भी ताने दूँ तब निस्संदेह तुम्हें खुद धन कमाने की ज़रूरत पड़ेगी।'

'कोई मुँह से न कहे; पर मन में तो समझ सकता है। अब तक तो मैं समझती थी, तुम पर मेरा अधिकार है। तुमसे जितना चाहूँगी, लड़कर ले लूँगी; लेकिन अब मालूम हुआ, मेरा कोई अधिकार नहीं। तुम जब चाहो, मुझे जवाब दे सकते हो। यही बात है या कुछ और ?'

अमरकान्त ने हारकर कहा—'तो तुम मुझे क्या करने को कहती हो ? दादा से हर महीने रुपये के लिए लड़ता रहूँ ?'

सुखदा बोली—'हाँ, मैं यही चाहती हूँ। यह दूसरों की चाकरी छोड़ दो और घर का धन्धा देखो। जितना समय उधर देते हो, उतना ही समय घर के कामों में दो।'

'मुझे इस लेने-देन, सूद-ब्याज से घृणा है।'

सुखदा मुस्कराकर बोली—'यह तो तुम्हारा अच्छा तर्क है। मरीज को छोड़ दो, वह आप-ही-आप अच्छा हो जायेगा। इस तरह मरीज़ मर जायेगा, अच्छा न होगा। तुम दुकान पर जितनी देर बैठोगे, कम-से-कम उतनी देर तो यह घृणित व्यापार न होने दोगे। यह भी तो सम्भव है कि तुम्हारा अनुराग देखकर लालाजी सारा काम तुम्हीं को सौंप दें। तब तुम अपने इच्छानुसार इसे चलाना। अगर अभी इतना भार नहीं लेना चाहते, तो न लो; लेकिन लालाजी की मनोवृत्ति पर तो कुछ-न-कुछ प्रभाव डाल ही सकते हो। वह वही कर रहे हैं, जो अपने-अपने ढंग से सारा संसार कर रहा है। तुम विरक्त होकर उनके विचार और नीति को नहीं बदल सकते। और अगर तुम अपना ही राग अलापोगे, तो मैं कहे देती हूँ, अपने घर चली जाऊँगी। तुम जिस तरह जीवन व्यतीत करना चाहते हो, वह मेरे मन की बात नहीं। तुम बचपन से ठुकराए गये हो और कष्ट सहने में अभ्यस्त हो। मेरे लिए यह नया अनुभव है।'

अमरकान्त परास्त हो गया। इसके कई दिन बाद उसे कई जवाब सूझे; पर इस वक्त वह कुछ जवाब न दे सका। नहीं, उसे सुखदा की बातें न्याय-संगत मालूम हुईं। अभी तक उसकी स्वतन्त्र कल्पना का आधार पिता की कृपणता थी। उसका अंकुर विमाता की निर्ममता ने जमाया था। तर्क या सिद्धान्त पर उसका आधार न था; और वह दिन तो अभी दूर, बहुत दूर था, जब उसके चित्त की वृत्ति ही बदल जाए। उसने निश्चय किया—पत्र-व्यवहार का काम छोड़ दूँगा। दुकान पर बैठने में भी उसकी आपत्ति उतनी तीव्र न रही। हाँ, अपनी शिक्षा का खर्च वह पिता से लेने पर किसी तरह अपने मन को न दबा सका। इसके लिए उसे कोई दूसरा ही गुप्त मार्ग खोजना पड़ेगा। सुखदा से कुछ दिनों के लिए उसकी संधि-सी हो गयी।

इसी बीच में एक और घटना हो गयी, जिसने उसकी स्वतन्त्र कल्पना को भी शिथिल कर दिया।

सुखदा इधर साल-भर से मैके न गयी थी। विधवा माता बार-बार बुलाती थीं, लाला समरकान्त भी चाहते थे कि दो-एक महीने के लिए हो आये; पर सुखदा जाने का नाम न लेती थी। अमरकान्त की ओर से वह निश्चिंत न हो सकती थी। वह ऐसे घोड़े पर सवार थी, जिसे नित्य फेरना लाज़िमी था, दस-पाँच दिन बँधा रहा, तो फिर पुट्ठे पर हाथ ही न रखने देगा। इसीलिए वह अमरकान्त को छोड़कर न जाती थी।

अन्त में माता ने स्वयं काशी आने का निश्चय किया। उनकी इच्छा अब काशीवास करने को भी हो गयी। एक महीने तक अमरकान्त उनके स्वागत की तैयारियों में लगा रहा। गंगातट पर बड़ी मुश्किल से पसंद का घर मिला, जो न बहुत बड़ा था, न बहुत छोटा। उसकी सफ़ाई और सुफ़ेदी में कई दिन लगे। गृहस्थी की सैकड़ों ही चीज़ें जमा करनी थीं। उसके नाम सास ने एक हज़ार का बीमा भेज दिया था। उसने कतर-ब्योंत से उसके आधे ही में सारा प्रबन्ध कर दिया। पाई-पाई का हिसाब लिखा तैयार था। जब सासजी प्रयाग का स्नान करती हुई, माघ में काशी पहुँचीं, तो यहाँ का सुप्रबन्ध देखकर बहुत प्रसन्न हुईं।

अमरकान्त ने बचत के पाँच सौ रुपये उनके सामने रख दिए।

रेणुका देवी ने चकित होकर कहा—'क्या पाँच सौ ही में सब कुछ हो गया ? मुझे तो विश्वास नहीं आता।'

'जी नहीं, पाँच सौ ही खर्च हुए।'

'यह तो तुमने इनाम देने का काम किया है। यह बचत के रुपये तुम्हारे हैं।'

अमर ने झेंपते हुए कहा—'जब मुझे ज़रूरत होगी, आपसे माँग लूँगा। अभी तो कोई ऐसी ज़रूरत नहीं है।'

रेणुका देवी रूप और अवस्था से नहीं, विचार और व्यवहार से वृद्धा थीं। दान और व्रत में उनकी आस्था न थी; लेकिन लोकमत की अवहेलना न कर सकती थीं। विधवा का जीवन तप का जीवन है। लोकमत इसके विपरीत कुछ नहीं देख सकता। रेणुका को विवश होकर धर्म का स्वाँग भरना पड़ता था; किन्तु जीवन बिना किसी आधार के तो नहीं रह सकता। भोग-विलास, सैर-तमाशे से आत्मा उसी भाँति सन्तुष्ट नहीं होती, जैसे कोई चटनी और अचार खाकर अपनी क्षुधा को शान्त नहीं कर सकता। जीवन किसी तथ्य पर ही टिक

सकता है। रेणुका के जीवन में यह आधार पशु-प्रेम था। वह अपने साथ पशु-पक्षियों का एक चिड़ियाघर लाई थीं। तोते, मैने, बन्दर, बिल्ली, गायें, हिरन, मोर, कुत्ते आदि पाल रखे थे और उन्हीं के सुख-दुःख में सम्मिलित होकर जीवन में सार्थकता का अनुभव करती थीं। हरएक का अलग-अलग नाम था, रहने का अलग-अलग स्थान था, खाने-पीने के अलग-अलग बर्तन थे। अन्य रईसों की भाँति उनका पशु-प्रेम नुमायशी, फैशनेबल या मनोरंजक न था। अपने पशु-पक्षियों में उनकी जान बसती थी। वह उनके बच्चों को उसी मातृत्व-भरे स्नेह से खेलाती थीं मानो अपने नाती-पोते हों। ये पशु भी उनकी बातें, उनके इशारे, कुछ इस तरह समझ जाते थे कि आश्चर्य होता था।

दूसरे दिन माँ-बेटी में बातें होने लगीं।

रेणुका ने कहा–'तुझे ससुराल इतनी प्यारी हो गयी ?'

सुखदा लज्जित होकर बोली–'क्या करूँ अम्माँ, ऐसी उलझन में पड़ी हुई हूँ कि कुछ सूझता ही नहीं। बाप-बेटे में बिल्कुल नहीं बनती। दादाजी चाहते हैं, वह घर का धन्धा देखें। वह कहते हैं, मुझे इस व्यवसाय से घृणा है। मैं चली जाती, तो न जाने क्या दशा होती। मुझे बराबर यह खटका लगा रहता है कि वह देश-विदेश की राह न लें। तुमने मुझे कुएँ में ढकेल दिया और क्या कहूँ।'

रेणुका चिन्तित होकर बोलीं–'मैंने तो अपनी समझ में घर-वर दोनों ही देखभाल कर विवाह किया था; मगर तेरी तक़दीर को क्या करती। लड़के से तेरी अब पटती है, या वही हाल है ?'

सुखदा फिर लज्जित हो गयी। उसके दोनों कपोल लाल हो गये। सिर झुकाकर बोली–'उन्हें अपनी किताबों और सभाओं से छुट्टी नहीं मिलती।'

'तेरी जैसी रूपवती एक सीधे-सादे छोकर को भी न सँभाल सकी ? चाल-चलन का कैसा है ?'

सुखदा जानती थी, अमरकान्त में इस तरह की कोई दुर्वासना नहीं है; पर इस समय वह इस बात को निश्चयात्मक रूप से न कह सकी। उसके नारीत्व पर धब्बा आता था। बोली–'मैं किसी के दिल का हाल क्या जानूँ अम्माँ। इतने दिन हो गये, एक दिन भी ऐसा न हुआ होगा कि कोई चीज़ लाकर देते। जैसे चाहूँ रहूँ, उनसे कोई मतलब ही नहीं।'

रेणुका ने पूछा–'तू कभी कुछ पूछती है, कुछ बनाकर खिलाती है, कभी उसके सिर में तेल डालती है ?'

सुखदा ने गर्व से कहा–'जब वह मेरी बात नहीं पूछते, तो मुझे क्या ग़रज़ पड़ी है। वह बोलते हैं, तो मैं भी बोलती हूँ। मुझसे किसी की गुलामी नहीं होगी।'

रेणुका ने ताड़ना दी–'बेटी, बुरा न मानना, मुझे तो बहुत-कुछ तेरा ही दोष दीखता है। तुझे अपने रूप का गर्व है। तू समझती है, वह तेरे रूप पर मुग्ध होकर तेरे पैरों पर सिर रगड़ेगा। ऐसे मर्द होते हैं, यह मैं जानती हूँ; पर वह प्रेम टिकाऊ नहीं होता। न जाने तू क्यों उससे तनी रहती है। मुझे तो वह बड़ा ग़रीब और बहुत ही विचारशील मालूम होता है। सच कहती हूँ, मुझे उस पर दया आती है। बचपन में तो बेचारे की माँ मर गयी। विमाता मिली, वह डाइन। बाप हो गया शत्रु। घर को अपना घर न समझ सका। जो हृदय चिन्ता-भार

से इतना दबा हुआ हो, उसे पहले स्नेह और सेवा से पोला करने के बाद तभी प्रेम का बीज बोया जा सकता है।'

सुखदा चिढ़कर बोली—'वह चाहते हैं मैं उनके साथ तपस्विनी बनकर रहूँ। रूखा-सूखा खाऊँ, मोटा-झोटा पहनूँ और वह घर से अलग होकर मेहनत और मजूरी करें। मुझसे यह न होगा, चाहे सदैव के लिए उनसे नाता ही टूट जाए। वह अपने मन की करेंगे, मेरे आराम-तकलीफ़ की बिल्कुल परवाह न करेंगे, तो मैं भी उनका मुँह न जोहूँगी।'

रेणुका ने तिरस्कार-भरी चितवनों से देखा और बोलीं—'और अगर आज लाला समरकान्त का दीवाला पिट जाय ?'

सुखदा ने इस सम्भावना की कभी कल्पना ही न की थी।

विमूढ़ होकर बोली—'दीवाला क्यों पिटने लगा ?'

'ऐसा सम्भव तो है।'

सुखदा ने माँ की संपत्ति का आश्रय न लिया। वह न कह सकी, 'तुम्हारे पास जो कुछ है, वह भी तो मेरा ही है।' आत्म-सम्मान ने उसे ऐसा न कहने दिया। माँ के इस निर्दय प्रश्न पर झुँझलाकर बोली—'जब मौत आती है, तो आदमी मर जाता है। जान-बूझकर आग में नहीं कूदा जाता।'

बातों-बातों में माता को ज्ञात हो गया कि उनकी सम्पत्ति का वारिस आनेवाला है। कन्या के भविष्य के विषय में उन्हें बड़ी चिन्ता हो गयी थी। इस संवाद ने उस चिन्ता का शमन कर दिया।

उसने आनन्द से विह्वल होकर सुखदा को गले लगा लिया।

5

अमरकान्त ने अपने जीवन में माता के स्नेह का सुख न जाना था। जब उसकी माता का अवसान हुआ, तब वह बहुत छोटा था। उस दूर अतीत की कुछ धुँधली-सी और इसीलिए अत्यन्त मनोहर और सुखद-स्मृतियाँ शेष थीं। उसका वेदनामय बाल-रुदन सुनकर जैसे उसकी माता ने रेणुका देवी के रूप में स्वर्ग से आकर उसे गोद में उठा लिया। बालक अपना रोना-धोना भूल गया और उस ममता-भरी गोद में मुँह छिपाकर दैवी सुख लूटने लगा। अमरकान्त नहीं-नहीं करता रहता और माता उसे पकड़कर उसके आगे मेवे और मिठाइयाँ रख देतीं। उसे इनकार न करते बनता। वह देखता, माता उसके लिए कभी कुछ पका रही हैं, कभी कुछ; और उसे खिलाकर कितनी प्रसन्न होती हैं, तो उसके हृदय में श्रद्धा की एक लहर-सी उठने लगती है। वह कालेज से लौटकर सीधे रेणुका के पास जाता। वहाँ उसके लिए जलपान रखे हुए रेणुका उसकी बाट जोहती रहतीं। प्रातः का नाश्ता भी वह वहीं करता। इस मातृ-स्नेह से उसे तृप्ति ही न होती थी। छुट्टियों के दिन वह प्रायः दिनभर रेणुका ही के यहाँ रहता। उसके साथ कभी-कभी नैना भी चली जाती। वह खासकर पशु-पक्षियों की क्रीड़ा देखने जाती थी।

अमरकान्त के कोष में स्नेह आया, तो उसकी वह कृपणता जाती रही। सुखदा उसके समीप आने लगी। उसकी विलासिता से अब उसे उतना भय न रहा। रेणुका के साथ उसे लेकर वह सैर-तमाशे के लिए भी जाने लगा। रेणुका दसवें-पाँचवें उसे दस-बीस रुपये ज़रूर दे देतीं। उसके सप्रेम आग्रह के सामने अमरकान्त की एक न चलती। उसके लिए नए-नए सूट बने, नए-नए जूते आये, मोटर-साइकिल आयी, सजावट के सामान आये। पाँच ही छः महीने में वह विलासिता का द्रोही, वह सरल जीवन का उपासक, अच्छा खासा रईसज़ादा बन बैठा, रईसज़ादों के भावों और विचारों से भरा हुआ; उतना ही निर्द्वन्द्व और स्वार्थी। उसकी जेब में दस-बीस रुपये हमेशा पड़े रहते। खुद खाता, मित्रों को खिलाता और एक की जगह दो खर्च करता। वह अध्ययनशीलता जाती रही। ताश और चौसर में ज्यादा आनंद आता। हाँ, जलसों में उसे अब और अधिक उत्साह हो गया। वहाँ उसे कीर्ति-लाभ का अवसर मिलता था। बोलने की शक्ति उसमें पहले भी बुरी न थी। अभ्यास से और भी परिमार्जित हो गयी। दैनिक समाचार और सामयिक-साहित्य से भी उसे रुचि थी, विशेषकर इसलिए कि रेणुका रोज़-रोज़ की खबरें उससे पढ़वाकर सुनती थीं।

दैनिक समाचार-पत्रों के पढ़ने से अमरकान्त के राजनैतिक ज्ञान का विकास होने लगा। देशवासियों के साथ शासक-मण्डल की कोई अनीति देखकर उसका खून खौल उठता था। जो संस्थाएँ राष्ट्रीय उत्थान के लिए उद्योग कर रही थीं, उनसे उसे सहानुभूति हो गयी। वह अपने नगर की काँग्रेस-कमेटी का मेम्बर बन गया और उसके कार्यक्रम में भाग लेने लगा।

एक दिन कालेज के कुछ छात्र देहातों की आर्थिक दशा की जाँच-परताल करने निकले। सलीम और अमर भी चले। अध्यापक डॉ. शान्तिकुमार उनके नेता बनाये गये। कई गाँवों की परताल करने के बाद मण्डली संध्या समय लौटने लगी तो अमर ने कहा–'मैंने कभी अनुमान न किया था कि हमारे कृषकों की दशा इतनी निराशाजनक है।'

सलीम बोला–'तालाब के किनारे वह जो चार-पाँच घर मल्लाहों के थे, उनमें तो लोहे के दो-एक बरतन के सिवा कुछ था ही नहीं। मैं समझता था देहातियों के पास अनाज की बखारें भरी होंगी; लेकिन यहाँ तो किसी घर में अनाज के मटके तक न थे।

शान्तिकुमार बोले–'सभी किसान इतने गरीब नहीं होते। बड़े किसानों के घर में बखारें भी होती हैं; लेकिन ऐसे किसान गाँव में दो-चार से ज्यादा नहीं होते।'

अमरकान्त ने विरोध किया–'मुझे तो इन गाँवों में एक भी ऐसा किसान न मिला। और महाजन और अमले इन्हीं ग़रीबों को चूसते हैं। ! मैं कहता हूँ; उन लोगों को इन बेचारों पर दया भी नहीं आती !'

शान्तिकुमार ने मुस्कराकर कहा–'दया और धर्म की बहुत दिनों परीक्षा हुई और यह दोनों हलके पड़े। अब तो न्याय-परीक्षा का युग है।'

शान्तिकुमार की अवस्था कोई पैंतीस की थी। गोरे-चिट्टे, रूपवान आदमी थे। वेशभूषा अंग्रेज़ी थी, और पहली नजर में अंग्रेज ही मालूम होते थे; क्योंकि उनकी आँखें नीली थीं, और बाल भी भूरे थे। आक्सफोर्ड से डॉक्टर की उपाधि प्राप्त कर लाये थे। विवाह के कट्टर विरोधी, स्वतन्त्रता-प्रेम के कट्टर भक्त, बहुत ही प्रसन्न-मुख, सहृदय, सेवाशील व्यक्ति थे।

मज़ाक का कोई अवसर पाकर न चूकते थे। छात्रों से मित्र भाव रखते थे। राजनैतिक आन्दोलनों में खूब भाग लेते; पर गुप्त रूप से। खुले मैदान में न आते। हाँ, सामाजिक क्षेत्र में खूब गरजते थे।

अमरकान्त ने करुण स्वर में कहा—'मुझे तो उस आदमी की सूरत नहीं भूलती, जो छः महीने से बीमार पड़ा था और एक पैसे की भी दवा न ली थी। इस दशा में ज़मींदार ने लगान की डिग्री करा ली और जो कुछ घर में था, नीलाम करा लिया। बैल तक बिकवा लिए। ऐसे अन्यायी संसार की नियन्ता कोई चेतन शक्ति है, मुझे तो इसमें सन्देह हो रहा है। तुमने देखा नहीं सलीम, ग़रीब के बदन पर चिथड़े तक न थे। उनकी वृद्धा माता कितना-फूट-फूटकर रोती थी।'

सलीम की आँखों में आँसू थे। बोला—'तुमने रुपये दिए, तो बुढ़िया कैसी तुम्हारे पैरों पर गिर पड़ी। मैं तो अलग मुँह फेरकर रो रहा था।'

मण्डली यों ही बातचीत करती चली जाती थी। अब पक्की सड़क मिल गयी थी। दोनों तरफ़ ऊँचे वृक्षों ने मार्ग को अँधेरा कर दिया था। सड़क के दाहिने-बाएँ-नीचे ऊख, अरहर आदि के खेत खड़े थे। थोड़ी-थोड़ी दूर पर दो-एक मजूर या राहगीर मिल जाते थे।

सहसा एक वृक्ष के नीचे दस-बारह स्त्री-पुरुष सशंकित भाव से दबके हुए दिखाई दिए। सब-के-सब सामनेवाले अरहर के खेत की ओर ताकते और आपस मे कनफुसकियाँ कर रहे थे। अरहर के खेत की मेड़ पर दो गोरे सैनिक हाथ में बेंत लिए अकड़े खड़े थे। छात्र-मण्डली को कुतूहल हुआ। सलीम ने एक आदमी से पूछा—'क्या माजरा है, तुम लोग क्यों जमा हो ?'

अचानक अरहर के खेत की ओर से किसी औरत का चीत्कार सुनाई पड़ा। छात्रवर्ग अपने डण्डे सँभालकर खेत की तरफ़ लपका। परिस्थिति उनकी समझ में आ गयी थी।

एक गोरे सैनिक ने आँखें निकालकर छड़ी दिखाते हुए कहा—'भाग जाओ; नहीं हम ठोकर मारेगा।'

इतना उसके मुँह से निकलना था कि डॉ. शान्तिकुमार ने लपककर उसके मुँह पर घूँसा मारा। सैनिक के मुँह पर घूँसा पड़ा, तिलमिला उठा; पर था घूँसेबाज़ी में मँजा हुआ। घूँसे का जवाब जो दिया, तो डॉक्टर साहब गिर पड़े। उसी वक्त सलीम ने अपनी हाकी स्टिक उस गोरे के सिर पर जमाई। वह चौंधिया गया, जमीन पर गिर पड़ा और जैसे मूर्छित हो गया। दूसरे सैनिक को अमर और एक दूसरे छात्र ने पीटना शुरू कर दिया था; पर वह इन दोनों युवकों पर भारी था। सलीम इधर से फुरसत पाकर उस पर लपका। एक के मुक़ाबले में तीन हो गये। सलीम की स्टिक ने इस सैनिक को भी ज़मीन पर सुला दिया। इतने में अरहर के पौधों को चीरता हुआ तीसरा गोरा आ पहुँचा। डॉक्टर शान्तिकुमार सँभलकर उस पर लपके ही थे कि उसने रिवाल्वर निकालकर दाग दिया। डॉक्टर साहब जमीन पर गिरे पड़े। अब मामला नाज़ुक था। तीनों छात्र डॉक्टर को सँभालने लगे। यह भय भी लगा हुआ था कि वह दूसरी गोली न चला दे। सबके प्राण नहों में समाए हुए थे।

मजूर लोग अभी तक तो तमाशा देख रहे थे। मगर डॉक्टर साहब को गिरते देख उनके खून में भी जोश आया। भय की भाँति साहस भी संक्रामक होता है। सब-के-सब

अपनी लकड़ियाँ सँभालकर गोरे पर दौड़े। गोरे ने रिवाल्वर दागी; पर निशाना खाली गया। इसके पहले कि वह तीसरी गोली चलाये, उस पर डंडों की वर्षा होने लगी और एक क्षण में वह भी आहत होकर गिर पड़ा।

ख़ैरियत यह हुई कि जख्म डॉक्टर साहब की जाँघ में था। सभी छात्र 'तत्काल धर्म' जानते थे। घाव का खून बन्द किया और पट्टी बाँध दी।

उसी वक्त एक युवती खेत से निकली और मुँह छिपाए, लंगड़ाती, कपड़े सँभालती, एक तरफ़ चल पड़ी। अबला लज्जावश, किसी से कुछ कहे बिना, सबकी नज़रों से दूर निकल जाना चाहती थी। उसकी जिस अमूल्य वस्तु का अपहरण किया गया था, उसे कौन दिला सकता था ? दुष्टों को मार डालो, इससे तुम्हारी न्याय-बुद्धि को सन्तोष होगा, उसकी तो जो चीज़ गयी, वह गयी। वह अपना दुख क्यों रोये, क्यों फ़रियाद करे, सारे संसार की सहानुभूति, उसके किस काम की है।

सलीम एक क्षण तक युवती की ओर ताकता रहा। फिर स्टिक सँभालकर उन तीनों को पीटने लगा। ऐसा जान पड़ता था कि उन्मत्त हो गया है।

डॉक्टर साहब ने पुकारा—'क्या करते हो सलीम ! इससे क्या फ़ायदा ? यह इन्सानियत के खिलाफ़ है कि गिरे हुओं पर हाथ उठाया जाय।'

सलीम ने दम लेकर कहा—'मैं एक शैतान को भी ज़िन्दा न छोड़ूँगा। मुझे फाँसी हो जाय, कोई ग़म नहीं। ऐसा सबक़ देना चाहिए कि फिर किसी बदमाश को इसकी जुर्अत न हो।'

फिर मजूरों की तरफ़ देखकर बोला—'तुम इतने आदमी खड़े ताकते रहे और तुमसे कुछ न हो सका। तुममें इतनी ग़ैरत भी नहीं ? अपनी बहू-बेटियों की आबरू की हिफ़ाज़त भी नहीं कर सकते ? समझते होगे कौन हमारी बहू-बेटी है। इस देश में जितनी बेटियाँ हैं, सब तुम्हारी बेटियाँ हैं, जितनी बहुएँ हैं, सब तुम्हारी बहुएँ हैं, जितनी माँएँ हैं, सब तुम्हारी माँएँ हैं। तुम्हारी आँखों के सामने यह अनर्थ हुआ और तुम कायरों की तरह खड़े ताकते रहे ! क्यों सब-के-सब जाक़र मर नहीं गये।'

सहसा उसे ख़याल आ गया कि मैं आवेश में आकर इन ग़रीबों को फटकार बताने की अनधिकार चेष्टा कर रहा हूँ। वह चुप हो गया और कुछ लज्जित भी हुआ।

समीप के एक गाँव से बैलगाड़ी मँगाई गयी। शान्तिकुमार को लोगों ने उठाकर उस पर लेटा दिया और गाड़ी चलने को हुई कि डॉक्टर साहब ने चौंककर पूछा—'और उन तीनों आदमियों को क्या यहीं छोड़ जाओगे ?'

सलीम ने मस्तक सिकोड़कर कहा—'हम उनको लादकर ले जाने के जिम्मेदार नहीं हैं। मेरा तो जी चाहता है, उन्हें खोदकर दफ़न कर दूँ।'

आखिर डॉक्टर के बहुत समझाने के बाद सलीम राज़ी हुआ। तीनों गोरे भी गाड़ी पर लादे गये और गाड़ी चली। सब-के-सब मजूर अपराधियों की भाँति सिर झुकाए कुछ दूर तक गाड़ी के पीछे-पीछे चले। डॉक्टर ने उनको बहुत धन्यवाद देकर विदा किया। नौ बजते-बजते समीप का रेलवे स्टेशन मिला। इन लोगों ने गोरों को तो वहीं पुलिस के चार्ज में छोड़ दिया और आप डॉक्टर साहब के साथ गाड़ी पर बैठकर घर चले।

सलीम और अमर तो ज़रा देर में हँसने-बोलने लगे। इस संग्राम की चर्चा करते उनकी ज़बान न थकती थी। स्टेशन-मास्टर से कहा, गाड़ी में मुसाफ़िरों से कहा, रास्ते में जो मिला उससे कहा। सलीम तो अपने साहस और शौर्य की खूब डींगें मारता था, मानो कोई क़िला जीत आया है और जनता को चाहिए कि उसे मुकुट पहनाये, उसकी गाड़ी खींचे, उसका जुलूस निकाले; किन्तु अमरकान्त चुपचाप डॉक्टर साहब के पास बैठा हुआ था। आज के अनुभव ने उसके हृदय पर ऐसी चोट लगाई थी, जो कभी न भरेगी। वह मन-ही-मन इस घटना की व्याख्या कर रहा था। इन टके के सैनिकों की इतनी हिम्मत क्यों हुई ? यह गोरे सिपाही इंग्लैण्ड के निम्नतम श्रेणी के मनुष्य होते हैं। इनका इतना साहस कैसे हुआ ? इसीलिए कि भारत पराधीन है। यह लोग जानते हैं कि यहाँ के लोगों पर उनका आतंक छाया हुआ है। वह जो अनर्थ चाहें, करें। कोई चूँ नहीं कर सकता। यह आतंक दूर करना होगा। इस पराधीनता की जंजीर को तोड़ना होगा।

इस ज़ंजीर को तोड़ने के लिए वह तरह-तरह के मंसूबे बाँधने लगा, जिनमें यौवन का उन्माद था, लड़कपन की उग्रता थी और थी कच्ची बुद्धि की बहक।

6

डॉ. शान्तिकुमार एक महीने तक अस्पताल में रहकर अच्छे हो गये। तीनों सैनिकों पर क्या बीती, नहीं कहा जा सकता; पर अच्छे होते ही पहला काम जो डॉक्टर साहब ने किया, वह ताँगे पर बैठकर छावनी में जाना और उन सैनिकों की कुशल पूछना था। मालूम हुआ कि वह तीनों भी कई-कई दिन अस्पताल में रहे, फिर तबदील कर दिए गये। रेज़िमेंट के कप्तान ने डॉक्टर साहब से अपने आदमियों के अपराध की क्षमा माँगी और विश्वास दिलाया कि भविष्य में सैनिकों पर ज़्यादा कड़ी निगाह रखी जायेगी। डॉक्टर साहब की इस बीमारी में अमरकान्त ने तन-मन से उनकी सेवा की, केवल भोजन करने और रेणुका से मिलने के लिए घर जाता, बाकी सारा दिन और सारी रात उन्हीं की सेवा में व्यतीत करता। रेणुका भी दो-तीन बार डॉक्टर साहब को देखने गयीं।

इधर से फ़ुरसत पाते ही अमरकान्त काँग्रेस के कामों में ज़्यादा उत्साह से शरीक होने लगा। चन्दा देने में तो उस संस्था में कोई उसकी बराबरी न कर सकता था।

एक बार एक आम जलसे में वह ऐसी उद्दण्डता से बोला कि पुलिस के सुपरिंटेंडेंट ने लाला समरकान्त को बुलाकर लड़के को सँभालने की चेतावनी दे डाली। लालाजी ने वहाँ से लौटकर खुद तो अमरकान्त से कुछ न कहा, सुखदा और रेणुका दोनों से जड़ दिया। अमरकान्त पर अब किसका शासन है, वह खूब समझते थे। इधर बेटे से वह स्नेह करने लगे थे। हर महीने पढ़ाई का खर्च देना पड़ता था, तब उसका स्कूल जाना उन्हें ज़हर लगता था, काम में लगाना चाहते थे और उसके काम न करने पर बिगड़ते थे। अब पढ़ाई का कुछ खर्च न देना पड़ता था; इसलिए कुछ न बोलते थे; बल्कि कभी-कभी सन्दूक की कुँजी न मिलने या उठकर सन्दूक खोलने के कष्ट से बचने के लिए, बेटे से रुपये उधार ले लिया

करते । अमरकान्त न माँगता, न वह देते।

सुखदा का प्रसवकाल समीप आता जाता था। उसका मुख पीला पड़ गया था, भोजन बहुत कम करती थी और हँसती-बोलती भी बहुत कम थी। वह तरह-तरह के दुःस्वप्न देखती रहती थी, इससे चित्त और भी सशंकित रहता था। रेणुका ने जनन-सम्बन्धी कई पुस्तकें उसको मँगा दी थीं। इन्हें पढ़कर वह और भी चिन्तित रहती थी। शिशु की कल्पना से चित्त में एक गर्वमय उल्लास होता था; पर इसके साथ ही हृदय में कम्पन भी होता था...न जाने क्या होगा।

उस दिन संध्या समय अमरकान्त उसके पास आया, तो वह जली बैठी थी। तीक्ष्ण नेत्रों से देखकर बोली—'तुम मुझे थोड़ी-सी संखिया क्यों नहीं दे देते ? तुम्हारा गला भी छूट जाए, मैं भी जंजाल से मुक्त हो जाऊँ।'

अमर इन दिनों आदर्श पति बना हुआ था। रूप-ज्योति से चमकती हुई सुखदा आँखों को उन्मत्त करती थी; पर मातृत्व के भार से लदी हुई यह पीले मुखवाली रोगिणी उसके हृदय को ज्योति से भर देती थी। वह उसके पास बैठा हुआ उसके रूखे केशों और सूखे हाथों से खेला करता। उसे इस दशा में लाने का अपराधी वह है; इसलिए इस भार को सह्य बनाने के लिए वह सुखदा का मुँह जोहता रहता था। सुखदा उससे कुछ फरमाइश करे, यही इन दिनों उसकी सबसे बड़ी कामना थी। वह एक बार स्वर्ग के तारे तोड़ लाने पर भी उतारू हो जाता। बराबर उसे अच्छी-अच्छी किताबें सुनाकर उसे प्रसन्न करने का प्रयत्न करता रहता था। शिशु की कल्पना से उसे जितना आनन्द होता था; उससे कहीं अधिक सुखदा के विषय में चिन्ता थी—न जाने क्या होगा। घबड़ाकर भारी स्वर में बोला—'ऐसा क्यों कहती हो सुखदा, मुझसे ग़लती हुई हो, तो बता दो।'

सुखदा लेटी हुई थी। तकिए के सहारे टेक लगाकर बोली—'तुम आम जलसों में कड़ी-कड़ी स्पीचें देते फिरते हो इसका इसके सिवा और क्या मतलब है कि तुम पकड़े जाओ और अपने साथ घर को भी ले डूबो। दादा से पुलिस के किसी बड़े अफ़सर ने कहा है। तुम उनकी कुछ मदद तो करते नहीं, उल्टे और उनके किए-कराये को धूल में मिलाने को तुले बैठे हो। मैं तो आप ही अपनी जान से मर रही हूँ, उस पर तुम्हारी यह चाल और भी मारे डालती है। महीने भर डॉक्टर साहब के पीछे हलकान हुए। उधर से छुट्टी मिली, तो यह पचड़ा ले बैठे। क्यों तुमसे शान्तिपूर्वक नहीं बैठा जाता ? तुम अपने मालिक नहीं हो, कि जिस राह चाहो, जाओ। तुम्हारे पाँव में बेड़ियाँ हैं। क्या अब भी तुम्हारी आँखें नहीं खुलतीं ?'

अमरकान्त ने अपनी सफ़ाई दी—'मैंने तो कोई ऐसी स्पीच नहीं दी, जो कड़ी कही जा सके।'

'तो दादा झूठ कहते थे।'

'इसका तो यह अर्थ है कि मैं अपना मुँह सी लूँ।'

'हाँ, तुम्हें अपना मुँह सीना पड़ेगा।'

दोनों एक क्षण भूमि और आकाश की ओर ताकते रहे। तब अमरकान्त ने परास्त होकर कहा—'अच्छी बात है। आज से अपना मुँह सी लूँगा। फिर तुम्हारे सामने ऐसी शिकायत

आये, तो मेरे कान पकड़ना।'

सुखदा नर्म होकर बोली—'तुम नाराज होकर तो यह प्रण नहीं कर रहे हो ? मैं तुम्हारी अप्रसन्नता से थर-थर काँपती हूँ। मैं भी जानती हूँ कि हम लोग पराधीन हैं। पराधीनता मुझे भी उतनी ही अखरती है, जितनी तुम्हें। हमारे पाँवों में तो दोहरी बेड़ियाँ हैं—समाज की अलग, सरकार की अलग; लेकिन आगे-पीछे भी तो देखना होता है। देश के साथ हमारा जो धर्म है, वह और प्रबल रूप में पिता के साथ है, और उससे भी प्रबल रूप में अपनी सन्तान के साथ। पिता को दुःखी और सन्तान को निस्सहाय—देशधर्म का पालन ऐसा ही है जैसे कोई अपने घर में आग लगाकर खुले आकाश में रहे। जिस शिशु को मैं अपना हृदय-रक्त पिला-पिलाकर पाल रही हूँ, उसे मैं चाहती हूँ, तुम भी अपना सर्वस्व समझो। तुम्हारे सारे स्नेह और वात्सल्य और निष्ठा का मैं एकमात्र उसी को अधिकारी देखना चाहती हूँ।'

अमरकान्त सिर झुकाए यह उपदेश सुनता रहा। उसकी आत्मा लज्जित थी और उसे धिक्कार रही थी। उसने सुखदा और शिशु दोनों ही के साथ अन्याय किया है। शिशु का कल्पना-चित्र उसकी आँखों में खिंच गया। वह नवनीत-सा कोमल शिशु उसकी गोद में खेल रहा था। उसकी सम्पूर्ण चेतना इसी कल्पना में मग्न हो गयी। दीवार पर शिशु कृष्ण का एक सुन्दर चित्र लटक रहा था। उस चित्र में आज उसे जितना मार्मिक आनन्द हुआ, उतना और कभी न हुआ था। उसकी आँखें सजल हो गयीं।

सुखदा ने उसे एक पान का बीड़ा देते हुए कहा—'अम्माँ कहती हैं, बच्चे को लेकर मैं लखनऊ चली जाऊँगी। मैंने कहा—अम्माँ तुम्हें बुरा लगे या भला, मैं अपना बालक न दूँगी।'

अमरकान्त ने उत्सुक होकर पूछा—'तो बिगड़ी होंगी ?'

'नहीं जी बिगड़ने की क्या बात थी। हाँ, उन्हें कुछ बुरा जरूर लगा होगा; लेकिन मैं दिल्लगी में भी अपने सर्वस्व को नहीं छोड़ सकती।'

'दादा ने पुलिस कर्मचारी की बात अम्माँ से भी कही होगी ?'

'हाँ, मैं जानती हूँ कही है। जाओ आज अम्माँ तुम्हारी कैसी खबर लेती हैं।'

'मैं आज जाऊँगा ही नहीं।'

'चलो मैं तुम्हारी वकालत कर दूँगी।'

'मुआफ़ कीजिए। वहाँ मुझे और भी लज्जित करोगी।'

'नहीं, सच कहती हूँ। अच्छा बताओ, बालक किसको पड़ेगा, मुझे या तुम्हें ? मैं कहती हूँ तुम्हें पड़ेगा।'

'मैं चाहता हूँ तुम्हें पड़े।'

'यह क्यों ? मैं तो चाहती हूँ तुम्हें पड़े।'

'तुम्हें पड़ेगा, तो मैं उसे और ज़्यादा चाहूँगा।'

'अच्छा, उस स्त्री की कुछ ख़बर मिली, जिसे गोरों ने सताया था ?'

'नहीं, फिर तो कोई खबर न मिली।'

'एक दिन जाकर सब कोई उसका पता क्यों नहीं लगाते, या स्पीच देकर ही अपने

कर्तव्य से मुक्त हो गये ?'

अमरकान्त ने झेंपते हुए कहा—'कल जाऊँगा।'

'ऐसी होशियारी से पता लगाओ कि किसी को कानों-कान ख़बर न हो; अगर घरवालों ने उसका बहिष्कार कर दिया हो, तो उसे लाओ। अम्माँ को उसे अपने साथ रखने में कोई आपत्ति न होगी, और होगी तो मैं अपने पास रख लूँगी।'

अमरकान्त श्रद्धा-पूर्ण नेत्रों से सुखदा को देखा। इसके हृदय में कितनी दया, कितनी सेवा-भाव, कितनी निर्भीकता है। इसका आज उसे पहली बार ज्ञान हुआ।

उसने पूछा—'तुम्हें उससे ज़रा भी घृणा न होगी ?'

सुखदा ने सकुचाते हुए कहा—'अगर मैं कहूँ, न होगी, तो असत्य होगा। होगी अवश्य; पर संस्कारों को मिटाना होगा। उसने कोई अपराध नहीं किया, फिर सज़ा क्यों दी जाए ?'

अमरकान्त ने देखा सुखदा निर्मल नारीत्व की ज्योति में नहा उठी है। उसका देवीत्व जैसे प्रस्फुटित होकर उससे आलिंगन कर रहा है।

7

अमरकान्त ने आम जलसों में बोलना तो दूर रहा, शरीक होना भी छोड़ दिया; पर उसकी आत्मा इस बन्धन से छटपटाती रहती थी और वह कभी-कभी सामयिक पत्र-पत्रिकाओं में अपने मनोद्गारों को प्रकट करके सन्तोष लाभ करता था। अब वह कभी-कभी दुकान पर भी आ बैठता। विशेषकर छुट्टियों के दिन तो वह अधिकतर दुकान पर रहता था। उसे अनुभव हो रहा था कि मानवी प्रकृति का बहुत-कुछ ज्ञान दुकान पर बैठकर प्राप्त किया जा सकता है। सुखदा और रेणुका दोनों के स्नेह और प्रेम ने उसे जकड़ लिया था। हृदय की जलन जो पहले घरवाली से, और उसके फलस्वरूप, समाज से विद्रोह करने में अपने को सार्थक समझती थी; अब शान्त हो गयी थी। रोता हुआ बालक मिठाई पाकर रोना भूल गया था।

एक दिन अमरकान्त दुकान पर बैठा था कि एक असामी ने आकर पूछा—'भैया, कहाँ हैं बाबूजी, बड़ा ज़रूरी काम था।'

अमर ने देखा—अधेड़, बलिष्ठ, काला, कठोर आकृति का मनुष्य है। नाम है काले खाँ। रुखाई से बोला—'वह कहीं गये हुए हैं। क्या काम है ?'

'बड़ा जरूरी काम था। कुछ कह नहीं गये, कब तक आयेंगे ?'

अमर को शराब की ऐसी दुर्गन्ध आयी कि उसने नाक बन्द कर ली और मुँह फेरकर बोला—'क्या तुम शराब पीते हो।'

काले खाँ ने हँसकर कहा—'शराब किसे मयस्सर होती है लाला, रूखी रोटियाँ तो मिलती नहीं। आज एक नातेदारी में गया था, उन लोगों ने पिला दी।'

वह और समीप आ गया और अमर के कान के पास मुँह लगाकर बोला—'एक रक़म दिखाने लाया था। कोई दस तोले की होगी। बाजार में ढाई सौ से कम की नहीं है; लेकिन मैं तुम्हारा पुराना असामी हूँ। जो कुछ दे दोगे, ले लूँगा।'

उसने कमर से एक जोड़ा सोने के कड़े निकाले और अमर के सामने रख दिये। अमर ने कड़ों को बिना उठाए हुए पूछा—'यह कड़े तुमने कहाँ पाए ?'

काले ख़ाँ ने बेहयाई से मुस्कराकर कहा—'यह न पूछो राजा, अल्लाह देने वाला है।'

अमरकान्त ने घृणा का भाव दिखाकर कहा—'कहीं से चुरा लाये होगे ?'

काले खाँ फिर हँसा—'चोरी किसे कहते हैं राजा, यह तो अपनी खेती है। अल्लाह ने सबके पीछे हीला लगा दिया है। कोई नौकरी करके लाता है, कोई मजूरी करता है, कोई रोज़गार करता है, देता सबको वही ख़ुदा है। तो फिर निकालो रुपये, मुझे देर हो रही है। इन लाल पगड़ीवालों की बड़ी खातिर करनी पड़ती है भैया, नहीं एक दिन काम न चले।'

अमरकान्त को यह व्यापार इतना जघन्य जान पड़ा कि जी में आया काले खाँ को दुत्कार दे। लाला समरकान्त ऐसे समाज के शत्रुओं से व्यवहार रखते हैं, यह ख़याल करके उसके रोएँ खड़े हो गये। उसे उस दुकान से, उस मकान से, उस वातावरण से, यहाँ तक कि स्वयं अपने आपसे घृणा होने लगी। बोला—'मुझे इस चीज़ की ज़रूरत नहीं है, इसे ले जाओ, नहीं मैं पुलिस में इत्तला कर दूँगा। फिर इस दुकान पर ऐसी चीज़ लेकर न आना, कहे देता हूँ।'

काले खाँ ज़रा भी विचलित न हुआ, बोला—'यह तो तुम बिलकुल नयी बात कहते हो भैया। लाला इस नीति पर चलते, तो आज महाजन न होते। हज़ारों रुपये की चीज़ तो मैं ही दे गया हूँगा, अँगनू, महाजन, भिखारी, हींगन, सभी से लाला का व्यवहार है। कोई चीज़ हाथ लगी और आँख बन्द करके यहाँ चले आये, दाम लिया और घर की राह ली। इसी दुकान से बाल-बच्चों का पेट चलता है। काँटा निकालकर तौल लो। दस तोले से कुछ ऊपर ही निकलेगा; मगर यहाँ पुरानी जजमानी है, लाओ डेढ़ सौ ही दे दो, अब कहाँ दौड़ते फिरें।'

अमर ने दृढ़ता से कहा—'मैंने कह दिया मुझे इसकी ज़रूरत नहीं।'

'पछताओगे लाला, खड़े-खड़े ढाई सौ में बेच लोगे।'

'क्यों सिर खा रहे हो, मैं इसे नहीं लेना चाहता।'

'अच्छा लाओ, सौ ही रुपये दे दो। अल्लाह जानता है, बहुत बल खाना पड़ रहा है; पर एक बार घाटा ही सही।'

'तुम व्यर्थ मुझे दिक कर रहे हो। मैं चोरी का माल नहीं लूँगा, चाहे लाख की चीज़ धेले में मिले। तुम्हें चोरी करते शर्म भी नहीं आती। ईश्वर ने हाथ-पाँव दिए हैं, खासे मोटे-ताजे आदमी हो, मज़दूरी क्यों नहीं करते। दूसरों का माल उड़ाकर अपनी दुनिया और आक़बत दोनों खराब कर रहे हो !'

काले खाँ ने ऐसा मुँह बनाया, मानो ऐसी बकवास बहुत सुन चुका है और बोला—'तो तुम्हें नहीं लेना है ?'

'नहीं।'

'पचास देते हो ?'

'एक कौड़ी नहीं।'

काले खाँ ने कड़े उठाकर कमर में रख लिए और दुकान के नीचे उतर गया। पर

एक क्षण में फिर लौटकर बोला–'अच्छा तीस रुपये ही दे दो। अल्लाह जानता है, पगड़ीवाले आधा ले लेंगे।

अमरकान्त ने उसे धक्का देकर कहा–'निकल जा यहाँ से सुअर, मुझे क्यों हैरान कर रहा है।'

काले खाँ चला गया, तो अमर ने उस जगह को झाड़ू से साफ़ कराया और अगरबत्ती जलाकर रख दी। उसे अभी तक शराब की दुर्गन्ध आ रही थी। आज उसे अपने पिता से जितनी अभक्ति हुई, उतनी कभी न हुई थी। उस घर की वायु तक उसे दूषित लगने लगी। पिता के हथकण्डों से वह कुछ-कुछ परिचित तो था; पर उनका इतना पतन हो गया है, इसका प्रणाम आज ही मिला। उसने मन में निश्चय किया, आज पिता से इस विषय में खूब अच्छी तरह शास्त्रार्थ करेगा। उसने खड़े होकर अधीर नेत्रों से सड़क की ओर देखा। लालाजी का पता न था। उसके मन में आया, दुकान बन्द करके चला जाय और जब पिताजी आ जाएँ, ता साफ़-साफ़ कह दे, मुझसे यह व्यापार न होगा। वह दुकान बन्द करने ही जा रहा था कि एक बुढ़िया लाठी टेकती हुई आकर सामने खड़ी हो गयी और बोली–'लाला नहीं हैं क्या बेटा ?'

बुढ़िया के बाल सन हो गये थे। देह की हड्डियाँ तक सूख गयी थीं। जीवन-यात्रा के उस स्थान पर पहुँच गयी थी, जहाँ से उसका आकार मात्र दिखाई देता था, मानो दो-एक क्षण में वह अदृश्य हो जाएगी।

अमरकान्त के जी में पहले तो आया कि कह दे, लाला नहीं हैं, वह आये तब आना; लेकिन बुढ़िया के पिचके हुए मुख पर ऐसी करुण याचना, ऐसी शून्य निराशा छाई हुई थी कि उसे उस पर दया आ गयी। बोला–'लालाजी से क्या काम है ? वह तो कहीं गये हुए हैं।'

बुढ़िया ने निराश होकर कहा–'तो कोई हरज नहीं बेटा, मैं फिर आ जाऊँगी।'

अमरकान्त ने नम्रता से कहा–'अब आते ही होंगे, माता। ऊपर चली आओ।'

दुकान की कुरसी ऊँची थी। तीन सीढ़ियाँ चढ़नी पड़ती थीं। बुढ़िया ने पहली पट्टी पर पाँव रखा; पर दूसरा पाँव ऊपर न उठा सकी। पैरों में इतनी शक्ति न थी। अमर ने नीचे आकर उसका हाथ पकड़ लिया और उसे सहारा देकर दुकान पर चढ़ा दिया। बुढ़िया ने आशीर्वाद देते हुए कहा–'तुम्हारी बड़ी उम्र हो बेटा, मैं यही डरती हूँ कि लाला देर में आयें और अँधेरा हो गया, तो मैं घर कैसे पहुँचूँगी। रात को कुछ नहीं सूझता बेटा।'

'तुम्हारा घर कहाँ है माता ?'

बुढ़िया ने ज्योतिहीन आँखों से उसके मुख की ओर देखकर कहा–'गोबर्धन की सराय पर रहती हूँ बेटा।'

'तुम्हारे और कोई नहीं है ?'

'सब हैं भैया, बेटे हैं, पोते हैं, बहुएँ हैं, पोतों की बहुएँ हैं; पर जब अपना कोई नहीं, तो किस काम का। नहीं लेते मेरी सुध, न सही। हैं तो अपने। मर जाऊँगी, तो मिट्टी तो ठिकाने लगा देंगे।'

'तो वह लोग तुम्हें कुछ देते नहीं ?'

बुढ़िया ने स्नेह मिले हुए गर्व से कहा—'मैं किसी के आसरे-भरोसे नहीं हूँ बेटा; जीते रहें मेरे लाला समरकान्त, वह मेरी परवरिश करते हैं। तब तो तुम बहुत छोटे थे भैया, जब मेरा सरदार लाला का चपरासी था। इसी कमाई में ख़ुदा ने कुछ ऐसी बरक्कत दी कि घर-द्वार बना, बाल-बच्चों का ब्याह-गौना हुआ, चार पैसे हाथ में हुए। थे तो पाँच रुपये के प्यादे, पर कभी किसी से दबे नहीं, किसी के सामने गरदन नहीं झुकाई। जहाँ लाला का पसीना गिरे, वहाँ अपना ख़ून बहाने को तैयार रहते थे। आधी रात, पिछली रात, जब बुलाया, हाज़िर हो गये। थे तो अदना से नौकर, मुदा लाला ने कभी 'तुम' कहकर नहीं पुकारा। बराबर खाँ साहब कहते थे। बड़े-बड़े सेठिए कहते—खाँ साहब, हम इससे दूनी तलब देंगे, हमारे पास आ जाओ; पर सबको यही जवाब देते कि जिसके हो गये, उसके हो गये। जब तक वह दुत्कार न देगा, उसका दामन न छोड़ेंगे। लाला ने भी ऐसा निभाया कि क्या कोई निभाएगा। उन्हें मरे आज बीसवाँ साल है, वही तलब मुझे देते जाते हैं। लड़के पराए हो गये, पोते बात नहीं पूछते; पर अल्लाह मेरे लाला को सलामत रखें, मुझे किसी के सामने हाथ फैलाने की नौबत नहीं आयी।'

अमरकान्त ने अपने पिता को स्वार्थी, लोभी, भावहीन समझ रखा था। आज उसे मालूम हुआ, उनमें दया और वात्सल्य भी है। गर्व से उसका हृदय पुलकित हो उठा। बोला—'तो तुम्हें पाँच रुपये मिलते हैं ?'

'हाँ बेटा, पाँच रुपये महीना देते जाते हैं।'

'तो मैं तुम्हें रुपये दिए देता हूँ, लेती जाओ। लाला शायद देर में आयें।'

वृद्धा ने कानों पर हाथ रखकर कहा—'नहीं बेटा, उन्हें आ जाने दो। लठिया टेकती चली जाऊँगी। अब तो यही आँख रह गयी है।'

'इसमें हरज क्या है, मैं उनसे कह दूँगा, पठानिन रुपये ले गयी। अँधेरे में कहीं गिर-गिरा पड़ोगी।'

'नहीं बेटा, ऐसा काम नहीं करती, जिसमें पीछे से कोई बात पैदा हो। फिर आ जाऊँगी।'

'नहीं, मैं बिना रुपये लिए न जाने दूँगा।'

बुढ़िया ने डरते-डरते कहा—'तो लाओ दे दो बेटा, मेरा नाम टाँक लेना पठानिन।'

अमरकान्त ने रुपये दे दिए। बुढ़िया ने काँपते हुए हाथों से रुपये लेकर गिरह बाँधे और दुआएँ देती हुई, धीरे-धीरे सीढ़ियों से नीचे उतरी; मगर पचास क़दम भी न गयी होगी कि पीछे से अमरकान्त एक इक्का लिए हुए आया और बोला—'बूढ़ी माता, आकर इक्के पर बैठ जाओ, मैं तुम्हें पहुँचा दूँ।'

बुढ़िया ने आश्चर्यचकित नेत्रों से देखकर कहा—'अरे नहीं बेटा। तुम मुझे पहुँचाने कहाँ जाओगे ! मैं टेकती हुई चली जाऊँगी। अल्ला तुम्हें सलामत रखे।'

अमरकान्त इक्का ला चुका था। उसने बुढ़िया को गोद में उठाया और इक्के पर बैठा कर पूछा—'कहाँ चलूँ ?'

बुढ़िया ने इक्के के डंडों को मजबूती से पकड़कर कहा—'गोबर्धन की सराय चलो बेटा, अल्लाह तुम्हारी उम्र दराज़ करे। मेरा बच्चा इस बुढ़िया के लिए इतना हैरान हो रहा है। इत्ती दूर से दौड़ा आया। पढ़ने जाते हो न बेटा, अल्लाह तुम्हें बड़ा दरजा दे।'

पन्द्रह-बीस मिनट में इक्का गोबर्धन की सराय पहुँच गया। सड़क के दाहिने हाथ एक गली थी। वहीं बुढ़िया ने इक्का रुकवा दिया, और उतर पड़ी। इक्का आगे न जा सकता था। मालूम पड़ता था, अँधेरे ने मुँह पर तारकोल पोत लिया है।

अमरकान्त ने इक्के को लौटाने के लिए कहा, तो बुढ़िया बोली–'नहीं मेरे लाल, इत्ती दूर आये हो, तो पल-भर मेरे घर भी बैठे लो, तुमने मेरा कलेजा ठंडा कर दिया।'

गली में बड़ी दुर्गन्ध थी। गन्दे पानी के नाले दोनों तरफ़ बह रहे थे। घर प्रायः सभी कच्चे थे। ग़रीबों का मुहल्ला था। शहरों के बाज़ारों और गलियों में कितना अन्तर है ! एक फूल है–सुन्दर, स्वच्छ, सुगन्धमय; दूसरी जड़ है–कीचड़ और दुर्गन्ध से भरी, टेढी-मेढ़ी; लेकिन क्या फूल को मालूम है कि उसकी हस्ती जड़ से है।

बुढ़िया ने एक मकान के सामने खड़े होकर धीरे से पुकारा–'सकीना ! अन्दर से आवाज़ आयी–आती हूँ अम्माँ; इतनी देर कहाँ लगाई ?

एक क्षण में सामने का द्वार खुला और एक बालिका हाथ में मिट्टी के तेल की एक कुप्पी लिए द्वार पर खड़ी हो गयी। अमरकान्त बुढ़िया के पीछे खड़ा था, उस पर बालिका की निगाह न पड़ी; लेकिन बुढ़िया आगे बढ़ी, तो सकीना ने अमर को देखा। तुरन्त ओढ़नी में मुँह छिपाती हुई पीछे हट गयी और धीरे से पूछा–'यह कौन हैं अम्माँ ?'

बुढ़िया ने कोने में अपनी लकड़ी रख दी और बोली–'लाला का लड़का है, मुझे पहुँचाने आया है। ऐसा नेक और शरीफ़ लड़का तो मैंने देखा ही नहीं।'

उसने अब तक का सारा वृत्तान्त अपने आशीर्वादों से भरी भाषा में कह सुनाया और बोली–'आँगन में खाट डाल दे बेटी, ज़रा बुला लूँ। थक गया होगा।'

सकीना ने एक टूटी-सी खाट आँगन में डाल दी और उस पर एक सड़ी-सी चादर बिछाती हुई बोली–'इस खटोले पर क्या बिठाओगी अम्माँ, मुझे तो शर्म आती है।'

बुढ़िया ने ज़रा कड़ी आँखों से देखकर कहा–'शर्म की क्या बात है इसमें ? हमारा हाल क्या इनसे छिपा है ?'

उसने बाहर जाकर अमरकान्त को बुलाया। द्वार एक परदे की दीवार में था। उस पर एक टाट का फटा-पुराना परदा पड़ा हुआ था। द्वार के अन्दर क़दम रखते ही एक आँगन था, जिसमें मुश्किल से दो खटोले पड़ सकते थे। सामने खपरैल का एक नीचा सायबान था और सायबान के पीछे एक कोठरी थी, जो इस वक्त अँधेरी पड़ी हुई थी। सायबान में एक किनारे चूल्हा बना हुआ था और टीन और मिट्टी के दो-चार बरतन; एक घड़ा और एक मटका रखे हुए थे। चूल्हे में आग जल रही थी और तवा रखा हुआ था।'

अमर ने खाट पर बैठते हुए कहा–'यह घर तो बहुत छोटा है। इसमें गुज़र कैसे होती है ?'

बुढ़िया खाट के पास ज़मीन पर बैठ गयी और बोली–'बेटा, अब तो दो ही आदमी हैं, नहीं, इसी घर में एक पूरा कुनबा रहता था। मेरे दो बेटे, दो बहुएँ, उनके बच्चे, सब इसी घर में रहते थे। इसी में सबों के शादी-ब्याह हुए और इसी में सब मर भी गये। उस वक्त यह ऐसा गुलज़ार लगता था कि तुमसे क्या कहूँ। अब मैं हूँ और मेरी यह पोती है। और सबको अल्लाह ने बुला लिया। पकाते हैं, खाते हैं और पड़े रहते हैं। तुम्हारे पठान के मरते ही घर में जैसे झाड़ू फिर गयी। अब तो अल्लाह से यही दुआ है कि जीते-जी

यह किसी भले आदमी के पाले पड़ जाए, तब अल्लाह से कहूँगी कि अब मुझे उठा लो। तुम्हारे यार-दोस्त तो बहुत होंगे बेटा, अगर शर्म की बात न समझो, तो किसी से जिक्र करना। कौन जाने तुम्हारे ही हीले से कहीं बातचीत ठीक हो जाए।'

सकीना कुरता-पाजामा पहने, ओढ़नी से माथा छिपाए सायबान में खड़ी थी। बुढ़िया ने ज्योंही उसकी शादी की चर्चा छेड़ी, वह चूल्हे के पास जा बैठी और आटे को अँगुलियों से गोदने लगी। वह दिल में झुँझला रही थी कि अम्माँ क्यों इनसे मेरा दुखड़ा ले बैठीं। किससे कौन बात कहनी चाहिए, कौन बात नहीं, इसका इन्हें ज़रा भी लिहाज नहीं। जो ऐरा-गैरा आ गया, उसी से शादी का पचड़ा गाने लगीं। और सब बातें गयीं, बस एक शादी रह गयी।

उसे क्या मालूम कि अपनी सन्तान को विवाहित देखना बुढ़ापे की सबसे बड़ी अभिलाषा है।

अमरकान्त ने मन में मुसलमान मित्रों का सिंहावलोकन करते हुए कहा—'मेरे मुसलमान दोस्त ज्यादा तो नहीं हैं; लेकिन जो दो-एक हैं, उनसे मैं ज़िक्र करूँगा।'

वृद्धा ने चिन्तित भाव से कहा—'वह लोग धनी होंगे ?'

'हाँ, सभी खुशहाल हैं।'

'तो भला धनी लोग ग़रीबों की बात क्यों पूछेंगे। हालाँकि हमारे नबी का हुक्म है कि शादी-ब्याह में अमीर-ग़रीब का विचार न होना चाहिए, पर उनके हुक्म को कौन मानता है ! नाम के मुसलमान, नाम के हिंदू रह गये हैं। न कहीं सच्चा मुसलमान नज़र आता है, न सच्चा हिंदू। मेरे घर का तो तुम पानी भी न पियोगे बेटा, तुम्हारी क्या खातिर करूँ ! (शकीना से) बेटी, तुमने जो रूमाल काढ़ा है वह लाकर भैया को दिखाओ। शायद इन्हें पसन्द आ जाए। और हमें अल्लाह ने किस लायक़ बनाया है।'

सकीना रसोई से निकली और एक ताक पर से सिगरेट का एक बड़ा-सा बक्स उठा लाई और उसमें से वह रूमाल निकालकर सिर झुकाए, झिझकती हुई, बुढ़िया के पास आ, रूमाल रख, तेज़ी से चली गयी।

अमरकान्त आँखें झुकाए हुए था; पर सकीना को सामने देखकर आँखें नीचे न रह सकीं। एक रमणी सामने खड़ी हो, तो उसकी ओर से मुँह फेर लेना कितनी भद्दी बात है। सकीना का रंग साँवला था और रूप-रेखा देखते हुए वह सुन्दरी न कही जा सकती थी; अंग-प्रत्यंग का गठन भी कवि-वर्णित उपमाओं से मेल न खाता था; पर रंग-रूप, चाल-ढाल, शील-संकोच, इन सबने मिल-जुलकर उसे आकर्षक शोभा प्रदान कर दी थी। वह बड़ी-बड़ी पलकों से आँखें छिपाए, देह चुराए, शोभा की सुगन्ध और ज्योति फैलाती हुई इस तरह निकल गयी, जैसे स्वप्न-चित्र एक झलक दिखाकर मिट गया हो।

अमरकान्त ने रूमाल उठा लिया और दीपक के प्रकाश में उसे देखने लगा। कितनी सफ़ाई से बेल-बूटे बनाये गये थे। बीच में एक मोर का चित्र था। इस झोंपड़े में इतनी सुरुचि ?

चकित होकर बोला—'यह तो खूबसूरत रूमाल है, माताजी। सकीना काढ़ने के काम में बहुत होशियार मालूम होती हैं।'

बुढ़िया ने गर्व से कहा—'यह सभी काम जानती है भैया, न जाने कैसे सीख लिया। मुहल्ले की दो-चार लड़कियाँ मदरसे पढ़ने जाती हैं। उन्हीं को काढ़ते देखकर इसने सब कुछ सीख लिया। कोई मर्द घर में होता, तो हमें कुछ काम मिल जाया करता। ग़रीबों के मुहल्ले

में इन कामों की कौन क़दर कर सकता है। तुम यह रूमाल लेते जाओ बेटा, एक बेकस बेवा की नज़र है।'

अमर ने रूमाल को जेब में रखा तो उसकी आँखें भर आयीं। उसका बस होता तो इसी वक़्त सौ-दो सौ रूमालों की फ़रमाइश कर देता। फिर भी यह बात उसके दिल में जम गयी। उसने खड़े होकर कहा–'मैं इस रूमाल को हमेशा तुम्हारी दुआ समझूँगा। वादा तो नहीं करता लेकिन मुझे यक़ीन है कि मैं अपने दोस्तों से आपको कुछ काम दिला सकूँगा।'

अमरकान्त ने पठानिन के लिए 'तुम' का प्रयोग किया था। चलते समय तक वह तुम 'आप' में बदल गया था। सुरुचि, सुविचार सद्भाव, उसे यहाँ सब कुछ मिला। हाँ, उस पर विपन्नता का आवरण पड़ा हुआ था। शायद सकीना ने यह 'आप' और 'तुम' का विवेक उत्पन्न कर दिया था।

अमर उठ खड़ा हुआ। बुढ़िया अंचल फैलाकर उसे दुआएँ देती रही !

8

अमरकान्त नौ बजते-बजते लौटा तो लाला समरकान्त ने पूछा–'तुम दुकान बन्द करके कहाँ चले गये थे ? इसी तरह दुकान पर बैठा जाता है ?'

अमर ने सफ़ाई दी–'बुढ़िया पठानिन रुपये लेने आयी थी। बहुत अँधेरा हो गया था। मैंने समझा कहीं गिर-गिरा पड़े इसीलिए उसे घर तक पहुँचाने चला गया था। वह तो रुपये लेती ही न थी; पर जब बहुत देर हो गयी तो मैंने रोकना उचित न समझा।'

'कितने रुपये दिए ?'

'पाँच।'

लालाजी को कुछ धैर्य हुआ।

'और कोई असामी आया था ? किसी से कुछ रुपये वसूल हुए ?'

'जी नहीं।'

'आश्चर्य है।'

'और तो कोई नहीं आया, हाँ वही बदमाश काले खाँ सोने की एक चीज़ बेचने लाया था। मैंने लौटा दिया।'

समरकान्त की त्योरियाँ बदलीं–'क्या चीज़ थी ?'

'सोने के कड़े थे। दस तोले बताता था।'

'तुमने तौला नहीं !'

'मैंने हाथ से छुआ तक नहीं।'

'हाँ, क्यों छूते, उसमें पाप लिपटा हुआ था न ! कितना माँगता था ?'

'दो सौ।'

'झूठ बोलते हो।'

'शुरू दो सौ से किए थे, पर उतरते-उतरते तीस रुपये तक आया था।'

लालाजी की मुद्रा कठोर हो गयी—फिर भी तुमने लौटा दिए ?

'और क्या करता ? मैं तो उसे सेंत में भी न लेता। ऐसा रोज़गार करना मैं पाप समझता हूँ।'

समरकान्त क्रोध से विकृत होकर बोले—'चुप रहो, शरमाते तो नहीं, ऊपर से बातें बनाते हो। डेढ़ सौ रुपये बैठे-बैठाए मिलते थे, वह तुमने धर्म के घमण्ड में खो दिए, उस पर से अकड़ते हो। जानते भी हो, धर्म है क्या चीज़ ? साल में एक बार भी गंगा-स्नान करते हो ? एक बार भी देवताओं को जल चढ़ाते हो ? कभी राम का नाम लिया है ज़िन्दगी में ? कभी एकादशी या कोई दूसरा व्रत रखा है ? कभी कथा-पुराण पढ़ते या सुनते हो ? तुम क्या जानो धर्म किसे कहते हैं। धर्म और चीज़ है, रोजगार और चीज़। छिः, साफ़ डेढ़ सौ फेंक दिए।'

अमरकान्त धर्म की इस व्याख्या पर मन-ही-मन हँसकर बोला—'आप गंगा-स्नान पूजा-पाठ को मुख्य धर्म समझते हैं; मैं सच्चाई, सेवा और परोपकार को मुख्य धर्म समझता हूँ। स्नान-ध्यान, पूजा-व्रत धर्म के साधन मात्र हैं, धर्म नहीं।'

समरकान्त ने मुँह चिढ़ाकर कहा—'ठीक कहते हो, बहुत ठीक; अब संसार तुम्हीं को धर्म का आचार्य मानेगा। अगर तुम्हारे धर्म-मार्ग पर चलता, तो आज मैं भी लँगोटी लगाये घूमता होता, तुम भी यों महल में बैठकर मौज न करते होते। चार अक्षर अंग्रेजी पढ़ ली न, यह उसी की विभूति है; लेकिन मैं ऐसे लोगों को भी जानता हूँ, जो अंग्रेजी के विद्वान होकर अपना धर्म-कर्म निभाए जाते हैं। साफ़ डेढ़ सौ पानी में डाल दिए।'

अमरकान्त ने अधीर होकर कहा—'आप बार-बार उसकी चर्चा क्यों करते हैं ? मैं चोरी और डाके के माल का रोज़गार न करूँगा, चाहे आप खुश हों या नाराज। मुझे ऐसे रोज़गार से घृणा होती है।'

'तो मेरे काम में वैसी आत्मा की ज़रूरत नहीं। में ऐसी आत्मा चाहता हूँ, जो अवसर देखकर, हानि-लाभ का विचार करके काम करे।'

'धर्म को मैं हानि-लाभ की तराजू पर नहीं तौल सकता।'

इस वज्र-मूर्खता की दवा, चाँटे के सिवा और कुछ न थी। लालाजी खून का घूँट पीकर रह गये। अमर हृष्ट-पुष्ट होता, तो आज उसे धर्म की निन्दा करने का मज़ा मिल जाता। बोले—'बस तुम्हीं तो संसार में एक धर्म के ठीकेदार रह गये हो, और सब तो अधर्मी हैं। वही माल जो तुमने अपने घमंड में लौटा दिया, तुम्हारे किसी दूसरे भाई ने दो-चार रुपये कम-बेश देकर ले लिया होगा। उसने तो रुपये कमाए, तुम नींबू-नोन चाटकर रह गये। डेढ़ सौ रुपये तब मिलते हैं, जब डेढ़ सौ थान कपड़ा या डेढ़ सौ बोरे चीनी बिक जाएँ। मुँह का कौर नहीं है। अभी कमाना नहीं पड़ा है, दूसरों की कमाई से चैन उड़ा रहे हो, तभी ऐसी बातें सूझती हैं। जब अपने सिर पड़ेगी, तब आँखें खुलेंगी।'

अमर अब भी क़ायल न हुआ। बोला—'मैं कभी यह रोज़गार न करूँगा।'

लालाजी को लड़के की मूर्खता पर क्रोध की जगह क्रोध-मिश्रित दया आ गयी। बोले—'तो फिर कौन रोज़गार करोगे ? कौन रोज़गार है, जिसमें तुम्हारी आत्मा की हत्या न हो; लेन-देन, सूद-बट्टा, अनाज-कपड़ा, तेल-घी; सभी रोज़गारों में दाँव-घात है। जो दाँव-घात समझता है,

वह नफा उड़ाता है, जो नहीं समझाता, उसका दिवाला पिट जाता है। मुझे कोई ऐसा रोज़गार बता दो, जिसमें झूठ न बोलना पड़े, बेईमानी न करनी पड़े। इतने बड़े-बड़े हाकिम हैं, बताओ कौन घूस नहीं लेता ? एक सीधी-सी नक़ल लेने जाओ, तो एक रुपया लग जाता है। बिना तहरीर लिए थानेदार रपट तक नहीं लिखता। कौन वकील है, जो झूठे गवाह नहीं बनाता ? लीडरों ही में कौन है, जो चन्दे के रुपये में नोच-खसोट न करता हो ? माया पर तो संसार की रचना हुई है; इससे कोई कैसे बच सकता है ?'

अमर ने उदासीन भाव से सिर हिलाकर कहा—'अगर रोज़गार का यह हाल है, तो मैं रोज़गार करूँगा ही नहीं।'

'तो घर-गिरस्ती कैसे चलेगी ? कुएँ में पानी की आमद न हो, तो कै दिन पानी निकले ?'

अमरकान्त ने इस विवाद का अन्त करने के इरादे से कहा—'मैं भूखों मर जाऊँगा; पर आत्मा का गला न घोटूँगा।'

'तो क्या मजूरी करोगे ?'

'मजूरी करने में कोई शर्म नहीं है।'

समरकान्त ने हथौड़े से काम चलते न देखकर घन चलाया—'शर्म चाहे न हो; पर तुम कर न सकोगे, कहो लिख दूँ। मुँह से बक देना सहल है, कर दिखाना कठिन होता है। चोटी का पसीना एड़ी तक आता है, तब चार गंडे पैसे मिलते हैं। मजूरी करेंगे ! एक घड़ा पानी तो अपने हाथों खींचा नहीं जाता, चार पैसे की भाजी लेनी होती है, तो नौकर लेकर चलते हैं, यह मजूरी करेंगे। अपने भाग्य को सराहो कि मैंने कमाकर रख दिया है। तुम्हारा किया कुछ न होगा। तुम्हारी इन बातों से ऐसा जी जलता है कि सारी जायदाद कृष्णार्पण कर दूँ, फिर देखूँ तुम्हारी आत्मा किधर जाती है।'

अमरकान्त पर उनकी इस चोट का भी कोई असर न हुआ—'आप खुशी से अपनी जायदाद कृष्णार्पण कर दें। मेरे लिए रत्ती-भर भी चिन्ता न करें। जिस दिन आप यह पुनीत कार्य करेंगे, उस दिन मेरा सौभाग्य-सूर्य उदय होगा। मैं इस मोह से मुक्त होकर स्वाधीन हो जाऊँगा। जब तक मैं इस बन्धन में पड़ा रहूँगा। मेरी आत्मा का विकास न होगा।'

समरकान्त के पास अब कोई शस्त्र न था। एक क्षण के लिए क्रोध ने उनकी व्यवहार-बुद्धि को भ्रष्ट कर दिया। बोले—'तो क्यों इस बन्धन में पड़े हो ? क्यों अपनी आत्मा का विकास नहीं करते ? महात्मा ही हो जाओ। कुछ करके दिखाओ तो ! जिस चीज़ की तुम क़दर नहीं कर सकते, वह मैं तुम्हारे गले नहीं मढ़ना चाहता।'

यह कहते हुए वह ठाकुरद्वारे में चले गये, जहाँ इस समय आरती का घंटा बज रहा था। अमर इस चुनौती का जवाब न दे सका। वे शब्द जो बाहर न निकल सके, उसके हृदय में फोड़े की तरह टीसने लगे—मुझ पर अपनी सम्पत्ति की धौंस जमाने चले हैं ? चोरी का माल बेचकर, जुआरियों को चार आने रुपये ब्याज पर रुपये देकर, ग़रीब मजूरों और किसानों को ठगकर तो रुपये जोड़े हैं, उस पर आपको इतना अभिमान है। ईश्वर न करे कि मैं उस धन का गुलाम बनूँ।

वह इन्हीं उत्तेजना से भरे हुए विचारों में डूबा बैठा था कि नैना ने आकर कहा—'दादा बिगड़ रहे थे भैया जी ?'

अमरकान्त के एकान्त जीवन में नैना ही स्नेह और सान्त्वना की वस्तु थी। अपना सुख-दुख, अपनी विजय और पराजय, अपने मंसूबे और इरादे वह उसी से कहा करता था। यद्यपि सुखदा से अब उसे उतना विराग न था, न ही उससे उसे प्रेम भी हो गया था; पर नैना अब भी उससे निकटतर थी। सुखदा और नैना दोनों उसके अन्तस्तल के दो कूल थे। सुखदा ऊँची, दुर्गम और विशाल थी। लहरें उसके चरणों ही तक पहुँचकर रह जाती थीं। नैना समतल, सुलभ और समीप। वायु का थोड़ा वेग पाकर भी लहरें उसके मर्मस्थल तक जा पहुँचती थीं।

अमर अपनी मनोव्यथा को मन्द मुस्कान की आड़ में छिपाता हुआ बोला—'कोई नयी बात नहीं थी नैना। वही पुराना पचड़ा था। तुम्हारी भाभी तो नीचे नहीं थीं ?'

'अभी तक तो यहीं थीं। ज़रा देर हुई ऊपर चली गयीं।'

'तो आज उधर से भी शस्त्र-प्रहार होंगे। दादा ने तो आज मुझसे साफ़ कह दिया, तुम अपने लिए कोई राह निकालो, और मैं भी सोचता हूँ, मुझे अब कुछ-न-कुछ करना चाहिए। यह रोज़-रोज़ की फटकार नहीं सही जाती। मैं कोई बुराई करूँ, तो वह मुझे दस जूते भी जमा दें, चूँ न करूँगा; लेकिन अधर्म पर मुझसे न चला जाएगा।'

नैना ने इस वक्त मीठी पकौड़ियाँ, नमकीन पकौड़ियाँ, खट्टी पकौड़ियाँ और न जाने क्या-क्या पका रखे थे। उसका मन उन पदार्थों को खिलाने और खाने के आनन्द में बसा हुआ था। यह धर्म-अधर्म के झगड़े उसे व्यर्थ से जान पड़े। बोली—'पहले चलकर पकौड़ियाँ खा लो, फिर इस विषय पर सलाह होगी।'

अमर ने वितृष्णा के भाव से कहा—'ब्यालू करने की मेरी इच्छा नहीं है। लात की मारी रोटियाँ कण्ठ के नीचे न उतरेंगी। दादा ने आज फैसला कर दिया।'

'अब तुम्हारी यही बात मुझे अच्छी नहीं लगती। आज की-सी मज़ेदार पकौड़ियाँ तुमने कभी न खायी होंगी। तुम न खाओगे, तो मैं न खाऊँगी।'

नैना की इस दलील ने उसके इनकार को कई कदम पीछे ढकेल दिया—'तू मुझे बहुत दिक़ करती है नैना, सच कहता हूँ, मुझे बिलकुल इच्छा नहीं है।'

'चलकर थाल पर बैठो तो, पकौड़ियाँ देखते ही टूट न पड़ो, तो कहना।'

'तू जाकर खा क्यों नहीं लेती ? मैं एक दिन न खाने से मर तो न जाऊँगा।'

'तो क्या मैं एक दिन न खाने से मर जाऊँगी। मैं तो निर्जला शिवरात्रि रखती हूँ, तुमने तो कभी व्रत नहीं रखा।'

नैना के आग्रह को टालने की शक्ति अमरकान्त में न थी।

लाला समरकान्त रात का भोजन न करते थे। इसलिए भाई, भावज, बहन साथ ही खा लिया करते थे। अमर आँगन में पहुँचा, तो नैना ने भाभी को बुलाया। सुखदा ने ऊपर ही से कहा—'मुझे भूख नहीं है।'

मनावन का भार अमरकान्त के सिर पड़ा। वह दबे पाँव ऊपर गया। जी में डर रहा था कि आज मुआमला तूल खींचेगा; पर इसके साथ ही दृढ़ भी था। इस प्रश्न पर वह दबेगा नहीं। यह ऐसा मार्मिक विषय था, जिस पर किसी प्रकार का समझौता हो ही न सकता था।

अमरकान्त की आहट पाते ही सुखदा सँभल बैठी। उसके पीले मुख पर ऐसी करुण वेदना झलक रही थी कि एक क्षण के लिए अमरकान्त चंचल हो गया।

अमरकान्त ने उसका हाथ पकड़कर कहा—'चलो, भोजन कर लो। आज बहुत देर हो गयी।'

'भोजन पीछे करूँगी, पहले मुझे तुमसे एक बात का फैसला करना है। तुम आज फिर दादाजी से लड़ पड़े ?'

'दादाजी से मैं लड़ पड़ा, या उन्हीं ने मुझे अकारण डाँटना शुरू किया ?'

सुखदा ने दार्शनिक निरपेक्षता के स्वर में कहा—'तो उन्हें डाँटने का अवसर ही क्यों देते हो ? मैं मानती हूँ कि उनकी नीति तुम्हें अच्छी नहीं लगती। मैं भी उसका समर्थन नहीं करती; लेकिन अब इस उम्र में तुम उन्हें नए रास्ते पर नहीं चला सकते। वह भी तो उसी रास्ते पर चल रहे हैं, जिस पर सारी दुनिया चल रही है। तुमसे जो कुछ हो सके, उनकी मदद करो ! जब वह न रहेंगे, उस वक्त अपने आदर्शों का पालन करना। तब कोई तुम्हारा हाथ न पकड़ेगा। इस वक्त तुम्हें अपने सिद्धान्तों के विरुद्ध भी कोई बात करनी पड़े, तो बुरा न मानना चाहिए। उन्हें कम-से-कम इतना संतोष तो दिला दो कि उनके पीछे तुम उनकी कमाई लुटा न दो। मैं आज तुम दोनों जनों की बातें सुन रही थी। मुझे तो तुम्हारी ही ज्यादती मालूम होती थी।

अमरकान्त उसके प्रसव-भार पर चिन्ता-भार न लादना चाहता था; पर प्रसंग ऐसा आ पड़ा था कि वह अपने को निर्दोष सिद्ध करना आवश्यक समझता था। बोला—'उन्होंने आज मुझसे साफ़-साफ़ कह दिया, तुम अपनी फ़िक्र करो। उन्हें अपना धन मुझसे ज़्यादा प्यारा है।'

यही काँटा था, जो अमरकान्त के हृदय में चुभ रहा था।

सुखदा के पास जवाब तैयार था—'तुम्हें भी तो अपना सिद्धान्त अपने बाप से ज्यादा प्यारा है ? उन्हें तो मैं कुछ नहीं कहती। अब साठ बरस की उम्र में उन्हें उपदेश नहीं दिया जा सकता। कम-से-कम तुमको यह अधिकार नहीं है। तुम्हें धन काटता हो; लेकिन मनस्वी, वीर पुरुषों ने सदैव लक्ष्मी की उपासना की है। संसार को पुरुषार्थियों ने ही भोगा है और हमेशा भोगेंगे। त्याग गृहस्थों के लिए नहीं, संन्यासियों के लिए है। अगर तुम्हें त्यागव्रत लेना था तो विवाह करने की ज़रूरत न थी, सिर मुड़ाकर किसी साधु-सन्त के चेलें बन जाते। फिर मैं तुमसे झगड़ने न आती। अब ओखली में सिर डालकर तुम मूसलों से नहीं बच सकते। गृहस्थी के चरखे में पड़कर बड़े-बड़ों की नीति भी स्खलित हो जाती है। कृष्ण और अर्जुन तक को एक नये तर्क की शरण लेनी पड़ी।'

अमरकान्त ने इस ज्ञानोपदेश का जवाब देने की ज़रूरत न समझी। ऐसी दलीलों पर गम्भीर विचार किया ही न जा सकता था। बोला—'तो तुम्हारी सलाह है कि संन्यासी हो जाऊँ।'

सुखदा चिढ़ गयी। अपनी दलीलों का यह अनादर न सह सकी। बोली—'कायरों को इसके सिवाय और सूझ ही क्या सकता है। धन कमाना आसान नहीं है। व्यवसायियों को जितनी कठिनाइयों का सामना करना पड़ता है, वह अगर संन्यासियों को झेलनी पड़े, तो

सारा संन्यास भूल जाए। किसी भले आदमी के द्वार पर जाकर पड़े रहने के लिए बल, बुद्धि विद्या, साहस किसी की भी ज़रूरत नहीं। धनोपार्जन के लिए ख़ून जलाना पड़ता है; मांस सुखाना पड़ता है। सहज काम नहीं है। धन कहीं पड़ा नहीं है कि चाहे बटोर लाए।'

अमरकान्त ने उसी विनोद भाव से कहा—'मैं तो दादा को गद्दी पर बैठे रहने के सिवाय और कुछ करते नहीं देखता। और भी जो बड़े-बड़े सेठ-साहूकार हैं, उन्हें भी फूलकर कुप्पा होते ही देखा है। रक्त और मांस तो मज़दूर ही जलाते हैं। जिसे देखो कंकाल बना हुआ है।'

सुखदा ने कुछ जवाब न दिया। ऐसी मोटी अक्ल के आदमी से ज्यादा बकवास करना व्यर्थ था।

नैना ने पुकारा—'तुम क्या करने लगे भैया ! आते क्यों नहीं ? पकौड़ियाँ ठण्डी हुई जाती हैं।'

सुखदा ने कहा—'तुम जाकर खा क्यों नहीं लेते ? बेचारी ने दिन-भर तैयारियाँ की हैं।'

'मैं तो तभी जाऊँगा, जब तुम भी चलोगी।'

'वादा करो कि फिर दादाजी से लड़ाई न करोगे।'

अमरकान्त ने गम्भीर होकर कहा—'सुखदा, मैं तुमसे सत्य कहता हूँ, मैंने इस लड़ाई से बचने के लिए कोई बात उठा नहीं रखी। इन दो सालों में मुझमें कितना परिवर्तन हो गया है, कभी-कभी मुझे इस पर स्वयं आश्चर्य होता है। मुझे जिन बातों से घृणा थी, वह सब मैंने अंगीकार कर ली; लेकिन अब उस सीमा पर आ गया हूँ कि जौ-भर भी आगे बढ़ा, तो ऐसे गर्त में जा गिरूँगा, जिसकी थाह नहीं है। उस सर्वनाश की ओर मुझे मत ढकेलो।'

सुखदा को इस कथन में अपने ऊपर लांछन का आभास हुआ। इसे वह कैसे स्वीकार करती। बोली—'इसका तो यही आशय है कि मैं तुम्हारा सर्वनाश करना चाहती हूँ। अगर अब तक मेरे व्यवहार का यही तत्व तुमने निकाला है, तो तुम्हें इससे बहुत पहले मुझे विष देना चाहिए था। अगर तुम समझते हो कि मैं भोग-विलास की दासी हूँ और केवल स्वार्थवश तुम्हें समझाती हूँ, तो तुम मेरे साथ घोरतम अन्याय कर रहे हो। मैं तुमको बता देना चाहती हूँ कि विलासिनी सुखदा अवसर पड़ने पर जितने कष्ट झेलने की सामर्थ्य रखती है, उसकी तुम कल्पना भी नहीं कर सकते। ईश्वर वह दिन न लाए कि मैं तुम्हारे पतन का साधन बनूँ। हाँ, जलने के लिए स्वयं चिता बनाना मुझे स्वीकार नहीं। मैं जानती हूँ कि तुम थोड़ी बुद्धि से काम लेकर अपने सिद्धान्त और धर्म की रक्षा भी कर सकते हो और घर की तबाही को भी रोक सकते हो। दादाजी पढ़े-लिखे आदमी हैं, दुनिया देख चुके हैं। अगर तुम्हारे जीवन में कुछ सत्य है, तो उसका उन पर प्रभाव पड़े बगैर नहीं रह सकता। आये दिन की झौड़ से तुम उन्हें और भी कठोर बनाये देते हो। बच्चे भी मार से जिद्दी हो जाते हैं। बूढ़ों की प्रकृति कुछ बच्चों ही-सी होती है। बच्चों की भाँति उन्हें भी तुम सेवा और भक्ति से ही अपना सकते हो।'

अमर ने पूछा—'चोरी का माल खरीदा करूँ ?'

'कभी नहीं।'

'लड़ाई तो इसी बात पर हुई।'

'तुम उस आदमी से कह सकते थे—दादा आ जाएँ तब लाना।'

'और अगर वह न मानता ? उसे तत्काल रुपये की ज़रूरत थी।'

'आपद्धर्म भी कोई चीज़ है ?'

'वह पाखण्डियों का पाखण्ड है।'

'तो मैं तुम्हारे निर्जीव आदर्शवाद को भी पाखंडियों का पाखण्ड समझती हूँ।'

एक मिनट तक दोनों थके हुए योद्धाओं की भाँति दम लेते रहे। तब अमरकान्त ने कहा—'नैना पुकार रही है।'

'मैं तो तभी चलूँगी, जब तुम वह वादा करोगे।'

अमरकान्त ने अविचल भाव से कहा—'तुम्हारी ख़ातिर से कहो वादा कर लूँ; पर मैं उसे पूरा नहीं कर सकता। यही हो सकता है कि मैं घर की किसी बात से सरोकार न रखूँ।'

सुखदा निश्चयात्मक रूप से बोली—'यह इससे कहीं अच्छा है कि रोज़ घर में लड़ाई होती रहे। जब तक इस घर में हो, इस घर की हानि-लाभ का तुम्हें विचार करना पड़ेगा।'

अमर ने अकड़कर कहा—'मैं आज इस घर को छोड़ सकता हूँ।'

सुखदा ने बम-सा फेंका—'और मैं ?'

अमर विस्मय से सुखदा का मुँह देखने लगा।

सुखदा ने उसी स्वर में फिर कहा—'इस घर से मेरा नाता तुम्हारे आधार पर है। जब तुम इस घर में न रहोगे, तो मेरे लिए यहाँ क्या रखा है। जहाँ तुम रहोगे, वहीं मैं भी रहूँगी।'

अमर ने संशयात्मक स्वर में कहा—'तुम अपनी माता के साथ रह सकती हो।'

'माता के साथ क्यों रहूँ ?' मैं किसी की आश्रित नहीं रह सकती। मेरा दुःख-सुख तुम्हारे साथ है। जिस तरह रखोगे, उसी तरह रहूँगी। मैं भी देखूँगी, तुम अपने सिद्धान्तों के कितने पक्के हो। मैं प्रण करती हूँ कि तुमसे कुछ न माँगूँगी। तुम्हें मेरे कारण ज़रा भी कष्ट न उठाना पड़ेगा। मैं .ख़ुद भी कुछ पैदा कर सकती हूँ, थोड़ा मिलेगा, थोड़े में गुज़र कर लेंगे; बहुत मिलेगा तो पूछना ही क्या। जब एक दिन हमें अपनी झोंपड़ी बनानी ही है तो क्यों न अभी से हाथ लगा दें। तुम कुएँ से पानी लाना, मैं चौका-बरतन कर लूँगी। जो आदमी एक महल में रहता है, वह एक कोठरी में भी रह सकता है। फिर कोई धौंस तो न जमा सकेगा।'

अमरकान्त पराभूत हो गया। उसे अपने विषय में तो कोई चिन्ता नहीं थी; लेकिन सुखदा के साथ वह यह अत्याचार कैसे कर सकता था ?

खिसियाकर बोला—'वह समय अभी नहीं आया है सुखदा !'

सुखदा सतेज होकर बोली—'डरते होगे कि यह अपने भाग्य की रोयेगी, क्यों ?'

अमरकान्त झेंपकर बोला—'यह बात नहीं है सुखदा !'

'क्यों झूठ बोलते हो ! तुम्हारे मन में यही भाव है और इससे बड़ा अन्याय तुम मेरे साथ नहीं कर सकते। कष्ट सहने में, या सिद्धान्त की रक्षा के लिए स्त्रियाँ कभी पुरुषों से पीछे नहीं रहीं। तुम मुझे मजबूर कर रहे हो कि और कुछ नहीं तो लांछन से बचने के लिए मैं दादाजी से अलग रहने की आज्ञा माँगूँ! बोलो ?'

अमर लज्जित होकर बोला–'मुझे क्षमा करो सुखदा ! मैं वादा करता हूँ कि दादाजी जैसा कहेंगे, वैसा ही करूँगा।'

'इसलिए कि तुम्हें मेरे विषय में सन्देह है ?'

'नहीं, केवल इसलिए कि मुझमें अभी उतना बल नहीं है।'

इसी समय नैना आकर दोनों को पकौड़ियाँ खिलाने के लिए घसीट ले गयी। सुखदा प्रसन्न थी। उसने आज बहुत बड़ी विजय पायी थी। अमरकान्त झेंपा हुआ था। उसके आदर्श और धर्म की आज परीक्षा हो गयी थी और उसे अपनी दुर्बलता को ज्ञान हो गया था। ऊँट पहाड़ के नीचे आकर अपनी ऊँचाई देख चुका था।

9

जीवन में कुछ सार है, अमरकान्त को इसका अनुभव हो रहा है। वह एक शब्द भी मुँह से ऐसा नहीं निकालना चाहता, जिससे सुखदा को दुःख हो; क्योंकि वह गर्भवती है। उसकी इच्छा के विरुद्ध वह छोटी-से-छोटी बात भी नहीं कहना चाहता। वह गर्भवती है। उसे अच्छी-अच्छी किताबें पढ़कर सुनाई जाती हैं; रामायण, महाभारत और गीता से अब अमर को विशेष प्रेम है; क्योंकि सुखदा गर्भवती है। बालक के संस्कारों का सदैव ध्यान बना रहता है। सुखदा को प्रसन्न रखने की निरन्तर चेष्टा की जाती है। उसे थियेटर, सिनेमा दिखाने में अब अमर को संकोच नहीं होता। कभी फूलों के गजरे आते हैं, कभी कोई मनोरंजन की वस्तु। सुबह-शाम वह दुकान पर भी बैठता है। सभाओं की ओर उसकी रुचि नहीं है। वह पुत्र का पिता बनने जा रहा है। इसकी कल्पना से उसमें ऐसा उत्साह भर जाता है कि कभी-कभी एकान्त में नतमस्तक होकर कृष्ण के चित्र के सामने सिर झुका लेता है। सुखदा तप कर रही है। अमर अपने को नयी जिम्मेदारियों के लिए तैयार कर रहा है। अब तक वह समतल भूमि पर था, बहुत सँभलकर चलने की उतनी ज़रूरत न थी। अब वह ऊँचाई पर जा पहुँचा है। वहाँ बहुत सँभलकर पाँव रखना पड़ता है।

लाला समरकान्त भी आजकल बहुत खुश नज़र आते हैं। बीसों ही बार अन्दर जाकर सुखदा से पूछते हैं, किसी चीज़ की ज़रूरत तो नहीं है। अमर पर उनकी विशेष कृपा-दृष्टि हो गयी है। उसके आदर्शवाद को वह उतना बुरा नहीं समझते। एक दिन काले खाँ को उन्होंने दुकान से खड़े-खड़े निकाल दिया। असामियों पर वह उतना नहीं बिगड़ते, उतनी नालिशें नहीं करते। उनका भविष्य उज्ज्वल हो गया है। एक दिन उनकी रेणुका से बातें हो रही थीं। अमरकान्त की निष्ठा की उन्होंने दिल खोलकर प्रशंसा की।

रेणुका उतनी प्रसन्न न थी। प्रसव के कष्टों को याद करके वह भयभीत हो जाती थीं। बोलीं–'लालाजी, मैं तो भगवान् से यही मनाती हूँ कि जब हँसाया है, तो बीच में रुलाना मत। पहलौंठी में बड़ा संकट रहता है। स्त्री का दूसरा जन्म होता है।'

समरकान्त को ऐसी कोई शंका न थी। बोले–'मैंने तो बालक का नाम सोच लिया है। उसका नाम होगा–रेणुकान्त।'

रेणुका आशंकित होकर बोलीं–'अभी नाम-वाम न रखिए लालाजी। इस संकट से उद्धार हो जाए, तो नाम सोच लिया जायेगा। मैं तो सोचती हूँ, दुर्गापाठ बैठा दीजिए। इस मुहल्ले में एक दाई रहती है, उसे अभी से रख लिया जाए, तो अच्छा हो। बिटिया अभी बहुत-सी बातें नहीं समझती। दाई उसे सँभालती रहेगी।'

लालाजी ने इस प्रस्ताव को हर्ष से स्वीकार कर लिया। यहाँ से जब वह घर लौटे तो देखा–दुकान पर दो गोरे और एक मेम बैठे हुए हैं और अमरकान्त उनसे बातें कर रहा है। कभी-कभी नीचे दरजे के गोरे यहाँ अपनी घड़ियाँ या कोई और चीज़ बेचने के लिए आ जाते थे। लालाजी उन्हें खूब ठगते थे। वह जानते थे कि ये लोग बदनामी के भय से किसी दूसरी दुकान पर न जायेंगे। उन्होंने जाते-ही-जाते अमरकान्त को हटा दिया और खुद सौदा पटाने लगे। अमरकान्त स्पष्टवादी था और यह स्पष्टवादिता का अवसर न था। मेम साहब को सलाम करके पूछा–'कहिए मेम साहब, क्या हुकुम है ?'

तीनों शराब के नशे में चूर थे। मेम साहब ने सोने की एक जंजीर निकालकर कहा–'सेठजी, हम इसको बेचना चाहता है। बाबा बहुत बीमार है। उसका दवाई में बहुत खरच हो गया।'

समरकान्त ने ज़ंजीर लेकर देखा और हाथ में तौलते हुए बोले–'इसका सोना तो अच्छा नहीं है मेम साहब। आपने कहाँ बनवाया था ?'

मेम हँसकर बोली–'ओ ! तुम बराबर यही बात कहता है। सोना बहुत अच्छा है। अंग्रेज़ी दुकान का बना हुआ है। आप इसको ले लें।'

समरकान्त ने अनिच्छा का भाव दिखाते हुए कहा–'बड़ी-बड़ी दुकानें ही तो गाहकों को उलटे छुरे से मूँड़ती हैं। जो कपड़ा यहाँ बाजार में छः आने गज़ मिलेगा, वही अंग्रेज़ी दुकानों पर बारह आने गज से नीचे न मिलेगा। मैं तो दस रुपये तोले से बेशी नहीं दे सकता।'

'और कुछ नहीं देगा ?'

'कुछ और नहीं। यह भी आपकी ख़ातिर हैं।'

यह गोरे उस श्रेणी के थे, जो अपनी आत्मा को शराब और जुए के हाथों बेच देते हैं, बेटिकट फ़र्स्ट क्लास में सफ़र करते हैं, होटलवालों को धोखा देकर उड़ जाते हैं और जब कुछ बस नहीं चलता, तो बिगड़े हुए शरीफ़ बनकर भीख माँगते हैं। तीनों ने आपस में सलाह की और ज़ंजीर बेच डाली। रुपये लेकर दुकान से उतरे और ताँगे पर बैठे ही थे कि एक भिखारिन ताँगे के पास आकर खड़ी हो गयी। वे तीनों रुपये पाने की खुशी में भूले हुए थे कि सहसा उस भिखारिन ने छुरी निकालकर एक गोरे पर वार किया। छुरी उसके मुँह पर आ रही थी। उसने घबड़ाकर मुँह पीछे हटाया तो छाती में चुभ गयी। वह तो ताँगे पर ही हाय-हाय करने लगा। शेष दोनों गोरे ताँगे से उतर पड़े और दुकान पर आकर प्राणरक्षा करना चाहते थे कि भिखारिन ने दूसरे गोरे पर वार कर दिया। छुरी उसकी पसली में पहुँच गयी। दुकान पर चढ़ने न पाया था, धड़ाम से गिर पड़ा। भिखारिन लपककर दुकान पर चढ़ गयी और मेम पर झपटी कि अमरकान्त हाँ-हाँ करके उसकी छुरी छीन लेने को बढ़ा। भिखारिन ने उसे देखकर छुरी फेंक दी और दुकान के नीचे कूदकर खड़ी हो गयी। सारे बाज़ार में हलचल मच गयी–एक गोरे ने कई आदमियों को मार डाला है, लाला समरकान्त

मार डाले गये, अमरकान्त को भी चोट आयी है। ऐसी दशा में किसे अपनी जान भारी थी, जो वहाँ आता। लोग दुकानें बन्द करके भागने लगे।

दोनों गोरे ज़मीन पर पड़े तड़प रहे थे, ऊपर मेम सहमी हुई खड़ी थी और लाला समरकान्त अमरकान्त का हाथ पकड़कर अन्दर घसीट ले जाने की चेष्ट कर रहे थे। भिखारिन भी सिर झुकाए जड़वत् खड़ी थी—ऐसी भोली-भाली जैसे कुछ किया ही नहीं है !

वह भाग सकती थी, कोई उसका पीछा करने का साहस न करता; पर भागी नहीं। वह आत्मघात कर सकती थी। उसकी छुरी अब भी ज़मीन पर पड़ी हुई थी; पर उसने आत्मघात भी न किया। वह तो इस तरह खड़ी थी, मानो उसे यह सारा दृश्य देखकर विस्मय हो रहा हो।

सामने के कई दुकानदार जमा हो गये। पुलिस के दो जवान भी आ पहुँचे। चारों तरफ़ से आवाज आने लगी—'यही औरत है ! यही औरत है ! पुलिसवालों ने उसे पकड़ लिया।'

एक दस मिनट में सारा शहर और सारे अधिकारी वहाँ आकर जमा हो गये। सब तरफ़ लाल पगड़ियाँ दीख पड़ती थीं। सिविल सर्जन ने आकर आहतों को उठवाया और अस्पताल ले चले। इधर तहक़ीकात होने लगी। भिखारिन ने अपना अपराध स्वीकार किया।

पुलिस के सुपरिन्टेन्डेन्ट ने पूछा—'तेरी इन आदमियों से कोई अदावत थी ?'—भिखारिन ने कोई जवाब न दिया।

सैकड़ों आवाज़ें आयीं—'बोलती क्यों नहीं ? हत्यारिन !'

भिखारिन ने दृढ़ता से कहा—'मैं हत्यारिन नहीं हूँ।'

'इन साहबों को तूने नहीं मारा ?'

'हाँ, मैंने मारा है।'

'तो तू हत्यारिन कैसे नहीं है ?'

'मैं हत्यारिन नहीं हूँ। आज से छः महीने पहले ऐसे ही तीन आदमियों ने मेरी आबरू बिगाड़ी थी। मैं फिर घर नहीं गयी। किसी को अपना मुँह नहीं दिखाया। मुझे होश नहीं कि मैं कहाँ-कहाँ फिरी, कैसी रही, क्या-क्या किया। इस वक्त भी मुझे होश जब आया, तब मैं इन दोनों गोरों को घायल कर चुकी थी। तब मुझे मालूम हुआ कि मैंने क्या किया। मैं बहुत ग़रीब हूँ। मैं नहीं कह सकती, मुझे छुरी किसने दी, कहाँ से मिली और मुझमें इतनी हिम्मत कहाँ से आयी। मैं यह इसीलिए नहीं कह रही हूँ कि मैं फाँसी से डरती हूँ। मैं तो भगवान् से मनाती हूँ कि जितनी जल्द हो सके, मुझे संसार से उठा लो। जब आबरू लुट गयी, तो जीकर क्या करूँगी।'

इस कथन ने जनता की मनोवृत्ति बदल दी। पुलिस ने जिन-जिन लोगों के बयान लिए, सबने यही कहा—'यह पगली है। इधर-उधर मारी-मारी फिरती थी। खाने को दिया जाता था, तो कुत्तों के आगे डाल देती थी। पैसे दिए जाते थे, तो फेंक देती थी।'

एक ताँगेवाले ने कहा—'यह बीच सड़क पर बैठी हुई थी। कितनी ही घण्टी बजाई, पर रास्ते से हटी नहीं। मजबूर होकर पटरी से ताँगा निकाल लाया।'

एक पानवाले ने कहा—'एक दिन मेरी दुकान पर आकर खड़ी हो गयी। मैंने एक

बीड़ा दिया। उसे जमीन पर डालकर पैरों से कुचलने लगी, फिर गाती हुई चली गयी।'

अमरकान्त का बयान भी हुआ। लालाजी तो चाहते थे कि वह इस झंझट में न पड़े; पर अमरकान्त ऐसा उत्तेजित हो रहा था कि उन्हें दुबारा कुछ कहने का हौसला न हुआ। अमर ने सारा वृत्तान्त कह सुनाया। रंग को चोखा करने के लिए दो-चार बातें अपनी तरफ से जोड़ दीं।

पुलिस के अफ़सर ने पूछा–'तुम कह सकते हो, यह औरत पागल है ?'

अमरकान्त बोला–'जी हाँ, बिल्कुल पागल। बीसियों ही बार उसे अकेले हँसते या रोते देखा। कोई कुछ पूछता था, तो भाग जाती थी।'

यह सब झूठ था। उस दिन के बाद आज यह औरत यहाँ पहली बार उसे नजर आयी थी। संभव है, उसने कभी, इधर-उधर भी देखा हो; पर वह उसे पहचान न सका था।

जब पुलिस पगली को लेकर चली, तो दो हज़ार आदमी थाने तक उसके साथ गये। अब वह जनता की दृष्टि में साधारण स्त्री न थी। देवी के पद पर पहुँच गयी थी। किसी दैवी शक्ति के बगैर उसमें इतना साहस कहाँ से आ जाता ! रात-भर शहर के अन्य भागों से आ-आकर लोग घटना-स्थल का मुआयना करते रहे। दो-एक आदमी उस काण्ड की व्याख्या करने में हार्दिक आनन्द प्राप्त कर रहे थे। यों आकर ताँगे के पास खड़ी हो गयी, यों छुरी निकाली, यों झपटी, यों दोनों दुकान पर चढ़े, यों दूसरे गोरे पर टूटी। भैया अमरकान्त सामने न आ जाएँ, तो मेम का काम भी तमाम कर देती। उस समय उसकी आँखों से लाल अँगारे निकल रहे थे। मुख पर ऐसा तेज था, मानो दीपक हो।

अमरकान्त अन्दर गया तो देखा, नैना भावज का हाथ पकड़े सहमी खड़ी है और सुखदा राजसी करुणा से आन्दोलित सजल नेत्र चारपाई पर बैठी हुई है। अमर को देखते ही वह खड़ी हो गयी और बोली–'यह वही औरत थी न ?'

'हाँ, वही तो मालूम होती है।'

'तो अब यह फाँसी पा जाएगी ?'

'शायद बच जाए, पर आशा कम है।'

'अगर इसको फ़ाँसी हो गयी तो मैं समझूँगी, संसार से न्याय उठ गया। उसने कोई अपराध नहीं किया। जिन दुष्टों ने उस पर ऐसा अत्याचार किया, उन्हें यही दण्ड मिलना चाहिए था। मैं अगर न्याय के पद पर होती, तो उसे बेदाग़ छोड़ देती। ऐसी देवी की तो प्रतिमा बनाकर पूजना चाहिए। उसने अपनी सारी बहनों का मुख उज्ज्वल कर दिया।'

अमरकान्त ने कहा–'लेकिन यह तो कोई न्याय नहीं कि काम कोई करे सज़ा कोई पाए।'

सुखदा ने उग्र भाव से कहा–'वे सब एक हैं। जिस जाति में ऐसे दुष्ट हों उस जाति का पतन हो गया है। समाज में एक आदमी कोई बुराई करता है, तो सारा समाज बदनाम हो जाता है और उसका दण्ड सारे समाज को मिलना चाहिए। एक गोरी औरत को सरहद का कोई आदमी उठा ले गया था। सरकार ने उसका बदला लेने के लिए सरहद पर चढ़ाई करने की तैयारी कर दी थी। अपराधी कौन है इसे पूछा भी नहीं। उसकी निगाह में सारा सूबा अपराधी था। इस भिखारिन का कोई रक्षक न था। उसने अपनी आबरू का बदला

.ख़ुद लिया। तुम जाकर वकीलों से सलाह लो, फाँसी न होने पावे; चाहे कितने ही रुपये खर्च हो जाएँ। मैं तो कहती हूँ, वकीलों को इस मुक़दमे की पैरवी मुफ्त करनी चाहिए। ऐसे मुआमले में भी कोई वकील मेहनताना माँगे, तो मैं समझूँगी वह मनुष्य नहीं। तुम अपनी सभा में आज जलसा करके चंदा लेना शुरू कर दो। मैं इस दशा में भी इसी शहर से हज़ारों रुपये जमा कर सकती हूँ। ऐसी कौन नारी है, जो उसके लिए नाहीं कर दे।'

अमरकान्त ने उसे शान्त करने के इरादे से कहा—'जो कुछ तुम चाहती हो, वह सब होगा। नतीजा कुछ भी हो; पर हम अपनी तरफ़ से कोई बात उठा न रखेंगे। मैं ज़रा प्रो. शान्तिकुमार के पास जाता हूँ। तुम जाकर आराम से लेटो।'

'मैं भी अम्माँ के पास जाऊँगी। तुम मुझे उधर छोड़कर चले जाना।'

अमर ने आग्रहपूर्वक कहा—'तुम चलकर शान्ति से लेटो, मैं अम्माँ से मिलता चला जाऊँगा।'

सुखदा ने चिढ़कर कहा—'ऐसी दशा में जो शान्ति से लेटे वह मृतक है। इस देवी के लिए तो मुझे प्राण भी देने पड़े, तो खुशी से दूँ। अम्माँ से मैं जो कहूँगी, वह तुम नहीं कह सकते। नारी के लिए नारी के हृदय में जो तड़प होगी, वह पुरुषों के हृदय में नहीं हो सकती। मैं अम्माँ से इस मुक़दमे के लिए पाँच हज़ार से कम न लूँगी। मुझे उनका धन न चाहिए। चंदा मिले तो वाह-वाह, नहीं तो उन्हें .ख़ुद निकल आना चाहिए। ताँगा बुलवा लो।'

अमरकान्त को आज ज्ञात हुआ, विलासिनी के हृदय में कितनी वेदना, कितना स्वजाति-प्रेम, कितना उत्सर्ग है।

ताँगा आया और दोनों रेणुका देवी से मिलने चले।

10

तीन महीने तक सारे शहर में हलचल रही। रोज हज़ारों आदमी सब काम-धन्धे छोड़कर कचहरी जाते। भिखारिन को एक नजर देख लेने की अभिलाषा सभी को खींच ले जाती। महिलाओं की भी खासी संख्या हो जाती थी। भिखारिन ज्यों ही लारी से उतरती 'जय-जय' की गगन-भेदी ध्वनि और पुष्प-वर्षा होने लगती। रेणुका और सुखदा तो कचहरी के उठने तक वहीं रहतीं।

ज़िला मैजिस्ट्रेट ने मुक़दमे को जजी में भेज दिया और रोज़ पेशियाँ होने लगीं। पंच नियुक्त हुए। इधर सफ़ाई के वकीलों की एक फ़ौज तैयार की गयी। मुक़दमे को सबूत की ज़रूरत न थी। अपराधिनी ने अपराध स्वीकार ही कर लिया था। बस, यही निश्चय करना था कि जिस वक्त उसने हत्या की उस वक्त वह होश में थी या नहीं। शहादतें कहती थीं, वह होश में न थी। डॉक्टर कहता था, उसमें अस्थिरचित्त होने के कोई चिह्न नहीं मिलते। डॉक्टर साहब बँगाली थे। जिस दिन वह बयान देकर निकले, उन्हें इतनी धिक्कारें मिलीं कि बेचारे को घर पहुँचना मुश्किल हो गया। ऐसे अवसरों पर जनता की इच्छा के विरुद्ध

किसी ने चूँ किया और उसे धिक्कार मिली। जनता आत्म-निश्चय के लिए कोई अवसर नहीं देती। उसका शासन किसी तरह की नर्मी नहीं करता।

रेणुका नगर की रानी बनी हुई थीं। मुक़दमे की पैरवी का सारा भार उनके ऊपर था। शान्तिकुमार और अमरकान्त उनकी दाहिनी और बायीं भुजाएँ थे। लोग आ-आकर खुद चन्दा दे जाते। यहाँ तक कि लाला समरकान्त भी गुप्त रूप से सहायता कर रहे थे।

एक दिन अमरकान्त ने पठानिन को कचहरी में देखा। सकीना भी चादर ओढ़े उसके साथ थी।

अमरकान्त ने पूछा—'बैठने को कुछ लाऊँ माताजी ? आज आपसे भी न रहा गया।'

पठानिन बोली—'मैं तो रोज़ आती हूँ बेटा, तुमने मुझे न देखा होगा। यह लड़की मानती ही नहीं।'

अमरकान्त को रूमाल की याद आ गयी, और वह अनुरोध भी याद आया, जो बुढ़िया ने उससे किया था; पर इस हलचल में वह कालेज तक तो जा न पाता था, उन बातों का कहाँ से ख़याल रखता।

बुढ़िया ने पूछा—मुक़दमें में क्या होगा बेटा ? वह औरत छूटेगी कि सज़ा हो जायेगी ? सकीना उसके और समीप आ गयी।

अमर ने कहा—'कुछ कह नहीं सकता माता। छूटने की कोई उम्मीद नहीं मालूम होती; मगर हम प्रीवी कौंसिल तक जायेंगे।'

पठानिन बोली—ऐसे मामले में भी जज सज़ा कर दे, तो अन्धेरे है।'

अमरकान्त ने आवेश में कहा—'उसे सज़ा मिले चाहे रिहाई हो, पर उसने दिखा दिया कि भारत की दरिद्र औरतें भी अपनी आबरू की कैसे रक्षा कर सकती हैं।'

सकीना ने पूछा तो अमर से, पर दादी की तरफ़ मुँह करके—'हम दर्शन कर सकेंगे अम्माँ ?'

अमर ने तत्परता से कहा—'हाँ, दर्शन करने में क्या है ? चलो पठानिन, मैं तुम्हें अपने घर की स्त्रियों के साथ बैठा दूँ। वहाँ तुम उन लोगों से बातें भी कर सकोगी।'

पठानिन बोली—'हाँ बेटा, पहले ही दिन से यह लड़की मेरी जान खा रही है। तुमसे मुलाक़ात ही न होती थी कि पूछूँ। कुछ रूमाल बनाए थे। उसके दो रुपये मिले। वह दोनों रुपये तभी से संचित कर रखे हुए हैं। चन्दा देगी। न हो तो तुम्हीं ले लो बेटा, औरतों को दो रुपये देते हुए शर्म आयेगी।'

अमरकान्त इन ग़रीबों का त्याग देखकर भीतर-ही-भीतर लज्जित हो गया। वह अपने को कुछ समझने लगा था। जिधर निकल जाता, जनता उसका सम्मान करती; लेकिन इन फ़ाकेमस्तों का यह उत्साह देखकर उसकी आँखें खुल गयीं। बोला—'चन्दे की तो अब कोई जरूरत नहीं है अम्माँ ! रुपये की कमी नहीं है। तुम इसे खर्च कर डालना। हाँ चलो, मैं उन लोगों से तुम्हारी मुलाकात करा दूँ।'

सकीना का उत्साह ठण्डा पड़ गया। सिर झुकाकर बोली—'जहाँ ग़रीबों के रुपये नहीं पूछे जाते, वहाँ ग़रीबों को कौन पूछेगा। वहाँ जाकर क्या करोगी अम्माँ ! आयेगी तो यहीं से देख लेना।'

अमरकान्त झेंपता हुआ बोला—'नहीं-नहीं, ऐसी कोई बात नहीं है अम्माँ, वहाँ तो एक पैसा भी हाथ फैलाकर लिया जाता है। ग़रीब-अमीर की कोई बात नहीं है। मैं .ख़ुद ग़रीब हूँ। मैंने तो सिर्फ़ इस ख़याल से कहा था कि तुम्हें तकलीफ़ होगी।'

दोनों अमरकान्त के साथ चलीं, तो रास्ते में पठानिन ने धीरे से कहा—'मैंने उस दिन तुमसे एक बात कही थी बेटा ! शायद तुम भूल गये।'

अमरकान्त ने शर्माते हुए कहा—'नहीं-नहीं, मुझे याद है। ज़रा आजकल इसी झंझट में पड़ा रहा। ज्यों इधर से फ़ुरसत मिली, मैं अपने दोस्तों से ज़िक्र करूँगा।'

अमरकान्त दोनों स्त्रियों का रेणुका से परिचय कराके बाहर निकला, तो प्रो. शान्तिकुमार से मुठभेड़ हुई। प्रोफेसर ने पूछा—'तुम कहाँ इधर-उधर घूम रहे हो जी ? किसी वकील का पता नहीं। मुक़दमा पेश होनेवाला है। आज मुलाज़िमा का बयान होगा, इन वकीलों से .ख़ुदा समझे। ज़रा-सा इज़लास पर खड़े क्या हो जाते हैं, गोया सारे संसार को उनकी उपासना करनी चाहिए। इससे कहीं अच्छा था कि दो-एक वकीलों को मेहनताने पर रख लिया जाता। मुफ़्त का काम बेगार समझा जाता है। इतनी बेदिली से पैरवी की जा रही है कि मेरा .ख़ून खौलने लगता है। नाम सब चाहते हैं, काम कोई नहीं करना चाहता। अगर अच्छी जिरह होती, तो पुलिस के सारे गवाह उखड़ जाते। पर यह कौन करता। जानते हैं कि आज मुलज़िमा का बयान होगा, फिर भी किसी को फ़िक्र नहीं।'

अमरकान्त ने कहा—'मैं एक-एक को इत्तला दे चुका। कोई न आये तो मैं क्या करूँ।'

शान्ति—मुक़दमा ख़तम हो जाए, तो एक-एक की खबर लूँगा।

इतने में लारी आती दिखाई दी। अमरकान्त वकीलों को इत्तला करने दौड़ा। दर्शक चारों तरफ़ से दौड़-दौड़कर अदालत के कमरे में आ पहुँचे। भिखारिन लारी से उतरी और कटघरे के सामने आकर खड़ी हो गयी। उसके आते हज़ारों की आँखें उसकी ओर उठ गयीं; पर उन आँखों में एक भी ऐसी न थी, जिसमें श्रद्धा न भरी हो। उसके पीले, मुरझाए हुए मुख पर आत्मगौरव की ऐसी कान्ति थी, जो कुत्सित दृष्टि के उठने के पहले ही निराश और पराभूत करके उसमें श्रद्धा को आरोपित कर देती थी।

जज साहब साँवले रंग के नाटे, चकले, वृहदाकार मनुष्य थे। उनकी लम्बी नाक और छोटी-छोटी आँखें अनायास ही मुस्कराती मालूम देती थीं। पहले यह महाशय राष्ट्र के उत्साही सेवक थे और काँग्रेस के किसी प्रान्तीय जलसे के सभापति हो चुके थे; पर इधर तीन साल से वह जज हो गये थे। अतएव अब राष्ट्रीय आन्दोलन से पृथक् रहते थे, पर जाननेवाले जानते थे कि वह अब भी पत्रों में नाम बदलकर अपने राष्ट्रीय विचारों का प्रतिपादन करते रहते हैं। उनके विषय में कोई शत्रु भी यह कहने का साहस नहीं कर सकता था कि वह किसी दबाव या भय से, न्याय-पथ से जौ-भर भी विचलित हो सकते हैं। उनकी यही न्यायपरता इस समय भिखारिन की रिहाई में बाधक हो रही थी।

जज साहब ने पूछा—'तुम्हारा नाम ?'

भिखारिन ने कहा—'भिखारिन !

'तुम्हारे पिता का नाम ?'

'पिता का नाम बताकर उन्हें कलंकित नहीं करना चाहती।'

'घर कहाँ है ?'

'भिखारिन ने दुःखी कण्ठ से कहा—'पूछकर क्या कीजिएगा। आपको इससे क्या काम है ?'

'तुम्हारे ऊपर यह अभियोग है कि तुमने तीन तारीख़ को दो अँग्रेज़ों को छुरी से ऐसा ज़ख्मी किया कि दोनों उसी दिन मर गये। तुम्हें यह अपराध स्वीकार है ?'

भिखारिन ने निश्शंक भाव से कहा—'आप उसे अपराध कहते हैं; मैं अपराध नहीं समझती।'

'तुम मारना स्वीकार करती हो ?'

'गवाहों ने झूठी गवाही थोड़े ही दी होगी।'

'तुम्हें अपने विषय में कुछ कहना है ?'

भिखारिन ने स्पष्ट स्वर में कहा—'मुझे कुछ नहीं कहना है। अपने प्राणों को बचाने के लिए मैं कोई सफ़ाई नहीं देना चाहती। मैं तो यह सोचकर प्रसन्न हूँ कि जल्द जीवन का अन्त हो जाएगा। मैं दीन, अबला हूँ। मुझे इतना ही याद है कि कई महीने पहले मेरा सर्वस्व लूट लिया गया और उसके लुट जाने के बाद मेरा जीना वृथा है। मैं उसी दिन मर चुकी। मैं आपके सामने खड़ी बोल रही हूँ, पर इस देह में आत्मा नहीं है। उसे मैं ज़िन्दा नहीं कहती, जो किसी को अपना मुँह न दिखा सके। मेरे इतने भाई-बहन व्यर्थ मेरे लिए इतनी दौड़-धूप और खरच-वरच कर रहे हैं। कलंकित होकर जीने से मर जाना कहीं अच्छा है। मैं न्याय नहीं माँगती, दया नहीं माँगती, मैं केवल प्राण-दण्ड माँगती हूँ। हाँ, अपने भाई-बहनों से इतनी विनती करूँगी कि मेरे मरने के बाद मेरी काया का निरादर न करना, उसे छूने से घिन मत करना, भूल जाना कि यह किसी अभागिन पतिता की लाश है। जीते-जी मुझे जो चीज़ नहीं मिल सकती, वह मुझे मरने के पीछे दे देना। मैं साफ़ कहती हूँ कि मुझे अपने किए पर रंज नहीं है, पछतावा नहीं है। ईश्वर न करे कि मेरी किसी बहन की ऐसी गति हो; लेकिन हो जाए तो उसके लिए इसके सिवाय कोई राह नहीं है। आप सोचते होंगे, अब यह मरने के लिए इतनी उतावली है, तो अब तक जीती क्यों रही। इसका कारण मैं आपसे क्या बताऊँ। जब मुझे होश आया और मैंने अपने सामने दो आदमियों को तड़पते देखा, तो मैं डर गयी। मुझे कुछ सूझ ही न पड़ा कि मुझे क्या करना चाहिए। उसके बाद भाइयों-बहनों की सज्जनता ने मुझे मोह के बन्धन में जकड़ दिया, और अब तक मैं अपने को इस धोखे में डाले हुए हूँ कि शायद मेरे मुख से कालिख छूट गयी और अब मुझे भी और बहनों की तरह विश्वास और सम्मान मिलेगा; लेकिन मन की मिठाई से किसी का पेट भरा है ? आज अगर सरकार मुझे छोड़ भी दे, मेरे भाई-बहनें मेरे गले में फूलों की माला भी डाल दें, मुझ पर अशर्फ़ियों की बरखा भी की जाए, तो क्या यहाँ से मैं अपने घर जाऊँगी ? मैं विवाहिता हूँ। मेरा एक छोटा-सा बच्चा है। क्या मैं उस बच्चे को अपना कह सकती हूँ ? क्या अपने पति को अपना कह सकती हूँ। कभी नहीं। बच्चा मुझे देखकर मेरी गोद के लिए हाथ फैलायेगा; पर मैं उसके हाथों को नीचा कर दूँगी और आँखों में आँसू भरे मुँह फेरकर चली जाऊँगी। पति मुझे क्षमा भी कर दे। मैंने उसके साथ कोई विश्वासघात नहीं किया है। मेरा मन अब भी उसके चरणों से लिपट जाना चाहता है; लेकिन मैं उसके सामने ताक नहीं सकती। वह

मुझे खींच भी ले जाए, तब भी मैं उस घर में पाँव न रखूँगी। इस विचार से मैं अपने मन को संतोष नहीं दे सकती कि मेरे मन में पाप न था। इस तरह तो अपने मन को वह समझाए, जिसे जीने की लालसा हो। मेरे हृदय से यह बात नहीं जा सकती कि तू अपवित्र है, अछूत है। कोई कुछ कहे, कोई कुछ सुने। आदमी को जीवन क्यों प्यारा होता है ? इसलिए नहीं कि वह सुख भोगता है। जो सदा दुःख भोगा करते हैं और रोटियों को तरसते हैं, उन्हें जीवन कुछ कम प्यारा नहीं होता। हमें जीवन इसलिए प्यारा होता है कि हमें अपनों को प्रेम और दूसरों का आदर मिलता है। जब इन दो में से एक के मिलने की भी आशा नहीं, तो जीवन वृथा है। अपने मुझसे अब भी प्रेम करें; लेकिन वह दया होगी, प्रेम नहीं। दूसरे अब भी मेरा आदर करें; लेकिन वह भी दया होगी, आदर नहीं। वह आदर और प्रेम अब मुझे मरकर ही मिल सकता है। जीवन में तो मेरे लिए निन्दा, और बहिष्कार के सिवा और कुछ नहीं है। यहाँ मेरी जितनी बहनें और भाई हैं, उन सबसे मैं यही भिक्षा माँगती हूँ कि उस समाज के उद्धार के लिए भगवान् से प्रार्थना करें, जिसमें ऐसे नर-पिशाच उत्पन्न होते हैं।'

भिखारिन का बयान समाप्त हो गया। अदालत के उस बड़े कमरे में सन्नाटा छाया हुआ था। केवल दो-चार महिलाओं की सिसकियों की आवाज सुनाई देती थी। महिलाओं के मुख गर्व से चमक रहे थे। पुरुषों के मुख लज्जा से मलिन थे। अमरकान्त सोच रहा था, गोरों को ऐसा दुस्साहस इसीलिए तो हुआ कि वह अपने को इस देश का राजा समझते हैं। शान्तिकुमार ने मन-ही-मन एक व्याख्यान की रचना कर डाली थी, जिसका विषय था–'स्त्रियों पर पुरुषों के अत्याचार।' सुखदा सोच रही थी–'यह छूट जाती, तो मैं इसे अपने घर में रखती और इसकी सेवा करती।' रेणुका उसके नाम पर एक स्त्री-औषधालय बनवाने की कल्पना कर रही थी।

सुखदा के समीप ही जज साहब की धर्मपत्नी बैठी हुई थीं। वह बड़ी देर से इस मुकदमे के सम्बन्ध में कुछ बातचीत करने को उत्सुक हो रही थीं, पर अपने समीप बैठी हुई स्त्रियों की अविश्वास-पूर्ण दृष्टि देखकर–जिससे वे उन्हें देख रही थीं–उन्हें मुँह खोलने का साहस न होता था।

अन्त को उनसे न रहा गया। सुखदा से बोलीं–'यह स्त्री बिल्कुल निरपराध है।'

सुखदा ने कटाक्ष किया–'जब जज साहब भी ऐसा समझें।'

'मैं तो आज उनसे साफ़-साफ़ कह दूँगी कि अगर तुमने इस औरत को सजा दी, तो मैं समझूँगी, तुमने अपने प्रभुओं का मुँह देखा।'

सहसा जज साहब ने खड़े होकर पंचों को थोड़े शब्दों में इस मुक़दमे में अपनी सम्मति देने का आदेश दिया और ख़ुद कुछ काग़जों को उलटने-पलटने लगे ! पंच लोग पीछेवाले कमरे में जाकर थोड़ी देर बातें करते रहे और लौटकर अपनी सम्मति दे दी। उनके विचार में अभियुक्ता निरपराध थी। जज साहब ज़रा-सा मुस्कराए और कल फ़ैसला सुनाने का वादा करके उठ खड़े हुए।

सारे शहर में कल के लिए दोनों तरह की तैयारियाँ होने लगीं—हाय-हाय की भी और वाह-वाह की भी। काली झण्डियाँ भी बनीं और फलों की डालियाँ भी जमा की गयीं, पर आशावादी कम थे, निराशावादी ज़्यादा। गोरों का .खून हुआ है। जज ऐसे मामले में भला क्या इन्साफ़ करेगा, क्या बचा हुआ है। शान्तिकुमार और सलीम तो खुल्लम-खुल्ला कहते फिरते थे कि जज ने फाँसी की सज़ा दे दी। कोई .खबर लाता था—फ़ौज की एक पूरी रेजीमेंट कल अदालत में तलब की गयी है। कोई फ़ौज तक न जाकर, सशस्त्र पुलिस तक ही रह जाता था। अमरकान्त को फ़ौज के बुलाए जाने का विश्वास था।

दस बजे रात को अमरकान्त सलीम के घर पहुँचा। अभी यहाँ घण्टे ही भर पहले आया था। सलीम ने चिन्तित होकर पूछा—'कैसे लौट पड़े भाई, क्या कोई नयी बात हो गयी ?'

अमर ने कहा—'एक बात सूझ गयी। मैंने कहा, तुम्हारी राय भी ले लूँ। फाँसी की सज़ा पर .खामोश रह जाना, तो बुज़दिली है। किचलू साहब(जज) को सबक़ देने की ज़रूरत होगी; ताकि उन्हें भी मालूम हो जाए कि नौजवान भारत इन्साफ़ का .खून देखकर ख़ामोश नहीं रह सकता। सोशल बायकाट कर दिया जाए। उनके महाराज को मैं रख लूँगा, कोचमैन को तुम रख लेना। बचा को पानी भी न मिले। जिधर से निकलें, उधर तालियाँ बजें।'

सलीम ने मुस्कराकर कहा—'सोचते-सोचते सोची भी तो वही बनियों की बात।'

'मगर और कर ही क्या सकते हो ?'

'इस बायकाट से क्या होगा ? कोतवाली को लिख देगा, बीस महाराज और कोचवान हाजिर कर दिए जायेंगे ?'

'दो-चार दिन परेशान तो होंगे हज़रत !'

'बिलकुल फ़ज़ूल-सी बात है। अमर सबक़ ही देना है, तो ऐसा सबक़ दो, जो कुछ दिन हज़रत को याद रहे। एक आदमी ठीक कर लिया जाए तो ऐन उस वक्त जब हज़रत फ़ैसला सुनाकर बैठने लगें, एक जूता ऐसे निशाने से चलाए कि मुँह पर लगे।'

अमरकान्त ने क़हक़हा मारकर कहा—बड़े मसखरे हो यार !

'इसमें मसखरेपन की क्या बात है ?'

'तो क्या सचमुच तुम जूते लगवाना चाहते हो ?'

'जी हाँ, और क्या मज़ाक कर रहा हूँ। ऐसे सबक़ देना चाहता हूँ कि फिर हज़रत यहाँ मुँह न दिख सकें।'

अमरकान्त ने सोचा—कुछ भद्दा काम तो है ही, पर बुराई क्या है ? लातों के देवता कहीं बातों से मानते हैं। बोला—'अच्छी बात है, देखी जाएगी; पर ऐसा आदमी कहाँ मिलेगा ?'

सलीम ने उसकी सरलता पर मुस्कराकर कहा—'आदमी तो ऐसे मिल सकते हैं; जो राह चलते गर्दन काट लें। यह कौन-सी बड़ी बात है। किसी बदमाश को दो सौ रुपये दे दो, बस। मैंने तो काले खाँ को सोचा है।'

'अच्छा वह ! उसे तो मैं एक बार अपनी दुकान पर फटकार चुका हूँ।'

'तुम्हारी हिमाक़त थी। ऐसे दो-चार आदमियों को मिलाए रहना चाहिए। वक्त पर इनसे बड़ा काम निकलता है। मैं और सब बातें तय कर लूँगा; पर रुपये की फ़िक्र तुम करना। मैं तो अपना बजट पूरा कर चुका।'

'अभी तो महीना शुरू हुआ है भाई।'

'जी हाँ, यहाँ शुरू ही में खत्म हो जाते हैं। फिर नोच-खसोट पर चलती है। कहीं अम्माँ से दस रुपये उड़ा लाए, कहीं अब्बाजान से किताब के बहाने से दस-पाँच ऐंठ लिए। पर दो सौ की थैली ज़रा मुश्किल से मिलेगी। हाँ, तुम इन्कार कर दोगे, तो मज़बूर होकर अम्माँ का गला दबाऊँगा।'

अमर ने कहा—'रुपये का ग़म नहीं। मैं जाकर लिए आता हूँ।''

सलीम ने इतनी रात गये रुपये लाना मुनासिब न समझा। बात कल के लिए उठा रखी गयी। प्रातःकाल अमर रुपये लाएगा और काले खाँ से बातचीत पक्की कर ली जाएगी।

अमर घर पहुँचा तो साढ़े दस बज रहे थे। द्वार पर बिजली जल रही थी। बैठक में लालाजी दो-तीन पण्डितों के साथ बैठे बातें कर रहे थे। अमरकान्त को शंका हुई, इतनी रात गये यह जग-जग किस बात के लिए है। कोई नया शिगूफ़ा तो नहीं खिला।

लालाजी ने उसे देखते ही डाँटकर कहा—'तुम कहाँ घूम रहे हो जी ! दस बजे के निकले-निकले आधी रात को लौटे हो। ज़रा जाकर लेडी डॉक्टर को बुला लो, वही जो बड़े अस्पताल में रहती है। अपने साथ लिए हुए आना।'

अमरकान्त ने डरते-डरते पूछा—'क्या किसी की तबीयत...'

समरकान्त ने बात काटकर कड़े स्वर में कहा—'क्या बक-बक करते हो, मैं जो कहता हूँ, वह करो। तुम लोगों ने तो व्यर्थ ही संसार में जन्म लिया। यह मुक़दमा क्या हो गया, सारे घर के सिर जैसे भूत सवार हो गया। चटपट जाओ।'

अमर को फिर कुछ पूछने का साहस न हुआ। घर में भी न जा सका, धीरे से सड़क पर आया और बाइसिकल पर बैठे ही रहा था कि भीतर से सिल्लो निकल आयी। अमर को देखते ही बोली—'अरे भैया, सुनो, कहाँ जाते हो। बहूजी बहुत बेहाल हैं, कब से तुम्हें बुला रही हैं। सारी देह पसीने से तर हो रही है। देखो भैया, मैं सोने की कण्ठी लूँगी। पीछे से हीला-हवाला न करना।'

अमरकान्त समझ गया। बाइसिकल से उतर पड़ा और हवा की भाँति झपटा हुआ अन्दर जा पहुँचा। वहाँ रेणुका, एक दाई, पड़ोस की एक ब्राह्मणी और नैना आँगन में बैठी हुई थीं। बीच में एक ढोलक रखी हुई थी। कमरे में सुखदा प्रसव-वेदना से हाय-हाय कर रही थी।

नैना ने दौड़कर अमर का हाथ पकड़ लिया और रोती हुई बोली—'तुम कहाँ थे भैया, भाभी बड़ी देर से बेचैन हैं।'

अमर के हृदय में आँसुओं की ऐसी लहर उठी कि वह रो पड़ा। सुखदा के कमरे के द्वार पर जाकर खड़ा हो गया; पर अन्दर पाँव न रख सका। उसका हृदय फटा जाता था।

सुखदा ने वेदना-भरी आँखों से उसकी ओर देखकर कहा—'अब नहीं बचूँगी। हाय !

पेट में जैसे कोई बर्छी चुभो रहा है। मेरा कहा-सुना माफ करना।'

रेणुका ने दौड़कर अमरकान्त से कहा—'तुम यहाँ से जाओ भैया ! तुम्हें देखकर वह और भी बेचैन होगी। किसी को भेज दो, लेडी डॉक्टर को बुला लाए। जी कड़ा करो, समझदार होकर रोते हो।'

सुखदा बोली—'नही अम्माँ, उनसे कह दो ज़रा यहाँ बैठ जाएँ। मैं अब न बचूँगी। हाय भगवान् !'

रेणुका ने अमर को डाँटकर कहा—'मैं तुमसे कहती हूँ, यहाँ से चले जाओ, और तुम खड़े रो रहे हो। जाकर लेडी डॉक्टर को बुलवाओ।'

अमरकान्त रोता हुआ बाहर निकला और जनाने अस्पताल की ओर चला; पर रास्ते में भी रह-रहकर उसके कलेजे में हूक-सी उठती रही। सुखदा की वह वेदनामयी मूर्ति आँखों के सामने फिरती रही।

लेडी डॉक्टर मिस हूपर को अक्सर कुसमय बुलावे आते रहते थे। रात की उसकी फ़ीस दुगुनी थी। अमरकान्त डर रहा था कि कहीं बिगड़े न कि इतनी रात गये क्यों आये; लेकिन मिस हूपर ने सहर्ष उसका स्वागत किया और मोटर लाने की आज्ञा देकर उससे बातें करने लगी।

'यह पहला ही बच्चा है ?'

'जी हाँ।'

'आप रोयें नहीं। घबड़ाने की कोई बात नहीं। पहली बार ज़्यादा दर्द होता है। औरत बहुत दुर्बल तो नहीं है ?'

'आजकल तो बहुत दुबली हो गयी हैं।'

'आपको और पहले आना चाहिए था।'

अमर के प्राण सूख गये। वह क्या जानता था, आज ही यह आफ़त आनेवाली है; नहीं कचहरी से सीधे घर आता।

मेम साहब ने फिर कहा—'आप लोग अपनी लेडियों को कोई एक्सरसाइज़ नहीं करवाते। इसीलिए दर्द ज़्यादा होता है। अन्दर के स्नायु बँधे रह जाते हैं न !'

अमरकान्त ने सिसककर कहा—'मैडम, अब तो आप ही की दया का भरोसा है।'

'मैं तो चलती हूँ; लेकिन शायद सिविल सर्जन को बुलाना पड़े।'

अमर ने भयातुर होकर कहा—'कहिए तो उनको लेता चलूँ।'

मेम ने उसकी ओर दयाभाव से देखा—'नहीं, अभी नहीं। पहले मुझे चलकर देख लेने दो।'

अमरकान्त को आश्वासन न हुआ। उसने भय-कातर स्वर में कहा—'मैडम, अगर सुखदा को कुछ हो गया, तो मैं भी मर जाऊँगा।'

मेम ने चिन्तित होकर पूछा—'तो क्या हालत अच्छी नहीं है ?'

'दर्द बहुत हो रहा है।'

'हालत तो अच्छी है ?'

'चेहरा पीला पड़ गया है, पसीना...'

'हम पूछते हैं हालत कैसी है ? उसका जी तो नहीं डूब रहा है ? हाथ-पाँव तो ठण्डे नहीं हो गये हैं ?'

मोटर तैयार हो गयी। मेम साहब ने कहा—'तुम भी आकर बैठ जाओ। साइकिल कल हमारा आदमी दे आयेगा।'

अमर ने दीन आग्रह के साथ कहा—'आप चलें; मैं ज़रा सिविल सर्जन के पास होता आऊँ। बुलानाले पर लाला समरकान्त का मकान...'

'हम जानते हैं।'

मेम साहब तो उधर चलीं, अमरकान्त सिविल सर्जन को बुलाने चला। ग्यारह बज गये थे। सड़कों पर भी सन्नाटा था। और पूरे तीन मील की मंज़िल थी। सिविल सर्जन छावनी में रहता था। वहाँ पहुँचते-पहुँचते बारह का अमल हो आया। सदर फाटक खुलवाने, फिर साहब को इत्तला कराने में एक घंटे से ज्यादा लग गया। साहब उठे तो; पर जामे से बाहर । गरजते हुए बोले—'हम इस वक्त नहीं जा सकता।'

अमर ने निश्शंक होकर कहा—'आप अपनी फ़ीस ही तो लेंगे ?'

'हमारा रात का फ़ीस सौ रुपये हैं।'

'कोई हरज़ नहीं है।'

'तुम फ़ीस लाया है ?'

अमर ने डाँट बताई—'आप हरेक से पेशगी फ़ीस नहीं लेते। लाला समरकान्त उन आदमियों में नहीं हैं जिन पर सौ रुपये का भी विश्वास न किया जा सके। वह इस शहर के सबसे बड़े साहूकार हैं। मैं उनका लड़का हूँ।'

साहब कुछ ठण्डे पड़े। अमर ने उनको सारी कैफ़ियत सुनाई, तो चलने को तैयार हो गये। अमर ने साइकिल वहीं छोड़ी और साहब के साथ मोटर में जा बैठा। आध घण्टे में मोटर बुलानाले जा पहुँची। अमरकान्त को कुछ दूर से ही शहनाई की आवाज़ सुनाई दी। बन्दूकें छूट रही थीं। उसका हृदय आनन्द से फूल उठा।

द्वार पर मोटर रुकी, तो लाला समरकान्त ने आकर डॉक्टर को सलाम किया और बोले—'हुज़ूर के इकबाल के सब चैन-चान है। पोते ने जन्म लिया है।'

डॉक्टर और लेडी हूपर में कुछ बातें हुईं, तब डॉक्टर ने फ़ीस ली और चल दिए।

उनके जाने के बाद लालाजी ने अमरकान्त को आड़े हाथों लिया—'मुफ़्त में सौ रुपये चपत पड़ी।' अमरकान्त ने झल्लाकर कहा—'मुझसे रुपये ले लीजिएगा। आदमी से भूल हो ही जाती है। ऐसे अवसर पर मैं रुपये का मुँह नहीं देखता।'

किसी दूसरे अवसर पर अमरकान्त इस फटकार पर घण्टों बिसूरा करता; पर इस वक्त उसका मन उत्साह और आनन्द में भरा हुआ था। भरे हुए गेंद पर ठोकरों का क्या असर ? उसके जी में तो आ रहा था, इस वक्त क्या लुटा दूँ। वह अब एक पुत्र का पिता है ! अब कौन उससे हेकड़ी जता सकता है ! वह नवजात शिशु जैसे स्वर्ग से उसके लिए आशा और अमरता का आशीर्वाद लेकर आया है। उसे देखकर अपनी आँखें शीतल करने के लिए वह विकल हो रहा था। ओहो ! इन्हीं आँखों से वह उस देवता के दर्शन करेगा !

लेडी हूपर ने उसे प्रतीक्षा भरी आँखों से ताकते देखकर कहा—'बाबूजी, आप यों

बालक को नहीं देख सकेंगे। आपको बड़ा-सा इनाम देना पड़ेगा।'

अमर ने सम्पन्न नम्रता के साथ कहा—'बालक तो आपका है। मैं तो केवल आपका सेवक हूँ। जच्चा की तबीयत कैसी है ?'

'बहुत अच्छी। अभी सो गयी हैं।'

'बालक खूब स्वस्थ है ?'

'हाँ अच्छा है। बहुत सुन्दर। गुलाब का पुतला-सा।'

यह कहकर सौरगृह में चली गयी। महिलाएँ तो गाने-बजाने में मगन थीं। मुहल्ले की पचासों स्त्रियाँ जमा हो गयी थीं और उनका संयुक्त स्वर, जैसे एक रस्सी की भाँति स्थूल होकर अमर के गले को बाँधे लेता था। उसी वक्त लेडी हूपर ने बालक को गोद में लेकर उसे सौरगृह की तरफ़ आने का इशारा किया। अमर उमंग से भरा हुआ चला; पर सहसा उसका मन एक विचित्र भय से कातर हो उठा। वह आगे न बढ़ सका। वह पापी मन लिए हुए इस वरदान को कैसे ग्रहण कर सकेगा। वह इस वरदान के योग्य है ही कब ? उसने इसके लिए कौन-सी तपस्या की है ? यह ईश्वर की अपार दया है—जो उन्होंने यह विभूति उसे प्रदान की। तुम कैसे दयालु हो भगवान् !

श्यामल क्षितिज के गर्भ से निकलनेवाली बाल-ज्योति की भाँति अमरकान्त को अपने अन्तःकरण की सारी क्षुद्रता, सारी कलुषता के भीतर से एक प्रकाश-सा निकलता हुआ जान पड़ा, जिसने उसके जीवन को रजत-शोभा प्रदान कर दी। दीपकों के प्रकाश में, संगीत के स्वरों में, गगन की तारिकाओं में उसी शिशु की छवि थी। उसी का माधुर्य था, उसी का नृत्य था।

सिल्लो आकर रोने लगी। अमर ने पूछा—'तुझे क्या हुआ है ? क्यों रोती है ?'

सिल्लो बोली—'मेम साहब ने मुझे भैया को नहीं देखने दिया, दुत्कार दिया। क्या मैं बच्चे को नज़र लगा देती ? मेरे बच्चे थे, मैंने भी बच्चे पाले हैं। मैं ज़रा देख लेती तो क्या होता ?'

अमर ने हँसकर कहा—'तू कितनी पागल है सिल्लो ! उसने इसलिए मना किया होगा कि कहीं बच्चे को हवा न लग जाए। इन अँग्रेज़ डॉक्टरनियों के नख़रे भी तो निराले होते हैं। समझाती-समझाती नहीं, तरह-तरह के नखरे बघारती हैं; लेकिन उनका राज तो आज ही के दिन है न। फिर तो अकेली दाई रह जाएगी। तू ही तो बच्चे को पालेगी, दूसरा कौन पालनेवाला बैठा हुआ है।'

सिल्लो की आँसू-भरी आँखें मुस्करा पड़ीं। बोली—'मैंने दूर से देख लिया। बिलकुल तुमको पड़ा है। रंग बहूजी का है ! मैं कण्ठी ले लूँगी, कहे देती हूँ !'

दो बज रहे थे। उसी वक्त लाला समरकान्त ने अमर को बुलाया और बोले—'नींद तो अब क्या आयेगी। बैठकर कल के उत्सव का एक तख़मीना बना लो। तुम्हारे जन्म में तो कारबार फैला न था, नैना कन्या थी। पच्चीस वर्ष के बाद भगवान् ने यह दिन दिखाया है। कुछ लोग नाच-मुजरे का विरोध करते हैं। मुझे तो इसमें कोई हानि नहीं दीखती। खुशी के यही अवसर हैं, चार भाई-बन्द, यार-दोस्त आते हैं, गाना-बजाना सुनते हैं, प्रीति-भोज में शरीक होते हैं। यही जीवन के सुख हैं। और इस संसार में क्या रखा है।'

अमर ने आपत्ति की—'लेकिन रंडियों का नाच तो ऐसे शुभ अवसर पर कुछ शोभा नहीं देता।'

लालाजी ने प्रतिवाद किया—'तुम अपना विज्ञान यहाँ न घुसेड़ो। मैं तुमसे सलाह नहीं पूछ रहा हूँ। कोई प्रथा चलती है, तो उसका आधार भी होता है। श्रीरामचन्द्र के जन्मोत्सव में अप्सराओं का नाच हुआ था। हमारे समाज में इसे शुभ माना गया है।'

अमर ने कहा—'अँग्रेज़ों के समाज में तो इस तरह के जलसे नहीं होते।'

लालाजी ने बिल्ली की तरह चूहे पर झपटकर कहा—'अँग्रेज़ों के यहाँ रंडियाँ नहीं, घर की बहू-बेटियाँ नाचती हैं, जैसे हमारे चमारों में होता है। बहू-बेटियों को नचाने से तो यह कहीं अच्छा है कि रंडियाँ नाचें। कम-से-कम मैं और मेरी तरह के और बुड्ढे अपनी बहू-बेटियों को नचाना कभी पसन्द न करेंगे।'

अमरकान्त को कोई जवाब न सूझा। सलीम और दूसरे यार-दोस्त आयेंगे। खासी चहल-पहल रहेगी। उसने ज़िद भी की, तो क्या नतीजा। लालाजी मानने के नहीं। फिर एक उसके करने से तो नाच का बहिष्कार हो नहीं जाता !

वह बैठकर तख़मीना लिखने लगा।

सलीम ने मामूल से कुछ पहले उठकर काले खाँ को बुलाया और रात का प्रस्ताव उसके सामने रखा। दो सौ रुपये की रक़म कुछ कम नहीं होती। काले खाँ ने छाती ठोंककर कहा—'भैया, एक-दो जूते की क्या बात है, कहो तो इज़लास पर पचास गिनकर लगाऊँ। छः महीने से बेसी तो होती नहीं। दो सौ रुपये बाल-बच्चों के खाने-पीने के लिए बहुत हैं।'

12

सलीम ने सोचा अमरकान्त रुपये लिए आता होगा; पर आठ बजे, नौ का अमल हुआ और अमर का कहीं पता नहीं। आया क्यों नहीं ? कहीं बीमार तो नहीं पड़ गया। ठीक है, रुपये का इन्तज़ाम कर रहा होगा। बाप तो टका न देंगे। सास से जाकर कहेगा, तब मिलेंगे। आखिर दस बज गये। अमरकान्त के पास चलने को तैयार हुआ कि प्रो. शान्तिकुमार आ पहुँचे। सलीम ने द्वार तक जाकर उनका स्वागत किया। प्रो. शान्तिकुमार ने कुरसी पर लेटते हुए पंखा चलाने का इशारा करके कहा—'तुमने कुछ सुना, अमर के घर लड़का हुआ है। वह आज कचहरी न जा सकेगा। उसकी सास भी वहीं हैं। समझ में नहीं आता आज का इन्तज़ाम कैसे होगा। उसके बग़ैर हम किसी तरह का डिमान्सट्रेशन (प्रदर्शन) न कर सकेंगे। रेणुका देवी आ जातीं, तो बहुत-कुछ हो जाता, पर उन्हें भी फुरसत नहीं है।'

सलीम ने काले खाँ की तरफ़ देखकर कहा—'यह तो आपने बुरी ख़बर सुनाई। उसके घर में आज ही लड़का भी होना था। बोलो काले खाँ, अब ?'

काले खाँ ने अविचलित भाव से कहा—'तो कोई हरर्ज नहीं भैया। तुम्हारा काम मैं कर दूँगा। रुपये फिर मिल जायेंगे। अब जाता हूँ, दो-चार रुपये का सामान लेकर घर में रख दूँ। मैं उधर ही से कचहरी चला जाऊँगा ! ज्योंही तुम इशारा करोगे, बस।'

वह चला गया, तो शान्तिकुमार ने सन्देहात्मक स्वर में पूछा—'यह क्या कह रहा था, मैं न समझा ?'

सलीम ने इस अन्दाज़ से कहा मानो यह विषय गंभीर विचार के योग्य नहीं है—'कुछ नहीं, ज़रा काले खाँ की जवाँमर्दी का तमाशा देखना है। अमरकान्त की यह सलाह है कि जज साहब आज फ़ैसला सुना चुकें, तो उन्हें थोड़ा-सा सबक़ दे दिया जाए।'

डॉक्टर साहब ने लम्बी साँस खींचकर कहा—'तो कहो, तुम लोग बदमाशी पर उतर आये। अमरकान्त की यह सलाह है, यह और भी अफ़सोस की बात है। वह तो यहाँ है ही नहीं; मगर तुम्हारी सलाह से यह तजबीज़ हुई है; इसीलिए तुम्हारे ऊपर भी इसकी उतनी ही ज़िम्मेदारी है। मैं इसे कमीनापन कहता हूँ। तुम्हें यह समझने का कोई हक़ नहीं है कि जज साहब अपने अफ़सरों को .खुश करने के लिए इन्साफ़ का .खून कर देंगे। जो आदमी इल्म में, अक्ल में, तजरबे में, इज़्ज़त में तुमसे कोसों आगे है, वह इन्साफ़ में तुमसे पीछे नहीं रह सकता। मुझे इसलिए और भी ज़्यादा रंज है कि मैं तुम दोनों को शरीफ़ और बेलौस समझता था।'

सलीम का मुँह ज़रा-सा निकल आया। ऐसी लताड़ उसने उम्र में कभी न पायी थी। उसके पास अपनी सफ़ाई देने के लिए एक भी तर्क, एक भी शब्द न था। अमरकान्त के सिर इसका भार डालने की नीयत से बोला—'मैंने तो अमरकान्त को मना किया था; पर जब वह न माने तो मैं क्या करता।'

डॉक्टर साहब ने डाँटकर कहा—'तुम झूठ बोलते हो। मैं यह नहीं मान सकता। यह तुम्हारी शरारत है।'

'आपको मेरा यक़ीन ही न आये, तो क्या इलाज।'

'अमरकान्त के दिल में ऐसी बात हरगिज़ नहीं पैदा हो सकती।'

सलीम चुप हो गया। डॉक्टर साहब कह सकते थे—मान लें, अमरकान्त ही ने यह प्रस्ताव पास किया तो तुमने इसे क्यों मान लिया ? इसका उसके पास कोई जवाब न था।

एक क्षण के बाद डॉक्टर साहब घड़ी देखते हुए बोले—'आज इस लौंडे पर ऐसी गुस्सा आ रही है कि गिनकर पचास हन्टर जमाऊँ। इतने दिनों तक इस मुक़दमे के पीछे सिर पटकता फिरा, और आज जब फ़ैसले का दिन आया तो लड़के का जन्मोत्सव मनाने बैठ रहा। न जाने हम लोगों में अपनी ज़िम्मेदारी का ख़याल कब पैदा होगा। पूछो, इस जन्मोत्सव में क्या रखा है। मर्द का काम है संग्राम में डटे रहना; खुशियाँ मनाना तो विलासियों का काम है। मैंने फटकारा तो हँसने लगा। आदमी वह है जो जीवन का एक लक्ष्य बना ले और ज़िन्दगी-भर उसके पीछे पड़ा रहे। कभी कर्त्तव्य से मुँह न मोड़े। यह क्या कि कटे हुए पतंग की तरह जिधर हवा उड़ा ले जाए, उधर चला जाए। तुम तो कचहरी चलने को तैयार हो ? हमें और कुछ नहीं कहना है। अगर फ़ैसला अनुकूल है, तो भिखारिन को जुलूस के साथ गंगा-तट तक लाना होगा। वहाँ सब लोग स्नान करेंगे और अपने घर चले जायेंगे। सज़ा हो गयी तो उसे बधाई देकर विदा करना होगा। आज ही शाम को 'तालीमी इसलाह' पर मेरी स्पीच होगी। उसकी भी फ़िक्र करनी है। तुम भी कुछ बोलोगे ?

सलीम ने सकुचाते हुए कहा—'मैं ऐसे मसले पर क्या बोलूँगा ?'

'क्यों, हरज क्या है ? मेरे ख़याल़ात तुम्हें मालूम हैं। यह केराये की तालीम हमारे कैरेक्टर को तबाह किए डालती है। हमने तालीम को भी एक व्यापार बना लिया है। व्यापार में ज़्यादा पूँजी लगाओ, ज़्यादा नफ़ा होगा। तालीम में भी खर्च ज़्यादा करो, ज़्यादा ऊँचा ओहदा पाओगे। मैं चाहता हूँ, ऊँची-से-ऊँची तालीम सबके लिए मुआफ़ हो; ताकि ग़रीब-से-ग़रीब आदमी भी ऊँची-से-ऊँची लियाक़त हासिल कर सके और ऊँचे-से-ऊँचा ओहदा पा सके। युनिवर्सिटी के दरवाज़े मैं सबके लिए खुले रखना चाहता हूँ। सारा ख़र्च गवर्नमेंट पर पड़ना चाहिए। मुल्क को तालीम की उससे कहीं ज़्यादा ज़रूरत है, जितनी फ़ौज की।'

सलीम ने शंका की–फ़ौज न हो, तो मुल्क की हिफ़ाजत कौन करे ?

डॉक्टर साहब ने गंभीरता के साथ कहा–'मुल्क की हिफ़ाजत करेंगे हम और तुम और मुल्क के दस करोड़ जवान जो अब बहादुरी और हिम्मत में दुनिया की किसी क़ौम से पीछे नहीं हैं। उसी तरह, जैसे हम और तुम रात को चोरों के आ जाने पर पुलिस को नहीं पुकारते; बल्कि अपनी-अपनी लकड़ियाँ लेकर घरों से निकल पड़ते हैं।'

सलीम ने पीछा छुड़ाने के लिए कहा–'मैं बोल तो न सकूँगा, लेकिन आऊँगा ज़रूर।'

सलीम ने मोटर मँगवाई और दोनों आदमी कचहरी चले। आज वहाँ और दिनों से कहीं ज़्यादा भीड़ थी; पर जैसे बिन दूल्हा की बारात हो। कही कोई शृंखला न थी ! सौ-सौ पचास-पचास की टोलियाँ जगह-जगह खड़ी या बैठी शून्य-दृष्टि से ताक रही थीं। कोई बोलने लगता था, तो सौ-दो सौ आदमी इधर-उधर से आकर उसे घेर लेते थे। डॉक्टर साहब को देखते ही हज़ारों आदमी उनकी तरफ़ दौड़े। डॉक्टर साहब मुख्य कार्यकर्त्ताओं को आवश्यक बातें समझाकर वकालतख़ाने की तरफ़ चले, तो देखा लाला समरकान्त सबको निमन्त्रण-पत्र बाँट रहे हैं। वह उत्सव उस समय वहाँ सबसे आकर्षक विषय था। लोग बड़ी उत्सुकता से पूछ रहे थे, कौन-कौन-सी तबायफ़ें बुलाई गयी हैं ? भाँड़ भी हैं या नहीं ? मांसाहारियों के लिए भी कुछ प्रबन्ध है ? एक जगह दस-बारह सज्जन नाच पर वाद-विवाद कर रहे थे। डॉक्टर साहब को देखते ही एक महाशय ने पूछा–'कहिए आप उत्सव में आयेंगे, या आपको कोई आपत्ति है ?

डॉक्टर शान्तिकुमार ने उपेक्षा भाव से कहा–'मेरे पास इससे ज़्यादा ज़रूरी काम है।'

एक साहब ने पूछा–आखिर आपको नाच से क्यों ऐतराज है ?

डाक्टर ने अनिच्छा से कहा–'इसलिए कि आप और हम नाचना ऐब समझते हैं। नाचना विलास की वस्तु नहीं, भक्ति और आध्यात्मिक आनन्द की वस्तु है; पर हमने इसे लज्जास्पद बना रखा है। देवियों को विलास और भोग की वस्तु बनाना अपनी माताओं और बहनों का अपमान करना है। हम सत्य से इतनी दूर हो गये हैं कि उसका यथार्थ रूप भी हमें नहीं दिखाई देता। नृत्य जैसे पवित्र...'

सहसा एक युवक ने समीप आकर डॉक्टर साहब को प्रणाम किया। लम्बा दुबला-पतला आदमी था, मुख सूखा हुआ, उदास, कपड़े मैले और जीर्ण, बालों पर गर्द पड़ी हुई। उसकी गोद में एक साल-भर का हृष्ट-पुष्ट बालक था, बड़ा चंचल; लेकिन कुछ डरा हुआ।

डॉक्टर ने पूछा–'कौन हो ? मुझसे कुछ काम है ?'

युवक ने इधर-उधर संशय भरी आँखों से देखा; मानो इन आदमियों के सामने वह

अपने विषय में कुछ कहना नहीं चाहता, और बोला–'मैं तो ठाकुर हूँ। यहाँ से छः-सात कोस पर एक गाँव है महुली, वहीं रहता हूँ।'

डॉक्टर साहब ने उसे तीव्र नेत्रों से देखा, और समझ गये। बोले–'अच्छा वही गाँव, जो सड़क के पश्चिम तरफ़ है। आओ मेरे साथ।'

डॉक्टर साहब उसे लिए हुए पास वाले बगीचे में चले गये और एक बेंच पर बैठकर उसकी ओर प्रश्न की निगाहों से देखा कि अब वह उसकी कथा सुनने को तैयार है।

युवक ने सकुचाते हुए कहा–'इस मुक़दमे में जो औरत है, वह इसी बालक की माँ है। घर में हम दो प्राणियों के सिवा और कोई नहीं है। मैं खेती-बारी करता हूँ। वह बाज़ार में कभी-कभी सौदा-सुलुफ़ लाने चली जाती थी। उस दिन गाँववालों के साथ अपने लिए एक साड़ी लेने गयी थी। लौटती बेर वह वारदात हो गयी; गाँव के सब आदमी छोड़कर भाग गये। उस दिन से वह घर नहीं गयी। मैं कुछ नहीं जानता, कहाँ घूमती रही ! मैंने भी उसकी खोज नहीं की। अच्छा ही हुआ कि वह उस समय घर नहीं गयी, नहीं हम दोनों में एक की या दोनों की जान जाती। इस बच्चे के लिए मुझे विशेष चिन्ता थी। बार-बार माँ को खोजता; पर मैं इसे बहलाता रहता। इसी की नींद सोता और इसी की नींद जागता। पहले तो मालूम होता था, बचेगा नहीं; लेकिन भगवान की दया थी। धीरे-धीरे माँ को भूल गया। पहले मैं इसका बाप था, अब तो माँ-बाप दोनों मैं ही हूँ। बाप कम, माँ ज़्यादा। मैंने मन में समझा था, वह कहीं डूब मरी होगी। गाँव के लोग कभी-कभी कहते–उसकी तरह की एक औरत छावनी की ओर है; पर मैं कभी उन पर विश्वास न करता।

'जिस दिन मुझे ख़बर मिली कि लाला समरकान्त की दुकान पर एक औरत ने दो गोरों को मार डाला और उस पर मुक़दमा चल रहा है, तब मैं समझ गया कि वही है। उस दिन से हर पेशी में आता हूँ और सबके पीछे खड़ा रहता हूँ। किसी से कुछ कहने की हिम्मत नहीं होती। आज मैंने समझा, अब उससे सदा के लिए नाता टूट रहा है; इसलिए बच्चे को लेता आया कि इसके देखने की उसे लालसा न रह जाय। आप लोगों ने तो बहुत खरच-वरच किया; पर भाग्य में जो लिख था, वह कैसे टलता। आपसे यही कहना है कि जज साहब फ़ैसला सुना चुकें, तो एक छिन के लिए उससे मेरी भेंट करा दीजिएगा। मैं आपसे सत्य कहता हूँ बाबूजी, वह अगर बरी हो जाय तो मैं उसके चरण धो-धोकर पीऊँ और घर ले जाकर उसकी पूजा करूँ। मेरे भाई-बन्द अब भी नाक-भौं सिकोड़ेंगे, पर जब आप लोगों जैसे बड़े-बड़े आदमी मेरे पक्ष में हैं, तो मुझ बिरादरी की परवाह नहीं।'

शान्तिकुमार ने पूछा–'जिस दिन उसका बयान हुआ, उस दिन तुम थे ?'

युवक ने सजल नेत्र होकर कहा–'हाँ बाबूजी, था। सबके पीछे द्वार पर खड़ा रो रहा था। यही जी में आता था कि दौड़कर चरणों से लिपट जाऊँ और कहूँ–मुन्नी, मैं तेरा सेवक हूँ, तू अब तक मेरी स्त्री थी आज से मेरी देवी है। मुन्नी ने मेरे पुरखों को तार दिया बाबूजी, और क्या कहूँ।'

शान्तिकुमार ने फिर पूछा–'मान लो, आज वह छूट जाए, तो तुम उसे घर ले जाओगे ?'

युवक ने पुलकित कण्ठ से कहा–'यह पूछने की बात नहीं है बाबूजी। मैं उसे आँखों पर बैठाकर ले जाऊँगा और जब तक जीऊँगा, उसका दास बना रहकर अपना जन्म सफल

करूँगा।'

एक क्षण के बाद उसने बड़ी उत्सुकता से पूछा–'क्या छूटने की कुछ आशा है बाबूजी ?'

'औरों को तो नहीं है; पर मुझे है।'

युवक डॉक्टर साहब के चरणों पर गिरकर रोने लगा। चारों ओर निराशा की बातें सुनने के बाद आज उसने आशा का शब्द सुना है और वह निधि पाकर उसके हृदय की समस्त भावनाएँ मानो मंगलगान कर रही हैं। और हर्ष के अतिरेक में मनुष्य क्या आँसुओं को संयत रख सकता है ?

मोटर का हार्न सुनते ही दोनों ने कचहरी की तरफ़ देखा। जज साहब आ गये। जनता का वह अपार सागर चारों ओर से उमड़कर अदालत के कमरे के सामने जा पहुँचा। फिर भिखारिन लायी गयी। जनता ने उसे देखकर जय-घोष किया। किसी-किसी ने पुष्प-वर्षा भी की। वकील, बैरिस्टर, पुलिस कर्मचारी, अफसर सभी आ-आकर यथास्थान बैठ गये।

सहसा जज साहब ने एक उड़ती हुई निगाह से जनता को देखा। चारों तरफ़ सन्नाटा हो गया। असंख्य आँखें जज साहब की ओर ताकने लगीं, मानो कह रही थीं–'आप ही हमारे भाग्य के विधाता हैं।'

जज साहब ने सन्दूक से टाइप किया हुआ फ़ैसला निकाला और एक बार खाँसकर उसे पढ़ने लगे। जनता सिमटकर और समीप आ गयी। अधिकांश लोग फ़ैसले का एक शब्द भी न समझते थे; पर कान सभी लगाए हुए थे। चावल और बताशों के साथ न जाने कब रुपये भी लूट में मिल जाएँ।

कोई पन्द्रह मिनट तक जज साहब फ़ैसला पढ़ते रहे, और जनता चिंतामय प्रतीक्षा से तन्मय होकर सुनती रही।

अन्त में जज साहब के मुख से निकला–'यह सिद्ध है कि मुन्नी ने हत्या की...'

कितनों ही के दिल बैठ गये। एक-दूसरे की ओर पराधीन नेत्रों से देखने लगे ?

जज ने वाक्य की पूर्ति की–'लेकिन यह भी सिद्ध है कि उसने यह हत्या मानसिक अस्थिरता की दशा में की–इसलिए मैं उसे मुक्त करता हूँ।'

वाक्य का अन्तिम शब्द आनन्द की उस तूफ़ानी उमंग में डूब गया। आनन्द, महीनों चिन्ता के बन्धनों में पड़े रहने के बाद आज जो छूटा, तो छूटे हुए बछड़े की भाँति कुलाँचें मारने लगा। लोग मतवाले हो-होकर एक-दूसरे के गले मिलने लगे। घनिष्ठ मित्रों में धौल-धप्पा होने लगा। कुछ लोगों ने अपनी-अपनी टोपियाँ उछालीं। जो मसखरे थे, उन्हें जूते उछालने की सूझी। सहसा मुन्नी, डॉक्टर शान्तिकुमार के साथ, गम्भीर हास्य से अलंकृत, बाहर निकली, मानो कोई रानी अपने मन्त्री के साथ आ रही है। जनता की वह सारी उद्दण्डता शान्त हो गयी। रानी के सम्मुख बेअदबी कौन कर सकता है !

प्रोग्राम पहले ही निश्चित था। पुष्प-वर्षा के पश्चात् मुन्नी के गले में जयमाल डालना था। यह गौरव जज साहब की धर्मपत्नी को प्राप्त हुआ, जो इस फ़ैसले के बाद जनता की श्रद्धा-पात्री हो चुकी थीं। फिर बैण्ड बजने लगा। सेवा-समिति के दो सौ युवक केसरिये बाने पहने जुलूस के साथ चलने के लिए तैयार थे। राष्ट्रीय सभा के सेवक भी ख़ाकी वर्दियाँ पहने झण्डियाँ लिए जमा हो गये। महिलाओं की संख्या एक हज़ार से कम न थी। निश्चित

किया गया था कि जुलूस गंगा-तट तक जाए, वहाँ एक विराट सभा हो, मुन्नी को एक थैली भेंट की जाए और सभा भंग हो जाए।

मुन्नी कुछ देर तक तो शान्त भाव से यह समारोह देखती रही, फिर शान्तिकुमार से बोली—'बाबूजी, आप लोगों ने मेरा जितना सम्मान किया, मैं उसके जोग नहीं थी; अब मेरी आपसे यही विनती है कि मुझे हरद्वार या किसी दूसरे तीर्थ-स्थान में भेज दीजिए। वहीं भिक्षा माँगकर यात्रियों की सेवा करके दिन काटूँगी। यह जुलूस और यह धूम-धाम मुझ-जैसी अभागिन के लिए शोभा नहीं देता। इन सभी भाई-बहनों से कह दीजिए, अपने-अपने घर जाएँ। मैं धूल में पड़ी हुई थी। आप लोगों ने मुझे आकाश पर चढ़ा दिया। अब उससे ऊपर जाने की मुझमें सामर्थ्य नहीं है, मेरे सिर में चक्कर आ जायेगा। मुझे यहीं से स्टेशन भेज दीजिए। आपके पैरों पड़ती हूँ।'

शान्तिकुमार इस आत्म-दमन पर चकित होकर बोले—'यह कैसे हो सकता है बहन ...इतने स्त्री-पुरुष जमा हैं; इनकी भक्ति और प्रेम का तो विचार कीजिए। आप जुलूस में न जायेंगी, तो इन्हें कितनी निराशा होगी। मैं तो समझता हूँ कि यह लोग आपको छोड़कर कभी न जायेंगे।'

'आप लोग मेरा स्वाँग बना रहे हैं।'

'ऐसा न कहो बहन। तुम्हारा सम्मान करके हम अपना सम्मान कर रहे हैं। और तुम्हें हरद्वार जाने की ज़रूरत क्या है। तुम्हारा पति तुम्हें अपने साथ ले जाने के लिए आया हुआ है।'

मुन्नी ने आश्चर्य से डॉक्टर की ओर देखा—'मेरा पति ! मुझे अपने साथ ले जाने के लिए आया हुआ है ? आपने कैसे जाना ?'

'मुझसे थोड़ी देर पहले मिला था।'

'क्या कहता था ?'

'यही कि मैं उसे अपने साथ ले जाऊँगा और उसे अपने घर की देवी समझूँगा।'

'उसके साथ कोई बालक भी था ?'

'हाँ, तुम्हारा छोटा बच्चा उसकी गोद में था।'

'बालक बहुत दुबला हो गया होगा ?'

'नहीं, मुझे वह हृष्ट-पुष्ट दीखता था।'

'प्रसन्न भी था ?'

'हाँ, ख़ूब हँस रहा था।'

'अम्माँ-अम्माँ तो न करता होगा ?'

'मेरे सामने तो नहीं रोया।'

'अब तो चाहे चलने लगा हो ?'

'गोद में था, पर ऐसा मालूम होता था कि चलता होगा।'

'अच्छा, उसके बाप की क्या हालत थी ? बहुत दुबले हो गये हैं ?'

'मैंने उन्हें पहले कब देखा था ? हाँ, दुःखी ज़रूर थे। यहीं कहीं होंगे, कहो तो तलाश करूँ। शायद खुद आते हों।'

मुन्नी ने एक क्षण के बाद सजल नेत्र होकर कहा–'उन दोनों को मेरे पास न आने दीजिएगा, बाबूजी। मैं आपके पैरों पड़ती हूँ। इन आदमियों से कह दीजिए अपने-अपने घर जाएँ। मुझे आप स्टेशन पहुँचा दीजिए। मैं आज ही यहाँ से चली जाऊँगी। पति और पुत्र के मोह में पड़कर उनका सर्वनाश न करूँगी। मेरा यह सम्मान देखकर पतिदेव मुझे ले जाने पर तैयार हो गये होंगे; पर उनके मन में क्या है, यह मैं जानती हूँ। वह मेरे साथ रहकर सन्तुष्ट नहीं रह सकते। मैं अब इसी योग्य हूँ कि किसी ऐसी जगह चली जाऊँ, जहाँ मुझे कोई न जानता हो ! वहीं मजूरी करके या भिक्षा माँगकर अपना पेट पालूँगी।'

वह एक क्षण चुप रही। शायद देखती थी कि डॉक्टर क्या जवाब देते हैं। जब डॉक्टर साहब कुछ न बोले तो उसने ऊँचे, पर काँपते हुए स्वर में लोगों से कहा–'बहनो और भाइयो ! आपने मेरा जो सत्कार किया है, उसके लिए आपकी कहाँ तक बड़ाई करूँ। आपने एक अभागिन को तार दिया। अब मुझे जाने दीजिए। मेरा जुलूस निकालने के लिए हठ न कीजिए। मैं इसी योग्य हूँ कि अपना काला मुँह छिपाए किसी कोने में पड़ी रहूँ। इस योग्य नहीं हूँ कि मेरी दुर्गति का महात्म्य किया जाए।'

जनता ने बहुत शोरगुल मचाया, डीलरों ने समझाया, देवियों ने आग्रह किया; पर मुन्नी जुलूस पर राजी न हुई और बराबर यही कहती रही कि मुझे स्टेशन पर पहुँचा दो। आखिर मजबूर होकर डॉक्टर साहब ने जनता को बिदा किया और मुन्नी को मोटर पर बैठाया।

मुन्नी ने कहा–'अब यहाँ से चलिए और किसी दूर के स्टेशन पर ले चलिए, जहाँ यह लोग एक भी न हों।'

शान्तिकुमार ने इधर-उधर प्रतीक्षा की आँखों से देखकर कहा–'इतनी जल्दी न करो बहन, तुम्हारा पति आता ही होगा। जब यह लोग चले जायेंगे, तब वह जरूर आयेगा।'

मुन्नी ने अशान्त भाव से कहा–'मैं उनसे नहीं मिलना चाहती बाबूजी, कभी नहीं। उनके मेरे सामने आते ही मारे लज्जा के मेरे प्राण निकल जायेंगे। मैं कह सकती हूँ, मैं मर जाऊँगी। आप मुझे जल्दी से ले चलिए। अपने बालक को देखकर मेरे हृदय में मोह की ऐसी आँधी उठेगी कि मेरा सारा विवेक और विचार उसमें तृण के समान उड़ जाएगा। उस मोह में मैं भूल जाऊँगी कि मेरा कलंक उनके जीवन का सर्वनाश कर देगा। मेरा मन न-जाने कैसा हो रहा है। आप मुझे जल्दी यहाँ से ले चलिए। मैं उस बालक को देखना नहीं चाहती, मेरा देखना उसका विनाश है।'

शान्तिकुमार ने मोटर चला दी; पर दस ही बीस गज़ गये होंगे कि पीछे से मुन्नी का पति बालक को गोद में लिए दौड़ता और 'मोटर रोको ! मोटर रोको !' पुकारता चला आता था। मुन्नी की उस पर नज़र पड़ी। उसने मोटर की खिड़की से सिर निकालकर हाथ से मना करते हुए चिल्लाकर कहा–'नहीं, नहीं, तुम जाओ मेरे पीछे मत आओ ! ईश्वर के लिए मत आओ !'

फिर उसने दोनों बाँहें फैला दीं, मानो बालक को गोद में ले रही हो और मूर्च्छित होकर गिर पड़ी।

मोटर तेज़ी से चली जा रही थी, युवक ठाकुर बालक को लिए खड़ा रो रहा था और कई हजार स्त्री-पुरुष मोटर की तरफ़ ताक रहे थे।

13

मुन्नी के बरी होने का समाचार आनन-फ़ानन सारे शहर में फैल गया। इस फैसले की आशा बहुत कम आदमियों को थी। कोई कहता था—'जज साहब की स्त्री ने पति से लड़कर फ़ैसला लिखाया। रूठकर मैके चली जा रही थीं। स्त्री जब किसी बात पर अड़ जाए, तो पुरुष कैसे 'नहीं' कर दे ?' कुछ लोगों का कहना था—'सरकार ने जज साहब को हुक्म देकर यह फ़ैसला कराया है; क्योंकि भिखारिन को सज़ा देने से शहर में दंगा हो जाने का भय था।' अमरकान्त उस समय भोज के सरंजाम करने में व्यस्त था; पर यह ख़बर पा ज़रा देर के लिए सब कुछ भूल गया और इस फ़ैसले का सारा श्रेय .ख़ुद लेने लगा। भीतर जाकर रेणुका देवी से बोला—'आपने देखा अम्माँजी, मैं कहता न था, उसे बरी कराके दम लूँगा, वही हुआ। वकीलों और गवाहों के साथ कितनी माथा-पच्ची करनी पड़ी है कि मेरा दिल ही जानता है।' बाहर आकर मित्रों से और सामने के दुकानदारों से भी उसने यही डींग मारी।

एक मित्र ने कहा—'औरत है बड़ी धुन की पक्की। शौहर के साथ न गयी, न गयी ! बेचारा पैरों पड़ता रह गया।'

अमरकान्त ने दार्शनिक विवेचना के भाव से कहा—'जो काम खुद न देखो, वही चौपट हो जाता है। मैं तो इधर फँस गया। उधर किसी से इतना भी न हो सका कि उस औरत को समझाता। मैं होता, तो मज़ाल थी कि वह यों चली जाती। मैं जानता कि यह हाल होगा, तो सब काम छोड़कर जाता और उसे समझाता। मैंने तो समझा डॉक्टर साहब और बीसों ही आदमी हैं, मेरे न रहने से ऐसा क्या घी का घड़ा लुढ़का जाता है, लेकिन वहाँ किसी को क्या परवाह ! नाम तो हो गया। काम हो या जहन्नुम में जाए !'

लाला समरकान्त ने नाच-तमाशे और दावत में .ख़ूब दिल खोलकर ख़र्च किया। वही अमरकान्त जो इस मिथ्या व्यवहारों की आलोचना करते कभी न थकता था, अब मुँह तक न खोलता था; बल्कि उलटे और बढ़ावा देता था—'जो सम्पन्न हैं, वह ऐसे शुभ अवसर पर न .ख़र्च करेंगे, तो कब करेंगे ? धन की यही शोभा है। हाँ, घर फूँककर तमाशा न देखना चाहिए।'

अमरकान्त को अब घर से विशेष घनिष्ठता होती जाती थी। अब वह विद्यालय तो जाने लगा था, पर जलसों और सभाओं से जी चुराता रहता था। अब उसे लेन-देन से उतनी घृणा न थी। शाम-सबेरे बराबर दुकान पर आ बैठता और बड़ी तन्देही से काम करता। स्वभाव में कुछ कृपणता भी आ चली थी। दुःखी जनों पर उसे अब भी दया आती थी; पर वह दुकान की बँधी हुई कौड़ियों का अतिक्रमण न करने पाती। इस अल्पकाय शिशु ने ऊँट के नन्हें-से नकेल की भाँति उसके जीवन का संचालन अपने हाथ में ले लिया था। मानो दीपक के सामने एक भुनगे ने आकर उसकी ज्योति को संकुचित कर दिया था।

तीन महीने बीत गये थे। संध्या का समय था। बच्चा पालने में सो रहा था। सुखदा हाथ में पंखिया लिए एक मोढ़े पर बैठी हुई थी। कृशांगी गर्भिणी विकसित मातृत्व के तेज और शक्ति से जैसे खिल उठी थी। उसके माधुर्य में किशोरी की चपलता न थी, गर्भिणी की आलस्यमय कातरता न थी, माता का शान्त तृप्त मंगलमय विलास था।

अमरकान्त कालेज ने सीधे घर आया और बालक को सचिन्त नेत्रों से देखकर बोला–'अब तो ज्वर नहीं है !'

सुखदा ने धीरे से शिशु के माथे पर हाथ रखकर कहा–'नहीं, इस समय तो नहीं जान पड़ता। अभी गोद में सो गया था, तो मैंने लिटा दिया।'

अमर ने कुर्ते के बटन खोलते हुए कहा–'मेरा तो आज वहाँ बिलकुल जी न लगा। मैं तो ईश्वर से यह प्रार्थना करता हूँ कि मुझे संसार की और कोई वस्तु न चाहिए, यह बालक कुशल से रहे। देखो कैसा मुस्करा रहा है।'

सुखदा ने मीठे तिरस्कार से कहा–'तुम्हीं ने देख-देखकर नज़र लगा दी है।'

'मेरा जी चाहता है, इसका चुम्बन ले लूँ।'

'नहीं-नहीं, सोते हुए बच्चों का चुम्बन न लेना चाहिए।'

सहसा किसी ने ड्योढी में आकर पुकारा। अमर ने जाकर देखा, तो बुढ़िया पठानिन लठिया के सहारे खड़ी है। बोला–'आओ पठानिन, तुमने तो सुना होगा, घर में बच्चा हुआ है।'

पठानिन ने भीतर आकर कहा–'अल्लाह करे जुग-जुग जिए और मेरी उम्र पाए। क्यों बेटा, सारे शहर का नेवता हुआ और हम पूछे तक न गये। क्या हमीं सबसे ग़ैर थे ? अल्लाह जानता है, जिस दिन यह ख़ुशख़बरी सुनी, दिल से दुआ निकली की अल्लाह इसे सलामत रखे।'

अमर ने लज्जित होकर कहा–'हाँ, यह गलती मुझसे हुई पठानिन, मुआफ़ करो। आओ, बच्चे को देखो। आज इस न जाने क्यों बुखार हो आया है।'

बुढ़िया दबे पाँव आँगन से होती हुई सामने के बरामदे में पहुँची और बहू को दुआएँ देती हुई बच्चे को देखकर बोली–'कुछ नहीं बेटा, नज़र का फ़साद है। मैं एक तावीज़ दिए देती हूँ, अल्लाह चाहेगा, अभी हँसने-खेलने लगेगा।'

सुखदा ने मातृत्व-जनित नम्रता से बुढ़िया के पैरों को अंचल से स्पर्श किया और बोली–'चार दिन भी अच्छी तरह नहीं रहता माता। घर में कोई बड़ी-बूढ़ी तो है नहीं। मैं क्या जानूँ, कैसे क्या होता है। मेरी अम्माँ हैं; पर वह रोज़ तो यहाँ नहीं आ सकतीं, न मैं ही रोज़ उनके पास जा सकती हूँ।'

बुढ़िया ने फिर आशीर्वाद दिया और बोली–'जब काम पड़े, मुझे बुला लिया करो बेटा, मैं और किस दिन के लिए जीती हूँ। ज़रा तुम मेरे साथ चले चलो भैया, मैं तावीज़ दे दूँ।'

बुढ़िया ने अपने सलूके की जेब से एक रेशमी कुरता और टोपी निकाली और शिशु के सिरहाने रखते हुए बोली–'यह मेरे लाल की नज़र है बेटा, इसे मंजूर करो। मैं और किस लायक हूँ। सकीना कई दिन से सी कर रखे हुए थी, चला नहीं जाता बेटा, आज बड़ी हिम्मत करके आयी हूँ।'

सुखदा के पास सम्बन्धियों से मिले हुए कितने ही अच्छे-से-अच्छे कपड़े रखे हुए थे; पर इस सरल उपहार से उसे जो हार्दिक आनन्द प्राप्त हुआ, वह और किसी उपहार से न हुआ था, क्योंकि इसमें अमीरी का गर्व, दिखावे की इच्छा या प्रथा की शुष्कता न थी। इसमें

एक शुभ-चिन्तक की आत्मा थी, प्रेम था और आशीर्वाद था।

बुढ़िया चलने लगी, तो सुखदा ने उसे एक पोटली में थोड़ी-सी मिठाई दी, पान खिलाए और बरौठे तक उसे विदा करने आयी। अमरकान्त ने बाहर आकर एक एक्का किया और बुढ़िया के साथ बैठकर ताबीज़ लेने चला। गंडे-तावीज़ पर उसे विश्वास न था; पर वृद्धजनों के आशीर्वाद पर था, और उस तावीज़ को वह केवल आशीर्वाद समझ रहा था।

रास्ते में बुढ़िया ने कहा—'मैंने तुमसे कुछ कहा था; वह तुम भूल गये बेटा ?'

अमर सचमुच भूल गया था। शर्माता हुआ बोला—'हाँ पठानिन, मुझे याद नहीं आया। मुआफ़ करो।'

'वही सकीना के बारे में।'

अमर ने माथा ठोंककर कहा—'हाँ माता, मुझे बिलकुल ख्याल न रहा।'

'तो अब ख्याल रखो बेटा। मेरे और कौन बैठा हुआ है, जिससे कहूँ। इधर सकीना ने और कई रूमाल बनाए हैं। कई टोपियों के पल्ले भी काढ़े हैं; पर जब चीज़ बिकती नहीं तो दिल नहीं बढ़ता।'

'मुझे वह सब चीज़ें दे दो। मैं बेचवा दूँगा।'

'तुम्हें तकलीफ़ न होगी ?'

'कोई तकलीफ़ नहीं। भला इसमें क्या तकलीफ़।'

अमरकान्त को बुढ़िया घर में न ले गयी। इधर उसकी दशा और भी हीन हो गयी थी। रोटियों के भी लाले थे। घर की एक-एक अंगुल ज़मीन पर उसकी दरिद्रता अंकित हो रही थी। उस घर में अमर को क्या ले जाती। बुढ़ापा निस्संकोच होने पर भी कुछ परदा रखना ही चाहता है। यह उसे एक्के ही पर छोड़कर अन्दर गयी, और थोड़ी देर में तावीज़ और रूमालों की बक़ची लेकर आ पहुँची।

'तावीज़ उसके गले में बाँध देना। फिर कल मुझसे हाल कहना।'

'कल मेरी तातील है। दो-चार दोस्तों से बातें करूँगा। शाम तक बन पड़ा तो आऊँगा, नहीं फिर किसी दिन आ जाऊँगा।'

घर आकर अमर ने तावीज़ बच्चे के गले में बाँधी और दुकान पर जा बैठा। लालाजी ने पूछा—'कहाँ गये थे ? दुकान के वक्त कहीं मत जाया करो।'

अमर ने क्षमा-प्रार्थना के भाव से कहा—'आज पठानिन आ गयी। बच्चे के लिए तावीज़ देने को कहा था, वही लेने चला गया था।'

'मैंने अभी देखा। अब तो अच्छा मालूम होता है। दुष्ट ने मेरी मूँछें पकड़कर खींच लीं। मैंने भी कसकर एक घूँसा जमाया बचा को। हाँ, ख़ूब याद आयी, तुम बैठो, ज़रा शास्त्रीजी के पास से जन्म-पत्र लेता आऊँ। आज उन्होंने देने का वादा किया था।'

लालाजी चले गये, तो अमर फिर घर में जा पहुँचा और बच्चे को गोद में लेकर बोला—'क्यों जी, तुम हमारे बाप की मूँछें उखाड़ते हो ! ख़बरदार, जो फिर उनकी मूँछें छुईं, नहीं दाँत तोड़ दूँगा।'

बालक ने उसकी नाक पकड़ ली और उसे निगल जाने की चेष्टा करने लगा, जैसे हनुमान सूर्य को निगल रहे हों।

सुखदा हँसकर बोली—'पहले अपनी नाक बचाओ, फिर बाप की मूँछें बचाना।'

सलीम ने इतने ज़ोर से पुकारा कि सारा घर हिल उठा।

अमरकान्त ने बाहर आकर कहा—'तुम बड़े शैतान हो यार, ऐसा चिल्लाए कि मैं घबरा गया। किधर से आ रहे हो ? आओ, कमरे में चलो।'

दोनों आदमी बग़लवाले कमरे में गये। सलीम ने रात को एक ग़ज़ल कही थी। वही सुनाने आया था। ग़ज़ल कह लेने के बाद जब तक वह अमर को सुना न ले, उसे चैन न आता था।

अमर ने कहा—'मगर मैं तारीफ़ न करूँगा, यह समझ लो !

—शर्त तो जब है कि तुम तारीफ़ न करना चाहो, फिर भी करो—

'यही दुनियाए उलफ़त में, हुआ करता है होने दो,
तुम्हें हँसना मुबारक हो, कोई रोता है, रोने दो।'

अमर ने झूमकर कहा—'लाजवाब शेर है भई ! बनावट नहीं, दिल से कहता हूँ। कितनी मजबूरी है—वाह !'

सलीम ने दूसरा शेर पढ़ा—

'क़सम ले लो जो शिकवा हो तुम्हारी बेवफ़ाई का,
किए को अपने रोता हूँ मुझे जी भर के रोने दो।'

अमर—बड़ा दर्दनाक शेर है, रोंगटे खड़े हो गये। जैसे कोई अपनी बीती गा रहा हो।

इस तरह सलीम ने पूरी ग़ज़ल सुनाई और अमर ने झूम-झूमकर सुनी !

फिर बातें होने लगीं। अमर ने पठानिन के रूमाल दिखाने शुरू किए।

'एक बुढ़िया रख गयी है। ग़रीब औरत है। जी चाहे दो-चार ले लो।'

सलीम ने रूमालों को देखकर कहा—'चीज़ तो अच्छी है यार, लाओ एक दर्जन लेता जाऊँ। किसने बनाए हैं ?'

'उसी बुढ़िया की एक पोती है।'

'अच्छा, वही तो नहीं, जो एक बार कचहरी में पगली के मुक़दमे में गयी थी ? माशूक़ तो यार तुमने अच्छा छाँटा।'

अमरकान्त ने अपनी सफ़ाई दी—'क़सम ले लो, जो मैंने उसकी तरफ़ देखा भी हो।'

'मुझे क़सम लेने की ज़रूरत ! तुम्हें वह मुबारक हो, मैं तुम्हारा रक़ीब नहीं बनना चाहता। रूमाल कितने दर्जन के हैं ?'

'जो मुनासिब समझो, दे दो।'

'इसकी क़ीमत बनानेवाले के ऊपर मुनहसर है। अगर उस हसीना ने बनाए हैं, तो फ़ी रूमाल पाँच रुपये। बुढ़िया या किसी और ने बनाए हैं, तो फ़ी रूमाल चार आने।'

'तुम मज़ाक करते हो। तुम्हें लेना मंजूर नहीं।'

'पहले यह बताओ, किसने बनाए हैं ?'

'बनाए तो हैं सकीना ही ने।'

'अच्छा उनका नाम सकीना है। तो मैं फ़ी रूमाल पाँच रुपये दे दूँगा। शर्त यह कि तुम मुझे उसका घर दिखा दो।'

'हाँ शौक से; लेकिन तुमने कोई शरारत की, तो मैं तुम्हारा जानी दुश्मन हो जाऊँगा। अगर हमदर्द बनकर चलना चाहो, चलो। मैं तो चाहता हूँ, उसकी किसी भले आदमी से शादी हो जाए। है कोई तुम्हारी निगाह में ऐसा आदमी ? बस, यही समझ लो कि उसकी तक़दीर खुल जाएगी। मैंने ऐसी हयादार और सलीक़ेमन्द लड़की नहीं देखी। मर्द को लुभाने के लिए औरत में जितनी बातें हो सकती हैं, वह सब उसमें मौजूद हैं।'

सलीम ने मुस्कराकर कहा—'मालूम होता है, तुम खुद उस पर रीझ चुके। हुस्न में तो वह तुम्हारी बीबी के तलवों के बराबर भी नहीं।'

अमरकान्त ने आलोचक के भाव से कहा—'औरत में रूप ही सबसे प्यारी चीज नहीं है। मैं तुमसे सच कहता हूँ, अगर मेरी शादी न हुई होती और मज़हब की रुकावट न होती, तो मैं उससे शादी करके अपने को भाग्यवान समझता।'

'आखिर उसमें ऐसी क्या बात है, जिस पर इतने लट्टू हो ?'

'यह तो मैं .खुद नहीं समझ रहा हूँ। शायद उसका भोलापन हो। तुम .खुद क्यों नहीं कर लेते ? मैं यह कह सकता हूँ कि उसके साथ तुम्हारी ज़िन्दगी जन्नत बन जाएगी।'

सलीम ने सन्दिग्ध भाव से कहा—'मैंने अपने दिल में जिस औरत का नक़शा खींच रखा है वह कुछ और ही है। शायद वैसी औरत मेरी खयाली दुनिया के बाहर कहीं होगी भी नहीं। मेरी निगाह में कोई आदमी आयेगा, तो बताऊँगा। इस वक्त तो मैं ये रूमाल लिए लेता हूँ। पाँच रुपये से कम क्या दूँ ? सकीना कपड़े भी सी लेती होगी ? मुझे उम्मीद है कि मेरे घर से उसे काफ़ी काम मिल जाएगा। तुम्हें भी एक दोस्ताना सलाह देता हूँ। मैं तुमसे बदगुमानी नहीं करता; लेकिन वहाँ बहुत आमदोरफ़्त न रखना, नहीं बदनाम हो जाओगे। तुम चाहे कम बदनाम हो, उस ग़रीब की तो ज़िन्दगी ही .खराब हो जाएगी। ऐसे भले आदमियों की कमी भी नहीं है, जो इस मुआमले को मज़हबी रंग देकर तुम्हारे पीछे पड़ जायेंगे। उनकी मदद तो कोई न करेगा; लेकिन तुम्हारे ऊपर उँगली उठानेवाले बहुतेरे निकल आयेंगे।'

अमरकान्त में उद्दण्डता न थी; पर इस समय वह झल्लाकर बोला—'मुझे ऐसे कमीने आदमियों की परवाह नहीं है। अपना दिल साफ़ रहे, तो किसी बात का ग़म नहीं।'

सलीम ने ज़रा भी बुरा न मानकर कहा—'तुम ज़रूरत से ज़्यादा सीधे हो यार, ख़ौफ़ है, किसी आफ़त में न फँस जाओ।'

दूसरे दिन अमरकान्त ने दुकान बढ़ाकर जेब में पाँच रुपये रखे, पठानिन के घर पहुँचा और आवाज दी। वह सोच रहा था—'सकीना रुपये पाकर कितनी .खुश होगी !'

अन्दर से आवाज़ आयी—'कौन है ?'

अमरकान्त ने अपना नाम बतलाया।

द्वार तुरन्त खुल गये और अमरकान्त ने अन्दर क़दम रखा; पर देखा तो चारों तरफ़ अँधेरा। पूछा—'आज दिया नहीं जलाया, अम्माँ ?'

सकीना बोली—'अम्माँ तो एक जगह सिलाई का काम लेने गयी हैं।'

'अँधेरा क्यों है ? चिराग़ में तेल नहीं है ?'

सकीना धीरे से बोली—'तेल तो है।'

'फिर दिया क्यों नहीं जलाया; दियासलाई नहीं है ?'

'दियासलाई भी है।'

'तो फिर चिराग़ जलाओ। कल जो रूमाल मैं ले गया था, वह पाँच रुपये पर बिक गये हैं, ये रुपये ले लो। चटपट चिराग़ जलाओ।'

सकीना ने कोई जवाब न दिया। उसकी सिसकियों की आवाज़ सुनाई दी। अमर ने चौंककर पूछा–'क्या बात है सकीना ? तुम रो क्यों रही हो ?'

सकीना ने सिसकते हुए कहा–'कुछ नहीं, आप जाइए। मैं अम्माँ को रुपये दे दूँगी।'

अमर ने व्याकुलता से कहा–'जब तक तुम बता न दोगी, मैं न जाऊँगा। तेल न हो मैं ला दूँ, दियासलाई न हो मैं ला दूँ, कल एक लैम्प लेता आऊँगा। कुप्पी के सामने बैठकर काम करने से आँखें खराब हो जाती हैं। घर के आदमी से क्या परदा। मैं अगर तुम्हें ग़ैर समझता, तो इस तरह बार-बार क्यों आता।'

सकीना सामने के सायबान में जाकर बोली–'मेरे कपड़े गीले हैं। आपकी आवाज़ सुनकर मैंने चिराग़ बुझा दिया।'

'तो गीले कपड़े क्यों पहन रखे हैं ?'

'कपड़े मैले हो गये थे। साबुन लगाकर रख दिए थे। अब और कुछ न पूछिए। कोई दूसरा होता, तो मैं किवाड़ न खोलती।'

अमरकान्त का कलेजा मसोस उठा। उफ़ ! इतनी घोर दरिद्रता ! पहनने को कपड़े तक नहीं। अब उसे ज्ञात हुआ कि कल पठानिन ने रेशमी कुरता और टोपी उपहार में दी थी, उसके लिए कितना त्याग किया था। दो रुपये से कम क्या ख़र्च हुए होंगे। दो रुपये में दो पाजामे बन सकते थे। इन ग़रीब प्राणियों में कितनी उदारता है। जिसे ये अपना धर्म समझते हैं, उसके लिए कितना कष्ट झेलने को तैयार रहते हैं।

उसने सकीना से काँपते हुए स्वर में कहा–'तुम चिराग़ जला लो। मैं अभी आता हूँ।'

गोबर्धन सराय से चौक तक वह हवा के वेग से गया; पर बाजार बन्द हो चुका था। अब क्या करे। सकीना अभी तक गीले कपड़े पहने बैठी होगी। आज इन सबों ने इतनी जल्द क्यों दुकान बन्द कर दी ? वह यहाँ से उसी वेग के साथ घर पहुँचा। सुखदा के पास पचासों साड़ियाँ हैं। कई मामूली भी हैं। क्या वह उनमें से साड़ियाँ न दे देगी ? मगर वह पूछेगी–'क्या करोगे, तो क्या जवाब देगा। साफ़-साफ़ कहने से वह शायद सन्देह करने लगे। नहीं, इस वक़्त सफ़ाई देने का अवसर न था। सकीना गीले कपड़े पहने उसकी प्रतीक्षा कर रही होगी। सुखदा नीचे थी। वह चुपके से ऊपर चला गया, गठरी खोली और उसमें से चार साड़ियाँ निकालकर दबे पाँव चल दिया।

सुखदा ने पूछा–'अब कहाँ जा रहे हो ? भोजन क्यों नहीं कर लेते ?'

अमर ने बरौठे से जवाब दिया–'अभी आता हूँ।'

कुछ दूर जाने पर उसने सोचा–'कल कहीं सुखदा ने अपनी गठरी खोली और साड़ियाँ न मिलीं, तो बड़ी मुश्किल पड़ेगी। नौकरों के सिर जाएगी। क्या वह उस वक़्त यह कहने का साहस रखता था कि वे साड़ियाँ मैंने एक ग़रीब औरत को दे दी है ? नहीं, वह यह

नहीं कह सकता। तो साड़ियाँ ले जाकर रख दें ? मगर वहाँ सकीना गीले कपड़े पहने बैठी होगी। फिर ख़याल आया—'सकीना इन साड़ियों को पाकर कितनी प्रसन्न होगी।' इस ख़याल ने उसे उन्मत्त कर दिया। जल्द-जल्द क़दम बढ़ाता हुआ सकीना के घर जा पहुँचा।

सकीना ने उसकी आवाज़ सुनते ही द्वार खोल दिया। चिराग़ जल रहा था। सकीना ने इतनी देर में आग जलाकर कपड़े सुखा लिए थे और कुरता-पाजामा पहने, ओढ़नी ओढ़े खड़ी थी ! अमर ने साड़ियाँ खाट पर रख दीं और बोला—'बाज़ार में तो न मिलीं, घर जाना पड़ा। हमदर्दों से परदा न रखना चाहिए।'

सकीना ने साड़ियों को लेकर देखा और सकुचाती हुई बोली—'बाबूजी, आप नाहक़ साड़ियाँ लाए। अम्माँ देखेंगी, तो जल उठेंगी। फिर शायद आपका यहाँ आना मुश्किल हो जाए। आपकी शराफ़त और हमदर्दी की जितनी तारीफ़ अम्माँ करती थीं, उससे कहीं ज़्यादा पाया। आप यहाँ ज़्यादा आया भी न करें, नहीं ख़्वामख़्वाह लोगों को शुबहा होगा। मेरी वजह से आपके ऊपर कोई शुबहा करे, यह मैं नहीं चाहती।'

आवाज़ कितनी मीठी थी। भाव में कितनी नम्रता, कितना विश्वास। पर उसमें वह हर्ष न था, जिसकी अमर ने कल्पना की थी। अगर बुढ़िया इस सरल स्नेह को सन्देह की दृष्टि से देखे, तो निश्चय ही उसका आना-जाना बन्द हो जायेगा। उसने अपने मन को टटोलकर देखा, उस प्रकार के सन्देह का कोई कारण है। उसका मन स्वच्छ था। वहाँ किसी प्रकार की कुत्सित भावना न थी। फिर भी सकीना से मिलना बन्द हो जाने की सम्भावना उसके लिए असह्य थी। उसका शासित, दलित पुरुषत्व यहाँ अपने प्राकृति रूप में प्रकट हो सकता था। सुखदा की प्रतिभा, प्रगल्भता और स्वतन्त्रता, जैसे उसके सिर पर सवार रहती थी। वह उसके सामने अपने को दबाए रखने पर मजबूर था। आत्मा में जो एक प्रकार के विकार और व्यक्तिकरण की आकांक्षा होती है, वह अपूर्ण रहती थी। सुखदा उसे पराभूत कर देती थी, सकीना उसे गौरवान्वित करती थी। सुखदा उसका दफ़्तर थी, सकीना घर। वहाँ वह दास था। यहाँ स्वामी।

उसने साड़ियाँ उठा लीं और व्यथित कण्ठ से बोला—'अगर यह बात है, तो मैं इन साड़ियों को लिए जाता हूँ सकीना; लेकिन मैं कह नहीं सकता, मुझे इससे कितना रंज होगा। रहा मेरा आना-जाना, अगर तुम्हारी इच्छा है कि मैं न आऊँ, तो मैं भूलकर भी न आऊँगा; लेकिन पड़ोसियों की मुझे परवाह नहीं है।'

सकीना ने करुण स्वर में कहा—'बाबूजी, मैं आपसे हाथ जोड़ती हूँ, ऐसी बात मुँह से न निकालिए। जब से आप आने-जाने लगे हैं, मेरे लिए दुनिया कुछ और हो गयी है। मैं अपने दिल में एक ऐसी ताक़त, ऐसी उमंग पाती हूँ, जिसे एक तरह का नशा कह सकती हूं; लेकिन बदगोई से तो डरना ही पड़ता है।'

अमर ने उन्मत्त होकर कहा—'मैं बदगोई से नहीं डरता सकीना, रत्ती-भर भी नहीं।'

लेकिन एक ही पल में वह समझ गया—मैं बहका जाता हूँ ! बोला—'मगर तुम ठीक कहती हो। दुनिया और चाहे कुछ न करे, बदनाम तो कर ही सकती है।'

दोनों एक मिनट तक शान्त बैठे रहे, तब अमर ने कहा—'और रूमाल बना लेना। कपड़ों का प्रबन्ध भी हो रहा है। अच्छा अब चलूँगा। लाओ, साड़ियाँ लेता जाऊँ।'

सकीना ने अमर की मुद्रा देखी। मालूम होता था, रोया ही चाहता है। उसके जी में आया, साड़ियाँ उठाकर छाती से लगा ले, पर संयम ने हाथ न उठाने दिया। अमर ने साड़ियाँ उठा लीं और लड़खड़ाता हुआ द्वार से निकल गया, मानो अब गिरा, अब गिरा।

14

अमरकान्त का मन फिर घर से उचाट होने लगा। सकीना उसकी आँखों में बसी हुई थी। सकीना के ये शब्द उनके कानों में गूँज रहे थे–...'मेरे लिए दुनिया कुछ और हो गयी है। मैं अपने दिल में ऐसी ताक़त, ऐसी उमंग पाती हूँ...' इन शब्दों में उसकी पुरुष कल्पना को ऐसी आनन्दप्रद उत्तेजना मिलती थी कि वह अपने को भूल जाता था। फिर दुकान से उसकी रुचि घटने लगी। रमणी की नम्रता और सलज्ज अनुरोध का स्वाद पा जाने के बाद अब सुखदा की प्रतिभा और गरिमा उसे बोझ-सी लगती थी। वह हरे-भरे पत्तों में रूखी-सूखी सामग्री थी, यहाँ सोने-चाँदी के थालों में नाना व्यंजन सजे हुए थे। वहाँ सरल स्नेह था, यहाँ गर्व का दिखावा था। यह सरल स्नेह का प्रसाद उसे अपनी ओर खींचता था, यह अमीरी ठाट अपनी ओर से हटाता था। बचपन में ही वह माता के स्नेह से वंचित हो गया था। जीवन के पन्द्रह साल उसने शुष्क शासन में काटे। कभी माँ डाँटती, कभी बाप बिगड़ता, केवल नैना की कोमलता उसके भग्न हृदय पर फाहा रखती रहती थी। सुखदा भी आयी, तो वही शासन और गरिमा लेकर; स्नेह का प्रसाद उसे यहाँ भी न मिला। वह चिरकाल की स्नेह-तृष्णा किसी प्यासे पक्षी की भाँति, जो कई सरोवरों के सूखे तट से निराश लौट आया हो, स्नेह की यह शीतल छाया देखकर विश्राम और तृप्ति के लोभ से उसकी शरण में आयी। यहाँ शीतल छाया ही न थी, जल भी था। पक्षी यहीं रम जाए, तो कोई आश्चर्य है !

उस दिन सकीना की घोर दरिद्रता देखकर वह आहत हो उठा था। वह विद्रोह जो कुछ दिनों उसके मन में शान्त हो गया था फिर दूने वेग से उठा। वह धर्म के पीछे लाठी लेकर दौड़ने लगा। धन के बन्धन का उसे बचपन ही से अनुभव होता आया था। धर्म का बन्धन उससे कहीं कठोर, कही असह्य, कहीं निरर्थक था। धर्म का काम संसार में मेल और एकता पैदा करना होना चाहिए। यहाँ धर्म ने विभिन्नता और द्वेष पैदा कर दिया है। क्यों खान-पान में, रस्म-रिवाज में धर्म अपनी टाँगें अड़ाता है। मैं चोरी करूँ, ख़ून करूँ, धोखा दूँ, धर्म मुझे अलग नहीं कर सकता। अछूत के हाथ से पानी पी लूँ, धर्म छू-मन्तर हो गया। अच्छा धर्म है ! हम धर्म के बाहर किसी से आत्मा का सम्बन्ध भी नहीं कर सकते। आत्मा को भी धर्म ने बाँध रखा है, प्रेम को भी जकड़ रखा है। यह धर्म नहीं, धर्म का कलंक है।

अमरकान्त इसी उधेड़बुन में पड़ा रहता। बुढ़िया हर महीने, और कभी-कभी महीने में दो-तीन बार, रूमालों की पोटलियाँ बनाकर लाती और अमर उसे मुँहमाँगे दाम देकर ले लेता। रेणुका उसको जेब ख़र्च के लिए जो रुपये देतीं, वह सब-के-सब रूमालों में जाते।

सलीम का भी इस व्यवसाय में साझा था। उसके मित्रों में ऐसा कोई न था, जिसने एक-आध दर्जन रूमाल न लिए हों। सलीम के घर से सिलाई का काम भी मिल जाता। बुढ़िया का सुखदा और रेणुका से भी परिचय हो गया था। चिकन की साड़ियाँ और चादरें बनाने का काम भी मिलने लगा; लेकिन उस दिन से अमर बुढ़िया के घर न गया। कई बार वह मज़बूत इरादा करके चला; पर आधे रास्ते से लौट आया।

विद्यालय में एक बार 'धर्म' पर विवाद हुआ। अमर ने उस अवसर पर जो भाषण किया, उसने सारे शहर में धूम मचा दी। वह अब क्रान्ति ही में देश का उद्धार समझता था–ऐसी क्रान्ति में, जो सर्वव्यापक हो, जो जीवन के मिथ्या आदर्शों का, झूठे सिद्धान्तों का, परिपाटियों का अन्त कर दे, जो एक नए युग की प्रवर्तक हो, एक नई सृष्टि खड़ी कर दे, जो मिट्टी के असंख्य देवताओं को तोड़-फोड़कर चकनाचूर कर दे, जो मनुष्य को धन और धर्म के आधार पर टिकनेवाले राज्य के पंजे से मुक्त कर दे। उसके एक-एक अणु से 'क्रान्ति ! क्रान्ति !' की सदा निकलती रहती थी; लेकिन उदार हिन्दू-समाज उस वक़्त तक किसी से नहीं बोलता, जब तक उसके लोकाचार पर खुल्लम-खुल्ला आघात न हो। कोई क्रान्ति नहीं, क्रान्ति के बाबा का ही उपदेश क्यों न करे, उसे परवाह नहीं होती; लेकिन उपदेश की सीमा के बाहर व्यवहार-क्षेत्र में, किसी ने पाँव निकाला और समाज ने उसकी गरदन पकड़ी। अमर की क्रान्ति अभी तक व्याख्यानों और लेखों तक ही सीमित थी। डिग्री की परीक्षा समाप्त होते ही वह व्यवहार-क्षेत्र में उतरना चाहता था। पर अभी परीक्षा को एक महीना बाक़ी ही था कि एक ऐसी घटना हो गयी, जिसने उसे मैदान में आने पर मज़बूर कर दिया। यह सकीना की शादी थी।

एक दिन संध्या समय अमरकान्त दुकान पर बैठा हुआ था कि बुढ़िया, सुखदा की चिकन की साड़ी लेकर आयी और अमर से बोली–'बेटा, अल्ला के फ़ज़ल से सकीना की शादी ठीक हो गयी है ! आठवीं को निकाह हो जाएगा। और तो मैंने सब सामान जमा कर लिया है; पर कुछ रुपयों से मदद करना।'

अमर की नाड़ियों में जैसे रक्त न था। हकलाकर बोला–'सकीना की शादी ! ऐसी क्या जल्दी थी ?'

'क्या करती बेटा, गुज़र तो नहीं होता, फिर जवान लड़की ! बदनामी भी तो है।'

'सकीना भी राजी है ?'

बुढ़िया ने सरल भाव में कहा–'लड़कियाँ कहीं अपने मुँह से कुछ कहती हैं बेटा ? वह तो नहीं-नहीं किए जाती है।'

अमर ने गरजकर कहा–'फिर भी तुम उसकी शादी किए देती हो ?' फिर सँभलकर बोला–'रुपये के लिए दादा से कहो।'

'तुम मेरी तरफ़ से सिफ़ारिश कर देना बेटा, कह तो मैं आप लूँगी।'

'मैं सिफ़ारिश करनेवाला कौन होता हूँ ? दादा तुम्हें जितना जानते हैं, उतना मैं नहीं जानता।'

बुढ़िया को वहीं खड़ी छोड़कर, अमर बदहवास सलीम के पास पहुँचा। सलीम ने उसकी बौखलाई हुई सूरत देखकर पूछा–'ख़ैर तो है ? बदहवास क्यों हो ?'

अमर ने संयत होकर कहा–'बदहवास तो नहीं हूँ। तुम ख़ुद बदहवास होगे।'

'अच्छा तो आओ, तुम्हें अपनी ताज़ी ग़ज़ल सुनाऊँ। ऐसे-ऐसे शेर निकाले हैं कि फड़क न जाओ तो मेरा ज़िम्मा।'

अमरकान्त की गर्दन में जैसे फाँसी पड़ गयी, पर कैसे कहे–'मेरी इच्छा नहीं है' सलीम ने मतला पढ़ा–

बहला के सवेरा करते हैं इस दिल को उन्हीं की बातों में,
दिल जलता है अपना जिनकी तरह, बरसात की भीगी रातों में।

अमर ने ऊपरी दिल से कहा–'अच्छा शेर है।'

सलीम हतोत्साह न हुआ। दूसरा शेर पढ़ा–

कुछ मेरी नज़र ने उठके कहा कुछ उनकी नज़र ने झुक के कहा,
झगड़ा जो न बरसों में चुकता, तय हो गया बातों-बातों में।

अमर झूम उठा–'खूब कहा है भई ! वाह-वाह ! लाओ क़लम चूम लूँ। सलीम ने तीसरा शेर सुनाया–

यह यास का सन्नाटा तो न था, जब आस लगाए सुनते थे,
माना कि था धोखा ही धोखा, उन मीठी-मीठी बातों में।

अमर ने कलेजा थाम लिया–'गजब का दर्द है भई ! दिल मसोस उठा।'

एक क्षण के बाद सलीम ने छेड़ा–'इधर एक महीने से सकीना ने कोई रूमाल नहीं भेजा क्या ?'

अमर ने गम्भीर होकर कहा–'तुम तो यार मज़ाक करते हो। उसकी शादी हो रही है। एक ही हफ़्ता और है।'

'तो तुम दुलहिन की तरफ़ से बारात में जाना। मैं दूल्हे की तरफ़ से जाऊँगा।'

अमर ने आँखें निकालकर कहा–'मेरे जीते-जी यह शादी नहीं हो सकती। मैं तुमसे कहता हूँ सलीम, मैं सकीना के दरवाज़े पर जान दे दूँगा, सिर पटककर मर जाऊँगा।'

सलीम ने घबड़ाकर पूछा–'यह तुम कैसी बातें कर रहे हो भाईजान ? सकीना पर आशिक़ तो नहीं हो गये ? क्या सचमुच मेरा गुमान सही था ?'

अमर ने आँखों में आँसू भरकर कहा–'मैं कुछ नहीं कह सकता, मेरी क्यों ऐसी हालत हो रही है सलीम; पर जब से मैंने यह ख़बर सुनी है, मेरे ज़िगर में जैसे आरा-सा चल रहा है।'

'आख़िर तुम चाहते क्या हो ? तुम उससे शादी तो नहीं कर सकते।'

'क्यों नहीं कर सकता ?'

'बिल्कुल बच्चे न बन जाओ। ज़रा अक्ल से काम लो।'

'तुम्हारी यही तो मंशा है कि वह मुसलमान है, मैं हिन्दू हूँ। मैं प्रेम के सामने मज़हब की हक़ीक़त नहीं समझता, कुछ भी नहीं।'

सलीम ने अविश्वास के भाव से कहा–'तुम्हारे ख़यालात तक़रीरों में सुन चुका हूँ, अख़बारों में पढ़ चुका हूँ। ऐसे ख़यालात बहुत ऊँचे, बहुत पाकीज़ा, दुनिया में इन्क़लाब पैदा करनेवाले हैं और कितनों ही ने इन्हें ज़ाहिर करके नामवरी हासिल की है, लेकिन इल्मी

बहस दूसरी चीज़ है, उस पर अमल करना दूसरी चीज़ है। बग़ावत पर इल्मी बहस कीजिए, लोग शौक से सुनेंगे। बग़ावत करने के लिए तलवार उठाइए और आप सारी सोसाइटी के दुश्मन हो जायेंगे। इल्मी बहस से किसी को चोट नहीं लगती। बग़ावत से गरदनें कटती हैं। मगर तुमने सकीना से भी पूछा, वह तुमसे शादी करने पर राज़ी है ?'

अमर कुछ झिझका। इस तरफ़ उसने ध्यान ही न दिया था। उसने शायद दिल में समझ लिया था, मेरे कहने की देर है, वह तो राज़ी ही है। उन शब्दों के बाद अब उसे कुछ पूछने की ज़रूरत न मालूम हुई।

'मुझे यक़ीन है कि वह राज़ी है।'

'यक़ीन कैसे हुआ ?'

'उसने ऐसी बातें की हैं, जिनका मतलब इसके सिवा और कुछ हो ही नहीं सकता।'

'तुमने उससे कहा—मैं तुमसे शादी करना चाहता हूँ ?'

'उससे पूछने की मैं ज़रूरत नहीं समझता।'

''तो एक ऐसी बात को जो तुमसे एक हमदर्द के नाते कही थी, तुमने शादी का वादा समझ लिया। वाह री आपकी अक्ल ! मैं कहता हूँ, तुम भंग तो नहीं खा गये हो, या बहुत पढ़ने से तुम्हारा दिमाग़ तो नहीं ख़राब हो गया है ? परी से ज़्यादा हसीन बीबी, चाँद-सा बच्चा और दुनिया की सारी नेमतों को आप तिलांजलि देने पर तैयार हैं, उस जुलाहे की नमकीन और शायद सलीकेदार छोकरी के लिए ! तुमने इसे भी कोई तक़रीर या मज़मून समझ रखा है ? सारे शहर में तहलका पड़ जाएगा जनाब, भोचाल आ जाएगा, शहर ही में नहीं, सूबे भर में, बल्कि शुमाली हिन्दोस्तान भर में। आप हैं किस फेर में ? जान से हाथ धोना पड़े, तो ताज्जुब नहीं।'

अमरकान्त इन सारी बाधाओं को सोच चुका था। इनसे वह ज़रा भी विचलित न हुआ था। और अगर इसके लिए समाज उसे दण्ड देता है, तो उसे परवाह नहीं। वह अपने हक़ के लिए मर जाना इससे कहीं अच्छा समझता है कि उसे छोड़कर कायरों की ज़िन्दगी काटे। समाज उसकी ज़िन्दगी को तबाह करने का कोई हक़ नहीं रखता। बोला—'मैं यह सब जानता हूँ सलीम, लेकिन मैं अपनी आत्मा को समाज का गुलाम नहीं बनाना चाहता। नतीजा जो कुछ भी हो, उसके लिए मैं तैयार हूँ। यह मुआमला मेरे और सकीना के दरमियान है। सोसाइटी को हमारे बीच में दखल देने का कोई हक़ नहीं।'

सलीम ने सन्दिग्ध भाव से सिर हिलाकर कहा—'सकीना कभी मंज़ूर न करेगी, अगर उसे तुमसे मुहब्बत है। हाँ, अगर वह तुम्हारी मुहब्बत का तमाशा देखना चाहती है, तो शायद मंज़ूर कर ले; मगर मैं पूछता हूँ, उसमें क्या खूबी है, जिसके लिए तुम खुद इतनी बड़ी क़ुर्बानी करने और कई ज़िन्दगियों को ख़ाक में मिलाने पर आमादा हो ?'

अमर को यह बात अप्रिय लगी। मुँह सिकोड़कर बोला—'मैं कोई क़ुर्बानी नहीं कर रहा हूँ और न किसी की ज़िन्दगी को ख़ाक में मिला रहा हूँ। मैं सिर्फ़ उस रास्ते पर जा रहा हूँ, जिधर मेरी आत्मा मुझे ले जा रही है। मैं किसी रिश्ते या दौलत को अपनी आत्मा के गले की ज़ंज़ीर नहीं बना सकता। मैं उन आदमियों में नहीं हूँ, जो ज़िन्दगी की ज़ंज़ीरों को ही ज़िन्दगी समझते हैं। मैं ज़िन्दगी की आरज़ुओं को ज़िन्दगी समझता हूँ। मुझे ज़िन्दा

रहने के लिए ऐसे दिल की ज़रूरत है, जिसमें आरज़ुएँ हों, दर्द हो, त्याग हो, सौदा हो। जो मेरे साथ रो सकता हो; मेरे साथ जल सकता हो। महसूस करता हूँ कि मेरी ज़िन्दगी पर रोज़-ब-रोज़ जंग लगता जा रहा है। इन चन्द सालों में मेरा कितना रूहानी ज़वाल हुआ, इसे मैं ही समझता हूँ। मैं ज़ंज़ीरों में जकड़ा जा रहा हूँ। सकीना ही मुझे आज़ाद कर सकती है, उसी के साथ मैं रूहानी बलन्दियों पर उड़ सकता हूँ, उसी के साथ मैं अपने को पा सकता हूँ। तुम कहते हो—पहले उससे पूछ लो। तुम्हारा ख़याल है—वह कभी मंजूर न करेगी। मुझे यक़ीन है—मुहब्बत जैसी अनमोल चीज़ पाकर कोई उसे रद्द नहीं कर सकता।'

सलीम ने पूछा—'अगर वह कहे तुम मुसलमान हो जाओ ?'

'वह यह नहीं कह सकती।'

'मान लो, कहे।'

'तो मैं उसी वक़्त एक मौलवी को बुलाकर क़लमा पढ़ लूँगा। मुझे इसलाम में ऐसी कोई बात नहीं नज़र आती, जिसे मेरी आत्मा स्वीकार न करती हो। धर्म-तत्त्व सब एक हैं। हज़रत मुहम्मद को ख़ुदा का रसूल मानने में मुझे कोई आपत्ति नहीं। जिस सेवा, त्याग, दया, आत्म-शुद्धि पर हिन्दू-धर्म की बुनियाद क़ायम है, उसी पर इसलाम की बुनियाद भी क़ायम है। इसलाम मुझे बुद्ध और कृष्ण और राम की ताज़ीम करने से नहीं रोकता। मैं इस वक़्त अपनी इच्छा से हिन्दू नहीं हूँ; बल्कि इसलिए कि हिन्दू घर में पैदा हुआ हूँ। तब भी मैं अपनी इच्छा से मुसलमान न हूँगा; बल्कि इसलिए कि सकीना की मरजी है। मेरा अपना ईमान यह है कि मज़हब आत्मा के लिए बन्धन है। मेरी अक़्ल जिसे क़बूल करे, वही मेरा मज़हब है। बाकी सब ख़ुराफ़ात।'

सलीम इस जवाब के लिए तैयार न था। इस जवाब ने उसे निश्शस्त्र कर दिया। ऐसे मनोद्‌गारों ने उसके अन्तःकरण को कभी स्पर्श न किया था। प्रेम को वह वासना मात्र समझता था। उसे ज़रा से उद्‌गार को इतना वृहद् रूप देना, उसके लिए इतनी क़ुरबानियाँ करना, सारी दुनिया में बदनाम होना और चारों ओर एक तहलक़ा मचा देना, उसे पागलपन मालूम होता था।

उसने सिर हिलाकर कहा—'सकीना कभी मंजूर न करेगी।'

अमर ने शान्त भाव से कहा—'तुम ऐसा क्यों समझते हो ?'

'इसलिए कि अगर उसे ज़रा भी अक़्ल है, तो वह एक ख़ानदान को भी तबाह न करेगी।'

'इसके यह माने हैं कि उसे मेरे ख़ानदान की मुहब्बत मुझसे ज़्यादा है । फिर मेरी समझ में नहीं आता कि मेरा ख़ानदान क्यों तबाह हो जायेगा। दादा को और सुखदा को दौलत मुझसे ज़्यादा प्यारी है। बच्चे को तब भी मैं इसी तरह प्यार कर सकता हूँ। ज्यादा-से-ज़्यादा इतना होगा कि मैं घर में न जाऊँगा और उनके घड़े-मटके न छूऊँगा।'

सलीम ने पूछा—'डॉक्टर शान्तिकुमार से भी इसका जिक्र किया है ?'

अमर ने जैसे मित्र की मोटी अक़्ल से हताश होकर कहा—'नहीं; मैंने उनसे जिक्र करने की ज़रूरत नहीं समझी। तुमसे भी सलाह लेने नहीं आया हूँ; सिर्फ़ दिल का बोझ हलका करने के लिए। मेरा इरादा पक्का हो चुका है। अगर सकीना ने मायूस कर दिया,

तो ज़िन्दगी का ख़ात्मा कर दूँगा। राज़ी हुई, तो हम दोनों चुपके से कहीं चले जायेंगे। किसी को ख़बर भी न होगी। दो-चार महीने बाद घरवालों को सूचना दे दूँगा। न कोई तहलक़ा मचेगा, न कोई तूफ़ान आयेगा। यह है मेरा प्रोग्राम। मैं इसी वक़्त उसके पास जाता हूँ, अगर उसने मंजरू कर लिया, तो लौटकर फिर यहीं आऊँगा, और मायूस किया तो तुम मेरी सूरत न देखोगे।'

यह कहता हुआ वह उठ खड़ा हुआ और तेजी से गोबर्धन सराय की तरफ़ चला। सलीम उसे रोकने का इरादा करके भी न रोक सका। शायद वह समझ गया था कि इस वक़्त इसके सिर पर भूत सवार है, किसी की न सुनेगा।

माघ की रात। कड़ाके की सर्दी। आकाश पर धुआँ छाया हुआ था। अमरकान्त अपनी धुन में मस्त चला जाता था। सकीना पर क्रोध आने लगा। मुझे पत्र तक न लिखा। एक कार्ड भी न डाला। फिर उसे एक विचित्र भय उत्पन्न हुआ। सकीना कहीं बुरा न मान जाए। उसके शब्दों का आशय यह तो नहीं था कि वह उसके साथ कहीं जाने पर तैयार है। सम्भव है, उसकी रज़ामन्दी से बुढ़िया ने विवाह ठीक किया हो। सम्भव है, उस आदमी की उसके यहाँ आमदरफ़्त भी हो। वह इस समय वहाँ बैठा न हो। अगर ऐसा हुआ, तो अमर वहाँ से चुपचाप चला आयेगा। बुढ़िया आ गयी होगी तो उसके सामने उसे और भी संकोच होगा। वह सकीना से एकान्त वार्तालाप का अवसर चाहता था।

सकीना के द्वार पर पहुँचा, तो उसका दिल धड़क रहा था। उसने एक क्षण कान लगाकर सुना। किसी की आवाज़ न सुनाई दी। आँगन में प्रकाश था। शायद सकीना अकेली है। मुँहमाँगी मुराद मिली। आहिस्ता से ज़ंज़ीर खटखटायी। सकीना ने पूछकर तुरन्त द्वार खोल दिया और बोली—'अम्माँ तो आप ही के यहाँ गयी हुई हैं !'

अमर ने खड़े-खड़े जवाब दिया—'हाँ, मुझसे मिली थीं, और उन्होंने जो ख़बर सुनाई, उसने मुझे दीवाना बना रखा है। अभी तक मैंने अपने दिल का राज़ तुमसे छिपाया था सकीना, और सोचा था कि उसे कुछ दिन और छिपाए रहूँगा; लेकिन इस ख़बर ने मुझे मजबूर कर दिया है कि तुमसे वह राज़ कहूँ। तुम सुनकर जो फ़ैसला करोगी, उसी पर मेरी ज़िन्दगी का दारोमदार है। तुम्हारे पैरों पर पड़ा हुआ हूँ, चाहे ठुकरा दो, या उठाकर सीने से लगा लो। कह नहीं सकता यह आग मेरे दिल में क्योंकर लगी; लेकिन जिस दिन तुम्हें पहली बार देखा, उसी दिन से एक चिनगारी-सी अन्दर बैठ गयी और अब वह एक शोला बन गयी है। और अगर उसे जल्द बुझाया न गया, तो मुझे जलाकर ख़ाक कर देगी। मैंने बहुत ज़ब्त किया है सकीना, घुट-घुटकर रह गया हूँ; मगर तुमने मना कर दिया था, आने का हौसला न हुआ ! तुम्हारे क़दमों पर मैं अपना सब कुछ क़ुरबान कर चुका हूँ। वह घर मेरे लिए जेलख़ाने से बदतर है। मेरी हसीन बीवी मुझे संगमरमर की मूरत-सी लगती है, जिसमें दिल नहीं, दर्द नहीं। तुम्हें पाकर मैं सब कुछ पा जाऊँगा !'

सकीना जैसे घबरा गयी। जहाँ उसने एक चुटकी आटे का सवाल किया था, वहाँ दाता ने ज्योनार का एक भरा थाल लेकर उसके सामने रख दिया। उसके छोटे-से पात्र में इतनी जगह कहाँ है ? उसकी समझ में नहीं आता कि उस विभूति को कैसे समेटे ? आँचल और दामन सब कुछ भर जाने पर भी तो वह उसे समेट न सकेगी। आँखें सजल हो गयीं,

हृदय उछलने लगा। सिर झुकाकर संकोच-भरे स्वर में बोली—'बाबूजी, ख़ुदा जानता है, मेरे दिल में तुम्हारी कितनी इज़्ज़त और कितनी मुहब्बत है। मैं तो तुम्हारी एक निगाह पर क़ुरबान हो जाती। तुमने तो भिखारिन को जैसे तीनों लोक का राज्य दे दिया; लेकिन भिखारिन राज को लेकर क्या करेगी ? उसे तो एक टुकड़ा चाहिए। मुझे तुमने इस लायक़ समझा, यही मेरे लिए बहुत है। मैं अपने को इस लायक़ नहीं समझती। सोचो मैं कौन हूँ ? एक ग़रीब मुसलमान औरत, जो मज़दूरी करके अपनी ज़िन्दगी बसर करती है। मुझमें न वह नफ़ासत है, न वह सलीक़ा, न वह इल्म। मैं सुखदा देवी के क़दमों की बराबरी भी नहीं कर सकती। मेढ़की उड़कर ऊँचे दरख़्त पर तो नहीं जा सकती। मेरे कारण आपकी रुसवाई हो, उससे पहले मैं जान दे दूँगी। मैं आपकी ज़िन्दगी में दाग़ न लगाऊँगी।'

ऐसे अवसरों पर हमारे विचार कुछ कवितामय हो जाते हैं। प्रेम की गहराई कविता की वस्तु है और साधारण बोलचाल में व्यक्त नहीं हो सकती। सकीना ज़रा दम लेकर बोली—'तुमने एक यतीम, ग़रीब लड़की को ख़ाक से उठाकर आसमान पर पहुँचाया—अपने दिल में जगह दी—तो मैं जब तक जिऊँगी इस मुहब्बत के चिराग़ को अपने दिल के ख़ून से रोशन रखूँगी।'

अमर ने ठण्डी साँसें खींचकर कहा—'इस ख़याल से मुझे तस्कीन न होगी सकीना। यह चिराग़ हवा के झोंके से बुझ जायेगा और वहाँ दूसरा चिराग़ रोशन होगा। फिर तुम मुझे कब याद करोगी ? यह मैं नहीं देख सकता। तुम इस ख़याल को दिल से निकाल डालो कि मैं कोई बहुत बड़ा आदमी हूँ और तुम बिलकुल नाचीज़ हो। मैं अपना सब कुछ तुम्हारे क़दमों पर निसार कर चुका और अब मैं तुम्हारे पुजारी के सिवा और कुछ नहीं। बेशक सुखदा तुमसे ज़्यादा हसीन है; लेकिन तुममें कुछ बात तो है, जिसने मुझे उधर से हटाकर तुम्हारे क़दमों पर गिरा दिया। तुम किसी ग़ैर की हो जाओ, यह मैं नहीं सह सकता। जिस दिन यह नौबत आयेगी, तुम सुन लोगी कि अमर इस दुनिया में नहीं है; अगर तुम्हें मेरी वफ़ा के सबूत की ज़रूरत हो तो उसके लिए ख़ून की यह बूँदें हाज़िर हैं।'

यह कहते हुए उसने जेब से छुरी निकाल ली। सकीना ने झपटकर छुरी उसके हाथ से छीन ली और मीठी झिड़की के साथ बोली—'सबूत की ज़रूरत उन्हें होती है, जिन्हें यक़ीन न हो, जो कुछ बदले में चाहते हों। मैं तो सिर्फ़ तुम्हारी पूजा करना चाहती हूँ। देवता मुँह से कुछ नहीं बोलता; तो क्या पुजारी के दिल में उसकी भक्ति कुछ कम होती है ? मुहब्बत खुद अपना इनाम है। नहीं जानती ज़िन्दगी किस तरफ़ जायेगी; लेकिन जो कुछ भी हो, ज़िस्म चाहे किसी का हो जाए, यह दिल हमेशा तुम्हारा रहेगा। इस मुहब्बत को ग़रज़ से पाक रखना चाहती हूँ। सिर्फ़ यह यक़ीन कि मैं तुम्हारी हूँ, मेरे लिए काफ़ी है। मैं तुमसे सच कहती हूँ प्यारे, इस यक़ीन ने मेरे दिल को इतना मज़बूत कर दिया है कि वह बड़ी-से-बड़ी मुसीबत भी हँसकर झेल सकता है। मैंने तुम्हें यहाँ आने से रोका था। तुम्हारी बदनामी के सिवा, मुझे अपनी बदनामी का भी ख़ौफ़ था; पर अब मुझे ज़रा भी ख़ौफ़ नही है। मैं अपनी ही तरफ़ से बेफ़िक्र नहीं हूँ, तुम्हारी तरफ़ से भी बेफ़िक्र हूँ। मेरी जान रहते कोई तुम्हारा बाल भी बाँका नहीं कर सकता।'

अमर की इच्छा हुई कि सकीना को गले लगाकर प्रेम से छक जाए; पर सकीना के

ऊँचे प्रेमादर्श ने उसे शान्त कर दिया। बोला–'लेकिन तुम्हारी शादी तो होने जा रही है।'

'मैं अब इन्कार कर दूँगी।'

'बुढ़िया मान जायेगी ?'

'मैं कह दूँगी–अगर तुमने मेरी शादी का नाम भी लिया, तो मैं ज़हर खा लूँगी।'

'क्यों न इसी वक्त हम और तुम कहीं चले जाएँ ?'

'नहीं, वह ज़हिरी मुहब्बत है। असली मुहब्बत वह है जिसकी जुदाई में भी विसाल है, जहाँ जुदाई है ही नहीं, जो अपने प्यारे से एक हज़ार कोस पर होकर भी अपने को उसके गले से मिला हुआ देखती है।'

सहसा पठानिन ने द्वार खोला। अमर ने बात बनायी–'मैंने तो समझा था, तुम कब की आ गयी होगी। बीच में कहाँ रह गयी ?'

बुढ़िया ने खट्टे मन से कहा–'तुमने तो आज ऐसा रूखा जवाब दिया भैया कि मैं रो पड़ी। तुम्हारा ही तो मुझे भरोसा था और तुम्हीं ने मुझे ऐसा जवाब दिया; पर अल्लाह का फ़जल है, बहूजी ने मुझसे वादा किया–जितने रुपये चाहना ले जाना। वहीं देर हो गयी। तुम मुझसे किसी बात पर नाराज़ तो नहीं हो बेटा ?'

अमर ने उसकी दिलजोई की–'नहीं अम्माँ, आपसे भला क्या नाराज़ होता। उस वक्त दादा से एक बात पर झक-झक हो गयी थी; उसी का ख़ुमार था। मैं बाद को खुद शर्मिन्दा हुआ और तुमसे मुआफ़ी माँगने दौड़ा। सारी खता मुआफ़ करती हो ?'

बुढ़िया रोकर बोली–'बेटा, तुम्हारे टुकड़ों पर तो ज़िन्दगी कटी, तुमसे नाराज़ होकर ख़ुदा को क्या मुँह दिखाऊँगी ? इस खाल से तुम्हारे पाँव की जूतियाँ बनें तो भी दरेग़ न करूँ।'

'बस, मुझे तस्कीन हो गयी अम्माँ। इसीलिए आया था।'

अमर द्वार पर पहुँचा, तो सकीना ने द्वार बन्द करते हुए कहा–'कल ज़रूर आना।'

अमर पर एक गैलन का नशा चढ़ गया–ज़रूर आऊँगा।'

'मैं तुम्हारी राह देखती रहूँगी।'

'कोई चीज़ तुम्हारी नज़र करूँ, तो नाराज़ तो न होगी ?'

'दिल से बढ़कर भी कोई नज़र हो सकती है ?'

नज़र के साथ कुछ शीरीनी होनी ज़रूरी है।'

'तुम जो कुछ दो वह सिर और आँखों पर।'

अमर इस तरह अकड़ता हुआ जा रहा था; गोया दुनिया की बादशाही पा गया है।

सकीना ने द्वार बन्द करके दादी से कहा–'तुम नाहक़ दौड़-धूप कर रही हो अम्माँ। मैं शादी न करूँगी।'

'तो क्या यों ही बैठी रहेगी ?'

'हाँ, जब मेरी मर्जी होगी, तब कर लूँगी।'

'तो क्या मैं हमेशा बैठी रहूँगी ?'

'हाँ, जब तक मेरी शादी न हो जायेगी, आप बैठी रहेंगी।'

'हँसी मत कर। मैं सब इन्तजाम कर चुकी।'

‘नहीं अम्माँ, मैं शादी न करूँगी और मुझे दिक़ करोगी तो ज़हर खा लूँगी। शादी के ख़्याल से मेरी रूह फ़ना हो जाती है।’

‘तुम्हें क्या हो गया सकीना ?’

‘मैं शादी नहीं करना चाहती, बस। जब तक कोई ऐसा आदमी न हो, जिसके साथ मुझे आराम से ज़िन्दगी बसर होने का इत्मीनान हो, मैं यह दर्द सर नहीं लेना चाहती। तुम मुझे ऐसे घर में डालने जा रही हो, जहाँ मेरी ज़िन्दगी तल्ख़ हो जायेगी। शादी की मंशा यह नहीं है कि आदमी रो-रोकर दिन काटे।’

पठानिन ने अँगेठी के सामने बैठकर सिर पर हाथ रख लिया और सोचने लगी—लड़की कितनी बेशर्म है !

सकीना बाजरे की रोटियाँ मसूर की दाल के साथ खाकर, टूटी खाट पर लेटी और पुराने फटे हुए लिहाफ़ में सर्दी के मारे पाँव सिकोड़ लिये, पर उसका हृदय आनन्द से परिपूर्ण था। आज उसे जो विभूति मिली थी, उसके सामने संसार की सम्पदा तुच्छ थी, नगण्य थी।

15

अमरकान्त के जीवन में एक नयी स्फूर्ति का संचार होने लगा। अब तक घर वालों ने उसके हरेक काम की अवहेलना ही की थी। सभी उसकी लगाम खींचते रहते थे। घोड़े में न वह दम रहा, न वह उत्साह; लेकिन अब एक प्राणी बढ़ावा देता था; उसकी गर्दन पर हाथ फेरता था। जहाँ उपेक्षा, या अधिक-से-अधिक शुष्क उदासीनता थी, वहाँ अब एक रमणी का प्रोत्साहन था, जो पर्वतों को हिला सकता है, मुर्दों को जिला सकता है। उसकी साधना, जो बन्धनों में पड़कर संकुचित हो गयी थी, प्रेम का आश्रय पाकर प्रबल और उग्र हो गयी है ! अपने अन्दर ऐसी आत्मशक्ति उसने कभी न पायी थी। सकीना अपने प्रेमस्रोत से उसकी साधना को सींचती रहती है। यह स्वयं अपनी रक्षा नहीं कर सकती; पर उसका प्रेम उस ऋषि को वरदान है जो आप भिक्षा माँगकर भी दूसरों पर विभूतियों की वर्षा करता है। अमर बिना किसी प्रयोजन के सकीना के पास नहीं जाता। उसमें वह उद्दण्डता भी नहीं रही। समय और अवसर देखकर काम करता है। जिन वृक्षों की जड़ें गहरी होती हैं, उन्हें बार-बार सींचने की ज़रूरत नहीं होती। वह ज़मीन से ही आर्द्रता खींचकर बढ़ते और फलते-फूलते हैं। सकीना और अमर का प्रेम वही वृक्ष है। उसे सजग रखने के लिए बार-बार मिलने की ज़रूरत नहीं।

डिग्री की परीक्षा हुई पर अमरकान्त उसमें बैठा नहीं। अध्यापकों को विश्वास था, उसे छात्रवृत्ति मिलेगी। यहाँ तक कि डॉ. शान्तिकुमार ने भी उसे बहुत समझाया; पर वह ज़िद पर अड़ा रहा। जीवन को सफल बनाने के लिए शिक्षा की ज़रूरत है, डिग्री की नहीं। हमारी डिग्री है—हमारा सेवा-भाव, हमारी नम्रता, हमारे जीवन की सरलता। अगर यह डिग्री नहीं मिली, अगर हमारी आत्मा जागरित नहीं हुई, तो काग़ज़ की डिग्री व्यर्थ है। उसे इस शिक्षा ही से घृणा हो गयी थी। जब वह अपने अध्यापकों को फ़ैशन की गुलामी करते, स्वार्थ के लिए नाक रगड़ते, कम-से-कम काम करके अधिक-से अधिक लाभ के लिए हाथ

पसारते देखता, तो उसे घोर मानसिक वेदना होती थी, और इन्हीं महानुभावों के हाथ में राष्ट्र की बागडोर है। यही क़ौम के विधाता हैं। इन्हें इसकी परवाह नहीं कि भारत की जनता दो आने पैसों पर गुज़र करती है। एक साधारण आदमी को साल-भर में पचास से ज़्यादा नहीं मिलते। हमारे अध्यापकों को पचास रुपये रोज़ चाहिए। तब अमर को उस अतीत की याद आती, जब हमारे गुरुजन झोंपड़ों में रहते थे, स्वार्थ से अलग, लोभ से दूर, सात्विक जीवन के आदर्श, निष्काम सेवा के उपासक। वह राष्ट्र से कम-से-कम लेकर अधिक-से-अधिक देते थे। वह वास्तव में देवता थे। और एक यह अध्यापक हैं, जो किसी अंश में भी एक मामूली व्यापारी या राज-कर्मचारी से पीछे नहीं। इनमें भी वही दम्भ है, वही धन-मद है, वही अधिकार-मद है। हमारी विद्यालय क्या हैं, राज्य के विभाग हैं, और हमारे अध्यापक उसी राज्य के अंग हैं। ये ख़ुद अन्धकार में पड़े हुए हैं, प्रकाश क्या फैलायेंगे ? वे आप अपने मनोविकारों के क़ैदी हैं, आप अपनी इच्छाओं के गुलाम हैं, और अपने शिष्यों को भी उसी क़ैद और गुलामी में डालते हैं। अमर की युवक-कल्पना फिर अतीत का स्वप्न देखने लगती। परिस्थितियों को वह बिलकुल भूल जाता। उसके कल्पित राष्ट्र के कर्मचारी सेवा के पुतले होते, अध्यापक झोंपड़ी में रहनेवाले वल्कलधारी, कंदमूल-फल-भोगी संन्यासी, जनता द्वेष और लोभ से रहित, न यह आये दिन के टंटे, न बखेड़े। इतनी अदालतों की ज़रूरत क्या ? यह बड़े-बड़े महकमे किसलिए ? ऐसा मालूम होता है, ग़रीबों की लाश नोचनेवाले गिद्धों का समूह है। जिसके पास जितनी ही बड़ी डिग्री है, उसका स्वार्थ भी उतना ही बढ़ा हुआ है। मानो लोभ और स्वार्थ ही विद्वत्ता का लक्षण है ! ग़रीबों को रोटियाँ मयस्सर न हों, कपड़ों को तरसते हों; पर हमारे शिक्षित भाइयों को मोटर चाहिए, बँगला चाहिए, नौकरों की एक पलटन चाहिए। इस संसार को अगर मनुष्य ने रचा है तो अन्यायी है; ईश्वर ने रचा है तो उसे क्या कहें !

यही भावनाएँ अमर के अन्तस्तल में लहरों की भाँति उठती रहती थीं।

वह प्रातःकाल उठकर शान्तिकुमार के सेवाश्रम में पहुँच जाता और दोपहर तक वहाँ लड़कों को पढ़ाता रहता। पाठशाला डॉक्टर साहब के बँगले में थी। नौ बजे तक डॉक्टर साहब भी पढ़ाते थे। फ़ीस बिलकुल न ली जाती थी, फिर भी लड़के बहुत कम आते थे। सरकारी स्कूलों में जहाँ फ़ीस और जुरमाने और चन्दों की भरमार रहती थी, लड़कों को बैठने की जगह न मिलती थी। यहाँ कोई झाँकता भी न था। मुश्किल से दो-ढाई सौ लड़के आते थे। छोटे-छोटे भोले-भोले निष्कपट बालकों का कैसे स्वाभाविक विकास हो; कैसे वे साहसी, सन्तोषी, सेवाशील नागरिक बन सकें, यही मुख्य उद्देश्य था। सौन्दर्य-बोध जो मानव-प्रकृति का प्रधान अंग है, कैसे दूषित वातावरण से अलग रहकर अपनी पूर्णता पाये, संघर्ष की जगह सहानुभूति का विकास कैसे हो, दोनों मित्र यही सोचते रहते थे। उनके पास शिक्षा की कोई बनी-बनाई प्रणाली न थी। उद्देश्य को सामने रखकर ही वह साधनों की व्यवस्था करते थे। आदर्श महापुरुषों के चरित्र, सेवा और त्याग की कथाएँ, भक्ति और प्रेम के पद, यही शिक्षा के आधार थे। उनके दो सहयोगी और थे। एक आत्मानन्द संन्यासी थे, जो संसार से विरक्त होकर सेवा में जीवन सार्थक करना चाहते थे, दूसरे एक संगीत के आचार्य थे, जिनका नाम था ब्रजनाथ। इन दोनों सहयोगियों के आ जाने से शाला की

उपयोगिता बहुत बढ़ गयी थी।

एक दिन अमर ने शान्तिकुमार से कहा—'आप आख़िर कब तक प्रोफ़ेसरी करते चले जायेंगे ? जिस संस्था को हम जड़ से काटना चाहते हैं, उसी से चिमटे रहना तो आपको शोभा नहीं देता।'

शान्तिकुमार ने मुस्कराकर कहा—'मैं .ख़ुद यही सोच रहा हूँ भई; पर सोचता हूँ, रुपये कहाँ से आयेंगे। कुछ ख़र्च नहीं है, तो भी पाँच सौ में तो सन्देह है ही नहीं।'

'आप इसकी चिन्ता ने कीजिए। कहीं-न-कहीं से रुपये आ ही जायेंगे। फिर रुपये की ज़रूरत क्या है ?'

'मकान का किराया है, लड़कों के लिए किताबें हैं, और बीसों ही ख़र्च हैं। क्या-क्या गिनाऊँ ?'

'हम किसी वृक्ष के नीचे दो लड़कों को पढ़ा सकते हैं।'

'तुम आदर्श की धुन में व्यावहारिकता का बिलकुल विचार नहीं करते। कोरा आदर्शवाद, ख़याली पुलाव है।'

अमर ने चकित होकर कहा—'मैं तो समझता था, आप भी आदर्शवादी हैं।'

शान्तिकुमार ने मानो इस चोट को ढाल पर रोककर कहा—'मेरे आदर्शवाद में व्यावहारिकता का भी स्थान है।'

'इसका अर्थ यह है कि आप गुड़ खाते हैं, गुलगुले से परहेज़ करते हैं।'

'जब तक मुझे रुपये कहीं से मिलने न लगें, तुम्हीं सोचो मैं किस आधार पर नौकरी का परित्याग कर दूँ। पाठशाला मैंने खोली है। इसके संचालन का दायित्व मुझ पर है। इसके बन्द हो जाने पर मेरी बदनामी होगी। अगर तुम इसके संचालन का कोई स्थायी प्रबन्ध कर सकते हो, तो मैं आज इस्तीफ़ा दे सकता हूँ; लेकिन बिना किसी आधार के मैं कुछ नहीं कर सकता। मैं इतना पक्का आदर्शवादी हूँ।'

अमरकान्त ने अभी सिद्धान्त से समझौता करना न सीखा था। कार्यक्षेत्र में कुछ दिन रह जाने और संसार के कड़वे अनुभव हो जाने के बाद हमारी प्रकृति में जो ढीलापन आ जाता है, उस परिस्थिति में वह न पड़ा था। नवदीक्षितों को सद्धिान्त में जो अटल भक्ति होती है, वह उसमें भी थी। डॉक्टर साहब में उसे जो श्रद्धा थी, उसे ज़ोर का धक्का लगा। उसे मालूम हुआ कि वह केवल बातों के वीर हैं, कहते कुछ हैं करते कुछ हैं। जिसका खुले शब्दों में यह आशय है कि यह संसार को धोखा देते हैं। ऐसे मनुष्य के साथ वह कैसे सहयोग कर सकता है ?

उसने जैसे धमकी दी—'तो आप इस्तीफ़ा नहीं दे सकते ?'

'उस वक्त तक नहीं, जब तक धन का कोई प्रबन्ध न हो।'

'तो ऐसी दशा में मैं यहाँ काम नहीं कर सकता।'

डॉक्टर साहब ने नम्रता से कहा—'देखो अमरकान्त, मुझे संसार का तुमसे ज़्यादा तज़रबा है, मेरा इतना जीवन नये-नये परीक्षणों में ही गुज़रा है। मैंने जो तत्त्व निकाला है, यह है कि हमारा जीवन समझौते पर टिका हुआ है। अभी तुम मुझे जो चाहे समझो; पर एक समय आयेगा, जब तुम्हारी आँखें खुलेंगी और तुम्हें मालूम होगा कि जीवन में यथार्थ का महत्त्व

आदर्श से जौ-भर भी कम नहीं।'

अमर ने जैसे आकाश में उड़ते हुए कहा—'मैदान में मर जाना मैदान छोड़ देने से कहीं अच्छा है। और उसी वक्त वहाँ से चल दिया।'

पहले सलीम से मुठभेड़ हुई। सलीम इस शाला को मदारी का तमाशा कहा करता था, जहाँ जादू की लकड़ी छुआ देने ही से मिट्टी सोना बन जाती है। वह एम ए की तैयारी कर रहा था। उसकी अभिलाषा थी कि कोई अच्छा सरकारी पद पा जाय और चैन से रहे। सुधार और संगठन और राष्ट्रीय आन्दोलन से उसे विशेष प्रेम न था। उसने यह ख़बर सुनी तो खुश होकर कहा—'तुमने बहुत अच्छा किया, निकल आये। मैं डॉक्टर साहब को खूब जानता हूँ, वह उन लोगों में हैं, जो दूसरों के घर में आग लगाकर अपना हाथ सेंकते हैं। क़ौम के नाम पर जान देते हैं, मगर ज़बान से।'

सुखदा भी खुश हुई। अमर का शाला के पीछे पागल हो जाना उसे न सोहाता था। डॉक्टर साहब से उसे चिढ़ थी। वही अमर को उँगलियों पर नचा रहे हैं। उन्हीं के फेर में पड़कर अमर घर से फिर उदासीन हो गया है।

पर जब संध्या समय अमर ने सकीना से ज़िक्र किया, तो उसने डॉक्टर साहब का पक्ष लिया—'मैं समझती हूँ, डॉक्टर साहब का ख़्याल ठीक है। भूखे पेट .खुदा की याद भी नहीं हो सकती। जिसके सिर रोज़ी की फ़िक्र सवार है, यह क़ौम की क्या खिदमत करेगा, और करेगा तो अमानत में ख़यानत करेगा। आदमी भूखा नहीं रह सकता। फिर मदरसे का ख़र्च भी तो है। माना कि दरख़्तों के नीचे ही मदरसा लगे; लेकिन वह बाग़ कहाँ है ? कोई ऐसी जगह तो चाहिए ही जहाँ लड़के बैठकर पढ़ सकें। लड़कों को किताबें, काग़ज़ चाहिए, बैठने को फ़र्श चाहिए, डोल-रस्सी चाहिए। या तो चन्दे से आये, या कोई कमा कर दे। सोचो, तो आदमी अपने वसूल के खिलाफ़ नौकरी करके एक काम की बुनियाद डालता है, वह उसके लिए कितनी क़ुरबानी कर रहा है। तुम अपने वक़्त की कुरबानी करते हो। वह अपने ज़मीर तक की कुरबानी कर देता है। मैं तो ऐसे आदमी को कहीं ज्यादा इज्ज़त के लायक़ समझती हूँ।'

पठानिन ने कहा—'तुम इस छोकरी की बातों में न आओ बेटा, जाकर घर का धन्धा देखो, जिससे गृहस्थी का निबाह हो। यह सैलानीपन उन लोगों को चाहिए, जो घर के निखट्टू हैं। तुम्हें अल्लाह ने इज़्ज़त दी है, मरतबा दिया है, बाल-बच्चे दिये हैं। तुम इन खुराफ़ातों में न पड़ो।'

अमर को अब टोपियाँ बेचने से फ़ुर्सत मिल गयी थी। बुढ़िया को रेणुका देवी के द्वारा चिकन का काम इतना ज़्यादा मिल जाता था कि टोपियाँ कौन काढ़ता। सलीम के घर से कोई-न-कोई काम आता ही रहता था। उसके ज़रिए से और घरों से भी काफ़ी काम मिल जाता था। सकीना के घर में कुछ .खुशहाली नज़र आती थी। घर की पुताई हो गयी थी, द्वार पर नया परदा पड़ गया था, दो खाटें नयी आ गयी थीं, खाटों पर दरियाँ भी नयी थीं, कई बरतन नये आ गये थे। कपड़े-लत्ते की भी कोई शिक़ायत न थी। उर्दू का एक अख़बार भी खाट पर रखा हुआ था। पठानिन को अपने अच्छे दिनों में भी इससे ज़्यादा समृद्धि न हुई थी। बस उसे अगर कोई ग़म था, तो यह कि सकीना शादी करने पर राज़ी

न होती थी।

अमर यहाँ से चला, तो अपनी भूल पर लज्जित था। सकीना के एक ही वाक्य ने उसके मन की सारी शंका शान्त कर दी थी। डॉक्टर साहब में उसकी श्रद्धा फिर उतनी ही गहरी हो गयी थी। सकीना की बुद्धिमत्ता, विचार-सौष्ठव, सूझ और निर्भीकता ने तो चकित और मुग्ध कर दिया था। सकीना से उसका परिचय जितना ही गहरा होता था, उतना ही उसका असर भी गहरा होता था। सुखदा अपनी प्रतिभा और गरिमा से उस पर शासन करती थी। वह शासन उसे अप्रिय था। सकीना अपनी नम्रता और मधुरता से उस पर शासन करती थी। वह शासन उसे प्रिय था। सुखदा में अधिकार का गर्व था। सकीना में समर्पण की दीनता थी। सुखदा अपने को पति से बुद्धिमान और कुशल समझती थी। सकीना समझती थी, मैं इनके आगे क्या हूँ ?

डॉक्टर साहब ने मुस्कराकर पूछा–'तो तुम्हारा यही निश्चय है कि मैं इस्तीफा दे दूँ ? वास्तव में मैंने इस्तीफ़ा लिख रखा है और कल दे दूँगा। तुम्हारा सहयोग मैं नहीं खो सकता। मैं अकेला कुछ भी न कर सकूँगा। तुम्हारे जाने के बाद मैंने ठण्डे दिल से सोचा तो मालूम हुआ, मैं व्यर्थ के मोह में पड़ा हुआ हूँ। स्वामी दयानन्द के पास क्या था जब उन्होंने आर्यसमाज की बुनियाद डाली ?'

अमरकान्त भी मुस्कराया–'नहीं, मैंने ठण्डे दिल से सोचा तो मालूम हुआ कि मैं ग़लती पर था। जब तक रुपये का कोई माकूल इन्तज़ाम न हो जाये, आपको इस्तीफ़ा देने की ज़रूरत नहीं।'

डॉक्टर साहब ने विस्मय से कहा–'तुम व्यंग्य कर रहे हो ?'

'नहीं, मैंने आपसे बेअदबी की थी उसे क्षमा कीजिए।'

16

इधर कुछ दिनों से अमरकान्त म्युनिसिपल बोर्ड का मेम्बर हो गया था। लाला समरकान्त का नगर में इतना प्रभाव था और जनता अमरकान्त को इतना चाहती थी कि उसे धेला भी नहीं ख़र्च करना पड़ा और वह चुन लिया गया। उसके मुक़ाबिले में एक नामी वकील साहब खड़े थे। उन्हें उसके चौथाई वोट भी न मिले। सुखदा और लाला समरकान्त दोनों ही ने उसे मना किया। दोनों ही उसे घर के कामों में फँसाना चाहते थे। अब वह पढ़ना छोड़ चुका था और लालाजी उसके माथे सारे भार डालकर ख़ुद अलग हो जाना चाहते थे। इधर-उधर के कामों में पड़कर वह घर का काम क्या कर सकेगा। एक दिन घर में छोटा-मोटा तूफ़ान आ गया। लालाजी और सुखदा एक तरफ़ थे, अमर दूसरी तरफ़ और नैना मध्यस्थ थी।

लालाजी ने तोंद पर हाथ फेरकर कहा–'धोबी का कुत्ता, घर का न घाट का। भोर से पाठशाले जाओ, साँझ हो तो कांग्रेस में बैठो, अब यह नया रोग और बेसाहने को तैयार हो। घर में लगा दो आग !'

सुखदा ने समर्थन किया–'हाँ, अब तुम्हें घर का काम-धन्धा देखना चाहिए या व्यर्थ के कामों में फँसना। अब तक तो यह था कि पढ़ रहे हैं। अब तो पढ़-लिख चुके हो। अब तुम्हें अपना घर सँभालना चाहिए। इस तरह के काम तो वे उठावें, जिनके घर दो-चार आदमी हों। अकेले आदमी को घर से ही फ़ुरसत नहीं मिल सकती। ऊपर के काम कहाँ से करे।'

अमर ने कहा–'जिसे आप लोग रोग और ऊपर का काम और व्यर्थ का झंझट कह रहे हैं, मैं उसे घर के काम से कम ज़रूरी नहीं समझता। फिर जब तक आप हैं, मुझे क्या चिन्ता और सच तो यह है कि मैं इस काम के लिए बनाया ही नहीं गया। आदमी उसी काम में सफल होता है, जिसमें उसका जी लगता हो। लेन-देन, बनिज-व्यापार में मेरा जी बिलकुल नहीं लगता। मुझे डर लगता है कि कहीं बना-बनाया काम बिगाड़ न बैठूँ।'

लालाजी को यह कथन सारहीन जान पड़ा। उनका पुत्र बनिज-व्यवसाय के काम में कच्चा हो, यह असम्भव था। पोपले मुँह में पान चबाते हुए बोले–'यह सब तुम्हारी मुटमरदी है और कुछ नहीं। मैं न होता, तो तुम क्या अपने बाल-बच्चों का पालन-पोषण न करते ? तुम मुझी को पीसना चाहते हो। एक लड़के वह होते हैं, जो घर सँभालकर बाप को छुट्टी देते हैं। एक तुम हो कि बाप की हड्डियाँ तक नहीं छोड़ना चाहते।'

बात बढ़ने लगी। सुखदा ने मामला गर्म होते देखा, तो चुप हो गयी। नैना उँगलियों से दोनों कान बन्द करके घर में जा बैठी। यहाँ दोनों पहलवानों में मल्लयुद्ध होता रहा। युवक में चुस्ती थी, फुरती थी, लचक थी, बूढ़े में पेंच था, दम था, रोब था। पुराना फ़िकैत बार-बार उसे दबाना चाहता था; पर जवान पट्ठा नीचे से सरक जाता था। कोई हाथ, कोई घात न चलता था।

अन्त में लालाजी ने जामे से बाहर होकर कहा–'तो बाबा, तुम अपने बाल-बच्चे लेकर अलग हो जाओ, मैं तुम्हारा बोझ नहीं सँभाल सकता। इस घर में रहोगे, तो किराया और घर में जो कुछ ख़र्च पड़ेगा, उसका आधा चुपके से निकालकर रख देना पड़ेगा। मैंने तुम्हारी ज़िन्दगी-भर का ठेका नहीं लिया है। घर को अपना समझो, तो तुम्हारा सब कुछ है। ऐसा नहीं समझते, तो यहाँ तुम्हारा कुछ नहीं है। जब मैं मर जाऊँ, तो जो कुछ हो आकर ले लेना।'

अमरकान्त पर बिजली-सी गिर पड़ी। जब तक बालक न हुआ था और वह घर से फटा-फटा रहता था, तब उसे आघात की शंका दो-एक बार हुई थी, पर बालक के जन्म के बाद से लालाजी के व्यवहार और स्वभाव में वात्सल्य की स्निग्धता आ गयी थी। अमर को अब इस कठोर आघात की बिलकुल शंका न रही थी। लालाजी को जिस खिलौने की अभिलाषा थी, उन्हें वह खिलौना देकर अमर निश्चिंत हो गया था; पर आज उसे मालूम हुआ वह खिलौना माया की ज़ंजीरों को तोड़ न सका।

पिता पुत्र की टालमटोल पर नाराज़ हो घुड़के-झिड़के, मुँह फुलाए, यह तो उसकी समझ में आता था, लेकिन पिता पुत्र से घर का किराया और रोटियों का खर्च माँगे, यह माया-लिप्सा की–निर्मम माया-लिप्सा की–पराकाष्ठा थी। इसका एक ही जवाब था कि वह आज ही सुखदा और उसके बालक को लेकर कहीं और जा टिके। और फिर पिता से कोई सरोकार न रखे। और अगर सुखदा आपत्ति करे तो उसे भी तिलांजलि दे दे।

उसने स्थिर भाव से कहा—'अगर आपकी यही इच्छा है तो यही सही।'

लालाजी ने कुछ खिसियाकर पूछा—'सास के बल पर कूद रहे होगे ?'

अमर ने तिरस्कार-भरे स्वर में कहा—'दादा, आप घाव पर नमक न छिड़कें। जिस पिता ने जन्म दिया, जब उसके घर में मेरे लिए स्थान नहीं है, तो क्या आप समझते हैं मैं सास और ससुर की रोटियाँ तोड़ूँगा ? आपकी दया से इतना नीच नहीं हूँ। मैं मज़दूरी कर सकता हूँ और पसीने की कमाई खा सकता हूँ। मैं किसी प्राणी से दया की भिक्षा माँगना अपने आत्म-सम्मान के लिए घातक समझता हूँ। ईश्वर ने चाहा तो मैं आपको दिखा दूँगा कि मैं मज़दूरी करके भी जनता की सेवा कर सकता हूँ।'

समरकान्त ने समझा, अभी इसका नशा नहीं उतरा। महीना-दो महीना गृहस्थी के चरखे में पड़ेगा तो आँखें खुल जायेंगी। चुपचाप बाहर चले गये। और अमर उसी वक़्त एक मकान की तलाश करने चला।

उसके चले जाने के बाद लालाजी फिर अन्दर गये। उन्हें आशा थी कि सुखदा उनके घाव पर मरहम रखेगी; पर सुखदा उन्हें अपने द्वार के सामने देखकर भी बाहर न निकली। कोई पिता इतना कठोर हो सकता है, इसकी वह कल्पना भी न कर सकती थी। आख़िर यह लाखों की सम्पत्ति किस काम आयेगी ? अमर घर के काम-काज से अलग रहता है, यह सुखदा को ख़ुद बुरा मालूम होता था। लालाजी इसके लिए पुत्र को ताड़ना देते हैं, यह भी उचित ही था; लेकिन घर का और भोजन का ख़र्च माँगना यह तो नाता ही तोड़ना था। तो जब वह नाता तोड़ते हैं, तो वह रोटियों के लिए उनकी ख़ुशामद न करेगी। घर में आग लग जाए, उससे कोई मतलब नहीं। उसने अपने सारे गहने उतार डाले। आख़िर यह गहने भी तो लालाजी ही ने दिये हैं। माँ की दी हुई चीज़ें भी उतार फेंकी। माँ ने भी जो कुछ दिया था, दहेज़ की पुरौती ही में तो दिया था। उसे भी लालाजी ने अपनी बही में टाँक लिया होगा। वह इस घर से केवल एक साड़ी पहनकर जायेगी। भगवान् उसके मुन्ने को कुशल से रखे, उसे किसी की क्या परवाह ! यह अमूल्य रत्न तो कोई उससे छीन नहीं सकता।

अमर के प्रति इस समय उसके मन में सच्ची सहानुभूति उत्पन्न हुई। आख़िर म्युनिसिपैलिटी के लिए खड़े होने में क्या बुराई थी ? मान और प्रतिष्ठा किसे प्यारी नहीं होती ? इसी मेम्बरी के लिए लोग लाखों ख़र्च करते हैं। क्या वहाँ जितने मेम्बर हैं, वह सब घर के निखट्टू ही हैं। कुछ नाम करने की, कुछ काम करने की लालसा प्राणी मात्र को होती है। अगर वह स्वार्थ-साधना पर अपना समर्पण नहीं करते, तो कोई ऐसा काम नहीं करते, जिसका यह दण्ड दिया जाय। कोई दूसरा आदमी पुत्र के इस अनुराग पर अपने को धन्य मानता, अपने भाग्य को सराहता।

सहसा अमर ने आकर कहा—'तुमने आज दादा की बातें सुन लीं ? अब क्या सलाह है ?'

'सलाह क्या है, आज ही यहाँ से बिदा हो जाना चाहिए। यह फटकार पाने के बाद तो मैं इस घर में पानी पीना हराम समझती हूँ। कोई घर ठीक कर लो।'

'वह तो ठीक कर आया। छोटा-सा मकान है, साफ़-सुथरा, नीचीबाग़ में। दस रुपये किराया है।'

'मैं भी तैयार हूँ।'

'तो एक ताँगा लाऊँ ?'

'कोई ज़रूरत नहीं। पाँव-पाँव चलेंगे।'

'सन्दूक, बिछावन यह सब तो ले चलना ही पड़ेगा ?'

'इस घर में हमारा कुछ नहीं है। मैंने तो सब गहने भी उतार दिए। मज़दूरों की स्त्रियाँ गहने पहनकर नहीं बैठा करतीं।'

स्त्री कितनी अभिमानिनी है, यह देखकर अमरकान्त चकित हो गया। बोला—'लेकिन गहने तो तुम्हारे हैं। उन पर किसी का दावा नहीं है। फिर आधे से ज़्यादा तो तुम अपने साथ लायी थीं।'

'अम्माँ ने जो कुछ दिया, दहेज़ की पुरौती में दिया। लालाजी ने जो कुछ दिया, वह यह समझकर दिया कि घर ही में तो है। एक-एक चीज़ उनकी बही में दर्ज़ है। मैं गहनों को भी दया की भिक्षा समझती हूँ। अब तो हमारा उसी चीज़ पर दावा होगा, जो हम अपनी कमाई से बनवायेंगे।'

अमर गहरी चिन्ता में डूब गया। यह तो इस तरह नाता तोड़ रही है कि एक तार भी बाक़ी न रहे। गहने औरतों को कितने प्रिय होते हैं, यह वह जानता था। पुत्र और पति के बाद अगर उन्हें किसी वस्तु से प्रेम होता है, तो वह गहने हैं। कभी-कभी तो गहनों के लिए वह पुत्र और पति से भी तन बैठती हैं। अभी घाव ताज़ा है, कसक नहीं है। दो-चार दिन के बाद यह वितृष्णा जलन और असन्तोष के रूप में प्रकट होगी। फिर तो बात-बात पर ताने मिलेंगे, बात-बात पर भाग्य का रोना होगा। घर में रहना मुश्किल हो जायेगा।

बोला—'मैं तो यह सलाह न दूँगा सुखदा। जो चीज़ अपनी है, उसे अपने साथ ले चलने में कोई बुराई नहीं समझता।'

सुखदा ने पति को सगर्व दृष्टि से देखकर कहा—'तुम समझते होगे, मैं गहनों के लिए कोने में बैठकर रोऊँगी और अपने भाग्य को कोसूँगी। स्त्रियाँ अवसर पड़ने पर कितना त्याग कर सकती हैं, यह तुम नहीं जानते। मैं इस फटकार के बाद इन गहनों की ओर ताकना भी पाप समझती हूँ, इन्हें पहनना तो दूसरी बात है। अगर तुम डरते हो कि मैं कल ही से तुम्हारा सिर खाने लगूँगी, तो मैं तुम्हें विश्वास दिलाती हूँ कि अगर गहनों का नाम मेरी ज़बान पर आये, तो ज़बान काट लेना। मैं यह भी कहे देती हूँ कि मैं तुम्हारे भरोसे पर नहीं जा रही हूँ। अपनी गुज़र भर को आप कमा लूँगी। रोटियों में ज़्यादा ख़र्च नहीं होता। ख़र्च होता है आडम्बर मे। एक बार अमीरी की शान छोड़ दो, फिर चार आने पैसे में काम चलता है।'

नैना भाभी को गहने उतारकर रखते देख चुकी थी। उसके प्राण निकले जा रहे थे कि अकेली इस घर में कैसे रहेगी। बच्चे के बिना तो वह घड़ी भर भी नहीं रह सकती। उसे पिता, भाई, भावज सभी पर क्रोध आ रहा था। दादा को क्या सूझी ? इतना धन तो घर में भरा हुआ है, वह क्या होगा ? भैया ही घड़ी भर दुकान पर बैठ जाते, तो क्या बिगड़ा जाता था ? भाभी को भी न जाने क्या सनक सवार हो गयी। वह न जातीं, तो भैया दो-चार दिन में फिर लौट ही आते। भाभी के साथ वह भी चली जाय, तो दादा को भोजन कौन

देगा ? किसी और के हाथ का बनाया खाते भी तो नहीं। वह भाभी को समझाना चाहती थी; पर कैसे समझाये। यह दोनों तो उसकी तरफ आँखें उठाकर देखते भी नहीं। भैया ने अभी से आँखें फेर लीं। बच्चा भी कैसा ख़ुश है। नैना के दुःख का वारापार नहीं है !

उसने जाकर बाप से कहा—'दादा, भाभी तो सब गहने उतारकर रखे जाती हैं।'

लालाजी चिन्तित थे। कुछ बोले नहीं। शायद सुना ही नहीं।

नैना ने ज़रा और ज़ोर से कहा—'भाभी अपने सब गहने उतारकर रखे देती हैं।'

लालाजी ने अनमने भाव से सिर उठाकर कहा—'गहने क्या कर रही हैं ?'

'उतार-उतारकर रखे देती हैं।'

'तो मैं क्या करूँ ?'

'तुम उनसे जाकर कहते क्यों नहीं ?'

'वह नहीं पहनना चाहती, तो मैं क्या करूँ !'

'तुम्हीं ने उनसे कहा होगा, गहने मत ले जाना। क्या तुम उनके ब्याह के गहने भी ले लोगे ?'

'हाँ, मैं सब ले लूँगा। इस घर में उसका कुछ भी नहीं है।'

'यह तुम्हारा अन्याय है।'

'जा अन्दर बैठ, बक-बक मत कर !'

'तुम जाकर उन्हें समझाते क्यों नहीं ?'

'तुझे बड़ा दर्द है, तू ही क्यों नहीं समझाती ?'

'मैं कौन होती हूँ समझानेवाली। तुम अपने गहने ले रहे हो, तो वह मेरे कहने से क्यों पहनने लगीं।'

दोनों कुछ देर तक चुपचाप रहे। फिर नैना ने कहा—'मुझसे यह अन्याय नहीं देखा जाता। गहने उनके हैं। ब्याह के गहने तुम उनसे नहीं ले सकते।'

'तू यह क़ानून कब से जान गयी।'

'न्याय क्या है और अन्याय क्या है, यह सिखाना नहीं पड़ता। बच्चे को भी बेक़सूर सज़ा दो, तो वह चुपचाप न सहेगा।'

'मालूम होता है, भाई से यही विद्या सीखती है।'

'भाई से अगर न्याय-अन्याय का ज्ञान सीखती हूँ, तो कोई बुराई नहीं।'

'अच्छा भाई, सिर मत खा, कह दिया अन्दर जा। मैं किसी को मनाने-समझाने नहीं जाता। मेरा घर है, इसकी सारी सम्पदा मेरी है। मैंने इसके लिए जान खपाई है। किसी को क्यों ले जाने दूँ ?'

नैना ने सहसा सिर झुका लिया जैसे दिल पर ज़ोर डालकर कहा—'तो फिर मैं भी भाभी के साथ चली जाऊँगी।

लालाजी की मुद्रा कठोर हो गयी—'चली जा, मैं नहीं रोकता। ऐसी सन्तान से बेसन्तान रहना ही अच्छा। खाली कर दो मेरा घर, आज ही खाली कर दो। ख़ूब टाँगें फैलाकर सोऊँगा। कोई चिन्ता तो न होगी। आज यह नहीं है, आज वह नहीं है, यह तो न सुनना पड़ेगा। तुम्हारे रहने से कौन सुख था मुझे ?'

नैना लाल आँखें किए सुखदा से जाकर बोली—'भाभी, मैं भी तुम्हारे साथ चलूँगी।'

सुखदा ने अविश्वास के स्वर में कहा—'हमारे साथ ! हमारा तो अभी कहीं घर-द्वार नहीं है। न पास पैसे हैं, न बरतन-भाँडे, न नौकर-चाकर। हमारे साथ कैसे चलोगी ? इस महल में कौन रहेगा ?'

नैना की आँखें भर आयीं—'जब तुम्हीं जा रही हो, तो मेरा यहाँ क्या है ?'

पगली सिल्लो आयी और ठट्ठा मारकर बोली—'तुम सब जने चले जाओ, अब मैं इस घर की रानी बनूँगी। इस कमरे में इसी पलंग पर मजे से सोऊँगी। कोई भिखारी द्वार पर आयेगा तो झाड़ू लेकर दौड़ूँगी।'

अमर पगली के दिल की बात समझ रहा था पर इतना बड़ा खटला लेकर कैसे जाय ? घर में एक ही तो रहने लायक़ कोठरी है। वहाँ नैना कहाँ रहेगी और यह पगली तो जीना मुहाल कर देगी। नैना से बोला—'तुम हमारे साथ चलोगी, तो दादा का खाना कौन बनायेगा नैना ? फिर हम कहीं दूर तो नहीं जाते हैं। मैं वादा करता हूँ, एक बार रोज़ तुमसे मिलने आया करूँगा। तुम और सिल्लो दोनों रहो। हमें जाने दो।'

नैना रो पड़ी—'तुम्हारे बिना मैं इस घर में कैसे रहूँगी सोचो। दिन भर पड़े-पड़े क्या करूँगी ? मुझसे तो छिन भर भी न रहा जायेगा। मुन्ने की याद कर-करके रोया करूँगी। देखती हो भाभी, मेरी ओर ताकता भी नहीं।'

अमर ने कहा—'तो मुन्ने को छोड़ जाऊँ। तेरे ही पास रहेगा।'

सुखदा ने विरोध किया—'वाह ! कैसी बात कर रहे हो ? रो-रोकर जान दे देगा। फिर मेरा जी भी तो न मानेगा।'

शाम को तीनों आदमी घर से निकले। पीछे-पीछे सिल्लो भी हँसती हुई चली जाती थी। सामने के दुकानदारों ने समझा, कहीं नेवते जाती हैं; पर क्या बात है, किसी के देह पर छल्ला भी नहीं ! न चादर, न धराऊ कपड़े !

लाला समरकान्त अपने कमरे में बैठ हुक्का पी रहे थे। आँखें उठाकर भी न देखा।

एक घण्टे के बाद वह उठे, घर में ताला डाल दिया और फिर कमरे में आकर लेट रहे।

एक दुकानदार ने आकर पूछा—'भैया और बीवी कहाँ गये लालाजी ?'

लालाजी ने मुँह फेरकर जवाब दिया—'मुझे नहीं मालूम—मैंने सबको घर से निकाल दिया। मैंने धन इसलिए नहीं कमाया है कि लोग मौज उड़ायें। जो धन को धन समझे, वह मौज उड़ाये। जो धन को मिट्टी समझे, उसे धन का मूल्य सीखना होगा। मैं आज भी अठारह घण्टे रोज काम करता हूँ। इसलिए नहीं कि लड़के धन को मिट्टी समझें। मेरी ही गोद के लड़के मुझे ही आँखें दिखावें। धन का धन दूँ, ऊपर से धौंस भी सुनूँ। बस, ज़बान न खोलूँ, चाहे कोई घर में आग लगा दे। घर का काम चूल्हे में जाय, तुम्हें सभाओं में, जलसों में आनन्द आता है, तो जाओ, जलसों से अपना निबाह भी करो। ऐसों के लिए मेरा घर नहीं। लड़का वही है, जो कहना सुने। जब लड़का अपने मन का हो गया तो कैसा लड़का !'

रेणुका को ज्योंही सिल्लो ने ख़बर दी, वह बदहवास दौड़ी आयीं, मानो बेटी और दामाद पर कोई बड़ा संकट आ गया है। वह क्या ग़ैर थीं, उनसे क्या कोई नाता ही नहीं ? उनको ख़बर तक न दी और अलग मकान ले लिया। वाह ! यह भी कोई लड़कों का खेल

है। दोनों बिलल्ले। छोकरी तो ऐसी न थी, पर लौंडे के साथ उसका भी सिर फिर गया।

रात के आठ बज गये थे। हवा अभी तक गर्म थी। आकाश के तारे गर्द से धुँधले हो रहे थे। रेणुका पहुँचीं, तो तीनों निकलुए कोठे की एक चारपाई पर बराबर छत पर मन मारे बैठे थे। सारे घर में अन्धकार छाया हुआ था। बेचारों पर गृहस्थी की नयी विपत्ति पड़ी थी। पास एक पैसा नहीं। कुछ न सूझता था, क्या करें।

अमर ने उन्हें देखते ही कहा—'अरे ! तुम्हें कैसे ख़बर मिल गयी अम्माँ जी ! अच्छा, इस चुड़ैल सिल्लो ने जाकर कहा होगा। कहाँ है, अभी ख़बर लेता हूँ।'

रेणुका अँधेरे में ज़ीने पर चढ़ने से हाँफ गयी थीं। चादर उतारती हुई बोली—'मैं क्या दुश्मन थी कि मुझसे उसने कह दिया तो बुराई की ? क्या मेरा घर न था, या मेरे घर रोटियाँ न थीं ? मैं यहाँ एक क्षण-भर तो रहने न दूँगी। वहाँ पहाड़-सा घर पड़ा हुआ है, यहाँ तुम सब-के-सब एक बिल में घुसे बैठे हो। उठो अभी। बच्चा मारे गर्मी के कुम्हला गया होगा। यहाँ खाटें भी तो नहीं हैं और इतनी-सी जगह में सोओगे कैसे ? तू तो ऐसी न थी सुखदा, तुझे क्या हो गया ? बड़े-बूढ़े दो बात कहें, तो ग़म खाना होता है कि घर से निकल खड़े होते हैं ? क्या इनके साथ तेरी बुद्धि भी भ्रष्ट हो गयी ?'

सुखदा ने सारा वृत्तान्त कह सुनाया और इस ढंग से कि रेणुका को भी लाला समरकान्त की ही ज़्यादती मालूम हुई। उन्हें अपने धन का घमण्ड है, तो उसे लिए बैठे रहें। मरने लगें, तो साथ लेते जायें !

अमर ने कहा—'दादा को यह ख़याल न होगा कि ये सब घर से चले जायेंगे।'

सुखदा का क्रोध इतनी जल्द शान्त होनेवाला न था। बोली—'चलो, उन्होंने साफ़ कहा, यहाँ तुम्हारा कुछ नहीं है। क्या वह एक दफ़े भी आकर न कह सकते थे, तुम लोग कहाँ जा रहे हो। हम घर से निकले। वह कमरे में बैठे टुकुर-टुकुर देखा किये। बच्चे पर भी उन्हें दया न आयी। जब उन्हें इतना घमण्ड है, तो यहाँ क्या आदमी ही नहीं हैं। अपना महल लेकर रहें, हम अपनी मेहनत-मज़ूरी कर लेंगे। ऐसा लोभी आदमी तुमने कभी देखा था अम्माँ, बीवी गयीं, तो इन्हें भी डाँट बतलायीं। बेचारी रोती चली आयीं।

रेणुका ने नैना का हाथ पकड़कर कहा—'अच्छा, जो हुआ अच्छा ही हुआ, चलो देर हो रही है। मैं महराजिन से भोजन को कह आयी हूँ। खाटें भी निकलवा आयी हूँ। लाला का घर न उजड़ता, तो मेरा कैसे बसता ?'

नीचे प्रकाश हुआ। सिल्लो ने कड़वे तेल का चिराग़ जला दिया जाता था। रेणुका को यहाँ पहुँचाकर बाज़ार दौड़ी गयी। चिराग़ तेल और एक झाड़ू लाई। चिराग़ जलाकर घर में झाड़ू लगा रही थी।

सुखदा ने बच्चे को रेणुका की गोद में देकर कहा—'आज तो क्षमा करो अम्माँ, फिर आगे देखा जायेगा। लालाजी को यह कहने का मौक़ा क्यों दें कि आखिर ससुराल भागा। उन्होंने पहले ही तुम्हारे घर का द्वार बन्द कर दिया है। हमें दो-चार दिन यहाँ रहने दो, फिर तुम्हारे पास चले जायेंगे। ज़रा हम तो देख लें, अपने बूते पर रह सकते हैं या नहीं।'

अमर की नानी मर रही थी। अपने लिए तो उसे चिन्ता न थी। सलीम या डॉक्टर के यहाँ चला जायेगा। यहाँ सुखदा और नैना दोनों बे-खाट के कैसे सोयेंगी। कल ही कहाँ

से धन बरस जायेगा। मगर सुखदा की बात कैसे काटे।

रेणुका ने बच्चे की मुच्छियाँ लेकर कहा—'भला, देख लेना जब मैं मर जाऊँ। अभी तो मैं जीती ही हूँ। वह घर भी तो तेरा ही है। चल जल्दी कर।'

सुखदा ने दृढ़ता से कहा—'अम्माँ, जब तक हम अपनी कमाई से अपना निबाह न करने लगेंगे, तब तक तुम्हारे यहाँ न जायेंगे। जायेंगे; पर मेहमान की तरह। घण्टे-दो घण्टे बैठे और चले आये।'

रेणुका ने अमर से अपील की—'देखते हो बेटा इसकी बातें। यह मुझे भी ग़ैर समझती है।'

सुखदा ने व्यथित कण्ठ से कहा—'अम्माँ, बुरा न मानना, आज दादाजी का बरताव देखकर मुझे मालूम हो गया कि धनियों को अपना धन कितना प्यारा होता है। कौन जाने कभी तुम्हारे मन में भी ऐसे ही भाव पैदा हों। तो ऐसा अवसर आने ही क्यों दिया जाय ? जब हम मेहमान की तरह...'

अमर ने बात काटी। रेणुका के कोमल हृदय पर कितना कठोर आघात था।

'तुम्हारे जाने में तो ऐसा कोई हरज नहीं है सुखदा। तुम्हें बड़ा कष्ट होगा।'

सुखदा ने तीव्र स्वर में कहा—'तो क्या तुम्हीं कष्ट सह सकते हो ? मैं नहीं सह सकती ? तुम अगर कष्ट से डरते हो, तो जाओ। मैं तो अभी कहीं नहीं जाने की।'

नतीजा यह हुआ कि रेणुका ने सिल्लो को घर भेजकर अपने बिस्तर मँगवाये। भोजन पक चुका था; इसलिए भोजन भी मँगवा लिया गया। छत पर झाड़ू दी गयी और जैसे धर्मशाले में यात्री ठहरते हैं, उसी तरह इन लोगों ने भोजन करके रात काटी। बीच-बीच में मज़ाक भी हो जाता था। विपत्ति में जो चारों ओर अन्धकार दीखता है, वह हाल न था। अन्धकार था, पर ऊषाकाल का। विपत्ति थी; पर सिर पर नहीं, पैरों के नीचे।

दूसरे दिन सवेरे रेणुका घर चली गयीं। उन्होंने फिर सबको साथ ले चलने के लिए ज़ोर लगाया; पर सुखदा राज़ी न हुई। कपड़े-लत्ते, बरतन-भाँड़े, खाट-खटोली कोई चीज़ लेने पर राज़ी न हुई। यहाँ तक कि रेणुका नाराज़ हो गयीं और अमरकान्त को भी बुरा मालूम हुआ। वह उस अभाव में भी उस पर शासन कर रही थी।

रेणुका के जाने के बाद अमरकान्त सोचने लगा—'रुपये-पैसे का प्रबन्ध हो ?' यह समय फ्री पाठशाला का था। वहाँ जाना लाज़मी था। सुखदा अभी सवेरे की नींद में मग्न थी, और नैना चिन्तातुर बैठी सोच रही थी—'कैसे घर का काम चलेगा ?' उस वक्त अमर पाठशाले चला गया; पर आज वहाँ उसका जी बिलकुल न लगा। कभी पिता पर क्रोध आता, कभी सुखदा पर, कभी अपने आप पर। उसने अपने निर्वासन के विषय में डॉक्टर साहब से कुछ न कहा। वह किसी की सहानुभूति न चाहता था। आज अपने मित्रों में से वह किसी के पास न गया। उसे भय हुआ, लोग उसका हाल सुनकर दिल में यही समझेंगे, मैं उनसे कुछ मदद चाहता हूँ।

दस बजे घर लौटा, तो देखा सिल्लो आटा गूँध रही है और नैना चौके में बैठी तरकारी पका रही है। पूछने की हिम्मत न पड़ी, पैसे कहाँ से आये। नैना ने आप ही कहा—'सुनते हो भैया, आज सिल्लो ने हमारी दावत की है। लकड़ी, घी, आटा, दाल सब बाज़ार से लायी है। बरतन भी किसी अपने जान-पहचान के घर से माँग लायी है।'

सिल्लो बोल उठी—'मैं दावत नहीं करती हूँ। मैं अपने पैसे जोड़कर ले लूँगी।'

नैना हँसती हुई बोली—'यह बड़ी देर से मुझसे लड़ रही है। यह कहती है—मैं पैसे ले लूँगी; मैं कहती हूँ—तू तो दावत कर रही है। बताओ भैया, दावत ही तो कर रही है।'

'हाँ और क्या ! दावत तो है ही।'

अमरकान्त पगली सिल्लो के मन का भाव ताड़ गया। वह समझती है, अगर यह न कहूँगी, तो शायद यह लोग उसके रुपयों की लायी हुई चीज़ लेने से इनकार कर देंगे।

सिल्लो का पोपला मुँह खिल गया। जैसे वह अपनी दृष्टि में कुछ ऊँची हो गयी है, जैसे उसका जीवन सार्थक हो गया है। उसकी रूप-हीनता और शुष्कता मानो माधुर्य में नहा उठीं। उसने हाथ धोकर अमरकान्त के लिए लोटे का पानी रख दिया, तो पाँव ज़मीन पर न पड़ते थे।

अमर को अभी तक आशा थी कि दादा शायद सुखदा और नैना को बुला लेंगे; पर जब अब कोई बुलाने न आया और न वह .खुद आये तो उसका मन खट्टा हो गया।

उसने जल्दी से स्नान किया; पर याद आया, धोती तो है ही नहीं। गले की चादर पहन ली, भोजन किया और कुछ कमाने की टोह में निकला।

सुखदा ने मुँह लटकाकर पूछा—'तुम तो ऐसे निश्चिंत होकर बैठ रहे, जैसे यहाँ सारा इन्तज़ाम किए जा रहे हो। यहाँ लाकर बिठाना ही जानते हो। सुबह से गायब हुए तो दोपहर को लौटे। किसी से कुछ काम-धन्धे के लिए कहा, या .खुदा छप्पर फाड़कर देगा ? यों काम न चलेगा, समझ गये ?'

चौबीस घण्टे के अन्दर सुखदा के मनोभावों में यह परिवर्तन देखकर अमर का मन उदास हो गया। कल कितनी बढ़-बढ़कर बातें कर रही थी, आज शायद पछता रही है कि क्यों घर से निकले !

रूखे स्वर में बोला—'अभी तो किसी से कुछ नहीं कहा। अब जाता हूँ किसी काम की तलाश में।'

'मैं भी ज़रा जज साहब की स्त्री के पास जाऊँगी। उनसे किसी काम को कहूँगी। उन दिनों तो मेरा बड़ा आदर करती थीं। अब का हाल नहीं जानती।'

अमर कुछ नहीं बोला—यह मालूम हो गया कि उसकी कठिन परीक्षा के दिन आ गये।

अमरकान्त को बाज़ार के सभी लोग जानते थे। उसने एक खद्दर की दुकान से कमीशन पर बेचने के लिए कई थान खद्दर, खद्दर की साड़ियाँ, जम्फर, कुरते, चादरें आदि ले लीं और उन्हें .खुद अपनी पीठ पर लादकर बेचने चला।

दुकानदार ने कहा—'यह क्या करते हो बाबूजी, एक मज़ूर ले लो। लोग क्या कहेंगे ? भद्दा लगता है।'

अमर के अन्तःकरण में क्रान्ति का तूफान उठ रहा था। उसका बस चलता तो आज धनवानों का अन्त कर देता, जो संसार को नरक बनाये हुए हैं। वह बोझ उठाकर दिखाना चाहता था, मैं मजूरी करके निबाह करना इससे कहीं अच्छा समझता हूँ कि हराम की कमाई खाऊँ। तुम सब मोटी तोंदवाले हरामख़ोर हो, पक्के हरामख़ोर हो। तुम मुझे नीच समझते हो ! इसलिए कि मैं अपनी पीठ पर बोझ लादे हुए हूँ। क्या यह बोझ तुम्हारी अनीति और

अधर्म के बोझ से ज़्यादा लज्ज़ास्पद है, जो तुम अपने सिर पर लादे फिरते हो और शर्माते ज़रा भी नहीं ? उलटे और घमण्ड करते हो ?

इस वक्त अगर काई धनी अमरकान्त को छेड़ देता, तो उसकी शामत ही आ जाती। वह सिर से पाँव तक बारूद बना हुआ था, बिजली का ज़िन्दा तार।

17

अमरकान्त खादी बेच रहा है। तीन बजे होंगे; लू चल रही है, बगूले उठ रहे हैं। दुकानदार दुकानों पर सो रहे हैं, रईस महलों में सो रहे हैं; मजूर पेड़ों के नीचे सो रहे हैं, और अमर खादी का गट्ठा लादे, पसीने में तर, चेहरा सुर्ख, आँखें लाल, गली-गली घूमता फिरता है।

एक वकील साहब ने ख़स का पर्दा उठाकर देखा और बोले--'अरे यार, यह क्या ग़जब करते हो, म्युनिसिपल कमिश्नरी की तो लाज रखते, सारा भद्द कर दिया। क्या कोई मजूरा नहीं मिलता था ?'

अमर ने गट्ठा लिये-लिये कहा—'मजूरी करने से म्युनिसिपल कमिश्नरी की शान में बट्टा नहीं लगता। बट्टा लगता है—धोखे-धड़ी की कमाई खाने से।'

'वहाँ धोखे-धड़ी की कमाई खानेवाला कौन है भाई ? क्या वकील, डॉक्टर, प्रोफेसर, सेठ-साहूकार धोखे-धड़ी की कमाई खाते हैं।'

'यह उनके दिल से पूछिए। मैं किसी को क्यों बुरा कहूँ।'

'आख़िर आपने कुछ समझकर ही तो फ़िकरा चुस्त किया ?'

'अगर आप मुझसे पूछना ही चाहते हैं तो मैं कह सकता हूँ, हाँ खाते हैं। एक आदमी दस रुपये में गुज़र करता है, दूसरे को दस हज़ार क्यों चाहिए ? यह धाँधली उसी वक्त तक चलेगी, जब तक जनता की आँखें बन्द हैं। क्षमा कीजिएगा, एक आदमी पंखे की हवा खाये और ख़सख़ाने में बैठे, और दूसरा आदमी दोपहर की धूप में तपे, यह न न्याय है, न धर्म—यह धाँधली है।'

'छोटे-बड़े तो भाई साहब, हमेशा रहे हैं और हमेशा रहेंगे। सबको आप बराबर नहीं कर सकते !'

'मैं दुनिया का ठेका नहीं लेता; अगर न्याय अच्छी चीज़ है तो वह इसलिए ख़राब नहीं हो सकती कि लोग उसका व्यवहार नहीं करते।'

'इसका आशय यह है कि आप व्यक्तिवाद को नहीं मानते, समष्टिवाद के कायल हैं।'

'मैं किसी वाद का क़ायल नहीं। केवल न्यायवाद का पुजारी हूँ।'

'तो अपने पिताजी से बिलकुल अलग हो गये ?'

'पिताजी ने मेरी ज़िन्दगी का ठेका नहीं लिया।'

'अच्छा लाइए, देखें आपके पास क्या-क्या चीजें हैं ?'

अमरकान्त ने इन महाशय के हाथ दस रुपये के कपड़े बेचे।

अमर आजकल बड़ा क्रोधी, बड़ा कटुभाषी, बड़ा उद्दण्ड हो गया है। हरदम उसकी तलवार म्यान से बाहर रहती है। बात-बात पर उलझता है। फिर भी उसकी बिक्री अच्छी होती है। रुपया-सवा रुपया रोज मिल जाता है।

त्याग दो प्रकार के होते हैं। एक वह जो त्याग में आनन्द मानते हैं; जिनकी आत्मा को त्याग में सन्तोष और पूर्णता का अनुभव होता है, जिनके त्याग में उदारता और सौजन्य है। दूसरे वह, जो दिलजले त्यागी होते हैं; जिनका त्याग अपनी परिस्थितियों से विद्रोह-मात्र है, जो अपने न्यायपथ पर चलने का तावान संसार से लेते हैं; जो ख़ुद जलते हैं इसलिए दूसरों को भी जलाते हैं। अमर इसी तरह का त्यागी था।

स्वस्थ आदमी अगर नीम की पत्ती चबाता है, तो अपने स्वास्थ्य को बढ़ाने के लिए। वह शौक से पत्तियाँ तोड़ लाता है, शौक से पीसता और शौक से पीता है; पर रोगी वही पत्तियाँ पीता है तो नाक सिकोड़कर, मुँह बनाकर, झुँझलाकर और अपनी तक़दीर को रोकर।

सुखदा जज साहब की पत्नी की सिफ़ारिश से बालिका-विद्यालय में पचास रुपये पर नौकर हो गयी है। अमर दिल खोलकर तो कुछ कह नहीं सकता; पर मन में जलता रहता है। घर का सारा काम, बच्चे को सँभालना, रसोई पकाना, ज़रूरी चीज़ बाज़ार से मँगाना—यह सब उसके मत्थे है। सुखदा घर के कामों के नगीच नहीं जाती है। अमर आम कहता है, तो सुखदा इमली कहती है। दोनों में हमेशा खट-पट होती रहती है। सुखदा इस दरिद्रावस्था में भी उस पर शासन कर रही है। अमर कहता है, आधा सेर दूध काफ़ी है; सुखदा कहती है, सेर भर आयेगा, और सेर भर ही मँगाती है। वह खुद दूध नहीं पीता, इस पर भी रोज़ लड़ाई होती है। वह कहता है, ग़रीब हैं, मजूर हैं; हमें मजूरों की तरह रहना चाहिए। वह कहती है, हमें मजूर नहीं हैं, न मजूरों की तरह रहेंगे। अमर उसको अपने आत्म-विकास में बाधक समझता है और उस बाधा को हटा न सकने के कारण भीतर-ही-भीतर कुढ़ता है।

एक दिन बच्चे को खाँसी आने लगी। अमर बच्चे को लेकर एक होमियोपैथ के पास जाने को तैयार हुआ। सुखदा ने कहा—'बच्चे को मत ले जाओ, हवा लगेगी। डॉक्टर को बुला लाओ। फ़ीस ही तो लेगा !'

अमर का मजबूर होकर डॉक्टर को बुलाना पड़ा। तीसरे दिन बच्चा अच्छा हो गया।

एक दिन ख़बर मिली, लाला समरकान्त को ज्वर आ गया है। अमरकान्त इस महीने भर में एक बार भी घर न गया था। यह ख़बर सुनकर भी न गया। वह मरें या जियें, उसे क्या करना है। उन्हें अपना धन प्यारा है, उसे छाती से लगाये रखें। और उन्हें किसी की ज़रूरत ही क्या।

पर सुखदा से न रहा गया। वह उसी वक्त नैना को साथ लेकर चल दी।

अमर मन में जल-भुनकर रह गया।

समरकान्त घरवालों के सिवा और किसी के हाथ का भोजन न ग्रहण करते थे। कई दिन तो उन्होंने केवल दूध पर काटे, फिर कई दिन फल खाकर रहे; लेकिन रोटी-दाल के लिए जी तरसता रहा था। नाना पदार्थ बाज़ार में भरे थे; पर रोटियाँ कहाँ ? एक दिन उनसे न रहा गया। रोटियाँ पकाई और हौके में आकर कुछ ज़्यादा खा गये। अजीर्ण हो गया।

एक दिन दस्त आये। दूसरे दिन ज्वर हो आया। फलाहार से कुछ तो पहले गल चुके थे, दो दिन की बीमारी ने लस्त कर दिया।

सुखदा को देखकर बोले—'अभी क्या आने की जल्दी थी, बहू, दो-चार दिन और देख लेती। तब तक यह धन का साँप उड़ गया होता। वह लौंडा समझता है, मुझे अपने बाल-बच्चों से धन प्यारा है। किसके लिए इसका संचय किया था ? अपने लिए ? तो बाल-बच्चों को क्यों जन्म दिया ? उसी लौंडे को, जो आज मेरा शत्रु बना हुआ है, छाती से लगाये क्यों ओझे-स्यानों, वैदों-हकीमों के पास दौड़ा फिरा ? ख़ुद कभी अच्छा नहीं खाया, अच्छा नहीं पहना, किसके लिए ? कृपण बना, बेईमानी की, दूसरों की ख़ुशामद की, अपनी आत्मा की हत्या की, किसके लिए ? जिसके लिए चोरी की, वही आज मुझे चोर कहता है ?'

सुखदा सिर झुकाये खड़ी रोती रही।

लालाजी ने फिर कहा—'मैं जानता हूँ, जिसे ईश्वर ने हाथ दिये हैं, वह दूसरों का मुहताज नहीं रह सकता। इतना मूर्ख नहीं हूँ; लेकिन माँ-बाप की कामना तो यही होती है कि उनकी सन्तान को कोई कष्ट न हो। जिस तरह उन्हें मरना पड़ा, उसी तरह उनकी सन्तान को मरना न पड़े। जिस तरह उन्हें धक्के खाने पड़े, कर्म-अकर्म सब करने पड़े, वे कठिनाइयाँ उनकी सन्तान को न झेलनी पड़े। दुनिया उन्हें लोभी, स्वार्थी कहती है, उनको परवाह नहीं होती; लेकिन जब अपनी ही सन्तान अपना अनादर करे, तब सोचो, अभागे बाप के दिल पर क्या बीतती है। उसे मालूम होता है, सारा जीवन निष्फल हो गया। जो विशाल भवन एक-एक ईंट जोड़कर खड़ा किया था, जिसके लिए क्वार की धूप और माघ की वर्षा सब झेली, वह ढह गया, और उसके ईंट-पत्थर सामने बिखरे पड़े हैं। वह घर नहीं ढह गया, वह जीवन ढह गया, सम्पूर्ण जीवन की कामना ढह गयी।'

सुखदा ने बालक को नैना की गोद से लेकर ससुर की चारपाई पर सुला दिया और पंखा झलने लगी। बालक ने बड़ी-बड़ी सजग आँखों से बूढ़े दादा की मूँछें देखीं, और उनके यहाँ रहने का कोई विशेष प्रयोजन न देखकर उन्हें उखाड़कर फेंक देने के लिए उद्यत हो गया। दोनों हाथों से मूँछें पकड़कर खींची। लालाजी ने 'सी-सी' तो की पर बालक के हाथों को हटाया नहीं। हनुमान ने भी इतनी निर्दयता से लंका के उद्यानों को विध्वंस न किया होगा। फिर भी लालाजी ने बालक के हाथों से मूँछें नहीं छुड़ाईं। उनकी कामनाएँ, जो पड़ी एड़ियाँ रगड़ रही थीं, इस स्पर्श से जैसे संजीवनी पा गयीं। उस स्पर्श में कोई ऐसा प्रसाद, कोई ऐसी विभूति थी। उनके रोम-रोम में समाया हुआ बालक जैसे मथित होकर नवनीत की भाँति प्रत्यक्ष हो गया हो।

दो दिन सुखदा अपने नये घर न गयी; पर अमरकान्त पिता को देखने एक बार भी न आया। सिल्लो भी सुखदा के साथ चली गयी थी। शाम को आता, रोटियाँ पकाता, खाता और कांग्रेस-दफ़्तर या नौजवान-सभा के कार्यालय में चला जाता। कभी किसी आम जलसे में बोलता, कभी चन्दा उगाहता।

तीसरे दिन लालाजी उठ बैठे। सुखदा दिन-भर तो उनके पास रही। संध्या समय उनसे बिदा माँगी। लालाजी स्नेह-भरी आँखों से देखकर बोले—'मैं जानता कि तुम मेरी तीमारदारी ही के लिए आयी हो तो दस-पाँच दिन और पड़ा रहता बहू। मैंने तो जानबूझकर कोई अपराध

नहीं किया; लेकिन कुछ अनुचित हुआ हो तो उसे क्षमा करो।'

सुखदा का जी हुआ मान त्याग दे; पर इतना कष्ट उठाने के बाद जब अपनी गृहस्थी कुछ-कुछ जम चली थी, यहाँ आना कुछ अच्छा न लगता था। फिर, वहाँ वह स्वामिनी थी। घर का संचालन उसके अधीन था। वहाँ की एक-एक वस्तु में अपनापन भरा हुआ था। एक-एक तृण में उसका स्वाभिमान झलक रहा था। एक-एक वस्तु में उसका अनुराग अंतित था। एक-एक वस्तु पर उसकी आत्मा की छाप थी, मानो उसकी आत्मा ही प्रत्यक्ष हो गयी हो। यहाँ की कोई वस्तु उसके अभिमान की वस्तु न थी; उसकी स्वामिनी कल्पना सब कुछ होने पर भी तुष्टि का आनन्द न पाती थी। पर लालाजी को समझाने के लिए किसी युक्ति की जरूरत थी। बोली–'यह आप क्या कहते हैं दादा, हम लोग आपके बालक हैं। आप जो कुछ उपदेश या ताड़ना देंगे, वह हमारे ही भले के लिए देंगे। मेरा जी तो जाने को नहीं चाहता; लेकिन अकेले मेरे चले आने से क्या होगा ? मुझे .खुद शर्म आती है कि दुनिया क्या कह रही होगी। मैं जितनी जल्दी हो सकेगा, सबको घसीट लाऊँगी। जब तक आदमी कुछ दिन ठोकरें नहीं खा लेता, उसकी आँखें नहीं .खुलतीं। मैं एक बार रोज़ आकर आपका भोजन बना जाया करूँगी। कभी बीबी चली आयेंगी, कभी मैं चली आऊँगी।'

उस दिन से सुखदा का यही नियम हो गया। वह सबेरे यहाँ चली आती और लालाजी को भोजन कराके लौट जाती। फिर .खुद भोजन करके बालिका विद्यालय चली जाती। तीसरे पहर जब अमरकान्त खादी बेचने चला जाता, तो वह नैना को लेकर फिर आ जाती, और दो-तीन घण्टे रहकर चली जाती। कभी-कभी .खुद रेणुका के पास जाती, तो नैना को यहाँ भेज देती। उसके स्वाभिमान में कोमलता थी; अगर कुछ जलन थी तो वह कब की शीतल हो चुकी थी। वृद्ध पिता को कोई कष्ट हो, यह उससे न देखा जाता था।

इन दिनों उसे जो बात सबसे ज़्यादा खटकती थी, वह अमरकान्त का सिर पर खादी लादकर चलना था। वह कई बार इस विषय पर उनसे झगड़ा कर चुकी थी; पर उसके कहने से वह और ज़िद पकड़ लेता था। इसलिए उसने कहना-सुनना छोड़ दिया था; पर एक दिन घर जाते समय उसने अमरकान्त को खादी की गट्ठर लिए देख लिया। उस महल्ले की एक महिला भी उसके साथ थी। सुखदा मानो धरती में गड़ गयी।

अमर ज्यों ही घर आया, उसने यही विषय छेड़ दिया–'मालूम तो हो गया, कि तुम बड़े सत्यवादी हो। दूसरों के लिए भी कुछ रहने दोगे, या सब तुम्हीं ले लोगे। अब तो संसार में परिश्रम का महत्त्व सिद्ध हो गया। अब तो बकचा लादना छोड़ो। तुम्हें शर्म न आती हो; लेकिन तुम्हारी इज्ज़त के साथ मेरी इज्ज़त भी तो बँधी हुई है। तुम्हें कोई अधिकार नहीं कि तुम यों मुझे अपमानित करते फिरो।'

अमर तो कमर कसे तैयार था ही। बोला–'यह तो मैं जानता हूँ कि मेरा अधिकार कहीं कुछ नहीं है; लेकिन क्या पूछ सकता हूँ कि तुम्हारे अधिकारों की भी कहीं सीमा है, या वह असीम है ?'

'मैं ऐसा कोई काम नहीं करती, जिसमें तुम्हारा अपमान हो !'

'अगर मैं कहूँ कि ज़िस तरह मेरे मज़दूरी करने से तुम्हारा अपमान होता है, उसी तरह तुम्हारे नौकरी करने से मेरा अपमान होता है, तो शायद तुम्हें विश्वास न आयेगा।'

'तुम्हारे मान-अपमान का काँटा संसार-भर से निराला हो, तो मैं लाचार हूँ।'

'मैं संसार का गुलाम नहीं हूँ। अगर तुम्हें यह गुलामी पसन्द है, तो शौक से करो। तुम मुझे मजबूर नहीं कर सकतीं।'

'नौकरी न करूँ, तो तुम्हारे रुपये बीस आने रोज़ में घर का ख़र्च निभेगा ?'

'मेरा ख़याल है कि इस मुल्क में नब्बे फ़ीसदी आदमियों को इससे भी कम में गुजर करना पड़ता है।'

'मैं उन नब्बे फ़ीसदी वालों में नहीं शेष दस फ़ीसदी वालों में हूँ। मैंने अन्तिम बार कह दिया कि तुम्हारा बकचा ढोना मुझे असह्य है और अगर तुमने न माना, तो मैं अपने हाथों वह बकचा ज़मीन पर गिरा दूँगी। इससे ज़्यादा मैं कुछ कहना या सुनना नहीं चाहती।'

इधर डेढ़ महीने से अमरकान्त सकीना के घर न गया था। याद उसकी रोज़ आती; पर जाने का अवसर न मिलता। पन्द्रह दिन गुज़र जाने के बाद उसे शर्म आने लगी कि वह पूछेगी—'इतने दिन क्यों नहीं आये, तो क्या जवाब दूँगा। इस शर्मा-शर्मी में वह एक महीना और न गया। यहाँ तक कि आज सकीना ने उसे एक कार्ड लिखकर खैरियत पूछी थी और फ़ुरसत हो, तो दस मिनट के लिए बुलाया था। आज अम्मांजान बिरादरी में जानेवाली थीं। बातचीत करने का अच्छा मौक़ा था। इधर अमरकान्त भी इस जीवन से ऊब उठा था। सुखदा के साथ जीवन कभी सुखी नहीं हो सकता, इधर इन डेढ़-दो महीनों में उसे काफ़ी परिचय मिल गया था। वह जो कुछ है, वही रहेगा, ज़्यादा तबदील नहीं हो सकता। सुखदा भी जो कुछ है, वही रहेगी। फिर सुखी जीवन की आशा कहाँ ? दोनों की जीवन-धारा अलग, आदर्श अलग, मनोभाव अलग। केवल विवाह-प्रथा की मर्यादा निभाने के लिए वह अपना जीवन धूल में नहीं मिला सकता, अपनी आत्मा के विकास को नहीं रोक सकता। मानव-जीवन का उद्देश्य कुछ और भी है, खाना, कमाना और मर जाना नहीं।

वह भोजन करके आज कांग्रेस-दफ़्तर न गया। आज उसे अपनी ज़िन्दगी की सबसे महत्त्वपूर्ण समस्या को हल करना था। इसे अब वह और नहीं टाल सकता। बदनामी की क्या चिन्ता। दुनिया अन्धी है और दूसरों को अन्धा बनाये रखना चाहती है। जो ख़ुद अपने लिए नयी राह निकालेगा, उस पर संकीर्ण विचारवाले हँसें, तो क्या आश्चर्य। उसने खद्दर की दो साड़ियाँ उसे भेंट देने के लिए ले लीं और लपका हुआ जा पहुँचा।

सकीना उसकी राह देख रही थी। कुण्डी खनकते ही द्वार खोल दिया और हाथ पकड़कर बोली—'तुम तो मुझे भूल ही गये। इसी का नाम मुहब्बत है ?'

अमर ने लज्जित होकर कहा—'यह बात नहीं है सकीना। एक लम्हे के लिए भी तुम्हारी याद दिल से नहीं उतरती; पर इधर बड़ी परेशानियों में फँसा रहा।'

'मैंने सुना था। अम्माँ कहती थीं। मुझे यक़ीन न आता था कि तुम अपने अब्बाजान से अलग हो गये। फिर यह भी सुना कि तुम सिर पर खद्दर लादकर बेचते हो। मैं तो तुम्हें कभी सिर पर बोझ न लादने देती। मैं वह गठरी अपने सिर पर रखती और तुम्हारे पीछे-पीछे चलती। मैं यहाँ आराम से पड़ी थी और तुम इस धूप में कपड़े लादे फिरते थे। मेरा दिल तड़प-तड़पकर रह जाता था।'

कितने प्यारे, मीठे शब्द थे ! कितने कोमल, स्नेह में डूबे हुए ! सुखदा के मुख से

भी कभी यह शब्द निकले ? वह तो केवल शासन करना जानती है ! उसको अपने अन्दर ऐसी शक्ति का अनुभव हुआ कि वह उसका चौगुना बोझ लेकर चल सकता है; लेकिन वह सकीना के कोमल हृदय को आघात नहीं पहुँचाएगा। आज से वह गट्ठर लादकर नहीं चलेगा। बोला—'दादा की .ख़ुदग़रज़ी पर दिल जल रहा था सकीना। वह समझते होंगे, मैं उनकी दौलत का भूखा हूँ। मैं उन्हें और उनके दूसरे भाइयों को दिख देना चाहता था कि मैं कड़ी-से-कड़ी मेहनत कर सकता हूँ। दौलत की मुझे परवाह नहीं है। सुखदा उस दिन मेरे साथ आयी थी; लेकिन एक दिन दादा ने झूठ-मूठ कहला दिया, मुझे बुख़ार हो गया है। बस वहाँ पहुँच गयी। तब से दोनों वक़्त उनका खाना पकाने जाती है।

सकीना ने सरलता से पूछा—'तो क्या यह भी तुम्हें बुरा लगता है ? बूढ़े आदमी अकेले घर में पड़े रहते हैं। अगर वह चली जाती हैं, तो क्या बुराई करती हैं। उनकी इस बात से तो मेरे दिल में उनकी इज़्ज़त हो गयी।'

अमर ने खिसियाकर कहा—'यह शराफ़त नहीं है सकीना, उनकी दौलत है; मैं तुमसे सच कहता हूँ। जिसने कभी झूठों मुझसे नहीं पूछा, तुम्हारा जी कैसा है, वह उनकी बीमारी की ख़बर पाते ही बेक़रार हो जाय, यह बात समझ में नहीं आती। उनकी दौलत उसे खींच ले जाती है, और कुछ नहीं। मैं अब इस नुमायश की ज़िन्दगी से तंग आ गया हूँ सकीना। मैं सच कहता हूँ, पागल हो जाऊँगा। कभी-कभी जी में आता है, सब छोड़-छाड़कर भाग जाऊँ, ऐसी जगह भाग जाऊँ, जहाँ लोगों में आदमियत हो। आज तुम्हें फ़ैसला करना पड़ेगा सकीना। चलो, कहीं छोटी-सी कुटी बना लें और .ख़ुदग़रजी की दुनिया से अलग मेहनत-मज़दूरी करके ज़िन्दगी बसर करें। तुम्हारे साथ रहकर फिर मुझे किसी चीज़ की आरज़ू नहीं रहेगी। मेरी जान मुहब्बत के लिये तड़प रही है, उस मुहब्बत के लिये नहीं, जिसकी ज़ुदाई में भी विसाल है; बल्कि जिसकी विसाल में भी ज़ुदाई है। मैं वह मुहब्बत चाहता हूँ, जिसमें ख़्वाहिश है, लज़्ज़त है। मैं बोतल की सुर्ख़ शराब पीना चाहता हूँ, शायरों की ख़याली शराब नहीं।'

उसने सकीना को छाती से लगा लेने के लिये अपनी तरफ़ खींचा। उसी वक़्त द्वार .खुला और पठानिन अन्दर आयी। सकीना एक क़दम पीछे हट गयी। अमर भी ज़रा पीछे खिसक गया।

सहसा उसने बात बनाई—'आज कहाँ चली गयी थीं अम्मा ? मैं यह साड़ियाँ देने आया था। तुम्हें मालूम तो होगा ही, मैं अब खद्दर बेचता हूँ।'

पठानिन ने साड़ियों का जोड़ा लेने के लिए हाथ नहीं बढ़ाया। उसका सूखा, पिचका हुआ मुँह तमतमा उठा ! सारी झुर्रियाँ, सारी सिकुड़नें जैसे भीतर की गर्मी से तन उठीं ! गली-बुझी हुई आँखें जैसे जल उठीं। आँखें निक़ालकर बोली—'होश में आ छोकरे ! यह साड़ियाँ ले जा, अपनी बीवी-बहन को पहना, यहाँ तेरी साड़ियों के भूखे नहीं हैं। तुझे शरीफ़ज़ादा और साफ़दिल समझकर तुझसे अपनी ग़रीबी का दुखड़ा कहती थी। यह न जानती थी कि तू ऐसे शरीफ़ बाप का बेटा होकर शोहदापन करेगा। बस अब मुँह न खोलना, चुपचाप चला जा, नहीं आँखें निकलवा लूँगी। तू है किस घमण्ड में ? अभी एक इशारा कर दूँ, तो सारा मुहल्ला जमा हो जाय। हम ग़रीब हैं, मुसीबत के मारे हैं, रोटियों के मुहताज हैं। जानता है क्यों ? इसलिए कि हमें आबरू प्यारी है। ख़बरदार जो कभी इधर का रुख़ किया। मुँह

में कालिख लगाकर चला जा।'

अमर पर फ़ालिज गिर गया, पहाड़ टूट पड़ा, वज्रपात हो गया। इन वाक्यों से उसके मनोभावों का अनुमान हम नहीं कर सकते। जिनके पास कल्पना है, वह कुछ अनुमान कर सकते हैं। वह जैसे संज्ञा-शून्य हो गया, मानो पाषाण-प्रतिमा हो। एक मिनट तक वह इसी दशा में खड़ा रहा। फिर दोनों साड़ियाँ उठा लीं और गोली खाये जानवर की भाँति सिर लटकाये, लड़खड़ाता हुआ द्वार की ओर चला।

सहसा सकीना ने उसका हाथ पकड़कर रोते हुए कहा—'बाबूजी, मैं भी तुम्हारे साथ चलती हूँ। जिन्हें अपनी आबरू प्यारी है, वह अपनी आबरू लेकर चाटें। मैं बे-आबरू ही रहूँगी।'

अमरकान्त ने हाथ छुड़ा लिया और आहिस्ता से बोला—'ज़िन्दा रहेंगे, तो फिर मिलेंगे सकीना। इस वक्त जाने दो। मैं अपने होश में नहीं हूँ।'

यह कहते हुए उसने कुछ समझकर दोनों साड़ियाँ सकीना के हाथ में रख दीं और बाहर चला गया।

सकीना ने सिसकियाँ लेते हुए पूछा—'तो आओगे कब ?'

अमर ने पीछे फिरकर कहा—'जब यहाँ मुझे लोग शोहदा और कमीना न समझेंगे !'

अमर चला गया और सकीना हाथों में साड़ियाँ लिए द्वार पर खड़ी अन्धकार में ताकती रही।

सहसा बुढ़िया ने पुकारा—'अब आकर बैठेगी कि वहीं दरवाज़े पर खड़ी रहेगी। मुँह में कालिख तो लगा दी। अब और क्या करने पर लगी हुई है ?'

सकीना ने क्रोधभरी आँखों से देखकर कहा—'अम्माँ आक़बत से डरो, क्यों किसी भले आदमी पर तोहमत लगाती हो। तुम्हें ऐसी बात मुँह से निकालते शर्म भी नहीं आती। उनकी नेकियों का यह बदला दिया है तुमने। तुम दुनिया में चिराग़ लेकर ढूँढ़ आओ, ऐसा शरीफ़ तुम्हें न मिलेगा।'

पठानिन ने डाँट बताई—'चुप रह बेहया कहीं की ! शर्माती नहीं, ऊपर से ज़बान चलाती है। आज घर में कोई मर्द होता, तो सिर काट लेता। मैं जाकर लाला से कहती हूँ। जब तक इस पाजी को शहर से न निकाल दूँगी, मेरा कलेजा न ठण्डा होगा। मैं उसकी ज़िन्दगी ग़ारत कर दूँगी।'

सकीना ने निश्शंक भाव से कहा—'अगर उनकी ज़िन्दगी ग़ारत हुई, तो मेरी भी ग़ारत होगी। इतना समझ लो।'

बुढ़िया ने सकीना का हाथ पकड़कर इतने ज़ोर से अपने तरफ़ घसीटा कि वह गिरते-गिरते बची और उसी दम घर से बाहर निकालकर द्वार की ज़ंजीर बन्द कर दी।

सकीना बार-बार पुकारती रही, पर बुढ़िया ने पीछे फिरकर भी न देखा। वह बेजान बुढ़िया, जिसे एक-एक पग रखना दूभर था, इस वक्त आवेश में दौड़ी लाला समरकान्त के पास चली जा रही थी।

18

अमरकान्त गली के बाहर निकलकर सड़क पर आया। कहाँ जाए ? पठानिन इसी वक्त दादा के पास जायेगी। ज़रूर जायेगी। कितनी भयंकर स्थिति होगी। कैसा कुहराम मचेगा ? कोई धर्म के नाम को रोयेगा, कोई मर्यादा के नाम को रोयेगा। दग़ा, फ़रेब, जाल, विश्वासघात, हराम की कमाई सब मुआफ़ हो सकती है। नहीं, उसकी सराहना होती है। ऐसे महानुभाव समाज के मुखिया बने हुए हैं। वेश्यागामियों और व्यभिचारियों के आगे लोग माथा टेकते हैं, लेकिन शुद्ध हृदय और निष्कपट भाव से प्रेम करना निन्द्य है, अक्षम्य है। नहीं, अमर घर नहीं जा सकता। घर का द्वार उसके लिए बन्द है। और वह घर था ही कब। केवल भोजन और विश्राम का स्थान था। उससे किसे प्रेम है ?

वह एक क्षण के लिए ठिठक गया। सकीना उसके साथ चलने को तैयार है, तो क्यों न उसे साथ ले ले। फिर लोग जी भरकर रोयें और पीटें और कोसें। आख़िर यही तो वह चाहता था; लेकिन पहले दूर से जो पहाड़ टीला-सा नज़र आता था, अब सामने देखकर उस पर चढ़ने की हिम्मत न होती थी। देश भर में कैसा हाहाकार मचेगा। एक म्युनिसिपल कमिश्नर एक मुसलमान लड़की को लेकर भाग गया। हरेक ज़बान पर यही चरचा होगी। दादा शायद ज़हर खा लें। विरोधियों को तालियाँ पीटने का अवसर मिल जायेगा। उसे टालस्टाय की एक कहानी याद आयी, जिसमें एक पुरुष अपनी प्रेमिका को लेकर भाग जाता है; पर उसका कितना भीषण अन्त होता है। अमर ख़ुद किसी के विषय मे ऐसी ख़बर सुनता, तो उससे घृणा करता। मांस और रक्त से ढका हुआ कंकाल कितना सुन्दर होता है। रक्त और मांस का आवरण हट जाने पर वही कंकाल कितना भयंकर हो जाता है। ऐसी अफ़वाहें सुन्दर और सरस को मिटाकर वीभत्स को मूर्तिमान कर देती हैं। नहीं, अमर अब घर नहीं जा सकता।

अकस्मात्, बच्चे की याद आ गयी। उसके जीवन के अन्धकार में वही एक प्रकाश था ! उसका मन उसी प्रकाश की ओर लपका। बच्चे की मोहिनी मूर्ति सामने आकर खड़ी हो गयी।

किसी ने पुकारा–'अमरकान्त, यहाँ कैसे खड़े हो ?'

अमर ने पीछे फिरकर देखा तो सलीम बोला–'तुम किधर से ?'

'ज़रा चौक की तरफ़ गया था।'

'यहाँ कैसे खड़े हो ? शायद माशूक़ से मिलने जा रहे हो।'

'वहीं से आ रहा हूँ यार, आज ग़जब हो गया। वह शैतान की ख़ाला बुढ़िया आ गयी। उसने ऐसी-ऐसी सलवातें सुनाईं कि बस कुछ न पूछो।'

दोनों साथ-साथ चलने लगे। अमर ने सारी कथा कह सुनाई।

सलीम ने पूछा–'तो अब घर जाओगे ही नहीं ! यह हिमाक़त है। बुढ़िया को बकने दो। हम सब तुम्हारी पाकदामनी की गवाही देंगे। मगर यार, हो तुम अहमक़। और क्या कहूँ। बिच्छू का मन्त्र न जाने, साँप के मुँह में उँगली डाले। वही हाल तुम्हारा है। कहता था, उधर ज़्यादा न आओ-जाओ। आख़िर हुई वही बात। ख़ैरियत हुई कि बुढ़िया ने मुहल्लेवालों

को नहीं बुलाया, नहीं तो ख़ून हो जाता।'

अमर ने दार्शनिक भाव से कहा—'ख़ैर, तो कुछ हुआ अच्छा ही हुआ। अब तो यही जी चाहता है कि सारी दुनिया से अलग किसी ग़ोशे में पड़ा रहूँ ! और कुछ खेती-बारी करके गुज़र करूँ। देख ली दुनिया, जी तंग आ गया।'

'तो आख़िर कहाँ जाओगे ?'

'कह नहीं सकता। जिधर तक़दीर ले जाय।'

'मैं चलकर बुढ़िया को समझा दूँ ?'

'फ़ज़ूल है। शायद मेरी तक़दीर में यही लिखा था। कभी ख़ुशी न नसीब हुई। और न शायद नसीब होगी। जब रो-रोकर ही मरना है, तो कहीं भी रो सकता हूँ।'

'चलो मेरे घर, वहाँ डॉक्टर साहब को भी बुला लें, फिर सलाह करें। यह क्या कि एक बुढ़िया ने फटकार बताई और आप घर से भाग खड़े हुए। यहाँ तो ऐसी कितनी ही फटकारें सुन चुका, पर कभी परवाह नहीं की।'

'मुझे तो सकीना का ख़याल आता है कि बुढ़िया उसे कोस-कोसकर मार डालेगी।'

'आख़िर तुमने उसमें ऐसी क्या बात देखी, जो लट्टू हो गये ?'

अमर ने छाती पर हाथ रखकर कहा—'तुम्हें क्या बताऊँ भाईजान। सकीना असमत और वफ़ा की देवी है। गूदड़ में यह रत्न कहाँ से आ गया, यह तो ख़ुदा ही जाने, पर मेरी ग़मनसीब ज़िन्दगी में वही चन्द लम्हे यादगार हैं, जो उसके साथ गुज़रे। तुमसे इतनी ही अर्ज़ है कि ज़रा उसकी ख़बर लेते रहना। इस वक्त दिल की जो कैफ़ियत है, वह बयान नहीं कर सकता। नहीं जानता ज़िन्दा रहूँगा, या मरूँगा। नाव पर बैठा हूँ। कहाँ जा रहा हूँ, ख़बर नहीं। कब, कहाँ, नाव किनारे लगेगी, मुझे कुछ ख़बर नहीं। बहुत मुमकिन है मँझधार ही में डूब जाय। अगर ज़िन्दगी के तजरबे से कोई बात समझ में आयी, तो यह कि संसार में किसी न्यायी ईश्वर का राज्य नहीं है। जो चीज़ जिसे मिलनी चाहिए उसे नहीं मिलती। इसका उलटा ही होता है। हम ज़ंजीरों में जकड़े हुए हैं। ख़ुद हाथ-पाँव नहीं हिला सकते। हमें एक चीज़ दे दी जाती है और कहा जाता है, इसके साथ तुम्हें ज़िन्दगी भर निबाह करना होगा ! हमारा धरम है कि उस चीज़ पर क़नाअत करें। चाहे हमें उससे नफ़रत ही क्यों न हो। अगर हम अपनी ज़िन्दगी के लिए कोई दूसरी राह निकालते हैं, तो हमारी गरदन पकड़ ली जाती है, हमें कुचल दिया जाता है। इसी को दुनिया इन्साफ़ कहती है। कम-से-कम मैं इस दुनिया में रहने के क़ाबिल नहीं हूँ।'

सलीम बोला—'तुम लोग बैठे-बैठाये अपनी जान ज़हमत में डालने की फ़िक्रें किया करते हो, ग़ोया ज़िन्दगी हज़ार-दो हज़ार साल की है। घर में रुपये भरे हुए हैं, बाप तुम्हारे ऊपर जान देता है, बीवी परी जैसी बैठी हुई है, और आप एक जुलाहे की लड़की के पीछे घरबार छोड़े भागे जा रहे हैं। मैं तो इसे पागलपन कहता हूँ। ज़्यादा-से-ज़्यादा यही तो होगा कि तुम कुछ कर जाओगे, यहाँ पड़े सोते रहेंगे। पर अंजाम दोनों का एक है। तुम रामनाम सत्त हो ज़ाओगे, मैं इन्नल्लाह राज़ेऊन !'

अमर ने विशाद-भरे स्वर में कहा—'जिस तरह तुम्हारी ज़िन्दगी गुज़री है, उस तरह मेरी ज़िन्दगी भी गुजरती, तो शायद मेरे भी यही ख़याल होते। मैं वह दरख़्त हूँ जिसे कभी

पानी नहीं मिला। ज़िन्दगी की वह उम्र, जब इन्सान को मुहब्बत की सबसे ज़्यादा ज़रूरत होती है, बचपन है। उस वक़्त पौधे को तरी मिल जाय तो ज़िन्दगी भर के लिए उसकी जड़ें मज़बूत हो जाती हैं। उस वक़्त ख़ूराक न पाकर उसकी ज़िन्दगी .खुश्क हो जाती है। मेरी माता का उसी ज़माने में देहान्त हुआ और तब से मेरी रूह को ख़ूराक नहीं मिली। वही भूख मेरी ज़िन्दगी है। मुझे जहाँ मुहब्बत का एक रेज़ा भी मिलेगा, मैं बेअख़्तियार उसी तरफ़ जाऊँगा। क़ुदरत का अटल क़ानून मुझे उस तरफ़ ले जाता है। इसके लिए अगर मुझे कोई ख़तावार कहे, तो कहे। मैं तो .खुदा ही को ज़िम्मेदार कहूँगा।'

बातें करते-करते सलीम का मकान आ गया।

सलीम ने कहा—'आओ, खाना तो खा लो। आख़िर कितने दिनों तक जलावतन रहने का इरादा है ?'

दोनों आकर कमरे में बैठे। अमर ने जवाब दिया—'यहाँ अपना कौन बैठा हुआ है, जिसे मेरा दर्द हो। बाप को मेरी परवाह नहीं, शायद और .खुश हों कि अच्छा हुआ बला टली। सुखदा मेरी सूरत से बेज़ार है। दोस्तों में ले दे के एक तुम हो। तुमसे कभी-कभी मुलाक़ात होती रहेगी। माँ होती तो शायद उसकी मुहब्बत खींच लाती। तब ज़िन्दगी की यह रफ्तार ही क्यों होती। दुनिया में सबसे बदनसीब वह है, जिसकी माँ मर गयी हो।'

अमरकान्त माँ की याद करके रो पड़ा। माँ का वह स्मृति-चित्र उसके सामने आया, जब वह उसे रोते देखकर गोद में उठा लेती थीं, और माता के आँचल में सिर रखते ही वह निहाल हो जाता था।

सलीम ने अन्दर जाकर चुपके से अपने नौकर को लाला समरकान्त के पास भेजा कि जाकर कहना, अमरकान्त भागे जा रहे हैं। जल्दी चलिए। साथ लेकर फ़ौरन आना। एक मिनट की देर हुई, तो गोली मार दूँगा।

फिर बाहर आकर उसने अमरकान्त को बातों में लगाया—'लेकिन तुमने यह भी सोचा है, सुखदा देवी का क्या हाल होगा ? मान लो, वह भी अपनी दिलबस्तगी का कोई इन्तज़ाम कर लें ? बुरा न मानना।'

अमर ने अनहोनी बात समझते हुए कहा—'हिन्दू औरत इतनी बेहया नहीं होती।'

सलीम ने हँसकर कहा—'बस, आ गया हिन्दूपन। अरे भाईजान, इस मुआमले में हिन्दू और मुसलमान की क़ैद नहीं। अपनी-अपनी तबियत है। हिन्दुओं में भी देवियाँ हैं, मुसलमानों में भी देवियाँ हैं। हरजाइयाँ भी दोनों ही में हैं। फिर तुम्हारी बीवी तो नयी औरत है, पढ़ी-लिखीं आज़ाद ख़याल, सैरसपाटे करनेवाली, सिनेमा देखनेवाली, अख़बार और नावेल पढ़नेवाली। ऐसी औरतों से .खुदा की पनाह। यह यूरोप की बरकत है। आजकल की देवियाँ जो कुछ न कर गुज़रें वह थोड़ा है। पहले लौंडे पेशक़दमी किया करते थे। मरदों की तरफ़ से छेड़छाड़ होती थी अब ज़माना पलट गया है। अब स्त्रियों की तरफ़ से छेड़छाड़ शुरू होती है।'

अमरकान्त बेशर्मी से बोला—'इसकी चिन्ता उसे हो, जिसे जीवन में कुछ सुख हो। जो ज़िन्दगी से बेज़ार है, उसके लिए क्या ? जिसकी .खुशी हो रहे, जिसकी .खुशी हो जाय। मैं न किसी का गुलाम हूँ, न किसी को अपना गुलाम बनाना चाहता हूँ।'

सलीम ने परास्त होकर कहा—'तो फिर हद हो गयी। फिर क्यों न औरतों का मिज़ाज

आसमान पर चढ़ जाय। मेरा ख़ून तो इस ख़याल ही से उबल आता है।'

'औरतों को भी तो बेवफ़ा मरदों पर इतना ही क्रोध आता है।'

'औरतों और मरदों के मिज़ाज में, जिस्म की बनावट में, दिल के जज़्बात में फ़र्क हैं औरत एक की होकर रहने के लिए बनाई गयी है। मर्द आज़ाद रहने के लिए बनाया जाता है।'

'यह मर्दों की .ख़ुदगरज़ी है।'

'जी नहीं, यह हैवानी ज़िन्दगी का उसूल है।'

बहस में शाखें निकलती गयीं। विवाह का प्रश्न आया, फिर बेकारी की समस्या पर विचार होने लगा। फिर भोजन आ गया। दोनों खाने लगे।

अभी दो-चार कौर ही खाये होंगे कि दरबान ने लाला समरकान्त के आने की ख़बर दी। अमरकान्त झट मेज़ पर से उठ खड़ा हुआ, कुल्ला किया, अपने प्लेट मेज़ के नीचे छिपाकर रख दिये और बोला—'उन्हें कैसे मेरी ख़बर मिल गयी ? अभी तो इतनी देर भी नहीं हुई। ज़रूर बुढ़िया ने आग लगा दी।'

सलीम मुसकरा रहा था।

अमर ने त्योरियाँ चढ़ाकर कहा—'यह तुम्हारी शरारत मालूम होती है। इसीलिए तुम मुझे यहाँ लाए थे ? आख़िर क्या नतीजा होगा। मुफ़्त की ज़िल्लत होगी मेरी। मुझे ज़लील कराने से तुम्हें कुछ मिल जायेगा ? मैं इसे दोस्ती नहीं, दुश्मनी कहता हूँ।'

ताँगा द्वार पर रुका और लाला समरकान्त ने कमरे में कदम रखा।

सलीम इस तरह लालाजी की ओर देख रहा था, जैसे पूछ रहा हो, मैं यहाँ रहूँ या जाऊँ। लालाजी ने उसके मन का भाव ताड़कर कहा—'तुम क्यों खड़े हो बेटा, बैठ जाओ। हमारी और हाफ़िज़ जी की पुरानी दोस्ती है। उसी तरह तुम और अमर भाई-भाई हो। तुमसे क्या परदा है ? मैं सब सुन चुका हूँ लल्लू। बुढ़िया रोती हुई आयी थी। मैंने बुरी तरह फटकारा। मैंने कह दिया, मुझे तेरी बात का विश्वास नहीं है। जिसकी स्त्री लक्ष्मी का रूप हो, वह क्यों चुड़ैलों के पीछे प्राण देता फिरेगा; लेकिन अगर कोई बात ही है, तो उसमें घबड़ाने की कोई बात नहीं बेटा। भूल-चूक सभी से होती है। बुढ़िया को दो-चार सौ रुपये दे दिये जायेंगे। लड़की की किसी भले घर में शादी हो जायेगी। चलो झगड़ा पाक हुआ। तुम्हें घर से भागने और शहर में ढिंढोरा पीटने की क्या ज़रूरत है। मेरी परवाह मत करो; लेकिन तुम्हें ईश्वर ने बाल-बच्चे दिए हैं। सोचो, तुम्हारे चले जाने से कितने प्राणी अनाथ हो जायेंगे। स्त्री तो स्त्री ही है, बहन है, वह रो-रोकर मर जायेगी। रेणुका देवी हैं, वह भी तुम्हीं लोगों के प्रेम से यहाँ पड़ी हुई हैं। जब तुम्हीं न होगे, तो वह सुखदा को लेकर चली जायँगी, मेरा घर चौपट हो जायेगा। मैं घर में अकेला भूत की तरह पड़ा रहूँगा। बेटा सलीम, मैं कुछ बेजा तो नहीं कह रहा हूँ। जो कुछ हो गया, सो हो गया। आगे के लिए एहतियात रखो। तुम .ख़ुद समझदार हो, मैं तुम्हें क्या समझाऊँ। मन को कर्तव्य की डोरी से बाँधना पड़ता है, नहीं तो उसकी चंचलता आदमी को न जाने कहाँ लिये-लिये फिरे। तुम्हें भगवान् ने सब-कुछ दिया है। कुछ घर का काम देखो, कुछ बाहर का काम देखो। चार दिन की ज़िन्दगी है, इसे हँस-खेलकर काट देना चाहिए। मारे-मारे फिरने से क्या फ़ायदा।'

अमर इस तरह बैठा रहा, मानो कोई पागल बक रहा है। आज तुम यह चिकनी-चुपड़ी बातें कहके मुझे फँसाना चाहते हो ? मेरी ज़िन्दगी तुम्हीं ने ख़राब की। तुम्हारे ही कारण मेरी यह दशा हुई। तुमने मुझे कभी अपने घर को घर न समझने दिया। तुम मुझे चक्की का बैल बनाना चाहते हो। वह अपने बाप का अदब उतना न करता था, जितना दबता था, फिर भी उसकी कई बार बीच में टोकने की इच्छा हुई। ज्योंही लालाजी चुप हुए, उसने धृष्टता के साथ कहा—'दादा, आपके घर में मेरा इतना जीवन नष्ट हो गया, अब मैं उसे और नष्ट नहीं करना चाहता। आदमी का जीवन केवल खाने और मर जाने के लिए नहीं होता, न धन-संचय उसका उद्देश्य है। जिस दशा में मैं हूँ, वह मेरे लिए असहनीय हो गयी है। मैं एक नये जीवन का सूत्रपात करने जा रहा हूँ, जहाँ मज़दूरी लज्जा की वस्तु नहीं, जहाँ स्त्री पति को केवल नीचे नहीं घसीटती, उसे पतन की ओर नहीं ले जाती; बल्कि उसके जीवन में आनन्द और प्रकाश का संचार करती है। मैं रूढ़ियों और मर्यादाओं का दास बनकर नहीं रहना चाहता। आपके घर में मुझे नित्य बाधाओं का सामना करना पड़ेगा और उसी संघर्ष में मेरा जीवन समाप्त हो जायेगा। आप ठण्डे दिल से कह सकते हैं, आपके घर में सकीना के लिए स्थान है ?'

लालाजी ने भीत नेत्रों से देखकर पूछा—'किस रूप में ?'

'मेरी पत्नी के रूप में !'

'नहीं, एक बार नहीं और सौ बार नहीं !'

'तो फिर मेरे लिए भी आपके घर में स्थान नहीं है।'

'और तो तुम्हें कुछ नहीं कहना है ?'

'जी नहीं।'

लालाजी कुरसी से उठकर द्वार की ओर बढ़े। फिर पलटकर बोले—'बता सकते हो, कहाँ जा रहे हो ?'

'अभी तो कुछ ठीक नहीं है।'

'जाओ, ईश्वर तुम्हें सुखी रखें। अगर कभी किसी चीज़ की ज़रूरत हो, तो मुझे लिखने में संकोच न करना।'

'मुझे आशा है, मैं आपको कोई कष्ट न दूँगा।'

लालाजी ने सजल नेत्र होकर कहा—'चलते-चलते घाव पर नमक न छिड़को, लल्लू। बाप का हृदय नहीं मानता। कम-से-कम इतना तो करना कि कभी-कभी पत्र लिखते रहना। तुम मेरा मुँह न देखना चाहो; लेकिन मुझे कभी-कभी आने-जाने से न रोकना। जहाँ रहो, सुखी रहो, यही मेरा आशीर्वाद है।'

दूसरा भाग

1

उत्तर की पर्वत-श्रेणियों के बीच एक छोटा-सा रमणीक पहाड़ी गाँव है। सामने गंगा किसी बालिका की भाँति हँसती, उछलती, नाचती, गाती, दौड़ती चली जाती है। पीछे ऊँचा पहाड़ किसी वृद्ध योगी की भाँति जटा बढ़ाये, शान्त, गम्भीर, विचार-मग्न खड़ा है। यहाँ गाँव मानो उसकी बाल-स्मृति है, आमोद-विनोद से रंजित, या कोई युवावस्था का सुनहरा मधुर स्वप्न। अब भी उन स्मृतियों को हृदय में सुलाए हुए, उस स्वप्न को छाती से चिपकाये हुए है।

इस गाँव में मुश्किल से बीस-पचीस झोंपड़े होंगे। पत्थर के रोड़ों को तले-ऊपर रखकर दीवारें बना ली गयी हैं। उन पर छप्पर डाल दिया गया है। द्वारों पर बनकट की टट्टियाँ हैं। इन्हीं काबुकों में इस गाँव की जनता अपने गाय-बैलों, भेड़-बकरियों को लिए अनन्त से विश्राम करती चली आती है।

एक दिन संध्या समय एक साँवला-सा, दुबला-पतला युवक मोटा कुरता, ऊँची धोती और चमरौधे जूते पहने, कन्धे पर लुटिया-डोर रखे, बग़ल में एक पोटली दबाये इस गाँव में आया और एक बुढ़िया से पूछा—'क्यों माता, यहाँ परदेशी को रात भर रहने का ठिकाना मिल जायेगा ?'

बुढ़िया सिर पर लकड़ी का गट्ठा रखे, एक बूढ़ी गाय को हार की ओर से हाँकती चली आती थी। युवक को सिर से पाँव तक देखा, पसीने में तर, सिर और मुँह पर गर्द जमी हुई, आँखें भूखी, मानो जीवन में कोई आश्रय ढूँढ़ता फिरता हो। दयार्द्र होकर बोली—'यहाँ तो सब रैदास रहते हैं भैया !'

अमरकान्त इसी भाँति महीनों से देहातों का चक्कर लगाता चला आ रहा है। लगभग पचास छोटे-बड़े गाँवों को वह देख चुका है, कितने ही आदमियों से उसकी जान-पहचान हो गयी है, कितने ही उसके सहायक हो गये हैं, कितने ही भक्त बन गये हैं। नगर का वह सुकुमार युवक दुबला हो गया है; पर धूप और लू, आँधी और वर्षा, भूख और प्यास सहने की शक्ति उसमें प्रखर हो गयी है। भावी जीवन की यही उसकी तैयारी है, यही तपस्या है। वह ग्रामवासियों की सरलता और सहृदयता, प्रेम और सन्तोष से मुग्ध हो गया है। ऐसे सीधे-सादे, निष्कपट मनुष्यों पर आये दिन जो अत्याचार होते रहते हैं, उन्हें देखकर उसका खून खौल उठता है। जिस शान्ति की आशा उसे देहाती जीवन की ओर खींच लायी थी, उसका यहाँ नाम भी न था। घोर अन्याय का राज्य था और अमर की आत्मा इस राज्य

के विरुद्ध झण्डा उठाये फिरती थी।

अमर ने नम्रता से कहा—'मैं जात-पाँत नहीं मानता, माताजी। जो सच्चा है, वह चमार भी हो, तो आदर के जोग है; जो दग़ाबाज, झूठा, लम्पट हो, वह ब्राह्मण भी हो, तो आदर के जोग नहीं। लाओ, लकड़ियों का गट्ठा मैं लेता चलूँ।'

उसने बुढ़िया के सिर से गट्ठा उतारकर अपने सिर पर रख लिया।

बुढ़िया ने आशीर्वाद देकर पूछा—'कहाँ जाना है बेटा ?'

'यों ही माँगता-खाता हूँ माता, आना-जाना कहीं नहीं है। रात को सोने की जगह तो मिल जायेगी ?'

'जगह की कौन कमी है भैया, मन्दिर के चौतरे पर सो रहना। किसी साधु-सन्त के फेर में तो नहीं पड़ गये हो ? मेरा भी एक लड़का उनके जाल में फँस गया। फिर कुछ पता न चला। अब तक कई लड़कों का बाप होता।'

दोनों गाँव में पहुँच गये। बुढ़िया न अपनी झोंपड़ी की टट्टी खोलते हुए कहा—'लाओ, लकड़ी रख दो यहाँ। थक गये हो, थोड़ा-सा दूध रखा है, पी लो। और सब गोरू तो मर गये बेटा। यही गाय रह गयी है। एक पाव भर दूध दे देती है। खाने को तो पाती नहीं, दूध कहाँ से दे।'

अमर ऐसे सरल स्नेह के प्रसाद को अस्वीकार न कर सका। झोंपड़ी में गया, तो उसका हृदय काँप उठा। मानो दरिद्रता छाती पीट-पीटकर रो रही है। और हमारा उन्नत समाज विलास में मग्न है। उसे रहने को बँगला चाहिए; सवारी को मोटर। इस संसार का विध्वंस क्यों नहीं हो जाता ?

बुढ़िया ने दूध एक पीतल के कटोरे में उँड़ेल दिया और आप घड़ा उठाकर पानी लाने चली। अमर ने कहा—'मैं खींचे लाता हूँ माता, रस्सी तो कुएँ पर होगी ?'

'नहीं बेटा, तुम कहाँ जाओगे पानी भरने। एक रात के लिए आ गये, तो मैं तुमसे पानी भराऊँ ?'

बुढ़िया हाँ, हाँ, करती रह गयी। अमरकान्त घड़ा लिए कुएँ पर पहुँच गया। बुढ़िया से न रहा गया। वह भी उसके पीछे-पीछे गयी।

कुएँ पर कई औरतें पानी खींच रही थीं। अमरकान्त को देखकर एक युवती ने पूछा—'कोई पाहुने हैं क्या सलोनी काकी ?'

बुढ़िया हँसकर बोली—'पाहुने न होते, तो पानी भरने कैसे आते ! तेरे घर भी पाहुने ऐसे आते हैं ?'

युवती ने तिरछी आँखों से अमर को देखकर कहा—'हमारे पाहुने तो अपने हाथ से पानी भी नहीं पीते काकी। ऐसे भोले-भाले पाहुने को मैं अपने घर ले जाऊँगी।'

अमरकान्त का कलेजा धक्-से हो गया। वह युवती वही मुन्नी थी, जो खून के मुक़दमे से बरी हो गयी थी। वह अब उतनी दुर्बल, उतनी चिन्तित नहीं है। रूप में माधुर्य है, अंगों में विकास, मुख पर हास्य की मधुर छवि। आनन्द जीवन का तत्व है। वह अतीत की परवाह नहीं करता; पर शायद मुन्नी ने अमरकान्त को नहीं पहचाना। उसकी सूरत इतनी बदल गयी है। शहर का सुकुमार युवक देहात का मजूर हो गया है।

अमर ने झेंपते हुए कहा—'मैं पाहुना नहीं हूँ देवी, परदेसी हूँ। आज इस गाँव में आ निकला। इस नाते सारे गाँव का अतिथि हूँ।'

युवती ने मुस्कराकर कहा—'तब एक-दो घड़ों से पिण्ड न छूटेगा। दो सौ घड़े भरने पड़ेंगे, नहीं तो घड़ा इधर बढ़ा दो। झूठ तो नहीं कहती काकी !'

उसने अमरकान्त के हाथ से घड़ा ले लिया और चट फन्दा लगा, कुएँ में डाल, बात-की-बात में घड़ा खींच लिया।

अमरकान्त घड़ा लेकर चला गया, तो मुन्नी ने सलोनी से कहा—'किसी भले घर का आदमी है काकी। देखो, कितना शर्माता था। मेरे यहाँ से अचार मँगवा लीजियो, आटा-वाटा तो है ?'

सलोनी ने कहा—'बाजरे का है, गेहूँ कहाँ से लाती ?'

'तो मैं आटा लिए आती हूँ। नहीं चलो दे दूँ। वहाँ काम-धन्धे में लग जाऊँगी, तो सुरति न रहेगी।'

मुन्नी को तीन साल हुए मुखिया का लड़का हरिद्वार से लाया था। एक सप्ताह से एक धर्मशाले के द्वार पर जीर्ण दशा में पड़ी थी। बड़े-बड़े आदमी धर्मशाले में आते थे, सैकड़ों-हजारों दान करते थे; पर इस दुखिया पर किसी को दया न आती थी। वह चमार युवक जूते बेचने आता था। इस पर उसे दया आ गयी। गाड़ी पर लादकर घर लाया। दवा-दारू होने लगी। चौधरी बिगड़े, यह मुर्दा क्यों लाया; पर युवक बराबर दौड़ धूप करता रहा। वहाँ डॉक्टर-वैद्य कहाँ थे। भभूत और आशीर्वाद का भरोसा था। एक ओझे की तारीफ़ सुनी, मुर्दों को जिला देता है। रात को उसे बुलाने चला, चौधरी ने कहा—'दिन होने दो तब जाना।' युवक ने न माना, रात को ही चल दिया। गंगा चढ़ी हुई थी ! उसे पार करके जाना था। सोचा, तैरकर निकल जाऊँगा, कौन बहुत चौड़ा पाट है। सैकड़ों ही बार इस तरह आ-जा चुका था। निश्शंक पानी में घुस पड़ा; पर लहरें तेज़ थीं, पाँव उखड़ गये, बहुत सँभलना चाहा; पर न सँभल सका। दूसरे दिन दो कोस पर उसकी लाश मिली ! एक चट्टान से चिमटी पड़ी थी। उसके मरते ही मुन्नी जी उठी और तब से यहीं है। यही घर उसका घर है। यहाँ उसका आदर है, मान है। वह अपनी जात-पाँत भूल गयी, आचार-विचार भूल गयी, और ऊँच जाति ठकुराइन अछूतों के साथ, अछूत बनकर आनन्दपूर्वक रहने लगी। वह घर की मालकिन थी। बाहर का सारा काम वह करती, भीतर की रसोई-पानी, कूटना-पीसना दोनों देवरानियाँ करती थीं। वह बाहरी न थी। चौधरी की बड़ी बहू हो गयी थी।

सलोनी को ले जाकर मुन्नी ने एक थाल में आटा, अचार और दही रखकर दिया; पर सलोनी को यह थाल लेकर घर में जाते लाज आती थी। पाहुना द्वार पर बैठा हुआ है। सोचेगा, इसके घर में आटा भी नहीं है ? ज़रा और अँधेरा हो जाय, तो जाऊँ।

मुन्नी ने पूछा—'क्या सोचती हो काकी ?'

'सोचती हूँ, ज़रा और अँधेरा हो जाय तो जाऊँ। अपने मन में क्या कहेगा।'

'चलो मैं पहुँचा देती हूँ। कहेगा क्या, क्या समझता है यहाँ धन्नासेठ बसते हैं। मैं तो कहती हूँ, देख लेना, वह बाजरे की ही रोटियाँ खायेगा। गेहूँ की छुएगा भी नहीं।'

दोनों पहुँचीं तो देखा अमरकान्त द्वार पर झाड़ू लगा रहा है। महीनों से झाड़ू न लगी

थी। मालूम होता था, उलझे बिखरे बालों पर कंघी कर दी गयी है।

सलोनी थाली लेकर जल्दी से भीतर चली गयी। मुन्नी ने कहा—'अगर ऐसी मेहमानी करोगे, तो यहाँ से कभी न जाने पाओगे।'

उसने अमर के पास जाकर उसके हाथ से झाड़ू छीन ली। अमर ने कूड़े को पैरों से एक जगह बटोरकर कहा—'सफ़ाई हो गयी, तो द्वार कैसा अच्छा लगने लगा।'

'कल चल जाओगे, तो यह बातें याद आयेंगी। परदेसियों का क्या विश्वास ? फिर इधर क्यों आओगे ?'

मुन्नी के मुख पर उदासी छा गयी।

'जब कभी इधर आना होगा, तो तुम्हारे दर्शन करने अवश्य आऊँगा। ऐसा सुन्दर गाँव मैंने नहीं देखा। नदी, पहाड़, जंगल, इसकी भी छटा निराली है। जी चाहता है, यहीं रह जाऊँ और कहीं जाने का नाम न लूँ।'

मुन्नी ने उत्सुकता से कहा—'तो यहीं रह क्यों नहीं जाते ?' मगर फिर कुछ सोचकर बोली—'तुम्हारे घर में और लोग भी तो होंगे, वह तुम्हें यहाँ क्यों रहने देंगे ?'

'मेरे घर में ऐसा कोई नहीं है, जिसे मेरे मरने-जीने की चिन्ता हो। मैं संसार में अकेला हूँ।'

मुन्नी आग्रह करके बोली—'तो यहीं रह जाओ, कौन भाई हो तुम ?'

'यह तो मैं बिलकुल भूल गया भाभी। जो बुलाकर प्रेम से एक रोटी खिला दे वही मेरा भाई है।'

'तो कल मुझे आ लेने देना। ऐसा न हो, चुपके से भाग जाओ।'

अमरकान्त ने झोंपड़ी में आकर देखा, तो बुढ़िया चूल्हा जला रही थी। गीली लकड़ी, आग न जलती थी। पोपले मुँह में फूँक भी न थी। अमर को देखकर बोली—'तुम यहाँ धुएँ में कहाँ आ गये बेटा, जाकर बाहर बैठो, यह चटाई उठा ले जाओ।'

अमर ने चूल्हे के पास जाकर कहा—'तू हट जा, मैं आग जलाये देता हूँ।'

सलोनी ने स्नेहमय कठोरता से कहा—'तू बाहर क्यों नहीं जाता ? मरदों का तो इस रसोई में घुसना अच्छा नहीं लगता।'

बुढ़िया डर रही थी कि कहीं अमरकान्त दो प्रकार के आटे न देख ले। शायद वह उसे दिखाना चाहती थी कि मैं भी गेहूँ का आटा खाती हूँ। अमर यह रहस्य क्या जाने। बोला—'अच्छा तो निकाल दे, मैं गूँध दूँ।'

सलोनी ने हैरान होकर कहा—'तू कैसा लड़का है भाई ! बाहर जाकर क्यों नहीं बैठता ?'

उसे वह दिन याद आये जब उसके अपने बच्चे उसे अम्माँ-अम्माँ कहकर घेर लेते थे और वह उन्हें डाँटती थी। उस उजड़े हुए घर में आज एक दिया जल रहा था; पर कल फिर वही अँधेरा हो जायेगा। वही सन्नाटा। इस युवक की ओर क्यों उसकी इतनी ममता हो रही थी ? कौन जाने कहाँ से आया है, कहाँ जायेगा; पर यह जानते हुए भी अमर का सरल बालकों का-सा निष्कपट व्यवहार, उसका बार-बार घर में आना और हरेक काम करने को तैयार हो जाना, उसी सूखी मातृ-भावना को सींचता हुआ-सा जान पड़ता था, मानो अपने ही सिधारे हुए बालकों की प्रतिध्वनि कहीं दूर से उसके कानों में आ रही है।

एक बालक लालटेन लिये कन्धे पर एक दरी रखे आया और दोनों चीज़ें उनके पास रखकर बैठ गया। अमर नू पूछा—'दरी कहाँ से लाये ?'

'काकी ने तुम्हारे लिए भेजी है। वही काकी, जो अभी आयी थीं।'

अमर ने प्यार से उसके सिर पर हाथ फेरकर कहा—'अच्छा, तुम उनके भतीजे हो ! तुम्हारी काकी कभी तुम्हें मारती तो नहीं ?'

बालक सिर हिलाकर बोला—'कभी नहीं। वह तो हमें खेलाती हैं। दुरजन को नहीं खेलाती; वह बड़ा बदमाश है।'

अमर ने मुस्कराकर पूछा—'कहाँ पढ़ने जाते हो ?'

बालक ने नीचे का ओठ सिकोड़कर कहा—'कहाँ जायँ, हमें कौन पढ़ाये। मदरसे में कोई जाने तो देता नहीं। एक दिन दादा हम दोनों लोगों को लेकर गये थे। पण्डितजी ने नाम लिख लिया; पर हमें सबसे अलग बैठाते थे; सब लड़के हमें 'चमार-चमार' कहकर चिढ़ाते थे। दादा ने नाम कटा लिया।'

अमर की इच्छा हुई, चौधरी से जाकर मिले। कोई स्वाभिमानी आदमी मालूम होता है।— 'तुम्हारे दादा क्या कर रहे हैं ?'

बालक ने लालटेन से खेलते हुए कहा—'बोतल लिए बैठे हैं। भुने चने धरे हैं। बस अभी बक-झक करेंगे; खूब चिल्लायेंगे, किसी को मारेंगे, किसी को गालियाँ देंगे। दिनभर कुछ नहीं बोलते। जहाँ बोतल चढ़ायी कि बक चले।'

अमर ने इस वक़्त उनसे मिलना उचित न समझा।

सलोनी ने पुकारा—'भैया, रोटी तैयार है, आओ गरम-गरम खा लो।'

अमरकान्त ने हाथ-मुँह धोया और अन्दर पहुँचा। पीतल की थाली में रोटियाँ थीं, पथरी में दही, पत्ते पर अचार, लोटे में पानी रखा हुआ था। थाली पर बैठकर बोला—'तुम भी क्यों नहीं खातीं ?'

'तुम खा लो बेटा, मैं फिर खा लूँगी।'

'नहीं, मैं यह न मानूँगा। मेरे साथ खाओ !'

'रसोई जूठी हो जायेगी कि नहीं ?'

'हो जाने दो। मैं ही तो खानेवाला हूँ।'

'रसोई में भगवान् रहते हैं। उसे जूठी न करनी चाहिए।'

'तो मैं भी बैठा रहूँगा।'

'भाई, तू बड़ा खराब लड़का है।'

रसोई में दूसरी थाली कहाँ थी। सलोनी ने हथेली पर बाज़रे की रोटियाँ ले लीं और रसोई के बाहर निकल आयी। अमर ने बाजरे की रोटियाँ देख लीं। बोला—'यह न होगा काकी ! मुझे तो यह फुलके दे दिए, आप मजेदार रोटियाँ उड़ा रही हैं !'

'तू क्या खायेगा बाजरे की रोटियाँ बेटा ? एक दिन के लिए आ पड़ा, तो बाजरे की रोटियाँ खिलाऊँ ?'

'मैं तो मेहमान नहीं हूँ। यही समझ लो कि तुम्हारा कोई खोया हुआ बालक आ गया है।'

'पहले दिन उस लड़के की भी मेहमानी की जाती है। मैं तुम्हारी क्या मेहमानी करूँगी बेटा ! रूखी रोटियाँ भी कोई मेहमानी है ? न दारू, न सिकार।'

'मैं तो दारू-सिकार छूता भी नहीं काकी।'

अमरकान्त ने बाजरे की रोटियों के लिए ज़्यादा आग्रह न किया। बुढ़िया को और दुःख होता। दोनों खाने लगे। बुढ़िया यह बात सुनकर बोली—'इस उमिर में तो भगतई नहीं अच्छी लगती बेटा। यही तो खाने-पीने के दिन हैं। भगतई के लिए तो बुढ़ापा है ही।'

'भगत नहीं हूँ काकी। मेरा मन नहीं चाहता।'

'माँ-बाप भगत रहे होंगे।'

'हाँ, वह दोनों जने भगत थे।'

'अभी दोनों हैं न ?'

'अम्माँ तो मर गयीं, दादा हैं। उनसे मेरी नहीं पटती।'

'तो घर से रूठकर आये हो ?'

'एक बात पर दादा से कहा-सुनी हो गयी। मैं चला आया।'

'घरवाली तो है न ?'

'हाँ, वह भी है।'

'बेचारी रो-रोकर मरी जाती होगी। कभी चिट्ठी-पत्तर लिखते हो ?'

'उसे भी मेरी परवाह नहीं है काकी। बड़े घर की लड़की है, अपने भोग-विलास में मगन है। मैं कहता हूँ, चल किसी गाँव में खेती-बारी करें। उसे शहर अच्छा लगता है।'

अमरकान्त भोजन कर चुका, तो अपनी थाली उठा ली और बाहर आकर माँजने लगा। सलोनी भी पीछे-पीछे आकर बोली—'तुम्हारी थाली मैं माँज देती, तो छोटी हो जाती ?'

अमर ने हँसकर कहा—'तो क्या मैं अपनी थाली माँजकर छोटा हो जाऊँगा ?'

'यह तो अच्छा नहीं लगता कि एक दिन के लिए कोई आया तो थाली माँजने लगे। अपने मन में सोचते होंगे, कहाँ इस भिखारिन के यहाँ ठहरा।'

अमरकान्त के दिल पर चोट न लगे, इसलिए वह मुस्कराई।

अमर ने मुग्ध होकर कहा—'भिखारिन के सरल, पवित्र स्नेह में जो सुख मिला, वह माता की गोद के सिवा और कहीं नहीं मिल सकता था काकी।'

उसने थाली धो-धाकर रख दी और दरी बिछाकर ज़मीन पर लेटने ही जा रहा था कि पन्द्रह-बीस लड़कों का एक दल आकर खड़ा हो गया। दो-तीन लड़कों के सिवा और किसी की देह पर साबूत कपड़े न थे। अमरकान्त कुतूहल से उठ बैठा, मानो कोई तमाशा होनेवाला है।

जो बालक अभी दरी लेकर आया था, आगे बढ़कर बोला—'इतने लड़के हैं हमारे गाँव में। दो-तीन लड़के नहीं आये, कहते थे वह कान काट लेंगे।'

अमरकान्त ने उठाकर उन सभी को क़तार में खड़ा किया और एक-एक का नाम पूछा। फिर बोले—'तुममें जो-जो रोज़ हाथ-मुँह धोता है, अपना हाथ उठाये।'

किसी लड़के ने हाथ न उठाया। यह प्रश्न किसी की समझ में न आया ?

अमर ने आश्चर्य से कहा—'ऐं ! तुममें से कोई रोज़ हाथ-मुँह नहीं धोता।'

सभी ने एक-दूसरे की ओर देखा। दरीवाले लड़के ने हाथ उठा दिया। उसे देखते ही दूसरों ने भी हाथ उठा दिए।

अमर ने फिर पूछा—'तुममें से कौन-कौन लड़के रोज़ नहाते हैं ? हाथ उठायें।'

पहले किसी ने हाथ न उठाया। फिर एक-एक करके सबने हाथ उठा दिये। इसलिए नहीं कि सभी रोज़ नहाते थे, बल्कि इसलिए कि वह दूसरों से पीछे न रहें।

सलोनी खड़ी थी। बोली—'तू तो महीने भर में भी नहीं नहाता रे जंगलिया। तू क्यों हाथ उठाये हुए है ?'

जंगलिया ने अपमानित होकर कहा—'तो गूदड़ ही कौन रोज़ नहाता है। भुलई, पन्नू, घसीटे, कोई भी तो नहीं नहाता।'

सभी एक दूसरे की क़लई खोलने लगे।

अमर ने डाँटा—'अच्छा, आपस में लड़ो मत। मैं एक बात पूछता हूँ, उसका जवाब दो। रोज़ मुँह-हाथ धोना अच्छी बात है या नहीं ?'

सभी ने कहा—'अच्छी बात है।'

'और नहाना ?'

सभी ने कहा—'अच्छी बात है।'

'मुँह से कहते हो या दिल से ?'

'दिल से।'

'बस जाओ। मैं दस-पाँच दिन में फिर आऊँगा और देखूँगा कि किन लड़कों ने झूठा वादा किया था, किनने सच्चा।'

लड़के चले गये, तो अमर लेटा। तीन महीने से लगातार घूमते-घूमते उसका जी ऊब उठा था। कुछ विश्राम करने का जी चाहता था। क्यों न वह इसी गाँव में टिक जाय ? यहाँ उसे कौन जानता है। यहीं उसका छोटा-सा घर बन गया। सकीना उस घर में आ गयी, गाय, बैल और अन्त में नींद भी आ गयी।

2

अमरकान्त सवेरे उठा, मुँह-हाथ धोकर गंगा-स्नान किया और चौधरी से मिलने चला। चौधरी का नाम गूदड़ था। इस गाँव में कोई ज़मींदार न रहता था। गूदड़ का द्वार ही चौपाल का काम देता था। अमर ने देखा, नीम के पेड़ के नीचे एक तख्त पड़ा हुआ है। दो-तीन बाँस की खाटें, दो-तीन पुआल के गद्दे। गूदड़ की उम्र साठ के लगभग थी; मगर अभी टाँठा था। उसके सामने उसका बड़ा लड़का पयाग बैठा एक जूता सी रहा था। दूसरा लड़का काशी बैलों को सानी-पानी कर रहा था। मुन्नी गोबर निकाल रही थी। तेज़ा और दुरजन दोनों दौड़-दौड़ कुएँ से पानी ला रहे थे। ज़रा पूरब की ओर हटकर दो औरतें बरतन माँज रही थीं। यह दोनों गूदड़ की बहुएँ थीं।

अमर ने चौधरी को राम-राम किया और एक पुआल की गद्दी पर बैठ गया। चौधरी

ने पितृभाव से उसका स्वागत किया–'मजे में खाट पर बैठो भैया। मुन्नी ने रात ही कहा था। अभी आज तो नहीं जा रहे हो ? दो-चार दिन रहो, फिर चले जाना। मुन्नी तो कहती थी, तुमको कोई काम मिल जाय तो यहीं टिक जाओगे।'

अमर ने सकुचाते हुए कहा–'हाँ; कुछ विचार तो ऐसा मन में आया था।'

गूदड़ ने नारियल से धुआँ निकालकर कहा–'काम की कौन कमी है। घास भी कर लो, तो रुपये रोज़ की मजूरी हो जाय। नहीं जूते का काम है। तल्लियाँ बनाओ, चरसे बनाओ, मेहनत करनेवाला आदमी भूखों नहीं मरता। धेली की मजूरी कहीं नहीं गयी।'

यह देखकर कि अमर का इन दोनों में कोई तजवीज़ पसन्द नहीं आयी, उसने एक तीसरी तजवीज़ पेश की–'खेती-बारी की इच्छा हो तो खेती कर लो। सलोनी भाभी के खेत हैं। तब तक वही जोतो।'

पयाग ने सूजा चलाते हुए कहा–'खेती की झंझट में न पड़ना भैया। चाहे खेत में कुछ हो या न हो लगान जरूर दो। कभी ओला-पाला; कभी सूखा-बूड़ा। एक-न-ए बला सिर पर सवार रहती है। उस पर कहीं बैल मर गया या खलिहान में आग लग गयी तो सब कुछ स्वाहा। घास सबसे अच्छी। न किसी के नौकर न चाकर, न किसी का लेना न देना, सबेरे ख़ुरपी उठाई और दोपहर तक लौट आये।'

काशी बोला–'मजूरी, मजूरी है; किसानी, किसानी है। मजूर लाख हो, तो मजूर ही कहलायेगा। सिर पर घास लिये चले जा रहे हैं। कोई इधर से पुकारता है–ओ घासवाले ! कोई उधर से। किसी की मेड़ पर घास कर लो, तो गालियाँ मिले। किसानी में मरजाद है।'

पयाग का सूजा चलना बन्द हो गया–'मरजाद लेके चाटो। इधर-उधर से कमा के लाओ, वह भी खेती में झोंक दो।'

चौधरी ने फ़ैसला किया–'घाटा-नफा तो हरेक रोजगार में है भैया। बड़े-बड़े सेठों का दिवाला निकल जाता है। खेती के बराबर कोई रोजगार नहीं जो कमाई और तकदीर अच्छी हो। तुम्हारे यहाँ भी नजर-नजराने का यही हाल है भैया ?'

अमर बोला–'हाँ, दादा सभी जगह यही हाल है; कहीं ज़्यादा, कहीं कम। सभी ग़रीबों का लहू चूसते हैं।'

चौधरी ने स्नेह का सहारा लिया–'भगवान् ने छोटे-बड़े का भेद क्यों लगा दिया, इसका मरम समझ में नहीं आता। उनके तो सभी लड़के हैं। फिर सबको एक आँख से क्यों नहीं देखता ?'

पयाग ने शंका-समाधान की–'पूरब जनम का संस्कार है। जिसने जैसे कर्म किए, वैसे फल पा रहा है।'

चौधरी ने खण्डन किया–'यह सब मन को समझाने की बातें हैं बेटा, जिसमें गरीबों को अपनी दशा पर सन्तोष रहे और अमीरों के राग-रंग में किसी तरह की बाधा न पड़े। लोग समझते रहें कि भगवान् ने हमको गरीब बना दिया, आदमी का क्या दोष; पर यह कोई न्याय नहीं है कि हमारे बाल-बच्चे तक काम में लगे रहें और पेट भर भोजन न मिले और एक-एक अफसर को दस-दस हज़ार की तलब मिले। दस तोड़े रुपये हुए। गधे से भी न उठे।'

अमर ने मुस्कराकर कहा—'तुम तो दादा नास्तिक हो।'

चौधरी ने दीनता से कहा—'बेटा, चाहे नास्तिक कहो, चाहे मूरख कहो; पर दिल पर चोट लगती है, तो मुँह से आह निकलती ही है। तुम तो पढ़े-लिखे हो जी ?'

'हाँ, कुछ पढ़ा तो है।'

'अंग्रेज़ी तो न पढ़ी होगी ?'

'नहीं, कुछ अंग्रेज़ी भी पढ़ी है।'

चौधरी प्रसन्न होकर बोले—'तब तो भैया, हम तुम्हें न जाने देंगे। बाल-बच्चों को बुला लो और यहीं रहो। हमारे बाल-बच्चे भी कुछ पढ़ जायेंगे। फिर शहर भेज देंगे। वहाँ जात-बिरादरी कौन पूछता है। लिखा दिया—हम छत्तरी हैं।'

अमर मुस्कराया—'और जो पीछे से ख़ुल गया ?'

चौधरी का जवाब तैयार था—'तो हम कह देंगे, हमारे पुरबज छत्तरी थे, हालाँकि अपने को छत्तरी-बंस कहते लाज आती है। सुनते हैं, छत्तरी लोगों ने मुसलमान बादशाहों को अपनी बेटियाँ ब्याही थीं। अभी कुछ जलपान तो न किया होगा भैया ? कहाँ गया तेजा ! जा, बहू से कुछ जलपान करने को ले आ। भैया, भगवान् का नाम लेकर यहीं टिक जाओ। तीन-चार बीघे सलोनी के पास हैं। दो बीघे हमारे साझे में कर लेना। इतना बहुत है। भगवान दें, तो खाये न चुके।'

लेकिन जब सलोनी बुलायी गयी और उससे चौधरी ने यह प्रस्ताव किया, तो वह बिचक उठी। कठोर मुद्रा से बोली—'तुम्हारी मंसा है, अपनी ज़मीन इनके नाम करा दूँ और मैं हवा खाऊँ, यही तो ?'

चौधरी ने हँसकर कहा—'नहीं-नहीं, ज़मीन तेरे ही नाम रहेगी पगली। यह तो खाली जोतेंगे। यही समझ ले कि तू इन्हें बटायी पर दे रही है।'

सलोनी ने कानों पर हाथ रखकर कहा—'भैया, अपनी जगह-ज़मीन मैं किसी के नाम नहीं लिखती। यों हमारे पाहुने हैं, दो-चार-दस दिन रहें। मुझसे जो कुछ होगा, सेवा-सत्कार करूँगी। तुम बटाई पर लेते हो, तो ले लो। जिसको कभी देखा न सुना, न जान, न पहचान, उसे कैसे बटाई पर दे दूँ ?'

पयाग ने चौधरी की ओर तिरस्कार-भाव से देखकर कहा—'भर गया मन, या अभी नहीं। कहते हो औरतें मूरख होती हैं। यह चाहे हमको-तुमको खड़े-खड़े बेच लावे। सलोनी काकी मुँह की ही मीठी है ?'

सलोनी तिनक उठी—'हाँ जी, तुम्हारे कहने से अपने पुरखों की ज़मीन छोड़ दूँ। मेरे ही पेट का लड़का, मुझी को चराने चला है !'

काशी ने सलोनी का पक्ष लिया—'ठीक तो कहती है, बेजाने-सुने आदमी को अपनी जमीन कैसे सौंप दे।'

अमरकान्त को इस विवाद में दार्शनिक आनन्द आ रहा था। मुस्कराकर बोला—'हाँ, काकी, तुम ठीक कहती हो। परदेसी आदमी का क्या भरोसा ?'

मुन्नी भी द्वार पर खड़ी यह बातें सुन रही थी। बोली—'पगला गयी हो क्या काकी ? तुम्हारे खेत कोई सिर पर उठा ले जायेगा ? फिर हम लोग तो हैं ही। जब तुम्हारे साथ

कोई कपट करेगा, तो हम पूछेंगे नहीं ?'

किसी भड़के हुए जानवर को बहुत से आदमी घेरने लगते हैं, तो वह और भी भड़क जाता है। सलोनी समझ रही थी, यह सब-के-सब मिलकर मुझे लुटवाना चाहते हैं। एक बार नाहीं करके, फिर हाँ न की। वेग से चल खड़ी हुई।

पयाग बोला–'चुड़ैल है, चुड़ैल !'

अमर ने खिसियाकर कहा–'तुमने नाहक़ उससे कहा दादा। मुझे क्या, यह गाँव न सही और गाँव सही।'

मुन्नी का चेहरा फ़क़ हो गया।

गूदड़ बोले–'नहीं भैया, कैसी बातें करते हो तुम। मेरे साझीदार बनकर रहो। महन्तजी से कहकर दो-चार बीघे का और बन्दोबस्त कर दूँगा। तुम्हारी झोपड़ी अलग बन जायेगी। खाने-पीने की कोई बात नहीं। एक भला आदमी तो गाँव में हो जायेगा। नहीं कभी एक चपरासी गाँव में आ गया, तो सबकी साँस तले-ऊपर होने लगती है।'

आध घण्टे में सलोनी फिर लौटी और चौधरी से बोली–'तुम्हीं मेरे खेत क्यों बटाई पर नहीं ले लेते ?'

चौधरी ने घुड़ककर कहा–'मुझे नहीं चाहिए। धरे रह अपने खेत।'

सलोनी ने अमर से अपील की–'भैया, तुम्हीं सोचो, मैंने कुछ बेजा कहा ? बेजाने-सुने किसी को कोई अपनी चीज़ दे देता है ?'

अमर ने सांत्वना दी–'नहीं काकी, तुमने बहुत ठीक किया। इस तरह विश्वास कर लेने से धोखा हो जाता है।'

सलोनी को कुछ ढाढ़स हुआ–'तुमसे तो बेटा मेरी रात ही भर की जान-पहचान है न ? जिसके पास मेरे खेत आजकल हैं, वह तो मेरा ही भाई-बन्द है। उससे छीनकर तुम्हें दे दूँ, तो वह अपने मन में क्या कहेगा ? सोचो, अगर मैं अनुचित कहती हूँ, तो मेरे मुँह पर थप्पड़ मारो। वह मेरे साथ बेईमानी करता है, यह जानती हूँ; पर है तो अपना ही हाड़-मांस। उसके मुँह की रोटी छीनकर तुम्हें दे दूँ तो तुम मुझे भला कहोगे, बोलो ?'

सलोनी ने यह दलील .खुद सोच निकाली थी, या किसी और ने सुझा दी थी; पर इसने गूदड़ को लाजवाब कर दिया।

3

दो महीने बीत गये।

पूस की ठण्डी रात काली कमली ओढ़े पड़ी हुई थी। ऊँचा पर्वत किसी विशाल महत्त्वाकांक्षा की भाँति, तारिकाओं का मुकुट पहने खड़ा था। झोंपड़ियाँ जैसे उसकी वह छोटी-छोटी अभिलाषाएँ थीं, जिन्हें वह ठुकरा चुका था।

अमरकान्त की झोंपड़ी में एक लालटेन जल रही है। पाठशाला .खुली हुई है। पन्द्रह-बीस लड़के खड़े अभिमन्यु की कथा सुन रहे हैं। अमर खड़ा वह कथा कह रहा है। सभी लड़के

कितने प्रसन्न हैं। उसके पीले चेहरे चमक रहे हैं, आँखें जगमगा रही हैं। शायद वे भी अभिमन्यु जैसे वीर, वैसे ही कर्त्तव्यपरायण होने का स्वप्न देख रहे हैं। उन्हें क्या मालूम, एक दिन उन्हें दुर्योधनों और जरासन्धों के सामने घुटने टेकने पड़ेंगे, माथे रगड़ने पड़ेंगे, कितनी बार वे चक्रव्यूहों से भागने की चेष्टा करेंगे, और भाग न सकेंगे।

गूदड़ चौधरी चौपाल में बोतल और कुँजी लिए कुछ देर तक विचार में डूबे बैठे रहे। फिर कुँजी फेंक दी। बोतल उठाकर आले पर रख दी और मुन्नी को पुकारकर कहा–'अमर भैया से कह, आकर खाना खा ले। इस भले आदमी को जैसे भूख ही नहीं लगती, पहर रात गयी; अभी तक खाने-पीने की सुधि नहीं।'

मुन्नी ने बोतल की ओर देखकर कहा–'तुम जब तक पी लो। मैंने तो इसीलिए नहीं बुलाया।'

गूदड़ ने अरुचि से कहा–'आज तो पीने को जी नहीं चाहता बेटी। कौन बड़ी अच्छी चीज़ है ?'

मुन्नी आश्चर्य से चौधरी की ओर ताकने लगी। उसे आये यहाँ तीन साल से अधिक हुए। कभी चौधरी को नागा करते नहीं देखा, कभी उनके मुँह से ऐसी विराग की बात नहीं सुनी। सशंक होकर बोली–'आज तुम्हारा जी अच्छा नहीं है क्या दादा ?'

चौधरी ने हँसकर कहा–'जी क्यों नहीं अच्छा है। मँगायी तो थी पीने ही के लिए; पर अब जी नहीं चाहता। अमर भैया की बात आज मेरे मन में बैठ गयी। कहते हैं–जहाँ सौ में अस्सी आदमी भूखों मरते हों, वहाँ दारू ग़रीब का रक्त पीने के बराबर है। कोई दूसरा कहता, तो न मानता; पर उनकी बात न जाने क्यों दिल में बैठ जाती है।'

मुन्नी चिन्तित हो गयी–'तुम उनके कहने में न आओ, दादा। अब छोड़ना तुम्हें अवगुन करेगा। कहीं देह में दरद न होने लगे।'

चौधरी ने इन विचारों को जैसे तुच्छ समझकर कहा–'चाहे दरद हो, चाहे बाई हो, अब पीऊँगा नहीं। ज़िन्दगी में हज़ारों रुपये की दारू पी गया। सारी कमाई नशे में उड़ा दी। उतने रुपये से कोई उपकार का काम करता, तो गाँव का भला होता और जस भी मिलता। मूरख को इसी से बुरा कहा है। साहब लोग सुना है, बहुत पीते हैं; पर उनकी बात निराली है। यहाँ राज़ करते हैं। लूट का धन मिलता है, व न पियें, तो कौन पीये। देखती है, अब काशी और पयाग को भी कुछ लिखने-पढ़ने का चस्का होने लगा है।'

पाठशाला बन्द हुई। अमर तेजा और दुर्जन की उँगली पकड़े हुए आकर चौधरी से बोला–'मुझे तो आज देर हो गयी है दादा, तुमने खा-पी लिया न ?'

चौधरी स्नेह में डूब गये–'हाँ और क्या, मैं ही तो पहर रात से जुता हुआ हूँ; मैं ही तो जूते लेकर रिसीकेस गया था। इस तरह जान दोगे, तो मुझे तुम्हारी पाठशाला बन्द करनी पड़ेगी।'

अमर की पाठशाला में अब लड़कियाँ भी पढ़ने लगी थीं। उसके आनन्द का वारापार न था।

भोजन करके चौधरी सोये। अमर चलने लगा, तो मुन्नी ने कहा–'आज तो लाला तुमने बड़ा भारी पाला मारा ! दादा ने आज एक घूँट भी नहीं पी।'

अमर उछलकर बोला—'कुछ कहते थे ?'

'तुम्हारा जस गाते थे, और क्या कहते। मैं तो समझती थी, मरकर ही छोड़ेंगे; पर तुम्हारा उपदेश काम कर गया !'

अमर के मन में कई दिन से मुन्नी का वृत्तान्त पूछने की इच्छा हो रही थी; पर अवसर न पाता था। आज मौक़ा पाकर उसने पूछा—'तुम मुझे नहीं पहचानती हो; लेकिन मैं तुम्हें पहचानता हूँ।'

मुन्नी के मुख का रंग उड़ गया। उसने चुभती हुई आँखों से अमर को देखकर कहा—'तुमने कह दिया, तो मुझे याद आ रहा है, तुम्हें कहीं देखा है।'

'काशी के मुक़दमे की बात याद करो।'

'अच्छा, हाँ याद आ गया। तुम्हीं डॉक्टर साहब के साथ रुपये जमा करते फिरते थे; मगर तुम यहाँ कैसे आ गये ?'

'पिताजी से लड़ाई हो गयी। तुम यहाँ कैसे पहुँची और इन लोगों के बीच में कैसे आ पड़ी ?'

मुन्नी घर में जाती हुई बोली—'फिर कभी बताऊँगी; पर तुम्हारे हाथ जोड़ती हूँ, यहाँ किसी से कुछ न कहना।'

अमर ने अपनी कोठरी में जाकर बिछावन के नीचे से धोतियों का एक जोड़ा निकाला और सलोनी के घर जा पहुँचा। सलोनी भीतर पड़ी नींद को बुलाने के लिए गा रही थी। अमर की आवाज़ सुनकर टट्टी खोल दी और बोली--'क्या है बेटा। आज तो बड़ा अँधेरा है। खाना खा चुके ? मैं तो अभी चरखा कात रही थी। पीठ दुखने लगी, तो आकर पड़ रही।'

अमर ने धोतियों का जोड़ा निकालकर कहा—'मैं यह जोड़ा लाया हूँ। इसे ले लो। तुम्हारा सूत पूरा हो जायेगा, तो मैं ले लूँगा।'

सलोनी उस दिन अमर पर अविश्वास करने के कारण उससे सकुचाती थी। ऐसे भले आदमी पर उसने क्यों अविश्वास किया। लजाती हुई बोली—'अभी तुम क्यों लाये भैया ? सूत कत जाता, तो ले आते।'

अमर के हाथ में लालटेन थी। बुढ़िया ने जोड़ा ले लिया और उसकी तहों को खोलकर ललचाई हुई आँखों से देखने लगी, सहसा वह बोल उठी—'यह तो दो हैं बेटा, मैं दो लेकर क्या करूँगी। एक तुम लेते जाओ।'

अमरकान्त ने कहा—'तुम दोनों रख लो काकी ! एक से कैसे काम चलेगा। ?'

सलोनी को अपने जीवन के सुनहरे दिनों में भी दो धोतियाँ मयस्सर न हुई थीं। पति और पुत्र के राज में भी एक धोती से ज़्यादा कभी न मिली। और आज ऐसी सुन्दर दो-दो साड़ियाँ मिल रही हैं, जबरदस्ती दी जा रही हैं। उसके अन्तःकरण से मानो दूध की धारा बहने लगी। उसका सारा वैधव्य, सारा मातृत्व आशीर्वाद बनकर एक-एक रोम को स्पन्दित करने लगा।

अमरकान्त कोठरी से बाहर निकल आया। सलोनी रोती रही।

अपनी झोंपड़ी में आकर अमर कुछ अनिश्चित दशा में खड़ा रहा। फिर अपनी डायरी

लिखने बैठ गया। उसी वक्त चौधरी के घर का द्वार ख़ुला और मुन्नी कलसा लिए पानी भरने निकली। इधर लालटेन जलती देखकर वह इधर चली आयी, और द्वार पर खड़ी होकर बोली—'अभी सोये नहीं लाला, रात तो बहुत हो गयी।'

अमर बाहर निकलकर बोला—'हाँ, अभी नींद नहीं आयी। क्या पानी नहीं था।'

'हाँ, आज सब पानी उठ गया। अब जो प्यास लगी, तो कहीं एक बूँद नहीं।'

'लाओ, मैं खींच ला दूँ। तुम इस अँधेरी रात में कहाँ जाओगी।'

'अँधेरी रात में शहरवालों को डर लगता है। हम तो गाँव के हैं।'

'नहीं मुन्नी, मैं तुम्हें न जाने दूँगा।'

'तो क्या मेरी जान तुम्हारी जान से प्यारी है ?'

'मेरी जैसी एक लाख जानें तुम्हारी जान पर न्योछावर हैं।'

मुन्नी ने उसकी ओर अनुरक्त नेत्रों से देखा—'तुम्हें भगवान् ने मेहरिया क्यों नहीं बनाया लाला। इतना कोमल हृदय तो किसी मर्द का नहीं देखा। मैं तो कभी-कभी लाला सोचती हूँ, तुम यहाँ न आते, तो अच्छा होता।'

अमर मुस्कराकर बोला—'मैंने तुम्हारे साथ बुराई की है मुन्नी ?'

मुन्नी काँपते हुए स्वर में बोली—'बुराई नहीं की ? जिस अनाथ बालक का कोई पूछनेवाला न हो, उसे गोद और खिलौनों और मिठाइयों का चस्का डाल देना क्या बुराई नहीं है ? यह सुख पाकर क्या वह बिना लाड़-प्यार के रह सकता है ?'

अमर ने करुण स्वर में कहा—'अनाथ तो मैं था मुन्नी। तुमने मुझे गोद और प्यार का चस्का डाल दिया। मैंने तो रो-रोकर तुम्हें दिक़ ही किया है।'

मुन्नी ने कलसा ज़मीन पर रख दिया और बोली—'मैं तुमसे बातों में न जीतूँगी लाला; लेकिन तुम न थे, तब मैं बड़े आनन्द से थी। घर का धन्धा करती थी, रूखा-सूखा खाती थी और सो रहती थी। तुमने मेरा वह सुख छीन लिया। अपने मन में कहते होगे, बड़ी निर्लज नार है। कहो, जब मर्द औरत हो जाय, तो औरत को मर्द बनना ही पड़ेगा। जानती हूँ, तुम मुझसे भागे-भागे फिरते हो, मुझसे गला छुड़ाते हो। यह भी जानती हूँ, तुम्हें पा नहीं सकती। मेरे ऐसे भाग्य कहाँ ? पर छोड़ूँगी नहीं। मैं तुमसे और कुछ नहीं माँगती। बस, इतना ही चाहती हूँ कि तुम मुझे अपनी समझो। मुझे मालूम हो कि मैं भी स्त्री हूँ, मेरे सिर पर भी कोई है, मेरी ज़िन्दगी भी किसी के काम आ सकती है।'

अमर ने अब तक मुन्नी को उसी तरह देखा था, जैसे हरेक युवक किसी सुन्दरी युवती को देखता है—'प्रेम से नहीं, केवल रसिक भाव से; पर इस आत्म-समर्पण ने उसे विचलित कर दिया। दुधार गाय के भरे हुए थनों को देखकर हम प्रसन्न होते हैं—इनमें कितना दूध होगा ! केवल उसकी मात्रा का भाव हमारे मन में आ जाता है। हम गाय को पकड़कर दुहने के लिए तैयार नहीं हो जाते; लेकिन कटोरे में दूध का सामने आ जाना दूसरी बात है। अमर ने दूध के कटोरे की ओर हाथ बढ़ा दिया—'आओ, हम-तुम कहीं चले चलें मुन्नी। वहाँ मैं कहूँगा यह मेरी...'

मुन्नी ने उसके मुँह पर हाथ रख दिया और बोली—'बस, और कुछ न कहना। मर्द सब एक से होते हैं। मैं क्या कहती थी, तुम क्या समझ गये। मैं तुमसे सगाई नहीं करूँगी,

तुम्हारी रखेली भी नहीं बनूँगी। तुम मुझे अपनी चेरा समझते रहो, यही मेरे लिए बहुत है।'

मुन्नी ने कलसा उठा लिया और कुएँ की ओर चल दी। अमर रमणी-हृदय का यह अद्‌भुत रहस्य देखकर स्तम्भित हो गया था।

सहसा मुन्नी ने पुकारा–'लाला, ताजा पानी लायी हूँ। एक लोटा लाऊँ ?'

पीने की इच्छा होने पर भी अमर ने कहा–'अभी तो प्यास नहीं है मुन्नी।'

4

तीन महीने तक अमर ने किसी को ख़त न लिखा। कहीं बैठने की मुहलत ही न मिली। सकीना का हाल जानने के लिए हृदय तड़प-तड़पकर रह जाता था। नैना की भी याद आ जाती थी। बेचारी रो-रोकर मरी जाती होगी। बच्चे का हँसता हुआ फूल-सा मुखड़ा याद आता रहता था; पर कहीं अपना पता-ठिकाना हो तब तो ख़त लिखे। एक जगह तो रहना नहीं होता था। यहाँ आने के कई दिन बाद उसने तीन ख़त लिखे–सकीना, सलीम और नैना के नाम। सकीना का पत्र सलीम के लिफ़ाफ़े में ही बन्द कर दिया था। आज जवाब आ गये हैं। डाकिया अभी दे गया है। अमर गंगा-तट पर एकान्त में जाकर इन पत्रों को पढ़ रहा है। वह नहीं चाहता, बीच में कोई बाधा हो, लड़के आ-आकर पूछें–किसका ख़त है।

नैना लिखती है–'भला, आपको इतने दिनों के बाद मेरी याद तो आयी। मैं आपको इतना कठोर न समझती थी। आपके बिना इस घर में कैसे रहती हूँ, इसकी आप कल्पना नहीं कर सकते, क्योंकि आप, आप हैं, और मैं, मैं। साढ़े चार महीने ! और आपका एक पत्र नहीं, कुछ ख़बर भी नहीं ! आँखों से कितना आँसू निकल गया, कह नहीं सकती। रोने के सिवा आपने और काम ही क्या छोड़ा ! आपके बिना मेरा जीवन इतना सूना हो जायेगा, मुझे यह न मालूम था।

'आपके इतने दिनों की चुप्पी का कारण मैं समझती हूँ, पर वह आपका भ्रम है भैया। आप मेरे भाई हैं। मेरे वीरन हैं। राजा हों, तो मेरे भाई हैं, रंक हों, तो मेरे भाई हैं। संसार आप पर हँसे, सारे देश में आपकी निन्दा हो, पर आप मेरे भाई हैं। आज आप मुसलमान या ईसाई हो जायँ, तो क्या आप मेरे भाई न रहेंगे ? जो नाता भगवान् ने जोड़ दिया है, क्या उसे आप तोड़ सकते हैं ? इतना बलवान मैं आपको नहीं समझती। इससे भी प्यारा और कोई नाता संसार में है, मैं नहीं समझती। माँ में केवल वात्सल्य है। बहन में क्या है, नहीं कह सकती, पर वह वात्सल्य से कोमल अवश्य है। माँ अपराध का दण्ड भी नहीं देती है। बहन क्षमा का रूप है। भाई न्याय करे, अन्याय करे, डाँटे या प्यार करे, मान करे, अपमान करे, बहन के पास क्षमा के सिवा और कुछ नहीं है। वह केवल उसके स्नेह की भूखी है।

'जब से आप गये हैं, किताबों की ओर ताकने की इच्छा नहीं होती। रोना आता है। किसी काम में जी नहीं लगता। चरखा भी पड़ा मेरे नाम को रो रहा है। बस, अगर कोई आनन्द की वस्तु है, तो वह मुन्नू है। वह मेरे गले का हार हो गया है। क्षण-भर को

भी नहीं छोड़ता। इस वक्त सो गया है, तब यह पत्र लिख सकी हूँ, नहीं उसने चित्रलिपि में वह पत्र लिख होता, जिसको बड़े-बड़े विद्वान भी न समझ सकते। भाभी को उससे अब उतना स्नेह नहीं रहा। आपकी चर्चा वह कभी भूलकर भी नहीं करतीं। धर्म-चर्चा और भक्ति से उन्हें विशेष प्रेम हो गया है। मुझसे भी बहुत कम बोलती हैं। रेणुका देवी उन्हें लेकर लखनऊ जाना चाहती थीं, पर वहाँ नहीं गयीं। एक दिन उनकी गऊ का विवाह था। शहर के हज़ारों देवताओं का भोज हुआ। हम लोग भी गये थे। यहाँ के गऊशाले के लिए उन्होंने दस हज़ार रुपये दान किये हैं।

'अब दादाजी का हाल सुनिए। वह आजकल एक ठाकुरद्वारा बनवा रहे हैं। ज़मीन तो पहले ही ले चुके थे। पत्थर जमा हो रहा है। ठाकुरद्वारे की बुनियाद रखने के लिए राजा साहब को निमन्त्रण दिया जायेगा। न जाने क्यों दादा अब किसी पर क्रोध नहीं करते। यहाँ तक कि ज़ोर से बोलते भी नहीं। दाल में नमक तेज़ हो जाने पर जो थाली पटक देते थे, अब चाहे कितना ही नमक पड़ जाय, बोलते भी नहीं। सुनती हूँ, असामियों पर भी उतनी सख़्ती नहीं करते। जिस दिन बुनियाद पड़ेगी, बहुत से असामियों का बक़ाया मुआफ़ भी करेंगे। पठानिन को अब पाँच की जगह पच्चीस रुपये मिलने लगे हैं। लिखने को तो बहुत-सी बातें हैं पर लिखूँगी नहीं। आप अगर यहाँ आयें, तो छिपकर आइयेगा; क्योंकि लोग झल्लाये हुए हैं। हमारे घर कोई नहीं आता-जाता।'

दूसरा ख़त सलीम का है : 'मैंने तो समझा था, तुम गंगाजी में डूब मरे और तुम्हारे नाम को, प्याज़ की मदद से, दो-तीन क़तरे आँसू बहा दिये थे और तुम्हारी रूह की नजात के लिए एक बरहमन को एक कौड़ी ख़ैरात भी कर दी थी; मगर यह मालूम करके रंज हुआ कि आप ज़िन्दा हैं और मेरा मातम बेकार हुआ। आँसुओं का तो ग़म नहीं, आँखों को कुछ फ़ायदा ही हुआ, मगर उस कौड़ी का जरूर ग़म है। भले आदमी, कोई पाँच-पाँच महीने तक यों ख़ामोशी अख़्तियार करता है। ख़ैरियत यही है कि तुम यहाँ मौजूद नहीं हो। बड़े क़ौमी ख़ादिम की दुम बने हो। जो आदमी अपने प्यारे दोस्तों से इतनी बेवफ़ाई करे, वह क़ौम की ख़िदमत क्या ख़ाक करेगा।

'ख़ुदा की क़सम, रोज तुम्हारी याद आती थी। कॉलेज जाता हूँ, जी नहीं लगता। तुम्हारे साथ कॉलेज की रौनक़ चली गयी। उधर अब्बाजान सिविल सर्विस की रट लगा-लगाकर और भी जान लिए लेते हैं। आख़िर कभी आओगे भी, या काले पानी की सज़ा भोगते रहोगे ?'

'कॉलेज के हाल साबिक़ दस्तूर हैं—वही ताश हैं; वही लेक्चरों से भागना है, वही मैच हैं। हाँ, कॉन्वोकेशन का ऐड्रेस अच्छा रहा। वाइस-चांसलर ने सादा ज़िन्दगी पर ज़ोर दिया। तुम होते, तो उस ऐड्रेस का मज़ा उठाते। मुझे फीका मालूम होता था। सादा ज़िन्दगी का सबक़ तो सब देते हैं; पर कोई नमूना बनकर दिखाता नहीं। यह जो अनगिनती लेक्चरार और प्रोफ़ेसर हैं, क्या सब-के-सब सादा ज़िन्दगी के नमूने हैं ? वह तो लिविंग का स्टैंडर्ड ऊँचा कर रहे हैं, तो फिर लड़के भी क्यों न ऊँचा करें, क्यों न बहती गंगा में हाथ धोवें ? वाइस-चांसलर साहब, मालूम नहीं, सादगी का सबक़ अपने स्टाफ को क्यों नहीं देते ? प्रोफ़ेसर भाटिया के पास तीस जोड़े जूते हैं और बाज-बाज पचास रुपये के हैं। ख़ैर उनकी बात छोड़ो। प्रोफ़ेसर चक्रवर्ती तो बड़े किफायतशार मशहूर हैं। जोरू न जाँता, अल्ला मियाँ से

नाता। फिर भी जानते हो कितने नौकर हैं उनके पास ? कुल बारह ! तो भाई, हम लोग तो नौजवान हैं, हमारे दिलों में नया शौक है, नये अरमान हैं। घर वालों से माँगेंगे; न देंगे, तो लड़ेंगे, दोस्तों से कर्ज़ लेंगे, दुकानदारों की .खुशामद करेंगे, मगर शान से रहेंगे ज़रूर। वह जहन्नम में जा रहे हैं, तो हम भी जहन्नम जायेंगे; मगर उनके पीछे-पीछे।

'सकीना का हाल भी कुछ सुनना चाहते हो ? मामा को बीसों ही बार कपड़े भेजे, रुपये भेजे; पर कोई चीज़ न ली। मामा से कहती है, दिन भर में एकाध चपाती खा ली, तो खा ली, नहीं चुपचाप पड़ी रहती है। दादी से बोलचाल बन्द है। कल तुम्हारा ख़त पाते ही उसके पास भेज देता था। उसका जवाब जो आया, उसकी हू-ब-हू नक़ल यह है। असली ख़त उस वक़्त देखने को पाओगे, जब यहाँ आओगे–

'बाबूजी, आपको मुझ बदनसीब के कारण यह सज़ा मिली, इसका मुझे बड़ा रंज है। और क्या कहूँ। जीती हूँ और आपको याद करती हूँ। इतना अरमान है कि मरने के पहले एक बार आपको देख लेती; लेकिन इसमें भी आपकी बदनामी ही है, और मैं तो बदनाम हो ही चुकी। कल आपका ख़त मिला, तब से कितनी बार सौदा उठ चुका है कि आपके पास चली जाऊँ। क्या आप नाराज़ होंगे ? मुझे तो यह खौफ़ नहीं है। मगर दिल को समझाऊँगी और शायद कभी करूँगी भी नहीं। कुछ देर तो गुस्से के मारे तुम्हारा खत न खोला। पर कब तक ? ख़त खोला, पढ़ा, रोयी, फिर पढ़ा, फिर रोयी। रोने में इतना मज़ा है कि जी नहीं भरता। अब इन्तज़ार की तकलीफ़ नहीं झेली जाती। .खुदा आपको सलामत रखे।

'देखा यह ख़त कितना दर्दनाक है। मेरी आँखों में बहुत कम आँसू आते हैं; लेकिन यह ख़त देखकर ज़ब्त न कर सका। कितने .खुशनसीब हो तुम !'

अमर ने सिर उठाया तो उसकी आँखों में नशा था; वह नशा जिसमें आलस्य नहीं, स्फूर्ति है; लालिमा नहीं, दीप्ति है, उन्माद नहीं, विस्मृति नहीं, जाग्रति है। उसके मनोजगत में ऐसा भूकम्प कभी न आया था। उसकी आत्मा कभी इतनी उदार; इतनी विशाल, इतनी प्रफुल्ल न थी। आँखों के सामने दो मूर्तियाँ खड़ी हो गयीं, एक विलास में डूबी हुई, रत्नों से अलंकृत, गर्व में चूर; दूसरी सरल माधुर्य से भूषित, लज्जा और विनय से सिर झुकाये हुए। उसका प्यासा हृदय उस खुशबूदार मीठे शरबत से हटकर इस शीतल जल की ओर लपका। उसने पत्र के उस अंश को फिर पढ़ा, फिर आवेश में जाकर गंगा-तट पर टहलने लगा। सकीना से कैसे मिले ? यह ग्रामीण जीवन उसे पसन्द आयेगा ? कितनी सुकुमार है, कितनी कोमल ! वह और यह कठोर जीवन ? कैसे आकर उसकी दिलजोई करे। उसकी वह सूरत याद आयी, जब उसने कहा था–'बाबूजी, मैं भी चलती हूँ।' ओह ! कितना अनुराग था। किसी मजूर को गढ़ा खोदते-खोदते जैसे कोई रत्न मिल जाय और वह अपने अज्ञान में उसे काँच का टुकड़ा ही समझ रहा हो !

'इतना अरमान है कि मरने के पहले आपको देख लेती'–यह वाक्य जैसे उसके हृदय में चिमट गया था। उसका मन जैसे गंगा की लहरों पर तैरता हुआ सकीना को खोज रहा था। लहरों की ओर तन्मयता से ताकते-ताकते उसे मालूम हुआ मैं बहा जा रहा हूँ। वह चौंककर घर की तरफ़ चला। दोनों आँखें तर, नाक पर लाली और गालों पर आर्द्रता।

5

गाँव में एक आदमी सगाई लाया है। उस उत्सव में नाच, गाना, भोज हो रहा है। उसके द्वार पर नगड़ियाँ बज रही हैं; गाँव के स्त्री, पुरुष, बालक जमा हैं और नाच शुरू हो गया है। अमरकान्त की पाठशाला आज बन्द है। लोग उसे भी खींच लाये हैं।

पयाग ने कहा—'चलो भैया, तुम भी कुछ करतब दिखाओ। सुना है, तुम्हारे देस में लोग खूब नाचते हैं।'

अमर ने जैसे क्षमा-सी माँगी—'भाई, मुझे तो नाचना नहीं आता।'

उसकी इच्छा हो रही है कि नाचना आता, तो इस समय सबको चकित कर देता।

युवकों और युवतियों के जोड़ बँधे हुए हैं। हरेक जोड़ दस-पन्द्रह मिनट तक थिरककर चला जाता है। नाचने में कितना उन्माद, कितना आनन्द है, अमर ने न समझा था।

एक युवती घूँघट बढ़ाये हुए रंगभूमि में आती है। इधर से पयाग निकलता है। दोनों नाचने लगते हैं। युवती के अंगों में इतनी लचक है, उसके अंगविलास में भावों की ऐसी व्यंजना है कि लोग मुग्ध हुए जाते हैं।

इस जोड़ के बाद दूसरा जोड़ आता है। युवक गठीला जवान है, चौड़ी छाती, उस पर सोने की मुहर, कछनी काछे हुए। युवती को देखकर अमर चौंक उठा। मुन्नी है। उसने घेरदार लहँगा पहना है, गुलाबी ओढ़नी ओढ़ी है, और पाँव में पैजनियाँ बाँध ली हैं। गुलाबी घूँघट में दोनों कपोल दो फूलों की भाँति खिले हुए हैं। दोनों कभी हाथ में हाथ मिलाकर, कभी कमर पर हाथ रखकर, कभी कूल्हों को ताल से मटकाकर नाचने में उन्मत्त हो रहे हैं। सभी मुग्ध नेत्रों से इन कलाविदों की कला देख रहे हैं। क्या फुरती है, क्या लचक है ! और उनकी एक-एक लचक में, एक-एक गति में कितनी मार्मिकता, कितनी मादकता ! दोनों हाथ में हाथ मिलाये, थिरकते हुए रंगभूमि के उस सिरे तक चले जाते हैं और क्या मजाल कि एक गति भी बेताल हो।

पयाग ने कहा—'देखते हो भैया, भाभी कैसा नाच रही है। अपना जोड़ नहीं रखती।'

अमर ने विरक्त मन से कहा—'हाँ, देख तो रहा हूँ।'

'मन हो, तो उठो, मैं उस लौंडे को बुला लूँ।'

'नहीं, मुझे नहीं नाचना है।'

मुन्नी नाच रही थी कि अमर उठकर घर चला आया। यह बेशर्मी अब उससे नहीं सही जाती।

एक ही क्षण के बाद मुन्नी ने आकर कहा—'तुम चले क्यों आये लाला ? क्या मेरा नाचना अच्छा न लगा ?'

अमर ने मुँह फेरकर कहा—'क्या मैं आदमी नहीं हूँ कि अच्छी चीज़ को बुरा समझूँ ?'

मुन्नी और समीप आकर बोली—'तो फिर चले क्यों आये ?'

अमर ने उदासीन भाव से कहा—'मुझे एक पंचायत में जाना है। लोग बैठे मेरी राह देख रहे होंगे। तुमने क्यों नाचना बन्द कर दिया ?'

मुन्नी ने भोलेपन से कहा—'तुम चले आये, तो नाचकर क्या करती ?'

अमर ने उसकी आँखों में आँखें डालकर कहा—'सच्चे मन से कह रही हो मुन्नी ?'

मुन्नी उससे आँखें मिलाकर बोली—'मैं तो तुमसे कभी झूठ नहीं बोली।'

'मेरी एक बात मानों। अब फिर कभी मत नाचना।'

मुन्नी उदास होकर बोली—'तो तुम इतनी ज़रा-सी बात पर रूठ गये ? ज़रा किसी से पूछो, मैं आज कितने दिनों के बाद नाची हूँ। दो साल से मैं नगाड़े के पास नहीं गयी। लोग कह-कह कर हार गये। आज तुम्हीं मुझे ले गये, और अब उल्टे तुम्हीं नाराज़ होते हो !'

मुन्नी घर में चली गयी। थोड़ी देर बाद काशी ने आकर कहा—'भाभी, तुम यहाँ क्या कर रही हो ? वहाँ सब लोग तुम्हें बुला रहे हैं।'

मुन्नी ने सिरदर्द का बहाना किया।

काशी आकर अमर से बोला—'तुम क्यों चले आये भैया ? क्या गँवारों को नाच-गाना अच्छा न लगा।'

अमर ने कहा—'नहीं जी, यह बात नहीं। एक पंचायत में जाना है। देर हो रही है।'

काशी बोला—'भाभी नहीं जा रही है। इसका नाच देखने के बाद अब दूसरों का रंग नहीं जम रहा है। तुम चलकर कह दो, तो साइत चली जाय। कौन रोज़-रोज़ यह दिन आता है। बिरादरीवाली बात है। लोग कहेंगे, हमारे यहाँ काम आ पड़ा, तो मुँह छिपाने लगे।'

अमर ने धर्म-संकट में पड़कर कहा—'तुमने समझाया नहीं ?'

फिर अन्दर जाकर कहा—'मुझसे नाराज़ हो गयी मुन्नी ?'

मुन्नी आँगन में आकर बोली—'तुम मुझसे नाराज़ हो गये कि मैं तुमसे नाराज़ हो गयी ?'

'अच्छा, मेरे कहने से चलो।'

'जैसे बच्चे मछलियों को खेलाते हैं, उसी तरह तुम मुझे खेला रहे हो लाला। जब चाहा रुला दिया, जब चाहा हँसा दिया।'

'मेरी भूल थी मुन्नी। क्षमा करो।'

'लाला, अब तो मुन्नी तभी नाचेगी, जब तुम उसका हाथ पकड़कर कहोगे—चलो हम-तुम नाचें। वह अब और किसी के साथ न नाचेगी।'

'तो अब नाचना सीखूँ ?'

मुन्नी ने अपनी विजय का अनुभव करके कहा—'मेरे साथ नाचना चाहोगे, तो आप सीखोगे।'

'तुम सिखा दोगी ?'

'तुम मुझे रोना सिखा रहे हो, मैं तुम्हें नाचना सिखा दूँगी।'

'अच्छा चलो।'

कॉलेज के सम्मेलनों में अमर कई बार ड्रामा खेल चुका था। स्टेज पर नाचा भी था, गाया भी था; पर उस नाच और इस नाच में बड़ा अन्तर था। वह विलासियों की काम-क्रीड़ा थी, यह श्रमिकों की स्वच्छन्द केलि। उसका दिल सहमा जाता था।

उसने कहा—'मुन्नी, तुमसे एक वरदान माँगता हूँ।'

मुन्नी ने ठिठककर कहा—'तो तुम नाचोगे नहीं ?'

'यही तो तुमसे वरदान माँग रहा हूँ।'

अमर ठहरो-ठहरो कहता रहा, पर मुन्नी लौट पड़ी।

अमर भी अपनी कोठरी में चला आया, और कपड़े पहनकर पंचायत में चला गया। उसका सम्मान बढ़ रहा है। आसपास के गाँवों में भी जब कोई पंचायत होती है, तो उसे अवश्य बुलाया जाता है।

6

सलोनी काकी ने अपने घर की जगह पाठशाले के लिए दे दी है। लड़के बहुत आने लगे हैं। उस छोटी-सी कोठरी में जगह नहीं है। सलोनी से किसी ने जगह माँगी नहीं, कोई दबाव भी नहीं डाला गया। बस, एक दिन अमर और चौधरी बैठे बातें कर रहे थे कि नयी शाला कहाँ बनायी जाय, गाँव में तो बैलों के बाँधने तक की जगह नहीं। सलोनी उनकी बातें सुनती रही। फिर एकाएक बोल उठी—'मेरा घर क्यों नहीं ले लेते ? बीस हाथ पीछे खाली जगह पड़ी है। क्या इतनी ज़मीन में तुम्हारा काम न चलेगा ?'

दोनों आदमी चकित होकर सलोनी का मुँह ताकने लगे।

अमर ने पूछा—'और तू रहेगी कहाँ काकी ?'

सलोनी ने कहा—'उँह ! मुझे घर-द्वार लेकर क्या करना है बेटा ? तुम्हारी ही कोठरी में आकर एक कोने में पड़ रहूँगी।'

गूदड़ ने मन में हिसाब लगाकर कहा—'जगह तो बहुत निकल आयेगी।'

अमर ने सिर हिलाकर कहा—'मैं काकी का घर नहीं लेना चाहता। महन्तजी से मिलकर गाँव के बाहर पाठशाला बनवाऊँगा।'

काकी ने दुःखित होकर कहा—'क्या मेरी जगह में कोई छूत लगी है भैया ?'

गूदड़ ने फ़ैसला कर दिया। काकी का घर मदरसे के लिए ले लिया जाय। उसी में एक कोठरी अमर के लिए भी बना दी जाय। काकी अमर की झोंपड़ी में रहेगी। एक किनारे गाय-बैल बाँध लेगी। एक किनारे पड़ रहेगी।

आज सलोनी जितनी ख़ुश है, उतनी शायद और कभी न हुई हो। वही बुढ़िया, जिसके द्वार पर कोई बैल बाँध देता, तो लड़ने को तैयार हो जाती, जो बच्चों को अपने द्वार पर गोलियाँ न खेलने देती, आज अपने पुरखों का घर देकर अपना जीवन सफल समझ रही है। यह कुछ असंगत-सी बात है; पर दान कृपण ही दे सकता है। हाँ, दान का हेतु ऐसा होना चाहिए जो उसकी नज़र में उसके मर-मर संचे हुए धन के योग्य हो।

चटपट काम शुरू हो जाता है। घरों से लकड़ियाँ निकल आयीं, रस्सी निकल आयीं, मजूर निकल आये, पैसे निकल आये। न किसी से कहना पड़ा, न सुनना। वह उनकी अपनी शाला थी। उन्हीं के लड़के-लड़कियाँ तो पढ़ती थीं। और इस छः-सात महीने में ही उन पर शिक्षा का कुछ असर भी दिखाई देने लगा था। वह अब साफ़ रहते हैं, झूठ कम बोलते

हैं, झूठे बहाने कम करते हैं, गालियाँ कम बकते हैं, और घर से कोई चीज़ चुराकर नहीं ले जाते। न उतनी ज़िद ही करते हैं। घर का जो कुछ काम होता है, उसे शौक से करते हैं। ऐसी शाला की कौन मदद न करेगा ?

फागुन की शीतल प्रभात सुनहरे वस्त्र पहने पहाड़ पर खेल रहा था। अमर कई लड़कों के साथ गंगा-स्नान करके लौटा; पर आज अभी तक कोई आदमी काम करने नहीं आया। यह बात क्या है ? और दिन तो उसके स्नान करके लौटने के पहले ही कारीगर आ जाते थे। आज इतनी देर हो गयी और किसी का पता नहीं।

सहसा मुन्नी सिर पर कलसा रखे आकर खड़ी हो गयी। वही शीतल, सुनहरा प्रभात उसके गेहुएँ मुखड़े पर मचल रहा था !

अमर ने मुस्कराकर कहा—'यह देखो, सूरज देवता तुम्हें घूर रहे हैं।'

मुन्नी ने कलसा उतारकर हाथ में ले लिया और बोली—'और तुम बैठे देख रहे हो ?'

फिर एक क्षण के बाद उसने कहा—'तुम तो जैसे आजकल गाँव में रहते ही नहीं हो। मदरसा क्या बनने लगा, तुम्हारे दर्शन ही दुर्लभ हो गये। मैं डरती हूँ, कहीं तुम सनक न जाओ।'

'मैं तो दिन-भर यहीं रहता हूँ, तुम अलबत्ता जाने कहाँ रहती हो ? आज यह सब आदमी कहाँ चले गये ? एक भी नहीं आया।'

'गाँव में है ही कौन ?'

'कहाँ चले गये सब ?'

'वाह ! तुम्हें ख़बर ही नहीं ? पहर रात सिरोमनपुर के ठाकुर की गाय मर गयी, सब लोग वहीं गये हैं। आज घर-घर सिकार बनेगा।'

अमर ने घृणासूचक भाव से कहा—'मरी गाय ?'

'हमारे यहाँ भी तो खाते हैं, यह लोग।'

'क्या जाने। मैंने कभी नहीं देखा। तुम तो...'

मुन्नी ने घृणा से मुँह बनाकर कहा—'मैं तो उधर ताकती भी नहीं।'

'समझाती नहीं इन लोगों को ?'

'उँह ! समझाने से माने जाते हैं, और मेरे समझाने से।'

अमरकान्त की वंशगत वैष्णव-वृत्ति इस घृणित, पिशाच-कर्म से जैसे मतलाने लगी। उसे सचमुच मतली हो आयी। उसने छूत-छात और भेदभाव को मन से निकाल डाला था; पर अखाद्य से वही पुरानी घृणा बनी हुई थी। और वह दस-ग्यारह महीने से इन्हीं मुरदाखोरों के घर भोजन कर रहा है।

'आज मैं खाना नहीं खाऊँगा मुन्नी।'

'मैं तुम्हारा भोजन अलग पका दूँगी।'

'नहीं मुन्नी। जिस घर में वह चीज़ पकेगी, उस घर में मुझसे न खाया जायेगा।'

सहसा शोर सुनकर अमर ने आँखें उठायीं, तो देखा कि पन्द्रह-बीस आदमी बाँस की बल्लियों पर उस मृतक गाय को लादे चले आ रहे हैं। सामने कई लड़के उछलते-कूदते, तालियाँ बजाते चले आते थे।

कितना वीभत्स दृश्य था। अमर वहाँ खड़ा न रह सका। गंगातट की ओर भागा।

मुन्नी ने कहा—'तो भाग जाने से क्या होगा ? अगर बुरा लगता है तो जाकर समझाओ।'

'मेरी बात कौन सुनेगा मुन्नी ?'

'तुम्हारी बात न सुनेंगे, तो और किसकी बात सुनेंगे लाला ?'

'और जो किसी ने न माना ?'

'और जो मान गये ! आओ, कुछ-कुछ बद लो।'

'अच्छा क्या बदती हो ?'

'मान जायँ तो मुझे एक साड़ी अच्छी-सी ला देना।'

'और न माना, तो तुम मुझे क्या दोगी ?'

'एक कौड़ी।'

इतनी देर में वह लोग और समीप आ गये। चौधरी सेनापति की भाँति आगे-आगे लपके चले आते थे।

मुन्नी ने आगे बढ़कर कहा—'ला तो रहे हो; लेकिन लाला भागे जा रहे हैं।'

गूदड़ ने कुतूहल से पूछा—'क्यों ! क्या हुआ है ?'

'यही गाय की बात है। कहते हैं, मैं तुम लोगों के हाथ का पानी न पिऊँगा।'

पयाग ने अकड़कर कहा—'बकने दो। न पियेंगे हमारे हाथ का पानी, तो हम छोटे न हो जायेंगे।'

काशी बोला—'आज बहुत दिन के बाद शिकार मिला। उसमें भी यह बाधा !'

गूदड़ ने समझौते के भाव से कहा—'आखिर कहते क्या हैं ?'

मुन्नी झुँझलाकर बोली—'अब उन्हीं से जाकर पूछो। जो चीज़ और किसी ऊँची जातवाले नहीं खाते, उसे हम क्यों खाएँ, इसी से तो लोग हमें नीच समझते हैं।'

पयाग ने आवेश में कहा—'तो हम कौन किसी बाम्हन-ठाकुर के घर बेटी ब्याहने जाते हैं। बाम्हनों की तरह किसी के द्वार पर भीख माँगने तो नहीं जाते ! यह तो अपना-अपना रिवाज है।'

मुन्नी ने डाँट बताई—'यह कोई अच्छी बात है कि सब लोग हमें नीचे समझें, जीभ के सवाद के लिए ?'

गाय वहीं रख दी गयी। दो-तीन आदमी गँड़ासे लेने दौड़े। अमर खड़ा देख रहा था कि मुन्नी मना कर रही है; पर कोई उसकी सुन नहीं रहा है। उसने उधर से मुँह फेर लिया, जैसे उसे कै हो जायेगी। मुँह फेर लेने पर भी वही दृश्य उसकी आँखों में फिरने लगा। इस सत्य को वह कैसे भूल जाय कि उससे पचास क़दम पर मुर्दा गाय की बोटियाँ की जा रही हैं। वह उठकर गंगा की ओर भागा।

गूदड़ ने उसे गंगा की ओर जाते देखकर चिन्तित भाव से कहा—'वह तो सचमुच गंगा की ओर भागे जा रहे हैं। बड़ा सनकी आदमी है। कहीं डूब-डाब न जाय।'

पयाग बोला—'तुम अपना काम करो, कोई नहीं डूबे-डाबेगा। किसी को जान इतनी भारी नहीं होती।'

मुन्नी ने उसकी ओर कोप-दृष्टि से देखा—'जान उन्हें प्यारी होती है, जो नीच हैं और

नीच बने रहना चाहते हैं। जिसमें लाज है, जो किसी के सामने सिर नहीं नीचा करना चाहता, वह ऐसी बात पर जान भी दे सकता है।'

पयाग ने ताना मारा–'उनका बड़ा पच्छ कर रही हो भाभी, क्या सगाई की ठहर गयी है ?'

मुन्नी ने आहत कण्ठ से कहा–'दादा, तुम सुन रहे हो इनकी बातें, और मुँह नहीं खोलते। उनसे सगाई ही कर लूँगी, तो क्या तुम्हारी हँसी हो जायेगी ? और जब मेरे मन में वह बात आ जायेगी, तो कोई रोक भी न सकेगा। अब इसी बात पर मैं देखती हूँ कि कैसे घर में सिकार जाता है। पहले मेरी गर्दन पर गँड़ासा चलेगा।'

मुन्नी बीच में घुसकर गाय के पास बैठ गयी और ललकार कर बोली–'अब जिसे गँड़ासा चलाना हो चलाये, बैठी हूँ।'

पयाग ने कातर भाव से कहा–'हत्या के बल खेलती-खाती हो और क्या !'

मुन्नी बोली–'तुम्हीं जैसों ने बिरादरी को इतना बदनाम कर दिया है। उस पर कोई समझाता है, तो लड़ने को तैयार होते हो।'

गूदड़ चौधरी गहरे विचार में डूबे खड़े थे। दुनिया में हवा किस तरफ़ चल रही है, इसकी भी उन्हें कुछ ख़बर थी। कई बार इस विषय पर अमरकान्त से बातचीत कर चुके थे। गम्भीर भाव से बोले–'भाइयो, यहाँ गाँव के सब आदमी जमा हैं। बताओ, अब क्या सलाह है ?'

एक चौड़ी छातीवाला युवक बोला–'सलाह जो तुम्हारी है, वही सबकी है। चौधरी तो तुम हो।'

पयाग ने अपने बाप को विचलित होते देख, दूसरों को ललकार कर कहा–'खड़े मुँह क्या ताकते हो, इतने जने तो हो। क्यों नहीं मुन्नी का हाथ पकड़कर हटा देते ? मैं गँड़ासा लिए खड़ा हूँ।'

मुन्नी ने क्रोध से कहा–'मेरा ही मांस खा जाओगे, तो कौन हरज है ? वह भी तो मांस ही है।'

और किसी को आगे बढ़ते न देखकर पयाग ने ख़ुद आगे बढ़कर मुन्नी का हाथ पकड़ लिया और उसे वहाँ से घसीटना चाहता था कि काशी ने उसे ज़ोर से धक्का दिया और लाल आँखें करके बोला–'भैया, अगर उसकी देह पर हाथ रखा, तो ख़ून हो जायेगा–कहे देता हूँ। हमारे घर में इस गऊ मांस की गन्ध तक न जाने पायेगी। आये वहाँ से बड़े वीर बनकर !' चौड़ी छातीवाला युवक मध्यस्थ बनकर बोला–'मरी गाय के मांस में ऐसा कौन-सा मज़ा रखा है, जिसके लिए सब जने मरे जा रहे हो। गड्ढा खोदकर मांस गाड़ दो, खाल निकाल लो। वह भी जब अमर भैया की सलाह हो। हमको तो उन्हीं की सलाह पर चलना है। उनकी राह पर चलकर हमारा उद्धार हो जायेगा। सारी दुनिया हमें इसीलिए तो अछूत समझती है कि हम दारू-शराब पीते हैं, मुरदा-मांस खाते हैं और चमड़े का काम करते हैं। और हममें क्या बुराई है ? दारू-शराब हमने छोड़ ही दी–हमने क्या छोड़ दी, समय ने छुड़वा दी–फिर मुरदा-मांस में क्या रखा है ? रहा चमड़े का काम, उसे कोई बुरा नहीं कह सकता, और अगर कहे भी तो हमें उसकी परवाह नहीं। चमड़ा बनाना-बेचना कोई बुरा काम नहीं है।'

गूदड़ ने युवक की ओर आदर की दृष्टि से देखा—'तुम लोगों ने भूरे की बात सुन ली। तो यही सबकी सलाह है ?'

भूरे बोला—'अगर किसी को उजर करना हो तो करे।'

एक बूढ़े ने कहा—'एक तुम्हारे या हमारे छोड़ देने से क्या होता है ? सारी बिरादरी तो खाती है।'

भूरे ने जवाब दिया—'बिरादरी खाती है, बिरादरी नीच बनी रहे। अपना-अपना धरम अपने-अपने साथ है।'

गूदड़ ने भूरे को संबोधित किया—'तुम ठीक कहते हो भूरे। लड़कों का पढ़ना ही ले लो। पहले कोई भेजता था अपने लड़कों को ? मगर जब हमारे लड़के पढ़ने लगे, तो दूसरे गाँवों के लड़के भी आ गये।'

काशी बोला—'मुरदा-मांस न खाने के अपराध का दण्ड बिरादरी हमें न देगी। इसका मैं जुम्मा लेता हूँ। देख लेना, आज की बात साँझ तक चारों ओर फैल जायेगी, और वह लोग भी यही करेंगे। अमर भैया का कितना मान है। किसकी मजाल है कि उनकी बात को काट दे।'

पयाग ने देखा, अब दाल न गलेगी, तो सबको धिक्कारकर बोला—'अब मेहरियों का राज है, मेहरियाँ जो कुछ न करें वह थोड़ा।'

यह कहता हुआ वह गँड़ासा लिए घर चला गया।

गूदड़ लपके हुए गंगा की ओर चले और एक गोली के टप्पे से पुकारकर बोले—'यहाँ क्या खड़े हो भैया, चलो घर, सब झगड़ा तय हो गया।'

अमर विचार-मग्न था। आवाज़ उसके कानों तक न पहुँची।

चौधरी ने और समीप जाकर कहा—'यहाँ कब तक खड़े रहोगे भैया ?'

'नहीं दादा, मुझे यहीं रहने दो। तुम लोग वहाँ काट-कूट करोगे, मुझसे देखा न जायेगा। जब तुम फ़ुरसत पा जाओगे, तो मैं आ जाऊँगा।'

'बहू कहती थी, तुम हमारे घर खाने को भी नाहीं कहते ?'

'हाँ दादा, आज तो न खाऊँगा, मुझे कै हो जायेगी।'

'लेकिन हमारे यहाँ तो आये दिन यही धन्धा लगा रहता है।'

'दो-चार दिन के बाद मेरी भी आदत पड़ जायेगी।'

'तुम हमें मन में राच्छस समझ रहे होगे ?'

अमर ने छाती पर हाथ रखकर कहा—'नहीं दादा, मैं तो तुम लोगों से कुछ सीखने, तुम्हारी कुछ सेवा करके अपना उद्धार करने आया हूँ। यह तो अपनी-अपनी प्रथा है। चीन एक बहुत बड़ा देश है। वहाँ बहुत से आदमी बुद्ध भगवान को मानते हैं। उनके धर्म में किसी जानवर को मारना पाप है। इसलिए वह लोग मरे हुए जानवर ही खाते हैं। कुत्ते, बिल्ली, गीदड़ किसी को भी नहीं छोड़ते। तो क्या वह हमसे नीच हैं ? कभी नहीं। हमारे ही देश में कितने ही ब्राह्मण, क्षत्री मांस खाते हैं ? वह जीभ के स्वाद के लिए जीव-हत्या करते हैं। तुम उनसे तो कहीं अच्छे हो।'

गूदड़ ने हँसकर कहा—'भैया, तुम बड़े बुद्धिमान हो, तुमसे कोई न जीतेगा ! चलो,

अब कोई मुर्दा नहीं खायेगा। हम लोगों ने यह तय कर लिया। हमने क्या तय किया, बहू ने तय किया। मगर खाल तो न फेंकनी होगी?'

अ ट्ट इुन्न ट्ठ ट्ट ट्ठ–'नहीं दादा, खाल क्यों फेंकोगे जूते बनाना तो सबसे बड़ी सेवा है। मगर क्या भाभी बहुत बिगड़ी थीं।'

गूदड़ बोला–'बिगड़ी ही नहीं थी भैया, वह तो जान देने को तैयार थी। गाय के पास बैठ गयी और बोली–अब चलाओ गँड़ासा, पहला गँड़ासा मेरी गरदन पर होगा ! फिर किसकी हिम्मत थी कि गँड़ासा चलाता।'

अमर का हृदय जैसे एक छलाँग मारकर मुन्नी के चरणों पर लोटने लगा।

7

कई महीने गुज़र गये। गाँव में फिर मुरदा-मांस न आया। आश्चर्य की बात तो यह थी कि दूसरे गाँवों के चमारों ने भी मुरदा-मांस खाना छोड़ दिया। शुभ उद्योग कुछ संक्रामक होता है।

अमर की शाला अब नयी इमारत में आ गयी थी। शिक्षा का लोगों को कुछ ऐसा चस्का पड़ गया था कि जवान-तो जवान, बूढ़े भी आ बैठते और कुछ-न-कुछ सीख जाते। अमर की शिक्षा-शैली आलोचनात्मक थी। अन्य देशों की सामाजिक और राजनैतिक प्रगति, नये-नये आविष्कार, नये-नये विचार, उसके मुख्य विषय थे। देश-देशान्तरों के रस्मों-रिवाज़ आचार-विचार की कथा सभी चाव से सुनते। उसे यह देखकर कभी-कभी विस्मय होता था कि ये निरक्षर लोग जटिल सामाजिक सिद्धान्तों को कितनी आसानी से समझ जाते हैं। सारे गाँव में एक नया जीवन प्रवाहित होता हुआ जान पड़ता। छूत-छात का जैसे लोप हो गया था। दूसरे गाँवों की ऊँची जातियों के लोग भी अक्सर आ जाते थे।

दिन भर के परिश्रम के बाद अमर लेटा हुआ एक उपन्यास पढ़ रहा था कि मुन्नी आकर खड़ी हो गयी। अमर पढ़ने में इतना लिप्त था कि मुन्नी के आने की उसको ख़बर न हुई। राजस्थान की वीर नारियों के बलिदान की कथा थी, उस उज्ज्वल बलिदान की जिसकी संसार के इतिहास में कहीं मिसाल नहीं है, जिस पढ़कर आज भी हमारी गरदन गर्व से उठ जाती है। जीवन को किसने इतना तुच्छ समझा होगा ! कुल-मर्यादा की रक्षा का ऐसा अलौकिक आदर्श और कहाँ मिलेगा ? आज का बुद्धिवाद उन वीर माताओं पर चाहे जितना कीचड़ फेंक ले, हमारी श्रद्धा उनके चरणों पर सदैव सिर झुकाती रहेगी।

मुन्नी चुपचाप खड़ी अमर के मुख की ओर ताकती रही। मेघ का वह अल्पांश जो आज एक साल हुए उसके हृदय-आकाश में पक्षी की भाँति उड़ता हुआ आ गया था, धीरे-धीरे सम्पूर्ण आकाश पर छा गया था। अतीत की ज्वाला में झुलसी हुई कामनाएँ इस शीतल छाया में फिर हरी होती जाती थीं। वह शुष्क जीवन उद्यान की भाँति सौरभ और विकास से लहराने लगा है। औरों के लिए तो उसकी देवरानियाँ भोजन पकातीं, अमर के लिए वह खुद पकाती है। बेचारे दो तो रोटियाँ खाते हैं, और यह गँवारिनें मोटे-मोटे लिट्ट बनाकर

रख देती हैं। अमर उससे कोई काम करने को कहता, तो उसके मुख पर आनन्द की ज्योति-सी झलक उठती । वह एक नये स्वर्ग की कल्पना करने लगती—एक नये आनन्द का स्वप्न देखने लगती।

एक दिन सलोनी ने उससे मुस्कराकर कहा—'अमर भैया तेरे ही भाग से यहाँ आ गये मुन्नी। अब तेरे दिन फिरेंगे।'

मुन्नी ने हर्ष को जैसे मुट्ठी में दबाकर कहा—'क्या कहती हो काकी, कहाँ मैं, कहाँ वह। मुझसे कई साल छोटे होंगे। फिर ऐसे विद्वान्, ऐसे चतुर ! मैं तो उनकी जूतियों के बराबर भी नहीं।'

काकी ने कहा था—'यह सब ठीक है मुन्नी, पर तेरा जादू उन पर चल गया है; यह मैं देख रही हूँ। संकोची आदमी मालूम होते हैं, इससे तुझसे कुछ कहते नहीं; पर तू उनके मन में समा गयी है, विश्वास मान। क्या तुझे इतना भी नहीं सूझता। तुझे उनकी सरम दूर करनी पड़ेगी।'

मुन्नी ने पुलकित होकर कहा था—'तुम्हारी असीस है काकी, तो मेरा मनोरथ भी पूरा हो जायेगा।'

मुन्नी एक क्षण अमर को देखती रही, तब झोंपड़ी में जाकर उसकी खाट निकाल लायी। अमर का ध्यान टूटा। बोला—'रहने दो, मैं अभी बिछाये लेता हूँ। तुम मेरा इतना दुलार करोगी मुन्नी, तो मैं आलसी हो जाऊँगा। आओ, तुम्हें हिन्दू देवियों की कथा सुनाऊँ।'

'कोई कहानी है क्या ?'

'नहीं, कहानी नहीं है, सच्ची बात है।'

अमर ने मुसलमानों के हमले, क्षत्राणियों के जुहार और राजपूत वीरों के शौर्य की चर्चा करते हुए कहा—'उन देवियों को आग में जल मरना मंजूर था; पर यह मंजूर न था कि परपुरुष की निगाह भी उन पर पड़े। अपनी आन पर मर मिटती थीं। हमारी देवियों का यह आदर्श था। आज यूरोप का क्या आदर्श है ? जर्मन सिपाही फ्रांस पर चढ़ आये और पुरुषों से गाँव खाली हो गये, तो फ्रांस की नारियाँ जर्मन सैनिकों ही से प्रेम-क्रीड़ा करने लगीं।'

मुन्नी नाक सिकोड़कर बोली—'बड़ी चंचल हैं सब; लेकिन उन स्त्रियों से जीते-जी कैसे जला जाता था ?'

अमर ने पुस्तक बन्द कर दी—'बड़ा कठिन है मुन्नी ! यहाँ तो ज़रा सी चिनगारी लग जाती है, तो बिलबिला उठते हैं। तभी तो आज सारा संसार उनके नाम के आगे सिर झुकाता है। मैं तो जब यह कथा पढ़ता हूँ तो रोएँ खड़े हो जाते हैं। यही जी चाहता है कि जिस पवित्र भूमि पर उन देवियों की चिताएँ बनीं, उनकी राख सिर पर चढ़ाऊँ, आँखों में लगाऊँ और वहीं मर जाऊँ।'

मुन्नी किसी विचार में डूबी भूमि की ओर ताक रही थी।

अमर ने फिर कहा—'कभी-कभी तो ऐसा भी हो जाता था कि पुरुषों को घर के माया-मोह से मुक्त करने के लिए स्त्रियाँ लड़ाई के पहले ही जुहार कर लेती थीं। आदमी की जान इतनी प्यारी होती है कि बूढ़े भी मरना नहीं चाहते। हम नाना कष्ट झेलकर भी जीते हैं।

बड़े-बड़े ऋषि-महात्मा भी जीवन का मोह नहीं छोड़ सकते; पर उन देवियों के लिए जीवन खेल था।

मुन्नी अब भी मौन खड़ी थी। उसके मुख का रंग उड़ा हुआ था, मानो कोई दुस्साह अन्तर्वेदना हो रही है।

अमर ने घबड़ाकर पूछा—'कैसा जी है मुन्नी ? चेहरा क्यों उतरा हुआ है ?'

मुन्नी ने क्षीण मुस्कान के साथ कहा—'मुझसे पूछते हो ? मुझे क्या हुआ।'

'कुछ बात तो है ! मुझसे छिपाती हो।'

'नहीं जी, कोई बात नहीं।'

एक मिनट के बाद उसने फिर कहा—'तुमसे आज अपनी कथा कहूँ सुनोगे।'

'बड़े हर्ष से ! मैं तो तुमसे कई बार कह चुका। तुमने सुनाई ही नहीं।'

'मैं तुमसे डरती हूँ। तुम मुझे नीच और क्या-क्या समझने लगोगे।'

अमर ने मानो क्षुब्ध होकर कहा—'अच्छी बात है, मत कहो। मैं तो जो कुछ हूँ वही रहूँगा, तुम्हारे बनाने से तो नहीं बन सकता।'

मुन्नी ने हारकर कहा—'तुम तो लाला ज़रा-सी बात पर चिढ़ जाते हो, जभी स्त्री से तुम्हारी नहीं पटती। अच्छा लो, सुनो। जो जी में आये समझना—मैं जब काशी से चली, तो थोड़ी देर तक तो मुझे होश ही न रहा—कहाँ जाती हूँ, क्यों जाती हूँ, कहाँ से आती हूँ। फिर मैं रोने लगी। अपने प्यारों का मोह सागर की भाँति मन में उमड़ पड़ा। और मैं उसमें डूबने-उतराने लगी। अब मालूम हुआ, क्या कुछ खोकर मैं चली जा रही हूँ। ऐसा जान पड़ता था कि मेरा बालक मेरी गोद में आने के लिए हुमक रहा है। ऐसा मोह मेरे मन में कभी न जागा था। मैं उसकी याद करने लगी। उसका हँसना और रोना, उसकी तोतली बातें, उसका लटपटाते हुए चलना, उसे चुप कराने के लिए चन्दा मामूँ को दिखाना, सुलाने के लिए लोरियाँ सुनाना, एक-एक बात याद आने लगी। मेरा वह छोटा-सा संसार कितना सुखमय था। उस रत्न को गोद में लेकर मैं कितनी निहाल हो जाती थी, मानो संसार की संपत्ति मेरे पैरों के नीचे है। उस सुख के बदले में स्वर्ग का सुख भी न लेती। जैसे मन की सारी अभिलाषाएँ उसी बालक में आकर जमा हो गयी हों। अपना टूटा-फूटा झोंपड़ा, अपने मैले-कुचैले कपड़े, अपना नंगा-बूचापन, क़र्ज़-दाम की चिन्ता, अपनी दरिद्रता, अपना दुर्भाग्य, ये सभी पैने काँटे जैसे फूल बन गये। अगर कोई कामना थी, तो यह कि मेरे लाल को कुछ न होने पाये। और आज उसी को छोड़कर मैं न जाने कहाँ चली जा रही थी। मेरा चित्त चंचल हो गया। मन की सारी स्मृतियाँ सामने दौड़नेवाले वृक्षों की तरह, जैसे मेरे साथ दौड़ी चली आ रही थीं। और उन्हीं के साथ मेरा बालक भी जैसे दौड़ता चला आता था। आख़िर मैं आगे न जा सकी। दुनिया हँसती है, हँसे; बिरादरी मुझे निकालती है, निकाल दे; मैं अपने लाल को छोड़ कर न जाऊँगी। मेहनत-मजदूरी करके भी तो अपना निबाह कर सकती हूँ। अपने लाल को आँखों से देखती तो रहूँगी। उसे मेरी गोद से कौन छीन सकता है ! मैं उसके लिए मरी हूँ, मैंने उसे अपने रक्त से सिरजा है। वह मेरा है। उस पर किसी का अधिकार नहीं।

ज्योंही लखनऊ आया, मैं गाड़ी से उतर पड़ी। मैंने निश्चय कर लिया, लौटती हुई

गाड़ी से काशी चली जाऊँगी। जो कुछ होना होगा, होगा।

मैं कितनी देर प्लेटफार्म पर खड़ी रही, मालूम नहीं। बिजली की बत्तियों से सारा स्टेशन जगमगा रहा था। मैं बार-बार कुलियों से पूछती थी, काशी की गाड़ी कब आयेगी। कोई दस बजे मालूम हुआ, गाड़ी आ रही है। मैंने अपना सामान सँभाला। दिल घड़कने लगा। गाड़ी आ गयी। मुसाफ़िर चढ़ने-उतरने लगे। कुली ने आकर कहा—'असबाब ज़नाने डब्बे में रखूँ कि मरदाने में ?'

मेरे मुँह से आवाज़ न निकली।

कुली ने मेरे मुँह की ओर ताकते हुए फिर पूछा—'ज़नाने डब्बे में रख दूँ असबाब ?'

मैंने कातर होकर कहा—'मैं इस गाड़ी से न जाऊँगी।'

'अब दूसरी गाड़ी दस बजे दिन को मिलेगी।'

'मैं उसी गाड़ी से जाऊँगी।'

'तो असबाब बाहर ले चलूँ या मुसाफ़िरख़ाने में ?'

'मुसाफ़िरखाने में ?'

अमर ने पूछा—'तुम उस गाड़ी से चली क्यों न गयीं?'

मुन्नी काँपते हुए स्वर में बोली—'न जाने कैसा मन होने लगा। जैसे कोई मेरे हाथ-पाँव बाँधे लेता हो। जैसे मैं गऊ-हत्या करने जा रही हूँ। इन कोढ़ भरे हाथों से मैं अपने लाल को कैसे उठाऊँगी। मुझे अपने पति पर क्रोध आ रहा था। वह मेरे साथ आया क्यों नहीं ? अगर उसे मेरी परवाह होती, तो मुझे अकेली आने देता ? इस गाड़ी से वह भी आ सकता था। जब उसकी इच्छा नहीं है, तो मैं भी न जाऊँगी। और न जाने कौन-कौन-सी बातें मन में आकर मुझे जैसे बल-पूर्वक रोकने लगीं। मैं मुसाफ़िरखाने में मन मारे बैठी थी कि एक मर्द अपनी औरत के साथ आकर मेरे ही समीप दरी बिछाकर बैठ गया। औरत की गोद में लगभग एक साल का बालक था। ऐसा सुन्दर बालक ! ऐसा गुलाबी रंग, ऐसी कटोरे-सी आँखें, ऐसी मक्खन-सी देह ! मैं तन्मय होकर देखने लगी और अपने पराए की सुधि भूल गयी। ऐसा मालूम हुआ, यह मेरा बालक है। बालक माँ की गोद से उतरकर धीरे-धीरे रेंगता हुआ मेरी ओर आया। मैं पीछे हट गयी। बालक फिर मेरी तरफ़ चला। मैं दूसरी ओर चली गयी। बालक ने समझा, मैं उसका अनादर कर रही हूँ। रोने लगा। फिर भी मैं उसके पास न आयी। उसकी माता ने मेरी ओर रोषभरी आँखों से देखकर बालक को दौड़कर उठा लिया; पर बालक मचलने लगा और बार-बार मेरी ओर हाथ बढ़ाने लगा। पर मैं दूर खड़ी रही। ऐसा जान पड़ता था, मेरे हाथ कट गये हैं। जैसे मेरे हाथ लगाते ही वह सोने-सा बालक कुछ और हो जायेगा, उसमें से कुछ निकल जायेगा।

स्त्री ने कहा—'लड़के को ज़रा उठा लो देवी, तुम तो जैसे भाग रही हो, जो दुलार करते हैं, उनके पास तो अभागा जाता नहीं, जो मुँह फेर लेते हैं, उनकी ओर दौड़ता है।'

बाबूजी, मैं तुमसे नहीं कह सकती कि इन शब्दों ने मेरे मन को कितनी चोट पहुँचाई। कैसे समझा दूँ कि मैं कलंकिनी हूँ, पापिष्ठा हूँ, मेरे छूने से अनिष्ट होगा, अमंगल होगा। और यह जानने पर क्या वह मुझसे फिर अपना बालक उठा लेने को कहेगी !

मैंने समीप आकर बालक की ओर स्नेह-भरी आँखों से देखा और डरते-डरते उसे उठाने

के लिए हाथ बढ़ाया। सहसा बालक चिल्लाकर माँ की तरफ़ भागा, मानो उसने कोई भयानक रूप देख लिया हो। अब सोचती हूँ, तो समझ में आता है—बालकों का यही स्वभाव है; पर उस समय मुझे ऐसा मालूम हुआ कि सचमुच मेरा रूप पिशाचिनी का-सा होगा। मैं लज्जित हो गयी।

माता ने बालक से कहा—'अब जाता क्यों नहीं रे, बुला तो रही है। कहाँ जाओगी बहन ? मैंने हरिद्वार बता दिया। वह स्त्री-पुरुष भी हरिद्वार ही जा रहे थे। गाड़ी छूट जाने के कारण ठहर गये थे। घर दूर था। लौटकर न जा सकते थे। मैं बड़ी ख़ुश हुई कि हरिद्वार तक साथ तो रहेगा; लेकिन फिर वह बालक मेरी ओर न आया।

थोड़ी देर में स्त्री-पुरुष तो सो गये; पर मैं बैठी ही रही। माँ से चिमटा हुआ बालक भी सो रहा था। मेरे मन में बड़ी प्रबल इच्छा हुई कि बालक को उठाकर प्यार करूँ; पर दिल काँप रहा था कि कहीं बालक रोने लगे, या माता जाग जाये, तो दिल में क्या समझे। मैं बालक का फूल-सा मुखड़ा देख रही थी। वह शायद कोई स्वप्न देखकर मुस्करा रहा था। मेरा दिल क़ाबू से बाहर हो गया। मैंने सोते हुए बालक को छाती से लगा लिया। पर दूसरे ही क्षण मैं सचेत हो गयी और बालक को लिटा दिया। उस क्षणिक प्यार में कितना आनन्द था ! जान पड़ता था, मेरा ही बालक यह रूप धरकर मेरे पास आ गया है।

देवीजी का हृदय बड़ा कठोर था। बात-बात पर उस नन्हें-से बालक को झिड़क देतीं, कभी-कभी मार बैठती थीं। मुझे उस वक्त ऐसा क्रोध आता था कि उसे ख़ूब डाँटूँ। अपने बालक पर माता इतना क्रोध कर सकती है, यह मैंने आज ही देखा।

जब दूसरे दिन हम लोग हरिद्वार की गाड़ी में बैठे, तो बालक मेरा हो चुका था। मैं तुमसे क्या कहूँ बाबूजी, मेरे स्तनों में दूध भी उतर आया और माता को मैंने इस भार से भी मुक्त कर दिया।

हरिद्वार में हम लोग एक धर्मशाले में ठहरे। मैं बालक के मोह-फाँस में बँधी हुई उस दम्पत्ति के पीछे-पीछे फिरा करती। मैं अब उसकी लौंडी थी। बच्चे का मल-मूत्र धोना मेरा काम था, उसे दूध पिलाती, खिलाती। माता का जैसे गला छूट गया; लेकिन मैं इस सेवा में मगन थी। देवीजी जितनी आलसिन और घमंडिन थीं, लालाजी उतने ही शीलवान और दयालु थे। वह मेरी तरफ़ कभी आँख उठाकर भी न देखते। अगर मैं कमरे में अकेली होती, तो कभी अन्दर न जाते। कुछ-कुछ तुम्हारे ही जैसा स्वभाव था। मुझे उन पर दया आती थी। उस कर्कशा के साथ उनका जीवन इस तरह कट रहा था। मानो बिल्ली के पंजे में चूहा हो। वह उन्हें बात-बात पर झिड़कती। बेचारे खिसियाकर रह जाते।

पन्द्रह दिन बीत गये थे। देवीजी ने घर लौटने के लिए कहा। बाबूजी अभी वहाँ कुछ दिन और रहना चाहते थे। इसी बात पर तकरार हो गयी। मैं बरामदे में बालक को लिये खड़ी थी। देवीजी ने गरम होकर कहा—'तुम्हें रहना है तो रहो, मैं तो आज जाऊँगी। तुम्हारी आँखों रास्ता नहीं देखा है।'

पति ने डरते-डरते कहा—'यहाँ दस-पाँच दिन रहने में हरज ही क्या है ? मुझे तो तुम्हारे स्वास्थ्य में अभी कोई तबदीली नहीं दिखती।'

'आप मेरे स्वास्थ्य की चिन्ता छोड़िए। मैं इतनी जल्द नहीं मरी जा रही हूँ। सच कहते

हो, तुम मेरे स्वास्थ्य के लिए यहाँ ठहरना चाहते हो ?'

'और किसलिए आया था ?'

'आये चाहे जिस काम के लिए हो; पर तुम मेरे स्वास्थ्य के लिए नहीं ठहर रहे हो। यह पट्टियाँ उन स्त्रियों को पढ़ाओ, जो तुम्हारे हथकण्डे न जानती हों। मैं तुम्हारी नस-नस पहचानती हूँ। तुम ठहरना चाहते हो विहार के लिए, क्रीड़ा के लिए...'

बाबूजी ने हाथ जोड़कर कहा—'अच्छा, अब रहने दो बिन्नी, कलंकित न करो। मैं आज ही चला जाऊँगा।'

देवीजी, इतनी सस्ती विजय पाकर प्रसन्न न हुईं। अभी उनके मन का गुबार तो निकलने ही नहीं पाया था। बोलीं—'हाँ, चले क्यों न चलोगे, यही तो तुम चाहते थे। यहाँ पैसे ख़र्च होते हैं न ! ले जाकर उस काल-कोठरी में डाल दो। कोई मरे या जिए, तुम्हारी बला से। एक मर जायेगी, तो दूसरी फिर आ जायेगी, बल्कि और नयी-नवेली। तुम्हारी चाँदी ही चाँदी है। सोचा था, यहाँ कुछ दिन रहूँगी; पर तुम्हारे मारे कहीं रहने पाऊँ। भगवान् भी नहीं उठा लेते कि गला छूट जाय।'

अमर ने पूछा—'उन बाबूजी ने सचमुच कोई शरारत की थी, या मिथ्या आरोप था ?'

मुन्नी ने मुँह फेरकर मुस्कराते हुए कहा—लाला, तुम्हारी समझ बड़ी मोटी है। वह डायन मुझ पर आरोप कर रही थी। बेचारे बाबूजी दबे जाते थे कि कहीं वह चुड़ैल बात खोलकर न कह दे, हाथ जोड़ते थे, मिन्नतें करते थे, पर वह किसी तरह रास न होती थी।

आँखें मटकाकर बोली—'भगवान् ने मुझे भी आँखें दी हैं, अन्धी नहीं हूँ। मैं तो कमरे में पड़ी-पड़ी कराहूँ और तुम बाहर गुलछर्रे उड़ाओ ! दिल बहलाने की कोई शगल चाहिए।'

धीरे-धीरे मुझ पर रहस्य खुलने लगा। मन में ऐसी ज्वाला उठी कि अभी इसका मुँह नोच लूँ। मैं तुमसे कोई परदा नहीं रखती लाला, मैंने बाबूजी की ओर कभी आँख उठाकर देखा भी न था; पर यह चुड़ैल मुझे कलंक लगा रही थी। बाबूजी का लिहाज़ न होता, तो मैं उस चुड़ैल का मिज़ाज ठीक कर देती, जहाँ सुई न चुभे, वहाँ फाल चुभाये देती।

आख़िर बाबूजी को भी क्रोध आया !

'तुम बिलकुल झूठ बोलती हो। सरासर झूठ।'

'मैं सरासर झूठ बोलती हूँ ?'

'हाँ, सरासर झूठ बोलती हो।'

'खा जाओ अपने बेटे की क़सम।'

मुझे चुपचाप वहाँ से टल जाना चाहिए था; लेकिन अपने इस मन को क्या करूँ, जिससे अन्याय नहीं देखा जाता। मेरा चेहरा मारे क्रोध के तमतमा उठा। मैंने उसके सामने जाकर कहा—'बहूजी, बस अब ज़बान बन्द करो, नहीं तो अच्छा न होगा। मैं तरह देती जाती हूँ और तुम सिर चढ़ती जाती हो। मैं तुम्हें शरीफ़ समझकर तुम्हारे साथ ठहर गयी थी। अगर जानती कि तुम्हारा स्वभाव इतना नीच है, तो तुम्हारी परछाईं से भागती। मैं हरजाई नहीं हूँ, न अनाथ हूँ, भगवान् की दया से मेरे भी पति हैं, पुत्र है। किस्मत का खेल है कि यहाँ अकेली पड़ी हूँ। मैं तुम्हारे पति को अपने पत्ति का पैर धोने के जोग भी नहीं समझती। मैं उसे बुलाये देती हूँ, तुम भी देख लो, बस आज और कल रह जाओ।'

अभी मेरे मुँह से पूरी बात भी न निकलने पायी थी कि मेरे स्वामी मेरे लाल को गोद में लिए आकर आँगन में खड़े हो गये और मुझे देखते ही लपककर मेरी तरफ़ चले। मैं उन्हें देखते ही ऐसी घबड़ा गयी, मानो कोई सिंह आ गया हो, तुरन्त अपनी कोठरी में जाकर भीतर से द्वार बन्द कर लिए। छाती धड़-धड़ कर रही थी; पर केवाड़ की दरार में आँख लगाये देख रही थी। स्वामी का चेहरा सँवलाया हुआ था, बालों पर धूल जमी हुई थी, पीठ पर कम्बल और लुटिया-डोर रखे हाथ में लम्बा लट्ठ लिए भौंचक्के-से खड़े थे।

बाबूजी ने बाहर आकर स्वामी से पूछा—'अच्छा, आप ही इनके पति हैं। आप ख़ूब आये। अभी तो वह आप ही की चर्चा कर रही थी। आइए, कपड़े उतारिए। मगर बहन, भीतर क्यों भाग गयीं ? यहाँ परदेश में कौन परदा ?'

मेरे स्वामी को तो तुमने देखा ही है। उनके सामने बाबूजी बिलकुल ऐसे लगते थे, जैसे साँड़ के सामने नाटा बैल।

स्वामी ने बाबूजी को कोई जवाब न दिया, मेरे द्वार पर आकर बोले—'मुन्नी, यह क्या अन्धेर करती हो ? मैं तीन दिन से तुम्हें खोज रहा हूँ। आज मिली भी, तो भीतर जा बैठी ! ईश्वर के लिए किवाड़ खोल दो और मेरी दुःख कथा सुन लो, फिर तुम्हारी जो इच्छा हो करना।'

मेरी आँखों से आँसू बह रहे थे। जी चाहता था, किवाड़ खोलकर बच्चे को गोद में ले लूँ।

पर न जाने मन के किसी कोने में कोई बैठा हुआ कह रहा था—'ख़बरदार, जो बच्चे को गोद में लिया ! जैसे कोई प्यास से तड़पता हुआ आदमी पानी का बरतन देखकर टूटे; पर कोई उससे कह दे, पानी जूठा है। एक मन कहता था, स्वामी का अनादर मत कर, ईश्वर ने जो पत्नी और माता का नाता जोड़ दिया है, वह क्या किसी के तोड़े टूट सकता है; दूसरा मन कहता था, तू अब अपने पति को पति और पुत्र को पुत्र नहीं कह सकती। क्षणिक मोह के आवेश में पड़कर तू क्या उन दोनों को कलंकित कर देगी !'

मैं किवाड़ छोड़कर खड़ी हो गयी !

बच्चे ने किवाड़ को अपनी नन्हीं-नन्हीं हथेलियों से पीछे ढकेलने के लिए ज़ोर लगाकर कहा—'तेवाल थोलो !'

यह तोतले बोल कितने मीठे थे। जैसे सन्नाटे में किसी शंका से भयभीत होकर हम गाने लगते हैं, अपने ही शब्दों से दुकेले होने की कल्पना कर लेते हैं। मैं भी इस समय अपने उमड़ते हुए प्यार को रोकने के लिए बोल उठी—'तुम क्यों मेरे पीछे पड़े हो ? क्यों नहीं समझ लेते कि मैं मर गयी ? तुम ठाकुर होकर भी इतने दिल के कच्चे हो। एक तुच्छ नारी के लिए अपना कुल-मरजाद डुबोए देते हो। जाकर अपना ब्याह कर लो और बच्चे को पालो। इस जीवन में मेरा तुमसे कोई नाता नहीं है। हाँ, भगवान् से यही माँगती हूँ कि दूसरे जन्म में तुम फिर मुझे मिलो। क्यों मेरी टेक तोड़ रहे हो, मेरे मन को क्यों मोह में डाल रहे हो ? पतिता के साथ तुम सुख से न रहोगे। मुझ पर दया करो, आज ही चले जाओ, नहीं मैं सच कहती हूँ, ज़हर खा लूँगी।'

स्वामी ने करुण आग्रह से कहा—'मैं तुम्हारे लिए अपनी कुल-मर्यादा, भाई-बन्द सब

कुछ छोड़ दूँगा। मुझे किसी की परवाह नहीं। घर में आग लग जाय, मुझे चिन्ता नहीं। मैं या तो तुम्हें लेकर जाऊँगा, या यहीं गंगा में डूब मरूँगा। अगर मेरे मन में तुमसे रत्ती भर मैल हो, तो भगवान् मुझे सौ बार नरक दें। अगर तुम्हें नहीं चलना है, तो तुम्हारा बालक तुम्हें सौंपकर मैं जाता हूँ। इसे मारो या जिलाओ, मैं फिर तुम्हारे पास न आऊँगा। अगर कभी सुधि आये, तो चुल्लू भर पानी दे देना।'

लाला सोचो, मैं कितने बड़े संकट में पड़ी हुई थी। स्वामी बात के धनी हैं, यह मैं जानती थी। प्राण को वह कितना तुच्छ समझते हैं, यह भी मुझसे छिपा न था। फिर भी मैं अपना हृदय कठोर किये रही। ज़रा भी नर्म पड़ी और सर्वनाश हुआ। मैंने पत्थर का कलेजा बनाकर कहा—'अगर तुम बालक को मेरे पास छोड़कर गये, तो उसकी हत्या तुम्हारे ऊपर होगी, क्योंकि मैं उसकी दुरगति देखने के लिए जीना नहीं चाहती। उसके पालने का भार तुम्हारे ऊपर है, तुम जानो तुम्हारा काम जाने। मेरे लिए जीवन में अगर कोई सुख था, तो यही कि मेरा पुत्र और स्वामी कुशल से हैं। तुम मुझसे यह सुख छीन लेना चाहते हो, छीन लो; मगर याद रखो वह मेरे जीवन का आधार है।'

मैंने देखा स्वामी ने बच्चे को उठा लिया, जिसे एक क्षण पहले गोद से उतार दिया था और उलटे पाँव लौट पड़े। उनकी आँखों से आँसू जारी थे, ओठ काँप रहे थे।

देवीजी ने भलमनसी से काम लेकर स्वामी को बैठाना चाहा, पूछने लगीं—क्या बात है, क्यों रूठी हुई हैं; पर स्वामी ने कोई जवाब न दिया। बाबू साहब फाटक तक उन्हें पहुँचाने गये। कह नहीं सकती, दोनों जनों में क्या बातें हुईं; पर अनुमान करती हूँ कि बाबूजी ने मेरी प्रशंसा की होगी। मेरा दिल अब भी काँप रहा था कि कहीं स्वामी सचमुच आत्मघात न कर लें। देवियों और देवताओं की मनौतियाँ कर रही थी कि मेरे प्यारों की रक्षा करना।

ज्योंही बाबूजी लौटे, मैंने धीरे से किवाड़ खोलकर पूछा—'किधर गये ? कुछ और कहते थे ?'

बाबूजी ने तिरस्कार-भरी आँखों से देखकर कहा—'कहते क्या, मुँह से आवाज़ भी तो निकले। हिचकी बँधी हुई थी। अब भी कुशल है, जाकर रोक लो। वह गंगाजी की ओर ही गये हैं। तुम इतनी दयावान होकर भी इतनी कठोर हो, यह आज ही मालूम हुआ। ग़रीब, बच्चों की तरह फूट-फूटकर रो रहा था।'

मैं संकट की उस दशा को पहुँच चुकी थी, जब आदमी परायों को अपना समझने लगता है। डाँटकर बोली—'तब भी तुम दौड़े यहाँ चले आये। उनके साथ कुछ देर रह जाते, तो छोटे न हो जाते, और न यहाँ देवीजी को कोई उठा ले जाता। इस समय वह आपे में नहीं हैं, फिर भी तुम उन्हें छोड़कर भागे चले आये।'

देवीजी बोलीं—'यहाँ न दौड़े आते, तो क्या जाने मैं कहीं निकल भागती। लो, आकर घर में बैठो। मैं जाती हूँ। पकड़कर घसीट न लाऊँ, तो अपने बाप की नहीं !'

धर्मशाले में बीसों ही यात्री टिके हुए थे। सब अपने-अपने द्वार पर खड़े यह तमाशा देख रहे थे। देवीजी ज्योंही निकलीं, चार-पाँच आदमी उनके साथ हो लिए। आध घण्टे में सभी लौट आये। मालूम हुआ कि वह स्टेशन की तरफ़ चले गये।

पर मैं जब तक उन्हें गाड़ी पर सवार होते न देख लूँ चैन कहाँ। गाड़ी प्रातः-काल

जायेगी। रात-भर वह स्टेशन पर रहेंगे। ज्योंही अँधेरा हो गया, मैं स्टेशन जा पहुँची। वह एक वृक्ष के नीचे कम्बल बिछाए बैठे हुए थे। मेरा बच्चा लोटे को गाड़ी बनाकर डोर से खींच रहा था। बार-बार गिरता था और फिर उठकर खींचने लगता था। मैं एक वृक्ष की आड़ में बैठकर यह तमाशा देखने लगी। तरह-तरह की बातें मन में आने लगीं। बिरादरी का ही तो डर है। मैं अपने पति के साथ किसी दूसरी जगह रहने लगूँ, तो बिरादरी क्या कर लेगी; लेकिन क्या अब मैं वह हो सकती हूँ, जो पहले थी ?

एक क्षण के बाद फिर वही कल्पना। स्वामी ने साफ़ कहा है, उनका दिल साफ़ है। बातें बनाने की उनकी आदत नहीं। तो वह कोई बात कहेंगे ही क्यों, जो मुझे लगे। गड़े मुरदे उखाड़ने की उनकी आदत नहीं। वह मुझसे कितना प्रेम करते थे। अब भी उनका हृदय वही है। मैं व्यर्थ के संकोच में पड़कर उनका और अपना जीवन चौपट कर रही हूँ, ! लेकिन...लेकिन मैं अब क्या वह हो सकती हूँ, जो पहले थी ? नहीं; अब मैं वह नहीं हो सकती।

पतिदेव अब मेरा पहिले से अधिक आदर करेंगे। मैं जानती हूँ। मैं घी का घड़ा भी लुढ़का दूँगी, तो कुछ न कहेंगे। वह उतना ही प्रेम भी करेंगे; लेकिन वह बात कहाँ, जो पहले थी। अब तो मेरी दशा उस रोगिणी की-सी होगी, जिसे कोई भोजन रुचिकर नहीं होता।

तो फिर मैं ज़िंदा ही क्यों रहूँ ? जब जीवन में कोई सुख नहीं, कोई अभिलाषा नहीं, तो वह व्यर्थ है। कुछ दिन और रो लिया, तो इससे क्या ? कौन जानता है, क्या-क्या कलंक सहने पड़े; क्या-क्या दुर्दशा हो। मर जाना कहीं अच्छा।

यह निश्चय करके मैं उठी। सामने ही पतिदेव सो रहे थे। बालक भी पड़ा सोता था। ओह ! कितना प्रबल बन्धन था। जैसे सूम का धन हो। वह उसे खाता नहीं, देता नहीं, इसके सिवा उसे और क्या संतोष है कि उसके पास धन है। इस बात से ही उसके मन में कितना बल आ जाता है। मैं उसी मोह को तोड़ने जा रही थी।

मैं डरते-डरते, जैसे प्राणों को आँखों में लिए, पतिदेव के समीप गयी; पर वहाँ एक क्षण भी खड़ी न रह सकी। जैसे लोहा खिंचकर चुम्बक से जा चिमटता है, उसी तरह मैं उनके मुख की ओर खिंची जा रही थी। मैंने अपने मन का सारा बल लगाकर उसका मोह तोड़ दिया और उसी आवेश में दौड़ी हुई गंगा के तट पर आयी। मोह अब भी मन से चिपटा हुआ था। मैं गंगा में कूद पड़ी।

अमर ने कातर होकर कहा—'अब नहीं सुना जाता मुन्नी। फिर कभी कहना।'

मुन्नी मुस्कराकर बोली—'वाह, अब रह ही क्या गया। मैं कितनी देर पानी में रही, कह नहीं सकती, जब होश आया, तो इसी घर में पड़ी हुई थी। मैं बहती चली जाती थी। प्रातःकाल चौधरी का बड़ा लड़का सुमेर गंगा नहाने गया और मुझे उठा लिया। तब से मैं यहीं हूँ। अछूतों की इस झोंपड़ी में मुझे जो सुख और शान्ति मिली उसका बखान क्या करूँ। काशी और पयाग मुझे भाभी कहते हैं, पर सुमरे मुझे बहन कहता था। मैं अभी अच्छी तरह उठने-बैठने भी न पायी थी कि वह परलोक सिधार गया।'

अमर के मन में एक काँटा बराबर खटक रहा था। वह कुछ तो निकला; पर अभी

कुछ बाक़ी था।

'सुमेर को तुमसे प्रेम तो होगा ही ?'

मुन्नी के तेवर बदल गये—'हाँ था, और थोड़ा नहीं, बहुत था, तो फिर उसमें मेरा क्या बस ? जब मैं स्वस्थ हो गयी, तो एक दिन उसने मुझसे अपना प्रेम प्रकट किया। मैंने क्रोध को हँसी में लपेट कर कहा—क्या तुम इस रूप में मुझसे नेकी का बदला चाहते हो ? अगर यह नीयत है, तो मुझे फिर ले जाकर गंगा में डुबा दो। अगर इस नीयत से तुमने मेरी प्रणा-रक्षा की, तो तुमने मेरे साथ बड़ा अन्याय किया। तुम जानते हो, मैं कौन हूँ ? राजपूतनी हूँ। फिर कभी भूलकर भी मुझसे ऐसी बात न कहना, नहीं गंगा यहाँ से दूर नहीं है। सुमेर ऐसा लज्जित हुआ कि फिर मुझसे बात तक नहीं की; पर मेरे शब्दों ने उसका दिल तोड़ दिया। एक दिन मेरी पसलियों में दर्द होने लगा। उसने समझा भूत का फेर है। ओझा को बुलाने गया। नदी चढ़ी हुई थी। डूब गया। मुझे उसकी मौत का जितना दुःख हुआ, उतना ही अपने सगे भाई के मरने का हुआ था। नीचों में भी ऐसे देवता होते हैं, इसका मुझे यहीं आकर पता लगा। वह कुछ दिन और जी जाता, तो इस घर के भाग जाग जाते। सारे गाँव का गुलाम था। कोई गाली दे, डाँटे, कभी जवाब न देता।'

अमर ने पूछा—'तब से तुम्हें पति और बच्चे की ख़बर न मिली होगी ?'

मुन्नी की आँखों से टप-टप आँसू गिरने लगे। रोते-रोते हिचकी बँध गयी। फिर सिसक-सिसककर बोली—'स्वामी प्रातःकाल फिर धर्मशाले में गये। जब उन्हें मालूम हुआ कि मैं रात को वहाँ नहीं गयीं, तो मुझे खोजने लगे। जिधर कोई मेरा पता बता देता, उधर ही चले जाते। एक महीने तक वह सारे इलाके में मारे-मारे फिरे। इसी निराशा और चिन्ता में वह कुछ सनक गये फिर हरिद्वार आये; अब की बालक उनके साथ न था। कोई पूछता—तुम्हारा लड़का क्या हुआ, तो हँसने लगते। जब मैं अच्छी हो गयी और चलने-फिरने लगी, तो एक दिन जी में आया, हरिद्वार जाकर देखूँ, मेरी चीज़ें कहाँ गयीं। तीन महीने से ज्यादा हो गये थे। मिलने की आशा तो न थी; पर इसी बहाने स्वामी का कुछ पता लगाना चाहती थी। विचार था—एक चिट्ठी लिखकर छोड़ दूँ। उस धर्मशाले के सामने पहुँची, तो देखा, बहुत-से आदमी द्वार पर जमा हैं। मैं भी चली गयी। एक आदमी की लाश थी। लोग कह रहे थे, वही पागल है, वही जो अपनी बीबी को खोजता फिरता था। मैं पहचान गयी। वही मेरे स्वामी थे। यह सब बातें मुहल्ले से मालूम हुईं। छाती पीटकर रह गयी। जिस सर्वनाश से डरती थी, वह हो ही गया। जानती कि यह होनेवाला है, तो पति के साथ ही न चली जाती। ईश्वर ने मुझे दोहरी सज़ा दी; लेकिन आदमी बड़ा बेहया है। अब मरते भी न बना। किसके लिए मरती ? खाती-पीती भी हूँ, हँसती-बोलती भी हूँ, जैसे कुछ हुआ ही नहीं। बस, यही मेरी राम-कहानी है।'

तीसरा भाग

1

लाला समरकान्त की ज़िन्दगी के सारे मंसूबे धूल में मिल गये। उन्होंने कल्पना की थी कि जीवन-संध्या में अपना सर्वस्व बेटे को सौंपकर और बेटी का विवाह करके किसी एकान्त में बैठकर भगवत-भजन में विश्राम लेंगे, लेकिन मन की मन में ही रह गयी। यह तो मानी हुई बात थी कि वह अन्तिम साँस तक विश्राम लेनेवाले प्राणी न थे। लड़के को बढ़ते देखकर उनका हौसला और बढ़ता, लेकिन कहने को हो गया। बीच में अमर कुछ ढर्रे पर आता हुआ जान पड़ता था; लेकिन जब उसकी बुद्धि ही भ्रष्ट हो गयी, तो अब उससे क्या आशा की जा सकती थी। अमर में और चाहे जितनी बुराइयाँ हों, उसके चरित्र के विषय में कोई सन्देह न था; पर कुसंगति में पड़कर उसने धर्म भी खोया, चरित्र भी खोया, और कुल-मर्यादा भी खोयी। लालाजी कुत्सित सम्बन्ध को बहुत बुरा न समझते थे। रईसों में यह प्रथा प्राचीन काल से चली आती है। वह रईस ही क्या, जो इस तरह का खेल न खेले; लेकिन धर्म छोड़ने को तैयार हो जाना, .खुले ख़ज़ाने समाज की मर्यादाओं को तोड़ डालना, यह तो पागलपन है; बल्कि गधापन।

समरकान्त का व्यावहारिक जीवन उनके धार्मिक जीवन से बिलकुल अलग था। व्यवहार और व्यापार में वह धोखा-धड़ी, छल-प्रपंच, सब कुछ क्षम्य समझते थे। व्यापार-नीति में सन या कपास में कचरा भर देना, घी में आलू या घुइयाँ मिला देना, औचित्य से बाहर न था; बिना स्नान किये वह मुँह में पानी न डालते थे। चालीस वर्षों में ऐसा शायद ही कोई दिन हुआ हो कि उन्होंने संध्या समय की आरती न ली हो और तुलसी-दल माथे पर न चढ़ाया हो। एकादशी को बराबर निर्जल व्रत रखते थे। सारांश यह कि उनका धर्म आडम्बर मात्र था; जिसका उनके जीवन में कोई प्रयोजन न था।

सलीम के घर से लौटकर पहला काम जो लालाजी ने किया, वह सुखदा को फटकारना था। इसके बाद नैना की बारी आयी। दोनों को रुलाकर वह अपने कमरे में गये और .खुद रोने लगे।

रातों रात यह ख़बर सारे शहर में फैल गयी। तरह-तरह की मिस्कौट होने लगी। समरकान्त दिन भर घर से नहीं निकले। यहाँ तक कि आज गंगा-स्नान करने भी न गये। कई असामी रुपये लेकर आये। मुनीम तिजोरी की कुँजी माँगने लगा। लालाजी ने ऐसा डाँटा कि वह चुपके से बाहर निकल गया। असामी रुपये लेकर लौट गये।

ख़िदमतगार ने चाँदी का गड़गड़ा लाकर सामने रख दिया। तम्बाकू जल गया। लालाजी ने निगाली भी मुँह में न ली।

दस बजे सुखदा ने आकर कहा—'आप क्या भोजन कीजिएगा ?'

लालाजी ने उसे कठोर आँखों से देखकर कहा—'मुझे भूख नहीं है।'

सुखदा चली गयी। दिन भर किसी ने कुछ न खाया।

नौ बजे रात को नैना ने आकर कहा—'दादा, आरती में न जाइएगा ?'

लालाजी चौंके—'हाँ-हाँ, जाऊँगा क्यों नहीं। तुम लोगों ने कुछ खाया कि नहीं ?'

नैना बोली—'किसी की इच्छा ही न थी। कौन खाता ?'

'तो क्या उसके पीछे सारा घर प्राण देगा ?'

सुखदा इसी समय तैयार होकर आ गयीं। बोली—'जब आप ही प्राण दे रहे हैं, तो दूसरों पर बिगड़ने का आपको क्या अधिकार है ?'

लालाजी चादर ओढ़कर जाते हुए बोले—'मेरा क्या बिगड़ा है कि मैं प्राण दूँ। यहाँ था, तो मुझे कौन-सा सुख देता था ? मैंने तो बेटे का सुख ही नहीं जाना। तब भी जलाता था, अब भी जला रहा है। चलो, भोजन बनाओ, मैं आकर खाऊँगा। जो गया, उसे जाने दो। जो हैं उन्हीं को उस जानेवाले की कसर पूरी करनी है। मैं क्यों प्राण देने लगा ? मैंने पुत्र का जन्म दिया। उसका विवाह भी मैंने किया। सारी गृहस्थी मैंने बनायी। इसके चलाने का भार मुझ पर है। मुझे अब बहुत दिन जीना है। मगर मेरी समझ में यह बात नहीं आती कि इस लौंडे को यह क्या सूझी। पठानिन की पोती अप्सरा नहीं हो सकती। फिर उसके पीछे यह क्यों इतना लट्टू हो गया ? उसका तो ऐसा स्वभाव न था। इसी को भगवान् की लीला कहते हैं।'

ठाकुरद्वारे में लोग जमा हो गये। लाला समरकान्त को देखते ही कई सज्जनों ने पूछा—'अमर कहीं चले गये क्या सेठजी ! क्या बात हुई ?'

लालाजी ने जैसे इस वार को काटते हुए कहा—'कुछ नहीं, उसकी बहुत दिनों से घूमने-घामने की इच्छा थी, पूर्वजन्म का तपस्वी है कोई, उसका बस चले, तो मेरी सारी गृहस्थी एक दिन में लुटा दे। मुझसे यह नहीं देखा जाता। बस, यही झगड़ा है। मैंने ग़रीबी का मज़ा भी चखा है, अमीरी का मज़ा भी चखा है। उसने अभी ग़रीबी का मज़ा नहीं चखा। साल-छः महीने उसका मज़ा चख लेगा, तो आँखें ख़ुल जायँगी। तब उसे मालूम होगा कि जनता की सेवा भी वही लोग कर सकते हैं, जिनके पास धन है। घर में भोजन का आधार न होता, तो मेम्बरी भी न मिलती।'

किसी को और कुछ पूछने का साहस न हुआ। मगर मूर्ख पुजारी पूछ ही बैठा—'सुना, किसी जुलाहे की लड़की से फँस गये थे ?'

यह अक्खड़ प्रश्न सुनकर लोगों ने जीभ काटकर मुँह फेर लिए। लालाजी ने पुजारी को रक्त-भरी आँखों से देखा और ऊँचे स्वर में बोले—'हाँ, फँस गये थे तो फिर ? कृष्ण भगवान् ने एक हज़ार रानियों के साथ नहीं भोग किया था ? राजा शान्तनु ने मछुए की कन्या से नहीं भोग किया था ? कौन राजा है, जिसके महल में दो सौ रानियाँ न हों। अगर उसने किया तो कोई नयी बात नहीं की। तुम-जैसों के लिए यही जवाब है। समझदारों के

लिए यह जवाब है कि जिसके घर में अप्सरा-सी स्त्री हो, वह क्यों जूठी पत्तल चाटने लगा। मोहनभोग खानेवाले आदमी चबैने पर नहीं गिरते।'

यह कहते हुए लालाजी प्रतिमा के सम्मुख गये; पर आज उनके मन में वह श्रद्धा न थी। दुःखी आशा से ईश्वर में भक्ति रखता है, सुखी भय से। दुःखी पर जितना ही अधिक दुःख पड़े, उसकी भक्ति बढ़ती जाती है। सुखी पर दुःख पड़ता है, तो वह विद्रोह करने लगता है। वह ईश्वर को भी अपने धन के आगे झुकाना चाहता है। लालाजी का व्यथित हृदय आज सोने और रेशम से जगमगाती हुई प्रतिमा में धैर्य और सन्तोष का सन्देश न पा सका। कल तक यही प्रतिमा उन्हें बल और उत्साह प्रदान करती थी। उसी प्रतिमा से आज उनका विपदग्रस्त मन विद्रोह कर रहा था। उनकी भक्ति का यही पुरस्कार है ? उनके स्नान और व्रत और निष्ठा का यही फल है !

वह चलने लगे तो ब्रह्मचारी बोले–'लालाजी, अब की यहाँ श्री बाल्मीकीय कथा का विचार है।'

लालाजी ने पीछे फिरकर कहा–'हाँ-हाँ, होने दो।'

एक बाबू साहब ने कहा–'यहाँ तो किसी में इतना सामर्थ्य नहीं है। आप ही हिम्मत करें, तो हो सकती है।'

समरकान्त ने उत्साह से कहा–'हाँ-हाँ, मैं उसका सारा भार लेने को तैयार हूँ। भगवद्भजन से बढ़कर धन का सदुपयोग और क्या होगा ?'

उनका यह उत्साह देखकर लोग चकित हो गये। वह कृपण थे और किसी धर्मकार्य में अग्रसर न होते थे। लोगों ने समझा था, इससे दस-बीस रुपये ही मिल जायँ, तो बहुत है। उन्हें यों बाजी मारते देखकर और लोग भी गरमाये। सेठ धनीराम ने कहा–'आपसे सारा भार लेने को नहीं कहा जाता लालाजी। आप लक्ष्मी-पात्र हैं सही; पर और को भी तो श्रद्धा है। चन्दे से होने दीजिए।

समरकान्त बोले–'तो और लोग आपस में चन्दा कर लें। जितनी कमी रह जायेगी, वह मैं पूरी कर दूँगा।

धनीराम को भय हुआ, कहीं यह महाशय सस्ते न छूट जायँ। बोले–'यह नहीं, आपको जितना लिखना हो लिख दें।'

समरकान्त ने होड़ के भाव से कहा–'पहले आप लिखिए।'

काग़ज, क़लम, दावात लाया गया। धनीराम ने लिखा एक सौ एक रुपये।

समरकान्त ने ब्रह्मचारी जी से पूछा–'आपके अनुमान से कुल कितना खर्च होगा ?'

ब्रह्मचारी जी का तख़मीना एक हज़ार का था।

समरकान्त ने आठ सौ निन्यानबे लिख दिये। और वहाँ से चल दिये। सच्ची श्रद्धा की कमी को वह धन से पूरा करना चाहते थे। धर्म की क्षति जिस अनुपात से होती है, उसी अनुपात से आडम्बर की वृद्धि होती है।

2

अमरकान्त का पत्र लिए हुए नैना अन्दर आयी, तो सुखदा ने पूछा–'किसका पत्र है ?'

नैना ने ख़त पाते ही पढ़ डाला था। बोली–'भैया का।'

सुखदा ने पूछा–'अच्छा, उनका ख़त है ? कहाँ हैं ?'

'हरिद्वार के पास किसी गाँव में हैं।'

आज पाँच महीनों से दोनों में अमरकान्त की कभी चर्चा न हुई थी। मानो वह कोई घाव था, जिसको छूते दोनों ही के दिल काँपते थे। सुखदा ने फिर कुछ न पूछा। बच्चे के लिए फ्राक सी रही थी। फिर सीने लगी।

नैना पत्र का जवाब लिखने लगी। इसी वक़्त वह जवाब भेज देगी। आज पाँच महीने में आपको मेरी सुधि आयी है। जाने क्या-क्या लिखना चाहती थी। कई घण्टों के बाद वह खत तैयार हुआ, जो हम पहले ही देख चुके हैं। ख़त लेकर वह भाभी को दिखाने गयी। सुखदा ने देखने की ज़रूरत न समझी।

नैना ने हताश होकर पूछा–'तुम्हारी तरफ़ से भी कुछ लिख दूँ ?'

'नहीं, कुछ नहीं।'

'तुम्हीं अपने हाथ से लिख दो।'

'मुझे कुछ नहीं लिखना है।'

नैना रुआँसी होकर चली गयी। ख़त डाक में भेज दिया गया।

सुखदा को अमर के नाम से भी चिढ़ है। उसके क़मरे में अमर की एक तसवीर थी, उसे उसने तोड़कर फेंक दिया था। अब उसके पास अमर की याद दिलानेवाली कोई चीज़ न थी। यहाँ तक कि बालक से भी उसका जी हट गया था। वह अब अधिकतर नैना के पास रहता था; स्नेह के बदले वह अब उस पर दया करती थी; पर इस पराजय ने उसे हताश नहीं किया; उसका आत्माभिमान कई गुना बढ़ गया है। आत्मनिर्भर भी अब वह कहीं ज्यादा हो गयी है। वह अब किसी की उपेक्षा नहीं करना चाहती। स्नेह के दबाव के सिवा और किसी दबाव से उसका मन विद्रोह करने लगता है। उसकी विलासिता मानो मान के वन में खो गयी है !

लेकिन आश्चर्य की बात यह है कि सकीना से उसे लेशमात्र भी द्वेष नहीं है। वह उसे भी अपनी ही तरह; बल्कि अपने से अधिक दुःखी समझती है। उसकी कितनी बदनामी हुई, और अब बेचारी उस निर्दयी के नाम को रो रही है। वह सारा उन्माद जाता रहा। ऐसे छिरौरों का एतबार ही क्या। वहाँ कोई दूसरा शिकार फाँस लिया होगा। उससे मिलने की उसे बड़ी इच्छा थी; पर सोच-सोचकर रह जाती थी।

एक दिन पठानिन से मालूम हुआ कि सकीना बहुत बीमार है। उस दिन सुखदा ने उससे मिलने का निश्चय कर लिया। नैना को भी साथ ले लिया। पठानिन ने रास्ते में कहा–'मेरे सामने तो उसका मुँह ही बन्द हो जायेगा। मुझसे तो तभी से बोलचाल नहीं है। मैं तुम्हें घर दिखाकर कहीं चली जाऊँगी। ऐसी अच्छी शादी हो रही थी, उसने मंजूर ही न किया। मैं भी चुप हूँ, देखूँ कब तक उसके नाम को बैठी रहती है। मेरे जीते-जी तो लाला घर में

क़दम रखने न पायेंगे। हाँ, पीछे को नहीं कह सकती।'

सुखदा ने छेड़ा—'किसी दिन उनका ख़त आ जाय और सकीना चली जाय, तो क्या करोगी ?'

बूढ़िया आँखें निकालकर बोली—'मज़ाल है कि इस तरह चली जाय। ख़ून पी जाऊँ।'

सुखदा ने फिर छेड़ा—'जब वह मुसलमान होने को कहते हैं, तब तुम्हें क्या इन्कार है ?'

पठानिन ने कानों पर हाथ रखकर कहा—'अरे बेटा ! जिसका ज़िन्दगी भर नमक खाया, उसका घर उजाड़कर अपना घर बनाऊँ ? यह शरीफ़ों को काम नहीं है। मेरी तो समझ ही में नहीं आता, छोकरी में क्या देखकर भैया रीझ पड़े।'

अपना घर दिखाकर पठानिन तो पड़ोस के एक घर में चली गयी, दोनों युवतियों ने सकीना के द्वार की कुण्डी खटखटायी। सकीना ने उठकर द्वार खोल दिया। दोनों को देखकर वह घबड़ा-सी गयी। जैसे कहीं भागना चाहती है। कहाँ बैठाये, क्या सत्कार करे !

सुखदा ने कहा—'तुम परेशान न हो बहन, हम इस खाट पर बैठ जाते हैं। तुम तो जैसे घुलती जाती हो। एक बेवफ़ा मर्द के चकमे में पड़कर क्या जान दे दोगी ?'

सकीना का पीला चेहरा शर्म से लाल हो गया। उसे ऐसा जान पड़ा कि सुखदा मुझसे जवाब तलब कर रही है—'तुमने मेरा बना-बनाया घर क्यों उजाड़ दिया ?' इसका सकीना के पास कोई जवाब न था। वह कांड कुछ इस आकस्मिक रूप से हुआ कि वह स्वयं कुछ न समझ सकी। पहले बादल का एक टुकड़ा आकाश के एक कोने में दिखाई दिया। देखते-देखते सारा आकाश मेघाच्छन्न हो गया और ऐसे ज़ोर की आँधी चली कि वह .ख़ुद उसमें उड़ गयी। वह क्या बताये कैसे क्या हुआ। बादल के उस टुकड़े को देखकर कौन कह सकता था, आँधी आ रही है।

उसने सिर झुकाकर कहा—'औरत की ज़िन्दगी और है ही किसलिए बहनजी ! वह अपने दिल से लाचार है, जिससे वफ़ा की उम्मीद करती है, वही दग़ा करता है। उसका क्या अख़्तियार ? लेकिन बेवफ़ाओं से मुहब्बत न हो, तो मुहब्बत में मज़ा ही क्या रहे। शिकवा-शिकायत, रोना-धोना, बेताबी और बेक़रारी यही तो मुहब्बत के मज़े हैं, फिर मैं तो वफ़ा की उम्मीद भी नहीं करती थी। मैं उस वक़्त भी इतना जानती थी कि यह आँधी दो-चार घड़ी की मेहमान है; लेकिन मेरी तस्कीन के लिए तो इतना ही काफ़ी था कि जिस आदमी की मैं दिल में सबसे ज़्यादा इज़्ज़त करने लगी थी, उसने मुझे इस लायक़ तो समझा। मैं इस काग़ज़ की नाव पर बैठकर भी सागर को पार कर दूँगी।'

सुखदा ने देखा, इस युवती का हृदय कितना निष्कपट है। कुछ निराश होकर बोली—'यही तो मरदों के हथकण्डे हैं। पहले तो देवता बन जायेंगे, जैस सारी शराफ़त इन्हीं पर ख़तम है, फिर तोतों की तरह आँखें फेर लेंगे।'

सकीना ने ढिठाई के साथ कहा—'बहन, बनने से कोई देवता नहीं हो जाता। आपकी उम्र चाहे साल दो साल मुझसे ज़्यादा हो; लेकिन मैं इस मुआमले में आपसे ज़्यादा तज़रबा रखती हूँ। यह मैं घमण्ड से नहीं कहती, शर्म से कहती हूँ। .ख़ुदा न करे, ग़रीब की लड़की हसीन हो। ग़रीबों में हुस्न बला है। वहाँ बड़ों का तो कहना ही क्या, छोटों की रसाई भी

आसानी से हो जाती है। अम्माँ बड़ी पारसा हैं, मुझे देवी समझती होंगी, किसी जवान को दरवाज़े पर खड़ा नहीं होने देतीं; लेकिन इस वक्त बात आ पड़ी है, तो कहना पड़ता है कि मुझे मरदों को देखने और परखने के काफ़ी मौक़े मिले हैं। सभी ने मुझे दिल-बहलाव की चीज़ समझा, और मेरी ग़रीबी से अपना मतलब निकालना चाहा। अगर किसी ने मुझे इज़्ज़त की निगाह से देखा, तो वह बाबूजी थे। मैं .ख़ुदा को गवाह करके कहती हूँ कि उन्होंने मुझे एक बार भी ऐसी निगाहों से नहीं देखा और न एक क़लमा भी ऐसा मुँह से निकाला, जिससे छिछोरेपन की बू आयी हो। उन्होंने मुझे निकाह की दावत दी। मैंने उसे मंज़ूर कर लिया। जब तक वह .ख़ुद उस दावत को रद्द न कर दें, मैं उसकी पाबन्द हूँ, चाहे मुझे उम्र भर यों ही रहना पड़े। चार-पाँच बार की मुख़्तसर मुलाक़ातों में मुझे उन पर इतना एतबार हो गया है कि मैं उम्र भर उनके नाम पर बैठी रह सकती हूँ। मैं अब पछताती हूँ कि क्यों न उनके साथ चली गयी। मेरे रहने से उन्हें कुछ तो आराम होता। कुछ तो उनकी ख़िदमत कर सकती। इसका तो मुझे यक़ीन है कि उन पर रंग-रूप का जादू नहीं चल सकता। हूर भी आ जाय, तो उसकी तरफ़ आँखें उठाकर न देखेंगे, लेकिन ख़िदमत और मुहब्बत का जादू उन पर बड़ी आसानी से चल सकता है। यही ख़ौफ़ है। मैं आपसे सच्चे दिल से कहती हूँ बहन, मेरे लिए इससे बड़ी .ख़ुशी की बात नहीं हो सकती कि आप और वह फिर मिल जायँ, आपस का मनमुटाव दूर हो जाय। मैं उस हालत में और भी .ख़ुश रहूँगी मैं उनके साथ न गयी, इसका यही सबब था; लेकिन बुरा न मानों तो एक बात कहूँ।'

वह चुप होकर सुखदा के उत्तर का इतंजार करने लगी। सुखदा ने आश्वासन दिया—'तुम जितनी साफ़-दिली से बातें कर रही हो, उससे अब मुझे तुम्हारी कोई बात भी बुरी न मालूम होगी। शौक से कहो।'

सकीना ने धन्यवाद देते हुए कहा—'अब तो उनका पता मालूम हो गया है, आप एक बार उनके पास चली जायँ। वह ख़िदमत के गुलाम हैं और ख़िदमत से ही आप उन्हें अपना सकती हैं।'

सुखदा ने पूछा—'बस, या और कुछ ?'

'बस, और मैं आपको क्या समझाऊँगी, आप मुझसे कहीं ज़्यादा समझदार हैं।'

'उन्होंने मेरे साथ विश्वासघात किया है। मैं ऐसे कमीने आदमी की .ख़ुशामद नहीं कर सकती। अगर आज मैं किसी मर्द के साथ भाग जाऊँ, तो तुम समझती हो, वह मुझे मनाने जायेंगे ? वह शायद मेरी गरदन काटने जायँ। मैं औरत हूँ, और औरत का दिल इतना कड़ा नहीं होता; लेकिन उनकी .ख़ुशामद तो मैं मरते दम तक नहीं कर सकती।'

यह कहती हुई सुखदा उठ खड़ी हुई। सकीना दिल में पछताई कि क्यों ज़रूरत से ज़्यादा बहनापा जताकर उसने सुखदा को नाराज़ कर दिया। द्वार तक मुआफ़ी माँगती हुई आयी।

दोनों ताँगें पर बैठीं, तो नैना ने कहा—'तुम्हें क्रोध बहुत जल्द आ जाता है भाभी।'

सुखदा ने तीक्ष्ण स्वर में कहा—'तुम तो ऐसा कहोगी ही, अपने भाई की बहन हो न ! संसार में ऐसी कौन औरत है, जो ऐसे पति को मनाने जायेगी ? हाँ, शायद सकीना चली जाती; इसलिए कि उसे आशातीत वस्तु मिल गयी है।'

एक क्षण के बाद फिर बोली—'मैं इससे सहानुभूति करने आयी थी; पर यहाँ से परास्त होकर जा रही हूँ। इसके विश्वास ने मुझे परास्त कर दिया। इस छोकरी में वह सभी गुण हैं, जो पुरुषों को आकृष्ट करते हैं। ऐसी ही स्त्रियाँ पुरुषों के हृदय पर राज करती हैं। मेरे हृदय में कभी इतनी श्रद्धा न हुई। मैंने उनसे हँसकर बोलने, हास-परिहास करने और अपने रूप और यौवन के प्रदर्शन में ही अपने कर्त्तव्य का अन्त समझ लिया। न कभी प्रेम किया, न प्रेम पाया। मैंने बरसों में जो कुछ न पाया, वह इसने घण्टों में पा लिया। आज मुझे कुछ-कुछ ज्ञात हुआ कि मुझमें क्या त्रुटियाँ हैं। इस छोकरी ने मेरी आँखें खोल दीं।'

3

एक महीने से ठाकुरद्वारे में कथा हो रही है। पं. मधुसूदनजी इस कला में प्रवीण हैं। उनकी कथा में श्रव्य और दृश्य, दोनों ही काव्यों का आनन्द आता है। जितनी आसानी से वह जनता को हँसा सकते हैं, उतनी ही आसानी से रुला भी सकते हैं। दृष्टांतों के तो मानो वह सागर और नाट्य में इतने कुशल कि जो चरित्र दर्शाते हैं, उनकी तसवीरें खींच देते हैं। सारा शहर उमड़ पड़ता है। रेणुका देवी तो साँझ ही से ठाकुरद्वारे में पहुँच जाती हैं। व्यासजी और उनके भजनीक सब उन्हीं के मेहमान हैं। नैना भी मुन्ने को गोद में लेकर पहुँच जाती है। केवल सुखदा को कथा में रुचि नहीं है। वह नैना के बार-बार आग्रह करने पर भी नहीं जाती। उसका विद्रोही मन सारे संसार से प्रतिकार करने के लिए जैसे नंगी तलवार लिए खड़ा रहता है। कभी-कभी उसका मन इतना उद्विग्न हो जाता है कि समाज और धर्म के सारे बन्धनों को तोड़कर फेंक दे। ऐसे आदमियों की सज़ा यही है कि उनकी स्त्रियाँ भी उन्हीं के मार्ग पर चलें। तब उनकी आँखें खुलेंगी और उन्हें ज्ञात होगा कि जलना किसे कहते हैं। एक मैं कुल-मर्यादा के नाम को रोया करूँ; लेकिन यह अत्याचार बहुत दिनों न चलेगा। अब कोई इस भ्रम में न रहे कि पति चाहे जो करे, उसकी स्त्री उसके पाँव धो-धोकर पियेगी, उसे अपना देवता समझेगी उसके पाँव दबायेगी और वह उससे हँसकर बोलेगा, तो अपने भाग्य को धन्य मानेगी। वह दिन लद गये। इस विषय पर उसने पत्रों में कई लेख भी लिखे हैं।

आज नैना बहस कर बैठी—'तुम कहती हो, पुरुष के आचार-विचार की परीक्षा कर लेनी चाहिए। क्या परीक्षा कर लेने पर धोखा नहीं होता ? आये दिन तलाक़ क्यों होते रहते हैं ?'

सुखदा बोली—'तो इसमें क्या बुराई है ? यह तो नहीं होता कि पुरुष तो गुलछर्रे उड़ावे और स्त्री उसके नाम को रोती रहे।'

नैना ने जैसे रटे हुए वाक्य को दुहराया—'प्रेम के अभाव में सुख कभी नहीं मिल सकता। बाहरी रोकथाम से कुछ न होगा।'

सुखदा ने छेड़ा—'मालूम होता है, आजकल यह विद्या सीख रही हो। अगर देख-भालकर विवाह करने में कभी-कभी धोखा हो सकता है, तो बिना देखे-भाले करने में बराबर धोखा

होता है। तलाक़ की प्रथा यहाँ हो जाने दो, फिर मालूम होगा कि हमारा जीवन कितना सुखी है।'

नैना इसका कोई जवाब न दे सकी। कल व्यासजी ने पश्चिमी विवाह-प्रथा की तुलना भारतीय पद्धति से की। यही बातें कुछ उखड़ी-सी उसे याद थीं। बोली–'तुम्हें कथा में चलना है कि नहीं, यह बताओ।'

'तुम जाओ, मैं नहीं जाती।'

नैना ठाकुरद्वारे में पहुँची तो कथा आरम्भ हो गयी थी। आज और दिनों से ज़्यादा हुजूम था। नौजवान-सभा और सेवा-पाठशाला के विद्यार्थी और अध्यापक भी आये हुए थे। मधुसूदनजी कह रहे थे–'राम-रावण की कथा तो इस जीवन की, इस संसार की कथा है; इसको चाहो तो सुनना पड़ेगा, न चाहो तो सुनना पड़ेगा। इससे हम तुम बच नहीं सकते। हमारे ही अन्दर राम भी हैं, रावण भी हैं, सीता भी हैं, आदि...'

सहसा पिछली सफों में कुछ हलचल मची। ब्रह्मचारीजी कई आदमियों को हाथ पकड़-पकड़ कर उठा रहे थे और ज़ोर-ज़ोर से गालियाँ दे रहे थे। हंगामा हो गया। लोग इधर-उधर से उठकर वहाँ जमा हो गये। कथा बन्द हो गयी।'

समरकान्त ने पूछा–'क्या बात है ब्रह्मचारीजी ?'

ब्रह्मचारी ने ब्रह्मतेज से लाल-लाल आँखें निकालकर कहा–'बात क्या है, यह लोग भगवान् की कथा सुनने आते हैं कि अपना धर्म भ्रष्ट करने आते हैं ! भंगी, चमार जिसे देखो घुसा चला आता है,–ठाकुरजी का मन्दिर न हुआ सराय हुई !'

समरकान्त ने कड़ककर कहा–'निकाल दो सभी को मारकर !'

एक बूढ़े ने हाथ जोड़कर कहा–'हम तो यहाँ दरवज्जे पर बैठे थे सेठजी, जहाँ जूते रखे हैं। हम क्या ऐसे नादान हैं कि आप लोगों के बीच में जाकर बैठ जाते।'

ब्रह्मचारी ने उसे एक जूता जमाते हुए कहा–'तू यहाँ आया क्यों ? यहाँ से वहाँ तक एक दरी बिछी हुई है। सब का सब भरभंड हुआ कि नहीं ? परसाद है, चरणामृत है, गंगाजल है। सब मिट्टी हुआ कि नहीं ? अब जाड़े-पाले में लोगों को नहाना-धोना पड़ेगा कि नहीं ? हम कहते हैं तू बूढ़ा हो गया मिठुआ, मरने के दिन आ गये, पर तुझे अकल भी नहीं आयी। चला है वहाँ से बड़ा भगत की पूँछ बनकर !'

समरकान्त ने बिगड़कर पूछा–'और भी पहले कभी आया था कि आज ही आया है ?'

मिठुआ बोला–'रोज आते हैं महराज, यहीं दरवज्जे पर बैठकर भगवान् की कथा सुनते हैं।'

ब्रह्मचारी ने माथा पीट लिया। ये दुष्ट रोज़ यहाँ आते थे ! रोज़ सबको छूते थे। इनका छुआ हुआ प्रसाद लोग रोज़ खाते थे ! इससे बढ़कर अनर्थ क्या हो सकता है ? धर्म पर इससे बड़ा आघात और क्या हो सकता है ?' धर्मात्माओं के क्रोध का वारापार न रहा। कई आदमी जूते ले-लेकर उन ग़रीबों पर पिल पड़े। भगवान् के मन्दिर में, भगवान् के भक्तों के हाथों, भगवान् के भक्तों पर पादुका-प्रहार होने लगा !

डॉक्टर शान्तिकुमार और उनके अध्यापक खड़े ज़रा देर तक यह तमाशा देखते रहे।

जब जूते चलने लगे तो स्वामी आत्मानन्द अपना मोटा सोंटा लेकर ब्रह्मचारी की तरफ़ लपके।

डॉक्टर साहब ने देखा, घोर अनर्थ हुआ चाहता है। झपटकर आत्मानन्द के हाथों से सोंटा छीन लिया।

आत्मानन्द ने ख़ून-भरी आँखों से देखकर कहा–'आप यह दृश्य देख सकते हैं, मैं नहीं देख सकता।'

शान्तिकुमार ने उन्हें शान्त किया और ऊँची आवाज़ से बोले–'वाह रे ईश्वर भक्तो ! वाह ! क्या कहना है तुम्हारी भक्ति का ! जो जितने जूते मारेगा, भगवान उस पर उतने प्रसन्न होंगे। उसे चारों पदार्थ मिल जायेंगे। सीधे स्वर्ग से विमान आ जायेगा। मगर अब चाहे जितना मारो, धर्म तो नष्ट हो गया।'

ब्रह्मचारी, लाला समरकान्त, सेठ धनीराम और अन्य धर्म के ठेकेदारों ने चकित होकर शान्तिकुमार की ओर देखा। जूते चलने बन्द हो गये।

शान्तिकुमार इस समय कुरता और धोती पहने, माथे पर चन्दन लगाये, गले में चादर डाले व्यास के छोटे भाई-से लग रहे थे। यहाँ उनका वह फ़ैशन न था, जिस पर विधर्मी होने का आक्षेप किया जा सकता था।

डॉक्टर साहब ने फिर ललकारकर कहा–'आप लोगों ने हाथ क्यों बन्द कर लिए ? लगाइए कस-कसकर ! और जूतों से क्या होता है, बन्दूकें मँगाइए और धर्म-द्रोहियों का अन्त कर डालिए। सरकार कुछ नहीं कह सकती। और तुम धर्म-द्रोहियों, तुम सब-के-सब बैठ जाओ और जितने जूते खा सको, खाओ। तुम्हें इतना खबर नहीं कि यहाँ सेठ-महाजनों के भगवान रहते हैं ! तुम्हारी इतनी मजाल कि इन भगवान के मन्दिर में क़दम रखो ! तुम्हारे भगवान कहीं किसी झोंपड़े में या पेड़ तले होंगे। यह भगवान रत्नों के आभूषण पहनते हैं, मोहनभोग-मलाई खाते हैं। चीथड़े पहननेवालों और चबेना खानेवालों की सूरत वह नहीं देखना चाहते।'

ब्रह्मचारीजी परशुराम की भाँति विकराल रूप दिखाकर बोले–'तुम तो बाबूजी, अन्धेर करते हो। सासतर में कहाँ लिखा है कि अन्त्यजों को मन्दिर में आने दिया जाय ?'

शान्तिकुमार ने आवेश से कहा–'कहीं नहीं। शास्त्र में यह लिखा है कि घी में चरबी मिलाकर बेचो, टेनी मारो, रिश्वतें खाओ, आँखों में धूल झोंको और जो तुमसे बलवान हैं, उनके चरण धो-धोकर पियो, चाहे वह शास्त्र को पैरों से ठुकराते हों। तुम्हारे शास्त्र में यह लिखा है, तो यह करो। हमारे शास्त्र में तो यह लिखा है कि भगवान् की दृष्टि में न कोई छोटा है, न बड़ा, न कोई शुद्ध और न कोई अशुद्ध। उसकी गोद सबके लिए .खुली हुई है।'

समरकान्त ने कई आदमियों को अन्त्यजों का पक्ष लेने के लिए तैयार देखकर उन्हें शान्त करने की चेष्टा करते हुए कहा–'डॉक्टर साहब, तुम व्यर्थ इतना क्रोध कर रहे हो। शास्त्र में क्या लिखा है, क्या नहीं लिखा है, यह तो पंडित ही जानते हैं। हम तो जैसी प्रथा देखते हैं, वह करते हैं। इन पाजियों को सोचना चाहिए था या नहीं ? इन्हें तो यहाँ का हाल मालूम है, कहीं बाहर से तो नहीं आये हैं ?'

शान्तिकुमार का ख़ून खौल रहा था–'आप लोगों ने जूते क्यों मारे ?'

ब्रह्मचारी ने उजड्डपन से कहा—'और क्या पान-फूल लेकर पूजते ?'

शान्तिकुमार उत्तेजित होकर बोले—'अन्धे भक्तों की आँखों में धूल झोंककर यह हलवे बहुत दिन खाने को न मिलेंगे महाराज, समझ गये ? अब वह समय आ रहा है, जब भगवान् भी पानी में स्नान करेंगे, दूध से नहीं।'

सब लोग हाँ-हाँ करते ही रहे; पर शान्तिकुमार, आत्मानन्द और सेवा-पाठशाला के छात्र उठकर चल दिये। भजन-मण्डली का मुखिया सेवाश्रम का ब्रजनाथ था। वह भी उनके साथ ही चला गया।

4

उस दिन फिर कथा न हुई। कुछ लोगों ने ब्रह्मचारी ही पर आक्षेप करना शुरू किया। बैठे तो थे बेचारे एक कोने में, उन्हें उठाने की ज़रूरत ही क्या थी ? और उठाया भी, तो नम्रता से उठाते। मार-पीट से क्या फ़ायदा ?

दूसरे दिन नियत समय पर कथा शुरू हुई; पर श्रोताओं की संख्या बहुत कम हो गयी थी। मधुसूदनजी ने बहुत चाहा कि रंग जमा दें; पर लोग जम्हाइयाँ ले रहे थे और पिछली सफ़ों में तो लोग धड़ल्ले से सो रहे थे। मालूम होता था, मन्दिर का आँगन कुछ छोटा हो गया है, दरवाज़े कुछ नीचे हो गये हैं, भजन-मण्डली के न होने से और भी सन्नाटा है। उधर नौजवान-सभा के सामने .खुले मैदान में शान्तिकुमार की कथा हो रही थी। ब्रजनाथ, सलीम, आत्मानन्द आदि आनेवालों का स्वागत करते थे। थोड़ी देर में दरियाँ छोटी पड़ गयीं ओर थोड़ी देर और गुज़रने पर मैदान भी छोटा पड़ गया। अधिकांश लोग नंगे बदन थे, कुछ लोग चीथड़े पहने हुए। उनकी देह से तम्बाकू और मैलेपन की दुर्गन्ध आ रही थी। स्त्रियाँ आभूषणहीन, मैली-कुचैली धोतियाँ या लहँगे पहने हुए थीं। रेशम और सुगन्ध और चमकीले आभूषणों का कहीं नाम न था, पर हृदयों में दया थी, धर्म था, सेवा-भाव था, त्याग था। नये आनेवालों को देखते ही लोग जगह घेरने को पाँव न फैला लेते थे, यों न ताकते थे, जैसे कोई शत्रु आ गया हो; बल्कि और सिमट जाते थे और .खुशी से जगह दे देते थे।

नौ बजे कथा आरम्भ हुई। यह देवी-देवताओं और अवतारों की कथा न थी। ब्रह्म-ऋषियों के तप और तेज का वृत्तान्त न था, क्षत्रियों के शौर्य और दान की गाथा न थी। यह उस पुरुष का पावन चरित्र था, जिसके यहाँ मन और कर्म की शुद्धता ही धर्म का मूल तत्त्व है। वही ऊँचा है, जिसका मन शुद्ध है; वही नीचा है, जिसका मन अशुद्ध है—जिसने वर्ण का स्वाँग रचकर समाज के एक अंग को मदान्ध और दूसरे को म्लेच्छ नहीं बनाया ? किसी के लिए उन्नति या उद्धार का द्वार नहीं बन्द किया—एक के माथे पर बड़प्पन का तिलक और दूसरे के माथे पर नीचता का कलंक नहीं लगाया। इस चरित्र में आत्मोन्नति का एक सजीव सन्देश था, जिसे सुनकर दर्शकों को ऐसा प्रतीत होता था, मानो उनकी आत्मा के बन्धन .खुल गये हैं, संसार पवित्र और सुन्दर हो गया है।

नैना को भी धर्म के पाखण्ड से चिढ़ थी। अमरकान्त उससे इस विषय पर अकसर

बातें किया करता था। अछूतों पर यह अत्याचार देखकर उसका ख़ून भी खौल उठा था। समरकान्त का भय न होता, तो उसने ब्रह्मचारीजी को फटकार बतायी होती; इसलिए जब शान्तिकुमार ने तिलकधारियों को आड़े हाथों लिया, तो उसकी आत्मा जैसे मुग्ध होकर उनके चरणों पर लोटने लगी। अमरकान्त से उनका बखान कितनी ही बार सुन चुकी थी। इस समय उनके प्रति उसके मन में ऐसी श्रद्धा उठी कि जाकर उनसे कहे—'तुम धर्म के सच्चे देवता हो, तुम्हें नमस्कार करती हूँ।' अपने आसपास के आदमियों को क्रोधित देख-देखकर उसे भय हो रहा था कि कहीं यह लोग उन पर टूट न पड़ें। उसके जी में आता था, जाकर डॉक्टर के पास खड़ी हो जाय और उनकी रक्षा करे। जब वह बहुत से आदमियों के साथ चले गये, तो उसका चित्त शान्त हो गया। वह भी सुखदा के साथ घर चली आयी।

सुखदा ने रास्ते में कहा—'ये दुष्ट न जाने कहाँ से फट पड़े ? उस पर डॉक्टर साहब उल्टे उन्हीं का पक्ष लेकर लड़ने को तैयार हो गये।'

नैना ने कहा—'भगवान् ने तो किसी को ऊँचा और किसी को नीचा नहीं बनाया ?'

'भगवान् ने नहीं बनाया, तो किसने बनाया ?'

'अन्याय ने।'

'छोटे-बड़े संसार में सदा रहे हैं और सदा रहेंगे।'

नैना ने वाद-विवाद करना उचित न समझा।

दूसरे दिन संध्या समय उसे ख़बर मिली कि आज नौजवान सभा में अछूतों के लिए अलग कथा होगी, तो उसका मन वहाँ जाने के लिए लालायित हो उठा। वह मन्दिर में सुखदा के साथ तो गयी; पर उसका जी उचाट हो रहा था। जब सुखदा झपकियाँ लेने लगी—आज यह कृत्य शीघ्र ही होने लगा—तो वह चुपके से बाहर आयी और एक ताँगे पर बैठकर नौजवान सभा चली। वह दूर से जमाव देखकर लौट आना चाहती थी, जिसमें सुखदा को उसके आने की ख़बर न हो। उसे दूर से गैस की रोशनी दिखाई दी। ज़रा और आगे बढ़ी, तो ब्रजनाथ की स्वर लहरियाँ कानों में आयीं। ताँगा उस स्थान पर पहुँचा, तो शान्तिकुमार मंच पर आ गये थे। आदमियों का एक समुद्र उमड़ा हुआ था और डॉक्टर साहब की प्रतिभा उस समुद्र के ऊपर किसी विशाल व्यापक आत्मा की भाँति छाई हुई थी। नैना कुछ देर तो ताँगे पर मन्त्र-मुग्ध सी बैठी सुनती रही, फिर उतरकर पिछली क़तार में सबके पीछे खड़ी हो गयी।

एक बुढ़िया बोली—'कब तक खड़ी रहोगी बिटिया, भीतर जाकर बैठ जाओ।'

नैना ने कहा—'मैं बड़े आराम से हूँ। सुनाई तो दे रहा है।'

बुढ़िया आगे थी। उसने नैना का हाथ पकड़कर अपनी जगह पर खींच लिया और आप उसकी जगह पर पीछे हट आयी। नैना ने अब शान्तिकुमार को सामने देखा। उनके मुख पर देवोपम तेज छाया हुआ था। जान पड़ता था, इस समय वह किसी दिव्य जगत् में हैं, मानो वहाँ की वायु सुधामयी हो गयी है। जिन दरिद्र चेहरों पर वह फटकार बरसते देखा करती थी, उन पर आज कितना गर्व था, मानो वे किसी नवीन सम्पत्ति के स्वामी हो गये हैं। इतनी नम्रता, इतनी भद्रता, इन लोगों में उसने कभी न देखी थी।

शान्तिकुमार कह रहे थे—'क्या तुम ईश्वर के घर से गुलामी करने का बीड़ा लेकर आये हो ? तुम तन-मन से दूसरों की सेवा करते हो; पर तुम गुलाम हो। तुम्हारा समाज

में कोई स्थान नहीं। तुम समाज की बुनियाद हो। तुम्हारे ही ऊपर समाज खड़ा है, पर तुम अछूत हो। तुम मन्दिरों में नहीं जा सकते। ऐसी अनीति इस अभागे देश के सिवा और कहाँ हो सकती है ? क्या तुम सदैव इसी भाँति पतित और दलित बने रहना चाहते हो ?'

एक आवाज़ आयी—'हमारा क्या बस है ?'

शन्तिकुमार ने उत्तेजना-पूर्ण स्वर में कहा—'तुम्हारा बस उस समय तक कुछ नहीं है, जब तक समझते हो, तुम्हारा बस नहीं है। मन्दिर किसी एक आदमी या समुदाय की चीज़ नहीं है। वह हिन्दू-मात्र का चीज़ है। यदि तुम्हें कोई रोकता है, तो यह उसकी ज़बरदस्ती है। मत टलो उस मन्दिर के द्वार से, चाहे तुम्हारे ऊपर गोलियों की वर्षा ही क्यों न हो ! तुम ज़रा-ज़रा सी बात के पीछे अपना सर्वस्व गँवा देते हो, जान दे देते हो, यह तो धर्म की बात है, और धर्म हमें जान से भी प्यारा होता है। धर्म की रक्षा सदा प्राणों से हुई है और प्राणों से होगी !' कल को मारधाड़ ने सभी को उत्तेजित कर दिया था। दिन भर उसी विषय की चरचा होती रही। बारूद तैयार होती रही। उसमें चिनगारी की कसर थी। ये शब्द चिनगारी का काम कर गये। संघ-शक्ति ने हिम्मत भी बढ़ा दी। लोगों ने पगड़ियाँ सँभालीं, आसन बदले और एक-दूसरे की ओर देखा, मानो पूछ रहे हों—'चलते हो, या अभी कुछ सोचना बाक़ी है ?' और फिर शान्त हो गये। साहस ने चूहे की भाँति बिल से सिर निकालकर फिर अन्दर खींच लिया।

नैना के पासवाली बुढ़िया ने कहा—'अपना मन्दिर लिए रहें, हमें क्या करना है ?'

नैना ने जैसे गिरती हुई दीवार को सँभाला—'मन्दिर किसी एक आदमी का नहीं है।'

शान्तिकुमार ने गूँजती हुई आवाज़ में कहा—'कौन चलता है मेरे साथ अपने ठाकुरजी के दर्शन करने ?'

बुढ़िया ने सशंक होकर कहा—'क्या अन्दर कोई जाने देगा ?'

शान्तिकुमार ने मुट्ठी बाँधकर कहा—'मैं देखूँगा कौन नहीं जाने देता। हमारा ईश्वर किसी की संपत्ति नहीं है, जो सन्दूक़ में बन्द करके रखा जाय। आज इस मुआमले को तय करना है, सदा के लिए।'

कई सौ स्त्री-पुरुष शान्तिकुमार के साथ मन्दिर की आरे चले। नैना का हृदय धड़कने लगा; पर उसने अपने मन को धिक्कारा और जत्थे के पीछे-पीछे चली। वह यह सोच-सोचकर पुलकित हो रही थी कि भैया इस समय यहाँ होते तो कितने प्रसन्न होते। इसके साथ भाँति-भाँति की शंकाएँ भी बुलबुलों की तरह उठ रही थीं।

ज्यों-ज्यों जत्था आगे बढ़ता था, और लोग आ-आकर मिलते जाते थे; पर ज्यों-ज्यों मन्दिर समीप आता था, लोगों की हिम्मत कम होती जाती थी। जिस अधिकार से ये सदैव वंचित रहे, उसके लिए उनके मन में कोई तीव्र इच्छा न थी। केवल दुःख था मार का। वह विश्वास, जो न्याय-ज्ञान से पैदा होता है, वहाँ न था। फिर भी मनुष्यों की संख्या बढ़ती जाती थी। प्राण देनेवाले तो बिरले ही थे। समूह की धौंस जमाकर विजय पाने की आशा ही उन्हें बढ़ा रही थी।

जत्था मन्दिर के सामने पहुँचा तो दस बज गये थे। ब्रह्मचारीजी कई पुजारियों और पंडों के साथ लाठियाँ लिए द्वार पर खड़े थे। लाला समरकान्त भी पैंतरे बदल रहे थे।

नैना को ब्रह्मचारी पर ऐसा क्रोध आ रहा था कि जाकर फटकारे, तुम बड़े धर्मात्मा बने हो ! आधी रात तक इसी मन्दिर में जुआ खेलते हो, पैसे-पैसे पर ईमान बेचते हो, झूठी गवाहियाँ देते हो, द्वार-द्वार पर भीख माँगते हो, फिर भी तुम धर्म के ठेकेदार हो। तुम्हारे तो स्पर्श से ही देवताओं को कलंक लगता है।

वह मन के इस आग्रह को रोक न सकी। पीछे से भीड़ को चीरती हुई मन्दिर के द्वार को चली आ रही थी कि शान्तिकुमार की निगाह उस पर पड़ गयी। चौंककर बोले—'तुम यहाँ कहाँ नैना ? मैंने तो समझा था, तुम अन्दर कथा सुन रही होगी।'

नैना ने बनावटी रोष से कहा—'आपने तो रास्ता रोक रखा है। कैसे जाऊँ ?'

शान्तिकुमार ने भीड़ को सामने से हटाते हुए कहा—'मुझे मालूम न था कि तुम रुकी खड़ी हो।'

नैना ने ज़रा ठिठककर कहा—'आप हमारे ठाकुरजी को भ्रष्ट करना चाहते हैं ?'

शान्तिकुमार उसका विनोद न समझ सके। उदास होकर बोले—'क्या तुम्हारा भी यही विचार है नैना ?'

नैना ने और रद्दा जमाया—'आप अछूतों को मन्दिर में भर देंगे, तो देवता भ्रष्ट न होंगे ?'

शान्तिकुमार ने गम्भीर भाव से कहा—'मैंने तो समझा था, देवता भ्रष्टों को पवित्र करते हैं, ख़ुद भ्रष्ट नहीं होते।'

सहसा ब्रह्मचारी ने गरजकर कहा—'तुम लोग क्या यहाँ बलवा करने आये हो, ठाकुरजी के मंदिर के द्वार पर ?'

एक आदमी ने आगे बढ़कर कहा—'हम फ़ौजदारी करने नहीं आये हैं। ठाकुरजी के दर्शन करने आये हैं।'

समरकान्त ने उस आदमी को धक्का देकर कहा—'तुम्हारे बाप-दादा भी कभी दर्शन करने आये थे कि तुम्हीं सबसे वीर हो !'

शान्तिकुमार ने उस आदमी को सँभालकर कहा—'बाप-दादों ने जो काम नहीं किया, क्या पोतो-परोतों के लिए भी वर्जित है लालाजी ? बाप-दादे तो बिजली और तार का नाम तक नहीं जानते थे, फिर आज इन चीज़ों का क्यों व्यवहार होता है ? विचारों में विकास होता ही रहता है, उसे आप नहीं रोक सकते।'

समरकान्त ने व्यंग्य से कहा—'इसीलिए तुम्हारे विचार में यह विकास हुआ है कि ठाकुर जी की भक्ति छोड़कर उनके द्रोही बन बैठे ?'

शान्तिकुमार ने प्रतिवाद किया—'ठाकुरजी. का द्रोही मैं नहीं हूँ, द्रोही वह हैं, जो उनके भक्तों को उनकी पूजा नहीं करने देते। क्या यह लोग हिन्दू संस्कारों को नहीं मानते ? फिर आपने मन्दिर का द्वार क्यों बन्द कर रखा है ?'

ब्रह्मचारी ने आँखें निकालकर कहा—'जो लोग मांस-मदिरा खाते हैं, निखिद कर्म करते हैं, उन्हें मन्दिर में नहीं आने दिया जा सकता।'

शान्तिकुमार ने शान्त भाव से जवाब दिया—'मांस-मदिरा तो बहुत से ब्राह्मण, क्षत्री, वैश्य भी खाते हैं। आप उन्हें क्यों नहीं रोकते ? भंग तो प्रायः सभी पीते हैं। फिर वे क्यों

यहाँ आचार्य और पुजारी बने हुए हैं ?'

समरकान्त ने डंडा सँभालकर कहा–'यह सब यों न मानेंगे। इन्हें डंडों से भगाना पड़ेगा। ज़रा जाकर थाने में इत्तला कर दो कि यह लोग फ़ौजदारी करने आये हैं।'

इस वक्त तक बहुत से पंडे-पुजारी जमा हो गये थे। सब-के-सब लाठियों के कुन्दों से भीड़ को हटाने लगे। लोगों में भगदड़ पड़ गयी। कोई पूरब भागा, कोई पच्छिम। शान्तिकुमार के सिर पर भी एक डंडा पड़ा पर वह अपनी जगह पर खड़े आदमियों को समझाते रहे–'भागो मत, भागो मत, सब-के-सब वहीं बैठ जाओ, ठाकुर के नाम पर अपने को बलिदान कर दो, धर्म के लिए...'

पर दूसरी लाठी सिर पर इतने ज़ोर से पड़ी कि पूरी बात भी मुँह से न निकलने पाई और वह गिर पड़े। सँभलकर फिर उठना चाहते थे कि ताबड़तोड़ कई लाठियाँ पड़ गयीं। यहाँ तक कि वह बेहोश हो गये।

5

नैना बार-बार द्वार पर आती है और समरकान्त को बैठे देखकर लौट जाती है। आठ बज गये और लालाजी अभी तक गंगा-स्नान करने नहीं गये। नैना रात भर करवटें बदलती रही। उस भीषण घटना के बाद क्या वह सो सकती थी ? उसने शान्तिकुमार को चोट खाकर गिरते देखा, पर निर्जीव-सी खड़ी रही थी। अमर ने उसे प्रारम्भिक चिकित्सा की मोटी-मोटी बातें सिखा दी थीं; पर वह उस अवसर पर कुछ भी तो न कर सकी। वह देख रही थी कि आदमियों की भीड़ ने उन्हें घेर लिया है। फिर उसने देखा कि डॉक्टर आया और शान्तिकुमार को एक डोली पर लेटाकर ले गया; पर वह अपनी जगह से नहीं हिली। उसका मन किसी बँधुए पशु की भाँति बार-बार भागना चाहता था; पर वह रस्सी को दोनों हाथों से पकड़े हुए पूरे बल के साथ उसे रोक रही थी। कारण क्या था ? संकोच।

आख़िर उसने कलेजा मज़बूत किया और द्वार से निकलकर बरामदे में आ गयी।

समरकान्त ने पूछा–'कहाँ जाती है ?'

'ज़रा मन्दिर तक जाती हूँ।'

'वहाँ का तो रास्ता ही बन्द है। जाने कहाँ से चमार-सियार आकर द्वार पर बैठे हैं। किसी को जाने ही नहीं देते। पुलिस खड़ी उन्हें हटाने का यत्न कर रही है; पर अभागे कुछ सुनते ही नहीं। यह सब उसी शान्तिकुमार का पाजीपन है। आज वही इन लोगों का नेता बना हुआ है। विलायत जाकर धर्म तो खो ही आया था, अब यहाँ हिन्दू-धर्म की जड़ खोद रहा है। न कोई आचार न विचार, उसी शोहदे सलीम के साथ खाता-पीता है। ऐसे धर्म-द्रोहियों को और क्या सूझेगी। इन्हीं सभों की सोहबत ने अमर को चौपट किया; इसे न जाने किसने अध्यापक बना दिया।'

नैना ने दूर से ही यह दृश्य देखकर लौट आने का बहाना किया, और मन्दिर की ओर चली। फिर कुछ दूर के बाद एक गली में होकर अस्पताल की ओर चल पड़ी। दाहिने-बायें

चौकन्नी आँखों से ताकती हुई वह तेजी से चली जा रही थी, मानो चोरी करने जा रही हो।

अस्पताल में पहुँची तो देखा, हज़ारों आदमियों की भीड़ लगी हुई है, और युनिवर्सिटी के लड़के इधर-उधर दौड़ रहे हैं। सलीम भी नज़र आया। वह उसे देखकर पीछे लौटना चाहती थी कि ब्रजनाथ मिल गया—'अरे नैना देवी ! तुम यहाँ कहाँ ? डॉक्टर साहब को रात भर होश नहीं रहा। सलीम और मैं उनके पास बैठे रहे। इस वक़्त जाकर आँखें खोली हैं।'

इतने परिचित आदमियों के सामने नैना कैसे ठहरती। वह तुरन्त लौट पड़ी; पर यहाँ आना निष्फल न हुआ। डॉक्टर साहब को होश आ गया है।

वह मार्ग में ही थी कि उसने सैकड़ों आदमियों को दौड़ते हुए आते देखा। वह एक गली में छिप गयी। शायद फ़ौजदारी हो गयी। अब वह घर कैसे पहुँचेगी ? संयोग से आत्मानन्दजी मिल गये। नैना को पहचानकर बोले—'यहाँ तो गोलियाँ चल रही हैं। पुलिस कप्तान ने आकर फ़ैर करा दिया।'

नैना के चेहरे का रंग उड़ गया। जैसे नसों में रक्त का प्रवाह बन्द हो गया हो। बोली—'क्या आप उधर ही से आ रहे हैं ?'

'हाँ, मरते-मरते बचा। गली-गली निकल आया। हम लोग केवल खड़े थे। बस, कप्तान ने फ़ैर करने का हुक्म दे दिया। तुम कहाँ गयी थीं ?'

'मैं गंगा-स्नान करके लौटी जा रही थी। लोगों को भागते देखकर इधर चली आयी। कैसे घर पहुँचूँगी ?'

'इस समय तो उधर जाने में जोख़िम है।'

फिर एक क्षण के बाद कदाचित् अपनी कायरता पर लज्जित होकर कहा—'किन्तु गलियों में कोई डर नहीं है। चलो, मैं तुम्हें पहुँचा दूँ। कोई पूछे, तो कह देना, मैं लाला समरकान्त की कन्या हूँ।'

नैना ने मन में कहा—यह महाशय संन्यासी बनते हैं, फिर भी इतने डरपोक। पहले तो ग़रीबों को भड़काया और जब मार पड़ी, तो सबसे आगे भाग खड़े हुए। मौक़ा न था, नहीं उन्हें ऐसा फटकारती कि याद करते। उनके साथ कई गलियों का चक्कर लगाती कोई दस बजे घर पहुँची। आत्मानन्द फिर उसी रास्ते से लौट गये। नैना ने उन्हें धन्यवाद भी न दिया। उनके प्रति अब उसे लेशमात्र भी श्रद्धा न थी।

वह अन्दर गयी, तो देखा—सुखदा सदर द्वार पर खड़ी है और सामने सड़क से लोग भागते चले जा रहे हैं।

सुखदा ने पूछा—'तुम कहाँ चली गयी थी बीबी ? पुलिस ने फ़ैर कर दिया! बेचारे आदमी भागे जा रहे हैं !'

'मुझे तो रास्ते ही में पता लगा। गलियों में छिपती हुई आयी हूँ।'

'लोग कितने कायर हैं ! घरों के किवाड़ तक बन्द कर लिए।'

'लालाजी जाकर पुलिसवालों को मना क्यों नहीं करते ?'

'इन्हीं के आदेश से तो गोली चली है। मना कैसे करेंगे ?'

'अच्छा ! दादा ही ने गोली चलवायी है ?'

'हाँ, इन्हीं ने जाकर कप्तान से कहा है। और अब घर में छिपे बैठे हैं। मैं अछूतों

का मन्दिर जाना उचित नहीं समझती; लेकिन गोलियाँ चलती देखकर मेरा ख़ून खौल रहा है। जिस धर्म की रक्षा गोलियों से हो, उस धर्म में सत्य का लोप समझो। देखो, देखो, उस आदमी बेचारे को गोली लग गयी ! छाती से ख़ून बह रहा है !'

यह कहती हुई वह समरकान्त के सामने जाकर बोली—'क्यों लालाजी, रक्त की नदी बह जाय; पर मन्दिर का द्वार न ख़ुलेगा !'

समरकान्त ने अविचलित भाव से उत्तर दिया—'क्या बकती है बहू, इन डोम-चमारों को मन्दिर में घुसने दें ? तू तो अमर से भी दो-दो हाथ आगे बढ़ी जाती है। जिसके हाथ का पानी नहीं पी सकते, उसे मन्दिर में कैसे जाने दें।'

सुखदा ने और वाद-विवाद न किया। वह मनस्वी महिला थी ! यही तेजस्विता, जो अभिमान बनकर उसे विलासिन बनाये हुए थी, जो उसे छोटों से मिलने न देती थी, जो उसे किसी से दबने न देती थी, उत्सर्ग के रूप में उबल पड़ी। वह उन्माद की दशा में घर से निकली और पुलिसवालों के सामने खड़ी होकर, भागनेवालों को ललकारती हुई बोली—'भाइयो ! क्यों भाग रहे हो ? यह भागने का समय नहीं, छाती खोलकर सामने आने का समय है। दिखा दो कि तुम धर्म के नाम पर किस तरह प्राणों को होम करते हो। धर्मवीर ही ईश्वर को पाते हैं। भागनेवालों की कभी विजय नहीं होती।'

भागनेवालों के पाँव सँभल गये। एक महिला को गोलियों के सामने खड़ी देखकर कायरता भी लज्जित हो गयी। एक बुढ़िया ने पास आकर कहा—'बेटी, ऐसा न हो, तुम्हें गोली लग जाय !'

सुखदा ने निश्चल भाव से कहा—'जहाँ इतने आदमी मर गये, वहाँ मेरे मर जाने से कोई हानि न होगी। भाइयो, बहनो भागो मत ! तुम्हारे प्राणों का बलिदान पाकर ही ठाकुरजी तुमसे प्रसन्न होंगे !'

कायरता की भाँति वीरता भी संक्रामक होती है। एक क्षण में उड़ते हुए पत्तों की तरह भागनेवाले आदमियों की एक-एक दीवार-सी खड़ी हो गयी। अब डण्डे पड़े, या गोलियों की वर्षा हो, उन्हें भय नहीं।

बन्दूक़ों से धाएँ ! धाएँ ! की आवाज़ें निकलीं। एक गोली सुखदा के पास से सन्-से निकल गयी। तीन-चार आदमी गिर पड़े; पर दीवार ज्यों-की-त्यों अचल खड़ी थी।

फिर बन्दूक़ें छूटीं। चार-पाँच आदमी फिर गिरे; लेकिन दीवार न हिली।

सुखदा उसे थामे हुए थी। एक ज्योति सारे घर को प्रकाश से भर देती है। बलवान हृदय उसी दीपक की भाँति समूह में साहस भर देता है।

भीषण दृश्य था। लोग अपने प्यारों को आँखों के सामने तड़पते देखते थे; पर किसी की आँखों में आँसू की बूँद न थी। उनमें इतना साहस कहाँ से आ गया था ? फौजें क्या हमेशा मैदानों में डटी ही रहती हैं ? वही सेना जो एक दिन प्राणों की बाजी खेलती है, दूसरे दिन बन्दूक़ की पहली आवाज़ पर मैदान से भाग खड़ी होती है; पर यह किराये के सिपाहियों का हाल है, जिनमें सत्य और न्याय का बल नहीं होता। जो केवल पेट के लिए या लूट के लिए लड़ते हैं। इस समूह में सत्य और धर्म का बल आ गया था। हरेक स्त्री और पुरुष, चाहे वह कितना ही मूर्ख क्यों न हो, समझने लगा था कि हम अपने धर्म और

हक़ के लिए लड़ रहे हैं, और धर्म के लिए प्राण देना अछूत-नीति में भी उतनी ही गौरव की बात है, जितनी द्विज-नीति में।

मगर यह क्या ? पुलिस के जवान क्यों संगीनें उतार रहे हैं ? बन्दूकें क्यों कन्धों पर रख लीं ? अरे ! सब-के-सब तो पीछे की तरफ घूम गये। उनकी चार-चार की क़तारें बन रही हैं। मार्च का हुक्म मिलता है। सब-के-सब मन्दिर की तरफ़ लौटे जा रहे हैं। एक कांस्टेबल भी नहीं रहा। केवल लाला समरकान्त पुलिस सुपरिण्टेण्डेण्ट से कुछ बातें कर रहे हैं, और जन-समूह उसी भाँति सुखदा के पीछे निश्चल खड़ा है। एक क्षण में सुपरिण्टेण्डेण्ट भी चला जाता है। फिर लाला समरकान्त सुखदा के समीप आकर ऊँचे स्वर में बोलते हैं—

मन्दिर .खुल गया है। जिसका जी चाहे दर्शन करने जा सकता है। किसी के लिए रोक-टोक नहीं है।

जन-समूह में हलचल पड़ जाती है। लोग उन्मत्त हो-होकर सुखदा के पैरों पर गिरते हैं; और तब मन्दिर की तरफ़ दौड़ते हैं।

मगर दस मिनट के बाद ही समूह उसी स्थान पर लौट आता है, और लोग अपने प्यारों की लाशों से गले मिलकर रोने लगते हैं। सेवाश्रम के छात्र डोलियाँ ले-लेकर आ जाते हैं, और आहतों को उठा ले जाते हैं। वीरगति पाने वालों के क्रिया-क्रर्म का आयोजन होने लगता है। बजाज़ों की दुकानों से कपड़े के थान आ जाते हैं, कहीं से बाँस, कहीं से रस्सियाँ, कहीं से घी, कहीं से लकड़ी। विजेताओं ने धर्म ही पर विजय नहीं पायी है, हृदयों पर भी विजय पाई है। सारा नगर उनका सम्मान करने के लिए उतावला हो उठा है।

संध्या समय इन धर्म-विजेताओं की आर्थियाँ निकलीं। सारा शहर फट पड़ा। जनाज़े पहले मन्दिर-द्वार पर गये। मन्दिर के दोनों द्वार .खुले हुए थे। पुजारी और ब्रह्मचारी किसी का पता न था। सुखदा ने मन्दिर से तुलसीदल लाकर अर्थियों पर रखा और मरनेवालों के मुख में चरणामृत डाला। इन्हीं द्वारों को .खुलवाने के लिए यह भीषण संग्राम हुआ। अब वह द्वार .खुला हुआ है, वीरों का स्वागत करने के लिए हाथ फैलाए हुए हैं; पर ये रूठनेवाले अब द्वार की ओर आँख उठाकर भी नहीं देखते। कैसे विचित्र विजेता हैं ! जिस वस्तु के लिए प्राण दिये, उसी से उतना विराग।

ज़रा देर के बाद अर्थियाँ नदी की ओर चलीं। वही हिन्दू-समाज जो एक घण्टा पहले इन अछूतों से घृणा करता था, इस समय उन अर्थियों पर फूलों की वर्षा कर रहा था। बलिदान में कितनी शक्ति है।

और सुखदा ? वह तो विजय की देवी थी। पग-पग पर उसके नाम की जय-जयकार होती थी। कहीं फूलों की वर्षा होती थी, कहीं मेवे की, कहीं रुपयों की। घड़ी भर पहले वह नगर में नगण्य थी। इस समय वह नगर की रानी थी। इतना यश बिरले ही पाते हैं। उसे इस समय वास्तव में दोनों तरफ के ऊँचे मकान कुछ नीचे, और सड़क के दोनों ओर खड़े होनेवाले मनुष्य कुछ छोटे मालूम होते थे; पर इतनी नम्रता, इतनी विनय उसमें कभी न थी। मानो इस यश और ऐश्वर्य के भार से उसका सिर झुका जाता हो।

इधर गंगा के तट पर चिताएँ जल रही थीं, उधर मन्दिर इस उत्सव के आनन्द में दीपकों के प्रकाश से जगमगा रहा था, मानो वीरों की आत्माएँ चमक रही हों !

6

दूसरे दिन मन्दिर में कितना समारोह हुआ, शहर में कितनी हचलचल मची, कितने उत्सव मनाये गये, इसकी चरचा करने की ज़रूरत नहीं। सारे दिन मन्दिर में भक्तों का ताँता लगा रहा। ब्रह्मचारी आज फिर विराजमान हो गये थे, और जितनी दक्षिणा उन्हें आज मिली, उतनी शायद उम्र भर में न मिली होगी। इससे उनके मन का विद्रोह बहुत कुछ शान्त हो गया; किन्तु ऊँची जातिवाले सज्जन अब भी मन्दिर में देह बचाकर आते और नाक सिकोड़े हुए कतराकर निकल जाते थे। सुखदा मन्दिर के द्वार पर खड़ी लोगों का स्वागत कर रही थी। स्त्रियों से गले मिलती थी, बालकों को प्यार करती थी और पुरुषों को प्रणाम करती थी।

कल की सुखदा और आज की सुखदा में कितना अन्तर हो गया है। भोग-विलास पर प्राण देनेवाली रमणी आज सेवा और दया की मूर्ति बनी हुई है। इन दुखियों की भक्ति, श्रद्धा और उत्साह देख-देखकर उसका हृदय पुलकित हो रहा है। किसी की देह पर साबूत कपड़े नहीं हैं, आँखों से सूझता नहीं, दुर्बलता के मारे सीधे पाँव नहीं पड़ते; पर भक्ति में मस्त दौड़े चले आ रहे हैं; मानो संसार का राज्य मिल गया हो, जैसे संसार से दुःख, दरिद्रता का लोप हो गया हो। ऐसी सरल, निष्कपट भक्ति के प्रभाव में सुखदा भी बही जा रही थी। प्रायः मनस्वी, कर्मशील महत्वाकांक्षी प्राणियों की यही प्रकृति है। भोग करने वाले ही वीर होते हैं।

छोटे-बड़े सभी सुखदा को पूज्य समझ रहे थे, और उनकी यह भावना सुखदा में एक गर्वमय सेवा का भाव प्रदीप्त कर रही थी। कल उसने जो कुछ किया; वह एक प्रबल आवेश में किया। उसका फल क्या होगा, इसकी उसे ज़रा भी चिन्ता न थी। ऐसे अवसरों पर हानि-लाभ का विचार मन को दुर्बल बना देता है। आज यह जो कुछ कर रही थी, उसमें उसके मन का अनुराग था, सद्भाव था। उसे अब अपनी शक्ति और क्षमता का ज्ञान हो गया है; वह नशा हो गया है, जो अपनी सुध-बुध भूलकर सेवारत हो जाता है, जैसे अपनी आत्मा को पा गयी है।

अब सुखदा नगर की नेत्री है। नगर में जाति-हित के लिए जो काम होता है, सुखदा के हाथों उसका श्रीगणेश होता है। कोई उत्सव हो, कोई परमार्थ का काम हो, कोई राष्ट्र का आन्दोलन हो, सुखदा का उसमें प्रमुख भाग होता है। उसका जी चाहे या न चाहे, भक्त लोग उसे खींच ले जाते हैं। उसकी उपस्थिति किसी जलसे की सफलता की कुँजी है। आश्चर्य यह है कि वह बोलने भी लगी है, और उसके भाषण में चाहे भाषा-चातुर्य न हो, पर सच्चे उद्‌गार अवश्य होते हैं। शहर में कई सार्वजनिक संस्थाएँ हैं, कुछ समाजिक, कुछ राजनैतिक, कुछ धार्मिक। सभी निर्जीव-सी पड़ी थीं। सुखदा के आते ही उनमें स्फूर्ति-सी आ गयी है। मादक-वस्तु-बहिष्कार-सभा बरसों से बेजान पड़ी थी। न कुछ प्रचार होता था, न कोई संगठन। उसका मन्त्री एक दिन सुखदा को खींच ले गया। दूसरे ही दिन उस सभा की एक भजन-मण्डली बन गयी, कई उपदेशक निकल आये, कई महिलाएँ घर-घर प्रचार करने के लिए तैयार हो गयीं और मुहल्ले-मुहल्ले पंचायतें बनने लगीं। एक नए जीवन की सृष्टि हो गयी।

अब सुखदा को ग़रीबों की दुर्दशा का यथार्थ रूप देखने के अवसर मिलने लगे। अब

तक इस विषय में जो कुछ ज्ञान था, वह सुनी-सुनाई बातों पर आधारित था। आँखों से देखकर उसे ज्ञात हुआ, देखने और सुनने में बड़ा अन्तर है। शहर की उन अँधेरी, तंग गलियों में, जहाँ वायु और प्रकाश का कभी गुज़र ही न होता था, जहाँ की ज़मीन ही नहीं, दीवारें भी सीली रहती थीं, जहाँ दुर्गन्ध के मारे नाक फटती थी, भारत की कमाऊ सन्तान रोग और दरिद्रता के पैरों तले दबी हुई अपने क्षीण जीवन को मृत्यु के हाथों से छीनने में प्राण दे रही थी। उसे अब मालूम हुआ कि अमरकान्त को धन और विलास से जो विरोध था, यह कितना यथार्थ था। उसे .खुद अब उस मकान में रहते, अच्छे-अच्छे वस्त्र पहनते, अच्छे-अच्छे पदार्थ खाते ग्लानि होती। नौकरों से काम लेना उसने छोड़ दिया। अपनी धोती .खुद छाँटती थी, घर में झाड़ू .खुद लगाती। वह जो आठ बजे सोकर उठती थी, अब मुँह-अँधेरे उठती, और घर के काम-काज में लग जाती। नैना तो अब उसकी पूजा-सी करती थी। लालाजी अपने घर की यह दशा देख-देख कुढ़ते थे; पर करते क्या ? सुखदा के यहाँ तो अब नित्य दरबार-सा लगा रहता था। बड़े-बड़े नेता, बड़े-बड़े विद्वान् आते रहते थे। इसलिए वह अब बहू से कुछ दबते थे। गृहस्थी के जंजाल से अब उनका मन ऊबने लगा था। जिस घर में उनसे किसी को सहानुभूति न हो, उस घर में कैसे अनुराग होगा। जहाँ अपने विचारों का राज हो, वही अपना घर है। जो अपने विचारों को मानते हों, यही अपने सगे हैं। यह घर अब उनके लिए सराय-मात्र था। सुखदा या नैना, दोनों ही से कुछ कहते उन्हें डर लगता था।

एक दिन सुखदा ने नैना से कहा—'बीबी, अब तो इस घर में रहने को जी नहीं चाहता। लोग कहते होंगे, आप तो महल में रहती हैं, और हमें उपदेश करती हैं। महीनों दौड़ते हो गये, सब कुछ करके हार गयी; पर नशेबाज़ों पर कुछ भी असर न हुआ। हमारी बातों पर कोई कान ही नहीं देता। अधिकतर तो लोग अपनी मुसीबतों को भूल जाने ही के लिए नशे करते हैं ! वह हमारी क्यों सुनने लगे। हमारा असर तभी होगा, जब हम भी उन्हीं की तरह रहें।'

कई दिनों से सर्दी चमक गयी थी, कुछ वर्षा हो गयी थी और पूस की ठण्डी हवा आर्द्र होकर आकाश को कुहरे से आच्छन्न कर रही थी। कहीं-कहीं पाला भी पड़ गया था—मुन्ना बाहर जाकर खेलना चाहता था—वह अब लटपटाता हुआ चलने लगा था—पर नैना उसे ठण्डे के भय से रोके हुए थी। उसके सिर पर ऊनी कनटोप बाँधती हुई बोली—'यह तो ठीक है; पर उनकी तरह रहना हमारे लिए साध्य भी है, यह देखना है। मैं तो शायद एक ही महीने में मर जाऊँ।'

सुखदा ने जैसे मन-ही-मन निश्चय करके कहा—'मैं तो सोच रही हूँ, किसी गली में छोटा-सा घर लेकर रहूँ। इसका कनटोप उतारकर छोड़ क्यों नहीं देती ? बच्चों को गमलों के पौधे बनाने की ज़रूरत नहीं, जिन्हें लू का एक झोंका भी सुखा सकता है। इन्हें तो जंगल के वृक्ष बनाना चाहिए, जो धूप और वर्षा, ओले और पाले किसी की परवा नहीं करते।'

नैना ने मुस्कराकर कहा—'शुरू से तो इस तरह रखा नहीं, अब बेचारे की साँसत करने चली हो। कहीं ठण्ड-वण्ड लग जाय, तो लेने के देने पड़ें।'

'अच्छा भई, जैसे चाहो रखो, मुझे क्या करना है।'

'क्यों, इसे अपने साथ उस छोटे-से घर में न रखोगी ?'

'जिसका लड़का है, वह जैसे चाहे रखे। मैं कौन होती हूँ !'

'अगर भैया के सामने तुम इस तरह रहतीं, तो तुम्हारे चरण धो-धोकर पीते !'

सुखदा ने अभिमान के स्वर में कहा—'मैं तो जो तब थी, वही अब भी हूँ। जब दादाजी से बिगड़कर उन्होंने अलग घर ले लिया था, तो क्या मैंने उनका साथ न दिया था ? वह मुझे विलासिनी समझते थे; पर कभी विलास की लौंडी नहीं रही ! हाँ, मैं दादाजी को रुष्ट नहीं करना चाहती थी। यही बुराई मुझमें थी। मैं अब भी अलग रहूँगी, तो उनकी आज्ञा से। तुम देख लेना, मैं इस ढंग से यह प्रश्न उठाऊँगी कि वह बिलकुल आपत्ति न करेंगे। चलो, ज़रा डॉक्टर शान्तिकुमार को देख आवें। मुझे तो उधर जाने का अवकाश ही नहीं मिला।'

नैना प्रायः एक बार रोज़ शान्तिकुमार को देख आती थी; हाँ, सुखदा से कुछ कहती न थी। वह अब उठने-बैठने लगे थे; पर अभी इतने दुर्बल थे कि लाठी के सहारे बगैर एक पग भी न चल सकते थे। चोटें उन्होंने खायीं—छः महीने से शय्या-सेवन कर रहे थे—और यश सुखदा ने लूटा। वह दुःख उन्हें और भी घुलाये डालता था। यद्यपि उन्होंने अंतरंग मित्रों से भी अपनी मनोव्यथा नहीं कहीं; पर यह काँटा खटकता अवश्य था। अगर सुखदा स्त्री न होती, और वह भी प्रिय शिष्य और मित्र की, तो कदाचित् वह शहर छोड़कर भाग जाते। सबसे बड़ा अनर्थ यह था कि इन छः महीनों में सुखदा दो-तीन बार से ज़्यादा उन्हें देखने न गयी थी। वह भी अमरकान्त के मित्र थे और इस नाते से सुखदा को उन पर विशेष श्रद्धा न थी।

नैना को सुखदा के साथ जाने में कोई आपत्ति न हुई। रेणुका बाई ने कुछ दिनों से मोटर रख लिया था, पर वह रहता था सुखदा ही की सवारी में। दोनों उस पर बैठकर चलीं। मुन्ना भला क्यों अकेले रहने लगा था। नैना ने उसे भी ले लिया।

सुखदा ने कुछ दूर जाने के बाद कहा—'यह अमीरों के चोंचले हैं। मैं चाहूँ तो दो-तीन आने में अपना निबाह कर सकती हूँ।'

नैना ने विनोद-भाव से कहा—'पहले करके दिखा दो, तो मुझे विश्वास आये। मैं तो नहीं कर सकती।'

'जब तक इस घर में रहूँगी, मैं भी न कर सकूँगी। इसीलिए तो मैं अलग रहना चाहती हूँ।'

'लेकिन साथ तो किसी को रखना ही पड़ेगा ?'

'मैं कोई ज़रूरत नहीं समझती। इसी शहर में हज़ारों औरतें अकेली रहती हैं। फिर मेरे लिए क्या मुश्किल है ? मेरी रक्षा करनेवाले बहुत हैं। मैं .ख़ुद अपनी रक्षा कर सकती हूँ। (मुस्कराकर) हाँ, .ख़ुद किसी पर मरने लगूँ, तो दूसरी बात है।'

शान्तिकुमार सिर से पाँव तक कम्बल लपेटे, अँगीठी जलाये, कुरसी पर बैठे एक स्वास्थ्य-सम्बन्धी पुस्तक पढ़ रहे थे। वह कैसे जल्द-से-जल्द भले-चंगे हो जायँ, आजकल उन्हें यही चिन्ता रहती थी। दोनों रमणियों के आने का समाचार पाते ही किताब रख दी और कम्बल उतारकर रख दिया। अँगीठी भी हटाना चाहते थे; पर इसका अवसर न मिला। दोनों ज्यों

ही कमरे में आयीं, उन्हें प्रणाम करके कुरसियों पर बैठने का इशारा करते हुए बोले–'मुझे आप लोगों पर ईर्ष्या हो रही है। आप इस शीत में घूम-फिर रही हैं और मैं अँगीठी जलाये पड़ा हूँ। करूँ क्या, उठा ही नहीं जाता। ज़िन्दगी के छः महीने मानो कट गये, बल्कि आधी उम्र कहिए। मैं अच्छा होकर भी आधा ही रहूँगा। कितनी लज्जा आती है कि देवियाँ बाहर निकलकर काम करें और मैं कोठरी में बन्द पड़ा रहूँ।'

सुखदा ने जैसे आँसू पोंछते हुए कहा–'आपने इस नगर में जितनी जाग्रति फैला दी, उस हिसाब से तो आपकी उम्र चौगुनी हो गयी। मुझे तो बैठे-बैठाये यश मिल गया।'

शान्तिकुमार के पीले मुख पर आत्मगौरव की आभा झलक पड़ी। सुखदा के मुँह से यह सनद पाकर मानो उनका जीवन सफल हो गया। बोले–'यह आपकी उदारता है। आपने जो कुछ कर दिखाया और कर रही हैं, वह आप ही कर सकती हैं। अमरकान्त आयेंगे तो उन्हें मालूम होगा कि अब उनके लिए यहाँ स्थान नहीं है। यह साल भर में जो कुछ हो गया इसकी वह स्वप्न में भी कल्पना न कर सकते थे। यहाँ सेवाश्रम में लड़कों की संख्या बड़ी तेज़ी से बढ़ रही है। अगर यही हाल रहा, तो कोई दूसरी जगह लेनी पड़ेगी। अध्यापक कहाँ से आयेंगे, कह नहीं सकता। सभ्य समाज की यह उदासीनता देखकर मुझे तो कभी-कभी बड़ी चिन्ता होने लगती है। जिसे देखिए स्वार्थ में मगन है। जो जितना ही महान् है उसका स्वार्थ भी उतना ही महान् है। यूरोप की डेढ़ सौ साल तक उपासना करके हमें यही वरदान मिला है। लेकिन यह सब होने पर भी हमारा भविष्य उज्ज्वल है। मुझे इसमें सन्देह नहीं। भारत की आत्मा अभी जीवित है और मुझे विश्वास है कि वह समय आने में देर नहीं है, जब हम सेवा और त्याग के पुराने आदर्श पर लौट आयेंगे। तब धन हमारे जीवन का ध्येय न होगा। तब हमारा मूल्य धन के काँटे पर न तौला जायेगा।'

मुन्ने ने कुरसी पर चढ़कर मेज़ पर से दावात उठा ली थी और अपने मुँह में कालिमा पोत-पोतकर ख़ुश हो रहा था। नैना ने दौड़कर उसके हाथ से दावात छीन ली और एक धौल जमा दिया। शान्तिकुमार ने उठने की असफल चेष्टा करके कहा–'क्यों मारती हो नैना, देखो तो कितना महान् पुरुष है, जो अपने मुँह में कालिमा पोतकर भी प्रसन्न होता है, नहीं तो हम अपनी कालिमाओं को सात परदों के अन्दर छिपाते हैं !'

नैना ने बालक को उनकी गोद में देते हुए कहा–'तो लीजिए, इस महान् पुरुष को आप ही। इसके मारे चैन से बैठना मुश्किल है।'

शान्तिकुमार ने बालक को छाती से लगा लिया। उस गर्म और गुदगुदे स्पर्श में उसकी आत्मा ने जिस परितृप्त और माधुर्य का अनुभव किया, वह उनके जीवन में बिलकुल नया था। अमरकान्त से उन्हें जितना स्नेह था, वह जैसे इस छोटे-से रूप में सिमटकर और ठोस और भारी हो गया था। अमर की याद करके उनकी आँखें सजल हो गयीं। अमर ने अपने को कितने अतुल आनन्द से वंचित कर रखा है, इसका अनुमान करके वह जैसे दब गये। आज उन्हें स्वयं अपने जीवन में एक अभाव का, एक रिक्तता का आभास हुआ। जिन कामनाओं का वह अपने विचार में सम्पूर्णतः दमन कर चुके थे, वह राख में छिपी हुई चिनगारियों की भाँति सजीव हो गयी।

मुन्ने के हाथों की स्याही शान्तिकुमार के मुख में पोतकर नीचे उतरने का आग्रह किया,

मानो इसीलिए, यह उनकी गोद में गया था। नैना ने हँसकर कहा—'ज़रा अपना मुँह तो देखिए डॉक्टर साहब ! इस महान् पुरुष ने आपके साथ होली खेल डाली ! बदमाश है।'

सुखदा भी हँसी को न रोक सकी। शान्तिकुमार ने शीशे में मुँह देखा, तो वह भी ज़ोर से हँसे। यह कलंक का टीका उन्हें इस समय यश के तिलक से भी कहीं उल्लासमय जान पड़ा।

सहसा सुखदा ने पूछा—'आपने शादी क्यों नहीं की डॉक्टर साहब ?'

शान्तिकुमार सेवा और व्रत का जो आधार बनाकर अपने जीवन का निर्माण कर रहे थे, वह इस शय्या-सेवन के दिनों में कुछ नीचे खिसकता हुआ जान पड़ रहा था। जिसे उन्होंने जीवन का मूल सत्य समझा था, वह अब उतना दृढ़ न रह गया था। इस आपातकाल में ऐसे कितने ही अवसर आये, जब उन्हें अपना जीवन भार-सा मालूम हुआ। तीमारदारों की कमी न थी। आठों पहर दो-चार आदमी घेरे ही रहते थे। नगर के बड़े-बड़े नेताओं का आना-जाना भी बराबर होता रहता था; पर शान्तिकुमार को ऐसा जान पड़ता था कि वह दूसरों की दया या शिष्टता पर बोझ हो रहे हैं। इन सेवाओं में वह माधुर्य, वह कोमलता न थी, जिससे आत्मा की तृप्ति होती। भिक्षुक को क्या अधिकार है कि वह किसी के दान का निरादर करे। दान-स्वरूप उसे जो कुछ मिल जाय, वह सभी स्वीकार करना होगा। इन दिनों उन्हें कितनी ही बार अपनी माता की याद आयी थी। वह स्नेह कितना दुर्लभ था। नैना जो एक क्षण के लिए उनका हाल पूछने आ जाती थी, इसमें उन्हें न जाने क्यों एक प्रकार की स्फूर्ति का अनुभव होता था। वह जब तक रहती थी, उनकी व्यथा जाने कहाँ छिप जाती थी। उसके जाते ही फिर वही कराहना, वही बेचैनी ! उनकी समझ में कदाचित् यह नैना का सरल अनुराग ही था, जिसने उन्हें मौत के मुँह से निकाल लिया; लेकिन वह स्वर्ग की देवी ! कुछ नहीं !

सुखदा का यह प्रश्न सुनकर मुस्कराते हुए बोले—'इसीलिए कि विवाह करके किसी को सुखी नहीं देखा।'

सुखदा ने समझा यह उस पर चोट है। बोली—'दोष भी बराबर स्त्रियों का ही देखा होगा, क्यों ?'

शान्तिकुमार ने जैसे अपना सिर पत्थर से बचाया—'यह तो मैंने नहीं कहा। शायद इसकी उलटी बात हो। शायद नहीं, बल्कि उलटी है।'

'ख़ैर, इतना तो आपने स्वीकार किया। धन्यवाद। इससे तो यही सिद्ध हुआ कि पुरुष चाहे तो विवाह करके सुखी हो सकता है।'

'लेकिन पुरुष में थोड़ी-सी पशुता होती है, जिसे वह इरादा करके भी हटा नहीं सकता। वही पशुता उसे पुरुष बनाती है। विकास के क्रम में वही स्त्री से पीछे है। जिस दिन वह पूर्ण विकास को पहुँचेगा, वह भी स्त्री हो जायेगा। वात्सल्य, स्नेह, कोमलता, दया, इन्हीं आधारों पर यह सृष्टि थमी हुई है। और यह स्त्रियों के गुण हैं। अगर स्त्री इतना समझ ले, तो फिर दोनों का जीवन सुखी हो जाय। स्त्री पशु के साथ पशु हो जाती है, तभी दोनों सुखी होते हैं।'

सुखदा ने उपहास के स्वर में कहा—'इस समय तो आपने सचमुच एक आविष्कार

कर डाला। मैं तो हमेशा यह सुनती आती हूँ कि स्त्री मूर्ख है, ताड़ना के योग्य है, पुरुषों के गले का बन्धन है और जाने क्या-क्या। बस, इधर से भी मरदों की जीत, उधर से भी मरदों की जीत। अगर पुरुष नीचा है, तो उसे स्त्रियों का शासन क्यों अप्रिय लगे ? परीक्षा करके देखा तो होता, आप तो दूर से ही डर गये !'

शान्तिकुमार ने कुछ झेंपते हुए कहा—'अब अगर चाहूँ भी, तो बूढ़ों को कौन पूछता है।'

'अच्छा। आप बूढ़े भी हो गये। तो किसी अपनी-जैसी बुढ़िया से कर लीजिए न ?'

'जब तुम जैसी विचारशील और अमर-जैसे गम्भीर स्त्री-पुरुष में न बनी, तो फिर मुझे किसी तरह की परीक्षा करने की ज़रूरत नहीं रही। अमर-जैसा विनय और त्याग मुझमें नहीं है, और तुम जैसी उदार और...'

सुखदा ने बात काटी—'मैं उदार नहीं हूँ, न विचारशील हूँ। हाँ, पुरुष के प्रति अपना धर्म समझती हूँ। आप मुझसे बड़े हैं, और मुझसे कहीं बुद्धिमान हैं। मैं आपको अपने बड़े भाई के तुल्य समझती हूँ। आज आपका स्नेह और सौजन्य देखकर मेरे चित्त को बड़ी शान्ति मिली। मैं आपसे बेशर्म होकर पूछती हूँ; ऐसे पुरुष को, स्त्री के प्रति अपना धर्म न समझे, क्या अधिकार है कि वह स्त्री से व्रतधारिणी रहने की आशा रखे ? आप सत्यवादी हैं। मैं आपसे पूछती हूँ, यदि मैं उस व्यवहार का बदला उसी व्यवहार से दूँ, तो आप मुझे क्षम्य समझेंगे ?'

शान्तिकुमार ने निश्शंक भाव से कहा—'नहीं।'

'उन्हें आपने क्षम्य समझ लिया ?'

'नहीं !'

'और यह समझकर भी आपने उनसे कुछ नहीं कहा ? कभी एक पत्र भी नहीं लिखा ? मैं पूछती हूँ, इस उदासीनता का क्या कारण है ? यही न कि इस अवसर पर एक नारी का अपमान हुआ है। यदि वही कृत्य मुझसे हुआ होता, तब भी आप इतने ही उदासीन रह सकते ? बोलिए।'

शान्तिकुमार रो पड़े। नारी-हृदय की संचित व्यथा आज इस भीषण विद्रोह के रूप में प्रकट होकर कितनी करुण हो गयी थी।

सुखदा उसी आवेश में बोली—'कहते हैं, आदमी की पहचान उसकी संगत से होती है। जिसकी संगत आप और मुहम्मद सलीम और स्वामी आत्मानंद जैसे महानुभावों की हो, वह अपने धर्म को इतना भूल जाय, यह बात मेरी समझ में नहीं आती। मैं यह नहीं कहती कि मैं निर्दोष हूँ। कोई स्त्री यह दावा नहीं कर सकती, और न कोई पुरुष ही यह दावा कर सकता है। मैंने सकीना से मुलाक़ात की है। सम्भव है उसमें वह गुण हो, जो मुझमें नहीं है। वह ज़्यादा मधुर है, उसके स्वभाव में कोमलता है। हो सकता है, वह प्रेम भी अधिक कर सकती हो; लेकिन यदि इसी तरह सभी पुरुष और स्त्रियाँ तुलना करके बैठ जायँ, तो संसार की क्या गति होगी ? फिर तो यहाँ रक्त और आँसुओं की नदियों के सिवा और कुछ न दिखाई देगा।'

शान्तिकुमार ने परास्त होकर कहा—'मैं अपनी ग़लती को मानता हूँ सुखदा देवी।

मैं तुम्हें न जानता था और इस भ्रम में था कि तुम्हारी ज़्यादती है। मैं आज ही अमर को पत्र...'

सुखदा ने फिर बात काटी—'नहीं, मैं आपसे यह प्रेरणा करने नहीं आयी हूँ, और न यह चाहती हूँ कि आप उनसे मेरी ओर से दया की भिक्षा माँगें। यदि वह मुझसे दूर भागना चाहते हैं, तो मैं भी उनको बाँधकर नहीं रखना चाहती। पुरुष को जो आज़ादी मिली है, वह उसे मुबारक रहे; वह अपना तन-मन गली-गली बेचता फिरे। मैं अपने बन्धन में प्रसन्न हूँ। और ईश्वर से यही विनती करती हूँ कि वह इस बन्धन में मुझे डाल रखे। मैं जलन या ईर्ष्या से विचलित हो जाऊँ, उस दिन के पहले वह मेरा अन्त कर दे। मुझे आपसे मिलकर आज तो तृप्ति हुई, उसका प्रमाण यही है कि मैं आपसे वह बातें कह गयी, जो मैंने कभी अपनी माता से भी नहीं कही। बीबी आपका बखान करती थीं, उससे ज़्यादा सज्जनता आप में पायी; मगर आपको मैं अकेला न रहने दूँगी। ईश्वर वह दिन लाये कि मैं इस घर में भाभी के दर्शन करूँ।'

जब दोनों रमणियाँ यहाँ से चलीं, तो डॉक्टर साहब लाठी टेकते हुए फाटक तक उन्हें पहुँचाने आये और फिर कमरे में आकर लेटे, तो ऐसा जान पड़ा कि उनका यौवन जाग उठा है। सुखदा के वेदना से भरे हुए शब्द उनके कानों में गूँज रहे थे और नैना मुन्ने को गोद में लिए जैसे उनके सम्मुख खड़ी थी।

7

उसी रात को शान्तिकुमार ने अमर के नाम ख़त लिखा। वह उन आदमियों में थे जिन्हें और सभी कामों के लिए समय मिलता है, ख़त लिखने के लिए नहीं मिलता। जितनी अधिक घनिष्ठता, उतनी ही बेफ़िक्री। उनकी मैत्री ख़तों से कहीं गहरी होती है। शान्तिकुमार को अमर के विषय में सलीम से सारी बातें मालूम होती रहती थीं। ख़त लिखने की क्या ज़रूरत थी। सकीना से उसे प्रेम हुआ इसकी ज़िम्मेदारी उन्होंने सुखदा पर रखी थी; पर आज सुखदा से मिलकर उन्होंने चित्र का दूसरा रुख़ भी देखा, और सुखदा को उस ज़िम्मेदारी से मुक्त कर दिया। ख़त जो लिखा, वह इतना लम्बा-चौड़ा कि एक ही पत्र में साल भर की कसर निकल गयी। अमरकान्त के जाने के बाद शहर में जो कुछ हुआ, उसकी पूरी-पूरी कैफ़ियत बयान की, और अपने भविष्य के सम्बन्ध में उसकी सलाह भी पूछी। अभी तक उन्होंने नौकरी से इस्तीफा नहीं दिया था। पर इस आन्दोलन के बाद से उन्हें अपने पद पर रहना कुछ जँचता न था। उनके मन में बार-बार शंका होती, जब तुम ग़रीबों के वकील बनते हो, तो तुम्हें क्या हक़ है कि तुम पाँच सौ रुपये माहवार सरकार से वसूल करो। अगर तुम ग़रीबों की तरह नहीं रह सकते, तो ग़रीबों की वकालत करना छोड़ दो। जैसे और लोग आराम करते हैं, वैसे तुम भी मज़े से खाते-पीते रहो। लेकिन इस निर्द्वन्द्वता को उनकी आत्मा स्वीकार न करती थी। प्रश्न था, फिर ग़ुजर कैसे हो ? किसी देहात में जाकर खेती करें, या क्या ? यों रोटियाँ तो बिना काम किए भी चल सकती थीं; क्योंकि सेवाश्रम को क़ाफ़ी

चन्दा मिलता था; लेकिन दान-वृत्ति की कल्पना ही से उनके आत्माभिमान को चोट लगती थी।

लेकिन पत्र लिखे चार दिन हो गये, कोई जवाब नहीं। अब डॉक्टर साहब के सिर पर एक बोझ-सा सवार हो गया। दिन-भर डाकिए की राह देखा करते; पर कोई ख़बर नहीं। यह बात क्या है ? क्या अमर कहीं दूसरी जगह तो नहीं चला गया ? सलीम ने पता तो ग़लत नहीं बता दिया ? हरिद्वार से तीसरे दिन जवाब आना चाहिए। उसके आठ दिन हो गये। कितनी ताकीद कर दी थी कि तुरन्त जवाब लिखना। कहीं बीमार तो नहीं हो गया। दूसरा पत्र लिखने का साहस न होता था। पूरे दस पन्ने कौन लिखे। वह पत्र भी कुछ ऐसा-वैसा पत्र न था। शहर का साल भर का इतिहास था। वैसा पत्र फिर न बनेगा। पूरे तीन घण्टे लगे थे। इधर आठ दिन से सलीम भी नहीं आया। वह तो अब दूसरी दुनिया में है। अपने आई.सी.एस. की धुन है। यहाँ क्यों आने लगा। मुझे देखकर शायद आँखें चुराने लगें। स्वार्थ भी ईश्वर ने क्या पैदा की है। कहाँ तो नौकरी के नाम से घृणा थी। नौजवान सभा के भी मेम्बर, कांग्रेस के भी मेम्बर। जहाँ देखिए, मौजूद। और मामूली मेम्बर नहीं, प्रमुख भाग लेनेवाला। कहाँ अब आई.सी.एस. की पड़ी हुई है। बचा पास तो क्या होंगे, वहाँ धोखाधड़ी नहीं चलने की; मगर नामिनेशन तो हो ही जायेगा। हाफ़िज़जी पूरा ज़ोर लगायेंगे ! एक इम्तहान में भी तो पास न हो सकता था। कहीं परचे उड़ाये, कहीं नक़ल की, कहीं रिश्वत दी, पक्का शोहदा है। और ऐसे लोग आई.सी.एस. होंगे !

सहसा सलीम की मोटर आयी, और सलीम ने उतरकर हाथ मिलाते हुए कहा—'अब तो आप अच्छे मालूम होते हैं। चलने-फिरने में तो दिक्कत नहीं होती ?'

शान्तिकुमार ने शिकवे के अन्दाज़ से कहा—'मुझे दिक्कत होती है या नहीं होती, तुम्हें इससे मतलब ! महीने भर के बाद तुम्हारी सूरत नज़र आयी है। तुम्हें क्या फ़िक्र कि मैं मरा या जीता हूँ। मुसीबत में कौन साथ देता है। तुमने कोई नयी बात नहीं की !'

'नहीं डॉक्टर साहब, आजकल इम्तहान के झंझट में पड़ा हुआ हूँ, मुझे तो इससे नफ़रत है। ख़ुदा जानता है, नौकरी से मेरी रूह काँपती है; लेकिन करूँ क्या, अब्बाजान हाथ धोकर पीछे पड़े हुए हैं। वह तो आप जानते ही हैं, मैं एक सीधा जुमला ठीक नहीं लिख सकता; मगर लियाक़त कौन देखता है। यहाँ तो सनद देखी जाती है। जो अफ़सरों का रुख देखकर काम कर सकता है, उसके लायक़ होने में शुबहा नहीं। आजकल यहीं फ़न सीख रहा हूँ।'

शान्तिकुमार ने मुस्कराकर कहा—'मुबारक हो; लेकिन आई.सी.एस. की सनद आसान नहीं है।'

सलीम ने कुछ इस भाव से कहा, जिससे टपक रहा था, आप इन बातों को क्या जानें—'जी हाँ, लेकिन सलीम भी इस फ़न में उस्ताद है। बी.ए. तक तो बच्चों का खेल था। आई.सी.एस. में ही मेरे कमाल का इम्तहान होगा। सबसे नीचे मेरा नाम गजट में न निकले, तो मुँह न दिखाऊँ। चाहूँ तो सबसे ऊपर भी आ सकता हूँ; मगर फ़ायदा क्या। रुपये तो बराबर ही मिलेंगे।'

शान्तिकुमार ने पूछा—'तो तुम भी ग़रीबों का ख़ून चूसोगे क्या ?'

सलीम ने निर्लज्जता से कहा—'ग़रीबों के ख़ून पर तो अपनी परवरिश हुई। अब और

क्या कर सकता हूँ। यहाँ तो जिस दिन पढ़ने बैठे, उसी दिन से मुफ्तख़ोरी की धुन समाई; लेकिन आपसे सच कहता हूँ डॉक्टर साहब, मेरी तबीयत उस तरफ़ नहीं है ! कुछ दिनों मुलाज़मत करने के बाद मैं भी देहात की तरफ़ चलूँगा। गायें-भैंसें पालूँगा, कुछ फल-वल पैदा करूँगा, पसीने की कमाई खाऊँगा। मालूम होगा, मैं भी आदमी हूँ। अभी तो खटमलों की तरह दूसरों के ख़ून पर ही ज़िन्दगी कटेगी; लेकिन मैं कितना ही गिर जाऊँ, मेरी हमदर्दी ग़रीबों के साथ रहेगी। मैं दिखा दूँगा कि अफ़सरी करके भी पब्लिक की ख़िदमत की जा सकती है। हम लोग ख़ानदानी किसान हैं। अब्बाजान ने अपने ही बूते से यह दौलत पैदा की। मुझे जितनी मुहब्बत रिआया से हो सकती है, उतनी उन लोगों को नहीं हो सकती, जो ख़ानदानी रईस हैं। मैं तो कभी अपने गाँवों में जाता हूँ, तो मुझे ऐसा मालूम होता है कि यह लोग मेरे अपने हैं। उनकी सादगी और मशक़्क़त देखकर दिल में उनकी इज़्ज़त होती है। न जाने कैसे लोग उन्हें गालियाँ देते हैं, उन पर ज़ुल्म करते हैं। मेरा बस चले, तो बदमाश अफ़सरों को कालेपानी भेज दूँ।'

शान्तिकुमार को ऐसा जान पड़ा कि अफ़सरी का ज़हर अभी इस युवक के ख़ून में नहीं पहुँचा। इसका हृदय अभी तक स्वस्थ है। बोले—'जब तक रिआया के हाथ में अख़्तियार न होगा, अफ़सरों की यही हालत रहेगी। तुम्हारी ज़बान से यह ख़यालात सुनकर मुझे सच्ची ख़ुशी हो रही है। मुझे तो एक भी भला आदमी कहीं नज़र नहीं आता। ग़रीबों की लाश पर सब-के-सब गिद्धों की तरह जमा होकर उसकी बोटियाँ नोच रहे हैं, मगर अपने बस की बात नहीं। इसी ख़याल से दिल को तस्कीन देना पड़ता है कि जब ख़ुदा की मरज़ी होगी, तो आप ही वैसे समान हो जायेंगे। इस हाहाकार को बुझाने के लिए दो-चार घड़े पानी डालने से तो आग और भी बढ़ेगी। इनक़लाब की ज़रूरत है, पूरे इनक़लाब की। इसलिए जले जितना जी चाहे। साफ़ हो जाय। जब कुछ जलने को बाक़ी न रहेगा, तो आप आग ठण्डी हो जायेगी। तब तक हम भी हाथ सेंकते हैं। कुछ अमर की भी ख़बर है ? मैंने एक ख़त भेजा था, कोई जवाब नहीं आया।'

सलीम ने जैसे चौंककर जेब में हाथ डाला और एक ख़त निकालता हुआ बोला—'लाहौल बिलाक़ूवत। इस ख़त की याद ही न रही। आज चार दिन से आया हुआ है। जेब ही में पड़ा रह गया। रोज़ सोचता था और रोज़ भूल जाता था।'

शान्तिकुमार ने जल्दी से हाथ बढ़ाकर ख़त ले लिया, और मीठे क्रोध के दो-चार शब्द कहकर पत्र पढ़ने लगे—

'भाई साहब, मैं जिन्दा हूँ और आपका मिशन यथाशक्ति पूरा कर रहा हूँ। वहाँ के समाचार कुछ तो नैना के पत्रों से मुझे मिलते ही रहते थे; किन्तु आपका पत्र पढ़कर तो मैं चकित रह गया। इन थोड़े से दिनों में तो वहाँ क्रान्ति-सी हो गयी ! मैं तो इस सारी जाग्रति का श्रेय आपको देता हूँ। और सुखदा तो अब मेरे लिए पूज्य हो गयी है। मैंने उसे समझने में कितनी भयंकर भूल की, याद करके मैं विकल हो जाता हूँ। मैंने उसे क्या समझा था, और वह क्या निकली। मैं अपने सारे दर्शन और विवेक और उत्सर्ग से वह कुछ न कर सका, जो उसने एक क्षण में कर दिखाया। कभी गर्व से सिर उठा लेता हूँ, कभी लज्जा से सिर झुका लेता हूँ। हम अपने निकटतम प्राणियों के विषय में कितने अज्ञ हैं। इसका

अनुभव करके मैं रो उठता हूँ। कितना महान् अज्ञान है। मैं क्या स्वप्न में भी सोच सकता था कि विलासिनी सुखदा का जीवन इतना त्यागमय हो जायेगा ? मुझे इस अज्ञान ने कहीं का न रखा। जी में आता है, आकर सुखदा से अपने अपराध क्षमा कराऊँ; पर कौन-सा मुँह लेकर आऊँ। मेरे सामने अन्धकार है, अभेद्य अन्धकार है। कुछ नहीं सूझता। मेरा सारा आत्म-विश्वास नष्ट हो गया है। ऐसा ज्ञात होता है, कोई अदेख शक्ति मुझे खिला-खिलाकर कुचल डालना चाहती है। मैं मछली की भाँति काँटे में फँसा हुआ हूँ। काँटा मेरे कण्ठ में चुभ गया है। कोई हाथ मुझे खींच लेता है, खिंचा चला जाता हूँ। फिर डोर ढीली हो जाती है और मैं भागता हूँ। अब जान पड़ा कि मनुष्य विधि के हाथ का खिलौना है। इसलिए अब उसकी निर्दय क्रीड़ा की शिकायत नहीं करूँगा। कहाँ हूँ, कुछ नहीं जानता; किधर जा रहा हूँ, कुछ नहीं जानता। अब जीवन में कोई भविष्य नहीं है। भविष्य पर विश्वास नहीं रहा। इरादे झूठे साबित हुए, कल्पनाएँ मिथ्या निकलीं। मैं आपसे सत्य कहता हूँ, सुखदा मुझे नचा रही है। उस मायाविनी के हाथों में मैं कठपुतली बना हुआ हूँ। पहले एक रूप दिखाकर उसने मुझे भयभीत कर दिया और अब दूसरा रूप दिखाकर मुझे परास्त कर रही है। कौन उसका वास्तविक रूप है, नहीं जानता। सकीना का जो रूप देखा था, वह भी उसका सच्चा रूप था, नहीं कह सकता। मैं अपने ही विषय में कुछ नहीं जानता। आज क्या हूँ, कल क्या हो जाऊँगा, कुछ नहीं जानता। अतीत दुःखदायी है, भविष्य स्वप्न है। मेरे लिए केवल वर्तमान है।

'आपने अपने विषय में मुझसे जो सलाह पूछी है, उसका मैं क्या जवाब दूँ। आप मुझसे कहीं बुद्धिमान हैं। मेरा विचार तो है कि सेवा-व्रतधारियों को जाति से गुज़ारा—केवल गुज़ारा—लेने का अधिकार है यदि वह स्वार्थ को मिटा सकें, तो और भी अच्छा।'

शान्तिकुमार ने असन्तोष के भाव से पत्र को मेज़ पर रख दिया। जिस विषय पर उन्होंने विशेष रूप से राय पूछी थी, उसे केवल दो शब्दों में उड़ा दिया।

सहसा उन्होंने सलीम से पूछा—'तुम्हारे पास भी कोई ख़त आया है ?'

''जी हाँ, इसके साथ ही आया था।'

'कुछ मेरे बारे में लिखा था ?'

'कोई ख़ास बात तो न थी, बस यही कि मुल्क को सच्चे मिशनरियों की ज़रूरत है और ख़ुदा जाने क्या-क्या। मैंने ख़त को आख़ीर तक पढ़ा भी नहीं। इस क़िस्म की बातों को मैं पागलपन समझता हूँ। मिशनरी होने का मतलब तो मैं यही समझता हूँ कि हमारी ज़िन्दगी ख़ैरात पर बसर हो।'

डॉक्टर साहब ने गम्भीर स्वर में कहा—'ज़िन्दगी का ख़ैरात पर बसर होना इससे कहीं अच्छा है कि वह जब्र पर बसर हो। गवर्नमेन्ट तो कोई ज़रूरी चीज़ नहीं। पढ़े-लिखे आदमियों ने ग़रीबों को दबाये रखने के लिए एक संगठन बना लिया है। उसी का नाम गवर्नमेन्ट हैं। ग़रीब और अमीर का फ़र्क मिटा दो और गवर्नमेन्ट का ख़ातमा हो जाता है।'

'आप तो ख़याली बातें कर रहे हैं। गवर्नमेन्ट की ज़रूरत उस वक़्त न रहेगी, जब दुनिया में फ़रिश्ते आबाद होंगे।'

'आइडियल (आदर्श) को हमेशा सामने रखने की ज़रूरत है।'

'लेकिन तालीम का सीग़ा तो जब्र करने का सीग़ा नहीं है। फिर जब आप अपनी आमदनी का बड़ा हिस्सा सेवाश्रम में ख़र्च करते हैं, तो कोई वजह नहीं कि आप मुलाज़िमत छोड़कर संन्यासी बन जायँ।'

यह दलील डॉक्टर के मन में बैठ गयी। उन्हें अपने मन को समझाने का एक साधन मिल गया। बेशक, शिक्षा-विभाग का शासन से सम्बन्ध नहीं। गवर्नमेन्ट जितनी ही अच्छी होगी, उसका शिक्षाकार्य और भी विस्तृत होगा। तब इस सेवाश्रम की भी क्या ज़रूरत होगी। संगठित रूप से सेवाधर्म का पालन करते हुए, शिक्षा का प्रचार करना किसी दशा में भी आपत्ति की बात नहीं हो सकती। महीनों से जो प्रश्न डॉक्टर साहब को बेचैन कर रहा था, आज हल हो गया।

सलीम को बिदा करके वह लाला समरकान्त के घर चले। सुखदा को अमर का पत्र दिखाकर सुर्खरू बनना चाहते थे। जो समस्या अभी वह हल कर चुके थे, उसके विषय में फिर कुछ सन्देह उत्पन्न हो रहे थे। उन सन्देहों को शान्त करना भी आवश्यक था। समरकान्त तो कुछ .खुलकर उनसे न मिले। सुखदा ने उनकी ख़बर पाते ही बुला लिया। रेणुका बाई भी आयी हुई थीं।

शान्तिकुमार ने जाते ही जाते अमरकान्त का पत्र निकालकर सुखदा के सामने रख दिया और बोले—'सलीम ने चार दिनों से अपनी जेब में डाल रखा था और मैं घबरा रहा था कि बात क्या है।'

सुखदा ने पत्र को उड़ती हुई आँखों से देखकर कहा—'तो मैं इसे लेकर क्या करूँ ?'

शान्तिकुमार ने विस्मित होकर कहा—'ज़रा एक बार इसे पढ़ तो जाइए। इससे आपके मन की बहुत-सी शंकाएँ मिट जायेंगी।'

सुखदा ने रूखेपन के साथ जवाब दिया—'मेरे मन में किसी की तरफ़ से कोई शंका नहीं है। इस पत्र में भी जो कुछ लिखा होगा, वह मैं जानती हूँ। मेरी ख़ूब तारीफ़ें की गयी होंगी। मुझे तारीफ़ की ज़रूरत नहीं। जैसे किसी को क्रोध आ जाता है, उसी तरह मुझे वह आवेश आ गया। यह भी क्रोध के सिवा और कुछ न था। क्रोध की कोई तारीफ़ नहीं करता।'

'यह आपने कैसे समझ लिया कि इसमें आपकी तारीफ़ ही है ?'

'हो सकता है, खेद भी प्रकट किया हो !'

'तो फिर आप और चाहती क्या हैं ?'

'अगर आप इतना भी नहीं समझ सकते, तो मेरा कहना व्यर्थ है।'

रेणुका बाई अब तक चुप बैठी थीं। सुखदा का संकोच देखकर बोलीं—'जब वह अब तक घर लौटकर नहीं आये, तो कैसे मालूम हो कि उनके मन के भाव बदल गये हैं। अगर सुखदा उनकी स्त्री न होती, तब भी तो उसकी तारीफ़ करते। नतीजा क्या हुआ, जब स्त्री-पुरुष सुख से रहें, तभी तो मालूम हो कि उनमें प्रेम है। प्रेम को छोड़िए। प्रेम तो बिरले ही दिलों में होता है। धर्म का निबाह तो करना ही चाहिए। पति हज़ार कोस पर बैठा हुआ स्त्री की बड़ाई करे। स्त्री हजार कोस पर बैठी हुई मियाँ की तारीफ़ करे। इससे क्या होता है।'

सुखदा खीझकर बोली—'आप तो अम्माँ बेबात की बात करती हैं। जीवन तब सुखी हो सकता है, जब मन का आदमी मिले। उन्हें मुझसे अच्छी एक वस्तु मिल गयी। वह उसके

वियोग में भी मगन है। मुझे उनसे अच्छा अभी कोई नहीं मिला, और न इस जीवन में मिलेगा, यह मेरा दुर्भाग्य है। इसमें किसी का दोष नहीं।'

रेणुका ने डॉक्टर साहब की ओर देखकर कहा—'सुना आपने बाबूजी ? यह मुझे इसी तरह रोज़ जलाया करती है। कितनी बार कहा कि चल हम दोनों उसे वहाँ से पकड़ लायें। देखें, कैसे नहीं आता। जवानी की उम्र में थोड़ी-बहुत नादानी सभी करते हैं; मगर यह न .ख़ुद मेरे साथ चलती है, न मुझे अकेले जाने देती है। भैया, एक दिन भी ऐसा नहीं जाता कि बग़ैर रोये मुँह में अन्न जाता हो। तुम क्यों नहीं चले जाते भैया ? तुम उसके गुरु हो, तुम्हारा अदब करता है। तुम्हारा कहना वह नहीं टाला सकता।'

सुखदा ने मुस्कराकर कहा—'हाँ, यह तो तुम्हारे कहने से आज ही चले जायेंगे। यह तो और .ख़ुश होते होंगे कि शिष्यों में एक तो ऐसा निकला, जो इनके आदर्श का पालन कर रहा है। विवाह को यह लोग समाज का कलंक समझते हैं। इनके पंथ में पहले तो किसी को विवाह करना ही न चाहिए, और अगर दिल न माने, तो किसी को रख लेना चाहिए। इनके दूसरे शिष्य मियाँ सलीम हैं। हमारे बाबू साहब तो न-जाने किस दबाव में पड़कर विवाह कर बैठे। अब उसका प्रायश्चित्त कर रहे हैं।'

शान्तिकुमार ने झेंपते हुए कहा—'देवीजी, आप मुझ पर मिथ्या आरोप कर रही हैं। अपने विषय में मैंने अवश्य यही निश्चय किया है कि एकान्त जीवन व्यतीत करूँगा; इसलिए कि आदि से ही सेवा का आदर्श मेरे सामने था।'

सुखदा ने पूछा—'क्या विवाहित जीवन में सेवा-धर्म का पालन असम्भव है ? या स्त्री इतनी स्वार्थान्ध होती है कि आपके कामों में बाधा डाले बिना रह ही नहीं सकती ? गृहस्थ जितनी सेवा कर सकता है, उतनी एकान्तजीवी कभी नहीं कर सकता; क्योंकि वह जीवन के कष्टों का अनुभव नहीं कर सकता।'

शान्तिकुमार ने विवाद से बचने की चेष्टा करके कहा—'यह तो झगड़े का विषय है देवीजी, और तय नहीं हो सकता। मुझे आपसे एक विषय में सलाह लेनी है। आपकी माताजी हैं, यह और भी शुभ है। मैं सोच रहा हूँ, क्यों न नौकरी से इस्तीफ़ा देकर सेवाश्रम का काम करूँ ?'

सुखदा ने इस भाव से कहा, मानो यह प्रश्न करने की बात ही नहीं—'अगर आप सोचते हैं, आप बिना किसी के सामने हाथ फैलाये अपना निर्वाह कर सकते हैं, तो ज़रूर इस्तीफ़ा दे दीजिए, यों तो काम करनेवाले का भार संस्था पर होता है; लेकिन इससे भी अच्छी बात यह है कि उसकी सेवा में स्वार्थ का लेश भी न हो।'

शान्तिकुमार ने जिस तर्क से अपना चित्त शान्त किया था, वह यहाँ फिर जवाब दे गया। फिर उसी उधेड़ बुन में पड़ गये।

सहसा रेणुका ने कहा—'आपके आश्रम में कोई कोष भी है ?'

आश्रम में अब तक कोई कोष न था। चन्दा इतना न मिलता था कि कुछ बचत हो सकती। शान्तिकुमार ने इस अभाव को मानो अपने ऊपर लांछन समझकर कहा—'जी नहीं, अभी तक तो कोष नहीं बन सका, पर मैं युनिवर्सिटी से छुट्टी पा जाऊँ, तो इसके लिए उद्योग करूँ।'

रेणुका ने पूछा—'कितने रुपये हों, तो आपका आश्रम चलने लगे ?'

शान्तिकुमार ने आशा की स्फूर्ति का अनुभव करके कहा—'आश्रम तो एक युनिवर्सिटी भी बन सकता है; लेकिन मुझे तीन-चार लाख रुपये मिल जायँ, तो मैं उतना ही काम कर सकता हूँ, जितना युनिवर्सिटी में बीस लाख में भी नहीं हो सकता।'

रेणुका ने मुस्कराकर कहा—'अगर आप कोई ट्रस्ट बना सकें, तो मैं आपकी कुछ सहायता कर सकती हूँ। बात यह है कि जिस सम्पत्ति को अब तक संचती आती थी, उसका अब कोई भोगनेवाला नहीं है। अमर का हाल आप देख ही चुके। सुखदा भी उसी रास्ते पर जा रही है। तो फिर मैं भी अपने लिए कोई रास्ता निकालना चाहती हूँ। मुझे आप गुज़ारे के लिए सौ रुपये महीने ट्रस्ट से दिला दीजिएगा। मेरे जानवरों के खिलाने-पिलाने का भार ट्रस्ट पर होगा।'

शान्तिकुमार ने डरते-डरते कहा—'मैं तो आपकी आज्ञा तभी स्वीकार कर सकता हूँ, जब अमर और सुखदा मुझे सहर्ष अनुमति दें। फिर बच्चे का हक़ भी तो है ?'

सुखदा ने कहा—'मेरी तरफ़ से इस्तीफा है। और बच्चे के दादा का धन क्या थोड़ा है ? औरों की मैं नहीं कह सकती।'

रेणुका खिन्न होकर बोलीं—'अमर को धन की परवाह अगर है, तो औरों से भी कम। दौलत कोई दीपक तो है नहीं, जिससे प्रकाश फैलता रहे। जिन्हें उसकी ज़रूरत नहीं, उनके गले क्यों लगाई जाय। रुपये का भार कुछ कम नहीं होता। मैं .खुद नहीं सँभाल सकती। किसी शुभ कार्य में लग जाय, वह कहीं अच्छा। लाला समरकान्त तो मन्दिर और शिवाले की राय देते हैं; पर मेरा जी उधर नहीं जाता। मन्दिर तो यों ही इतने हो रहे हैं कि पूजा करनेवाले नहीं मिलते। शिक्षादान महादान है और वह भी उन लोगों में, जिनका समाज ने हमेशा बहिष्कार किया हो। मैं कई दिन से सोच रही हूँ, और आपसे मिलनेवाली थी। अभी मैं दो-चार महीने और दुविधे में पड़ी रहती; पर आपके आ जाने से मेरी दुविधाएँ मिट गयीं। धन देनेवालों की कमी नहीं है, लेनेवालों की कमी है। आदमी यही चाहता है कि धन सुपात्रों को दे, जो दाता के इच्छानुसार ख़र्च करें; यह नहीं कि मुफ़्त का धन पाकर उड़ाना शुरू कर दे। दिखाने को दाता की इच्छानुसार थोड़ा-बहुत ख़र्च कर दिया, बाक़ी किसी-न-किसी बहाने से घर में रख लिया।'

यह कहते हुए उसने मुस्कराकर शान्तिकुमार से पूछा—'आप तो धोखा न देंगे ?'

शान्तिकुमार को यह प्रश्न, हँसकर पूछे जाने पर भी, बुरा मालूम हुआ—'मेरी नीयत क्या होगी, यह मैं .खुद नहीं जानता। आपको मुझ पर इतना विश्वास कर लेने का कोई कारण भी नहीं है।'

सुखदा ने बात सँभाली—'यह बात नहीं है डॉक्टर साहब। अम्माँ ने तो हँसी की थी।'

'विष मधु के साथ भी अपना असर करता है।'

'यह तो बुरा मानने की बात न थी ?'

'मैं बुरा नहीं मानता। अभी दस-पाँच वर्ष मेरी परीक्षा होने दीजिए। अभी मैं इतने बड़े विश्वास के योग्य नहीं हुआ।'

रेणुका ने परास्त होकर कहा—'अच्छा साहब, मैं अपना प्रश्न वापस लेती हूँ। आप

कल मेरे घर आइएगा। मैं मोटर भेज दूँगी। ट्रस्ट बनाना पहला काम है। मुझे अब क़ुछ नहीं पूछना है ! आपके ऊपर मुझे पूरा विश्वास है।'

डॉक्टर साहब ने धन्यवाद देते हुए कहा—'मैं आपके विश्वास को बनाये रखने की चेष्टा करूँगा।'

रेणुका बोलीं—मैं चाहती हूँ, जल्द ही इस काम को कर डालूँ। फिर नैना का विवाह आ पड़ेगा, तो महीनों फ़ुरसत न मिलेगी।'

शान्तिकुमार ने जैसे सिहरकर कहा—'अच्छा, नैना देवी का विवाह होनेवाला है ? यह तो बड़ी शुभ सूचना है। मैं कल ही आपसे मिलकर सारी बातें तय कर लूँगा। अमर को भी सूचना दे दूँ ?'

सुखदा ने कठोर स्वर में कहा—'कोई ज़रूरत नहीं।'

रेणुका बोलीं—'नहीं, आप उनको सूचना दे दीजिए। शायद आयें मुझे तो आशा है, ज़रूर आयेंगे।'

डॉक्टर साहब यहाँ से चले, तो नैना बालक को लिए मोटर से उतर रही थी।

शान्तिकुमार ने आहत कण्ठ से कहा—'तुम अब चली जाओगी नैना ?'

नैना ने सिर झुका लिया; पर उसकी आँखें सजल थीं।

8

छः महीने गुज़र गये।

सेवाश्रम का ट्रस्ट बन गया। केवल स्वामी आत्मानन्दजी ने, जो आश्रम के प्रमुख कार्यकर्त्ता और एक-एक पोर समष्टिवादी थे, इस प्रबन्ध से असन्तुष्ट होकर इस्तीफ़ा दे दिया। वह आश्रम में धनिकों को नहीं घुसने देना चाहते थे। उन्होंने बहुत ज़ोर मारा कि ट्रस्ट न बनने पाये। उनकी राय में धन पर आश्रम की आत्मा को बेचना, आश्रम के लिए घातक होगा। धन ही की प्रभुता से तो हिन्दू-समाज ने नीचों को अपना गुलाम बना रखा है, धन ही के कारण तो नीच-ऊँच का भेद आ गया है; उसी धन पर आश्रम की स्वाधीनता क्यों बेची जाय; लेकिन स्वामीजी की कुछ न चली और ट्रस्ट की स्थापना हो गयी। उसका शिलान्यास रखा सुखदा ने। जलसा हुआ, दावत हुई, गाना-बजाना हुआ। दूसरे दिन शान्तिकुमार ने अपने पद से इस्तीफ़ा दे दिया।

सलीम की परीक्षा भी समाप्त हो गयी। और उसने जो पेशीनगोई की थी, वह अक्षरशः पूरी हुई। गज़ट में उसका नाम सबसे नीचे था। शान्तिकुमार के विस्मय की सीमा न रही। अब उसे क़ायदे के मुताबिक दो साल के लिए इंग्लैण्ड जाना चाहिए था, पर सलीम इंगलैण्ड न जाना चाहता था। दो-चार महीने के लिए सैर करने तो वह शौक से जा सकता था; पर दो साल तक वहाँ पड़े रहना उसे मंजूर न था। उसे जगह न मिलनी चाहिए थी; मगर यहाँ भी उसने कुछ ऐसी दौड़-धूप की, कुछ ऐसे हथकण्डे खेले कि वह इस क़ायदे से मुस्तसना कर दिया गया। जब सूबे का सबसे बड़ा डॉक्टर कह रहा है कि इंगलैण्ड की ठण्डी हवा

में इस युवक का दो साल रहना ख़तरे से खाली नहीं, तो फिर कौन इतनी बड़ी जिम्मेदारी लेता। हाफ़िज हलीम लड़के को भेजने को तैयार थे, रुपये ख़र्च करने को तैयार थे; लेकिन लड़के का स्वास्थ्य बिगड़ गया, तो वह किसका दामन पकड़ेंगे। आख़िर यहाँ भी सलीम की विजय रही। उसे उसी हलके का चार्ज भी मिला, जहाँ उसका दोस्त अमरकान्त पहले ही से मौजूद था। उस ज़िले को उसने .खुद पसन्द किया।

इधर सलीम के जीवन में एक बड़ा परिवर्तन हो गया। हँसोड़ तो उतना ही था; पर उतना शौक़ीनी, उतना रसिक न था। शायरी से भी अब उतना प्रेम न था। विवाह से उसे जो पुरानी अरुचि थी, वह अब बिलकुल जाती रही थी। यह परिवर्तन एकाएक कैसे हो गया हम नहीं जानते; लेकिन इधर वह कई बार सकीना के घर गया था और दोनों में गुप्त रूप से पत्र-व्यवहार भी हो रहा था। अमर के उदासीन हो जाने पर भी सकीना उसके अतीत प्रेम को कितनी एकाग्रता से हृदय में पाले हुए थी, इस अनुराग ने सलीम को परास्त कर दिया था। इस ज्योति से अब वह अपने जीवन को आलोकित करने के लिए विकल हो रहा था। अपनी मामा से सकीना का उस अपार प्रेम का वृत्तान्त सुन-सुनकर वह बहुधा रो दिया करता। उसका कवि-हृदय जो भ्रमर की भाँति नये-नये पुष्पों के रस लिया करता था, अब संयमित अनुराग से परिपूर्ण होकर उसके जीवन में एक विशाल साधना की सृष्टि कर रहा था।

नैना का विवाह भी हो गया। लाला धनीराम नगर के सबसे धनी आदमी थे। उनके जेठे पुत्र लाला मनीराम बड़े होनहार नौजवान थे। समरकान्त को तो आशा न थी कि यहाँ सम्बन्ध हो सकेगा; क्योंकि धनीराम मन्दिरवाली घटना के दिन से ही इस परिवार को हेय समझने लगे थे; पर समरकान्त की थैलियों ने अन्त में विजय पायी। बड़ी-बड़ी तैयारियाँ हुईं; लेकिन अमरकान्त न आया, और न समरकान्त ने उसे बुलाया। धनीराम ने कहला दिया था कि अमरकान्त विवाह में सम्मिलित हुआ तो बारात द्वार से लौट आयेगी। यह बात अमरकान्त के कानों तक पहुँच गयी थी। नैना न प्रसन्न थी, न दुःखी थी। वह न कुछ कह सकती थी न बोल सकती थी। पिता की इच्छा के सामने वह क्या कहती। मनीराम के विषय में तरह-तरह की बातें सुनती थी—शराबी है, व्याभिचारी है, मूर्ख है, घमण्डी है; लेकिन पिता की इच्छा के सामने सिर झुकाना उसका कर्तव्य था। अगर समरकान्त उसे किसी देवता की बलिदान की बलिवेदी पर चढ़ा देते, तब भी वह मुँह न खोलती। केवल बिदाई के समय वह रोई; पर उस समय भी उसे यह ध्यान रहा कि पिताजी को दुःख न हो। समरकान्त की आँखों में धन ही सबसे मूल्यवान वस्तु थी। नैना को जीवन का क्या अनुभव था ? ऐसे महत्त्व के विषय में पिता का निश्चय ही उसके लिए मान्य था। उसका चित्त सशंक था; पर उसने जो कुछ अपना कर्तव्य समझ रखा था, उसका पालन करते हुए उसके प्राण भी चले जायँ तो उसे दुःख न होगा।

इधर सुखदा और शान्तिकुमार का सहयोग दिन-दिन घनिष्ठ होता जाता था। धन का अभाव तो था नहीं, हरेक मुहल्ले में सेवाश्रम की शाखाएँ .खुल रही थीं और मादक वस्तुओं का बहिष्कार भी ज़ोरों से हो रहा था। सुखदा के जीवन में अब एक कठोर तप का संचार होता जाता था। वह अब प्रातःकाल और संध्या व्यायाम करती। भोजन में स्वाद से अधिक

पोषकता का विचार रखती। संयम और निग्रह ही अब उसकी जीवनचर्या के प्रधान अंग थे। उपन्यासों की अपेक्षा अब उसे इतिहास और दार्शनिक विषयों में अधिक आनन्द आता था, और उसकी बोलने की शक्ति तो इतनी बढ़ गयी थी कि सुननेवालों को आश्चर्य होता था। देश और समाज की दशा देखकर उसमें सच्ची वेदना होती थी और यही वाणी में प्रभाव का मुख्य रहस्य है। इस सुधार के प्रोग्राम में एक बात और आ गयी थी। वह थी ग़रीबों के लिए मकानों की समस्या। अब यह अनुभव हो रहा था कि जब तक जनता के लिए मकानों की समस्या हल न होगी, सुधार का कोई प्रस्ताव सफल न होगा; मगर यह काम चन्दे का नहीं, इसे तो म्युनिसिपैलिटी ही हाथ में ले सकती थी। पर यह संस्था इतना बड़ा काम हाथ में लेते हुए भी घबराती थी। हाफ़िज़ हलीम प्रधान थे, लाला धनीराम उपप्रधान; ऐसे दक़ियानूसी महानुभावों के मस्तिष्क में इस समस्या की आवश्यकता और महत्त्व को जमा देना कठिन था। दो-चार ऐसे सज्जन तो निकल आये थे, जो ज़मीन मिल जाने पर दो-चार लाख रुपये लगाने को तैयार थे। उनमें लाला समरकान्त भी थे। अगर चार आने सैकड़े का सूद भी निकलता आये, तो वह सन्तुष्ट थे; मगर प्रश्न था ज़मीन कहाँ से आवे। सुखदा का कहना था कि जब मिलों के लिए, स्कूलों और कॉलेजों के लिए ज़मीन का प्रबन्ध हो सकता है, तो इस काम के लिए क्यों न म्युनिसिपैलिटी मुफ़्त ज़मीन दे।

संध्या का समय था। शान्तिकुमार नक़्शों का एक पुलिन्दा लिये हुए सुखदा के पास आये और एक-एक नक़्शा खोलकर दिखाने लगे। यह उन मकानों के नक़्शे थे, जो बनवाये जायेंगे। एक नक्शा आठ आने महीने के मकान का था, दूसरा एक रुपये के किराये का और तीसरा दो रुपये का। आठ आनेवालों में एक कमरा था, एक रसोई, एक बरामदा, सामने एक बैठक और छोटा-सा सहन। एक रुपये वालों में भीतर दो कमरे थे और दो रुप्ये वालों में तीन कमरे।

कमरों में खिड़कियाँ थीं, फ़र्श और दो फ़ीट ऊँचाई तक दीवारें पक्की। ठाठ खपरैल का था।

दो रुपये वालों में शौच-गृह भी थे। बाकी दस-दस घरों के बीच में एक शौच-गृह बनाया गया था।

सुखदा ने पूछा—'आपने लागत का तख़मीना भी किया है ?'

'और क्या यों ही नक्शे बनवा लिए हैं ! आठ आने वाले घरों की लागत दो सौ होगी, एक रुपये वालों की तीन सौ और दो रुपये वालों की चार सौ। चार आने का सूद पड़ता है।'

'पहले कितने मकानों का प्रोग्राम है ?'

'कम-से-कम तीन हज़ार। दक्खिन तरफ़ लगभग इतने ही मकानों की ज़रूरत होगी। मैंने हिसाब लगा लिया है। कुछ लोग तो ज़मीन मिलने पर रुपये लगाएँगे, मगर कम-से-कम दस लाख की ज़रूरत और होगी।'

'मार डाला ! दस लाख ! एक तरफ़ के लिए।'

'अगर पाँच लाख़ के हिस्सेदार मिल जायँ, तो बाकी रुपये जनता ख़ुद लगा देगी, मज़दूरी में बड़ी किफ़ायत होगी। राज, बेलदार, बढ़ई, लोहार आधी मजूरी पर काम करने को तैयार हैं। ठेलेवाले, गाड़ीवाले, यहाँ तक कि एक्के और ताँगेवाले भी बेगार काम करने

पर राजी हैं।'

'देखिए, शायद चल जाय। दो-तीन लाख शायद दादाजी लगा दें, अम्माँ के पास भी अभी कुछ-न-कुछ होगा ही; बाकी रुपये की फ़िक्र करनी है। सबसे बड़ी ज़मीन की मुश्किल है।'

'मुश्किल क्या है। दस बँगले गिरा दिये जायँ; तो ज़मीन ही ज़मीन निकल आयेगी।'

'बँगलों का गिराना आप आसान समझते हैं ?'

'आसान तो नहीं समझता; लेकिन उपाय क्या है। शहर के बाहर तो कोई रहेगा नहीं। इसलिए शहर के अन्दर ही ज़मीन निकालनी पड़ेगी। बाज़ मकान इतने लम्बे-चौड़े हैं कि उनमें एक हज़ार आदमी फैलकर रह सकते हैं। आप ही का मकान क्या छोटा है ? इसमें दस ग़रीब परिवार बड़े मज़े में रह सकते हैं।'

सुखदा मुसकाई—'आप तो हम लोगों पर ही हाथ साफ़ करना चाहते हैं !'

'जो राह बताये उसे आगे चलना पड़ेगा।'

'मैं तैयार हूँ; लेकिन म्युनिसिपैलिटी के पास कुछ प्लाट तो खाली होंगे ?'

'हाँ, हैं क्यों नहीं। मैंने उन सबों को पता लगा लिया है; मगर हाफ़िज जी फ़रमाते हैं, उन प्लाटों की बातचीत तय हो चुकी है।'

सलीम ने मोटर से उतरकर शान्तिकुमार को पुकारा। उन्होंने उसे अन्दर बुला लिया और पूछा—'किधर से आ रहे हो ?'

सलीम ने प्रसन्न मुख से कहा—'कल रात को चला जाऊँगा। सोचा, आपसे रुख़सत होता चलूँ। इसी बहाने देवीजी से भी नियाज़ हासिल हो गया।'

शान्तिकुमार ने पूछा—'अरे तो यों ही चले जाओगे भाई ? कोई जलसा, दावत कुछ नहीं ? वाह !'

'जलसा तो कल शाम को है। कार्ड तो आपके यहाँ भेज दिया था। मगर आपसे तो जलसे की मुलाक़ात काफ़ी नहीं।'

'तो चलते-चलते हमारी थोड़ी-सी मदद करो ! दक्खिन तरफ़ म्युनिसिपैलिटी के जो प्लाट हैं, वह हमें दिला दो मुफ़्त में !'

सलीम का मुख गम्भीर हो गया। बोला—'उन प्लाटों की तो शायद बातचीत हो चुकी है। कई मेम्बर .ख़ुद बेटों और बीवियों के नाम ख़रीदने को मुँह खोले बैठे हैं।'

सुखदा विस्मित हो गयी—'अच्छा ! भीतर-ही-भीतर यह कपट-लीला भी होती है। तब तो आपकी मदद की और ज़रूरत है। इस मायाजाल को तोड़ना आपका कर्तव्य है।'

सलीम ने आँखें चुराकर कहा—'अब्बाजान इस मुआमले में मेरी एक न सुनेंगे। और हक़ यह है कि जो मुआमला तय हो चुका, उसके बारे में कुछ ज़ोर देना भी तो मुनासिब नहीं।'

यह कहते हुए उसने सुखदा और शान्तिकुमार से हाथ मिलाया और दोनों से कल शाम के जलसे में आने का आग्रह करके चला गया। वहाँ बैठने में अब उसकी ख़ैरियत न थी।

शान्तिकुमार ने कहा—'देखा आपने ! अभी जगह पर गये नहीं; पर मिज़ाज में अफ़सरी की बू आ गयी। कुछ अजब तिलिस्म है कि जो उसमें क़दम रखता है, उस पर जैसे नशा

हो जाता है। इस तजवीज़ के यह पक्के समर्थक थे; पर आज कैसा निकल गये। हाफ़िज़जी से अगर ज़ोर देकर कहें तो मुमकिन नहीं कि वह राज़ी न हो जायँ।'

सुखदा के मुख पर आत्मगौरव की झलक आ गयी—'हमें न्याय की लड़ाई लड़नी है। न्याय हमारी मदद करेगा। हम और किसी की मदद के मुहताज नहीं हैं।'

इसी समय लाला समरकान्त आ गये। शान्तिकुमार को बैठे देखकर ज़रा झिझके। फिर पूछा—'कहिए डॉक्टर साहब, हाफ़िज़जी से क्या बातचीत हुई ?'

शान्तिकुमार ने अब तक जो कुछ किया था, वह सब कह सुनाया।

समरकान्त ने असन्तोष का भाव प्रकट करते हुए कहा—'आप लोग विलायत के पढ़े हुए साहब, मैं भला आपके सामने क्या मुँह खोल सकता हूँ, लेकिन आप जो चाहें कि न्याय और सत्य के नाम पर आपको ज़मीन मिल जाय, तो चुपके हो रहिए। इस काम के लिए दस-बीस हज़ार रुपये ख़र्च करने पड़ेंगे—हरेक मेम्बर से अलग-अलग मिलिए। देखिए, किस मिज़ाज का, किस विचार का, किस रंग-ढंग का आदमी है। उसी तरह उसे क़ाबू में लाइए—ख़ुशामद से राज़ी हो ख़ुशामद से, चाँदी से राज़ी हो चाँदी से, दुआ-ताबीज, जन्तर-मन्तर जिस तरह काम निकले, उस तरह निकालिए। हाफ़िज़जी से मेरी पुरानी मुलाक़ात है। पच्चीस हज़ार की थैली उनके मामा के हाथ घर में भेज दो, फिर देखें कैसे ज़मीन नहीं मिलती। सरदार कल्याणसिंह को नये मकानों का ठीका देने का वादा कर लो, वह क़ाबू में आ जायेंगे। दुबेजी को पाँच चन्द्रोदय भेंट करके पटा सकते हो। खन्ना से योगाभ्यास की बातें करो और किसी सन्त से मिला दो; ऐसा सन्त हो, जो उन्हें दो-चार आसन सिखा दे। राय साहब धनीराम के नाम पर अपने नये मुहल्ले का नाम रख दो। उनसे कुछ रुपये भी मिल जायेंगे। यह हैं काम करने के ढंग। रुपये की तरफ़ से निश्चिन्त रहो। बनियों को चाहे बदनाम कर लो; पर परमार्थ के काम में बनिये ही आगे आते हैं। दस लाख तक का बीमा तो मैं लेता हूँ। कई भाइयों के तो वोट ले आया। मुझे तो रात को नींद नहीं आती। यही सोचा करता हूँ कैसे यह काम सिद्ध हो। जब तक काम सिद्ध न हो जायेगा, मुझे ज्वर-सा चढ़ा रहेगा।'

शान्तिकुमार ने दबी आवाज़ से कहा—'यह फ़न तो मुझे अभी सीखना पड़ेगा सेठजी। मुझे न रक़म खाने का तजरबा है, न खिलाने का। मुझ तो किसी भले आदमी से यह प्रस्ताव करते शर्म आती है। यह ख़याल भी आता है कि वह मुझे कितना ख़ुदगरज़ समझ रहा होगा। डरता हूँ, कहीं घुड़क न बैठे।'

समरकान्त ने जैसे कुत्ते को दुत्कार कर कहा—'तो फिर तुम्हें ज़मीन मिल चुकी। सेवाश्रम के लड़के पढ़ाना दूसरी बात है, मामले पटाना दूसरी बात है। मैं ख़ुद पटाऊँगा।'

सुखदा ने जैसे आहत होकर कहा—'नहीं, हमें रिश्वत देना मंजूर नहीं। हम न्याय के लिए खड़े हैं, हमारे पास न्याय का बल है। हम उसी बल से विजय पायेंगे।'

समरकान्त ने निराश होकर कहा—'तो तुम्हारी स्कीम चल चुकी।'

सुखदा ने कहा—'स्कीम तो चलेगी; हाँ शायद देर में चले, या धीमी चाल से चले, पर रुक नहीं सकती। अन्याय के दिन पूरे हो गये।'

'अच्छी बात है। मैं भी देखूँगा।'

समरकान्त झल्लाये हुए बाहर चले गये। उनकी सर्वज्ञता को जो स्वीकार न करे, उससे

वह दूर भागते थे।

शान्तिकुमार ने ख़ुश होकर कहा—'सेठजी भी विचित्र जीव हैं ! इनकी निगाह में जो कुछ है, वह रुपया। मानवता भी कोई वस्तु है, इसे शायद यह मानें ही नहीं।'

सुखदा की आँखें सगर्व हो गयीं—'इनकी बातों पर न जाइए डॉक्टर साहब। इनके हृदय में जितनी दया, जितनी सेवा है, वह हम दोनों में मिलाकर भी न होगी। इनके स्वभाव में कितना अन्तर हो गया है, इसे आप नहीं देखते ? डेढ़-साल पहले बेटे ने इनसे यह प्रस्ताव किया होता, तो आग हो जाते। अपना सर्वस्व लुटाने को तैयार हो जाना साधारण बात नहीं है, और विशेषकर उस आदमी के लिए, जिसने एक-एक कौड़ी को दाँतों से पकड़ा हो। पुत्र-स्नेह ही ने यह कायापलट की है। मैं इसी को सच्चा वैराग्य कहती हूँ। आप पहले मेम्बरों से मिलिए। और ज़रूरत समझिए तो मुझे भी ले लीजिए। मुझे तो आशा है, हमें बहुमत मिलेगा। नहीं, आप अकेले न जायँ। कल सबेरे आइए तो हम दोनों चलें। दस बजे रात तक लौट आयेंगे, इस वक्त मुझे ज़रा सकीना से मिलना है। सुना है, महीनों से बीमार है। मुझे तो उस पर श्रद्धा-सी हो गयी है। समय मिला, तो उधर से ही नैना से मिलती आऊँगी।'

डॉक्टर साहब ने कुरसी से उठते हुए कहा—'उसे गये तो दो महीने हो गये, आयेगी कब तक ?'

'यहाँ से तो कई बार बुलाया गया, सेठ धनीराम बिदा ही नहीं करते।'

'नैना ख़ुश तो है ?'

'मैं तो कई बार मिली; पर अपने विषय में उसने कुछ न कहा। पूछा, तो यही बोली—मैं बहुत अच्छी तरह हूँ। पर मुझे तो वह प्रसन्न नहीं दिखी। वह शिकायत करनेवाली लड़की नहीं है। अगर वह लोग उसे लातों मारकर निकालना भी चाहें, तो घर से न निकलेगी, और न किसी से कुछ कहेगी।'

शान्तिकुमार की आँखें सजल हो गयीं—'उससे कोई अप्रसन्न हो सकता है, मैं तो इसकी कल्पना ही नहीं कर सकता।'

सुखदा मुस्कराकर बोली—'उसका भाई कुमार्गी है, क्या यह उन लोगों की अप्रसन्नता के लिए काफ़ी नहीं है ?'

'मैंने तो सुना, मनीराम पक्का शोहदा है।'

'नैना के सामने आपने वह शब्द कहा होता, तो आपसे लड़ बैठती।'

'मैं एक बार मनीराम से मिलूँगा ज़रूर।'

'नहीं, आपके हाथ जोड़ती हूँ। आपने उनसे कुछ कहा, तो नैना के सिर जायेगी।'

'मैं उससे लड़ने नहीं जाऊँगा। मैं उसकी ख़ुशामद करने जाऊँगा। यह कला जानता नहीं; पर नैना के लिए अपनी आत्मा की हत्या करने में भी मुझे संकोच नहीं है। मैं उसे दुःखी नहीं देख सकता। निःस्वार्थ सेवा की देवी अगर मेरे सामने दुःख सहे, तो मेरे जीने को धिक्कार है।'

शान्तिकुमार जल्दी से बाहर निकल आये। आँसुओं का वेग अब रोके न रुकता था।

9

सुखदा सड़क पर मोटर से उतरकर सकीना का घर खोजने लगी; पर इधर से उधर तक दो-तीन चक्कर लगा आयी, कहीं वह घर न मिला। जहाँ वह मकान होना चाहिए था, वहाँ अब एक नया कमरा था, जिस पर क़लई पुती हुई थी। वह कच्ची दीवार और सड़ा हुआ टाट का परदा कहीं न था। आख़िर उसने एक आदमी से पूछा, तब मालूम हुआ कि जिसे वह नया कमरा समझ रही थी, वह सकीना के मकान का दरवाज़ा है। उसने आवाज़ दी और एक क्षण में द्वार खुल गया। सुखदा ने देखा, वह एक साफ़-सुथरा छोटा-सा कमरा है, जिसमें दो-तीन मोढ़े रखे हुए हैं। सकीना ने एक मोढ़े को बढ़ाकर पूछा–'आपको मकान तलाश करना पड़ा होगा। यह नया कमरा बन जाने से पता नहीं चलता।'

सुखदा ने उसके पीले, सूखे मुँह की ओर देखते हुए कहा–'हाँ, मैंने दो-तीन चक्कर लगाये। अब यह घर कहलाने लायक़ हो गया; मगर तुम्हारी यह क्या हालत है ? बिलकुल पहचानी ही नहीं जाती।'

सकीना ने हँसने की चेष्टा करके कहा–'मैं तो मोटी-ताज़ी कभी न थी।'

'इस वक़्त तो पहले से भी उतरी हुई हो।'

सहसा पठानिन आ गयी और यह प्रश्न सुनकर बोली–'महीनों से बुख़ार आ रहा है बेटी, लेकिन दवा नहीं खाती। कौन कहे; मुझसे तो बोलचाल बंद है। अल्लाह जानता है, तुम्हारी बड़ी याद आती थी बहूजी; पर आऊँ कौन मुँह लेकर। अभी थोड़ी ही देर हुई, लालाजी भी गये हैं। जुग-जुग जियें। सकीना ने मना कर दिया था; इसलिए तलब लेने न गयी थी। वही देने आये थे। दुनिया में ऐसे-ऐसे ख़ुदा के बन्दे पड़े हुए हैं। दूसरा होता, तो मेरी सूरत न देखता। उनका बसा-बसाया घर मुझ नसीबोंजली के कारन उजड़ गया। मगर लाला का दिल वही है, वही ख़याल है, वही परवरिश की निगाह है। मेरी आँखों पर न जाने क्यों परदा पड़ गया था कि मैंने भोले-भाले लड़के पर वह इलज़ाम लगा दिया। ख़ुदा करे, मुझे मरने के बाद कफ़न भी न नसीब हो ! मैंने इतने दिनों बड़ी छानबीन की बेटी ! सभी ने मेरी लानत-मलामत की। इस लड़की ने तो मुझसे बोलना छोड़ दिया। खड़ी तो है; पूछो। ऐसी-ऐसी बातें कहती है कि कलेजे में चुभ जाती हैं। ख़ुदा सुनवाता है, तभी तो सुनती हूँ। वैसा काम न किया होता, तो क्यों सुनना पड़ता। उसे अँधेरे घर में इसके साथ देखकर मुझे शुबहा हो गया और जब उस ग़रीब ने देखा कि बेचारी औरत बदनाम हो रही है, तो उसकी ख़ातिर अपना धरम देने को भी राज़ी हो गया। मुझ निगोड़ी को उस ग़ुस्से में यह ख़याल भी न रहा कि अपने ही मुँह तो कालिख लगा रही हूँ।'

सकीना ने तीव्र कण्ठ से कहा–'अरे, हो तो चुका, अब कब तक दुखड़ा रोए जाओगी। कुछ और बातचीत करने दोगी या नहीं ?'

पठानिन ने फ़रियाद की–'इसी तरह मुझे झिड़कती रहती है बेटी, बोलने नहीं देती। पूछो, तुमसे दुखड़ा न रोऊँ, तो किसके पास रोने जाऊँ।'

सुखदा ने सकीना से पूछा–'अच्छा, तुमने अपना वसीक़ा लेने से क्यों इनकार कर दिया था ? वह तो बहुत पहले से मिल रहा है।'

सकीना कुछ बोलना ही चाहती थी कि पठानिन फिर बोली—'इसके पीछे मुझसे लड़ा करती है बहू। कहती है, क्यों किसी की ख़ैरात लें। यह नहीं सोचती कि उसी से तो हमारी परवरिश हुई है। बस, आजकल सिलाई की धुन है। बारह-बारह बजे रात तक बैठी आँखें फोड़ती रहती है। ज़रा सूरत देखो, इसी से बुख़ार भी आने लगा है, पर दवा के नाम से भागती है। कहती हूँ जान रखकर काम कर, कौन लाव-लश्कर खानेवाला है; लेकिन यहाँ तो धुन है, घर भी अच्छा हो जाये, सामान भी अच्छे बन जायें। इधर काम अच्छा मिला है, और मजूरी भी अच्छी मिल रही है; मगर सब इसी टीम-टाम में उड़ जाती है। यहाँ से थोड़ी दूर पर एक ईसाइन रहती है, वह रोज़ सुबह को पढ़ाने आती है। हमारे ज़माने में तो बेटा सिपारा और रोज़ा-नमाज़ का रिवाज़ था। कई जगह से शादी के पैग़ाम आये...'

सकीना ने कठोर होकर कहा—'अरे, तो अब चुप भी रहोगी। हो तो चुका। आपकी क्या ख़ातिर करूँ बहन। आपने इतने दिनों बाद मुझ बदनसीब को याद तो किया।'

सुखदा ने उदार मन से कहा—'याद तो तुम्हारी बराबर आती रहती थी और आने को जी भी चाहता था; पर डरती थी, तुम अपने दिल में न जाने क्या समझो। यह तो आज मियाँ सलीम से मालूम हुआ कि तुम्हारी तबीयत अच्छी नहीं है। जब हम लोग तुम्हारी ख़िदमत करने को हर तरह हाज़िर हैं, तो तुम नाहक़ क्यों जान देती हो।'

सकीना जैसे शर्म को निगलकर बोली—'बहन, मैं चाहे मर जाऊँ, पर इस ग़रीबी को मिटाकर छोड़ूँगी। मैं इस हालत में न होती, तो बाबूजी को क्यों मुझ पर रहम आता, क्यों वह मेरे घर आते; क्यों उन्हें बदनाम होकर घर से भागना पड़ता। सारी मुसीबत की जड़ ग़रीबी है। इसका ख़ातमा करके छोड़ूँगी।'

एक क्षण के बाद उसने पठानिन से कहा—'ज़रा जाकर किसी तम्बोलिन से पान ही लगवा लाओ। अब और क्या ख़ातिर करें आपका।'

बुढ़िया को इस बहाने से टालकर सकीना धीरे स्वर में बोली—'यह मुहम्मद सलीम का ख़त है। आप जब मुझ पर इतना रहम करती हैं; तो आपसे क्या पर्दा करूँ। जो होना था, वह तो हो ही गया। बाबूजी यहाँ कई बार आये। ख़ुदा जानता है जो उन्होंने कभी मेरी तरफ़ आँख उठाई हो। मैं भी उनका अदब करती थी। हाँ, उनकी शराफ़त का असर ज़रूर मेरे दिल पर होता था। एकाएक मेरी शादी का ज़िक्र सुनकर बाबूजी एक नशे की-सी हालत में आये और मुझसे मुहब्बत ज़ाहिर की। ख़ुदा गवाह है बहन, मैं एक हर्फ़ भी ग़लत नहीं कह रही हूँ। उनकी प्यार की बातें सुनकर मुझे भी सुध-बुध भूल गयी। मेरी जैसी औरत के साथ ऐसा शरीफ़ आदमी यों मुहब्बत करे, यह मुझे ले उड़ा। मैं वह नेमत पाकर दीवानी हो गयी। जब वह अपना तन-मन सब मुझ पर निसार कर रहे थे, तो मैं काठ की पुतली तो न थी। मुझमें ऐसी क्या ख़ूबी उन्होंने देखी, यह मैं नहीं जानती। उनकी बात से यही मालूम होता था कि वह आपसे ख़ुश नहीं हैं। बहन, मैं इस वक़्त आपसे साफ़-साफ़ बातें कर रही हूँ, मुआफ़ कीजिएगा। आपकी तरफ़ से उन्हें कुछ मलाल ज़रूर था और जैसे फ़ाका करने के बाद अमीर आदमी भी ज़रदा, पुलाव भूलकर सत्तू पर टूट पड़ता है, उसी तरह उनका दिल आपकी तरफ़ से मायूस होकर मेरी तरफ़ लपका। वह मुहब्बत के भूखे थे। मुहब्बत के लिए उनकी रूह तड़पती रहती थी। शायद यह नेमत उन्हें कभी मयस्सर ही

न हुई। वह नुमाइश से ख़ुश होनेवाले आदमी नहीं हैं। वह दिल और जान से किसी के हो जाना चाहते हैं और उसे भी दिल और जान से अपना कर लेना चाहते हैं। मुझे अब अफ़सोस हो रहा है कि मैं उनके साथ चली क्यों न गयी। बेचारे सत्तू पर गिरे तो वह भी सामने से खींच लिया गया। आप अब भी उनके दिल पर क़ब्जा कर सकती हैं। बस, एक मुहब्बत में डूबा हुआ ख़त लिख दीजिए। वह दूसरे ही दिन दौड़े हुए आयेंगे। मैंने एक हीरा पाया है और जब तक कोई उसे मेरे हाथों से छीन न ले, उसे छोड़ नहीं सकती। महज यह ख़याल कि मेरे पास हीरा है; मेरे दिल को हमेशा मज़बूत और ख़ुश बनाये रहेगा।'

वह लपककर घर में गयी और एक इत्र में बसा हुआ लिफ़ाफ़ा लाकर सुखदा के हाथ पर रखती हुई बोली–'यह मियाँ मुहम्मद सलीम का ख़त है। आप पढ़ सकती हैं। कोई ऐसी बात नहीं है; वह भी मुझ पर आशिक हो गये हैं; पहले अपने ख़िदमतगार के साथ मेरा निकाह करा देना चाहते थे। अब ख़ुद निकाह करना चाहते हैं। पहले चाहे जो कुछ रहे हों; पर अब उनमें वह छिछोरापन नहीं है। उनकी मामा उनका हाल बयान किया करती है। मेरी निस्बत भी उन्हें जो कुछ मालूम हुआ होगा, मामा से ही मालूम हुआ होगा। मैंने उन्हें दो-चार बार अपने दरवाज़े पर भी ताकते-झाँकते देखा है। सुनती हूँ, किसी ऊँचे ओहदे पर आ गये हैं। मेरी तो जैसे तक़दीर ख़ुल गयी; लेकिन मुहब्बत की जिस नाज़ुक ज़ंजीर में बँधी हुई हूँ, उसे बड़ी-से-बड़ी ताक़त भी नहीं तोड़ सकती। अब तो जब तक मुझे मालूम न हो जायेगा कि बाबूजी ने मुझे दिल से निकाल दिया, तब तक उन्हीं की हूँ, और उनके दिल से निकाली जाने पर भी इस मुहब्बत को हमेशा याद रखूँगी। ऐसी पाक मुहब्बत पर लमहा इंसान को उम्र-भर मतवाला रखने के लिए काफ़ी है। मैंने इसी मज़मून का जवाब लिख दिया है। कल ही तो उनके जाने की तारीख़ है। मेरा ख़त पढ़कर रोने लगे। अब यह ठान ली है कि या तो मुझसे शादी करेंगे या बिन-ब्याहे रहेंगे। उसी ज़िले में तो बाबूजी भी हैं। दोनों दोस्तों में वहीं फ़ैसला होगा। इसीलिए इतनी जल्द भागे जा रहे हैं।'

बुढ़िया एक पत्ते की गिलौरी में पान लेकर आ गयी। सुखदा ने निष्क्रिय भाव से पान लेकर खा लिया और फिर विचारों में डूब गयी। इसी दरिद्र ने उसे आज पूर्ण रूप से परास्त कर दिया था। आज वह अपनी विशाल सम्पत्ति और महती कुलीनता के साथ उसके सामने भिखारिन-सी बैठी हुई थी। आज उसका मन अपना अपराध स्वीकार करता हुआ जान पड़ा। अब तक उसने तर्क से मन को समझाया था कि पुरुष छिछोरे और हरजाई होते ही हैं, इस युवती के हाव-भाव हास-विलास ने उन्हें मुग्ध कर लिया। आज उसे ज्ञात हुआ कि यहाँ न हाव-भाव है, न हास-विलास है, न वह जादू-भरी चितवन है। यह तो एक शान्त, करुण संगीत है, जिसका रस वही ले सकते हैं, जिनके पास हृदय है। लंपटों और विलासियों को जिस प्रकार चटपटे, उत्तेजक खाने में आनन्द आता है, वह यहाँ नहीं है। उस उदारता के साथ, जो द्वेष की आग से निकलकर खरी हो गयी थी, उसने सकीना की गरदन में बाँहें डाल दीं और बोली–'बहन, आज तुम्हारी बातों ने मेरे दिल का बोझ हलका कर दिया। संभव है, तुमने मेरे ऊपर जो इलज़ाम लगाया है, वह ठीक हो। तुम्हारी तरफ़ से मेरा दिल आज साफ़ हो गया। मेरा यही कहना है कि बाबूजी को अगर मुझसे शिकायत हुई थी, तो उन्हें मुझसे कहना चाहिए था। मैं भी ईश्वर से कहती हूँ कि अपनी जान में

मैंने उन्हें कभी असन्तुष्ट नहीं किया। हाँ, अब मुझे कुछ ऐसी बातें याद आ रही हैं, जिन्हें उन्होंने मेरी निठुरता समझी होगी; पर उन्होंने मेरा जो अपमान किया, उसे मैं अब भी क्षमा नहीं कर सकती। अगर उन्हें प्रेम की भूख थी, तो मुझे प्रेम की भूख कुछ कम न थी। मुझसे वह जो चाहते थे, वही मैं उनसे चाहती थी। जो चीज़ वह मुझे न दे सके, वह मुझसे न पाकर वह क्यों उदण्ड हो गये ? क्या इसीलिए कि वह पुरुष हैं, और पुरुष चाहे स्त्री को पाँव की जूती समझें, पर स्त्री का धर्म है कि वह उनके पाँव से लिपटी रहे। बहन, जिस तरह तुमने मुझसे कोई परदा नहीं रखा, उसी तरह मैं भी तुमसे निष्कपट बातें कर रही हूँ। मेरी जगह पर एक क्षण के लिए अपने को रख लो, तब तुम मेरे भावों को पहचान सकोगी। अगर मेरी ख़ता है तो उतनी ही उनकी भी ख़ता है। जिस तरह मैं अपनी तक़दीर को ठोंककर बैठ गयी थी, क्या वह भी न बैठ सकते थे। तब शायद सफ़ाई हो जाती, लेकिन अब तो जब तक उनकी तरफ़ से हाथ न बढ़ाया जायेगा, मैं अपना हाथ नहीं बढ़ा सकती, चाहे सारी ज़िन्दगी इसी दशा में पड़ी रहूँ। औरत निर्बल है और इसीलिए उसे मान-सम्मान का दुःख भी ज़्यादा होता है। अब मुझे आज्ञा दो बहन, ज़रा नैना से मिलना है। मैं तुम्हारे लिए सवारी भेजूँगी, कृपा करके कभी-कभी हमारे यहाँ आ जाया करो।'

वह कमरे से बाहर निकली, तो सकीना रो रही थी, न जाने क्यों।

10

सुखदा सेठ धनीराम के घर पहुँची, तो नौ बज रहे थे। बड़ा विशाल, आसमान से बातें करनेवाला भवन था, जिसके द्वार पर एक तेज़ बिजली की बत्ती जल रही थी और दो दरबान खड़े थे। सुखदा को देखते ही भीतर-बाहर हलचल मच गयी। लाला धनीराम घर में से निकल आये और उसे अन्दर ले गये। दूसरी मंज़िल पर सजा हुआ मुलाक़ाती कमरा था। सुखदा वहाँ बैठायी गयी। घर की स्त्रियाँ इधर-उधर परदों से उसे झाँक रही थीं, कमरे में आने का साहस न कर सकती थीं।

सुखदा ने एक कोच पर बैठकर पूछा—'सब कुशल-मंगल है ?'

मनीराम ने एक सिगार सुलगाकर धुआँ उड़ाते हुए कहा—'आपने शायद पेपर नहीं देखा। पापा को दो दिन से ज्वर आ रहा है। मैंने तो कलकत्ता से मि. लैंसट को बुला लिया है। यहाँ किसी पर मुझे विश्वास नहीं। मैंने पेपर में तो दे दिया था। बूढ़े हुए, कहता हूँ आप शान्त होकर बैठिए, और वह चाहते भी हैं; पर यहाँ जब कोई बैठने भी दे। गवर्नर प्रयाग आये थे। उनके यहाँ से खास उनके प्राइवेट सेक्रेटरी का निमन्त्रण आ पहुँचा। जाना लाज़िम हो गया। इस शहर में और किसी के नाम निमन्त्रण नहीं आया। इतने बड़े सम्मान को कैसे ठुकरा दिया जाता। वहीं सरदी खा गये। सम्मान ही तो आदमी की ज़िन्दगी में एक चीज़ है, यों तो अपना-अपना पेट सभी पालते हैं। अब यह समझिए कि सुबह से शाम तक शहर के रईसों का ताँता लगा रहता है। सबेरे डिप्टी कमिश्नर और उनकी मेम साहब आयी थीं ! कमिश्नर ने भी हमदर्दी का तार भेजा है। दो-चार दिन की बीमारी कोई बात

नहीं, यह सम्मान तो प्राप्त हुआ। सारा दिन अफ़सरों की ख़ातिरदारी में कट रहा है।'

नौकर पान-इलायची की तश्तरी रख गया। मनीराम ने सुखदा के सामने तश्तरी रख दी। फिर बोले—'मेरे घर में ऐसी औरत की ज़रूरत थी, जो सोसाइटी का आचार-व्यवहार जानती हो और लेडियों का स्वागत-सत्कार कर सके। इस शादी से तो वह बात पूरी हुई नहीं। मुझे मजबूर होकर दूसरा विवाह करना पड़ेगा। पुराने विचार की स्त्रियों की तो हमारे यहाँ यों भी कभी न थी; पर वह लेडियों की सेवा-सत्कार तो नहीं कर सकतीं। लेडियों के सामने तो उन्हें ला ही नहीं सकते। ऐसी फूहड़, गँवार औरतों को उनके सामने लाकर अपना अपमान कौन कराये।'

सुखदा ने मुस्कराकर कहा—'तो किसी लेडी से आपने क्यों न विवाह किया ?'

मनीराम निस्संकोच भाव से बोला—'धोखा हुआ और क्या। हम लोगों को क्या मालूम था कि ऐसे शिक्षित परिवार में लड़कियाँ ऐसी फूहड़ होंगी। अम्माँ, बहनें और आसपास की स्त्रियाँ तो नयी बहू से बहुत सन्तुष्ट हैं। वह व्रत रखती है; पूजा करती है, सिन्दूर का टीका लगाती है; लेकिन मुझे तो संसार में कुछ काम, कुछ नाम करना है। मुझे पूजा-पाठवाली औरतों की ज़रूरत नहीं; पर अब तो विवाह हो ही गया, यह तो टूट नहीं सकता। मजबूर होकर दूसरा विवाह करना पड़ेगा। अब यहाँ दो-चार लेडियाँ रोज़ ही आया चाहें, उनका सत्कार न किया जाये, तो काम नहीं चलता। सब समझती होंगी, यह लोग कितने मूर्ख हैं।'

सुखदा को इस इक्कीस वर्षवाले युवक की इस निस्संकोच सांसारिकता पर घृणा हो रही थी। उसकी स्वार्थ-सेवा ने जैसे उसकी सारी कोमल भावनाओं को कुचल डाला था, यहाँ तक कि वह हास्यास्पद हो गया था।

'इस काम के लिए तो आपको थोड़े-से वेतन में किरानियों की स्त्रियाँ मिल जायेंगी, जो लेडियों के साथ साहबों का भी सत्कार करेंगी।'

'आप इन व्यापार-सम्बन्धी समस्याओं को नहीं समझ सकतीं। बड़े-बड़े मिलों के एजेण्ट आते हैं। अगर मेरी स्त्री उनसे बातचीत कर सकती, तो कुछ-न-कुछ कमीशन रेट बढ़ जाता। यह काम तो कुछ औरत ही कर सकती है।'

'मैं तो कभी न करूँ। चाहे सारा कारोबार जहन्नुम में मिल जाये।'

'विवाह का अर्थ जहाँ तक मैं समझा हूँ, वह यही है कि स्त्री पुरुष की सहगामिनी है। अंग्रेजों के यहाँ बराबर स्त्रियाँ सहयोग देती हैं।'

'आप सहगामिनी का अर्थ नहीं समझे।'

मनीराम मुँहफट था। उसके मुसाहिब इसे साफ़गोई कहते थे। उसका विनोद भी गाली से शुरू होता था और गाली थी ही। बोला—'कम-से-कम आपको इस विषय में मुझे उपदेश करने का अधिकार नहीं है। आपने इस शब्द का अर्थ समझा होता, तो इस वक़्त आप अपने पति से अलग न होतीं और न वह गली-कूचों की हवा खाते होते।'

सुखदा का मुखमण्डल लज्जा और क्रोध से आरक्त हो उठा। उसने कुरसी से उठकर कठोर स्वर में कहा--'मेरे विषय में आपको टीका करने का कोई अधिकार नहीं है, लाला मनीराम। ज़रा भी अधिकार नहीं है। आप अंग्रेजी सभ्यता के बड़े भक्त बनते हैं। क्या आप समझते हैं कि अंग्रेजी पहनावा और सिंगार ही उस सभ्यता के मुख्य अंग हैं ? उसका प्रधान

अंग है, महिलाओं का आदर और सम्मान। वह अभी आपको सीखना बाक़ी है। कोई कुलीन स्त्री इस तरह आत्म-सम्मान खोना स्वीकार न करेगी।'

उसका गर्जन सुनकर सारा घर थर्रा उठा और मनीराम की तो जैसे ज़बान बन्द हो गयी। नैना अपने कमरे में बैठी हुई भावज का इन्तज़ार कर रही थी, उसकी गरज सुनकर समझ गयी, कोई-न-कोई बात हो गयी। दौड़ी हुई आकर बड़े कमरे के द्वार पर खड़ी हो गयी।

'मैं तुम्हारी राह देख रही थी भाभी, तुम यहाँ कैसे बैठ गयीं ?'

सुखदा ने उसकी ओर ध्यान न देकर उसी रोष में कहा—'धन कमाना अच्छी बात है; पर इज़्ज़त बेचकर नहीं। और विवाह का उद्देश्य वह नहीं है जो आप समझे हैं। मुझे आज मालूम हुआ कि स्वार्थ में पड़कर आदमी का कहाँ तक पतन हो सकता है।'

नैना ने आकर उसका हाथ पकड़ लिया और उसे उठाती हुई बोली—'अरे, तो यहाँ से उठोगी भी।'

सुखदा और उत्तेजित होकर बोली—'मैं क्यों अपने स्वामी के साथ नहीं गयी ? इसलिए कि वह जितने त्यागी हैं, मैं उतना त्याग नहीं कर सकती थी ! आपको अपना व्यवसाय और धन अपनी पत्नी के आत्म-सम्मान से प्यारा है। उन्होंने दोनों ही को लात मार दी। आपने गली-कूचों की जो बात कही, इसका अगर वही अर्थ है, जो मैं समझती हूँ, तो वह मिथ्या कलंक है। आप अपने रुपये कमाते जाइए; आपका उस महान् आत्मा पर छींटे उड़ाना छोटे मुँह बड़ी बात है।'

सुखदा लोहार की एक को सोनार की सौ से बराबर करने की असफल चेष्टा कर रही थी। वह एक वाक्य उसके हृदय में जितना चुभा, वैसा पैना कोई वाक्य वह न निकाल सकी।

नैना के मुँह से निकला—'भाभी, तुम किसके मुँह लग रही हो।'

मनीराम क्रोध से मुट्ठी बाँधकर बोला—'मैं अपने ही घर में अपना यह अपमान नहीं सह सकता।'

नैना ने भावज के सामने हाथ जोड़कर कहा—'भाभी, मुझ पर दया करो। ईश्वर के लिए यहाँ से चलो।'

सुखदा ने पूछा—'कहाँ हैं सेठजी, ज़रा मुझे उनसे दो-दो बातें करनी हैं।'

मनीराम ने कहा—'आप इस वक़्त उनसे नहीं मिल सकतीं। उनकी तबीयत अच्छी नहीं है, और ऐसी बातें सुनना वह पसन्द न करेंगे।'

'अच्छी बात है, न जाऊँगी। नैना देवी, कुछ मालूम है तुम्हें, तुम्हारी एक अंग्रेजी सौत आनेवाली है; बहुत जल्द।'

'अच्छा ही है, घर में आदमियों का आना किसे बुरा लगता है। एक-दो जितनी चाहें, आवें, मेरा क्या बिगड़ता है।'

मनीराम इस परिहास पर आपे से बाहर हो गया। सुखदा नैना के साथ चली, तो सामने आकर बोला—'आप मेरे घर में नहीं जा सकतीं।'

सुखदा रुककर बोली—'अच्छी बात है, जाती हूँ; मगर याद रखिएगा, इस अपमान

का नतीजा आपके हक़ में अच्छा न होगा।'

नैना पैरों पड़ती रही; पर सुखदा झल्लाई हुई बाहर निकल गयी।

एक क्षण में घर की सारी औरतें और बच्चे जमा हो गये और सुखदा पर आलोचनाएँ होने लगीं। किसी ने कहा—'इसकी आँख का पानी मर गया।' किसी ने कहा—'ऐसी न होतीं, तो खसम छोड़कर क्यों चला जाता।' नैना सिर झुकाए सुनती रही। उसकी आत्मा उसे धिक्कार रही थी—'तेरे सामने यह अनर्थ हो रहा है, और तू बैठी सुन रही है; लेकिन उस समय ज़बान खोलना क़हर हो जाता। वह लाला समरकान्त की बेटी है, इस अपराध को उसकी निष्कपट सेवा भी न मिटा सकी थी। वाल्मीकीय रामायण की कथा के अवसर पर समरकान्त ने लाला धनीराम का मस्तक नीचा करके उस वैमनस्य का बीज़ बोया था। उसके पहले दोनों सेठों से मित्र-भाव था। उस दिन से द्वेष उत्पन्न हुआ। समरकान्त का मस्तक नीचा करने ही के लिए धनीराम ने यह विवाह स्वीकार किया। विवाह के बाद उनकी द्वेष-ज्वाला ठण्डी हो गयी थी। मनीराम ने मेज़ पर पैर रखकर इस भाव से कहा, मानो सुखदा को वह कुछ नहीं समझता—'मैं इस औरत को क्या जवाब देता। कोई मर्द होता, तो उसे बताता। लाला समरकान्त ने जुआ खेलकर धन कमाया है। उसी पाप का फल भोग रहे हैं। यह मुझसे बातें करने चली हैं। इनकी माता हैं, उन्हें उस शोहदे शान्तिकुमार ने बेवकूफ बनाकर सारी जायदाद लिखा ली। अब टके-टके को मुहताज हो रही हैं। समरकान्त का भी यही हाल होनेवाला है। और यह देवी देश का उपकार करने चली हैं। अपना पुरुष तो मारा-मारा फिरता है और आप देश का उद्धार कर रही हैं। अछूतों के लिए मन्दिर क्या ख़ुलवा दिया, अब किसी को कुछ समझती ही नहीं। अब म्युनिसिपैलटी से ज़मीन के लिए लड़ रही हैं। ऐसी गच्चा खायेंगी कि याद करेंगी। मैंने इस दो साल में जितना कारोबार बढ़ाया है, लाला समरकान्त सात जन्म में नहीं बढ़ा सकते।'

मनीराम का सारे घर पर आधिपत्य था। वह धन कमा सकता था, इसलिए उसके आचार-व्यवहार को पसन्द न करने पर भी घर उसका गुलाम था। उसी ने तो कागज़ और चीनी की एजेंसी खोली थी। लाला धनीराम घी का काम करते थे और घी के व्यापारी बहुत थे। लाभ कम होता था। कागज़ और चीनी का वह अकेला एजेंट था। नफ़ा का क्या ठिकाना। इस सफलता से उसका सिर फिर गया था। किसी को न गिनता था। अगर कुछ आदर करता था, तो लाला धनीराम का। उन्हीं से कुछ दबता भी था।

यहाँ लोग बातें कर ही रहे थे कि लाला धनीराम खाँसते, लाठी टेकते हुए आकर बैठ गये।

मनीराम ने तुरन्त पंखा बन्द करते हुए कहा—'आपने क्यों कष्ट किया बाबूजी ? मुझे बुला लेते। डॉक्टर साहब ने आपको चलने-फिरने को मना किया था।'

लाला धनीराम ने पूछा—'क्या आज लाला समरकान्त की बहू आयी थी ?'

मनीराम कुछ डर गया—'जी हाँ, अभी-अभी चली गयीं।'

धनीराम ने आँखें निकालकर कहा—'तो तुमने अभी से मुझे मरा समझ लिया। मुझे ख़बर तक न दी।'

'मैं तो रोक रहा था; पर वह झल्लायी हुई चली गयीं।'

'तुमने अपनी बातचीत से उसे अप्रसन्न कर दिया होगा, नहीं वह मुझसे मिले बिना न जाती।'

'मैंने तो केवल यही कहा था कि उनकी तबीयत अच्छी नहीं है।'

'तो तुम समझते हो, जिसकी तबीयत अच्छी न हो, उसे एकान्त में मरने देना चाहिए ? आदमी एकान्त में मरना भी नहीं चाहता। उसकी हार्दिक इच्छा होती है कि कोई संकट पड़ने पर उसके सगे-सम्बन्धी आकर उसे घेर लें।'

लाला धनीराम को खाँसी आ गयी। ज़रा देर के बाद वह फिर बोले–'मैं कहता हूँ, तुम कुछ सिड़ी तो नहीं हो गये हो ? व्यवसाय में सफलता पा जाने ही से किसी का जीवन सफल नहीं हो जाता। समझ गये ? सफल मनुष्य वह है, जो दूसरों से अपना काम भी निकाले और उन पर एहसान भी रखे। शेखी मारना सफलता की दलील नहीं, ओछेपन की दलील है। वह मेरे पास आती, तो यहाँ से प्रसन्न होकर जाती और उसकी सहायता बड़े काम की वस्तु है। नगर में उसका कितना सम्मान है, शायद तुम्हें इसकी ख़बर नहीं। वह अगर तुम्हें नुक़सान पहुँचाना चाहे, तो एक दिन में तबाह कर सकती है। और वह तुम्हें तबाह करके छोड़ेगी। मेरी बात गिरह बाँध लो। वह एक ही ज़िद्दिन औरत है; जिसने पति की परवाह न की, अपने प्राणों की परवाह न की...न जाने तुम्हें कब अक़्ल आयेगी।'

लाला धनीराम को खाँसी का दौरा आ गया। मनीराम ने दौड़कर उन्हे सँभाला और उनकी पीठ सहलाने लगा। एक मिनट के बाद लालाजी को साँस आयी।

मनीराम ने चिन्तित स्वर में कहा–'इस डॉक्टर की दवा से आपको कोई फ़ायदा नहीं हो रहा है। कविराज को क्यों न बुला लिया जाये। मैं उन्हें तार दिए देता हूँ।'

धनीराम ने लम्बी साँस खींचकर कहा–'अच्छा तो हूँगा बेटा, मैं किसी साधु की चुटकी-भर राख ही से। हाँ, वह तमाशा चाहे कर लो, और यह तमाशा बुरा नहीं रहा। थोड़े से रुपये ऐसे तमाशों में ख़र्च कर देने का मैं विरोध नहीं करता; लेकिन इस वक़्त के लिए इतना बहुत है। कल डॉक्टर साहब से कह दूँगा, मुझे बहुत फा़यदा है, आप तशरीफ़ ले जायें।'

मनीराम ने डरते-डरते पूछा–'कहिए, तो मैं सुखदा देवी के पास जाऊँ ?'

धनीराम ने गर्व से कहा–'नहीं, मैं तुम्हारा अपमान करना नहीं चाहता। ज़रा मुझे देखना है कि उसकी आत्मा कितनी उदार है। मैंने कितनी ही बार हानियाँ उठायीं, पर किसी के सामने नीचा नहीं बना। समरकान्त को मैंने देखा। वह लाख बुरा हो, पर दिल का साफ़ है, दया और धर्म को कभी नहीं छोड़ता। अब उनकी बहू की परीक्षा लेनी है।'

यह कहकर उन्होंने लकड़ी उठाई और धीरे-धीरे अपने कमरे की तरफ़ चले। मनीराम उन्हें दोनों हाथों से सँभाले हुए था।

11

सावन में नैना मैके आयी। ससुराल चार क़दम पर थी, पर छः महीने से पहले आने का

अवसर न मिला। मनीराम का बस होता, तो अब भी न आने देता; लेकिन सारा घर नैना की तरफ़ था। सावन में सभी बहुएँ मैके जाती हैं। नैना पर इतना बड़ा अत्याचार नहीं किया जा सकता।

सावन की झड़ी लगी हुई थी। कहीं कोई मकान गिरता था, कहीं कोई छत बैठती थी। सुखदा बरामदे में बैठी हुई आँगन में उठते हुए बुलबुलों की सैर कर रही थी। आँगन कुछ गहरा था, पानी रुक जाया करता था। बुलबुलों का बतासों की तरह उठकर कुछ दूर चलना और ग़ायब हो जाना, उसके लिए मनोरंजक तमाशा बना हुआ था। कभी-कभी दो बुलबुले आमने-सामने आ जाते और जैसे हम कभी-कभी किसी के सामने आ जाने पर कतराकर निकल जाना चाहते हैं; पर जिस तरफ़ हम मुड़ते हैं, उसी तरफ़ वह भी मुड़ता है और एक सेकेण्ड तक यही दाँव-घात होता रहता है, यही तमाशा यहाँ भी हो रहा था। सुखदा को ऐसा आभास हुआ, मानो यह जानदार हैं, मानो नन्हें-नन्हें बालक गोल टोपियाँ लगाये जल-क्रीड़ा कर रहे हैं।

इस वक़्त नैना ने पुकारा—'भाभी, आओ, नाव-नाव खेलें। मैं नाव बना रही हूँ।'

सुखदा ने बुलबुलों की ओर ताकते हुए जवाब दिया—'तुम खेलो, मेरा जी नहीं चाहता।'

नैना ने न माना। दो नावें लिए आकर सुखदा को उठाने लगी—'जिसकी नाव किनारे तक पहुँच जाये उसकी जीत। पाँच-पाँच रुपये की बाज़ी।'

सुखदा ने अनिच्छा से कहा—'तुम मेरी तरफ़ से भी एक नाव छोड़ दो। जीत जाना, तो रुपये ले लेना; पर उसकी मिठाई नहीं आयेगी, बताये देती हूँ।'

'तो क्या दवाएँ आयेंगी ?'

'वाह, उससे अच्छी और क्या बात होगी ? शहर में हज़ारों आदमी खाँसी और ज्वर में पड़े हुए हैं। उनका कुछ उपकार हो जायेगा।'

सहसा मुन्ने ने आकर दोनों नावें छीन लीं और उन्हें पानी में डालकर तालियाँ बजाने लगा। नैना ने बालक का चुम्बन लेकर कहा—'वहाँ दो-चार बार रोज़ इसे याद करके रोती थी। न-जाने क्यों बार-बार इसी की याद आती रहती थी।'

'अच्छा, मेरी याद भी कभी आती थी ?'

'कभी नहीं। हाँ, भैया की याद बार-बार आती थी, और वह इतने निठुर हैं कि छः महीने में एक पत्र भी न भेजा। मैंने भी ठान लिया है कि जब तक उनका पत्र न आयेगा, एक ख़त भी न लिखूँगी।'

'तो क्या सचमुच तुम्हें मेरी याद न आती थी ? और मैं समझ रही थी कि तुम मेरे लिए विकल हो रही होगी। आख़िर अपने भाई की बहन ही तो हो। आँख की ओट होते ही ग़ायब।'

'मुझे तो तुम्हारे पर ऊपर क्रोध आता था। इन छः महीनों में केवल तीनं बार गयी और फिर भी मुन्ने को न ले गयी।'

'यह जाता, तो आने का नाम न लेता।'

'तो क्या मैं इसकी दुश्मन थी ?'

'उन लोगों पर मेरा विश्वास नहीं है, मैं क्या करूँ। मेरी तो यही समझ में नहीं आता

कि तुम वहाँ कैसे रहती थीं।'

'तो क्या करती, भाग आती ? तब भी तो ज़माना मुझी को हँसता।'

'अच्छा सच बताना, पतिदेव तुमसे प्रेम करते हैं ?'

'वह तो तुम्हें मालूम ही है।'

'मैं तो ऐसे आदमी से एक बार भी न बोलती।'

'मैं भी कभी नहीं बोली।'

'सच ! बहुत बिगड़े होंगे। अच्छा, सारा वृत्तान्त कहो। सोहागरात को क्या हुआ ? देखो, तुम्हें मेरी क़सम, एक शब्द भी झूठ न कहना।'

नैना माथा सिकोड़कर बोली–'भाभी, तुम मुझे दिक़ करती हो; लेकर क़सम रखा दी। जाओ मैं कुछ नहीं बताती।'

'अच्छा न बताओ भाई, कोई ज़बरदस्ती है !'

यह कहकर वह उठकर ऊपर चली। नैना ने उसका हाथ पकड़कर कहा–'अब भाभी कहाँ जाती हो, क़सम तो रखा चुकी। बैठकर सुनती जाओ। आज तक मेरी और उनकी एक बार भी बोलचाल नहीं हुई।'

सुखदा ने चकित होकर कहा–'अरे ! सच कहो।'

नैना ने व्यथित हृदय से कहा–हाँ, बिलकुल सच है भाभी। जिस दिन मैं गयी उस दिन रात को वह गले में हार डाले, आँखें नशे से लाल, उन्मत्त की भाँति पहुँचे, जैसे कोई प्यादा असामी से महाजन के रुपये वसूल करने जाये। और मेरा घूँघट हटाते हुए बोले–मैं तुम्हारा घूँघट देखने नहीं आया हूँ, और न मुझे यह ढकोसला पसन्द है। आकर इस कुरसी पर बैठो। मैं उन दक़ियानूसी मर्दों में नहीं हूँ, जो यह गुड़ियों के खेल खेलते हैं। तुम्हें हँसकर मेरा स्वागत करना चाहिए था और तुम घूँघट निकाले बैठी हो, मानो तुम मेरा मुँह नहीं देखना चाहती। उनका हाथ पड़ते ही मेरी देह में जैसे किसी सर्प ने काट लिया। मैं सिर से पाँव तक सिहर उठी। इन्हें मेरी देह को स्पर्श करने का क्या अधिकार है ? यह प्रश्न एक ज्वाला की भाँति मेरे मन में उठा। मेरी आँखों से आँसू गिरने लगे, वह सारे सोने के स्वप्न, जो मैं कई दिनों से देख रही थी, जैसे उड़ गये। इतने दिनों से जिस देवता की उपासना कर रही थी, क्या उसका यही रूप था ! इसमें न देवत्व था, न मनुष्यत्व था, केवल मदांधता थी, अधिकार का गर्व था और हृदयहीन निर्लज्जता थी। मैं श्रद्धा के थाल में अपनी आत्मा का सारा अनुराग, सारा आनन्द, सारा प्रेम स्वामी के चरणों पर समर्पित करने को बैठी हुई थी। उनका यह रूप देखकर, जैसे थाल मेरे हाथ से छूटकर गिर पड़ा और उसका धूप-दीप-नैवेद्य जैसे भूमि पर बिखर गया। मेरी चेतना का एक-एक रोम, जैसे इस अधिकार-गर्व से विद्रोह करने लगा। कहाँ था वह आत्म-समर्पण का भाव, जो मेरे अणु-अणु में व्याप्त हो रहा था। मेरे जी में आया, मैं भी कह दूँ कि तुम्हारे साथ मेरे विवाह का यह आशय नहीं है कि मैं तुम्हारी लौंडी हूँ। तुम मेरे स्वामी हो, तो मैं भी तुम्हारी स्वामिनी हूँ। प्रेम के शासन के सिवा मैं कोई दूसरा शासन स्वीकार नहीं कर सकती और न चाहती हूँ कि तुम स्वीकार करो; लेकिन जी ऐसा जल रहा था कि मैं इतना तिरस्कार भी न कर सकी। तुरन्त वहाँ से उठकर बरामदे में आ खड़ी हुई। वह कुछ देर कमरे में मेरी प्रतीक्षा करते रहे, फिर झल्लाकर

उठे और मेरा हाथ पकड़कर कमरे में ले जाना चाहा। मैंने झटके से अपना हाथ छुड़ा लिया और कठोर स्वर में बोली—मैं यह अपमान नहीं सह सकती।

आप बोले—'उफ़्फ़ोह, इस रूप पर इतना अभिमान !'

मेरी देह में आग लग गयी। कोई ज़वाब न दिया। ऐसे आदमी से बोलना भी मुझे अपमानजनक मालूम हुआ। मैंने अन्दर आकर किवाड़ बन्द कर लिए, और उस दिन से फिर न बोली। मैं तो ईश्वर से यही मनाती हूँ कि वह अपना विवाह कर लें और मुझे छोड़ दें। जो स्त्री में केवल रूप देखना चाहता है, जो केवल हाव-भाव और दिखावे का गुलाम है, जिसके लिए स्त्री केवल स्वार्थसिद्धि का साधन है, उसे मैं अपना स्वामी नहीं स्वीकार कर सकती।

सुखदा ने विनोद-भाव से पूछा—'लेकिन तुमने ही अपने प्रेम का कौन-सा परिचय दिया। क्या विवाह के नाम में ही इतनी बरकत है कि पतिदेच आते-ही-आते तुम्हारे चरणों पर सिर रख देते ?'

नैना गम्भीर होकर बोली—'हाँ, मैं तो समझती हूँ, विवाह के नाम में ही बरकत है। जो विवाह को धर्म का बन्धन नहीं समझता है, इसे केवल वासना की तृप्ति का साधन समझता है, वह पशु है।'

सहसा शान्तिकुमार पानी में लथपथ आकर खड़े हो गये।

सुखदा ने पूछा—'भीग कहाँ गये, क्या छतरी न थी ?'

शान्तिकुमार ने बरसाती उतारकर अलगनी पर रख दी और बोले—'आज बोर्ड का जलसा था। लौटते वक़्त कोई सवारी न मिली।'

'क्या हुआ बोर्ड में ? हमारा प्रस्ताव पेश हुआ !'

वही हुआ, जिसका भय था ?'

'कितने वोटों से हारे ?'

'सिर्फ़ पाँच वोटों से। इन्हीं पाँचों ने दग़ा दी। लाला धनीराम ने कोई बात उठा नहीं रखी।'

सुखदा ने हतोत्साह होकर कहा—'तो फिर अब ?'

'अब तो समाचार-पत्रों और व्याख्यानों से आन्दोलन करना होगा।'

सुखदा उत्तेजित होकर बोली—'जी नहीं, मैं इतनी सहनशील नहीं हूँ। लाला धनीराम और उनके सहयोगियों को मैं चैन की नींद न सोने दूँगी। इतने दिनों सबकी ख़ुशामद करके देख लिया। अब अपनी शक्ति का प्रदर्शन करना पड़ेगा। फिर दस-बीस प्राणों की आहुति देनी पड़ेगी, तब लोगों की आँखें ख़ुलेंगी। मैं इन लोगों का शहर में रहना मुश्किल कर दूँगी।'

शान्तिकुमार लाला धनीराम से जले हुए थे। बोले—'यह उन्हीं सेठ धनीराम के हथकण्डे हैं।'

सुखदा ने द्वेष-भाव से कहा—'किसी राम के हथकण्डे हों, मुझे इसकी परवाह नहीं। जब बोर्ड ने एक निश्चय किया, तो उसकी ज़िम्मेदारी एक आदमी के सिर नहीं। सारे बोर्ड पर है। मैं इन महल-निवासियों को दिखा दूँगी कि जनता के हाथों में भी कुछ बल है। लाला धनीराम ज़मीन के उन टुकड़ों पर अपने पाँव न जमा सकेंगे।'

शान्तिकुमार ने कातर भाव से कहा—'मेरे ख़्याल में तो इस वक्त प्रोपेगेंडा करना ही काफ़ी है। अभी मामला तूल हो जायेगा।'

ट्रस्ट बन जाने के बाद से शान्तिकुमार किसी जोखिम के काम में आगे क़दम उठाते हुए घबड़ाते थे। अब उनके ऊपर एक संस्था का भार था और अन्य साधकों की भाँति वह भी साधना को ही सिद्धि समझने लगे थे। अब उन्हें बात-बात में बदनामी और अपनी संस्था के नष्ट हो जाने की शंका होती थी।

सुखदा ने उन्हें फटकार बतायी—'आप क्या बातें कर रहे हैं डॉक्टर साहब ! मैंने इन पढ़े-लिखे स्वार्थियों को ख़ूब देख लिया। मुझे अब मालूम हो गया कि यह लोग केवल बातों के शेर हैं। मैं उन्हें दिखा दूँगी कि जिन ग़रीबों को तुम अब तक कुचलते आये हो, वही अब साँप बनकर तुम्हारे पैरों से लिपट जायेंगे। अब तक यह लोग उनसे रिआयत चाहते थे, अब अपना हक़ माँगेंगे। रिआयत न करने का उन्हें अख़्तियार है, पर हमारे हक़ से हमें कौन वंचित रख सकता है। रिआयत के लिए कोई जान नहीं देता; पर हक़ के लिए जान देना सब जानते हैं। मैं भी देखूँगी, लाला धनीराम और उनके पिट्ठू कितने पानी में हैं।'

यह कहती हुई सुखदा पानी बरसते में कमरे से निकल आयी।

एक मिनट के बाद शान्तिकुमार ने नैना से पूछा—'कहाँ चली गयीं ? बहुत जल्द गरम हो जाती हैं।'

नैना ने इधर-उधर देखकर कहार से पूछा, तो मालूम हुआ, सुखदा बाहर चली गयी। उसने आकर शान्तिकुमार से कहा।

शान्तिकुमार ने विस्मित होकर कहा—'इस पानी में कहाँ गयी होंगी। मैं डरता हूँ, कहीं हड़ताल-वड़ताल न कराने लगें। तुम तो वहाँ जाकर मुझे भूल गयीं नैना, एक पत्र भी न लिखा।'

एकाएक उन्हें ऐसा जान पड़ा कि उनके मुँह से एक अनुचित बात निकल गयी है। उन्हें नैना से यह प्रश्न न पूछना चाहिए था। इसका वह जाने मन में क्या आशय समझे। उन्हें यह मालूम हुआ, जैसे कोई उनका गला दबाये हुए है। वह वहाँ से भाग जाने के लिए रास्ता खोजने लगे। वह अब यहाँ एक क्षण भी नहीं बैठ सकते। उनके दिल में हलचल होने लगी, कहीं नैना अप्रसन्न होकर कुछ कह न बैठे ! ऐसी मूर्खता उन्होंने कैसे कर डाली ! अब तो उनकी इज़्ज़त ईश्वर के हाथ है !

नैना का मुख लाल हो गया। वह कुछ जवाब न देकर मुन्ने को पुकारती हुई कमरे से निकल गयी। शान्तिकुमार मूर्तिवत् बैठे रहे। अन्त को वह उठकर सिर झुकाये इस तरह चले, मानो जूते पड़ गये हों। नैना का यह आरक्त मुखमण्डल एक दीपक की भाँति उनके अन्तःपट को जैसे जलाये डालता था।

नैना ने सहृदयता से कहा—'कहाँ चले डॉक्टर साहब, पानी तो निकल जाने दीजिए।'

शान्तिकुमार ने कुछ बोलना चाहा; पर शब्दों की जगह कण्ठ में जैसे नमक का डला पड़ा हुआ था। वह जल्दी से बाहर चले गये, इस तरह लड़खड़ाते हुए, मानो अब गिरे तब गिरे। आँखों में आँसुओं का सागर उमड़ा हुआ था।

12

अब भी मूसलाधार वर्षा हो रही थी। संध्या से पहले संध्या हो गयी थी। और सुखदा ठाकुरद्वारे में बैठी हुई ऐसी हड़ताल का प्रबन्ध कर रही थी, जो म्युनिसिपल बोर्ड और उसके कर्णधारों का सिर हमेशा के लिए नीचा कर दे, उन्हें हमेशा के लिए सबक मिल जाय कि जिन्हें वे नीच समझते हैं, उन्हीं की दया और सेवा पर उनके जीवन का आधार है। सारे नगर में एक सनसनी-सी छायी हुई है, मानो किसी शत्रु ने नगर को घेर लिया हो। कहीं धोबियों का जमाव हो रहा है, कहीं चमारों का, कहीं मेहतरों का। नाई-कहारों की पंचायत अलग हो रही है। सुखदा देवी की आज्ञा कौन टाल सकता था ? सारे शहर में इतनी जल्द संवाद फैल गया कि यक़ीन न आता था। ऐसे अवसरों पर न-जाने कहाँ से दौड़ने वाले निकल आते हैं; जैसे हवा में भी हलचल होने लगती है। महीनों से जनता को आशा हो रही थी कि नये-नये घरों में रहेंगे, साफ़-सुथरे हवादार घरों में, जहाँ धूप होगी, हवा होगी, प्रकाश होगा। सभी एक नये जीवन का स्वप्न देख रहे थे। आज नगर के अधिकारियों ने उनकी सारी आशाएँ सारी धूल में मिला दीं।

नगर की जनता अब उस दशा में न थी कि उस पर कितना ही अन्याय हो और वह चुपचाप सहती जाये। उसे अपने स्वत्व का ज्ञान हो चुका था, उन्हें मालूम हो गया था कि उन्हें भी आराम से रहने का उतना ही अधिकार है, जितना धनियों को। एक बार संगठित आग्रह की सफलता देख चुके थे। अधिकारियों की यह निरंकुशता, यह स्वार्थपरता उन्हें असह्य हो गयी। और यह कोई सिद्धान्त की राजनैतिक लड़ाई न थी, जिसका प्रत्यक्ष स्वरूप जनता की समझ में मुश्किल से आता है। इस आन्दोलन का तत्काल फल उनके सामने था। भावना या कल्पना पर ज़ोर देने की ज़रूरत न थी। शाम होते-होते ठाकुरद्वारे में अच्छा-खासा बाज़ार लग गया।

धोबियों का चौधरी मैकू अपनी बकरे की-सी दाढ़ी हिलाता हुआ बोला, नशे में आँखें लाल थीं—कपड़े बना रहा था कि ख़बर मिली। भागा आ रहा हूँ। घर में कहीं कपड़े रखने की जगह नहीं है। गीले कपड़े कहाँ सूखें।

इस पर जगन्नाथ महरा ने डाँटा—'झूठ न बोलो मैकू, तुम कपड़े बना रहे थे अभी ? सीधे ताड़ीखाने से चले आ रहे हो। कितना समझाया गया; पर तुमने अपनी टेव न छोड़ी।'

मैकू ने तीखे होकर कहा—'लो, अब चुप रहो चौधरी; नहीं अभी सारी क़लई खोल दूँगा। घर में बैठकर बोतल के बोतल उड़ा जाते हो और यहाँ आकर शेखी बघारते हो।'

मेहतरों का जमादार मतई खड़े होकर अपनी जमादारी की शान दिखाकर बोला—'पंचो, यह बखत बदहवाई बातें करने का नहीं है। जिस काम के लिए देवीजी ने बुलाया है, उसको देखो और फैसला करो कि अब हमें क्या करना है। उन्हीं बिलों में पड़े सड़ते रहें, या चलकर हाकिमों से फरियाद करें।'

सुखदा ने विद्रोह-भरे स्वर में कहा—'हाकिमों से जो कुछ कहना-सुनना था, कह-सुन चुके, किसी ने भी कान न दिया। छः महीने से यही कहा-सुनी हो रही है। जब अब तक उसका कोई फल न निकला, तो अब क्या निकलेगा। हमने आरजू-मिन्नत से काम निकालना

चाहा था, पर मालूम हुआ, सीधी उँगली से घी नहीं निकलता। हम जितना दबेंगे, यह बड़े आदमी हमें उतना ही दबायेंगे, आज तुम्हें तय करना है कि तुम अपने हक़ के लिए लड़ने को तैयार हो या नहीं।'

चमारों का मुखिया सुमेर लाठी टेकता हुआ, मोटे चश्मे लगाये पोपले मुँह से बोला, 'अरज-मारूद करने के सिवा और हम कर ही क्या सकते हैं। हमारा क्या बस है।'

मुरली खटिक ने बड़ी-बड़ी मूँछों पर हाथ फेरकर कहा—'बस कैसे नहीं है। हम आदमी नहीं हैं कि हमारे बाल-बच्चे नहीं हैं। किसी को तो महल और बँगला चाहिए, हमें कच्चा घर भी न मिले। मेरे घर में पाँच जने हैं, उनमें से चार आदमी महीने-भर से बीमार हैं। उस कालकोठरी में बीमार न हों, तो क्या हों। सामने से गन्दा नाला बहता है। साँस लेते नाक फटती है।'

ईदू कुंजड़ा अपनी झुकी हुई कमर को सीधी करने की चेष्टा करते हुए बोला—'अगर मुकद्दर में आराम करना लिखा होता, तो हम भी किसी बड़े आदमी के घर न पैदा होते। हाफ़िज हलीम आज बड़े आदमी हो गये हैं, नहीं मेरे सामने जूते बेचते थे। लड़ाई में बन गये। अब रईसों के टाठ हैं। सामने चला जाऊँ तो पहचानेंगे भी नहीं। नहीं तो पैसे-धेले की मूली-तुरई उधार ले जाते थे। अल्लाह बड़ा कारसाज़ है। अब तो लड़का भी हाकिम हो गया है। क्या पूछना है।'

जंगली घोसी पूरा काला देव था शहर का मशहूर पहलवान। बोला—'मैं तो पहले ही जानता था, कुछ होना-हवाना नहीं है। अमीरों के सामने हमें कौन पूछता है।'

अमीर बेग पतली, लम्बी गरदन निकालकर बोला—'बोर्ड के फ़ैसले की अपील तो कहीं होती होगी। हाईकोर्ट में अपील करनी चाहिए। हाईकोर्ट न सुने, तो बादशाह से फ़रियाद की जाये।'

सुखदा ने मुस्कराकर कहा—'बोर्ड के फ़ैसले की अपील वही है, जो इस वक़्त तुम्हारे सामने हो रही है। आप ही लोग हाईकोर्ट हैं, आप ही लोग जज हैं। बोर्ड अमीरों का मुँह देखता है। ग़रीबों के मुहल्ले खोद-खोदकर फेंक दिये जाते हैं, इसलिए कि अमीरों के महल बनें। ग़रीबों को दस-पाँच रुपये मुआवज़ा देकर उसी ज़मीन के हजारों वसूल किये जाते हैं। उन रुपयों से अफ़सरों को बड़ी-बड़ी तनख्वाह दी जाती है। जिस ज़मीन पर हमारा दावा था, वह लाला धनीराम को दे दी गयी। वहाँ उनके बँगले बनेंगे। बोर्ड को रुपये प्यारे हैं, तुम्हारी जान की उसकी निगाह में कोई क़ीमत नहीं। इन स्वार्थियों से इंसाफ़ की आशा छोड़ दो। तुम्हारे पास कितनी शक्ति है, उसका उन्हें ख़याल नहीं है। वे समझते हैं, यह ग़रीब लोग हमारा कर ही क्या सकते हैं। मैं कहती हूँ, तुम्हारे ही हाथों में सब कुछ है। हमें लड़ाई नहीं करनी है, फ़साद नहीं करना है। सिर्फ़ हड़ताल करना है, यह दिखाने के लिए कि तुमने बोर्ड के फ़ैसले को मंजूर नहीं किया। और यह हड़ताल एक-दो दिन की नहीं होगी। यह उस वक़्त तक रहेगी, जब तक बोर्ड अपना फ़ैसला रद्द करके हमें ज़मीन न दे दे। मैं जानती हूँ, ऐसी हड़ताल करना आसान नहीं है। आप लोगों में बहुत ऐसे हैं, जिनके घर में एक दिन का भी भोजन नहीं है; मगर यह जानती हूँ कि बिना तकलीफ़ उठाये आराम नहीं मिलता।'

सुमेर की जूते की दुकान थी। तीन-चार चमार नौकर थे। ख़ुद जूते काट दिया करता। मजूरी से पूँजीपति बना गया था। घासवालों और साईसों को सूद पर रुपये भी उधार दिया करता था। मोटी ऐनकों के पीछे से बिज्जू की भाँति ताकता हुआ बोला—'हड़ताल होना तो हमारी बिरादरी में मुश्किल है बहूजी। यों आपका गुलाम हूँ और जानता हूँ कि आप जो कुछ करेंगी; हमारी ही भलाई के लिए करेंगी; पर हमारी बिरादरी में हड़ताल होना मुश्किल है। बेचारे दिन भर घास काटते हैं, साँझ को बेचकर आटा-दाल जुटाते हैं, तब कहीं चूल्हा जलता है। कोई सहीस है, कोई कोचवान, बेचारों की नौकरी जाती रहेगी। अब तो सभी जातिवाले सहीसी, कोचवानी करते हैं। उनकी नौकरी दूसरे उठा लें, तो बेचारे कहाँ जायेंगे।'

सुखदा विरोध सहन न कर सकती थी। इस कठिनाइयों का उसकी निगाह में कोई मूल्य न था। तिनककर बोली—'तो क्यों तुमने समझा था कि बिना कुछ किये-धरे अच्छे मकान रहने को मिल जायेंगे ? संसार में जो अधिक से अधिक कष्ट सह सकता है, उसी की विजय होती है।'

मतई जमादार ने कहा—'हड़ताल से नुकसान तो सभी का होगा, क्या तुम हुए, क्या हम हुए; लेकिन बिना धुएँ के आग नहीं जलती। बहूजी के सामने हम लोगों ने कुछ न किया, तो समझ लो, जनम-भर ठोकर खानी पड़ेगी। फिर ऐसा कौन है, जो हम ग़रीबों का दुःख-दरद समझेगा। जो कहो नौकरी चली जायेगी, तो नौकर तो हम सभी हैं। कोई सरकार का नौकर है, कोई रईस का नौकर है। हमको यहाँ कौल-कसम भी कर लेनी होगी कि जब तक हड़ताल रहे, कोई किसी की जगह पर न जाय, भूखों मर भले ही जाय।'

सुमेर न मतई को झिड़क दिया—'तुम जमादार, बात समझते नहीं, बीच में कूद पड़ते हो। तुम्हारी और बात है, हमारी और बात है। हमारा काम सभी करते हैं, तुम्हारा काम और कोई नहीं कर सकता।'

मैकू ने सुमेर को समर्थन किया—'यह तुमने बहुत ठीक कहा सुमेर चौधरी। हमीं को देखो। अब पढ़े-लिखे आदमी धुलाई का काम करने लगे हैं। जगह-जगह कम्पनी ख़ुल गयी है। गाहक के यहाँ पहुँचने में एक दिन की भी देर हो जाती है, तो वह कपड़े कम्पनी में भेज देता है। हमारे हाथ से गाहक निकल जाता है। हड़ताल दस-पाँच दिन चली, तो हमारा रोजगार मिट्टी में मिल जायेगा। अभी पेट को रोटियाँ तो मिल जाती हैं। तब तो रोटियों के लाले पड़ जायेंगे।'

मुरली खटिक ने ललकार कर कहा—'जब कुछ करने का बूता नहीं तो लड़ने किस बिरते पर चले थे ? क्या समझते थे, रो देने से दूध मिल जायेगा ? वह जमाना अब नहीं है। अगर अपना और बाल-बच्चों का सुख देखना चाहते हो, तो सब तरह की आफत-बला सिर पर लेनी पड़ेगी। नहीं जाकर घर में आराम से बैठो और मक्खियों की तरह मरो।'

ईदू ने धार्मिक गम्भीरता से कहा—'होगा, वही जो मुकद्दर में है। हाय-हाय करने से कुछ होने को नहीं। हाफ़िज हलीम तक़दीर ही से बड़े आदमी हो गये। अल्लाह की रजा होगी, तो मकान बनते देर न लगेगी।'

जंगली ने इसका समर्थन किया—'बस, तुमने लाख रुपये की बात कह दी ईदू मियाँ। हमारा दूध का सौदा ठहरा। एक दिन दूध न पहुँचे या देर हो जाय, तो लोग घुड़कियाँ जमाने

लगते हैं—हम डेरी से दूध लेंगे, तुम बहुत देर करते हो। हड़ताल दस-पाँच दिन चल गयी, तो हमारा तो दिवाला निकल जायेगा। दूध तो ऐसी चीज़ नहीं कि आज न बिके, कल बिक जाय।'

ईदू बोला—'वही हाल तो साग-पात का भी है भाई, फिर बरसात के दिन हैं, सुबू की चीज़ साम को सड़ जाती है, और कोई सेंत भी नहीं पूछता।'

अमीरबेग ने अपनी सारस की-सी गरदन उठाई—'बहूजी, मैं तो कोई क़ायदा-कानून नहीं जानता; मगर इतना जानता हूँ, कि बादशाह रैयत के साथ इन्साफ़ ज़रूर करते हैं। रातों को भेस बदलकर रैयत का हाल-चाल जानने के लिए निकलते हैं, अगर ऐसी अरज़ी तैयार की जाये जिस पर हम सबके दसखत हों और वह बादशाह के सामने पेश की जाये, तो उस पर ज़रूर लिहाज किया जायेगा।'

सुखदा ने जगन्नाथ की ओर आशा-भरी आँखों से देखकर कहा—'तुम क्या कहते हो जगन्नाथ, इन लोगों ने तो जवाब दे दिया ?'

जगन्नाथ ने बगलें झाँकते हुए कहा—'तो बहूजी, अकेला चना तो भाड़ नहीं फोड़ सकता। अगर सब भाई साथ दें तो मैं तैयार हूँ। हमारी बिरादरी का आधार नौकरी है। कुछ लोग खोंचे लगाते हैं, कोई डोली ढोता है; पर बहुत करके लोग बड़े आदमियों की सेवा-टहल करते हैं। दो-चार दिन बड़े घरों की औरतें भी घर का काम-काज कर लेंगी। हम लोगों का तो सत्यानाश ही हो जायेगा।'

सुखदा ने उसकी ओर से मुँह फेर लिया और मतई से बोली—'तुम क्या कहते हो, क्या तुमने भी हिम्मत छोड़ दी ?'

मतई ने छाती ठोंककर कहा—'बात कहकर निकल जाना पाजियों का काम है, सरकार। आपका जो हुकुम होगा, उससे बाहर नहीं जा सकता। चाहे जान रहे या जाय। बिरादरी पर भगवान् की दया से इतनी धाक है कि जो बात मैं कहूँगा, उसे कोई ढुलक नहीं सकता।'

सुखदा ने निश्चय-भाव से कहा—'अच्छी बात है, कल से तुम अपनी बिरादरी की हड़ताल करवा दो। और चौधरी लोग जायँ। मैं ख़ुद घर-घर घूमूँगी, द्वार-द्वार जाऊँगी, एक-एक के पैर पड़ूँगी और हड़ताल कराके छोड़ूँगी; और हड़ताल न हुई, तो मुँह में कालिख लगाकर डूब मरूँगी। मुझे तुम लोगों से बड़ी आशा थी, तुम्हारा बड़ा ज़ोर था, अभिमान था। तुमने मेरा अभिमान तोड़ दिया।'

यह कहती हुई वह ठाकुरद्वारे से निकलकर पानी में भीगती हुई चली गयी। मतई भी उसके पीछे-पीछे चला गया। और चौधरी लोग अपनी अपराधी सूरतें लिए बैठे रहे।

एक क्षण के बाद जगन्नाथ बोला—'बहूजी ने शेर का कलेजा पाया है।'

सुमेर ने पोपला मुँह चुबलाकर कहा—'लक्ष्मी की औतार है। लेकिन भाई, रोज़गार तो नहीं छोड़ा जाता। हाकिमों की कौन चलाये, दस दिन, पन्द्रह दिन न सुनें, तो यहाँ तो मर मिटेंगे।'

ईदू को दूर की सूझी—'मर नहीं मिटेंगे पंचो, चौधरियों को जेहल में ठूँस दिया जायेगा। हो किस फेर में ? हाकिमों से लड़ना ठट्ठा नहीं।'

जंगली ने हामी भरी—'हम क्या खाकर रईसों से लड़ेंगे। बहूजी के पास धन है, इलम

है, वह अफ़सरों से दो-दो बातें कर सकती हैं। हर तरह का नुकसान सह सकती हैं। हमारी तो बधिया बैठ जायेगी।'

किन्तु सभी मन में लज्जित थे, जैसे मैदान से भागा सिपाही। उसे अपने प्राणों के बचाने का जितना आनन्द होना है, उससे कहीं ज़्यादा भागने की लज्जा होती है। वह अपनी नीति का समर्थन मुँह से चाहे कर ले, हृदय से नहीं कर सकता।

ज़रा देर में पानी रुक गया और यह लोग भी यहाँ से चलें; लेकिन उनके उदास चेहरों में, उनकी मन्द चाल में, उसके झुके हुए सिरों में, उनके चिन्तामय मौन में, उनके मन के भाव साफ़ झलक रहे थे।

13

सुखदा घर पहुँची, तो बहुत उदास थी। सार्वजनिक जीवन में हार का उसे यह पहला ही अनुभव था और उसका मन किसी चाबुक खाये हुए अल्हड़ बछेड़े की तरह सारा साज़ और बम और बन्धन तोड़-ताड़कर भाग जाने के लिए व्यग्र हो रहा था। ऐसे कायरों से क्या आशा की जा सकती है ! जो लोग स्थायी लाभ के लिए थोड़े से कष्ट नहीं उठा सकते, उनके लिए संसार में अपमान और दुःख के सिवा और क्या है।

नैना मन में इस हार पर ख़ुश थी। अपने घर में उसकी कुछ पूछ न थी, उसे अब तक अपमान ही अपमान मिला था, फिर भी उसका भविष्य उसी घर से सम्बद्ध हो गया था। अपनी आँखें दुखती हैं, तो फोड़ नहीं दी जातीं। सेठ धनीराम ने ज़मीन हज़ारों में खरीदी थी; थोड़े ही दिनों में उनके लाखों में बिकने की आशा थी। वह सुखदा से कुछ कह तो न सकती थी पर यह आन्दोलन उसे बुरा मालूम होता था। सुखदा के प्रति अब उसको वह भक्ति न रही थी। अपनी द्वेष-तृष्णा शान्त करने ही के लिए तो वह आग लगा रही है ! इन तुच्छ भावनाओं से दबकर सुखदा उसकी आँखों में कुछ संकुचित हो गयी थी।

नैना ने आलोचक बनकर कहा—'अगर यहाँ के आदमियों को संगठित कर लेना इतना आसान होता, तो आज यह दुर्दशा ही क्यों होती।'

सुखदा आवेश में बोली—'हड़ताल तो होगी, चाहे चौधरी लोग मानें या न मानें। चौधरी मोटे हो गये हैं और मोटे आदमी स्वार्थी हो जाते हैं।'

नैना ने आपत्ति की—'डरना मनुष्य के लिए स्वाभाविक है। जिसमें पुरुषार्थ है, ज्ञान है, बल है, वह बाधाओं को तुच्छ समझ सकता है। जिसके पास व्यंजनों से भरा हुआ थाल है, वह एक टुकड़ा कुत्ते के सामने फेंक सकता है, जिसके पास एक ही टुकड़ा हो, वह तो उसी से चिमटेगा।'

सुखदा ने मानो इस कथन को सुना ही नहीं—'मन्दिरवाले झगड़े में न जाने सभी में कैसे साहस आ गया था। मैं एक बार यही काण्ड दिखा देना चाहती हूँ।'

नैना ने काँपकर कहा—'नहीं भाभी, इतना बड़ा भार सिर पर मत लो। समय आ जाने पर सब-कुछ आप ही हो जाता है। देखो, हम लोगों के देखते-देखते बाल-विवाह, छूत-छात

का रिवाज कितना कम हो गया। शिक्षा का प्रचार कितना बढ़ गया। समय आ जाने पर ग़रीबों के घर भी बन जायेंगे।'

'यह तो कायरों की नीति है। पुरुषार्थ वह है, जो समय को अपने अनुकूल बनावे।'

'इसके लिए प्रचार करना चाहिए।'

'छः महीनेवाली राह है।'

'लेकिन जोखिम तो नहीं है।'

'जनता को मुझ पर विश्वास नहीं है।'

एक क्षण बाद उसने फिर कहा—'अभी मैंने ऐसी कौन-सी सेवा की है कि लोगों को मुझ पर विश्वास हो। दो-चार घण्टे गलियों का चक्कर लगा लेना कोई सेवा नहीं है।'

'मैं तो समझती हूँ, इस समय हड़ताल कराने से जनता को थोड़ी बहुत सहानुभूति जो है, वह भी ग़ायब हो जायेगी।'

सुखदा ने अपनी जाँघ पर हाथ पटककर कहा—'सहानुभूति से काम चलता, तो फिर रोना किस बात का था। लोग स्वेच्छा से नीति पर चलते, तो काननू क्यों बनाने पड़ते। मैं इस घर में रहकर और अमीर का ठाट रखकर जनता के दिलों पर क़ाबू नहीं पा सकती। मुझे त्याग करना पड़ेगा। इतने दिनों से सोचती ही रह गयी।'

दूसरे दिन शहर में अच्छी-ख़ासी हड़ताल थी। मेहतर तो एक भी काम करता न नज़र आता था। कहारों और इक्के गाड़ीवालों ने भी काम बन्द कर दिया था। साग-भाजी की दुकानें भी आधी से ज़्यादा बन्द थीं। कितने ही घरों में दूध के लिए हाय-हाय मची हुई थी। पुलिस दुकानें ख़ुलवा रही थी और मेहतरों को काम पर लाने की चेष्टा कर रही थी। उधर ज़िले के अधिकारी मण्डल में इस समस्या को हल करने का विचार हो रहा था। शहर के रईस और अमीर भी उसमें शामिल थे।

दोपहर का समय था। घटा उमड़ी चली जाती थी, जैसे आकाश पर पीला लेप किया जा रहा हो। सड़कों और गलियों में जगह-जगह पानी जमा था। उसी कीचड़ में जनता इधर-उधर दौड़ती फिरती थी। सुखदा के द्वार पर एक भीड़ लगी हुई थी कि सहसा शान्तिकुमार घुटने तक कीचड़ लपेटे आकर बरामदे में खड़े हो गये। कल की बातों के बाद आज वहाँ आते उन्हें संकोच हो रहा था। नैना ने उन्हें देखा; पर अन्दर न बुलाया ! सुखदा अपनी माता से बातें कर रही थी। शान्तिकुमार एक क्षण खड़े रहे, फिर हताश होकर चलने को तैयार हुए।

सुखदा ने उनकी रोनी सूरत देखी, फिर भी उन पर व्यंग्य-प्रहार करने से न चूकी—'किसी ने आपको यहाँ आते देख तो नहीं लिया डॉक्टर साहब ?'

शान्तिकुमार ने इस व्यंग्य की चोट को विनोद से रोका—'ख़ूब देख-भालकर आता हूँ। कोई यहाँ देख भी लेगा, तो कह दूँगा, रुपये उधार लेने आया हूँ।'

रेणुका ने डॉक्टर साहब से देवर का नाता जोड़ लिया था। आज सुखदा ने कल का वृत्तान्त सुनाकर उसे डॉक्टर साहब को आड़े हाथों लेने की सामग्री दे दी थी, हालाँकि अदृश्य रूप से डॉक्टर साहब के नीति-भेद का कारण वह ख़ुद थीं। उन्हींने ट्रस्ट का भार उनके सिर रखकर उन्हें सचिंत कर दिया था।

उसने डॉक्टर का हाथ पकड़कर कुरसी पर बैठाते हुए कहा—'तो चूड़ियाँ पहनकर बैठो ना, यह मूँछें क्यों बढ़ा ली हैं ?'

शान्तिकुमार ने हँसते हुए कहा—'मैं तैयार हूँ, लेकिन मुझसे शादी करने के लिए तैयार रहिएगा। आपको मर्द बनना पड़ेगा।'

रेणुका ताली बजाकर बोली—'मैं तो बूढ़ी हुई; लेकिन तुम्हारा ख़सम ऐसा ढूँढ़ूँगी जो तुम्हें सात परदों के अन्दर रखे और गालियों से बात करे। गहने मैं बनवा दूँगी। सिर में सेंदूर डालकर घूँघट निकाले रहना। पहले खसम खा लेगा, तो उसका जूठन मिलेगा, समझ गये, और उसे देवता का प्रसाद समझकर खाना पड़ेगा। ज़रा भी नाक-भौं सिकोड़ी, तो कुलच्छनी कहलाओगे। उसके पाँव दबाने पड़ेंगे, उनकी धोती छाँटनी पड़ेंगी। वह बाहर से आयेगा तो उसके पाँव धोने पड़ेंगे, और बच्चे भी जनने पड़ेंगे। बच्चे न हुए, तो वह दूसरा ब्याह कर लेगा, फिर घर में लौंडी बनकर रहना पड़ेगा।'

शान्तिकुमार पर लगातार इतनी चोटें पड़ीं कि हँसी भूल गयी। मुँह ज़रा-सा निकल आया। मुर्दनी ऐसी छा गयी जैसे मुँह बँध गया। जबड़े फैलाने से भी न फैलते थे। रेणुका ने उनकी दो-चार बार पहले भी हँसी की थी; पर आज तो उन्होंने उन्हें रुलाकर छोड़ा। परिहास में औरत अजेय होती है, खासकर जब वह बूढ़ी हो।

उन्होंने घड़ी देखकर कहा—'एक बज रहा है। आज तो हड़ताल अच्छी रही।'

रेणुका ने फिर चुटकी ली—'आप तो घर में लेटे थे, आपको क्या ख़बर।'

शान्तिकुमार ने अपनी कारगुजारी जताई—'उन आराम से लेटनेवालों में मैं नहीं हूँ। हरेक आन्दोलन में ऐसे आदमियों की भी ज़रूरत होती है, जो गुप्त रूप से उसकी मदद करते रहें। मैंने अपनी नीति बदल दी है और मुझे अनुभव हो रहा है कि इस तरह कुछ कम सेवा नहीं कर सकता। आज नौजवान सभा के दस-बारह युवकों को तैनात कर आया हूँ, नहीं इसकी चौथाई हड़ताल भी न होती।'

रेणुका ने बेटी की पीठ पर एक थपकी देकर कहा—'तब तू इन्हें क्यों बदनाम कर रही थी। बेचारे ने इतनी जान खपाई, फिर भी बदनाम हुए। मेरी समझ में भी यह नीति आ रही है। सबका आग में कूदना अच्छा नहीं।'

शान्तिकुमार कल के कार्यक्रम का निश्चय करके और सुखदा को अपनी ओर से आश्वस्त करके चले गए।

संध्या हो गयी थी। बादल ख़ुल गये थे और चाँद की सुनहरी जोत पृथ्वी के आँसुओं से भीगे हुए मुख पर जैसे मातृ-स्नेह की वर्षा कर रही थी। सुखदा संध्या करने बैठी हुई थी। उस गहरे आत्म-चिंतन में उसके मन की दुर्बलता किसी हठीले बालक की भाँति रोती हुई मालूम हुई। क्या मनीराम ने उसका वह अपमान न किया होता, तो वह हड़ताल के लिए इतना ज़ोर लगाती ?

उसके अभिमान ने कहा—'हाँ-हाँ, ज़रूर लगाती। यह विचार, बहुत पहले उसके मन में आया था। धनीराम को हानि होती है, तो हो; इस भय से वह कर्तव्य का त्याग क्यों करे। जब वह अपना सर्वस्व इस उद्योग के लिए होम करने को तुली हुई है, तो दूसरों के हानि-लाभ की उसे क्या चिन्ता हो सकती है।'

इस तरह मन को समझाकर उसने संध्या समाप्त की और नीचे उतरी थी कि लाला समरकान्त आकर खड़े हो गये। उनके मुख पर विषाद की रेखा झलक रही थी और ओठ इस तरह फड़क रहे थे, मानो मन का आवेश बाहर निकलने के लिए विकल हो रहा हो।

सुखदा ने पूछा—'आप कुछ घबराये हुए हैं दादाजी, क्या बात है ?'

समरकान्त की सारी देह जैसे काँप उठी। आँसुओं के वेग को बलपूर्वक रोकने की चेष्टा करके बोला—'एक पुलिस कर्मचारी अभी दुकान पर ऐसी सूचना दे गया है कि क्या कहूँ...'

यह कहते-कहते उनका कण्ठ-स्वर जैसे गहरे जल में डुबकियाँ खाने लगा।

सुखदा ने आशंकित होकर पूछा—'तो कहिए न, क्या कह गया है। हरिद्वार में तो सब कुशल है ?'

समरकान्त ने उसकी आशंकाओं को दूसरी ओर बहकते देख जल्दी से कहा—'नहीं-नहीं, उधर की कोई बात नहीं है। तुम्हारे विषय में था। तुम्हारी गिरफ़्तारी का वारण्ट निकल गया है।'

सुखदा ने हँसकर कहा—'अच्छा ! मेरी गिरफ़्तारी का वारण्ट है ! तो उसके लिए आप इतना क्यों घबरा रहे हैं ? मगर आख़िर मेरा अपराध क्या है ?'

समरकान्त ने मन को सँभालकर कहा—'यही हड़ताल है। आज अफ़सरों में सलाह हुई है और वहाँ यही निश्चय हुआ कि तुम्हें और चौधरियों को पकड़ लिये जाय। इनके पास दमन की एक दवा है। असंतोष के कारणों को दूर न करेंगे, बस, पकड़-धकड़ से काम लेंगे, जैसे कोई माता भूख से रोते बालक को पीटकर चुप कराना चाहे।'

सुखदा शान्त भाव से बोली—'जिस समाज का आधार ही अन्याय पर हो, उसकी सरकार के पास दमन के सिवा और क्या दवा हो सकती है; लेकिन इससे कोई यह न समझे कि यह आन्दोलन दब जायेगा, उसी तरह, जैसे कोई गेंद टक्कर खाकर और ज़ोर से उछलता है, जितने ही ज़ोर की टक्कर होगी, उतने ही ज़ोर की प्रतिक्रिया भी होगी।'

एक क्षण के बाद उसने उत्तेजित होकर कहा—'मुझे गिरफ़्तार कर लें। उन लाखों-गरीबों को कहाँ ले जायेंगे, जिनकी आहें आसमान तक पहुँच रही हैं। यही आहें एक दिन किसी ज्वालामुखी की भाँति फटकर सारे समाज और समाज के साथ सरकार को भी विध्वंस कर देगी; अगर किसी की आँखें नहीं खुलती, तो न खुलें, मैंने अपना कर्त्तव्य पूरा कर दिया। एक दिन आयेगा, जब आज के देवता कल कंकर-पत्थर की तरह उठा-उठाकर गलियों में फेंक दिए जायेंगे और पैरों से ठुकराये जायेंगे। मेरे गिरफ्तार हो जाने से चाहे कुछ दिनों के लिए अधिकारियों के कानों में हाहाकार की आवाज़ें न पहुँचे; लेकिन वह दिन दूर नहीं है, जब यही आँसू चिनगारी बनकर अन्याय को भस्म कर देंगे। इसी राख से वह अग्नि प्रज्वलित होगी, जिसकी आन्दोलित शिखाएँ आकाश तक को हिला देंगी।'

समरकान्त पर इस प्रलाप का कोई असर न हुआ। वह इस संकट को टालने का उपाय सोच रहे थे। डरते-डरते बोले—'एक बात कहूँ बहू, बुरा न मानो। ज़मानत...'

सुखदा ने त्योरियाँ बदलकर कहा—'नहीं, कदापि नहीं। मैं क्यों ज़मानत दूँ ? क्या इसलिए कि अब मैं कभी ज़बान न खोलूँगी, अपनी आँखों पर पट्टी बाँध लूँगी, अपने मुँह

पर जाली लगा लूँगी। इससे तो यह कहीं अच्छा है कि अपनी आँखें फोड़ लूँ, ज़बान कटवा दूँ।'

समरकान्त की सहिष्णुता अब सीमा तक पहुँच चुकी थी ! गरजरकर बोले–'अगर तुम्हारी ज़बान क़ाबू में नहीं है, तो कटवा लो। मैं अपने जीते-जी यह नहीं देख सकता कि मेरी बहू गिरफ़्तार की जाये और मैं बैठा देखूँ। तुमने हड़ताल करने के लिए मुझसे पूछ क्यों न लिया ? तुम्हें अपने नाम की लाज न हो, मुझे तो है। मैंने जिस मर्यादा-रक्षा के लिए अपने बेटे को त्याग दिया, उस मर्यादा को मैं तुम्हारे हाथों न मिटने दूँगा।'

बाहर से मोटर का हार्न सुनाई दिया। सुखदा के कान खड़े हो गये। वह आवेश में द्वार की ओर चली। फिर दौड़कर मुन्ने को नैना की गोद से लेकर उसे हृदय से लगाये हुए अपने कमरे में जाकर अपने आभूषण उतारने लगी। समरकान्त का सारा क्रोध कच्चे रंग की भाँति पानी पड़ते ही उड़ गया। लपककर बाहर गये और आकर घबड़ाये हुए बोले–'बहू, डिप्टी आ गया। मैं ज़मानत देने जा रहा हूँ। मेरी इतनी याचना स्वीकार करो। थोड़े दिनों का मेहमान हूँ। मुझे मर जाने दो फिर जो कुछ जी में आये करना।'

सुखदा कमरे के द्वार पर आकर दृढ़ता से बोली–'मैं ज़मानत न दूँगी, न इस मुआमले की पैरवी करूँगी। मैंने कोई अपराध नहीं किया है।'

समरकान्त ने जीवन भर में कभी हार न मानी थी; पर आज वह इस अभिमानिनी रमणी के सामने परास्त खड़े थे। उसके शब्दों ने जैसे उनके मुँह पर जाली लगा दी। उन्होंने सोचा–'स्त्रियों को संसार अबला कहता है। कितनी बड़ी मूर्खता है। मनुष्य जिस वस्तु को प्राणों से भी प्रिय समझता है, वह स्त्री की मुट्ठी में है।'

उन्होंने विनय के साथ कहा–'लेकिन अभी तुमने भोजन भी तो नहीं किया। खड़ी मुँह क्या ताकती है नैना, क्या भंग खा गयी है ! जा, बहू को खाना खिला दे। अरे ओ महरा ! महरा ! यह ससुरा न जाने कहाँ मर रहा। समय पर एक भी आदमी नज़र नहीं आता। तू बहू को ले जा रसोई में नैना, मैं कुछ मिठाई लेता आऊँ। साथ-साथ कुछ खाने को तो ले जाना ही पड़ेगा।'

कहार ऊपर बिछावन लगा रहा था। दौड़ा हुआ आकर खड़ा हो गया। समरकान्त ने उसे ज़ोर से एक धौल मारकर कहा–'कहाँ था तू ? इतनी देर से पुकार रहा हूँ, सुनता नहीं ! किसके लिए बिछावन लगा रहा है ससुर ! बहू जा रही है। जा दौड़कर बाज़ार से अच्छी मिठाई ला। चौकवाली दुकान से लाना।'

सुखदा आग्रह के साथ बोली–'मिठाई की मुझे बिलकुल ज़रूरत नहीं है और न कुछ खाने की ही इच्छा है। कुछ कपड़े लिये जाती हूँ वही मेरे लिए काफ़ी हैं।'

बाहर से आवाज़ आयी–'सेठजी, देवीजी को जल्द भेजिए, देर हो रही है।' समरकान्त बाहर आये और अपराधी की भाँति खड़े हो गये।

डिप्टी दुहरे बदन का, रोबदार, पर हँसमुख आदमी था, जो और किसी विभाग में अच्छी जगह न पाने के कारण पुलिस में चला आया था। अनावश्यक अशिष्टता से उसे घृणा थी और यथासाध्य रिश्वत न लेता था। पूछा–'कहिए क्या राय हुई ?'

समरकान्त ने हाथ बाँधकर कहा–'कुछ नहीं सुनती हुज़ूर, समझाकर हार गया। और

मैं उसे क्या समझाऊँ। मुझे वह समझती ही क्या है। अब तो आप लोगों की दया का भरोसा है। मुझसे जो ख़िदमत कहिए, उसके लिए हाज़िर हूँ। जेलर साहब से तो आपका रब्त-ज़ब्त होगा ही, उन्हें भी समझा दीजिएगा। कोई तकलीफ़ न होने पावे। मैं किसी तरह भी बाहर नहीं हूँ। नाजुक मिज़ाज औरत है, हुजूर।'

डिप्टी ने सेठजी को बराबर की कुरसी पर बैठाते हुए कहा—'सेठजी, यह बातें उन मुआमलों में चलती हैं; जहाँ कोई काम बुरी नीयत से किया जाता है। देवीजी अपने लिए कुछ नहीं कर रही हैं। उनका इरादा नेक है, वह हमारे ग़रीब भाइयों के हक़ के लिए लड़ रही हैं। उन्हें किसी तरह की तकलीफ़ न होगी। नौकरी से मज़बूर हूँ; वरना यह देवियाँ तो इस लायक हैं कि इनके क़दमों पर सिर रखें। ख़ुदा ने सारी दुनिया की नेमतें दे रखी हैं; मगर उन सब पर लात मार दी और हक़ के लिए सब कुछ झेलने को तैयार हैं। इसके लिए गुर्दा चाहिए साहब, मामूली बात नहीं है।'

सेठजी ने सन्दूक से दस अशर्फ़ियाँ निकालीं और चुपके से डिप्टी की जेब में डालते हुए बोले—'यह बच्चों के मिठाई खाने के लिए है।'

डिप्टी ने अशफ़ियाँ जेब से निकालकर मेज़ पर रख दीं और बोला—'आप पुलिसवालों को बिलकुल जानवर ही समझते हैं क्या सेठजी। क्या लाल पगड़ी सिर पर रखना ही इन्सानियत का ख़ून करना है ? मैं आपको यक़ीन दिलाता हूँ कि देवीजी को तकलीफ़ न होने पावेगी। तकलीफ़ उन्हें दी जाती है जो दूसरों को तकलीफ़ देते हैं। जो ग़रीबों के हक़ के लिए अपनी ज़िन्दगी क़ुरबान कर दे, उसे अगर कोई सताये, तो वह इन्सान नहीं, हैवान भी नहीं है, शैतान है। हमारे सीग़ में ऐसे आदमी हैं और कसरत से हैं। मैं ख़ुद फ़रिश्ता नहीं हूँ, लेकिन ऐसे मुआमले में मैं पान तक खाना हराम समझता हूँ। मन्दिरवाले मुआमले में देवीजी जिस दिलेरी से मैदान में आकर गोलियों के सामने खड़ी हो गयी थीं, वह उन्हीं का काम था।'

सामने सड़क पर जनता का समूह प्रतिक्षण बढ़ता जाता था। बार-बार जय-जयकार की ध्वनि उठ रही थी। स्त्री और पुरुष देवीजी के दर्शन को भागे चले आते थे।

भीतर नैना और सुखदा में समर छिड़ा हुआ था।

सुखदा ने थाली सामने से हटा कर कहा—'मैंने कह दिया, मैं कुछ न खाऊँगी।'

नैना ने उसका हाथ पकड़कर कहा—'दो-चार कौर ही खा लो भाभी, तुम्हारे पैरों पड़ती हूँ। फिर न जाने यह दिन कब आये।'

उसकी आँखें सजल हो गयीं।

सुखदा निष्ठुरता से बोली—'तुम मुझे व्यर्थ में दिक कर रही हो बीबी, मुझे अभी बहुत-सी तैयारियाँ करनी हैं और उधर डिप्टी जल्दी मचा रहा है। देखती नहीं हो, द्वार पर डोली है। इस वक़्त खाने की किसे सूझती है।'

नैना प्रेम-विह्वल कण्ठ से बोली—'तुम अपना काम करती रहो, मैं तुम्हें कौर बनाकर खिलाती जाऊँगी।'

जैसे माता खेलन्दे बच्चे के पीछे दौड़-दौड़कर उसे खिलाती है, उसी तरह नैना भाभी को खिलाने लगी। सुखदा कभी इस आलमारी के पास जाती, कभी उस सन्दूक़ के पास। किसी सन्दूक़ से सिन्दूर की डिबिया निकालती, किसी से साड़ियाँ। नैना एक कौर खिलाकर

फिर थाल के पास जाती और दूसरा कौर लेकर दौड़ती।

सुखदा ने पाँच-छः कौर खाकर कहा—'बस, अब पानी पिला दो।'

नैना ने उसके मुँह के पास कौर ले जाकर कहा—'बस यही और ले लो, मेरी अच्छी भाभी !'

सुखदा ने मुँह खोल दिया और ग्रास के साथ आँसू भी पी गयी।

'बस एक और।'

'अब एक कौर भी नहीं।'

'मेरी ख़ातिर से।'

सुखदा ने ग्रास ले लिया।

'पानी भी दोगी या खिलाती ही जाओगी।'

'बस, एक ग्रास भैया के नाम का और ले लो।'

'ना। किसी तरह नहीं।'

नैना की आँखों में आँसू थे प्रत्यक्ष, सुखदा की आँखों में भी आँसू थे; मगर छिपे हुए। नैना शोक से विह्वल थी, सुखदा उसे मनोबल से दबाये हुए थी। वह एक बार निष्ठुर बनकर चलते-चलते नैना के मोह-बन्धन को तोड़ देना चाहती थी, पैने शब्दों से हृदय के चारों ओर खाई खोद देना चाहती थी, मोह और शोक और वियोग-व्यथा के आक्रमणों से उसकी रक्षा करने के लिए; पर नैना की छलछलाती हुई आँखें, वह काँपते हुए ओठ, वह विनय-दीन मुखश्री उसे निश्शस्त्र किये देती थी।

नैना ने जल्दी-जल्दी पान के बीड़े लगाये और भाभी को खिलाने लगी, तो उसके दबे हुए आँसू फव्वारे की तरह उबल पड़े। मुँह ढाँपकर रोने लगी। सिसकियाँ और गहरी होकर कण्ठ तक जा पहुँचीं।

सुखदा ने उसे गले से लगाकर सजल शब्दों में कहा—'क्यों रोती हो बीवी, बीच-बीच में मुलाक़ात तो होती ही रहेगी। जेल में मुझसे मिलने आना, तो ख़ूब अच्छी-अच्छी चीज़ें बनाकर लाना। दो-चार महीने में तो मैं फिर आ जाऊँगी।'

नैना ने जैसे डूबती हुई नाव पर से कहा—'मैं ऐसी अभागिन हूँ कि आप तो डूबी ही थी, तुम्हें भी ले डूबी।'

ये शब्द फोड़े की तरह उसी समय से उसके हृदय में टीस रहे थे, जब से उसने सुखदा की गिरफ़्तारी की ख़बर सुनी थी, और यह टीस उसकी मोह-वेदना को और भी दुर्दान्त बना रही थी।

सुखदा ने आश्चर्य से उसके मुँह की ओर देखकर कहा—'यह तुम क्या कह रही हो बीबी, क्या तुमने पुलिस बुलायी है।'

नैना ने ग्लानि से भरे कण्ठ से कहा—'यह पत्थर की हवेलीवालों का कुचक्र है (सेठ धनीराम शहर में इसी नाम से प्रसिद्ध थे)। मैं किसी को गालियाँ नहीं देती; पर उनका किया उनके आगे आवेगा। जिस आदमी के लिए एक मुँह से भी आशीर्वाद न निकलता हो, उसका जीना वृथा है।'

सुखदा ने उदास होकर कहा—'उनका इसमें क्या दोष है बीबी। यह सब हमारे समाज

का, हब सबों का दोष है। अच्छा आओ अब विदा हो जायँ। वादा करो, मेरे जाने पर रोओगी नहीं।'

नैना ने उसके गले से लिपटकर सूजी हुई लाल आँखों से मुस्कराकर कहा—'नहीं रोऊँगी भाभी।'

'अगर मैंने सुना कि तुम रो रही हो, तो मैं अपनी सज़ा बढ़वा लूँगी।'

'भैया को यह समाचार देना ही होगा ?'

'तुम्हारी जैसी इच्छा हो करना। अम्माँ को समझाती रहना।'

'उनके पास कोई आदमी भेजा गया या नहीं।'

'उन्हें बुलाने से और देर ही तो होती। घण्टों न छोड़तीं।'

'सुनकर दौड़ी आवेंगी।'

'हाँ, आवेंगी तो; पर रोयेंगी नहीं। उनका प्रेम आँखों में है। हृदय तक उसकी जड़ नहीं पहुँचती।'

दोनों द्वार की ओर चलीं। नैना ने मुन्ने को माँ की गोद से उतारकर प्यार करना चाहा; पर वह न उतरा। नैना से बहुत हिला था; पर आज वह अबोध आँखों से देख रहा था—माता कहीं जा रही है। उसकी गोद से कैसे उतरे। उसे छोड़कर वह चली जाय, तो बेचारा क्या कर लेगा।

नैना ने उसका चुम्बन लेकर कहा—'बालक बड़े निर्दयी होते हैं।'

सुखदा ने मुस्कराकर कहा—'लड़का किसका है !'

द्वार पर पहुँचकर फिर दोनों गले मिलीं। समरकान्त भी ड्योढ़ी पर खड़े थे। सुखदा ने उनके चरणों पर सिर झुकाया। उन्होंने काँपते हुए हाथों से उसे उठाकर आशीर्वाद दिया। फिर मुन्ने को कलेजे से लगाकर फूट-फूटकर रोने लगे। यह सारे घर को रोने का सिगनल था। आँसू तो पहले ही से निकल रहे थे। वह मूक रुदन अब जैसे बन्धनों से मुक्त हो गया। शीतल, धीर, गम्भीर बुढ़ापा जब विह्वल हो जाता है, तो मानो पिंजरे के द्वार ख़ुल जाते हैं और पक्षियों को रोकना असम्भव हो जाता है। जब सत्तर वर्ष तक संसार के समर में जमा रहनेवाला नायक हथियार डाल दे, तो रंगरूटों को कौन रोक सकता है।

सुखदा मोटर में बैठी। जय-जयकार की ध्वनि हुई ! फूलों की वर्षा की गयी। मोटर चल दी।

हज़ारों आदमी मोटर के पीछे दौड़ रहे थे और सुखदा हाथ उठाकर उन्हें प्रणाम करती जाती थी। यह श्रद्धा, यह प्रेम, यह सम्मान क्या धन से मिल सकता है ? या विद्या से ? इसका केवल एक ही साधन है, और वह सेवा है, और सुखदा को अभी इस क्षेत्र में आये हुए ही कितने दिन थे ?

सड़क के दोनों ओर नर-नारियों की दीवार खड़ी थी और मोटर मानों उनके हृदय को कुचलती-मसलती चली जाती थी।

सुखदा के हृदय में गर्व न था, उल्लास न था, द्वेष न था, केवल वेदना थी। जनता की इस दयनीय दशा पर, इस अधोगति पर, जो डूबती हुई दशा में तिनके का सहारा पाकर भी कृतार्थ हो जाती है।

कुछ देर के बाद सड़क पर सन्नाटा था, सावन की निद्रा-सी काली रात संसार को अपने अंचल में सुला रही थी और मोटर अनन्त में स्वप्न की भाँति उड़ी चली जाती थी। केवल देह में ठण्डी हवा लगने से गति का ज्ञान होता था। इस अन्धकार में सुखदा के अन्तस्तल में एक प्रकाश-सा उदय हुआ। कुछ वैसा ही प्रकाश, जो हमारे जीवन की अन्तिम घड़ियों में उदय होता है, जिसमें मन की सारी कालिमाएँ, सारी ग्रन्थियाँ, सारी विषमताएँ अपने यथार्थ रूप में नज़र आने लगती हैं। तब हमें मालूम होता है कि जिसे हमने अन्धकार में काला देव समझा था, वह केवल तृण का ढेर था। जिसे काला नाग समझा था, वह रस्सी का एक टुकड़ा था। आज उसे अपनी पराजय का ज्ञान हुआ, अन्याय के सामने नहीं, असत्य के सामने नहीं, बल्कि त्याग के सामने और सेवा के सामने। इसी सेवा और त्याग के पीछे तो उसका पति से मतभेद हुआ था, जो अन्त में इस वियोग का कारण हुआ। उन सिद्धान्तों से अभक्ति रखते हुए भी वह उनकी ओर खिंचती चली आती थी और आज वह अपने पति की अनुगामिनी थी। उसे अमर के उस पत्र की याद आयी, जो उसने शान्तिकुमार के पास भेजा था और पहली बार पति के प्रति क्षमा का भाव उसके मन में प्रस्फुटित हुआ। इस क्षमा में दया नहीं, सहानुभूति थी, सहयोगिता थी। अब दोनों एक ही मार्ग के पथिक हैं, एक ही आदर्श के उपासक हैं। उनमें कोई भेद नहीं है, कोई वैषम्य नहीं है। आज पहली बार उसका अपने पति से आत्मिक सामंजस्य हुआ। जिस देवता को अमंगलकारी समझ रखा था, उसी की आज धूप-दीप से पूजा कर रही थी।

सहसा मोटर रुकी और डिप्टी ने उतरकर सुखदा से कहा—'देवीजी, जेल आ गया। मुझे क्षमा कीजिएगा।'

सुखदा ऐसी प्रसन्न थी, मानो अपने जीवन-धन से मिलने आयी है।

चौथा भाग

1

अमरकान्त को ज्योंही मालूम हुआ कि सलीम यहाँ का अफ़सर होकर आया है, वह उससे मिलने चला; समझा ख़ूब गप-शप होगी। यह ख़याल तो आया कहीं उसमें अफ़सरी की बू न आ गयी हो; लेकिन पुराने दोस्त से मिलने की उत्कण्ठा को न रोक सका। बीस-पच्चीस मील का पहाड़ी रास्ता था। ठण्ड खूब पड़ने लगी थी। आकाश कुहरे की धुन्ध से मटियाला हो रहा था और उस धुन्ध में सूर्य जैसे टटोल-टटोलकर रास्ता ढूँढ़ता हुआ चला जाता था। कभी सामने आ जाता, कभी छिप जाता। अमर दोपहर के बाद चला था। उसे आशा थी, दिन रहते पहुँच जाऊँगा; किन्तु दिन ढलता जाता था और मालूम नहीं अभी और कितना रास्ता बाकी है। उसके पास केवल एक देसी कम्बल था। कहीं रात हो गयी, तो किसी वृक्ष के नीचे टिकना पड़ जायेगा। देखते ही देखते सूर्यदेव अस्त भी हो गये। अँधेरा जैसे मुँह खोले संसार को निगलने चला आ रहा था। अमर ने क़दम और तेज़ किये। शहर में दाख़िल हुआ, तो आठ बज गये थे।

सलीम उसी वक्त क्लब से लौटा था। ख़बर पाते ही बाहर निकल आया, मगर उसकी सज-धज देखी, तो झिझका और गले मिलने के बदले हाथ बढ़ा दिया। अरदली सामने ही खड़ा था। उसके सामने इस देहाती से किसी प्रकार घनिष्ठता का परिचय देना बड़े साहस का काम था। उसे अपने सजे हुए कमरे में भी न ले जा सका। अहाते में छोटा-सा बाग़ था। एक वृक्ष के नीचे उसे ले जाकर उसने कहा—'यह तुमने क्या धज बना रखी है जी, इतने हूश कब से हो गये ? वाह रे आपका कुरता ! मालूम होता है डाक का थैला है, और यह डाबलूश जूता किस दिसावर से मँगवाया है ? मुझे डर है, कहीं बेगार में न धर लिये जाओ !'

अमर वहीं ज़मीन पर बैठ गया और बोला—'कुछ ख़ातिर-तवाज़ा तो की नहीं, उलटे और फटकार सुनाने लगे। देहातियों में रहता हूँ, जेंटलमैन बनूँ तो कैसे निबाह हो ? तुम ख़ूब आये भाई, कभी-कभी गप-शप हुआ करेगी। उधर की खैरआफ़ियत कहो। यह तुमने नौकरी क्या कर ली। डटकर कोई रोज़गार करते, सूझी भी तो ग़ुलामी।'

सलीम ने गर्व से कहा—'ग़ुलामी नहीं है, जनाब, हुकूमत है। दस पाँच दिन में मोटर आयी जाती है, फिर देखना किस शान से निकलता हूँ; मगर तुम्हारी हालत देखकर दिल टूट गया। तुम्हें यह भेस छोड़ना पड़ेगा।'

अमर के आत्म-सम्मान को चोट लगी। बोला—'मेरा ख़याल था, और है कि कपड़े महज ज़िस्म की हिफ़ाज़त के लिए हैं, शान दिखाने के लिए नहीं।'

सलीम ने सोचा, कितनी लचर-सी बात है। देहातियों के साथ रहकर अक़्ल भी खो बैठा। बोला—'खाना भी तो महज़ जिस्म की परवरिश के लिए खाया जाता है, तो सूखे चने क्यों नहीं चबाते। सूखे गेहूँ क्यों नहीं फाँकते। क्यों हलवा और मिठाई उड़ाते हो ?'

'मैं सूखे चने ही चबाता हूँ।'

'झूठे हो। सूखे चनों पर ही यह सीना निकल आया है। मुझसे ड्योढ़े हो गये, मैं तो शायद पहचान भी न सकता।'

'जी हाँ, यह सूखे चनों ही की बरकत है। ताक़त साफ़ हवा और संयम में है। हलवा पूरी से ताक़त नहीं होती, सीना नहीं निकलता। पेट निकल आता है। पच्चीस मील पैदल चला आ रहा हूँ। है दम ? ज़रा पाँच ही मील चलो मेरे साथ।'

'मुआफ़ कीजिए। किसी ने कहा है—बड़ी रानी, तो आओ पीसो मेरे साथ। तुम्हें पीसना मुबारक हो। तुम यहाँ कर क्या रहे हो ?'

'अब तो आये हो, ख़ुद ही देख लोगे। मैंने ज़िन्दगी का जो नक्शा दिल में खींचा था, उसी पर अमल कर रहा हूँ। स्वामी आत्मानन्द के आ जाने से काम में और भी सहूलियत हो रही हैं।'

ठण्ड ज़्यादा थी। सलीम को मज़बूर होकर अमरकान्त को अपने कमरे में लाना पड़ा।

अमर ने देखा, कमरे में गद्देदार कोच हैं, पीतल के गमले हैं, ज़मीन पर कालीन है, मध्य में संगमरमर की गोल मेज़ है।

अमर ने दरवाज़े पर जूते उतार दिये और बोला—'केवाड़ बन्द कर दूँ, नहीं कोई देख ले, तो तुम्हें शर्मिन्दा होना पड़े। तुम साहब ठहरे।'

सलीम पते की बात सुनकर झेंप गया। बोला—'कुछ-न-कुछ ख़याल तो होता है भई, हालाँकि मैं फ़ैशन का गुलाम नहीं हूँ। मैं भी सादी ज़िन्दगी बसर करना चाहता था; लेकिन अब्बाजान की फ़रमाइश कैसे टालता। प्रिंसिपल तक कहते थे, तुम पास नहीं हो सकते; लेकिन रिज़ल्ट निकला तो सब दंग रह गये। तुम्हारे ही ख़याल से मैंने यह ज़िला पसन्द किया। कल तुम्हें कलेक्टर से मिलाऊँगा। अभी मि. ग़ज़नवी से तो तुम्हारी मुलाकात न होगी। बड़ा शौक़ीन आदमी है; मगर दिल का साफ़। पहली ही मुलाकात में उससे मेरी बेतक़ल्लुफ़ी हो गयी। चालीस के क़रीब होंगे, मगर कम्पेबाज़ी नहीं छोड़ी।'

अमर के विचार में अफ़सरों को सच्चरित्र होना चाहिए था। सलीम सच्चरित्रता का क़ायल न था। दोनों मित्रों में बहस हो गयी।

सलीम ने कहा—'ख़ुश्क आदमी कभी अच्छा अफ़सर नहीं हो सकता।'

अमर बोला—'सच्चरित्र होने के लिए ख़ुश्क होना ज़रूरी नहीं।'

'मैंने तो मुल्लाओं को हमेशा खुश्क ही देखा। अफ़सरों के लिए महज़-कानून की पाबन्दी काफ़ी नहीं। मेरे ख़याल में तो थोड़ी-सी कमज़ोरी इन्सान का ज़ेवर है। मैं ज़िन्दगी में तुमसे ज़्यादा कामयाब रहा। मुझे दावा है कि मुझसे कोई नाराज़ नहीं है। तुम अपनी बीवी तक को खुश न रख सके। मैं इस मुल्लापन को दूर से सलाम करता हूँ। तुम किसी ज़िले के

अफ़सर बना दिये जाओ, तो एक दिन न रह सको। किसी को ख़ुश न रख सकोगे।'

अमर ने बहस को तूल देना उचित न समझा; क्योंकि बहस में वह बहुत गर्म हो जाया करता था।

भोजन का समय आ गया था। सलीम ने एक शाल निकालकर अमर को ओढ़ा दिया। एक रेशमी स्लीपर उसे पहनने को दिया। फिर दोनों ने भोजन किया। एक मुद्दत के बाद अमर को ऐसा स्वादिष्ट भोजन मिला। मांस तो उसने न खाया; लेकिन और सब चीज़ें मज़े से खायीं।

सलीम ने पूछा–'जो चीज़ खाने की थी, वह तो आपने निकालकर रख दी।'

अमर ने अपराधी भाव से कहा–'मुझे कोई आपत्ति नहीं है, लेकिन भीतर से इच्छा नहीं होती। और कहो, वहाँ की क्या ख़बरें हैं ? कहीं शादी-वादी ठीक हुई ? इतनी क़सर बाकी है, उसे भी पूरी कर लो।'

सलीम ने चुटकी ली–'मेरी शादी की फ़िक्र छोड़ो, पहले यह बताओ कि सकीना से तुम्हारी शादी कब हो रही है ? वह बेचारी तुम्हारी इन्तज़ार में बैठी हुई है।'

अमर का चेहरा फ़ीका पड़ गया। यह ऐसा प्रश्न था, जिसका उत्तर देना उसके लिए संसार में सबसे मुश्किल काम था। मन की जिस दशा में वह सकीना की ओर लपका था, वह दशा अब न रही थी। तब सुखदा उसके जीवन में एक बाधा के रूप में खड़ी थी। दोनों की मनोवृत्तियों में कोई मेल न था। दोनों जीवन को भिन्न-भिन्न कोण से देखते थे। एक में भी यह सामर्थ्य न थी कि वह दूसरे को हम-ख़याल बना लेता; लेकिन अब वह हालत न थी। किसी दैवी विधान ने उनके सामाजिक बन्धन को और कसकर उनकी आत्माओं को मिला दिया था। अमर को पता नहीं, सुखदा ने उसे क्षमा प्रदान की या नहीं; लेकिन वह अब सुखदा का उपासक था। उसे आश्चर्य होता था कि विलासिनी सुखदा ऐसी तपस्विनी क्योंकर हो गयी और यह आश्चर्य उसके अनुराग को दिन-दिन प्रबल करता जाता था। उसे अब अपने उस असन्तोष का कारण अपनी ही अयोग्यता में छिपा हुआ मालूम होता था, अगर वह अब सुखदा को कोई पत्र न लिख सका, तो इसके दो कारण थे। एक तो लज्जा और दूसरे अपनी पराजय की कल्पना। शासन का वह पुरुषोचित भाव मानो उसका परिहास कर रहा था। सुखदा स्वच्छन्द रूप से अपने लिए एक नया मार्ग निकाल सकती है, उसकी उसे लेशमात्र भी आवश्यकता नहीं है, यह विचार उसके अनुराग की गर्दन को जैसे दबा देता था। वह अब अधिक-से-अधिक उसका अनुगामी हो सकता है। सुखदा उसे समर क्षेत्र में जाते समय केवल केसरिया तिलक लगाकर संतुष्ट नहीं है, वह उससे पहले समर में कूदी जा रही है, यह भाव उसके आत्मगौरव को चोट पहुँचाता था।

उसने सिर झुकाकर कहा–'मुझे अब तजर्बा हो रहा है कि मैं औरतों को ख़ुश नहीं रख सकता। मुझमें वह लियाक़त ही नहीं है। मैंने तय कर लिया है कि सकीना पर ज़ुल्म न करूँगा।'

'तो कम-से-कम अपना फ़ैसला उसे लिख तो देते।'

अमर ने हसरत-भरी आवाज़ में कहा–'यह काम इतना आसान नहीं है सलीम, जितना तुम समझते हो। उसे याद करके मैं अब भी बेताब हो जाता हूँ। उसके साथ मेरी ज़िन्दगी

जन्नत बन जाती। उसकी इस वफ़ा पर मर जाने को जी चाहता है कि अभी तक...'

यह कहते-कहते अमर का कण्ठ-स्वर भारी हो गया।

सलीम ने एक क्षण के बाद कहा—'मान लो मैं उसे अपने साथ शादी करने पर राज़ी कर लूँ तो तुम्हें नागवार होगा ?'

अमर को आँखें-सी मिल गयीं—'नहीं भाईजान, बिलकुल नहीं। अगर तुम उसे राज़ी कर सको, तो मैं समझूँगा, तुमसे ज़्यादा ख़ुशनसीब आदमी दुनिया में नहीं है; लेकिन तुम मज़ाक कर रहे हो। तुम किसी नवाबज़ादी से शादी करने का ख़याल कर रहे होगे।'

दोनों खाना खा चुके और हाथ धोकर दूसरे कमरे में लेटे।

सलीम ने हुक़्क़े का कश लगाकर कहा—'क्या तुम समझते हो, मैं मज़ाक कर रहा हूँ? उस वक़्त मैंने ज़रूर मज़ाक किया था; लेकिन इतने दिनों में मैंने उसे ख़ूब परखा। उस वक़्त तुम उससे न मिल जाते, तो इसमें ज़रा भी शक नहीं है कि वह इस वक़्त कहीं और होती। तुम्हें पाकर उसे फिर किसी की ख़्वाहिश नहीं रही। तुमने उसे कीचड़ से निकालकर मन्दिर की देवी बना दिया। और देवी की जगह बैठकर वह सचमुच देवी हो गयी। अगर तुम उससे शादी कर सकते हो तो शौक़ से कर लो। मैं तो मस्त हूँ ही, दिलचस्पी का दूसरा सामान तलाश कर लूँगा, लेकिन तुम न करना चाहो, तो मेरे रास्ते से हट जाओ ! अब तो तुम्हारी बीवी तुम्हारे ही पंथ में आ गयी। अब तुम्हारे लिए उससे मुँह फेरने का कोई सबब नहीं है।'

अमर ने हुक़्क़ा अपनी तरफ़ खींचकर कहा—'मैं बड़े शौक़ से तुम्हारे रास्ते से हट जाता हूँ; लेकिन एक बात बतला दो, तुम सकीना को भी दिलचस्पी की चीज़ समझ रहे हो, या उसे दिल से प्यार करते हो ?'

सलीम उठ बैठे—'देखो अमर, मैंने तुमसे कभी परदा नहीं रखा इसलिए आज भी परदा न रखूँगा। सकीना प्यार करने की चीज़ नहीं पूजने की चीज़ है। कम-से-कम मुझे वह ऐसी ही मालूम होती है। मैं क़सम तो नहीं खाता कि उससे शादी हो जाने पर मैं कण्ठी-माला पहन लूँगा; लेकिन इतना जानता हूँ कि उसे पाकर मैं ज़िन्दगी में कुछ कर सकूँगा। अब तक मेरी ज़िन्दगी सैलानीपन में गुज़री है। वह मेरी बहती हुई नाव का लंगर होगी। इस लंगर के बग़ैर नहीं जानता मेरी नाव किस भँवर में पड़ जायेगी। मेरे लिए ऐसी औरत की ज़रूरत है, जो मुझ पर हुकूमत करे, मेरी लगाम को खींचती रहे।'

अमर को अपना जीवन इसलिए भार था कि वह अपनी स्त्री पर शासन न कर सकता था। सलीम ऐसी स्त्री चाहता था जो उस पर शासन करे, और मज़ा यह था कि दोनों एक सुन्दरी में मनोनीत लक्षण देख रहे थे।

अमर ने कुतूहल से कहा—'मैं तो समझता हूँ सकीना में वह बात नहीं है, जो तुम चाहते हो।'

सलीम जैसे गहराई में डूबकर बोला—'तुम्हारे लिए नहीं है; मगर मेरे लिए है। वह तुम्हारी पूजा करती है, मैं उसकी पूजा करता हूँ।'

इसके बाद कोई दो-ढाई बजे रात तक दोनों में इधर-उधर की बातें होती रहीं। सलीम ने उस नये आन्दोलन की भी चर्चा की, जो उनके सामने शुरू हो चुका था, और यह भी

कहा कि उसके सफल होने की आशा नहीं है। सम्भव है, मुआमला तूल खींचे।

अमर ने विस्मय के साथ कहा—'तब तो यों कहो, सुखदा ने वहाँ नयी जान डाल दी।'

'तुम्हारी सास ने अपनी सारी जायदाद सेवाश्रम के नाम वक़्फ़ कर दी।'

'अच्छा !'

'और तुम्हारे पिदर बुजुर्गवार भी अब कौमी कामों में शरीक होने लगे हैं।'

'तब तो वहाँ पूरा इनक़लाब हो गया !'

सलीम तो सो गया, लेकिन अमर दिन-भर का थका होने पर भी नींद को न बुला सका। वह जिन बातों की कल्पना भी न कर सकता था वह सुखदा के हाथों पूरी हो गयीं; मगर कुछ भी हो, वही अमीरी, ज़रा बदली हुई सूरत में। नाम की लालसा है और कुछ नहीं; मगर फिर उसने अपने को धिक्कारा। तुम किसी के अन्तःकरण की बात क्या जानते हो ? आज हज़ारों आदमी राष्ट्र की सेवा में लगे हुए हैं। कौन कह सकता है, कौन स्वार्थी है, कौन सच्चा सेवक ?

न जाने कब उसे भी नींद आ गयी।

2

अमरकान्त के जीवन में एक नया उत्साह चमक उठा है। ऐसा जान पड़ता है कि अपनी जीवन-यात्रा में वह अब एक नये घोड़े पर सवार हो गया है। पहले पुराने घोड़े को एड़ और चाबुक लगाने की ज़रूरत पड़ती थी। यह नया घोड़ा कनौतियाँ खड़ी किये सरपट भागता चला जाता है। स्वामी आत्मानन्द, काशी, पयाग, गूदड़ सभी से उसकी तकरार हो जाती है। इन लोगों के पास वही पुराने घोड़े हैं। दौड़ में पिछड़ जाते हैं। अमर उनकी मन्द गति पर बिगड़ता है—'इस तरह तो काम नहीं चलने का स्वामीजी। आप काम करते हैं कि मज़ाक करते हैं। इससे तो कहीं अच्छा था कि आप सेवाश्रम में बने रहते।'

आत्मानन्द ने अपने विशाल वक्ष को तानकर कहा—'बाबा, मेरे से अब और नहीं दौड़ा जाता। जब लोग स्वास्थ्य के नियमों पर ध्यान न देंगे, तो आप बीमार होंगे, आप मरेंगे। मैं नियम बतला सकता हूँ, पालन करना तो उनके ही अधीन है।'

अमरकान्त ने सोचा—यह आदमी जितना मोटा है, उतनी ही मोटी इसकी अक़्ल भी है। खाने को डेढ़ सेर चाहिए, काम करते ज्वर आता है। इन्हें संन्यास लेने से न जाने क्या लाभ हुआ।

उसने आँखों में तिरस्कार भरकर कहा—'आपका काम केवल नियम बताना नहीं है, उनसे नियमों का पालन कराना भी है। उनमें ऐसी शक्ति डालिए कि वे नियमों का पालन किये बिना रह ही न सकें। उनका स्वभाव ही ऐसा हो जाय। मैं आज पिचौरा से निकला; गाँव में जगह-जगह कूड़े के ढेर दिखाई दिये। आप कल उसी गाँव से हो आये हैं, क्यों कूड़ा साफ नहीं कराया गया ? आप ख़ुद फावड़ा लेकर क्यों नहीं पिल पड़े ? गेरुये वस्त्र

लेने ही से आप समझते हैं, लोग आपकी शिक्षा को देववाणी समझेंगे ?'

आत्मानन्द ने सफ़ाई दी—'मैं कूड़ा साफ़ करने लगता, तो सारा दिन पिचौरा में ही लग जाता। मुझे पाँच-छः गाँवों का दौरा करना था।'

'यह आपका कोरा अनुमान है। मैंने सारा कूड़ा आध घण्टे में साफ़ कर दिया। मेरे फावड़ा हाथ में लेने की देर थी, सारा गाँव जमा हो गया और बात-की-बात में सारा गाँव झक हो गया।'

फिर वह गूदड़ चौधरी की ओर फिरा—'तुम भी दादा, अब काम में ढिलाई कर रहे हो। मैंने कल एक पंचायत में लोगों को शराब पीते पकड़ा। सौताड़े की बात है। किसी को मेरे आने की ख़बर तो थी नहीं, लोग आनन्द में बैठे हुए थे और बोतलें सरपंच महोदय के सामने रखी हुई थीं। मुझे देखते ही तुरन्त बोतलें उड़ा दी गयीं और लोग गम्भीर बनकर बैठ गये। मैं दिखावा नहीं चाहता, ठोस काम चाहता हूँ।'

अमर ने अपनी लगन, उत्साह, आत्म-बल और कर्मशीलता से अपने सभी सहयोगियों में सेवा-भाव उत्पन्न कर दिया था और उन पर शासन भी करने लगा था। सभी उसका रोब मानते थे। उसके ग़ुलाम थे।

चौधरी ने बिगड़कर कहा—'तुमने कौन गाँव बताया, सौताड़ा ? मैं आज ही उसके चौधरी को बुलाता हूँ। वही हरखलाल है। जन्म का पियक्कड़। दो दफ़े सज़ा काट आया है। मैं आज ही उसे बुलाता हूँ।'

अमर ने जाँघ पर हाथ पटककर कहा—'फिर वही डाट-फटकार की बात। अरे दादा ! डाट-फटकार से कुछ न होगा। दिलों में बैठिए। ऐसी हवा फैला दीजिए की ताड़ी-शराब से लोगों को घृणा हो जाय। आप दिन-भर अपना काम करेंगे और चैन से सोयेंगे, तो यह काम हो चुका। यह समझ लो कि हमारी बिरादरी चेत जायेगी, तो बाम्हन-ठाकुर आप ही चेत जायेंगे।'

गूदड़ ने हार मानकर कहा—'तो भैया, इतना बूता तो अब मुझमें नहीं रहा कि दिन भर काम करूँ और रात भर दौड़ लगाऊँ। काम न करूँ, तो भोजन कहाँ से आये ?'

अमरकान्त ने उसे हिम्मत हारते देखकर सहास मुख से कहा—'कितना बड़ा पेट तुम्हारा है दादा कि सारे दिन काम करना पड़ता है। अगर इतना बड़ा पेट है, तो उसे छोटा करना पड़ेगा।'

काशी और पयाग ने देखा कि इस वक़्त सबके ऊपर फटकार पड़ रही है, तो वहाँ से खिसक गये।

पाठशाले का समय आ गया था। अमरकान्त अपनी कोठरी में किताब लेने गया, तो देखा मुन्नी दूध लिये खड़ी है। बोला—'मैंने तो कहा दिया था, मैं दूध न पिऊँगा, फिर क्यों लायी ?'

आज कई दिनों से मुन्नी अमर के व्यवहार में एक प्रकार की शुष्कता का अनुभव कर रही थी। उसे देखकर उसके मुख पर उल्लास की झलक नहीं आती। उससे अब बिना विशेष प्रयोजन के बोलता भी कम है। उसे ऐसा जान पड़ता है कि यह मुझसे भागता है। इसका कारण वह कुछ नहीं समझ सकती। यह काँटा उसके मन में कई दिन से खटक रहा

है। आज वह इस काँटे को निकाल डालेगी।

उसने अविचलित भाव से कहा—'क्यों नहीं पिओगे, सुनूँ ?'

अमर पुस्तकों का एक बण्डल उठाता हुआ बोला—'अपनी इच्छा है। नहीं पीता—तुम्हें मैं कष्ट नहीं देना चाहता।'

मुन्नी ने तिरछी आँखों से देखा—'यह तुम्हें कब से मालूम हुआ कि तुम्हारे लिए दूध लाने से मुझे बहुत कष्ट होता है। और अगर किसी को कष्ट उठाने ही में सुख मिलता हो तो ?'

अमर ने हारकर कहा—'अच्छा भाई, झगड़ा न करो; लाओ पी लूँ।'

एक ही साँस में सारा दूध कड़वी दवा की तरह पीकर अमर चलने लगा, तो मुन्नी ने द्वार छोड़कर कहा—'बिना अपराध के तो किसी को सज़ा नहीं दी जाती।'

अमर द्वार पर ठिठककर बोला—'तुम तो जाने क्या बक रही हो। मुझे देर हो रही है।'

मुन्नी ने विरक्त भाव धारण किया—'तो मैं तुम्हें रोक तो नहीं रही हूँ, जाते क्यों नहीं ?'

अमर कोठरी से बाहर पाँव न निकाल सका।

मुन्नी ने फिर कहा—'क्या मैं इतना भी नहीं जानती कि मेरा तुम्हारे ऊपर कोई अधिकार नहीं है ? तुम आज चाहो तो कह सकते हो खबरदार, मेरे पास मत आना। और मुँह से चाहे न कहते हो; पर व्यवहार से रोज़ ही कह रहे हो। आज कितने दिनों से देख रही हूँ; लेकिन बेहयाई करके आती हूँ, बोलती हूँ, ख़ुशामद करती हूँ। अगर इस तरह आँखें फेरनी थीं, तो पहले ही से उस तरह क्यों न रहे; लेकिन मैं क्या बकने लगी। तुम्हें देर हो रही, जाओ।'

अमरकान्त ने जैसे रस्सी तुड़ाने का ज़ोर लगाकर कहा—'तुम्हारी कोई बात मेरी समझ में नहीं आ रही है मुन्नी। मैं तो जैसे पहले रहता था, वैसे ही अब भी रहता हूँ। हाँ, इधर काम अधिक होने से ज़्यादा बातचीत का अवसर नहीं मिलता।'

मुन्नी ने आँखें नीची करके गूढ़ भाव से कहा—'तुम्हारे मन की बात मैं समझ रही हूँ, लेकिन वह बात नहीं है। तुम्हें भरम हो रहा है।'

अमरकान्त ने आश्चर्य से कहा—'तुम तो पहेलियों में बातें करने लगीं।'

मुन्नी ने उसी भाव से जवाब दिया—'आदमी का मन फिर जाता है, तो सीधी बातें भी पहेली सी लगती हैं।'

फिर वह दूध का खाली कटोरा उठाकर जल्दी से चली गयी।

अमरकान्त का हृदय मसोसने लगा। मुन्नी जैसे सम्मोहन-शक्ति से उसे अपनी ओर खींचने लगी। 'तुम्हारे मन की बात मैं समझ रही हूँ, लेकिन तुम्हें भरम हो रहा है !' यह वाक्य किसी गहरे खड्ड की भाँति उसके हृदय को भयभीत कर रहा था। उसमें उतरते दिल काँपता था, रास्ता उसी खड्ड में से जाता था।

वह न-जाने कितनी देर अचेत-सा खड़ा रहा। सहसा आत्मानन्द ने पुकारा—'क्या आज शाला बन्द रहेगी ?'

3

इस इलाक़े के ज़मींदार एक महन्तजी थे। कारकून और मुख़्तार उन्हीं के चेले-चापड़ थे। इसलिए लगान बराबर वसूल होता जाता था। ठाकुरद्वारे में कोई-न-कोई उत्सव होता ही रहता था। कभी ठाकुरजी का जन्म है, कभी ब्याह है, कभी यज्ञोपवीत है, कभी झूला है, कभी जल-विहार है। असामियों को इन अवसरों पर बेगार देनी पड़ती थी; भेंट-न्योछावर पूजा-चढ़ावा आदि नामों से दस्तूरी चुकानी पड़ती थी; लेकिन धर्म के मुआमले में कौन मुँह खोलता ? धर्म-संकट सबसे बड़ा संकट है। फिर इलाक़े के काश्तकार सभी नीच जातियों के लोग थे। गाँव पीछे दो-चार घर ब्राह्मण-क्षत्रियों के थे भी, तो उनकी सहानुभूति असामियों की ओर न होकर महन्तजी की ओर थी। किसी-न-किसी रूप में वे सभी महन्तजी के सेवक थे। असामियों को उन्हें प्रसन्न रखना पड़ता था। बेचारे एक तो ग़रीब, ऋण के बोझ से दबे हुए, दूसरे मूर्ख, न क़ायदा जानें न क़ानून; महन्तजी जितना चाहें इजाफ़ा करें, जब चाहें बेदखल करें, किसी में बोलने का साहस न था। अकसर खेतों का लगान इतना बढ़ गया था कि सारी उपज लगान के बराबर भी न पहुँचती थी; किन्तु लोग भाग्य को रोकर, भूखे-नंगे रहकर, कुत्तों की मौत मरकर, खेत जोतते जाते थे। करें क्या ? कितनों ही ने जाकर शहरों में नौकरी कर ली थी। कितने ही मज़दूरी करने लगे थे। फिर भी असामियों की कमी न थी। कृषि-प्रधान देश में खेती केवल जीविका का साधन नहीं है, सम्मान की वस्तु भी है। गृहस्थ कहलाना गर्व की बात है। किसान गृहस्थी में अपना सर्वस्व खोकर विदेश जाता है, वहाँ से धन कमाकर लाता है और फिर गृहस्थी करता है। मान-प्रतिष्ठा का मोह औरों की भाँति उसे घेरे रहता है। वह गृहस्थ रहकर जीना और गृहस्थी ही में मरना भी चाहता है। उसका बाल-बाल कर्ज़ से बँधा हो, लेकिन द्वार पर दो-चार बैला बाँधकर वह अपने को धन्य समझता है। उसे साल में 360 दिन आधे पेट खाकर रहना पड़े, पुआल में घुसकर रातें काटनी पड़ें, बेबसी से जीना और बेबसी से मरना पड़े, कोई चिन्ता नहीं, वह गृहस्थ तो है। यह गर्व उसकी सारी दुर्गति की पुरौती कर देता है।

लेकिन इस साल अनायास ही जिन्सों का भाव गिर गया। इतना गिर गया जितना चालीस साल पहले था। जब भाव तेज़ था, किसान अपनी उपज बेच-बाचकर लगान दे देता था; लेकिन जब दो और तीन की जिन्स एक में बिके तो किसान क्या करे। कहाँ से लगान दे, कहाँ से दस्तूरियाँ दे, कहाँ से कर्ज़ चुकाये। विकट समस्या आ खड़ी हुई; और यह दशा कुछ इसी इलाक़े की न थी। सारे प्रान्त, सारे देश, यहाँ तक कि सारे संसार में यही मन्दी थी ! चार सेर का गुड़ कोई दस सेर में भी नहीं पूछता। आठ सेर का गेहूँ डेढ़ रुपये मन में ही महँगा है। तीस रुपये मन का कपास दस रुपये में जाता है, सोलह रुपये मन का सन चार रुपये में। किसानों ने एक-एक दाना बेच डाला, भूसे का एक तिनका भी न रखा; लेकिन यह सब-कुछ करने पर भी चौथाई लगान से ज़्यादा न अदा कर सके। और ठाकुरद्वारे में वही उत्सव थे, वही जल-विहार थे। नतीजा यह हुआ कि हलके में हाहाकार मच गया। इधर कुछ दिनों से स्वामी आत्मानन्द और अमरकान्त के उद्योग से इलाक़े में विद्या का कुछ प्रचार हो रहा था और कई गाँवों में लोगों ने दस्तूरी देना बन्द कर दिया था। महन्तजी

के प्यादे और कारकून पहले ही से जले बैठे थे। यों तो दाल न गलती थी। बक़ाया लगान ने उन्हें अपने दिल क़ा गुबार निकालने का मौक़ा दे दिया।

एक दिन गंगा-तट पर इस समस्या पर विचार करने के लिए एक पंचायत हुई। सारे इलाक़े के स्त्री-पुरुष जमा हुए, मानो किसी पर्व का स्नान करने आये हों। स्वामी आत्मानन्द सभापति चुने गये।

पहले भोला चौधरी खड़े हुए। वह पहले किसी अफ़सर के कोचवान थे। अब नए साल से फिर खेती करने लगे थे। लम्बी नाक, काला रंग, बड़ी-बड़ी मूँछें और बड़ी-सी पगड़ी। मुँह पगड़ी में छिप गया था। बोले–'पंचो, हमारे ऊपर जो लगान बँधा हुआ है, वह तेज़ी के समय का है। इस मन्दी में वह लगान देना हमारे काबू से बाहर है। अब की अगर बैल-बधिया बेचकर दे भी दें, तो आगे क्या करेंगे। बस, हमें इसी बात की तसफिया करना है। मेरी गुजारिस तो यही है कि हम सब मिलकर महन्त महाराज के पास चलें और उनसे अरज-मारूज करें। अगर वह न सुनें तो हाकिम जिला के पास चलना चाहिए। मैं औरों की नहीं कहता। मैं गंगा माता की कसम खाके कहता हूँ कि मेरे घर में छटाँक भर भी अन्न नहीं है, और जब मेरा यह हाल है, तो और सबों का भी यही हाल होगा। उधर महन्तजी के यहाँ वही बहार है। अभी परसों एक हजार साधुओं को आम की पंगत दी गयी। बनारस और लखनऊ से कई डब्बे आमों के आये हैं। आज सुनते हैं फिर मलाई की पंगत है। हम भूखों मरते हैं, वहाँ मलाई उड़ती है। उस पर हमारा रक्त चूसा जा रहा है। बस, यही मुझे पंचों से कहना है।'

गूदड़ ने धँसी हुई आँखें फाड़कर कहा–'महन्तजी हमारे मालिक हैं, अन्नदाता हैं, महात्मा हैं। हमारा दुःख सुनकर ज़रूर से ज़रूर उन्हें हमारे ऊपर दया आयेगी; इसलिए हमें भोला चौधरी की सलाह मंजूर करनी चाहिए। अमर भैया हमारी ओर से बातचीत करेंगे। हम और कुछ नहीं चाहते। बस, हमें और हमारे बाल-बच्चों को आध-आध सेर रोजीना के हिसाब से दिया जाय। उपज जो कुछ हो वह सब महन्तजी ले जायें। हम घी-दूध नहीं माँगते दूध-मलाई नहीं माँगते। खाली आध सेर मोटा अनाज माँगते हैं। इतना भी न मिलेगा, तो हम खेती न करेंगे। मजूरी और बीज किसके घर से लायेंगे। हम खेत छोड़ देंगे, इसके सिवा दूसरा उपाय नहीं है।'

सलोनी ने हाथ चमकाकर कहा–'खेत क्यों छोड़ें ? बाप-दादों की निशानी है। उसे नहीं छोड़ सकते। खेत पर परान दे दूँगी। एक था, तब दो हुए, तब चार हुए, अब क्या धरती सोना उगलेगी !'

अलगू कोरी बिज्जू सी आँखें निकालकर बोला–'भैया, मैं तो बात बेलाग कहता हूँ, महन्त के पास चलने से कुछ न होगा। राजा ठाकुर हैं। कहीं क्रोध आ गया, तो पिटवाने लगेंगे। हाकिम के पास चलना चाहिए। गोरों में फिर भी दया है।'

आत्मानन्द ने सभों का विरोध किया–'मैं कहता हूँ, किसी के पास जाने से कुछ नहीं होगा। तुम्हारी थाली की रोटी तुमसे कहे कि मुझे न खाओ, तो तुम मानोगे ?'

चारों तरफ़ से आवाज़ें आयीं–'कभी नहीं मान सकते।'

'तो तुम जिनकी थाली की रोटियाँ हो, वह कैसे मान सकते हैं !'

बहुत-सी आवाज़ों ने समर्थन किया–'कभी नहीं मान सकते हैं।'

'महन्त को उत्सव मनाने को रुपये चाहिए। हाकिमों को बड़ी-बड़ी तलब चाहिए। उनकी तलब में कमी नहीं हो सकती। वे अपनी शान नहीं छोड़ सकते। तुम मरो या जियो उनकी बला से। वह तुम्हें क्यों छोड़ने लगे।'

बहुत-सी आवाज़ों ने हामी भरी–'कभी नहीं छोड़ सकते।'

अमरकान्त स्वामीजी के पीछे बैठा हुआ था। स्वामीजी का यह रुख देखकर घबड़ाया; लेकिन सभापति को कैसे रोके ? यह तो वह जानता था, यह गर्म मिज़ाज का आदमी है; लेकिन इतनी जल्दी इतना गर्म हो जायेगा, इसकी उसे आशा न थी। आख़िर यह महाशय चाहते क्या हैं।

आत्मानन्द गरजकर बोले–'तो अब तुम्हारे लिए कौन-सा मार्ग है ? अगर मुझसे पूछते हो, और तुम लोग आज परन करो कि उसे मानोगे, तो मैं बता सकता हूँ, नहीं तुम्हारी इच्छा।'

बहुत-सी आवाज़ें आयीं–'ज़रूर बतलाइए स्वामीजी, बतलाइए।'

जनता चारों ओर से खिसककर और समीप आ गयी। स्वामीजी उनके हृदय को स्पर्श कर रहे हैं, यह उनके चेहरों से झलक रहा था। जन-रुचि सदैव उग्र की ओर होती है।

आत्मानन्द बोले–'तो आओ, आज हम सब चलकर महन्त जी का मकान और ठाकुरद्वारा घेर लें और जब तक वह लगान बिलकुल न छोड़ दें, कोई उत्सव न होने दें।'

बहुत-सी आवाज़ें आयीं–'हम लोग तैयार हैं।'

'ख़ूब समझ लो कि वहाँ तुम पान-फूल से पूजे न जाओगे।'

'कुछ परवाह नहीं। मर तो रहे हैं, सिसक-सिसककर क्यों मरें !'

'तो इसी वक़्त चलो। हम दिखा दें कि...'

सहसा अमर ने खड़े होकर प्रदीप्त नेत्रों से कहा–'ठहरो !'

समूह में सन्नाटा छा गया। जो जहाँ था, वहीं खड़ा रह गया।

अमर ने छाती ठोंककर कहा–'जिस रास्ते पर तुम जा रहे हो, वह उद्धार का रास्ता नहीं है–सर्वनाश का रास्ता है। तुम्हारा बैल अगर बीमार पड़ जाये तो तुम उसे जोतोगे ?'

किसी तरफ़ से कोई आवाज़ न आयी।

'तुम पहले उसकी दवा करोगे, और जब तक वह अच्छा न हो जायेगा, उसे न जातोगे; क्योंकि तुम बैल को मारना नहीं चाहते ! उसके मरने से तुम्हारे खेत परती पड़ जायेंगे।'

गूदड़ बोले–'बहुत ठीक कहते हो भैया।'

'घर में आग लगने पर हमारा क्या धर्म है ? क्या हम आग को फैलने दें और घर की बची-बचाई चीज़ें भी लाकर उसमें डाल दें ?'

गूदड़ ने कहा–'कभी नहीं। कभी नहीं।'

'क्यों ? इसलिए कि हम घर को जलाना नहीं, बनाना चाहते हैं। हमें उस घर में रहना है। उसी में जीना है। यह विपत्ति कुछ हमारे ही ऊपर नहीं पड़ी है। सारे देश में यही हाहाकार मचा हुआ है। हमारे नेता इस प्रश्न को हल करने की चेष्टा कर रहे हैं। उन्हीं के साथ हमें भी चलना है।'

उसने एक लम्बा भाषण किया; पर वही जनता जो उसका भाषण सुनकर मस्त हो जाती थी, आज उदासीन बैठी थी। उसका सम्मान सभी करते थे, इसीलिए कोई ऊधम न हुआ, कोई बमचख न मचा; पर जनता पर कोई असर न हुआ। आत्मानन्द इस समय जनता का नायक बना हुआ था।

सभा बिना कुछ निश्चय किये उठ गयी, लेकिन बहुमत किस तरफ़ है, यह किसी से छिपा न था।

4

अमर घर लौटा, तो बहुत हताश था। अगर जनता को शान्त करने का उपाय न किया गया, तो अवश्य उपद्रव हो जायेगा। उसने महन्तजी से मिलने का निश्चय किया। इस समय उसका चित्त इतना उदास था कि एक बार जी में आया, यहाँ सब छोड़-छाड़ कर चला जाय। उसे अभी तक अनुभव न हुआ था कि जनता सदैव तेज़ मिज़ाजों के पीछे चलती है। वह न्याय और धर्म, हानि-लाभ, अहिंसा और त्याग, सब कुछ समझाकर भी आत्मानन्द के फूँके हुए जादू को उतार न सका। आत्मानन्द इस वक़्त यहाँ मिल जाते, तो दोनों मित्रों में ज़रूर लड़ाई हो जाती; लेकिन वह आज ग़ायब थे। उन्हें आज घोड़े का आसन मिल गया था। किसी गाँव में संगठन करने चले गये थे।

आज अमर का कितना अपमान हुआ। किसी ने उसकी बातों पर कान तक न दिया। उनके चेहरे कह रहे थे, तुम क्या बकते हो, तुमसे हमारा उद्धार न होगा। इस घाव पर कोमल शब्दों के मरहम की ज़रूरत थी--'कोई उसे लेटा कर उसके घाव को फाहे से धोए; उस पर शीतल लेप करे।'

मुन्नी रस्सी और कलसा लिए हुए निकली और बिना उसकी ओर ताके कुएँ की ओर चली गयी। उसने पुकारा—'ज़रा सुनती जाओ मुन्नी।' पर मुन्नी ने सुनकर भी न सुना। ज़रा देर बाद वह कलसा लिए हुए लौटी और फिर उसके सामने से सिर झुकाये चली गयी। अमर ने फिर पुकारा—'मुन्नी, सुनो एक बात कहनी है।' पर अब की भी वह न रुकी। उसके मन में अब सन्देह न था।

एक क्षण में मुन्नी फिर निकली और सलोनी के घर जा पहुँची। वह मदरसे के पीछे एक छोटी-सी मँड़ैया डालकर रहती थी। चटाई पर लेटी एक भजन गा रही थी। मुन्नी ने जाकर पूछा—'आज कुछ पकाया नहीं काकी, यों ही सो रही ?'

सलोनी ने उठकर कहा—'खा चुकी बेटा, दोपहर की रोटियाँ रखी हुई थीं।'

मुन्नी ने चौके की ओर देखा। चौका साफ़ लिपा-पुता पड़ा था। बोली—'काकी, तुम बहाना कर रही हो। क्या घर में कुछ है ही नहीं ? अभी तो आते देर नहीं हुई, इतनी जल्द खा कहाँ से लिया।'

'तू तो पतियाती नहीं है बहू ! भूख लगी थी, आते ही आते खा लिया। बरतन धो-धाकर रख दिये। भला तुमसे क्या छिपाती। कुछ न होता, तो माँग न लेती ?'

'अच्छा मेरी कसम खाओ।'

काकी ने हँसकर कहा—'हाँ, अपनी क़सम खाती हूँ, खा चुकी।'

मुन्नी दुःखित होकर बोली—'तुम मुझे गैर समझती हो काकी ? जैसे मुझे तुम्हारे मरने-जीने से कुछ मतलब ही नहीं। अभी तो तुमने तेलहन बेचा था, रुपये क्या किये।'

सलोनी सिर पर हाथ रखकर बोली—अरे भगवान् ! तेलहन था ही कितना। कुल एक रुपया तो मिला। वह कल प्यादा ले गया। घर में आग लगाये देता था। क्या करती, निकालकर फेंक दिया। उस पर अमर भैया कहते हैं—'महन्तजी से फरियाद करो। कोई नहीं सुनेगा बेटा। मैं कहे देती हूँ।'

मुन्नी बोली—'अच्छा, तो चलो मेरे घर खा लो।'

सलोनी ने सजल-नेत्र होकर कहा—'तू आज खिला देगी बेटी, अभी तो पूरा चौमासा पड़ा हुआ है। आजकल तो कहीं घास भी नहीं मिलती। भगवान् न जाने कैसे पार लगायेंगे। घर में अन्न का एक दाना भी नहीं है। डाँड़ी अच्छी होती, तो बाकी देके चार महीने निबाह हो जाता। इस डाँड़ी में आग लगे, आधी बाकी भी न निकली। अमर भैया को तू समझाती नहीं, स्वामीजी को बढ़ने नहीं देते।'

मुन्नी ने मुँह फेरकर कहा—'मुझसे तो आजकल रूठे हुए हैं, बोलते ही नहीं। काम-धन्धे से फुरसत ही नहीं मिलती। घर के आदमी से बातचीत करने को भी फुरसत चाहिए ! जब फटेहाल आये थे, तब फुरसत थी। यहाँ जब दुनिया जानने लगी, नाम हुआ, बड़े आदमी बन गये, तो अब फुरसत नहीं है !'

सलोनी ने विस्मय-भरी आँखों से मुन्नी को देखा—'क्या कहती है बहू, वह तुझसे रूठे हुए हैं ? मुझे तो विश्वास नहीं आता। तुझे धोखा हुआ है। बेचारा रात-दिन तो दौड़ता है, न मिली होगी फुरसत। मैंने तुझे जो असीस दिया है, वह पूरा होके रहेगा, देख लेना।'

मुन्नी अपनी अनुदारता पर सकुचाती हुई बोली—'मुझे किसी की परवाह नहीं है काकी। जिसे सौ बार गरज पड़े बोले, नहीं न बोले। वह समझते होंगे—मैं उनके गले पड़ी जा रही हूँ। मैं तुम्हारे चरन छूकर कहती हूँ काकी, जो यह बात कभी मेरे मन में आयी हो। मैं तो उनके पैरों की धूल के बराबर भी नहीं हूँ। हाँ, इतना चाहती हूँ कि वह मुझसे मन से बोलें, जो कुछ थोड़ी-बहुत सेवा करूँ, उसे मन से लें। मेरे मन में बस इतनी ही साध है कि मैं जल चढ़ाती जाऊँ और वह चढ़वाते जायें। और कुछ नहीं चाहती।'

सहसा अमर ने पुकारा। सलोनी ने बुलाया—'आओ भैया, अभी बहू आ गयी, उसी से बतिया रही हूँ।'

अमर ने मुन्नी की ओर देखकर तीखे स्वर में कहा—'मैंने तुम्हें दो बार पुकारा मुन्नी, तुम बोली क्यों नहीं ?'

मुन्नी ने मुँह फेरकर कहा—'तुम्हें किसी से बोलने की फुरसत नहीं है, तो कोई क्यों जाय तुम्हारे पास। तुम्हें बड़े-बड़े काम करने पड़ते हैं, तो औरों को भी तो अपने छोटे-छोटे काम करने ही पड़ते हैं।'

अमर पत्नीव्रत की धुन में मुन्नी से कुछ खिंचा रहने लगा था। पहले वह चट्टान पर था, सुखदा उसे नीचे से खींच रही थी। अब सुखदा टीले के शिखर पर पहुँच गयी और

उसके पास पहुँचने के लिए उसे आत्मबल और मनोयोग की ज़रूरत थी। उसका जीवन आदर्श होना चाहिए; किन्तु प्रयास करने पर भी वह सरलता और श्रद्धा की इस मूर्ति को दिल से न निकाल सकता था। उसे ज्ञात हो रहा था कि आत्मोन्नति के प्रयास में उसका जीवन शुष्क, निरीह हो गया है। उसने मन में सोचा, मैंने तो समझा था, हम दोनों एक-दूसरे के इतने समीप आ गये हैं कि अब बीच में किसी भ्रम की गुंजाइश नहीं रही। मैं चाहे यहाँ रहूँ, चाहे काले कोसों चला जाऊँ; लेकिन तुमने मेरे हृदय में जो दीपक जला दिया है, उसकी ज्योति ज़रा भी मन्द न पड़ेगी।

उसने मीठे तिरस्कार से कहा–'मैं यह मानता हूँ मुन्नी कि इधर काम अधिक रहने से तुमसे कुछ अलग रहा; लेकिन मुझे आशा थी कि अगर चिन्ताओं से झुँझलाकर मैं तुम्हें दो-चार कड़वे शब्द भी सुना दूँ, तो तुम मुझे क्षमा करोगी। अब मालूम हुआ कि वह मेरी भूल थी।'

मुन्नी ने उसे कातर नेत्रों से देखकर कहा–'हाँ लाला, वह तुम्हारी भूल थी। दरिद्र को सिंहासन पर भी बैठा दो, तब भी उसे अपने राजा होने का विश्वास न आयेगा। वह उसे सपना ही समझेगा। मेरे लिए भी यही सपना जीवन का आधार है। मैं कभी जागना नहीं चाहती। नित्य यही सपना देखती रहना चाहती हूँ। तुम मुझे थपकियाँ देते जाओ, बस मैं इतना ही चाहती हूँ। क्या इतना भी नहीं कर सकते ? क्या हुआ, आज स्वामीजी से तुम्हारा झगड़ा क्यों हो गया ?'

सलोनी अभी तो आत्मानन्द की तारीफ़ कर रही थी। अब अमर की मुँहदेखी कहने लगी–'भैया ने तो लोगों को समझाया था कि महन्त के पास चलो। इसी पर लोग बिगड़ गये। पूछो, और तुम कर ही क्या सकते हो। महन्तजी पिटवाने लगें, तो भागने की राह न मिले।'

मुन्नी ने इसका समर्थन किया–'महन्तजी धर्मात्मा आदमी हैं। भला लोग भगवान् के मन्दिर को घेरते, तो कितना अपजस होता। संसार भगवान् का भजन करता है। हम चलें उनकी पूजा रोकने। न जाने स्वामीजी को यह सूझी क्या, और लोग उनकी बात मान गये। कैसा अन्धेर है !'

अमर ने चित्त में शान्ति का अनुभव किया। स्वामीजी से तो ज़्यादा समझदार ये अपढ़ स्त्रियाँ हैं। और आप शास्त्रों के ज्ञाता हैं। ऐसे ही मूर्ख आपको भक्त मिल गये !

उसने प्रसन्न होकर कहा–'उस नक्क़ारखाने में तूती की आवाज़ कौन सुनता था काकी। लोग मन्दिर को घेरने जाते, तो फ़ौजदारी हो जाती। ज़रा-ज़रा सी बात में तो आजकल गोलियाँ चलती हैं।'

सलोनी ने भयभीत होकर कहा–'तुमने बहुत अच्छा किया भैया, जो उनके साथ न हुए। नहीं ख़ून-खच्चर हो जाता।'

मुन्नी आर्द्र होकर बोली–'मैं तो उनके साथ कभी न जाने देती लाला। हाकिम संसार पर राज करता है, तो क्या रैयत का दुःख-दर्द न सुनेगा। स्वामीजी आवेंगे, तो पूछूँगी।'

आग की तरह जलता हुआ भाव सहानुभूति और सहृदयता से भरे हुए शब्दों से शीतल होता जान पड़ा। अब अमर कल अवश्य महन्तजी की सेवा में जायेगा। उसके मन में अब कोई शंका, कोई दुविधा नहीं है।

5

अमर गूदड़ चौधरी के साथ महन्त आशाराम गिरि के पास पहुँचा। संध्या का समय था। महन्तजी एक सोने की कुरसी पर बैठे हुए थे, जिस पर मखमली गद्दा था। उनके इर्द-गिर्द भक्तों की भीड़ लगी हुई थी, जिसमें महिलाओं की संख्या ही अधिक थी। सभी घुले हुए संगमरमर के फ़र्श पर बैठी हुई थीं। पुरुष दूसरी ओर बैठे थे। महन्तजी पूरे छः फीट के विशालकाय सौम्य पुरुष थे। अवस्था कोई पैंतीस वर्ष की थी। गोरा रंग, दुहरी देह, तेजस्वी मूर्ति, काषाय वस्त्र तो थे, किन्तु रेशमी। वह पाँव लटकाये बैठे हुए थे। भक्त लोग जाकर उनके चरणों को आँखों से लगाते थे, पूजा चढ़ाते थे और अपनी जगह पर आ बैठते थे। गूदड़ तो अन्दर जा न सकते थे, अमर अन्दर गया, पर वहाँ उसे कौन पूछता। आख़िर जब खड़े-खड़े आठ बज गये, तो उसने महन्तजी के समीप जाकर कहा—'महाराज, मुझे आपसे कुछ निवेदन करना है।'

महन्तजी ने इस तरह उसकी ओर देखा, मानो उन्हें आँखें फेरने में भी कष्ट है।

उनके समीप एक दूसरा साधु खड़ा था। उसने आश्चर्य से उसकी ओर देखकर पूछा—'कहाँ से आते हो ?'

अमर ने गाँव का नाम बताया।

हुकुम हुआ, आरती के बाद आओ।

आरती में तीन घण्टे की देर थी। अमर यहाँ कभी न आया था। सोचा, यहाँ की सैर ही कर लें। इधर-उधर घूमने लगा। यहाँ से पश्चिम तरफ़ तो विशाल मन्दिर था। सामने पूरब की ओर सिंहद्वार, दाहिने-बायें दो दरवाज़े और भी थे। अमर दाहिने दरवाज़े से अन्दर घुसा, तो देखा चारों तरफ़ चौड़े बरामदे हैं और भण्डार हो रहा है। कहीं बड़ी-बड़ी कढ़ाइयों में पूड़ियाँ-कचौड़ियाँ बन रही है; कहीं भाँति-भाँति की शाक-भाजी चढ़ी हुई है; कहीं दूध उबल रहा है, कहीं मलाई निकाली जा रही है। बरामदे के पीछे, कमरों में खाद्य सामग्री भरी हुई थी। ऐसा मालूम होता था, अनाज, साक-भाजी, मेवे, फल, मिठाई की मण्डियाँ हैं। एक पूरा कमरा तो केवल परवलों से भरा हुआ था। उस मौसम में परवल कितने महँगे होते हैं; पर यहाँ वह भूखे की तरह भरा हुआ था। अच्छे-अच्छे घरों की महिलाएँ भक्ति-भाव से व्यंजन पकाने में लगी हुई थीं। ठाकुरजी के ब्यालू की तैयारी थी। अमर यह भण्डार देखकर दंग रह गया। इस मौसम में यहाँ बीसों झाबे अंगूर भरे थे।

अमर यहाँ से उत्तर तरफ़ के द्वार में घुसा, तो यहाँ बाज़ार सा लगा देखा। एक लम्बी क़तार दरज़ियों की थी, जो ठाकुरजी के वस्त्र सी रहे थे। कहीं जरी के काम हो रहे थे, कहीं कारचोबी की मसनदें और गावतकिये बनाये जा रहे थे। एक क़तार सोनारों की थी, जो ठाकुरजी के आभूषण बना रहे थे। कहीं जड़ाई का काम हो रहा था, कहीं पालिश किया जाता था, कहीं पटवे गहने गूँथ रहे थे। एक कमरे में दस-बारह मुस्टण्डे जवान बैठे चन्दन रगड़ रहे थे। सबों के मुँह पर ढाटे बँधे हुए थे। एक पूरा कमरा इत्र और तेल और अगर की बत्तियों से भरा हुआ था। ठाकुरजी के नाम पर कितना अपव्यय हो रहा है, यही सोचता हुआ अमर यहाँ से फिर बीचवाले प्रांगण में आया और सदर द्वार से बाहर निकला।

गूदड़ ने पूछा—'बड़ी देर लगाई। कुछ बातचीत हुई ?'

अमर ने हँसकर कहा—'अभी तो केवल दर्शन हुए हैं, आरती के बाद भेंट होगी।' यह कहकर उसने जो कुछ देखा था, वह विस्तारपूर्वक बयान किया।

गूदड़ ने गर्दन हिलाते हुए कहा—'भगवान् का दरबार है। जो संसार को पालता है, उसे किस बात की कमी। सुना तो हमने भी है; लेकिन कभी भीतर नहीं गये कि कोई कुछ पूछने-पाछने लगे, तो निकाले जायें। हाँ, घुड़साल और गऊशाला देखी है। मन चाहे तुम भी देख लो।'

अभी समय बहुत बाक़ी था। अमर गऊशाला देखने चला। मन्दिर के दक्खिन पशुशालाएँ थीं। सबसे पहले फ़ीलख़ाने में घुसे। कोई पच्चीस-तीस हाथी आँगन में ज़ंजीरों में बँधे खड़े थे। कोई इतना बड़ा कि पूरा पहाड़, कोई इतना मोटा, जैसे भैंस। कोई झूम रहा था, कोई सूँड़ घुमा रहा था, कोई बरगद के डाल-पात चबा रहा था। उनके हौदे, झूले, अम्बारियाँ, गहने सब अलग एक गोदाम में रखे हुए थे। हरेक हाथी का अपना नाम, अपने सेवक, अपना मकान अलग था। किसी को मन भर रातिब मिलता था, किसी को चार पसेरी। ठाकुरजी की सवारी में जो हाथी था, वही सबसे बड़ा था। भगत लोग उसकी पूजा करने आते थे। इस वक़्त भी मालाओं का ढेर उसके सिर पर पड़ा हुआ था। बहुत से फूल उसके पैरों के नीचे थे।

यहाँ से घुड़साल में पहुँचे। घोड़ों की क़तारें बँधी हुई थीं, मानो सवारों की फ़ौज का पड़ाव हो। पाँच सौ घोड़ों से कम न थे, हरेक जाति के, हरेक देश के। कोई सवारी का, कोई शिकार का, कोई बग्घी का, कोई पोलो का। हरेक घोड़े पर दो-दो आदमी नौकर थे। महन्तजी को घुड़दौड़ का बड़ा शौक था। इनमें कई घोड़े घुड़दौड़ के थे। उन्हें रोज़ बादाम और मलाई दी जाती थी।

गऊशाले में भी चार-पाँच सौ गायें-भैंसें थीं ! बड़े-बड़े मटके ताज़े दूध से भरे रखे थे। ठाकुरजी आरती के पहले स्नान करेंगे। पाँच-पाँच मन दूध उनके स्नान को तीन बार रोज़ चाहिए, भण्डार के लिए अलग।

अभी यह लोग इधर-उधर घूम ही रहे थे कि आरती शुरू हो गयी। चारों तरफ़ से लोग आरती करने को दौड़ पड़े।

गूदड़ ने कहा—'तुमसे कोई पूछता—कौन भाई हो, तो क्या बताते ?'

अमर ने मुस्कराकर कहा—'वैश्य बताता।'

'तुम्हारी तो चल जाती; क्योंकि यहाँ तुम्हें लोग कम जानते हैं, मुझे तो लोग रोज़ ही हाथ में चरसें बेचते बेखते हैं, पहचान लें, तो जीता न छोड़ें। अब देखो भगवान् की आरती हो रही है और हम भीतर नहीं जा सकते। यहाँ के पण्डे-पुजारियों के चरित्र सुनो, तो दाँतों उँगली दबा लो; पर वे यहाँ के मालिक हैं, और हम भीतर क़दम नहीं रख सकते। तुम चाहे जाकर आरती ले लो। तुम सूरत से भी तो ब्राह्मण जँचते हो। मेरी तो सूरत ही चमार-चमार पुकार रही है !'

अमर की इच्छा तो हुई कि अन्दर जाकर तमाशा देखे; पर गूदड़ को छोड़कर जा न सका। कोई आध घण्टे में आरती समाप्त हुई और उपासक लौटकर अपने-अपने घर गये,

तो अमर महन्तजी से मिलने चला। मालूम हुआ, कोई रानी साहब दर्शन कर रही हैं। वहीं आँगन में टहलता रहा।

आध घण्टे के बाद उसने फिर साधु द्वारपाल से कहा, तो पता चला, इस वक़्त नहीं दर्शन हो सकते। प्रातःकाल आओ।

अमर को क्रोध तो ऐसा आया कि इसी वक़्त महन्तजी को फटकारे; पर ज़ब्त करना पड़ा। अपना-सा मुँह लेकर बाहर चला आया।

गूदड़ ने यह समाचार सुनकर कहा–'इस दरबार में भला हमारी कौन सुनेगा ?'

'महन्तजी के दर्शन तुमने कभी किये हैं ?'

'मैंने ! भला मैं कैसे करता ? मैं कभी नहीं आया।'

नौ बज रहे थे, इस वक़्त घर लौटना मुश्किल था। पहाड़ी रास्ते, जंगली जानवरों का खटका, नदी-नालों का उतार। वहीं रात काटने की सलाह हुई। दोनों एक धर्मशाला में पहुँचे और कुछ खा-पीकर वहीं पड़ रहने का विचार किया। इतने में दो साधु भगवान् का ब्यालू बेचते हुए नज़र आये। धर्मशाला के सभी यात्री लेने दौड़े। अमर ने भी चार आने की एक पत्तल ली। पूरियाँ, हलवे, तरह-तरह की भाजियाँ, अचार-चटनी, मुरब्बे, मलाई, दही। इतना सामान था कि अच्छे दो खानेवाले तृप्त हो जाते। यहाँ चूल्हा बहुत कम घरों में जलता था। लोग यही पत्तल ले लिया करते थे। दोनों ने ख़ूब पेट-भर खाया और पानी पीकर सोने की तैयारी कर रहे थे कि एक साधु दूध बेचने आया–'शयन का दूध ले लो। अमर की इच्छा तो न थी; पर कुतूहल से उसने दो आने का दूध लिया। पूरा एक सेर था, गाढ़ा, मलाईदार, उसमें से केसर और कस्तूरी की सुगन्ध उड़ रही थी। ऐसा दूध उसने अपने जीवन में कभी न पिया था।

बेचारे बिस्तर तो लाये न थे, आधी-आधी धोतियाँ बिछाकर लेटे।

अमर ने विस्मय से कहा–'इस ख़र्च का कुछ ठिकाना है !'

गूदड़ भक्ति-भाव से बोला–'भगवान् देते हैं और क्या ! उन्हीं की महिमा है। हज़ार-दो हज़ार यात्री नित्य आते हैं। एक-एक सेठिया दस-दस, बीच-बीस हज़ार की थैली चढ़ाता है। इतना खरचा करने पर भी करोड़ों रुपये बैंक में जमा हैं।'

'देखें कल क्या बातें होती हैं।'

'मुझे तो ऐसा जान पड़ता है कि कल भी दर्शन न होंगे।'

दोनों आदमियों ने कुछ रात रहे ही उठकर स्नान किया और दिन निकलने के पहले ड्योढ़ी पार जा पहुँचे। मालूम हुआ, महन्तजी पूजा पर हैं।

एक घण्टा बाद फिर गये, तो सूचना मिली, महन्तजी कलेऊ पर हैं।

जब वह तीसरी बार नौ बजे गया, तो मालूम हुआ, महन्तजी घोड़ों का मुआइना कर रहे हैं। अमर ने झुँझलाकर द्वारपाल से कहा–'तो आख़िर हमें कब दर्शन होंगे ?'

द्वारपाल ने पूछा–'तुम कौन हो ?'

'मैं उनके इलाक़े का असामी हूँ। उनके इलाक़े के विषय में कुछ कहने आया हूँ।'

'तो कारकुन के पास जाओ। इलाक़े का काम वही देखते हैं।'

अमर पूछता हुआ कारकुन के दफ्तर में पहुँचा, तो बीसों मुनीम लम्बी-लम्बी बही खोले

लिख रहे थे। कारकुन महोदय मसनद लगाये हुक्का पी रहे थे।

अमर ने सलाम किया।

कारकुन साहब ने दाढ़ी पर हाथ फेरकर पूछा—'अर्ज़ी कहाँ है ?'

अमर ने बग़लें झाँककर कहा—'अर्ज़ी तो मैं नहीं लाया।'

'तो फिर यहाँ क्या करने आये ?'

'मैं तो श्रीमान् महन्तजी से कुछ अर्ज़ करने आया था।'

'अर्ज़ी लिखाकर लाओ।'

'मैं तो महन्तजी से मिलना चाहता हूँ।'

'नज़राना लाये हो ?'

'मैं ग़रीब आदमी हूँ, नज़राना कहाँ से लाऊँ।'

'इसीलिए कहता हूँ, अर्ज़ी लिखकर लाओ। उस पर विचार होगा। जो कुछ हुक्म होगा, वह सुना दिया जायेगा।'

'तो कब हुक्म सुनाया जायेगा ?'

'जब महन्तजी की इच्छा हो।'

'महन्तजी को कितना नज़राना चाहिए ?'

'जैसी श्रद्धा हो। कम-से-कम एक अशर्फ़ी।'

'कोई तारीख़ बता दीजिए, तो मैं हुक्म सुनने आऊँ। यहाँ रोज कौन दौड़ेगा ?'

'तुम दौड़ोगे। और कौन दौड़ेगा ? तारीख़ नहीं बतायी जा सकती।'

अमर ने बस्ती में जाकर विस्तार के साथ अर्ज़ी लिखी और उसे कारकुन की सेवा में पेश कर दिया। फिर दोनों घर चले गये।

इनके आने की ख़बर पाते ही गाँव के सैकड़ों आदमी जमा हो गये। अमर बड़े संकट में पड़ा। अगर उनसे सारा वृत्तान्त कहता है, तो लोग उसी को उल्लू बनायेंगे। इसलिए बात बनानी पड़ी—'अर्ज़ी पेश कर आया हूँ। उस पर विचार हो रहा है।'

काशी ने अविश्वास के भाव से कहा—'वहाँ महीनों में विचार होगा, तब तक यहाँ कारिन्दे हमें नोच डालेंगे।'

अमर ने खिसियाकर कहा—'महीनों में क्यों विचार होगा ? दो-चार दिन बहुत हैं।'

पयाग बोला—'यह सब टालने की बातें है। ख़ुशी से कौन अपने रुपये छोड़ सकता है।'

अमर रोज़ सबेरे जाता और घड़ी रात गये लौट आता। पर अर्ज़ी पर विचार न होता था। कारकुन, उनके मुहर्रिरों, यहाँ तक कि चपरासियों की मिन्नत-समाजत करता; पर कोई न सुनता था। रात को वह निराश होकर लौटता, तो गाँव के लोग यहाँ उसका परिहास करते।

पयाग कहता—'हमने तो सुना था कि रुपये में आठ आने छूट हो गयी।'

काशी कहता—'तुम झूठे हो। मैंने तो सुना था, महन्तजी ने इस साल पूरी लगान माफ कर दी।'

उधर आत्मानन्द हलक़े में बराबर जनता को भड़का रहे थे। रोज़ बड़ी-बड़ी

किसान-सभाओं की ख़बरें आती थीं। जगह-जगह किसान-सभाएँ बन रही थीं। अमर की पाठशाला भी बन्द पड़ी थी। उसे फ़ुरसत ही न मिलती थी। पढ़ाता कौन ? रात को केवल मुन्नी अपनी कोमल सहानुभूति से उसके आँसू पोंछती थी।

आखिर सातवें दिन उसकी अर्ज़ी पर हुक्म हुआ कि सामने पेश किया जाये। अमर महन्त के सामने लाया गया। दोपहर का समय था। महन्तजी ख़सख़ाने में एक तख़्त पर मसनद लगाये लेटे हुए थे। चारों तरफ़ ख़स की टट्टियाँ थीं, जिन पर गुलाब का छिड़काव हो रहा था। बिजली के पंखे चल रहे थे। अन्दर इस जेठ के महीने में इतनी ठण्डक थी कि अमर को सर्दी लगने लगी।

महन्तजी के मुख-मण्डल पर दया झलक रही थी। हुक़्के का एक क़श खींचकर मधुर स्वर में बोले—'इलाक़े ही में रहते हो न ? मुझे यह सुनकर बड़ा दुःख हुआ कि मेरे असामियों को इस समय कष्ट है। क्या सचमुच उनकी दशा यही है, जो तुमने अर्ज़ी में लिखी है ?'

अमर ने प्रोत्साहित होकर कहा—'महाराज, उसकी दशा इससे कहीं ख़राब है, कितने ही घरों में चूल्हा नहीं जलता।'

महन्तजी ने आँखें बन्द करके कहा—'भगवान् ! यह तुम्हारी क्या लीला है—तो तुमने मुझे पहले ही क्यों न ख़बर दी। मैं इस फ़स्ल की वसूली रोक देता। भगवान् के भण्डार में किस चीज़ की कमी है। मैं इस विषय में बहुत जल्द सरकार से पत्र-व्यवहार करूँगा और वहाँ से जो कुछ जवाब आयेगा, वह असामियों को भिजवा दूँगा। तुम उनसे कहो, धैर्य रखें। भगवान्, यह तुम्हारी क्या लीला है ?'

महन्तजी ने आँखों पर ऐनक लगा ली और दूसरी अर्ज़ियाँ देखने लगे, तो अमरकान्त भी उठ खड़ा हुआ। चलते-चलते उसने पूछा—'अगर श्रीमान्; कारिंदों को हुक्म दे दें कि इस वक़्त असामियों को दिक़ न करें, तो बड़ी दया हो। किसी के पास कुछ नहीं है; पर मार-गाली के भय से बेचारे घर की चीज़ें बेच-बेचकर लगान चुकाते हैं। कितने ही तो इलाक़ा छोड़-छोड़ भागे जा रहे हैं।'

महन्तजी की मुद्रा कठोर हो गयी—'ऐसा नहीं होने पायेगा। मैंने कारिंदों को कड़ी ताकीद कर दी है कि किसी असामी पर सख़्ती न की जाय। मैं उन सबों से जवाब तलब करूँगा। मैं असामियों का सताया जाना बिलकुल पसन्द नहीं करता।'

अमर ने झुककर महन्तजी को दण्डवत् किया और वहाँ से बाहर निकला, तो उसकी बाछें खिली जाती थीं। वह जल्द-से-जल्द इलाक़े में पहुँचकर यह ख़बर सुना देना चाहता था। ऐसा तेज़ जा रहा था, मानो दौड़ रहा है। बीच-बीच में दौड़ भी लगा लेता था, पर सचेत होकर रुक जाता था। लू तो न थी; पर धूप बड़ी तेज थी, देह फुँकी जाती थी, फिर भी वह भागा चला जाता था। अब वह स्वामी आत्मानन्द से पूछेगा, कहिए, अब तो आपको विश्वास आया न कि संसार में सभी स्वार्थी नहीं ? कुछ धर्मात्मा भी हैं, जो दूसरों का दुःख-दर्द समझते हैं। अब उनके साथ के बेफ़िक्रों की ख़बर भी लेगा। अगर उसके पर होते तो उड़ जाता।

संध्या समय वह गाँव में पहुँचा, तो कितने ही उत्सुक, किन्तु अविश्वास से भरे नेत्रों ने उसका स्वागत किया।

काशी बोला—'आज तो बड़े प्रसन्न हो भैया, पाला मार आए क्या ?'

अमर ने खाट पर बैठते हुए अकड़कर कहा—'जो दिल से काम करेगा, वह पाला मारेगा ही।'

बहुत से लोग पूछने लगे—'भैया, क्या हुकुम हुआ।'

अमर ने डॉक्टर की तरह मरीज़ों को तसल्ली दी—'महन्तजी को तुम लोग व्यर्थ बदनाम कर रहे थे। ऐसी सज्जनता से मिले कि मैं क्या कहूँ। कहा—हमें तो कुछ मालूम ही नहीं, पहले ही क्यों न सूचना दी, नहीं हमने वसूली बन्द कर दी होती। अब उन्होंने सरकार को लिखा है। यहाँ कारिंदों को भी वसूली की मनाही हो जायेगी।'

काशी ने खिसियाकर कहा—'देखो, कुछ हो जाये तो जानें।'

अमर ने गर्व से कहा—'अगर धैर्य से काम लोगे, तो सब कुछ हो जायेगा। हुल्लड़ मचाओगे, तो कुछ न होगा, उल्टे और डण्डे पड़ेंगे।'

सलोनी ने कहा—'जब मोटे स्वामी मानें।'

गूदड़ ने चौधरीपन की ली—'मानेंगे कैसे नहीं, उनको मानना पड़ेगा।'

एक काले युवक ने जो स्वामीजी के उग्र भक्तों में था, लज्जित होकर कहा—'भैया, जिस लगन से तुम काम करते हो, कोई क्या करेगा।'

दूसरे दिन उसी कड़ाई से प्यादों ने डाँट-फटकार की; लेकिन तीसरे दिन से वह कुछ नर्म हो गये। सारे इलाक़े में ख़बर फैल गयी कि महन्तजी ने आधी छूट के लिए सरकार को लिखा है। स्वामीजी जिस गाँव में जाते थे, वहाँ लोग उन पर आवाज़ें कसते। स्वामी अपनी रट अब भी लगाये जाते थे। यह सब धोखा है, कुछ होना-हवाना नहीं है, उन्हें अपनी बात की आ पड़ी थी—असामियों की उन्हें उतनी फ़िक्र न थी, जितनी अपने पक्ष की। अगर आधी छूट का हुक्म आ जाता, तो शायद वह यहाँ से भाग जाते। इस वक़्त तो वह इस वादे को धोखा साबित करने की चेष्टा करते थे, और यद्यपि जनता उनके हाथ में न थी, पर कुछ-न-कुछ आदमी उनकी बातें सुन ही लेते थे। हाँ, इस कान सुनकर उस कान उड़ा देते।

दिन गुज़रने लगे, मगर कोई हुक्म नहीं आया। फिर लोगों में सन्देह पैदा होने लगा। जब दो सप्ताह निकल गये, तो अमर सदर गया और वहाँ सलीम के साथ हाकिम जिला मि. ग़ज़नवी से मिला। मि. ग़ज़नवी लम्बे, दुबले, गोरे शौकीन आदमी थे। उनकी नाक इतनी लम्बी और चिबुक इतना गोल था कि हास्य-मूर्ति-से लगते थे। और थे भी बड़े विनोदी। काम उतना ही करते थे, जितना ज़रूरी होता था और जिसके न करने से जवाब तलब हो सकता था; लेकिन दिल के साफ़, उदार, परोपकारी आदमी थे। जब अमर ने गाँवों की हालत उनसे बयान की, तो हँसकर बोले—'आपके महन्तजी ने फ़रमाया है, सरकार जितनी मालगुज़ारी छोड़ दे, मैं उतनी ही लगान छोड़ दूँगा। हैं मुन्सिफ़ मिज़ाज़।'

अमर ने शंका की—'तो इसमें बेइन्साफ़ी क्या है ?'

'बेइन्साफ़ी यही है कि उनके करोड़ों रुपये बैंक में जमा हैं, सरकार पर अरबों क़र्ज़ है।'

'तो आपने उनकी तजवीज़ पर कोई हुक्म दिया ?'

'इतनी जल्द ! भला छः महीने तो गुज़रने दीजिए। अभी हम काश्तकारों की हालत

की जाँच करेंगे, उसकी रिपोर्ट भेजी जायेगी, फिर रिपोर्ट पर ग़ौर किया जायेगा, तब कहीं कोई हुक्म निकलेगा।'

'तब तक तो असामियों के वारे-वारे हो जायेंगे। अजब नहीं कि फ़साद शुरू हो जाये।'

'तो क्या आप चाहते हैं, सरकार अपनी वज़ा छोड़ दे। यह दफ़्तरी हुकूमत है जनाब। वहाँ सभी काम ज़ाब्ते के साथ होते हैं। आप हमें गालियाँ दें, हम आपका कुछ नहीं कर सकते। पुलिस में रिपोर्ट होगी, पुलिस आपका चालान करेगी। होगा वही, जो मैं चाहूँगा; मगर ज़ाब्ते के साथ। ख़ैर, यह तो मजाक़ था। आपके दोस्त मि. सलीम बहुत जल्द उस इलाक़े की तहक़ीक़ात करेंगे, मगर देखिए। झूठी शहादतें ने पेश कीजिएगा कि यहाँ से निकाले जायँ। मि. सलीम आपकी बड़ी तारीफ़ करते हैं, मगर भाई, मैं तुम लोगों से डरता हूँ। ख़ासकर तुम्हारे उस स्वामी से। बड़ा ही मुफ़सिद आदमी है। उसे फँसा क्यों नहीं देते। मैंने सुना है, वह तुम्हें बदनाम करता फिरता है।'

इतना बड़ा अफ़सर अमर से इतनी बेतक़ल्लुफ़ी से बातें कर रहा था, फिर उसे क्यों न नशा हो जाता। सचमुच आत्मानन्द आग लगा रहा है। अगर वह गिरफ़्तार हो जाय, तो इलाक़े में शान्ति हो जाय। स्वामी साहसी है, यथार्थ वक्ता है, देश का सच्चा सेवक है; लेकिन इस वक़्त उसका गिरफ़्तार हो जाना ही अच्छा।

उसने कुछ इस भाव से जवाब दिया कि उसके मनोभाव प्रकट न हों; पर स्वामी पर वार चल जाय–'मुझे तो उनसे कोई शिकायत नहीं है, उन्हें अख़्तियार है, मुझे जितना चाहें बदनाम करें।'

ग़ज़नवी ने सलीम से कहा–'तुम नोट कर लो मि. सलीम। कल इस हलक़े के थानेदार को लिख दो, इस स्वामी की ख़बर ले। बस, अब सरकारी काम ख़त्म। मैंने सुना है मि. अमर, कि आप औरतों को वश मे करने का कोई मन्त्र जानते हैं।'

अमर ने सलीम की गरदन पकड़कर कहा–'तुमने मुझे बदनाम किया होगा।'

सलीम बोला–'तुम्हें तुम्हारी हरक़तें बदनाम कर रही हैं, मैं क्यों करने लगा ?'

ग़ज़नवी ने बाँकेपन के साथ कहा–'तुम्हारी बीबी ग़जब की दिलेर औरत है, भई ! आजकल म्युनिसिपैलिटी से उनकी ज़ोर-आज़माई है और मुझे यक़ीन है, बोर्ड को झुकना पड़ेगा। अगर भई, मेरी बीबी ऐसी होती, तो मैं फ़कीर हो जाता। वल्लाह !'

अमर ने हँसकर कहा–'क्यों, आपको तो और ख़ुश होना चाहिए था।'

ग़ज़नवी–'जी हाँ ! वह तो जनाब का दिल ही जानता होगा।'

सलीम–'उन्हीं के ख़ौफ़ से तो यह भागे हुए हैं।'

ग़ज़नवी–'यहाँ कोई जलसा करके उन्हें बुलाना चाहिए।'

सलीम–'क्यों बैठे-बिठाये ज़हमत मोल लीजिएगा। वह आयीं और शहर में आग लगी, हमें बँगला से निकलना पड़ा !'

ग़ज़नवी–'अजी, यह तो एक दिन होना ही है। यह अमीरों की हुकूमत अब थोड़े दिनों की मेहमान है। इस मुल्क में अंग्रेजों का राज़ है, इसलिए हममें जो अमीर हैं और जो क़ुदरती तौर पर अमीरों की तरफ़ खड़े होते, वह भी ग़रीबों की तरफ़ खड़े होने में ख़ुश हैं; क्योंकि ग़रीबों के साथ उन्हें कम-से-कम इज़्ज़त तो मिलेगी, उधर तो यह डौल भी नहीं

है। मैं अपने को इसी जमाअत में समझता हूँ।'

तीनो मित्रों में बड़ी रात तक बेतक़ल्लुफ़ी से बातें होती रहीं। सलीम ने अमर की पहले ही ख़ूब तारीफ़ कर दी थी। इसलिए उसकी गँवारू सूरत होने पर भी ग़ज़नबी बराबरी के भाव से मिला। सलीम के लिए हुकूमत नयी चीज़ थी। अपने नये जूते की तरह उसे कीचड़ और पानी से बचाता था। ग़ज़नवी हुकूमत का आदी हो चुका था और जानता था कि पाँव नये जूते से कहीं ज्यादा क़ीमती चीज़ है। रमणी-चर्चा उसके कुतूहल, आनन्द और मनोरंजन का मुख्य विषय थी। क्वाँरों की रसिकता बहुत धीरे-धीरे सूखनेवाली वस्तु है। उनकी अतृप्त लालसा प्रायः रसिकता के रूप में प्रकट होती है।

अमर ने ग़ज़नवी से पूछा—'आपने शादी क्यों नहीं की ? मेरे एक मित्र प्रोफ़ेसर डॉक्टर शान्तिकुमार हैं, वह भी शादी नहीं करते। आप लोग औरतों से डरते होंगे।'

ग़ज़नवी ने कुछ याद करके कहा—'शान्तिकुमार वही तो हैं, ख़ूबसूरत से, गोरे-चिट्टे, गठे हुए बदन के आदमी। अजी, वह तो मेरे साथ पढ़ता था यार। हम दोनों आक्सफ़ोर्ड में थे। मैंने लिटरेचर लिया था, उसने पोलिटिकल फ़िलासोफ़ी ली थी। मैं उसे ख़ूब बनाया करता था। युनिवर्सिटी में है न ? अक्सर उसकी याद आती थी।'

सलीम ने उनके इस्तीफ़े, ट्रस्ट और नगर-कार्य का ज़िक्र किया।

ग़जनवी ने गर्दन हिलायी मानो कोई रहस्य पा गया है—'तो यह कहिए, आप लोग उनके शागिर्द हैं। हम दोनों में अक्सर शादी के मसले पर बातें होती थीं। मुझे तो डॉक्टरों ने मना किया था; क्योंकि उस वक़्त मुझमें टी.बी. की कुछ अलामतें नज़र आ रही थीं। जवान बेवा छोड़ जाने के ख़याल से मेरी रूह काँपती थी। तबसे मेरी गुज़रान तीर-तुक्के पर ही है। शान्तिकुमार को तो क़ौमी ख़िदमत और जाने क्या-क्या ख़ब्त था; मगर ताज्जुब यह है कि अभी तक उस ख़ब्त ने उसका गला नहीं छोडा। मैं समझता हूँ, अब उसकी हिम्मत न पड़ती होगी। मेरे ही हमसिन तो थे। ज़रा उनका पता तो बताना ? मैं उन्हें यहाँ आने को दावत दूँगा।'

सलीम ने सिर हिलाया—'उन्हें फ़ुरसत कहाँ। मैंने बुलाया था, नहीं आये।'

ग़ज़नवी मुस्कराये—'तुमने निज के तौर पर बुलाया होगा। किसी इंस्टिट्यूशन की तरफ़ से बुलाओ और कुछ चन्दा करा देने का वादा कर लो, फिर देखो, चारों हाथ-पाँव से दौड़े आते हैं या नहीं। इन क़ौमी ख़ादिमों की जान चन्दा है, ईमान चन्दा है और शायद ख़ुदा भी चन्दा है। जिसे देखो, चन्दे की हाय-हाय। मैंने कई बार इन ख़ादिमों को चरका दिया, उस वक़्त इन खादिमों की सूरतें देखने ही से ताल्लुक रखती हैं। गालियाँ देते हैं, पैंतरे बदलते हैं, ज़बान से तोप के गोले छोड़ते हैं, और आप उनके बौखलपन का मज़ा उठा रहे हैं। मैंने तो एक बार एक लीडर साहब को पागलखाने में बन्द कर दिया था। कहते हैं अपने को क़ौम का खादिम और लीडर समझते हैं।'

सबेरे मि. ग़ज़नवी ने अमर को अपने मोटर पर गाँव में पहुँचा दिया। अमर के गर्व और आनन्द का वारापार न था। अफ़सरों की सोहबत ने कुछ अफ़सरी की शान पैदा कर दी थी। हाकिम परगना तुम्हारी हालत जाँच करने आ रहे हैं। ख़बरदार, कोई उनके सामने झूठा बयान न दे। जो कुछ वह पूछें, उसका ठीक-ठीक जवाब दो। न अपनी दशा को छिपाओ,

न बढ़ाकर बताओ। तहक़ीक़ात सच्ची होनी चाहिए। मि. सलीम बड़े नेक और ग़रीब-दोस्त आदमी हैं। तहक़ीक़ात में देर ज़रूर लगेगी; लेकिन राज्य-व्यवस्था में देर लगती ही हैं। इतना बड़ा इलाक़ा है, महीनों घूमने में लग जायेंगे। तब तक तुम लोग खरीफ़ का काम शुरू कर दो; रुपये में आठ आने छूट का मैं जिम्मा लेता हूँ। सब्र का फल मीठा होता है, इतना समझ लो।

स्वामी आत्मानन्द को भी अब विश्वास आ गया। उन्होंने देखा, अमर अकेला ही सारा यश लिए जाता है और मेरे पल्ले अपयश के सिवा और कुछ नहीं पड़ता, तो उन्होंने पहलू बदला। एक जलसे में दोनों एक ही मंच से बोले। स्वामीजी झुके, अमर ने कुछ हाथ बढ़ाया। फिर दोनों में सहयोग हो गया।

इधर असाढ़ की वर्षा शुरू हुई, उधर सलीम तहक़ीक़ात करने आ पहुँचा। दो-चार गाँवों में असामियों के बयान लिखे भी; लेकिन एक ही सप्ताह में ऊब गया। पहाड़ी डाक-बँगले में भूत की तरह अकेले पड़े रहना उसके लिए कठिन तपस्या थी। एक दिन बीमारी का बहाना करके भाग खड़ा हुआ, और एक महीने तक टाल-मटोल करता रहा। आखिर जब ऊपर से डाँट पड़ी और ग़ज़नवी ने सख़्त ताक़ीद की, तो फिर चला। उस वक़्त सावन की झड़ी लग गयी थी, नदी-नाले भर गये थे, और कुछ ठण्डक आ गयी थी। पहाड़ियों पर हरयाली छा गयी थी, मोर बोलने लगे थे। इस प्राकृतिक शोभा ने देहातों को चमका दिया था।

कई दिन के बाद आज बादल ख़ुले थे। महन्तजी ने सरकारी फ़ैसले के आने तक रुपये में चार आने की छूट की घोषणा कर दी थी और कारिन्दे बक़ाया वसूल करने की फिर चेष्टा करने लगे थे। दो-चार असामियों के साथ उन्होंने सख़्ती भी की थी। इस नयी समस्या पर विचार करने के लिए आज गंगा-तट पर एक विराट सभा हो रही थी। भोला चौधरी सभापति बनाये गये और स्वामी आत्मानन्द का भाषण हो रहा था—'सज्जनो, तुम लोगों में ऐसे बहुत कम हैं, जिन्होंने आधा लगान न दे दिया हो। अभी तक तो आधे की चिन्ता थी। अब केवल आधे-के-आधे की चिन्ता है। तुम लोग ख़ुशी से दो-दो आने और दे दो, सरकार महन्तजी की मालगुज़ारी में कुछ-न-कुछ छूट अवश्य करेगी। अब की छः आने छूट पर सन्तुष्ट हो जाना चाहिए। आगे की फ़सल में अगर अनाज का भाव यही रहा, तो हमें आशा है कि आठ आने की छूट मिल जायेगी। यह मेरा प्रस्ताव है, आप लोग इस पर विचार करें। मेरे मित्र अमरकान्तजी की भी यही राय है। अगर आप लोग कोई और प्रस्ताव करना चाहते हैं, तो हम उस पर विचार करने को भी तैयार हैं।'

इसी वक़्त डाकिए ने सभा में आकर अमरकान्त के हाथ में एक लिफ़ाफ़ा रख दिया। पते की लिखावट ने बता दिया कि नैना का पत्र है। पढ़ते ही जैसे उस पर नशा छा गया। मुख पर ऐसा तेज आ गया, जैसे अग्नि में आहुति पड़ गयी हो। गर्व भरी आँखों से इधर-उधर देखा। मन के भाव जैसे छलाँगें मारने लगे। सुखदा की गिरफ़्तारी और जेल-यात्रा का वृत्तान्त था। अहा ! वह जेल गयी और वह यहाँ पड़ा हुआ है ! उसे बाहर रहने का क्या अधिकार है। वह कोमलांगी जेल में है, जो कड़ी दृष्टि भी न सह सकती थी, जिसे रेशमी वस्त्र भी चुभते थे, मखमली गद्दे भी गड़ते थे; वह आज जेल की यातना सह रही है। वह आदर्श नारी, वह देश की लाज रखनेवाली, वह कुल-लक्ष्मी आज़ जेल में हैं। अमर के हृदय का

सारा रक्त सुखदा के चरणों पर गिरकर बह जाने के लिए मचल उठा। सुखदा ! सुखदा ! चारों ओर वही मूर्ति थी। संध्या की लालिमा से रंजित गंगा की लहरों पर बैठी हुई कौन चली जा रही है ? सुखदा ! ऊपर असीम आकाश में केसरिया साड़ी पहने कौन उठी जा रही है ? सुखदा ! सामने की श्याम पर्वत माला में गोधूलि का हार गले में डाले कौन खड़ी है ? सुखदा ! अमर विक्षिप्तों की भाँति कई क़दम आगे दौड़ा, मानो उसकी पद-रज मस्तक पर लगा लेना चाहता हो।

सभा में कौन क्या बोला, इसकी उसे ख़बर नहीं। वह ख़ुद क्या बोला, इसकी भी उसे खबर नहीं। जब लोग अपने-अपने गाँवों को लौटे तो चन्द्रमा का प्रकाश फैल गया था। अमरकान्त अंतःकरण कृतज्ञता से परिपूर्ण था। उसे अपने ऊपर किसी की रक्षा का साया उसी ज्योत्स्ना की भाँति फैला हुआ जान पड़ा। उसे प्रतीत हुआ, जैसे उसके जीवन में कोई विधान है, कोई आदेश है, कोई आशीर्वाद है, कोई सत्य है, और वह पग-पग पर उसे सँभालता है, बचाता है। एक महान इच्छा, एक महान चेतना के संसर्ग का आज उसे पहली बार अनुभव हुआ।

सहसा मुन्नी ने पुकारा—'लाला, आज तो तुमने आग ही लगा दी।'

अमर ने चौंककर कहा—'मैंने !'

तब उसे अपने भाषण का एक-एक शब्द याद आ गया। उसने मुन्नी का हाथ पकड़कर कहा—'हाँ मुन्नी, अब हमें वही करना पड़ेगा, जो मैंने कहा। जब तक हम लगान देना बन्द न करेंगे, सरकार यों ही टालती रहेगी।'

मुन्नी सशंक होकर बोली—'आग में कूद रहे हो, और क्या।'

अमर ने ठट्ठा मारकर कहा—'आग में कूदने से स्वर्ग मिलेगा। दूसरा मार्ग नहीं है।'

मुन्नी चकित होकर उसका मुख देखने लगी। इस कथन में हँसने का क्या प्रयोजन है, वह समझ न सकी।

6

सलीम यहाँ से कोई सात-आठ मील पर डाकबँगले में पड़ा हुआ था। हलक़े के थानेदार ने रात ही को उसे इस सभा की ख़बर दी और अमरकान्त का भाषण भी पढ़ सुनाया। उसे इन सभाओं की रिपोर्ट करते रहने की ताक़ीद कर दी गयी थी।

सलीम को बड़ा आश्चर्य हुआ। अभी एक दिन पहले अमर उससे मिला था, और यद्यपि उसने महन्त की इस नयी कार्रवाई का विरोध किया था; पर उसके विरोध में केवल ख़ेद था, क्रोध का नाम भी न था। आज एकाएक यह परिवर्तन कैसे हो गया ?

उसने थानेदार से पूछा—'महन्तजी की तरफ़ से कोई ख़ास ज़्यादती तो नहीं हुई ?'

थानेदार ने जैसे इस शंका को जड़ से काटने के लिए तत्पर होकर क़हा—'बिलकुल नहीं हुज़ूर। उन्होंने तो सख़्त ताक़ीद कर दी थी कि असामियों पर किसी क़िस्म का ज़ुल्म न किया जाय। बेचारे ने अपनी तरफ़ से चार आने की छूट दे दी, गाली-गुफ़्ता तो मामूली

बात है।''

'जलसे पर इस तक़रीर का क्या असर हुआ ?'

'हुज़ूर, यही समझ लीजिए, जैसे पुआल में आग लग जाय। महन्तजी के इलाक़े में बड़ी मुश्किल से लगान वसूल होगा।'

सलीम ने आकाश की तरफ़ देखकर पूछा—'आप इस वक़्त मेरे साथ सदर चलने को तैयार हैं ?'

थानेदार को क्या उज्र हो सकता था। सलीम के जी में एक बार आया कि ज़रा अमर से मिले; लेकिन फिर सोचा, अगर अमर उसके समझाने से मानने वाला होता, तो यह आग ही क्यों लगाता।

सहसा थानेदार ने पूछा—'हुज़ूर से तो इनकी जान-पहचान है ?'

सलीम ने चिढ़कर कहा—'यह आपसे किसने कहा ? मेरी सैकड़ों से जान-पहचान है, तो फिर ? अगर मेरा लड़का भी क़ानून के ख़िलाफ़ काम करे, तो मुझे उसकी तंबीह करनी पड़ेगी।'

थानेदार ने ख़ुशामद की—'मेरा यह मतलब नहीं था हुज़ूर। हुज़ूर से जान-पहचान होने पर भी उन्होंने हुज़ूर को बदनाम करने में ताम्मुल न किया, मेरा यही मंशा था।'

सलीम ने कुछ जवाब तो न दिया; पर यह उस मुआमले का नया पहलू था। अमर को उसके इलाक़े में यह तूफ़ान न उठाना चाहिए था, आख़िर अफ़सरान यही तो समझेंगे कि यह नया आदमी है, अपने इलाक़े पर इसका रोब नहीं है।

बादल फिर घिरा आता था। रास्ता भी ख़राब था। उस पर अँधेरी रात, नदियों का उतार; मगर उसका ग़ज़नवी से मिलना ज़रूरी था। कोई तजर्बेकार अफ़सर इस क़दर बदहवास न होता; पर सलीम नया आदमी था।

दोनों आदमी रात-भर की हैरानी के बाद सवेरे सदर पहुँचे। आज मियाँ सलीम को आटे-दाल का भाव मालूम हुआ। यहाँ केवल हुकूमत नहीं है, हैरानी और ज़ोखिम भी है, इसका अनुभव हुआ। जब पानी का झोंका आता, या कोई नाला सामने आ पड़ता, तो वह इस्तीफ़ा देने की ठान लेता—'यह नौकरी है या बला है ! मज़े से ज़िन्दगी गुज़रती थी। यहाँ कुत्ते-ख़सी में आ फँसा। लानत है ऐसी नौकरी पर ! कहीं मोटर खड्ड में जा पड़े, तो हड्डियों का भी पता न लगे। नयी मोटर चौपट हो गयी।'

बँगले पर पहुँचकर उसने कपड़े बदले, नाश्ता किया और आठ बजे ग़ज़नवी के पास जा पहुँचा। थानेदार कोतवाली में ठहरा था। उसी वक़्त वह भी हाज़िर हुआ।

ग़ज़नवी ने वृत्तान्त सुनकर कहा—'अमरकान्त कुछ दीवाना तो नहीं हो गया है। बातचीत से तो बड़ा शरीफ़ मालूम होता था; मगर लीडरी भी मुसीबत है ! बेचारा कैसे नाम पैदा करे। शायद हज़रत समझे होंगे, यह लोग तो दोस्त हो ही गये, अब क्या फ़िक्र। 'सैयाँ भये कोतवाल अब डर काहे का।' और ज़िलों में भी तो शोरिश है। मुमकिन है, वहाँ से ताक़ीद हुई हो। सूझी है इन सभों को दूर की और हक़ यह है कि किसानों की हालत नाज़ुक है। यों भी बेचारों को पेट भर दाना न मिलता था, अब तो जिन्सें और भी सस्ती हो गयीं। पूरा लगान कहाँ; आधे की भी गुंजाइश नहीं है, मगर सरकार का इन्तज़ाम तो होना ही

चाहिए ! हुकूमत में कुछ-न-कुछ खौफ़ और रोब का होना भी ज़रूरी है, नहीं उसकी सुनेगा कौन। किसानों को आज यक़ीन हो जाये कि आधा लगान देकर उनकी जान बच सकती है, तो कल वह चौथाई पर लड़ेंगे और परसों पूरी मुआफ़ी का मुतालबा करेंगे। मैं तो समझता हूँ, आप जाकर लाला अमरकान्त को गिरफ़्तार कर लें। एक बार कुछ हलचल मचेगा, मुमकिन है, दो-चार गाँवों में फ़साद भी हो; मगर खुले हुए फ़साद को रोकना उतना मुश्किल नहीं है, जितना इस हवा को। मवाद जब फोड़े की सूरत में आ जाता है, तो उसे चीरकर निकाल दिया जा सकता है; लेकिन वही दिल, दिमाग़ की तरफ़ चला जाये, तो ज़िन्दगी का ख़ात्मा हो जायेगा। आप अपने साथ सुपरिंटेंडेंट पुलिस को भी ले लें और अमर को दफ़ा 124 में गिरफ़्तार कर लें। उस स्वामी को भी लीजिए। दारोग़ाजी, आप जाकर साहब बहादुर से कहिए, तैयार रहें।'

सलीम ने व्यथित कण्ठ से कहा—'मैं जानता कि यहाँ आते-ही-आते इस अजाब में जान फँसेगी, तो किसी और जिले की कोशिश करता। क्या अब मेरा तबादला नहीं हो सकता।'

थानेदार ने पूछा—'हुज़ूर कोई ख़त न देंगे ?'

ग़ज़नवी ने डाँट बतायी—'ख़त की ज़रूरत नहीं है। क्या तुम इतना भी नहीं कह सकते ?'

थानेदार सलाम करके चला गया, तो सलीम ने कहा—'आपने इसे बुरी तरह डाँटा, बेचारा रुआँसा हो गया। आदमी अच्छा है।'

ग़ज़नवी ने मुस्कराकर कहा—'जी हाँ, बहुत अच्छा आदमी है। रसद ख़ूब पहुँचाता होगा; मगर रिआया से उसकी दस गुनी वसूल करता है। जहाँ किसी मातहत ने ज़रूरत से ज़्यादा ख़िदमत और ख़ुशामद की, मैं समझ जाता हूँ, कि यह छटा हुआ गुर्गा है। आपकी लियाक़त का यह हाल है कि इलाक़े में सदा ही वारदातें होती हैं, एक का भी पता नहीं चलता। इसे झूठी शहादतें बनाना भी नहीं आता। बस, ख़ुशामद की रोटियाँ खाता है। अगर सरकार पुलिस का सुधार कर सके, तो स्वराज्य की माँग पचास साल के लिए टल सकती है। आज कोई शरीफ़ आदमी पुलिस से सरोकार नहीं रखना चाहता। थाने को बदमाशों का अड्डा समझकर उधर से मुँह फेर लेता है। यह सीग़ा इस राज का कलंक है। अगर आपको दोस्त को गिरफ़्तार करने में तक़ल्लुनफ़ हो, तो मैं डी. एस. पी. को ही भेज दूँ। उन्हें गिरफ्तार करना फ़र्ज़ हो गया है। अगर आप यह नहीं चाहते कि उनकी ज़िल्लत हो, तो आप जाइए। अपनी दोस्ती का हक़ अदा करने ही के लिए जाइए। मैं जानता हूँ, आपको सदमा हो रहा है। मुझे ख़ुद रंज है। उस थोड़ी देर की मुलाक़ात में ही मेरे दिल पर उनका सिक्का जम गया। मैं उनके नेक इरादों की क़द्र करता हूँ; लेकिन हम और वह दो कैम्पों में हैं। स्वराज्य हम भी चाहते हैं; मगर इनक़लाब की सूरत में नहीं। हालाँकि कभी-कभी मुझे भी ऐसा मालूम होता है कि इनकलाब के सिवा हमारे लिए दूसरा रास्ता नहीं है। इतनी फ़ौज रखने की क्या जरूरत है, जो सरकार की आमदनी का आधा हज़्म कर जाय। फ़ौज का ख़र्च आधा कर दिया जाये, तो किसानों का लगान बड़ी आसानी से आधा हो सकता है। मुझे अगर स्वराज्य से कोई खौफ़ है तो यह कि मुसलमानों की हालत कहीं और ख़राब न हो जाय। ग़लत तवारीख़ें पढ़-पढ़कर दोनों फ़िरके एक दूसरे के दुश्मन हो गये हैं और मुमकिन नहीं कि हिन्दू मौक़ा पाकर मुसलमानों से फ़र्ज़ी अदावतों का बदला न लें; लेकिन इस ख़याल

से तसल्ली होती है कि इस बीसवीं सदी में हिन्दुओं जैसी पढ़ी-लिखी जमाअत मज़हबी गरोहबन्दी की पनाह नहीं ले सकती। मज़हब का दौर ख़तम हो रहा है; बल्कि यों कहो कि ख़तम हो गया। सिर्फ़ हिन्दुस्तान में उसमें कुछ-कुछ जान बाक़ी है। यह तो दौलत का ज़माना है। अब क़ौम में अमीर और ग़रीब, जायदादवाले और मरभुखे, अपनी-अपनी जमाअतें बनायेंगे। उनमें कहीं ज़्यादा खूँरेज़ी होगी, कहीं .ज्यादा तंगदिली होगी। आख़िर एक-दो सदी के बाद दुनिया में एक सल्तनत हो जायेगी। सब का एक क़ानून, एक निज़ाम होगा, क़ौम के ख़ादिम क़ौम पर हुकूमत करेंगे, मज़हब शख़्सी चीज़ होगी। न कोई राजा होगा, न कोई परजा।'

फ़ोन की घण्टी बजी, ग़ज़नवी ने चोंगा कान से लगाया—'मि. सलीम कब चलेंगे ?'

ग़ज़नवी ने पूछा—'आप कब तक तैयार होंगे ?'

'मैं तैयार हूँ।'

'तो एक घण्टे में आ जाइए।'

सलीम ने लम्बी साँस खींचकर कहा—'तो मुझे जाना ही पड़ेगा ?'

'बेशक ! मैं आपके और अपने दोस्त को पुलिस के हाथ में नहीं देना चाहता ?'

'किसी हीले से अमर को यहीं बुला क्यों न लिया जाय।'

'वह इस वक़्त नहीं आयेंगे।'

सलीम ने सोचा, अपने शहर में जब यह ख़बर पहुँचेगी कि मैंने अमर को गिरफ़्तार किया, तो मुझ पर कितने जूते पड़ेंगे ! शान्तिकुमार तो नोंच ही खायेंगे और सकीना तो शायद मेरा मुँह देखना भी पसन्द न करे। इस ख़याल से वह काँप उठा। सोने की हँसिया न उगलते बनती थी, न निगलते।

उसने उठकर कहा—'आप डी.एस.पी. को भेज दें। मैं नहीं जाना चाहता।'

ग़जनवी ने गंभीर होकर पूछा—'आप चाहते हैं कि उन्हें वहीं से हथकड़ियाँ पहनाकर और कमर में रस्सी डालकर चार कांस्टेबल के साथ लाया जाय और जब पुलिस उन्हें लेकर चले, तो उस भीड़ को हटाने के लिए गोलियाँ चलानी पड़े ?'

सलीम ने घबड़ाकर कहा—'क्या डी.एस.पी. को इन सख़्तियों से रोका नहीं जा सकता ?'

'अमरकान्त आपके दोस्त हैं, डी.एस.पी. के दोस्त नहीं।'

'तो फिर आप डी.एस.पी को मेरे साथ न भेजें।'

'आप अमर को यहाँ ला सकते हैं ?'

'दग़ा करनी पड़ेगी।'

'अच्छी बात है, आज जाइए, मैं डी.एस.पी. को मना किए देता हूँ।'

'मैं वहाँ कुछ कहूँगा ही नहीं।'

'इसका आपको अख़्तियार है।'

सलीम अपने डेरे पर लौटा, तो ऐसा रंजीदा था, गोया अपना कोई अज़ीज मर गया हो। आते ही आते उसने सकीना, शान्तिकुमार, लाला समरकान्त, नैना सबों को एक-एक ख़त लिखकर अपनी मज़बूरी और दुःख प्रकट किया। सकीना को उसने लिखा—'मेरे दिल पर इस वक़्त जो गुजर रही है; वह मैं तुमसे बयान नहीं कर सकता। शायद अपने जिगर पर खंजर चलाते हुए भी मुझे इससे ज्यादा दर्द न होता। जिसकी मुहब्बत मुझे यहाँ खींच

लाई, उसी को मैं आज इन ज़ालिम हाथों से गिरफ़्तार करने जा रहा हूँ। सकीना, ख़ुदा के लिए मुझे कमीना, बेदर्द और ख़ुदग़रज न समझो। खून के आँसू रो रहा हूँ। इसे अपने आँचल से पोंछ दो। मुझ पर अमर के इतने एहसान हैं कि मुझे उनके पसीने की जगह अपना खून बहाना चाहिए था, उनके खून का मज़ा ले रहा हूँ। मेरे गले में शिकार का तौक़ है और उसके इशारे पर से वह सब कुछ करने पर मजबूर हूँ, जो मुझे न करना लाज़िम था। मुझ पर रहम करो सकीना, मैं बदनसीब हूँ।'

ख़ानसामे ने आकर कहा–'हुज़ूर, खाना तैयार है।'

सलीम ने सिर झुकाये हुए कहा–'मुझे भूख नहीं है।'

ख़ानसामा पूछना चाहता था; हुज़ूर की तबीयत कैसी है। मेज़ पर कई लिखे ख़त देखकर डर रहा था कि घर से कोई बुरी ख़बर तो नहीं आयी।

सलीम ने सिर उठाया और हसरत-भरे स्वर में बोला–'उस दिन वह मेरे एक दोस्त नहीं आये थे, वही देहातियों की-सी सूरत बनाये हुए, वह मेरे बचपन के साथी हैं। हम दोनों एक ही कॉलेज में पढ़े। घर के लखपती आदमी हैं। बाप है, बाल-बच्चे हैं। इतने लायक़ हैं कि मुझे उन्होंने पढ़ाया। चाहते, तो किसी अच्छे ओहदे पर होते। फिर घर में ही किस बात की कमी है, मगर ग़रीबों का इतना दर्द है कि घर-बार छोड़कर यहीं एक गाँव में किसानों की ख़िदमत कर रहे हैं। उन्हीं को गिरफ़्तार करने का मुझे हुक्म हुआ है।'

ख़ानसामा और समीप आकर ज़मीन पर बैठ गया–'क्या क़सूर किया था हुज़ूर, उन बाबू साहब ने।'

'क़ुसूर ? कोई क़ुसूर नहीं, यही कि किसानों की मुसीबत उनसे नहीं देखी जाती।'

'हुज़ूर ने बड़े साहब को समझाया नहीं ?'

'मेरे दिल पर इस वक़्त जो कुछ गुज़र रही है, वह मैं ही जानता हूँ हनीफ़, आदमी नहीं फ़रिश्ता है। यह है सरकारी नौकरी।'

'तो हुज़ूर को जाना पड़ेगा ?'

'हाँ, इसी वक्त ! इस तरह दोस्ती का हक़ अदा किया जाता है।'

'तो उन बाबू साहब को नज़रबन्द किया जायेगा हुज़ूर ?'

'ख़ुदा जाने क्या किया जायेगा। ड्राइवर से कहो, मोटर लाये। शाम तक लौट आना जरूरी है।'

ज़रा देर में मोटर आ गयी। सलीम उसमें आकर बैठा, तो उसकी आँखें सजल थीं।

7

आज कई दिन के बाद तीसरे पहर सूर्यदेव ने पृथ्वी की पुकार सुनी और जैसे समाधि से निकलकर उसे आशीर्वाद दे रहे थे। पृथ्वी मानो अंचल फैलाये उनका आशीर्वाद बटोर रही थी।

इसी वक़्त स्वामी आत्मानन्द और अमरकान्त दोनों दो दिशाओं से मदरसे में आये।

अमरकान्त ने माथे से पसीना पोंछते हुए कहा—'हम लोगों ने कितना अच्छा प्रोग्राम बनाया था कि एक साथ लौटे। एक क्षण का भी विलम्ब न हुआ। कुछ खा-पीकर फिर निकलें और आठ बजते-बजते लौट आयें।'

आत्मानन्द ने भूमि पर लेटकर कहा—'भैया, अभी तो मुझसे एक पग न चला जायेगा। हाँ, प्राण लेना चाहो, तो ले लो। भागते-भागते कचूमर निकल गया। पहले शर्बत बनवाओ, पीकर ठण्डे हों, तो आँखें खुलें।'

'तो फिर आज काम समाप्त हो चुका।'

'हो या भाड़ में जाय, क्या प्राण दे दें। तुमसे हो सकता है करो, मुझसे तो नहीं हो सकता।'

अमर ने मुस्कराकर कहा—'यार ! मुझसे दूने तो हो, फिर भी चें बोल गये। मुझे अपना बल और अपना पाचन दे दो, फिर देखो, मैं क्या करता हूँ।'

आत्मानन्द ने सोचा था, उनकी पीठ ठोंकी जायगी, यहाँ उनके पौरुष पर आक्षेप हुआ। बोले—'तुम मरना चाहते हो, मैं जीना चाहता हूँ।'

'जीने का उद्देश्य तो कर्म है।'

'हाँ, मेरे जीवन का उद्देश्य कर्म ही है। तुम्हारे जीवन का उद्देश्य तो अकाल-मृत्यु है।'

'अच्छा शर्बत पिलवाता हूँ, उसमें दही भी डलवा दूँ ?'

'हाँ, दही की मात्रा अधिक हो और दो लोटे से कम न हो। इसके दो घण्टे बाद भोजन चाहिए।'

'मार डाला ! तब तक तो दिन ही ग़ायब हो जायेगा।'

अमर ने मुन्नी को बुलाकर शर्बत बनाने को कहा और स्वामीजी के बराबर ही ज़मीन पर लेटकर पूछा—'इलाक़े की क्या हालत है ?'

'मुझे तो भय हो रहा है, कि लोग धोखा देंगे। बेदख़ली शुरू हुई, तो बहुतों के आसन डोल जायेंगे !'

'तुम तो दार्शनिक न थे, यह घी पत्ते पर या पत्ता घी पर की शंका कहाँ से लाये ?'

'ऐसा काम ही क्यों किया जाय, जिसका अन्त लज्जा और अपमान हो। मैं तुमसे सत्य कहता हूँ मुझे बड़ी निराशा हुई।'

'इसका अर्थ यह है कि आप इस आन्दोलन के नायक बनने के योग्य नहीं हैं। नेता में आत्मविश्वास और साहस और धैर्य, ये मुख्य लक्षण हैं।'

मुन्नी शर्बत बनाकर लायी। आत्मानन्द ने कमण्डलु भर लिया और एक साँस में चढ़ा गये। अमरकान्त एक कटोरे से ज़्यादा न पी सके।

आत्मानन्द ने मुँह चिढ़ाकर कहा—'बस ! फिर भी आप अपने को मनुष्य कहते हैं ?'

अमर ने जवाब दिया—'बहुत खाना पशुओं का काम है।'

'जो खा नहीं सकता वह काम क्या करेगा ?'

'नहीं, जो कम खाता है, वही काम कर सकता है। पेटू के लिए सबसे बड़ा काम भोजन पचाना है।'

सलोनी कल से बीमार थी। अमर उसे देखने चला था कि मदरसे के सामने ही मोटर

आते देखकर रुक गया। शायद इस गाँव में मोटर पहली बार आयी हो। वह सोच रहा था, किसकी मोटर है कि सलीम उसमें से उतर पड़ा। अमर ने लपककर हाथ मिलाया—'कोई ज़रूरी काम था, मुझे क्यों न बुला लिया ?'

दोनों आदमी मदरसे में आये। अमर ने एक खाट लाकर डाल दी और बोला—'तुम्हारी क्या खातिर करूँ। यहाँ तो फ़क़ीरों की हालत है। शर्बत बनवाऊँ ?'

सलीम ने सिगार जलाते हुए कहा—'नहीं, कोई तक़ल्लुफ़ नहीं। मि. ग़ज़नवी तुमसे किसी मुआमले में सलाह करना चाहते हैं। मैं आज ही जा रहा हूँ। सोचा तुम्हें भी लेता चलूँ। तुमने तो कल आग लगा ही दी। अब तहक़ीकात से क्या फ़ायदा होगा। वह तो बेकार हो गयी।'

अमर ने कुछ झिझकते हुए कहा—'महन्तजी ने मजबूर कर दिया। क्या करता।'

सलीम ने दोस्ती की आड़ ली—'मगर इतना तो सोचते कि यह मेरा इलाक़ा है और यहाँ की सारी ज़िम्मेदारी मुझ पर है। मैंने सड़क के किनारे अक्सर गाँवों में लोगों के जमाव देखे। कहीं-कहीं तो मेरी मोटर पर पत्थर भी फेंके गये। यह अच्छे आसार नहीं हैं। मुझे ख़ौफ़ है, कोई हंगामा न हो जाये। अपने हक़ के लिए या बेज़ा ज़ुल्म के ख़िलाफ़ रिआया में जोश हो, तो मैं इसे बुरा नहीं समझता, लेकिन यह लोग क़ायदे-कानून के अन्दर रहेंगे, मुझे इसमें शक है। तुमने गूँगों को आवाज़ दी, सोतों को जगाया; लेकिन ऐसी तहरीक के लिए जितने ज़ब्त और सब्र की ज़रूरत है, उसका दसवाँ भी हिस्सा मुझे नज़र नहीं आता।'

अमर को इस कथन में शासन-पक्ष की गन्ध आयी। बोला—'तुम्हें यक़ीन है कि तुम भी वह ग़लती नहीं कर रहे, जो हुक्काम किया करते हैं ? जिनकी ज़िन्दगी आराम और फ़राग़त से गुज़र रही है, उनके लिए सब्र और ज़ब्त की हाँक लगाना आसान है; लेकिन जिनकी ज़िन्दगी का हरेक दिन एक नयी मुसीबत है, वह नजात को अपनी जनवासी चाल से आने का इन्तज़ार नहीं कर सकते। यह उसे खींच लाना चाहते हैं, और जल्द-से-जल्द।'

'मगर नजात के पहले क़यामत आयेगी, यह भी याद रहे।'

'हमारे लिए यह अँधेर ही क़यामत है। जब पैदावार लागत से भी कम हो, तो लगान की गुंजाइश कहाँ ? उस पर भी हम आठ आने पर राज़ी थे; मगर बारह आने हम किसी तरह नहीं दे सकते। आख़िर सरकार किफ़ायत क्यों नहीं करती ? पुलिस और फ़ौज और इन्तज़ाम पर क्यों इतनी बेदर्दी से रुपये उड़ाये जाते हैं ? किसान गूँगे हैं, बेबस हैं, कमज़ोर हैं। क्या इसलिए सारा नज़ला उन्हीं पर गिरना चाहिए ?'

सलीम ने अधिकार-गर्व से कहा—'इसका नतीजा क्या होगा, जानते हो ? गाँव-के-गाँव बरबाद हो जायेंगे, फ़ौजी क़ानून जारी हो जायेगा, शायद पुलिस बैठा दी जायेगी, फ़सलें नीलाम कर दी जायेंगी, जमीनें ज़ब्त हो जायेंगी। क़यामत का सामना होगा।'

अमरकान्त ने अविचलित भाव से कहा—'जो कुछ भी हो मर-मिटना ज़ुल्म के सामने सिर झुकाने से अच्छा है।'

मदरसे के सामने हुजूम बढ़ता जाता था। सलीम ने विवाद का अन्त करने के लिए कहा—'चलो इस मुआमले पर रास्ते में बहस करेंगे। देर हो रही है।'

अमर ने चटपट कुरता गले में डाला और आत्मानन्द से दो-चार जरूरी बातें करके

आ गया। दोनों आदमी आकर मोटर पर बैठे। मोटर चली, तो सलीम की आँखों में आँसू डबडबाये हुए थे।

अमर ने सशंक होकर पूछा—'मेरे साथ दग़ा तो नहीं कर रहे हो ?'

सलीम अमर के गले लिपटकर बोला—'इसके सिवा और दूसरा रास्ता न था। मैं नहीं चाहता था कि तुम्हें पुलिस के हाथों ज़लील किया जाये।'

'तो ज़रा ठहरो, मैं अपनी कुछ ज़रूरी चीज़ें तो ले लूँ।'

'हाँ, हाँ, ले लो, लेकिन राज़ ख़ुल गया, तो यहाँ मेरी लाश नज़र आयेगी।'

'तो चलो कोई मुज़ायका नहीं।'

गाँव के बाहर निकले ही थे कि मुन्नी आती हुई दिखाई दी। अमर ने मोटर रुकवाकर पूछा—'तुम कहाँ गयी थी मुन्नी ? धोबी से मेरे कपड़े लेकर रख लेना, सलोनी काकी के लिए मेरी कोठरी में ताक पर दवा रखी है। पिला देना।'

मुन्नी ने सहमी हुई आँखों से देखकर पूछा—'तुम कहाँ जाते हो ?'

'एक दोस्त के यहाँ दावत खाने जा रहा हूँ।'

मोटर चली। मुन्नी ने पूछा—'कब तक आओगे ?'

अमर ने सिर निकालकर उसे दोनों हाथ जोड़कर कहा—'जब भाग्य लाये।'

8

साथ के पढ़े, साथ के खेले, दो अभिन्न मित्र, जिनमें धौल-धप्पा, हँसी मज़ाक सब कुछ होता रहता था, परिस्थितियों के चक्कर में पड़कर दो अलग रास्तों पर जा रहे थे। लक्ष्य दोनों का एक था, उद्देश्य एक; दोनों ही देश-भक्त, दोनों ही किसानों के शुभेच्छु; पर एक अफ़सर था, दूसरा क़ैदी। दोनों सटे हुए बैठे थे, पर जैसे बीच में कोई दीवार खड़ी हो। अमर प्रसन्न था, मानो शहादत के ज़ीने पर चढ़ रहा हो। सलीम दुःखी था; जैसे भरी सभा में अपनी जगह से उठा दिया गया हो। विकास के सिद्धान्त का ख़ुली सभा में समर्थन करके उसकी आत्मा विजयी होती। निरंकुशता की शरण लेकर वह जैसे कोठरी में छिपा बैठा था।

सहसा सलीम ने मुस्कराने की चेष्टा करके कहा—'क्यों अमर, मुझसे खफा हो ?'

अमर ने प्रसन्न मुख से कहा—'बिलकुल नहीं। मैं तुम्हें अपना वही पुराना दोस्त समझ रहा हूँ। उसूलों की लड़ाई हमेशा होती रही है और होती रहेगी। दोस्ती में इससे फ़र्क़ नहीं आता।'

सलीम ने अपनी सफ़ाई दी—'भाई, इन्सान इन्सान है, दो मुखालिफ़ गिरोहों में आकर दिल में कीना या मलाल पैदा हो जाय, तो ताज्जुब नहीं। पहले डी.एस.पी. को भेजने की सलाह थी; पर मैंने इसे मुनासिब न समझा।'

'इसके लिए मैं तुम्हारा बड़ा एहसानमन्द हूँ। मेरे ऊपर कोई मुक़दमा चलाया जायेगा ?'

'हाँ, तुम्हारी तकरीरों की रिपोर्ट मौजूद है, और शहादतें भी जमा हो गयी हैं। तुम्हारा क्या ख़याल है, तुम्हारी गिरफ़्तारी से यह शोरिश दब जायेगी या नहीं ?'

'कुछ कह नहीं सकता। अगर मेरी गिरफ़्तारी या सज़ा से दब जाय, तो इसका दब जाना ही अच्छा।'

उसने एक क्षण के बाद फिर कहा—'रियाआ को मालूम है कि उनके क्या-क्या हक़ हैं। यह भी मालूम है कि हक़ों की हिफ़ाजत के लिए क़ुरबानियाँ करनी पड़ती हैं। मेरा फ़र्ज़ यहीं तक ख़त्म हो गया। अब वह जानें और उनका काम जाने। मुमकिन है, सख़्तियों से दब जायें, मुमकिन है न दबें; लेकिन दबें या उठें उन्हें चोट ज़रूर लगी है। रिआया का दब जाना, किसी सरकार की कामयाबी की दलील नहीं है।'

मोटर के जाते ही सत्य मुन्नी के सामने चमक उठा। वह आवेश में चिल्ला उठी—'लाला पकड़ गये !' और उसी आवेश में मोटर के पीछे दौड़ी। चिल्लाती जाती थी—'लाला पकड़ गये।'

वर्षाकाल में किसानों को हार में बहुत काम नहीं होता। अधिकतर लोग घरों पर होते हैं। मुन्नी की आवाज़ मानो ख़तरे का बिगुल थी। दम-के-दम में सारे गाँव में यह आवाज़ गूँज उठी—'भैया पकड़ गये !'

स्त्रियाँ घरों में से निकल पड़ीं—'भैया पकड़ गये !'

क्षण मात्र में सारा गाँव जमा हो गया और सड़क की तरफ़ दौड़ा। मोटर घूमकर सड़क से जा रही थी। पगडंडियों का एक सीधा रास्ता था। लोगों ने अनुमान किया, अभी इस रास्ते मोटर पकड़ी जा सकती है। सब उसी रास्ते दौड़े।

काशी बोला—'मरना तो एक दिन है ही।'

मुन्नी ने कहा—'पकड़ना है, तो सब को पकड़े। ले चले सब को।'

पयाग बोला—'सरकार का काम है चोर-बदमाशों को पकड़ना या ऐसों को जो दूसरों के लिए जान लड़ा रहे हैं ? वह देखो मोटर आ रही है। बस, सब रास्ते में खड़े हो जाओ। कोई न हटना, चिल्लाने दो।'

सलीम मोटर रोकता हुआ बोला—'अब कहो भाई। निकालूँ पिस्तौल ?'

अमर ने उसका हाथ पकड़कर कहा—'नहीं-नहीं, मैं इन्हें समझाये देता हूँ।'

'मुझे पुलिस के दो-चार आदमियों को साथ ले लेना था।'

'घबड़ाओ मत, पहले मैं मरूँगा, फिर तुम्हारे ऊपर कोई हाथ उठायेगा।'

अमर ने तुरन्त मोटर से सिर निकालकर कहा—'बहनो और भाइयो, अब मुझे बिदा कीजिए। आप लोगों के सत्संग में मुझे जितना स्नेह और सुख मिला, उसे मैं कभी भूल नहीं सकता। मैं परदेशी मुसाफ़िर था। आपने मुझे स्थान दिया, आदर दिया, प्रेम दिया ! मुझसे भी जो कुछ सेवा हो सकी, वह मैंने की। अगर मुझसे कुछ भूल-चूक हुई हो, तो क्षमा करना। जिस काम का बीड़ा उठाया है, उसे छोड़ना मत, यही मेरी याचना है। सब काम ज्यों-का-त्यों होता रहे, यही सबसे बड़ा उपहार है, जो आप मुझे दे सकते हैं। प्यारे बालको, मैं जा रहा हूँ लेकिन मेरा आशीर्वाद सदैव तुम्हारे साथ रहेगा।'

काशी ने कहा—'भैया, हम सब तुम्हारे साथ चलने को तैयार हैं।'

अमर ने मुस्कराकर उत्तर दिया—'नेवता तो मुझे मिला है, तुम लोग कैसे जाओगे ?'

किसी के पास इसका जवाब न था। भैया बात ही ऐसी कहते हैं कि किसी से उसका

जवाब नहीं बन पड़ता।

मुन्नी सबसे पीछे खड़ी थी, उसकी आँखें सजल थीं। इस दशा में अमर के सामने कैसे जाय। हृदय में जिस दीपक को जलाए, वह अपने अँधेरे जीवन में प्रकाश का स्वप्न देख रही थी, वह दीपक कोई उसके हृदय से निकाले लिए जाता है। वह सूना अन्धकार क्या फिर वह सह सकेगी !

सहसा उसने उत्तेजित होकर कहा–'इतने जने खड़े ताकते क्या हो ! उतार लो मोटर से !' जन-समूह में एक हलचल मची। एक ने दूसरे की ओर क़ैदियों की तरह देखा; कोई बोला नहीं।

मुन्नी ने फिर ललकारा–'खड़े ताकते क्या हो, तुम लोगों में कुछ दया है या नहीं। जब पुलिस और फ़ौज इलाक़े को ख़ून से रंग दे, तभी...'

अमर ने मोटर से निकलकर कहा–'मुन्नी, तुम बुद्धिमती होकर ऐसी बातें कर रही हो ! मेरे मुँह में कालिख मत लगाओ।'

मुन्नी उन्मत्तों की भाँति बोली–'मैं बुद्धिमान् नहीं, मैं तो मूरख हूँ, गँवारिन हूँ। आदमी एक-एक पत्ती के लिए सिर कटा देता है, एक-एक बात पर जान दे देता है। क्या हम लोग ताकते रहें और तुम्हें कोई पकड़ ले जाय। तुमने कोई चोरी की है, डाका मारा है ?'

कई आदमी उत्तेजित होकर मोटर की ओर बढ़े; अमरकान्त की डाँट सुनकर ठिठक गये–'क्या करते हो ! पीछे हट जाओ। अगर मेरे इतने दिनों की सेवा और शिक्षा का यही फल है, तो मैं कहूँगा कि मेरा सारा परिश्रम धूल में मिल गया। यह हमारा धर्म-युद्ध है और हमारी जीत, हमारे त्याग, हमारे बलिदान और हमारे सत्य पर है।'

जादू का-सा असर हुआ। लोग रास्ते से हट गये। अमर मोटर में बैठ गया और मोटर चली।

मुन्नी ने आँखों में क्षोभ और क्रोध के आँसू भर अमरकान्त को प्रणाम किया। मोटर के साथ जैसे उसका हृदय भी उड़ा जाता हो।

पाँचवाँ भाग

1

लखनऊ का सेंट्रल जेल शहर से बाहर ख़ुली हुई जगह में है। सुखदा उसी जेल के ज़नाने वार्ड में एक वृक्ष के नीचे खड़ी बादलों की घुड़दौड़ देख रही है। बरसात बीत गयी है। आकाश में बड़ी धूम से घेर-घार होता है; पर छींटे पड़कर रह जाते हैं। दानी के दिल में अब भी दया है; पर हाथ खाली है। जो कुछ था, लुटा चुका।

जब कोई अन्दर आता है और सदर द्वार ख़ुलता है, तो सुखदा द्वार के सामने आकर खड़ी हो जाती है। द्वार एक ही क्षण में बन्द हो जाता है; पर बाहर के संसार की उसी एक झलक के लिए वह कई-कई घण्टे उस वृक्ष के नीचे खड़ी रहती है, जो द्वार के समाने हैं। उस मील-भर की चारदीवारी के अन्दर जैसे उसका दम घुटता है। उसे यहाँ आये अभी पूरे दो महीने भी नहीं हुए; पर ऐसा जान पड़ता है, दुनिया में न-जाने क्या-क्या परिवर्तन हो गये। पथिकों को राह चलते देखने में भी अब एक विचित्र आनन्द था। बाहर का संसार कभी इतना मोहक न था।

वह कभी-कभी सोचती है–'उसने सफाई दी होती, तो शायद बरी हो जाती; पर क्या मालूम था, चित्त की यह दशा होगी। वे भावनाएँ, जो कभी भूलकर मन में न आती थीं, अब किसी रोगी की कुपथ्य-चेष्टाओं की भाँति मन को उद्विग्न करती रहती थीं। झूला झूलने की उसे कभी इच्छा न होती थी; पर आज बार-बार जी चाहता था–रस्सी हो, तो इसी वृक्ष में झूला डालकर झूले। अहाते में ग्वालों की लड़कियाँ भैंसें चराती हुई आम की उबाली हुई गुठलियाँ तोड़-तोड़ कर खा रही हैं। सुखदा ने एक बार बचपन में एक गुठली चखी थी। उस वक़्त वह कसैली लगी थी। फिर उस अनुभव को उसने नहीं दुहराया पर इस समय उन गुठलियों पर उसका मन ललचा रहा है। उनकी कठोरता, उनका सोंधापन, उनकी सुगन्ध उसे कभी इतनी प्रिय न लगी थी। उसका चित्त कुछ अधिक कोमल हो गया है, जैसे पाल में पड़कर कोई फल अधिक रसीला, स्वादिष्ट, मधुर; मुलायम हो गया हो। मुन्ने को वह एक क्षण के लिए भी आँखों से ओझल न होने देती। वही उसके जीवन का आधार था। दिन में कई बार उसके लिए दूध, हलवा आदि पकाती। उसके साथ दौड़ती, खेलती, यहाँ तक कि जब वह बुआ या दादा के लिए रोता, तो ख़ुद रोने लगती थी। अब उसे बार-बार अमर की याद आती है। उसकी गिरफ़्तारी और सज़ा का समाचार पाकर उन्होंने जो ख़त लिखा होगा उसे, पढ़ने के लिए उसका मन तड़प-तड़पकर रह जाता है।

लेडी मेट्रन ने आकर कहा—'सुखदा देवी, तुम्हारे ससुर तुमसे मिलने आये हैं। तैयार हो जाओ ! साहब ने 20 मिनट समय दिया है।'

सुखदा ने चटपट मुन्ने का मुँह धोया, नये कपड़े पहनाये, जो कई दिन पहले जेल में सिये थे, और उसे गोद में लिए मेट्रन के साथ बाहर निकली, मानो पहले ही से तैयार बैठी हो।

मुलाक़ात का कमरा जेल के मध्य में था और रास्ता बाहर ही से था। एक महीने के बाद जेल से बाहर निकलकर सुखदा को ऐसा उल्लास हो रहा था, मानो कोई रोगी शय्या से उठा हो। जी चाहता था, सामने के मैदान में ख़ूब उछले और मुन्ना तो चिड़ियों के पीछे दौड़ रहा था।

लाला समरकान्त वहाँ पहले से ही बैठे थे। मुन्ने को देखते ही गद्गद हो गये और गोद में उठाकर बार-बार उसका मुँह चूमने लगे। उसके लिए मिठाई, खिलौने, फल, कपड़ा, पूरा एक गट्ठर लाये थे। सुखदा भी श्रद्धा और भक्ति से पुलकित हो उठी; उनके चरणों पर गिर पड़ी और रोने लगी; इसलिए नहीं कि उस पर कोई विपत्ति पड़ी है, बल्कि रोने में ही आनन्द आ रहा है।

समरकान्त ने आशीर्वाद देते हुए पूछा—यहाँ तुम्हें जिस बात का कष्ट हो, मेट्रन साहब से कहना। मुझ पर इनकी बड़ी कृपा है। मुन्ना अब शाम को रोज़ बाहर खेला करेगा। और किसी बात की तकलीफ़ तो नहीं है।'

सुखदा ने देखा, समरकान्त दुबले हो गये हैं। स्नेह से उसका हृदय जैसे छलक उठा। बोली—'मैं तो यहाँ बड़े आराम से हूँ; पर आप क्यों इतने दुबले हो गये हैं ?'

'यह न पूछो, यह पूछो कि आप जीते कैसे हैं। नैना भी चली गयी, अब घर भूतों का डेरा हो गया है। सुनता हूँ; लाला मनीराम अपने पिता से अलग होकर दूसरा विवाह करने जा रहे हैं। तुम्हारी माताजी तीर्थ-यात्रा करने चली गयीं। शहर में आन्दोलन चलाया जा रहा है। उस ज़मीन पर दिन-भर जनता की भीड़ लगी रहती है। कुछ लोग रात को वहाँ सोते हैं। एक दिन तो रातों-रात वहाँ सैकड़ों झोंपड़े खड़े हो गये; लेकिन दूसरे दिन पुलिस ने उन्हें जला दिया और कई चौधरियों को पकड़ लिया।'

सुखदा ने मन-ही-मन हर्षित होकर पूछा—'यह लोगों ने क्या नादानी की। वहाँ अब कोठियाँ बनने लगी होंगी ?'

समरकान्त बोले—'हाँ, ईंटें, चूना, सुर्खी तो जमा की गयी थी; लेकिन एक दिन रातों-रात सारा सामान उड़ गया। ईंटें बिखेर दी गयीं, चूना मिट्टी में मिला दिया गया। तब से वहाँ किसी को मजूर ही नहीं मिलते। न कोई बेलदार जाता है, न कारीगर। रात को पुलिस का पहरा रहता है। वही बुढ़िया पठानिन आजकल वहाँ सब कुछ कर-धर रही है। ऐसा संगठन कर लिया है कि आश्चर्य होता है।'

जिस काम में वह असफल हुई, उसे वह खप्पट बुढ़िया सुचारु रूप से चला रही है; इस विचार से उसके आत्माभिमान को चोट लगी। बोली—'वह बुढ़िया तो चल-फिर भी न पाती थी।'

'हाँ, वही बुढ़िया अच्छे-अच्छों के दाँत खट्टे कर रही है। जनता को तो उसने ऐसा

मुट्ठी में कर लिया है कि क्या कहूँ। भीतर बैठे हुए कल घुमानेवाले शान्ति बाबू हैं।'

सुखदा ने आज तक उनसे या किसी से, अमरकान्त के विषय में कुछ न पूछा था; पर इस वक़्त वह मन को न रोक सकी–'हरिद्वार से कोई पत्र आया था ?'

लाला समरकान्त की मुद्रा कठोर हो गयी। बोले–'हाँ, आया था। उसी शोहदे सलीम का ख़त था। वही उस इलाक़े का हाकिम है। उसने भी पकड़-धकड़ शुरू कर दी है। उसने ख़ुद लालाजी को गिरफ़्तार किया। यह आपके मित्रों का हाल है। अब आँखें ख़ुली होंगी। मेरा क्या बिगड़ा। आप ठोकरें खा रहे हैं। अब जेल में चक्की पीस रहे होंगे। गये थे ग़रीबों की सेवा करने। यह उसी का उपहार है। मैं तो ऐसे मित्र को गोली मार देता। गिरफ़्तार तक हुए; पर मुझे पत्र न लिखा। उसके हिसाब से तो मैं मर गया; मगर बुड्ढा अभी मरने का नाम नहीं लेता, चैन से खाता है और सोता है। किसी के मनाने से नहीं मरा जाता है। ज़रा यह मुटमरदी देखो कि घर में किसी को ख़बर तक न दी। मैं दुश्मन था, नैना तो दुश्मन न थी, शान्तिकुमार तो दुश्मन न थे। यहाँ से कोई जाकर मुक़दमे की पैरवी करता, तो ए., बी. कोई दर्जा तो मिल जाता। नहीं मामूली क़ैदियों की तरह पड़े हुए हैं। आप रोयेंगे, मेरा क्या बिगड़ता है।'

सुखदा कातर कण्ठ से बोली–'आप अब क्यों नहीं चले जाते ?'

समरकान्त ने नाक सिकोड़कर कहा–'मैं क्यों जाऊँ, अपने कर्मों का फल भोगे। वह लड़की जो थी, सकीना, उसकी शादी की बातचीत उसी दुष्ट सलीम से हो रही है, जिसने लालाजी को गिरफ़्तार किया है। अब आँखें ख़ुली होंगी!'

सुखदा ने सहृदयता से भरे हुए स्वर में कहा–'आप तो उन्हें कोस रहे हैं दादा। वास्तव में दोष उनका न था। सरासर मेरा अपराध था। उनका-सा तपस्वी पुरुष मुझ-जैसी विलासिनी के साथ कैसे प्रसन्न रह सकता था; बल्कि यों कहो कि दोष न मेरा था, न आपका, न उनका, सारा विष लक्ष्मी ने बोया। आपके घर में उनके लिए स्थान न था। आप उनसे बराबर खिंचे रहते थे। मैं भी उसी जलवायु में पली थी। उन्हें न पहचान सकी। वह अच्छा या बुरा जो कुछ करते थे, घर में उनका विरोध होता था। बात-बात पर उनका अपमान किया जाता था। ऐसी दशा में कोई भी सन्तुष्ट न रह सकता था। मैंने यहाँ एकान्त में इस प्रश्न पर ख़ूब विचार किया है और मुझे अपना दोष स्वीकार करने में लेशमात्र भी संकोच नहीं है। आप एक क्षण भी यहाँ न ठहरें। वहाँ जाकर अधिकारियों से मिलें, सलीम से मिलें और उनके लिए जो कुछ हो सके, करें। हमने उनकी विशाल तपस्वी आत्मा को भोग के बन्धनों से बाँधकर रखना चाहा था। आकाश में उड़नेवाले पक्षी को पिंजड़े में बन्द करना चाहते थे। जब पक्षी पिंजड़े को तोड़कर उड़ गया, तो मैंने समझा, मैं अभागिनी हूँ। आज मुझे मालूम हो रहा है, वह मेरा परम सौभाग्य था।'

समरकान्त एक क्षण तक चकित नेत्रों से सुखदा की ओर ताकते रहे, मानो अपने कानों पर विश्वास न आ रहा हो। इस शीतल क्षमा ने जैसे उनके मुरझाये हुए पुत्र-स्नेह को हरा कर दिया। बोले–'इसकी तो मैंने ख़ूब जाँच की, बात कुछ नहीं थी। उस पर क्रोध था, उसी क्रोध में जो कुछ मुँह में आ गया, बक गया। वह ऐब उसमें कभी न था; लेकिन उस वक़्त मैं भी अन्धा हो रहा था। फिर मैं कहता हूँ, मिथ्या नहीं, सत्य ही सही, सोलहों

आने सत्य सही, तो क्या संसार में जितने ऐसे मनुष्य हैं, उनकी गरदन मार दी जाती है। मैं बड़े-बड़े व्यभिचारियों के सामने मस्तक नवाता हूँ। तो फिर अपने ही घर में और उन्हीं के ऊपर जिनसे किसी प्रतिकार की शंका नहीं, धर्म और सदाचार का सारा भार लाद दिया जाये ? मनुष्य पर जब प्रेम का बन्धन नहीं होता, तभी वह व्यभिचार करने लगता है। भिक्षुक द्वार-द्वार इसीलिए जाता है कि एक द्वार से उसकी क्षुधा-तृप्ति नहीं होती। अगर इसे दोष भी मान लूँ, तो ईश्वर ने क्यों निर्दोष संसार नहीं बनाया ? जो कहो कि ईश्वर की इच्छा ऐसी नहीं है, तो मैं पूछूँगा, जब सब ईश्वर के अधीन है, तो वह मन को ऐसा क्यों बना देता है कि उसे किसी टूटी झोंपड़ी की भाँति बहुत-सी थूनियों से सँभालना पड़े। यहाँ तो ऐसा ही है, जैसे किसी रोगी से कहा जाय कि तू अच्छा हो जा। अगर रोगी में इतनी सामर्थ्य होती, तो वह बीमार ही क्यों पड़ता।'

एक ही साँस में अपने हृदय का सारा मालिन्य उँडेल देने के बाद लालाजी दम लेने के लिए रुक गये। जो कुछ इधर-उधर लगा-चिपटा रह गया हो, शायद उसे भी ख़ुरचकर निकाल देने का प्रयत्न कर रहे थे।

सुखदा ने पूछा—'तो आप वहाँ कब जा रहे हैं ?'

लालाजी ने तत्परता से कहा—'आज ही, इधर ही से चला जाऊँगा। सुना है, वहाँ ज़ोरों से दमन हो रहा है। अब तो वहाँ का हाल समाचार-पत्रों में भी छपने लगा। कई दिन हुए, मुन्नी नाम की कोई स्त्री भी कई आदमियों के साथ गिरफ्तार हुई है। कुछ इसी तरह की हलचल सारे प्रान्त, बल्कि सारे देश में मची हुई है। सभी जगह पकड़-धकड़ हो रही है।'

बालक कमरे के बाहर निकल गया था। लालाजी ने उसे पुकारा, तो वह सड़क की ओर भागा। समरकान्त भी उसके पीछे दौड़े। बालक ने समझा, खेल हो रहा है। और तेज़ दौड़ा। ढाई-तीन साल के बालक की तेजी ही क्या, किन्तु समरकान्त जैसे स्थूल आदमी के लिए पूरी कसरत थी। बड़ी मुश्किल से उसे पकड़ा।

एक मिनट के बाद कुछ इस भाव से बोले, जैसे कोई सारगर्भित कथन हो—'मैं तो सोचता हूँ, जो लोग जाति-हित के लिए अपनी जान होम करने को हरदम तैयार रहते हैं, उनकी बुराइयों पर निगाह ही न डालनी चाहिए।'

सुखदा ने विरोध किया—'यह न कहिए दादा। ऐसे मनुष्यों का चरित्र आदर्श होना चाहिए; नहीं उनके परोपकार में भी स्वार्थ और वासना की गन्ध आने लगेगी।'

समरकान्त ने तत्त्वज्ञान की बात कही—'स्वार्थ मैं उसी को कहता हूँ, जिसके मिलने से चित्त को हर्ष और न मिलने से क्षोभ हो। ऐसा प्राणी, जिसे हर्ष और क्षोभ हो ही नहीं, मनुष्य नहीं, देवता भी नहीं, जड़ है।'

सुखदा मुस्कराई—'तो संसार में कोई निस्वार्थ हो ही नहीं सकता ?

'असंभव। स्वार्थ छोटा हो, तो स्वार्थ है; बड़ा हो, तो उपकार है। मेरा तो विचार है, ईश्वर-भक्ति भी स्वार्थ है।'

मुलाक़ात का समय कब का गुज़र चुका था। मेट्रन अब और रिआयत न कर सकती थी। समरकान्त ने बालक को प्यार किया, बहू को आशीर्वाद दिया और बाहर निकले।

बहुत दिनों के बाद आज उन्हें अपने भीतर आनन्द और प्रकाश का अनुभव हुआ, मानो चन्द्रदेव के मुख से मेघों का आवरण हट गया हो।

2

सुखदा अपने कमरे में पहुँची, तो देखा—'एक युवती क़ैदियों के कपड़े पहने उसके कमरे की सफ़ाई कर रही है। एक चौकीदारिन बीच-बीच में उसे डाँटती जाती है।'

चौकीदारिन ने क़ैदिन की पीठ पर लात मारकर कहा—'राँड़, तुझे झाड़ू लगाना भी नहीं आता ! गर्द क्यों उड़ाती है ? हाथ दबाकर लगा।'

क़ैदिन ने झाड़ू फेंक दी और तमतमाते हुए मुख से बोली—'मैं यहाँ किसी की टहल करने नहीं आयी हूँ।'

'तो क्या रानी बनकर आयी है?'

'हाँ, रानी बनकर आयी हूँ। किसी की चाकरी करना मेरा काम नहीं है।'

'तू झाड़ू लगाएगी कि नहीं ?'

'भलमनसी से कहो, तो मैं तुम्हारे भंगी के घर में भी झाड़ू लगा दूँगी; लेकिन मार का भय दिखाकर तुम मुझसे राजा के घर में भी झाड़ू नहीं लगवा सकती। इतना समझ रखो।'

'तू न लगायेगी झाड़ू ?'

'नहीं !'

चौकीदारिन ने क़ैदिन के केश पकड़ लिए और खींचती हुई कमरे से बाहर ले चली। रह-रहकर गालों पर तमाचे भी लगाती जाती थी।

'चल जेलर साहब के पास।'

'हाँ, ले चलो। मैं यही उनसे भी कहूँगी। मार-गाली खाने नहीं आयी हूँ।'

सुखदा के लगातार लिखा-पढ़ी करने पर यह टहलनी दी गयी थी; पर यह काण्ड देखकर सुखदा का मन क्षुब्ध हो उठा। इस कमरे में क़दम रखना भी उसे बुरा लग रहा था।

क़ैदिन ने उसकी ओर सजल आँखों से देखकर कहा—'तुम गवाह रहना। इस चौकीदारिन ने मुझे कितना मारा है।'

सुखदा ने समीप जाकर चौकीदारिन को हटाया और क़ैदिन का हाथ पकड़कर कमरे में ले गयी।

चौकीदारिन ने धमकाकर कहा—'रोज़ सबेरे यहाँ आ जाया कर। जो काम यह कहें, वह किया कर। नहीं डण्डे पड़ेंगे।'

क़ैदिन क्रोध से काँप रही थी—'मैं किसी की लौंडी नहीं हूँ और न यह काम करूँगी। किसी रानी-महारानी की टहल करने नहीं आयी। जेल में सब बराबर हैं !'

सुखदा ने देखा युवती में आत्म-सम्मान की कमी नहीं। लज्जित होकर बोली—'यहाँ कोई रानी-महारानी नहीं है, बहन, मेरा जी अकेले घबराया करता था, इसलिए तुम्हें बुला

लिया। हम दोनों यहाँ बहनों की तरह रहेंगी। क्या नाम है तुम्हारा ?'

युवती की कठोर मुद्रा नर्म पड़ गयी। बोली—'मेरा नाम मुन्नी है। हरिद्वार से आयी हूँ।'

सुखदा चौंक पड़ी। लाला समरकान्त ने यही नाम तो लिया था। पूछा—'वहाँ किस अपराध में सज़ा हुई ?'

'अपराध क्या था। सरकार जमीन का लगान नहीं कम करती थी। चार आने की छूट हुई। जिन्स का दाम्र आधा भी नहीं उतरा। हम किसके घर से ला के देते। इस बात पर हमने फरियाद की। बस, सरकार ने सज़ा देना शुरू कर दिया।'

मुन्नी को सुखदा अदालत में कई बार देख चुकी थी। तब से उसकी सूरत बहुत कुछ बदल गयी थी। पूछा—'तुम बाबू अमरकान्त को जानती हो ? वह भी तो इसी मुआमले में गिरफ़्तार हुए हैं ?'

मुन्नी प्रसन्न हो गयी—'जानती क्यों नहीं, वह तो मेरे ही घर में रहते थे। तुम उन्हें कैसे जानती हो ? वही तो हमारे अगुआ हैं।'

सुखदा ने कहा—'मैं भी काशी की रहनेवाली हूँ। उसी मुहल्ले में उनका भी घर है। तुम क्या ब्राह्मणी हो ?'

'हूँ तो ठकुरानी, पर अब कुछ नहीं हूँ। जात-पाँत, पूत-भतार सबको रो बैठी।'

'अमर बाबू कभी अपने घर की बातचीत नहीं करते थे ?'

'कभी नहीं। न कभी आना न जाना; न चिट्ठी, न पत्तर।'

सुखदा ने कनखियों से देखकर कहा—'मगर वह तो बड़े रसिक आदमी हैं। वहाँ गाँव में किसी पर डोरे नहीं डाले ?'

मुन्नी ने जीभ दाँतों तले दबायी—'कभी नहीं बहूजी, कभी नहीं। मैंने तो उन्हें कभी किसी मेहरिया की ओर ताकते या हँसते नहीं देखा। न जाने किस बात पर घरवाली से रूठ गये। तुम तो जानती होगी ?'

सुखदा ने मुस्कराते हुए कहा—'रूठ क्या गये, स्त्री को छोड़ दिया। छिपकर घर से भाग गये। बेचारी औरत घर में बैठी हुई है। तुमको मालूम न होगा उन्होंने ज़रूर कहीं-न-कहीं दिल लगाया होगा।'

मुन्नी ने दाहिने हाथ को साँप के फन की भाँति हिलाते हुए कहा—'ऐसी बात होती, तो गाँव में छिपी न रहती बहूजी। मैं तो रोज़ ही दो-चार बेर उनके पास जाती थी। कभी सिर ऊपर न उठाते थे। फिर उस दिहात में ऐसी थी ही कौन, जिस पर उनका मन चलता। न कोई पढ़ी-लिखी, न गुन, न सहूर।'

सुखदा ने फिर नब्ज़ टटोली—'मर्द गुन-सहूर, पढ़ना-लिखना नहीं देखते। वह तो रूप-रंग देखते हैं और वह तुम्हें भगवान् ने दिया ही है। जवान भी हो।'

मुन्नी ने मुँह फेरकर कहा—'तुम तो गोली देती हो बहू जी। मेरी ओर भला वह क्या देखते, जो उनके पाँव की जूतियों के बराबर भी नहीं; लेकिन तुम कौन हो बहूजी, तुम यहाँ कैसे आयी ?'

'जैसे तुम आयी, वैसे ही मैं भी आयी।'

'तो यहाँ भी वही हलचल है ?'

'हाँ, कुछ उसी तरह की है।'

मुन्नी को यह देखकर आश्चर्य हुआ कि ऐसी विदुषी देवियाँ भी जेल में भेजी गयी हैं। भला इन्हें किस बात का दुःख होगा ?

उसने डरते-डरते पूछा—'तुम्हारे स्वामी भी सज़ा पा गये होंगे ?'

'हाँ, तभी तो मैं आयी।'

मुन्नी ने छत की ओर देखकर आशीर्वाद दिया—'भगवान् तुम्हारा मनोरथ पूरा करें बहूजी। गद्दी-मसनद लगानेवाली रानियाँ जब तपस्या करने लगीं, तो भगवान् वरदान भी जल्दी ही देंगे। कितने दिन की सज़ा हुई है ? मुझे तो छः महीने की है।'

सुखदा ने अपनी सज़ा की मीयाद बताकर कहा—'तुम्हारे जिले में बड़ी सख़्तियाँ हो रही होंगी। तुम्हारा क्या विचार है, लोग सख़्ती से दब जायेंगे ?'

मुन्नी ने मानो क्षमा-याचना की—'मेरे सामने लोग तो यही कहते थे कि चाहे फाँसी पर चढ़ जायें, पर आधे से बेसी लगान न देंगे; लेकिन अपने दिल से सोचो, जब बैल-बधिये छीने जाने लगेंगे, सिपाही घरों में घुसेंगे, मरदों पर डण्डों और गोलियों की मार पड़ेगी, तो आदमी कहाँ तक सहेगा ? मुझे पकड़ने के लिए तो पूरी फौज गयी थी। पचास आदमियों से कम न होंगे। गोली चलते-चलते बची। हजारों आदमी जमा हो गये। कितना समझाती थी—भाइयो, अपने-अपने घर जाओ, मुझे जाने दो; लेकिन कौन सुनता है। आख़िर जब मैंने कसम दिलाई, तो लोग लौटे; नहीं, उसी दिन दस-पाँच की जान जाती। न जाने भगवान् कहाँ सोए हैं कि इतना अन्याय देखते हैं और नहीं बोलते। साल में छः महीने एक जून खाकर बेचारे दिन काटते हैं, चीथड़े पहनते हैं, लेकिन सरकार को देखो, तो उन्हीं की गर्दन पर सवार ! हाकिमों को तो अपने लिए बंगला चाहिए, मोटर चाहिए, हर नियामत खाने को चाहिए, सैर-तमाशा चाहिए, पर ग़रीबों का इतना सुख भी नहीं देखा जाता ! जिसे देखो, ग़रीबों ही का रक्त चूसने को तैयार है। हम जमा करने को नहीं माँगते, न हमें भोग-विलास की इच्छा है, लेकिन पेट को रोटी और तन ढाँकने को कपड़ा तो चाहिए। साल-भर खाने-पहनने को छोड़ दो, गृहस्थी का जो कुछ खरच पड़े वह दे दो। बाकी जितना बचे, उठा ले जाओ। मुदा ग़रीबों की कौन सुनता है ?'

सुखदा ने देखा, इस गँवारिन के हृदय में कितनी सहानुभूति, कितनी दया, कितनी जाग्रति भरी हुई है। अमर के त्याग और सेवा की उसने जिन शब्दों में सराहना की, उसने जैसे सुखदा के अन्तःकरण की सारी मलिनताओं को धोकर निर्मल कर दिया; जैसे उसके मन में प्रकाश आ गया हो और उसकी सारी शंकाएँ और चिन्ताएं अन्धकार की भाँति मिट गयी हों। अमरकान्त का कल्पनाचित्र उसकी आँखों के सामने आ खड़ा हुआ—क़ैदियों का जाँघिया और कन्टोप पहने, बड़े-बड़े बाल बढ़ाये, मुख मलिन, क़ैदियों के बीच में चक्की पीसता हुआ। वह भयभीत होकर काँप उठी। उसका हृदय कभी इतना कोमल न था।'

मेट्रन ने आकर कहा—'अब तो आपको नौकरानी मिल गयी। इससे ख़ूब काम लो।'

सुखदा धीमे स्वर में बोली—'मुझे अब नौकरानी की इच्छा नहीं है मेम साहब, मैं यहाँ रहना भी नहीं चाहती। आप मुझे मामूली क़ैदियों में भेज दीजिए।'

मेट्रन छोटे क़द की ऐंग्लो-इण्डियन महिला थी। चौड़ा मुँह, छोटी-छोटी आँखें, तराशे हुए बाल, घुटनियों के ऊपर तक का स्कर्ट पहने हुए। विस्मय से बोली–'यह क्या कहती हो सुखदा देवी ? नौकरानी मिल गया और जिस चीज़ का तकलीफ़ हो हमसे कहो, हम जेलर साहब से कहेगा।'

सुखदा ने नम्रता से कहा–'आपकी इस कृपा के लिए मैं आपको धन्यवाद देती हूँ। मैं अब किसी तरह की रिआयत नहीं चाहती। मैं चाहती हूँ कि मुझे मामूली क़ैदियों की तरह रखा जाय।'

'नीचे औरतों के साथ रहना पड़ेगा। खाना भी वही मिलेगा।'

'यही तो मैं चाहती हूँ।'

'काम भी वही करना पड़ेगा। शायद चक्की में दे दे।'

'कोई हरज नहीं।'

'घर के आदमियों से तीसरे महीने मुलाकात हो सकेगी।'

'मालूम हैं।'

मेट्रन की लाला समरकान्त ने खूब पूजा की थी। इस शिकार के हाथ से निकल जाने का दुःख हो रहा था। कुछ देर तक समझाती रही। जब सुखदा ने अपनी राय न बदली, तो पछताती हुई चली गयी।

मुन्नी ने पूछा–'मेम साहब क्या कहती थी ?'

सुखदा ने मुन्नी को स्नेह-भरी आँखों से देखा–'अब मैं तुम्हारे ही साथ रहूँगी मुन्नी।'

मुन्नी ने छाती पर हाथ रखकर कहा–'यह क्या करती हो बहू ? वहाँ तुमसे न रहा जायेगा।'

सुखदा ने प्रसन्न मुख से कहा–'जहाँ तुम रह सकती हो, वहाँ मैं भी रह सकती हूँ।'

एक घण्टे के बाद जब सुखदा यहाँ से मुन्नी के साथ चली, तो उसका मन आशा और भय से काँप रहा था, जैसे कोई बालक परीक्षा में सफल होकर अगली कक्षा में गया हो।

3

पुलिस ने उस पहाड़ी इलाक़े का घेरा डाल रखा था। सिपाही और सवार चौबीसों घण्टे घूमते रहते थे। पाँच आदमियों से ज़्यादा एक जगह जमा न हो सकते थे। शाम को आठ बजे के बाद कोई घर से निकल न सकता था। पुलिस को इत्तला दिए बगैर घर में मेहमान को ठहराने की भी मनाही थी। फ़ौज़ी क़ानून जारी कर दिया गया था। कितने ही घर जला दिये गये थे और उनके रहनेवाले हबूड़ों की भाँति वृक्षों के नीचे बाल-बच्चों को लिए पड़े थे। पाठशाला में आग लगा दी गयी थी और उसकी आधी-आधी काली दीवारें मानो केश खोले मातम कर रही थीं। स्वामी आत्मानन्द बाँस की छतरी लगाये अब भी वहाँ डटे हुए थे। ज़रा-सा मौक़ा पाते ही इधर-उधर से दस-बीस आदमी आकर जमा हो जाते; पर सवारों

को आते देखा और ग़ायब।

सहसा लाला समरकान्त एक गट्ठर पीठ पर लादे मदरसे के सामने आकर खड़े हो गये। स्वामी ने दौड़कर उनका बिस्तर ले लिया और खाट की फ़िक्र में दौड़े। गाँव-भर में बिजली की तरह ख़बर दौड़ गयी—भैया के बाप आये हैं। हैं तो वृद्ध; मगर अभी टनमन हैं। सेठ-साहूकार से लगते हैं। एक क्षण में बहुत-से आदमियों ने आकर घेर लिया। किसी के सिर में पट्टी बँधी थी, किसी के हाथ में। कई लँगड़ा रहे थे। शाम हो गयी और आज कोई विशेष खटका न देखकर और सारे इलाक़े में डण्डे के बल से शान्ति स्थापित करके पुलिस विश्राम कर रही थी। बेचारे रात-दिन दौड़ते-दौड़ते अधमरे हो गये थे।

गूदड़ ने लाठी टेकते हुए आकर समरकान्त के चरण छुए और बोले—'अमर भैया का समाचार तो आपको मिला होगा। आजकल तो पुलिस का धावा है। हाकिम कहता है—बारह आने लेंगे, हम कहते हैं हमारे पास है ही नहीं, दें कहाँ से। बहुत-से लोग तो गाँव छोड़कर भाग गये। जो हैं, उनकी दशा आप देख ही रहे हैं। मुन्नी बहू को पकड़कर जेहल में डाल दिया। आप ऐसे समय में आये कि आपकी कुछ ख़ातिर भी नहीं कर सकते।'

समरकान्त मदरसे के चबूतरे पर बैठ गये और सिर पर हाथ रखकर सोचने लगे—'इन ग़रीबों की क्या सहायता करें। क्रोध की एक ज्वाला-सी उठकर रोम-रोम में व्याप्त हो गयी, पूछा—'यहाँ कोई अफ़सर भी तो होगा ?'

गूदड़ ने कहा—'हाँ, अपसर तो एक नहीं, पचीस हैं जी। सबसे बड़ा अपसर तो वही मियाँजी हैं, जो अमर भैया के दोस्त हैं।'

'तुम लोगों ने उस लफंगे से पूछा नहीं—मारपीट क्यों करते हो, क्या यह भी क़ानून है ?'

गूदड़ ने सलोनी की मड़ैया की ओर देखकर कहा—'भैया, कहते तो सब कुछ हैं; जब कोई सुने ! सलीम साहब ने ख़ुद अपने हाथों से हण्टर मारे। उनकी बेदर्दी देखकर पुलिसवाले भी दाँतों उँगली दबाते थे। सलोनी मेरी भावज लगती है। उसने उनके मुँह पर थूक दिया था। यह उसे न करना चाहिए था। पागलपन था और क्या। मियाँ साहब आग हो गये और बुढ़िया को इतने हण्टर जमाए कि भगवान ही बचाये तो बचे। मुदा वह भी है अपनी धुन की पक्की, हरेक हण्टर पर गाली देती थी। जब बेदम होकर गिर पड़ी, तब जाकर उसका मुँह बन्द हुआ। भैया उसे काकी-काकी करते रहते थे। कहीं से आवें, सबसे पहले काकी के पास जाते थे। उठने लायक होती तो ज़रूर-से-ज़रूर आती।'

आत्मानन्द ने चिढ़कर कहा—'अरे तो अब रहने भी दो, क्या सब आज ही कह डालोगे। पानी मँगवाओ, आप हाथ-मुँह धोयें; ज़रा आराम करने दो, थके-माँदे आ रहे हैं—वह देखो सलोनी को भी ख़बर मिल गयी, लाठी टेकती चली आ रही है !'

सलोनी ने पास आकर कहा—'कहाँ हो देवरजी, सावन में आते तो तुम्हारे साथ झूला झूलती, चले हो कातिक में ! जिसका ऐसा सरदार और ऐसा बेटा, उसे किसका डर ओर किसी चिन्ता। तुम्हें देखकर सारा दुःख भूल गयी देवरजी !'

समरकान्त ने देखा—'सलोनी की सारी देह सूज उठी है और साड़ी पर लहू के दाग़ सूखकर कत्थई हो गये हैं। मुँह सूजा हुआ है। इस मुरदे पर इतना क्रोध ! उस पर विद्वान

बनता है ! उनकी आँखों में खून उतर आया। हिंसा-भावना मन में प्रचण्ड हो उठी। निर्बल क्रोध और चाहे कुछ न कर सके, भगवान् की ख़बर ज़रूर लेता है। तुम अन्तर्यामी हो, सर्वशक्तिमान हो, दीनों के रक्षक हो और तुम्हारी आँखों के सामने यह अँधेर ! इस जगत् का नियन्ता कोई नहीं है। कोई दयामय भगवान् सृष्टि का कर्ता होता, तो यह अत्याचार न होता ! अच्छे सर्वशक्तिमान! हो ! क्यों नरपिशाचों के हृदय में नहीं बैठ जाते, या वहाँ तुम्हारी पहुँच नहीं है ! कहते हैं, यह सब भगवान् की लीला है। अच्छी लीला है ! अगर तुम्हें भी ऐसी ही लीला में आनन्द मिलता है, तो तुम पशुओं से भी गये-बीते हो; अगर तुम्हें इस व्यापार की ख़बर नहीं है, तो फिर सर्वव्यापी क्यों कहलाते हो ?'

समरकान्त धार्मिक प्रवृत्ति के आदमी थे। धर्म-ग्रन्थों का अध्ययन किया था। भगवद्गीता का नित्य पाठ किया करते थे; पर इस समय वह सारा धर्म-ज्ञान उन्हें पाखण्ड-सा प्रतीत हुआ।

वह उसी तरह उठ खड़े हुए और पूछा—'सलीम तो सदर में होगा ?'

आत्मानन्द ने कहा—'आजकल तो यहीं पड़ाव है। डाकबँगले में ठहरे हुए हैं।'

'मैं ज़रा उनसे मिलूँगा।'

'अभी वह क्रोध में हैं, आप मिलकर क्या कीजियेगा। आपको भी अपशब्द कह बैठेंगे।'

'यही देखने तो जाता हूँ कि मनुष्य की पशुता किस सीमा तक जा सकती है।'

'तो चलिए, मैं भी आपके साथ चलता हूँ।'

गूदड़ बोल उठे—'नहीं, नहीं, तुम न जइयो स्वामीजी। भैया, यह हैं तो संन्यासी और दया के अवतार, मुदा क्रोध में भी दुर्वासा मुनी से कम नहीं हैं। जब हाकिम साहब सलोनी को मार रहे थे, तब चार आदमी इन्हें पकड़े हुए थे, नहीं तो उस बखत मियाँ का ख़ून चूस लेते, चाहे पीछे से फाँसी हो जाती। गाँव भर की मरहम-पट्टी इन्हीं के सुपुर्द है।'

सलोनी ने समरकान्त का हाथ पकड़कर कहा—'मैं चलूँगी तुम्हारे साथ देवरजी। उसे दिखा दूँगी कि बुढ़िया तेरी छाती पर मूँग दलने को बैठी हुई है ! तू मारनहार है, तो कोई तुझसे बड़ा राखनहार भी है। जब तक उसका हुक्म न होगा, तू क्या मार सकेगा !'

भगवान् में उसकी यह अपार निष्ठा देखकर समरकान्त की आँखें सजल हो गयीं। सोचा—मुझसे तो ये मूर्ख ही अच्छे जो इतनी पीड़ा और दुःख सहकर भी तुम्हारा ही नाम रटते हैं। बोले—'नहीं भाभी, मुझे अकेले जाने दो। मैं अभी उनसे दो-दो बातें करके लौट आता हूँ।'

सलोनी लाठी सँभाल रही थी कि समरकान्त चल पड़े। तेजा और दुर्जन आगे-आगे डाकबँगले का रास्ता दिखाते हुए चले।

तेजा ने पूछा—'दादा, जब अमर भैया छोटे-से थे, तो बड़े शैतान थे न ?'

समरकान्त ने इस प्रश्न का आशय न समझकर कहा—'नहीं तो, वह तो लड़कपन ही से बड़ा सुशील था।'

दुर्जन ताली बजाकर बोला—'अब कहो तेजू, हारे कि नहीं ? दादा, हमारा इनका यह झगड़ा है कि यह कहते हैं, जो लड़के बचपन में बड़े शैतान होते हैं, वही बड़े होकर सुशील हो जाते हैं; और मैं कहता हूँ, जो लड़कपन में सुशील होते हैं, वही बड़े होकर भी सुशील

रहते हैं। जो बात आदमी में है नहीं वह बीच में कहाँ से आ जायेगी।'

तेजा ने शंका की—'लड़के में तो अक्कल भी नहीं होती, जवान होने पर कहाँ से आ जाती है। अख़ुवे में तो खाली दो दल होते हैं, फिर उनमें डाल-पात कहाँ से आ जाते हैं। यह कोई बात नहीं। मैं ऐसे कितने ही नामी आदमियों के उदाहरन दे सकता हूँ, जो बचपन में बड़े पाजी थे; पर आगे चलकर महात्मा हो गये।'

समरकान्त को बालकों के इस तर्क में बड़ा आनन्द आया। मध्यस्थ बनकर दोनों ओर कुछ सहारा देते जाते थे। रास्ते में एक जगह कीचड़ भरा हुआ था। समरकान्त के जूते कीचड़ में फँसकर पाँव से निकल गये। इस पर बड़ी हँसी हुई।

सामने से पाँच सवार आते दिखाई दिए। तेजा ने एक पत्थर उठाकर एक सवार पर निशाना मारा। उसकी पगड़ी ज़मीन पर गिर पड़ी। वह तो घोड़े से उतरकर पगड़ी उठाने लगा, बाक़ी चारों घोड़े दौड़ाते हुए समरकान्त के पास आ पहुँचे।

तेजा दौड़कर एक पेड़ पर चढ़ गया। दो सवार उसके पीछे दौड़े और नीचे से गालियाँ देने लगे। बाक़ी तीन सवारों ने समरकान्त को घेर लिया और एक ने हण्टर निकालकर ऊपर उठाया ही था कि एकाएक चौंक पड़ा और बोला—'अरे ! आप हैं सेठजी ! आप यहाँ कहाँ ?'

सेठजी ने सलीम को पहचानकर कहा—'हाँ-हाँ, चला दो हण्टर, रुक क्यों गये ? अपनी कारगुज़ारी दिखाने का ऐसा मौक़ा फिर कहाँ मिलेगा। हाकिम होकर अगर ग़रीबों पर हण्टर न चलाया, तो हाकिमी किस काम की।'

सलीम लज्जित हो गया—'आप इन लौंडों की शरारत देख रहे हैं, फिर भी मुझी को क़सूरवार ठहराते हैं। उसने ऐसा पत्थर मारा कि इन दारोग़ाजी की पगड़ी गिर गयी। ख़ैरियत हुई कि आँख में न लगा।'

समरकान्त आवेश में औचित्य को भूलकर बोले—'ठीक तो है, जब उस लौंडे ने पत्थर चलाया, जो अभी नादान है, तो फिर हमारे हाकिम साहब जो विद्या के सागर हैं, क्या हण्टर भी न चलायें। कह दो दोनों सवार पेड़ पर चढ़ जायें, लौंडे को ढकेल दें, नीचे गिर पड़े। मर जायेगा, तो क्या हुआ, हाकिम से बेअदबी करने की सज़ा तो पा जायेगा।'

सलीम ने सफ़ाई दी—'आप तो अभी आये हैं, आपको क्या ख़बर यहाँ के लोग कितने मुफ़सिद हैं। एक बुढ़िया ने मेरे मुँह पर थूक दिया, मैंने ज़ब्त किया, वरना सारा गाँव जेल में होता।'

समरकान्त यह बमगोला खाकर भी परास्त न हुए—'तुम्हारे ज़ब्त की बानगी देखे आ रहा हूँ बेटा, अब मुँह न ख़ुलवाओ। वह अगर ज़ाहिल बेसमझ औरत थी, तो तुम्हीं ने आलिम-फ़ाज़िल होकर कौन-सी शराफ़त की ? उसकी सारी देह लहू-लुहान हो रही है। शायद बचेगी भी नहीं। कुछ याद है कितने आदमियों के अंग-भंग हुए ? सब तुम्हारे नाम की दुआयें दे रहे हैं। अगर उनसे रुपये न वसूल होते थे, तो बेदख़ल कर सकते थे, उनकी फ़सल क़ुर्क़ कर सकते थे। मार-पीट का कानून कहाँ से निकला ?'

'बेदख़ली से क्या नतीज़ा, ज़मीन का यहाँ कौन ख़रीदार है ? आख़िर सरकारी रक़म कैसे वसूल की जाये।'

'तो मार डालो सारे गाँव को, देखो कितने रुपये वसूल होते हैं। तुमसे मुझे ऐसी आशा

न थी; मगर शायद हुकूमत में कुछ नशा होता है।'

'आपने अभी इन लोगों की बदमाशी नहीं देखी। मेरे साथ आइए, तो मैं सारी दास्तान सुनाऊँ। आप इस वक़्त आ कहाँ से रहे हैं ?'

समरकान्त ने अपने लखनऊ आने और सुखदा से मिलने का हाल कहा। फिर मतलब की बात छेड़ी—'अमर तो यहीं होगा ? सुना, तीसरे दरजे में रखा गया है।'

अँधेरा ज़्यादा हो गया था। कुछ ठण्ड भी पड़ने लगी थी। चार सवार तो गाँव की तरफ़ चले गये, सलीम घोड़े की रास थामे हुए पाँव-पाँव समरकान्त के साथ डाकबँगले चला।

कुछ दूर चलने के बाद समरकान्त बोले—'तुमने दोस्त के साथ ख़ूब दोस्ती निभायी। जेल भेज दिया, अच्छा किया; मगर कम-से-कम उसे कोई अच्छा दरजा तो दिला देते। मगर हाकिम ठहरे, अपने दोस्त की सिफ़ारिश कैसे करते।'

सलीम ने व्यथित कण्ठ से कहा—'आप तो लालाजी मुझी पर सारा गुस्सा उतार रहे हैं। मैंने तो दूसरा दरजा दिला दिया था; मगर अमर ख़ुद मामूली क़ैदियों के साथ रहने पर ज़िद करने लगे, तो मैं क्या करता। मेरी बदनसीबी है कि यहाँ आते ही मुझे वह सब कुछ करना पड़ा, जिससे मुझे नफ़रत थी।'

डाकबँगले पहुँचकर सेठजी एक आराम-कुरसी पर लेट गये और बोले—'तो मेरा यहाँ आना व्यर्थ हुआ। जब वह अपनी ख़ुशी से तीसरे दरजे में है, तो लाचारी है। मुलाक़ात हो जायेगी ?'

सलीम ने उत्तर दिया—'मैं आपके साथ चलूँगा। मुलाक़ात की तारीख तो अभी नहीं आयी है, मगर जेलवाले शायद मान जायें। हाँ, अंदेशा अमरकान्त की तरफ़ से है। वह किसी क़िस्म की रिआयत नहीं चाहते।'

उसने ज़रा मुस्कराकर कहा—'अब तो आप भी इन कामों में शरीक होने लगे ?'

सेठजी ने नम्रता से कहा—'अब मैं इस उम्र में क्या काम करूँगा। बूढ़े दिल में जवानी का जोश कहाँ से आये। बहू जेल में है, लड़का जेल में है, शायद लड़की भी जेल की तैयारी कर रही है। और मैं चैन से खाता-पीता हूँ ! आराम से सोता हूँ। मेरी औलाद मेरे पापों का प्रायश्चित कर रही है, मैंने ग़रीबों का कितना ख़ून चूसा है, कितने घर तबाह किये हैं, उसकी याद करके ख़ुद शर्मिन्दा हो जाता हूँ। अगर जवानी में समझ आ गयी होती, तो कुछ अपना सुधार करता। अब क्या करूँगा। बाप सन्तान का गुरु होता है। उसी के पीछे लड़के चलते हैं। मुझे अपने लड़कों के पीछे चलना पड़ा। मैं धर्म की असलियत को न समझकर धर्म के स्वाँग को धर्म समझें हुए था। यही मेरी ज़िन्दगी की सबसे बड़ी भूल थी। मुझे तो ऐसा मालूम होता है कि दुनिया का कैंडा ही बिगड़ा हुआ है। जब तक हमें जायदाद पैदा करने की धुन रहेगी, हम धर्म से कोसों दूर रहेंगे। ईश्वर ने संसार को क्यों इस ढंग पर लगाया, यह मेरी समझ में नहीं आता। दुनिया को जायदाद के मोह-बन्धन से छुड़ाना पड़ेगा, तभी आदमी आदमी होगा; तभी दुनिया से पाप का नाश होगा।'

सलीम ऐसी ऊँची बातों में न पड़ना चाहता था। उसने सोचा—जब मैं भी इनकी तरह ज़िन्दगी के सुख भोग लूँगा, तो मरते समय फ़िलासफ़र बन जाऊँगा। दोनों कई मिनट तक चुपचाप बैठे रहे। फिर लालाजी स्नेह से भरे स्वर में बोले—'नौकर हो जाने पर आदमी

को मालिक का हुक्म मानना ही पड़ता है। इसकी मैं बुराई नहीं करता। हाँ, एक बात कहूँगा। जिन पर तुमने जुल्म किया है, चलकर उनके आँसू पोंछ दो। यह ग़रीब आदमी थोड़ी-सी भलमनसी से क़ाबू में आ जाते हैं। सरकार की नीति तो तुम नहीं बदल सकते; लेकिन इतना तो कर सकते हो कि किसी पर बेजा सख्ती न करो।'

सलीम ने शर्माते हुए कहा—'लोगों की गुस्ताखी पर गुस्सा आ जाता है; वरना मैं तो ख़ुद नहीं चाहता कि किसी पर सख्ती करूँ। फिर सिर पर कितनी बड़ी ज़िम्मेदारी है। लगान न वसूल हुआ, तो मैं कितना नालायक समझा जाऊँगा।'

समरकान्त ने तेज़ होकर कहा—'तो बेटा, लगान तो न वसूल होगा, हाँ, आदमियों के खून से हाथ रँग सकते हो।'

'यही तो देखना है।'

'देख लेना। मैंने भी इसी दुनिया में बाल सफ़ेद किये हैं। हमारे किसान अफ़सरों की सूरत से काँपते थे; लेकिन ज़माना बदल रहा है। अब उन्हें भी मान-अपमान का ख़याल होता है। तुम मुफ्त में बदनामी उठा रहे हो।'

'अपना फ़र्ज़ अदा करना बदनाम है, तो मुझे उसकी परवा नहीं।'

समरकान्त ने अफ़सरी के इस अभिमान पर मन में हँसकर कहा—'फ़र्ज़ में थोड़ी-सी मिठास मिला देने से किसी का कुछ नहीं बिगड़ता, हाँ, बन बहुत कुछ जाता है, यह बेचारे किसान ऐसे ग़रीब हैं कि थोड़ी-सी हमदर्दी करके उन्हें अपना ग़ुलाम बना सकते हो। हुकूमत वह बहुत झेल चुके। अब भलमनसी का बरताव चाहते हैं। जिस औरत को तुमने हण्टरों से मारा, उसे एक बार माता कहकर उसकी गर्दन काट सकते थे। यह मत समझो कि तुम उन पर हुकूमत करने आये हो। यह समझो कि उनकी सेवा करने आये हो ! मान लिया, तुम्हें तलब सरकार से मिलती है; लेकिन आती तो है इन्हीं की गाँठ से। कोई मूर्ख हो, तो उसे समझाऊँ। तुम भगवान की कृपा से आप ही विद्वान हो। तुम्हें क्या समझाऊँ। तुम पुलिसवालों की बातों में आ गये। यही बात है न ?'

सलीम भला यह कैसे स्वीकार करता ?

लेकिन समरकान्त अड़े रहे—'मैं इसे नहीं मान सकता। तुम तो किसी से नज़र नहीं लेना चाहते; लेकिन जिन लोगों की रोटियाँ नोच-खसोट पर चलती हैं, उन्होंने ज़रूर तुम्हें भरा होगा। तुम्हारा चेहरा कहे देता है कि तुम्हें ग़रीबों पर जुल्म करने का अफ़सोस है। मैं यह तो नहीं चाहता कि आठ आने से एक पाई भी ज्यादा वसूल करो; लेकिन दिलजोई के साथ तुम बेशी भी वसूल कर सकते हो। जो भूखों मरते हैं, चीथड़े पहनकर और पुआल में सोकर दिन काटते हैं, उनसे एक पैसा भी दबाकर लेना अन्याय है। जब हम और तुम दो-चार घण्टे आराम से काम करके आराम से रहना चाहते हैं, जायदादें बनाना चाहते हैं; शौक की चीज़ें जमा करते हैं, तो क्या यह अन्याय नहीं है कि जो लोग स्त्री-बच्चों समेत अठारह घण्टे रोज़ काम करें, वह रोटी-कपड़े को तरसें ? बेचारे ग़रीब हैं, बेज़बान हैं, अपने को संगठित नहीं कर सकते; इसलिए सभी छोटे-बड़े उन पर रोब जमाते हैं। मगर तुम जैसे सहृदय और विद्वान लोग भी वही करने लगे, जो मामूली अमले करते हैं, तो अफ़सोस होता है। अपने साथ किसी को मत लो, मेरे साथ चलो। मैं ज़िम्मा लेता हूँ कि कोई तुमसे गुस्ताख़ी

न करेगा। उनके जख्म पर मरहम रख दो, मैं इतना ही चाहता हूँ। जब तक जियेंगे बेचारे तुम्हें याद करेंगे। सद्भाव में सम्मोहन का-सा असर होता है।'

सलीम का हृदय अभी इतना काला न हुआ था कि उस पर कोई रंग ही न चढ़ता। सकुचाता हुआ बोला–'मेरी तरफ़ से आप ही को कहना पड़ेगा।'

'हाँ-हाँ, यह सब मैं कर दूँगा; लेकिन ऐसा न हो, मैं उधर चलूँ, इधर तुम हण्टरबाज़ी शुरू करो।'

'अब ज़्यादा शर्मिन्दा न कीजिए।'

'तुम यह तजवीज़ क्यों नहीं करते कि असामियों की हालत की जाँच की जाय ? आँखें बन्द करके हुक्म मानना तुम्हारा काम नहीं। पहले अपना इतमीनान तो कर लो कि तुम बेइन्साफ़ी तो नहीं कर रहे हो। तुम ख़ुद ऐसी रिपोर्ट क्यों नहीं लिखते ? मुमकिन है हुक्काम इसे पसन्द न करें; लेकिन हक़ के लिए कुछ नुकसान उठाना पड़े, तो क्या चिन्ता।'

सलीम को यह बातें न्याय-संगत जान पड़ीं। खूँटे की पतली नोंक ज़मीन के अन्दर पहुँच चुकी थी। बोला–'इस बुज़ुर्गाना सलाह के लिए आपका एहसानमन्द हूँ और उस पर अमल करने की कोशिश करूँगा।'

भोजन का समय आ गया था। सलीम ने पूछा–'आपके लिए क्या खाना बनवाऊँ ?'

'जो चाहे बनवाओ; पर इतना याद रक्खो कि मैं हिन्दू हूँ और पुराने ज़माने का आदमी हूँ। अभी तक छूत-छात को मानता हूँ।'

'आप छूत-छात को अच्छा समझते हैं ?'

'अच्छा तो नहीं समझता; पर मानता हूँ।'

'तब मानते ही क्यों हैं ?'

'इसलिए कि संस्कारों को मिटाना मुश्किल है। अगर ज़रूरत पड़े, तो मैं तुम्हारा मल उठाकर फेंक दूँगा; लेकिन तुम्हारी थाली में मुझसे न खाया जायेगा।'

'मैं तो आज आपको अपने साथ बैठाकर खिलाऊँगा।'

'तुम प्याज, मांस, अण्डे खाते हो। मुझसे उन बरतनों में खाया ही न जायेगा।'

'आप यह सब कुछ न खाइयेगा; मगर मेरे साथ बैठना पड़ेगा। मैं रोज़ साबुन लगाकर नहाता हूँ।'

'बरतनों को ख़ूब साफ़ करा लेना।'

'आपका खाना हिन्दू बनायेगा साहब। बस, एक मेज़ पर बैठकर खा लेना।'

'अच्छा, खा लूँगा भाई। मैं दूध और घी खूब खाता हूँ।'

सेठजी तो सन्ध्योपासन करने बैठे, फिर पाठ करने लगे। इधर सलीम के साथ के एक हिन्दू कांसटेबल ने पूरी, कचौरी हलवा, खीर पकाई। दही पहले ही से रखा हुआ था। सलीम ख़ुद आज यही भोजन करेगा। सेठजी सन्ध्या करके लौटे, तो देखा दो कम्बल बिछे हुए हैं और थालियाँ रखी हुई हैं।

सेठजी ने ख़ुश होकर कहा–'यह तुमने बहुत अच्छा इन्तज़ाम किया।'

सलीम ने हँसकर कहा–'मैंने सोचा, आपका धर्म क्यों लूँ, नहीं एक ही कम्बल रखता।'

'अगर यह ख़याल है, तो तुम मेरे कम्बल पर आ जाओ। नहीं, मैं ही आता हूँ।'

वह थाली उठाकर सलीम के कम्बल पर आ बैठे। अपने विचार में आज उन्होंने अपने जीवन का सबसे महान् त्याग किया। सारी सम्पत्ति दान देकर भी उनका हृदय इतना गौरवान्वित न होता।

सलीम ने चुटकी ली–'अब तो आप मुसलमान हो गये।'

सेठजी बोले–'मैं मुसलमान नहीं हुआ। तुम हिन्दू हो गये।'

4

प्रातःकाल समरकान्त और सलीम डाकबँगले से गाँव की ओर चले। पहाड़ियों से नीली भाप उठ रही थी और प्रकाश का हृदय जैसे किसी अव्यक्त वेदना से भारी हो रहा था। चारों ओर सन्नाटा था। पृथ्वी किसी रोगी की भाँति कोहरे के नीचे पड़ी सिहर रही थी। कुछ लोग बन्दरों की भाँति छप्परों पर बैठे उसकी मरम्मत कर रहे थे और कहीं-कहीं स्त्रियाँ गोबर पाथ रही थीं। दोनों आदमी पहले सलोनी के घर गये।

सलोनी को ज्वर चढ़ा हुआ था और सारी देह फोड़े की भाँति दुख रही थी, मगर उसे गाने की धुन सवार थी–

सन्तो देखत जग बौराना।
साँच कहो तो मारन धावे, झूठ जगत पतियाना, सन्तो देखत...

मनोव्यथा जब असह्य और अपार हो जाती है, जब उसे कहीं त्राण नहीं मिलता; जब वह रुदन और क्रन्दन की गोद में भी आश्रय नहीं पाती, तो वह संगीत के चरणों पर जा गिरती है।

समरकान्त ने पुकारा–'भाभी, ज़रा बाहर तो आओ।'

सलोनी चटपट उठकर पके बालों को घूँघट से छिपाती, नवयौवना की भाँति लजाती आकर खड़ी हो गयी और पूछा–'तुम कहाँ चले गये थे, देवरजी ?'

सहसा सलीम को देखकर वह एक पग पीछे हट गयी और जैसे गाली दी–'यह तो हाकिम है !'

फिर सिंहनी की भाँति झपटकर उसने सलीम को ऐसा धक्का दिया कि वह गिरते-गिरते बचा, और जब तक समरकान्त उसे हटायें-हटायें, सलीम की गरदन पकड़कर इस तरह दबाई, मानो घोंट देगी।

सेठजी ने उसे बल-पूर्वक हटाकर कहा–'पगला गयी है क्या भाभी ? अलग हट जा, सुनती नहीं ?'

सलोनी ने फटी-फटी प्रज्वलित आँखों से सलीम को घूरते हुए कहा–'मार तो दिखा दूँ, आज मेरा सरदार आ गया है ! सिर कुचलकर रख देगा !'

समरकान्त ने तिरस्कार-भरे स्वर में कहा–'सरदार के मुँह कालिख लगा रही हो और क्या। बूढ़ी हो गयी, मरने के दिन आ गये और अभी लड़कपन नहीं गया। यही तुम्हारा धर्म है कि कोई हाकिम द्वार पर आये, तो उसका अपमान करो !'

सलोनी ने मन में कहा—यह लाला भी ठकुरसुहाती करते हैं। लड़का पकड़ गया है न, इसी से। फिर दुराग्रह से बोली—'पूछो इसने सबको पीटा नहीं था ?'

सेठजी बिगड़कर बोले—'तुम हाकिम होती और गाँववाले तुम्हें देखते ही लाठियाँ ले-लेकर निकल आते, तो तुम क्या करतीं ? जब प्रजा लड़ने पर तैयार हो जाय, तो हाकिम क्या उसकी पूजा करे ! अमर होता तो वह लाठी लेकर न दौड़ता ? गाँववालों को लाजिम था कि हाकिम के पास आकर अपना-अपना हाल कहते, अरज-बिनती करते, अदब से, नम्रता से। यह नहीं कि हाकिम को देखा और मारने दौड़े, मानो वह तुम्हारा दुश्मन है। मैं इन्हें समझा-बुझाकर लाया था कि मेल करा दूँ, दिलों की सफ़ाई हो जाय, और तुम उनसे लड़ने पर तैयार हो गयी।'

यहाँ की हलचल सुनकर गाँव के और कई आदमी जमा हो गये; पर किसी ने सलीम को सलाम नहीं किया। सबकी त्योरियाँ चढ़ी हुई थीं।

समरकान्त ने उन्हें सम्बोधित किया—'तुम्हीं लोग सोचो। यह साहब तुम्हारे हाकिम हैं। जब रिआया हाकिम के साथ गुस्ताखी करती है, तो हाकिम को भी क्रोध आ जाय तो कोई ताज्जुब नहीं। यह बिचारे तो अपने को हाकिम समझते ही नहीं। लेकिन इज़्ज़त तो सभी चाहते हैं, हाकिम हों या न हों। कोई आदमी अपनी बेइज़्ज़ती नहीं देख सकता। बोलो गूदड़, कुछ ग़लत कहता हूँ।'

गूदड़ ने सिर झुकाकर कहा—'नहीं मालिक, सच ही कहते हो। मुदा वह तो बावली है। उसकी किसी बात का बुरा न मानो। सबके मुँह में कालिख लगा रही है और क्या।'

'यह हमारे लड़के के बराबर हैं। अमर के साथ पढ़े, उन्हीं के साथ खेले। तुमने अपनी आँखों देखा कि अमर को गिरफ्तार करने यह अकेले आये थे। क्या समझकर ? क्या पुलिस को भेजकर न पकड़वा सकते थे ? सिपाही हुक्म पाते ही आते और धक्के देकर बाँध ले जाते। इनकी शराफ़त थी कि ख़ुद आये और किसी पुलिस को साथ न लाए। अमर ने भी सही किया, जो उसका धर्म था। अकेले आदमी को बेइज़्ज़त करना चाहते, तो क्या मुश्किल था। अब तक जो कुछ हुआ, उसका इन्हें रंज है, हालाँकि कसूर तुम लोगों को भी था। अब तुम भी पिछली बातों को भूल जाओ। इनकी तरफ़ से अब किसी तरह की सख्ती न होगी। इन्हें अगर तुम्हारी जायदाद नीलाम करने का हुक्म मिलेगा, नीलाम करेंगे, गिरफ्तार करने का हुक्म मिलेगा, गिरफ्तार करेंगे, तुम्हें बुरा न लगना चाहिए। तुम धर्म की लड़ाई लड़ रहे हो। लड़ाई नहीं, यह तपस्या है। तपस्या में क्रोध और द्वेष आ जाता है, तो तपस्या भंग हो जाती है।'

स्वामीजी बोले—'धर्म की रक्षा एक ओर से नहीं होती ! सरकार नीति बनाती है। उसे नीति की रक्षा करनी चाहिए। जब उसके कर्मचारी नीति पैरों से कुचलते हैं, तो फिर जनता कैसे नीति की रक्षा कर सकती है ?'

समरकान्त ने फटकार बताई—'आप संन्यासी होकर ऐसा कहते हैं स्वामीजी ! आपको अपनी नीतिपरता से अपने शासकों को नीति पर लाना है। यदि वह नीति पर ही होते, तो आपको यह तपस्या क्यों करनी पड़ती ? आप अनीति पर अनीति से नहीं, नीति से विजय पा सकते हैं।'

स्वामीजी का मुँह ज़रा-सा निकल आया। ज़बान बन्द हो गयी।

सलोनी का पीड़ित हृदय पक्षी के समान पिंजरे से निकलकर भी कोई आश्रय खोज रहा था। सज्जनता और सत्प्रेरणा से भरा हुआ यह तिरस्कार उसके सामने जैसे दाने बिखेरने लगा। पक्षी ने दो-चार बार गरदन झुकाकर दोनों को सतर्क नेत्रों से देखा, फिर अपने रक्षक को 'आ, आ' करते सुना और पर फैलाकर दानों पर उतर आया।

सलोनी आँखों में आँसू भरे, दोनों हाथ जोड़े, सलीम के सामने आकर बोली—'सरकार, मुझसे बड़ी खता हो गयी। माफी दीजिए। मुझे जूतों से पीटिए...'

सेठजी ने कहा—'सरकार नहीं, बेटा कहो।'

'बेटा, मुझसे बड़ा अपराध हुआ। मूरख हूँ, बावली हूँ। जो सज़ा चाहे दो।'

सलीम के युवा नेत्र भी सजल हो गये। हुकूमत का रोब और अधिकार का गर्व भूल गया। बोला—'माताजी, मुझे शर्मिन्दा न करो। यहाँ जितने लोग खड़े हैं, मैं उन सबसे और जो यहाँ नहीं हैं, उनसे भी अपनी ख़ताओं की मुआफ़ी चाहता हूँ।'

गूदड़ ने कहा—'हम तुम्हारे ग़ुलाम हैं भैया; लेकिन मूरख जो ठहरे, आदमी पहचानते तो क्यों इतनी बातें होतीं ?'

स्वामीजी ने समरकान्त के कान में कहा—'मुझे तो ऐसा जान पड़ता है कि दग़ा करेगा।'

सेठजी ने आश्वासन दिया—'कभी नहीं। नौकरी चाहे चली जाय; पर तुम्हें सतायेगा नहीं, शरीफ़ आदमी है।'

'तो क्या हमें पूरा लगान देना पड़ेगा ?'

'जब कुछ है ही नहीं तो दोगे कहाँ से ?'

स्वामीजी हटे तो सलीम ने आकर सेठजी के कान में कुछ कहा।

सेठजी मुस्कराकर बोले—'यह साहब तुम लोगों को दवा-दारू के लिए एक सौ रुपये भेंट कर रहे हैं। मैं अपनी ओर से उसमें नौ सौ रुपये मिलाये देता हूँ। स्वामीजी डाकबँगले पर चलकर मुझसे रुपये ले लो।'

गूदड़ ने कृतज्ञता को दबाते हुए कहा—'भैया...' पर मुख से एक शब्द भी न निकला।

समरकान्त बोले—'यह मत समझो कि यह मेरे रुपये हैं। मैं अपने बाप के घर से नहीं लाया। तुम्हीं से, तुम्हारा ही गला दबाकर लिए थे। वह तुम्हें लौटा रहा हूँ।'

गाँव में जहाँ सियापा छाया हुआ था, वहाँ रौनक़ नज़र आने लगी। जैसे कोई संगीत वायु में घुल गया हो !

5

अमरकान्त को जेल में रोज़-रोज़ का समाचार किसी-न-किसी तरह मिल जाता था। जिस दिन मार-पीट और अग्निकाण्ड की ख़बर मिली, उसके क्रोध का वारापार न रहा और जैसे आग बुझकर राख हो जाती है, थोड़ी देर के बाद क्रोध की जगह केवल नैराश्य रह गया। लोगों के रोने-पीटने की दर्द-भरी हाय-हाय जैसे मूर्तिमान होकर उसके सामने सिर पीट रही

थी। जलते हुए घरों की लपटें जैसे उसे झुलसा डालती थीं। वह सारा भीषण दृश्य कल्पनातीत होकर सर्वनाश के समीप जा पहुँचा था और इसकी ज़िम्मेदारी किस पर थी ? रुपये तो यों भी वसूल किए जाते; पर इतना अत्याचार तो न होता, कुछ रिआयत तो की जाती। सरकार इस विद्रोह के बाद किसी तरह भी नर्मी का बर्ताव न कर सकती थी, लेकिन रुपया न दे सकना तो किसी मनुष्य का दोष नहीं ! यह मन्दी की बला कहाँ से आयी, कौन जाने। यह तो ऐसा ही है कि आँधी में किसी का छप्पर उड़ जाय और सरकार उसे दण्ड दे। यह शासन किसके हित के लिए है ? इसका उद्देश्य क्या है ?

इन विचारों से तंग आकर उसने नैराश्य में मुँह छिपाया। अत्याचार हो रहा है। होने दो। मैं क्या करूँ ? कर ही क्या सकता हूँ ! मैं कौन हूँ ! मुझसे मतलब ? कमज़ोरों के भाग्य में जब तक मार खाना लिखा है, मार खाएँगे। मैं ही यहाँ क्या फूलों की सेज पर सोया हुआ हूँ। अगर संसार के सारे प्राणी पशु हो जायें, तो मैं क्या करूँ। जो कुछ होगा, होगा। यह भी ईश्वर की लीला है ! वाह रे तेरी लीला ! अगर ऐसी ही लीलाओं में तुम्हें आनन्द आता है, तो तुम दयामय क्यों बनते हो ? ज़बरदस्त का ठेंगा सिर पर, क्या यह भी ईश्वरीय नियम है ?

जब सामने कोई विकट समस्या आ जाती थी, तो उसका मन नास्तिकता की ओर झुक जाता था। सारा विश्व शृंखला-हीन, अव्यवस्थित, रहस्यमय जान पड़ता था।

उसने बान बटना शुरू किया; लेकिन आँखों के सामने एक दूसरा ही अभिनय हो रहा था—वही सलोनी है, सिर के बाल ख़ुल हुए, अर्धनग्न। मार पड़ रही है। उसके रुदन की करुणाजनक ध्वनि कानों में आने लगी। फिर मुन्नी की मूर्ति सामने आ खड़ी हुई। उसे सिपाहियों ने गिरफ्तार कर लिया है और खींचे लिये जा रहे हैं। उनके मुँह से अनायास ही निकल गया—'हाँय-हाँय, यह क्या करते हो।' फिर वह सचेत हो गया और बान बटने लगा।

रात को भी यह दृश्य आँखों में फिरा करते, वही क्रन्दन कानों में गूँजा करता। इस सारी विपत्ति का भार अपने सिर पर लेकर वह दबा जा रहा था। इस भार को हलका करने के लिए उसके पास कोई साधन न था। ईश्वर का बहिष्कार करके उसने मानो नौका का परित्याग कर दिया था और अथाह जल में डूबा जा रहा था। कर्म-जिज्ञासा उसे किसी तिनके का सहारा न लेने देती थी। वह किधर जा रहा है और अपने साथ लाखों निस्सहाय प्राणियों को किधर लिए जा रहा है ? इसका क्या अन्त होगा ? इस काली घटा में कहीं चाँदी की झालर है। वह चाहता था, कहीं से आवाज़ आये—बढ़े आओ ! बढ़े आओ ! यही सीधा रास्ता है; पर चारों तरफ़ निविड़, सघन अन्धकार था। कहीं से कोई आवाज़ नहीं आती, कहीं प्रकाश नहीं मिलता। जब वह स्वयं अन्धकार में पड़ा हुआ है, स्वयं नहीं जानता आगे स्वर्ग की शीतल छाया है, या विध्वंस की भीषण ज्वाला, तो उसे क्या अधिकार है कि इतने प्राणियों की जान आफ़त में डाले। इसी मानसिक पराभव की दशा में उसके अन्तःकरण से निकला—'ईश्वर मुझे प्रकाश दो, मुझे उबारो। और वह रोने लगा।'

सुबह का वक़्त था, क़ैदियों की हाज़िरी हो गयी थी। अमर का मन कुछ शान्त था। वह प्रचण्ड आवेग शान्त हो गया था और आकाश में छायी हुई गर्द बैठ गयी थी। चीज़ें

साफ़-साफ़ दिखाई देने लगी थीं। अमर मन में पिछली घटनाओं की आलोचना कर रहा था। कारण और कार्य के सूत्रों को मिलाने की चेष्टा करते हुए सहसा उसे एक ठोकर-सी लगी—नैना का वह पत्र और सुखदा की गिरफ्तारी। इसी से तो वह आवेश में आ गया था और समझौते का सुसाध्य मार्ग छोड़कर उस दुर्गम पथ की ओर झुक पड़ा था। इस ठोकर ने जैसे उसकी आँखें खोल दीं। मालूम हुआ, यश-लालसा का, व्यक्तिगत स्पर्द्धा का, सेवा के आवरण में छिपे हुए अहंकार को खेल था। इस अविचार और आवेश का परिणाम इसके सिवा और क्या होता ?

अमर के समीप एक क़ैदी बैठा बान बट रहा था। अमर ने पूछा—'तुम कैसे आये भई ?'

उसने कुतूहल से देखकर कहा—'पहले तुम बताओ।'

'मुझे. तो नाम की धुन थी।'

'मुझे धन की धुन थी !'

उसी वक़्त जेलर ने आकर अमर से कहा—'तुम्हारा तबादला लखनऊ हो गया है। तुम्हारे बाप आये थे। तुमसे मिलना चाहते थे। तुम्हारी मुलाक़ात की तारीख़ न थी। साहब ने इन्कार कर दिया।

अमर ने आश्चर्य से पूछा—'मेरे पिताजी यहाँ आये थे ?'

'हाँ-हाँ, इसमें ताज्जुब की क्या बात है। मि. सलीम भी उनके साथ थे।'

'इलाक़े की कुछ नयी ख़बर ?'

'तुम्हारे बाप ने शायद सलीम साहब को समझाकर गाँववालों से मेल करा दिया है। शरीफ़ आदमी हैं। गाँववालों के इलाज वग़ैरह के लिए एक हज़ार रुपये दे दिये।'

अमर मुस्कराया।

'उन्हीं की कोशिश से तुम्हारा तबादला हो रहा है। लखनऊ में तुम्हारी बीबी भी आ गयी हैं। शायद उन्हें छः महीने की सज़ा हुई हैं।'

अमर खड़ा हो गया—'सुखदा भी लखनऊ में है ?'

'और तुम्हारा तबादला क्यों हो रहा है !'

अमर को अपने मन में विलक्षण शान्ति का अनुभव हुआ। वह निराशा कहाँ गयी ? दुर्बलता कहाँ गयी ?

वह फिर बैठकर बान बटने लगा। उसके हाथों में आज ग़जब की फुरती है। ऐसी कायापलट ! ऐसा मंगलमय परिवर्तन ! क्या अब भी ईश्वर की दया में कोई सन्देह हो सकता है। उसने काँटे बोये थे। वह सब फूल हो गये !

सुखदा आज जेल में है। जो भोग-विलास पर आसक्त थी, वह आज दीनों की सेवा में अपना जीवन सार्थक कर रही है। पिताजी, जो पैसों को दाँत से पकड़ते थे, वह आज परोपकार में रत हैं। कोई दैवी शक्ति नहीं है तो यह सब कुछ किसकी प्रेरणा से हो रहा है !

उसने मन की सम्पूर्ण श्रद्धा से ईश्वर के चरणों में वन्दना की। वह भार, जिसके बोझ से यह दबा जा रहा था, उसके सिर से उतर गया था। जिसकी देह हलकी थी, मन हलका था और आगे आनेवाली ऊपर की चढ़ाई, मानो उसकी स्वागत कर रही थी।

6

अमरकान्त को लखनऊ जेल में आये आज तीसरा दिन है। यहाँ उसे चक्की का काम दिया गया है। जेल के अधिकारियों को मालूम है, वह धनी का पुत्र है, इसलिए उसे कठिन परिश्रम देकर भी उसके साथ कुछ रिआयत की जाती है।

एक छप्पर के नीचे चक्कियों की क़तारें लगी हुई हैं। दो-दो क़ैदी हरेक चक्की के पास खड़े आटा पीस रहे हैं। शाम को आटे की तौल होगी। आटा कम निकला, तो दण्ड मिलेगा।

अमर ने अपने संगी से कहा—'ज़रा ठहर जाओ भाई, दम ले लूँ, मेरे हाथ नहीं चलते। क्या नाम है तुम्हारा ? मैंने तो शायद तुम्हें कहीं देखा है।'

संगी गठीला, काला, लाल आँखोंवाला, कठोर आकृति का मनुष्य था, जो परिश्रम से थकना न जानता था। मुस्कराकर बोला—'मैं वही काले खाँ हूँ, जो एक बार तुम्हारे पास सोने के कड़े बेचने गया था। याद करो। लेकिन तुम यहाँ कैसे आ फँसे, मुझे यह ताज्जुब हो रहा है। परसों से ही पूछना चाहता था पर सोचता था, कहीं धोखा न हो रहा हो।'

अमर ने अपनी कथा संक्षेप में कह सुनाई और पूछा—'तुम कैसे आये ?'

काले खाँ हँसकर बोला—'मेरी क्या पूछते हो लाला, यहाँ तो छः महीने बाहर रहते हैं तो छः साल भीतर। अब तो यही आरजू है कि अल्लाह यहीं से बुला ले। मेरे लिए बाहर रहना मुसीबत है। सबको अच्छा-अच्छा पहनते, अच्छा-अच्छा खाते देखता हूँ, तो हसद होता है, पर मिले कहाँ से। कोई हुनर आती नहीं, इलम है नहीं। चोरी न करूँ, डाका न मारूँ, तो खाऊँ क्या। यहाँ किसी से हसद नहीं होता, न किसी को अच्छा पहनते देखता हूँ, न अच्छा खाते। सब अपने ही जैसे हैं, फिर डाह और जलन क्यों हो। इसीलिए अल्लाहताला से दुआ करता हूँ कि यहीं से बुला ले। छुटने की आरजू नहीं है। तुम्हारे हाथ दुख गये हों, तो रहने दो। मैं अकेला ही पीस डालूँगा। तुम्हें इन लोगों ने यहाँ काम दिया ही क्यों ? तुम्हारे भाई-बन्द तो हम लोगों से अलग, आराम से रखे जाते हैं। तुम्हें यहाँ क्यों डाल दिया। हट जाओ।'

अमर ने चक्की की मुठिया ज़ोर से पकड़कर कहा—'नहीं-नहीं, मैं थका नहीं हूँ। दो-चार दिन में आदत पड़ जायेगी, तो तुम्हारे बराबर काम करूँगा।'

काले खाँ ने उसे पीछे हटाते हुए कहा—'मगर यह तो अच्छा नहीं लगता कि तुम मेरे साथ चक्की पीसो। तुमने कोई ज़ुर्म नहीं किया है। रियाआ के पीछे सरकार से लड़े हो, तुम्हें मैं न पीसने दूँगा। मालूम होता है तुम्हारे लिए ही अल्लाह ने मुझे यहाँ भेजा है। वह तो बड़ा कारसाज़ आदमी हैं। उसकी क़ुदरत कुछ समझ में नहीं आती। आप ही आदमी से बुराई करवाता है, आप ही उसे सज़ा देता है, और आप ही उसे मुआफ़ कर देता है।'

अमर ने आपत्ति की—'बुराई ख़ुद नहीं कराता, हम ख़ुद करते हैं।'

काले खाँ ने ऐसी निगाहों से उसकी ओर देखा, जो कह रही थीं, तुम इस रहस्य को अभी नहीं समझ सकते—'ना, ना मैं यह नहीं मानूँगा। तुमने तो पढ़ा होगा, उसके हुक्म के बग़ैर एक पत्ता भी नहीं हिल सकता, बुराई कौन करेगा। सब कुछ वही करवाता है, और

फिर माफ़ भी कर देता है। यह मैं मुँह से कह रहा हूँ। जिस दिन मेरे ईमान में वह बात जम जायेगी, उसी दिन बुराई बन्द हो जायेगी। तुम्हीं ने उस दिन मुझे वह नसीहत सिखाई थी। मैं तुम्हें अपना पीर समझता हूँ। दो सौ की चीज़ तुमने तीस रुपये में न ली। उसी दिन मुझे मालूम हुआ, बदी क्या चीज़ है। अब सोचता हूँ, अल्लाह को कौन मुँह दिखाऊँगा। ज़िन्दगी में इतने गुनाह किये हैं कि जब उनकी याद आती है, तो रोएँ खड़े हो जाते हैं। अब तो उसी की रहीमी का भरोसा है। क्यों भैया, तुम्हारे मज़हब में क्या लिखा है। अल्लाह गुनाहगारों को मुआफ़ कर देता है ?'

काले खाँ की कठोर मुद्रा इस गहरी, सजीव, सरल भक्ति से प्रदीप्त हो उठी, आँखों में कोमल छटा उदय हो गयी। और वाणी इतनी मर्मस्पर्शी, इतनी आर्द्र थी कि अमर का हृदय पुलकित हो उठा—'सुनता तो हूँ खाँ साहब, कि वह बड़ा दयालु है।'

काले खाँ दूने वेग से चक्की घुमाता हुआ बोला—'बड़ा दयालु है भैया। माँ के पेट में बच्चे को भोजन पहुँचाता है। यह दुनिया ही उसकी रहीमी का आईना है। जिधर आँखें उठाओ, उसकी रहीमी के जलवे। इतने ख़ूनी डाकू यहाँ पड़े हुए हैं, उनके लिए भी आराम का सामान कर दिया। मौक़ा देता है, बार-बार मौक़ा देता है कि अब भी सँभल जावें। उसका गुस्सा कौन सहेगा भैया। जिस दिन उसे गुस्सा आवेगा, यह दुनिया जहन्नुम को चली जायेगी। हमारे-तुम्हारे ऊपर वह क्या गुस्सा करेगा। हम चींटी को पैरों तले पड़ते देखकर किनारे से निकल जाते हैं। उसे कुचलते रहम आता है। जिस अल्लाह ने हमको बनाया, जो हमको पालता है, वह हमारे ऊपर कभी गुस्सा कर सकता है ? कभी नहीं।'

अमर को अपने अन्दर आस्था की एक लहर-सी उठती हुई जान पड़ी। इतने अटल विश्वास और सरल श्रद्धा के साथ इस विषय पर उसने किसी को बातें करते न सुना था। बात वही थी, जो वह नित्य छोटे-बड़े के मुँह से सुना करता था; पर निष्ठा ने उन शब्दों में जान-सी डाल दी थी।

ज़रा देर के बाद वह फिर बोला—'भैया, तुमसे चक्की चलवाना तो ऐसा ही है, जैसे कोई तलवार से चिड़िया को हलाल करे। तुम्हें अस्पताल में रखना चाहिए था, बीमारी में दवा से उतना फ़ायदा नहीं होता, जितना मीठी बात से हो जाता है। मेरे सामने यहाँ कई क़ैदी बीमार हुए; पर एक भी अच्छा न हुआ। बात क्या है ? दवा क़ैदी के सिर पर पटक दी जाती है, वह चाहे पिये चाहें फेंक दे।'

अमर को उस काली-कलूटी काया में स्वर्ण-जैसा हृदय चमकता दीख पड़ा। मुस्कराकर बोला—'लेकिन दोनों साथ-साथ कैसे करूँगा ?'

'मैं अकेला चक्की चला लूँगा और पूरा आटा तुलवा दूँगा।'

'तब तो सारा सवाब तुम्हीं को मिलेगा।'

काले खाँ ने साधु-भाव से कहा—'भैया, कोई काम सवाब समझकर नहीं करना चाहिए। दिल को ऐसा बना लो कि सवाब में उसे वही मज़ा आवे, जो गाने या खेलने में आता है। कोई काम इसलिए करना कि उससे नजात मिलेगी, रोज़गार है; फिर मैं तुम्हें क्या समझाऊँ ! तुम ख़ुद इन बातों को मुझसे ज़्यादा समझते हो। मैं तो मरीज़ की तीमारदारी करने के लायक़ ही नहीं हूँ। मुझे बड़ी जल्द गुस्सा आ जाता है। कितना चाहता हूँ कि गुस्सा न आये; पर

जहाँ किसी ने दो-एक बार मेरी बात न मानी और मैं बिगड़ा।'

वही डाकू, जिसे अमर ने एक दिन अधमता के पैरों के नीचे लोटते देखा था, आज देवत्व के पद पर पहुँच गया था। उसकी आत्मा से मानो एक प्रकाश-सा निकलकर अमर के अन्तःकरण को आलोकित करने लगा।

उसने कहा—'लेकिन यह तो बुरा मालूम होता है कि मेहनत का काम तुम करो और मैं...'

काले खाँ ने बात काटी—'भैया, इन बातों में क्या रखा है। तुम्हारा काम इस चक्की से कहीं कठिन होगा। तुम्हें किसी से बात करने तक की मुहलत न मिलेगी। मैं रात को मीठी नींद सोऊँगा। तुम्हें रातें जगाकर काटनी पड़ेंगी। जान-जोखिम भी तो है। इस चक्की में क्या रक्खा है। यह काम तो गधा भी कर सकता है, कल भी कर सकती है; लेकिन जो काम तुम करोगे, वह बिरले कर सकते हैं।'

सूर्यास्त हो रहा था। काले खाँ ने अपने पूरे गेहूँ पीस डाले थे और दूसरे क़ैदियों के पास जा-जाकर देख रहा था, किसका कितना काम बाक़ी है। कई क़ैदियों के गेहूँ अभी समाप्त नहीं हुए थे। जेल कर्मचारी आटा तौलने आ रहा होगा। इन बेचारों पर आफ़त आ जायेगी, मार पड़ने लगेगी। काले खाँ ने एक-एक चक्की के पास जाकर क़ैदियों की मदद करनी शुरू की। उसकी फुरती और मेहनत पर लोगों को विस्मय होता था। आध घण्टे में उसने फिसड्डियों की कमी पूरी कर दी। अमर अपनी चक्की के पास खड़ा सेवा के पुतले को श्रद्धा-भरी आँखों से देख रहा था, मानो दिव्य दर्शन कर रहा हो।

काले खाँ इधर से फ़ुरसत पाकर नमाज़ पढ़ने लगा। वहीं बरामदे में उसने वज़ू किया, अपना कम्बल ज़मीन पर बिछा दिया और नमाज़ शुरू की। उसी वक़्त जेलर साहब चार वार्डरों के साथ आटा तुलवाने आ पहुँचे। क़ैदियों ने अपना-अपना आटा बोरियों में भरा और तराजू के पास आकर खड़े हो गये। आटा तुलने लगा।

जेलर ने अमर से पूछा—'तुम्हारा साथी कहाँ गया ?'

अमर ने बतलाया, 'नमाज़ पढ़ रहा है।'

'उसे बुलाओ। पहले आटा तुलवा ले, फिर नमाज़ पढ़े। बड़ा नमाज़ी की दुम बना है। कहाँ गया है नमाज़ पढ़ने ?'

अमर ने शेड के पीछे की तरफ़ इशारा करके कहा—'उन्हें नमाज़ पढ़ने दें; आप आटा तौल लें।'

जेलर यह कब देख सकता था कि कोई क़ैदी उस वक़्त नमाज़ पढ़ने जाय, जब जेल के साक्षात् प्रभु पधारे हों ! शेड के पीछे जाकर बोले—'अबे ओ नमाज़ी के बच्चे, आटा क्यों नहीं तुलवाता ? बचा, गेहूँ चबा गये हो, तो नमाज़ का बहाना करने लगे। चल चटपट, वरना मारे हण्टरों के चमड़ी उधेड़ लूँगा।'

काले खाँ दूसरी ही दुनिया में था।

जेलर ने समीप जाकर अपनी छड़ी उसकी पीठ में चुभाते हुए कहा—'बहरा हो गया है क्या बे ? शामतें तो नहीं आयी हैं ?'

काले खाँ नमाज़ पढ़ने में मग्न था। पीछे फिरकर भी न देखा।

जेलर ने झल्लाकर लात जमाई। काले खाँ सिजदे के लिए झुका हुआ था। लात खाकर औंधे मुँह गिर पड़ा; तुरन्त सँभलकर फिर सिजदे में झुक गया। जेलर को अब ज़िद पड़ गयी कि उसकी नमाज़ बन्द कर दे। सम्भव है काले खाँ को भी ज़िद पड़ गयी हो कि नमाज़ पूरी किये बग़ैर न उठूँगा। वह तो सिजदे में था। जेलर ने उसे बूटदार ठोकरें जमानी शुरू कीं। एक वार्डर ने लपककर दो गारद के सिपाही बुला लिये। दूसरा जेलर साहब की कुमक पर दौड़ा। काले खाँ पर एक तरफ़ से ठोकरें पड़ रही थीं, दूसरी तरफ़ से लकड़ियाँ; पर वह सिजदे से सिर न उठाता था। हाँ, प्रत्येक आघात पर उसके मुँह से 'अल्लाहो अकबर !' की दिल हिला देनेवाली सदा निकल जाती थी। उधर आघातकारियों की उत्तेजना भी बढ़ती जाती थी। जेल का क़ैदी जेल के ख़ुदा को सिजदा न करके अपने ख़ुदा को सिजदा करे, इससे बड़ा जेलर साहब का क्या अपमान हो सकता था। यहाँ तक कि काले खाँ के सिरे से रुधिर बहने लगा। अमरकान्त उसकी रक्षा करने के लिए चला था कि एक वार्डर ने उसे मज़बूती से पकड़ लिया। उधर बराबर आघात हो रहे थे और काले खाँ बराबर 'अल्लाहो अकबर !' की सदा लगाए जाता था। आख़िर वह आवाज़ क्षीण होते-होते एक बार बिलकुल बन्द हो गयी और काले खाँ रक्त बहने से शिथिल हो गया। मगर चाहे किसी के कानों में आवाज़ न जाती हो, उसके ओठ अब भी ख़ुल रहे थे और अब भी 'अल्लाहो अकबर' की अव्यक्त ध्वनि निकल रही थी।

जेलर ने खिसियाकर कहा—'पड़ा रहने दो बदमाश को यहीं ! कल से इसे खड़ी बेड़ी दूँगा और तनहाई भी। अगर तब भी न सीधा हुआ, तो उलटी होगी। इसका नमाज़ीपन निकाल न दूँ, तो नाम नहीं !'

एक मिनट में वार्डर, जेलर, सिपाही सब चले गये। क़ैदियों के भोजन का समय आया, सब-के-सब भोजन पर जा बैठे। मगर काले खाँ अभी वहीं औंधा पड़ा था। सिर और नाक तथा कानों से ख़ून बह रहा था। अमरकान्त बैठा उसके घावों को पानी से धो रहा था और खून बंद करने का प्रयास कर रहा था। आत्मशक्ति के इस कल्पनातीत उदाहरण ने उसकी भौतिक बुद्धि को जैसे आक्रान्त कर दिया। ऐसी परिस्थिति में क्या वह इस भाँति निश्चल और संयमित बैठा रहता ? शायद पहले ही आघात में उसने या तो प्रतिकार किया होता या नमाज छोड़कर अलग हो आता। विज्ञान और नीति और देशानुराग की वेदी पर बलिदानों की कमी नहीं। पर यह निश्चल धैर्य ईश्वर-निष्ठा ही का प्रसाद है।

क़ैदी भोजन करके लौटे। काले खाँ अब भी वहीं पड़ा हुआ था। सभों ने उसे उठाकर बैरक में पहुँचाया और डॉक्टर को सूचना दी; पर उन्होंने रात को कष्ट उठाने की ज़रूरत न समझी। वहाँ और कोई दवा भी न थी। गर्म पानी तक न मयस्सर हो सका।

उस बैरक के क़ैदियों ने सारी रात बैठकर काटी। कई आदमी आमादा थे कि सुबह होते ही जेलर साहब की मरम्मत की जाय। यही न होगा, साल-साल भर की मीयाद और बढ़ जायेगी। क्या परवाह ! अमरकान्त शान्त प्रकृति का आदमी था; पर इस समय वह भी उन्हीं लोगों में मिला हुआ था। रात भर उसके अन्दर पशु और मनुष्य में द्वन्द्व होता रहा। वह जानता था, आग आग से नहीं, पानी से शान्त होती है। इन्सान कितना ही हैवान हो जाय, उसमें कुछ-न-कुछ आदमीयत रहती ही है। वह आदमीयत अगर जाग सकती है, तो

ग्लानि से, या पश्चात्ताप से। अमर अकेला होता, तो वह अब भी विचलित न होता; लेकिन सामूहिक आवेश ने उसे भी अस्थिर कर दिया। समूह के साथ हम कितने ही ऐसे अच्छे या बुरे काम कर जाते हैं, जो हम अकेले न कर सकते। और काले खाँ की दशा जितनी ही ख़राब होती जाती थी, उतनी ही प्रतिशोध की ज्वाला भी प्रचण्ड होती जाती थी।

एक डाके के क़ैदी ने कहा—'ख़ून पी जाऊँगा, ख़ून ! उसने समझा क्या है ! यही न होगा, फाँसी हो जायेगी।'

अमरकान्त बोला—'उस वक़्त क्या समझते थे कि मारे ही डालता है।'

चुपके-चुपके षड्यन्त्र रचा गया, आघातकारियों का चुनाव हुआ, उनका कार्यविधान निश्चय किया गया। सफ़ाई की दलीलें सोच निकाली गयीं।

सहसा एक ठिगने क़ैदी ने कहा—'तुम लोग समझते हो, सवेरे तक उसे ख़बर न हो जायेगी ?'

अमर ने पूछा—'ख़बर कैसे होगी ? यहाँ ऐसा कौन है, जो उसे ख़बर दे दे ?'

ठिगने क़ैदी ने दायें-बायें आँखें घुमाकर कहा—'ख़बर देनेवाले न जाने कहाँ से निकल आते हैं भैया। किसी के माथे पर तो कुछ लिखा नहीं, कौन जाने हमीं में से कोई जाकर इत्तला कर दे। रोज़ ही तो लोगों को मुख़बिर बनते देखते हो। वही लोग जो अगुआ होते हैं, अवसर पड़ने पर सरकारी गवाह बन जाते हैं। अगर कुछ करना है, तो अभी कर डालो। दिन को वारदात करोगे, सब-के-सब पकड़ लिए जाओगे। पाँच-पाँच साल की सज़ा ठुक जायेगी।'

अमर ने सन्देह के स्वर में पूछा—'लेकिन इस वक़्त तो वह अपने क्वार्टर में सो रहा होगा ?'

ठिगने क़ैदी ने राह बताई—'यह हमारा काम है भैया, तुम क्या जानो।'

सबों ने मुँह मोड़कर कनफुसकियों में बातें शुरू कीं। फिर पाँचों आदमी खड़े हो गये।

ठिगने क़ैदी ने कहा—'हममें से जो फूटे, उसे गऊहत्या !'

यह कहकर उसने बड़े ज़ोर से हाय-हाय करना शुरू किया। और भी कई आदमी चीखने-चिल्लाने लगे। एक क्षण में वार्डर ने द्वार पर आकर पूछा—'तुम लोग क्यों शोर कर रहे हो ? क्या बात है ?'

ठिगने क़ैदी ने कहा—'बात क्या है, काले खाँ की हालत ख़राब है। जाकर जेलर साहब को बुला लाओ। चटपट।'

वार्डर बोला—'वाह बे ! चुपचाप पड़ा रह ! बड़ा नवाब का बेटा बना है !'

'हम कहते हैं जाकर उन्हें भेज दो, नहीं ठीक न होगा।'

काले खाँ ने आँखें खोलीं और क्षीण स्वर में बोला—'क्यों चिल्लाते हो यारो, मैं अभी मरा नहीं हूँ। जान पड़ता है, पीठ की हड्डी में चोट है।'

ठिगने क़ैदी ने कहा—'उसी का बदला चुकाने की तैयारी है पठान !'

काले खाँ तिरस्कार के स्वर में बोला—'किससे बदला चुकाओगे भाई, अल्लाह से ? अल्लाह की यही मरज़ी है, तो उसमें दूसरा कौन दख़ल दे सकता है ? अल्लाह की मरज़ी के बिना कहीं एक पत्ती भी हिल सकती है ? ज़रा मुझे पानी पिला दो। और देखो, जब

मैं मर जाऊँ तो यहाँ जितने भाई हैं, सब मेरे लिए ख़ुदा से दुआ करना। और दुनिया में मेरा कौन है। शायद तुम लोगों की दुआ से मेरी नजात हो जाय।'

अमर ने उसे गोद में सँभालकर पानी पिलाना चाहा; मगर घूँट कण्ठ के नीचे न उतरा। वह ज़ोर से कराहकर फिर लेट गया।

ठिगने क़ैदी ने दाँत पीसकर कहा—'ऐसे बदमाश की गरदन तो उलटी छुरी से काटनी चाहिए !'

काले खाँ दीन-भाव से रुक-रुककर बोला—'क्यों मेरी नजात का द्वार बन्द करते हो भाई ! दुनिया तो बिगड़ गयी; क्या आक़बत भी बिगाड़ना चाहते हो ? अल्लाह से दुआ करो, सब पर रहम करे। ज़िन्दगी में क्या हम गुनाह किए हैं कि मरने के पीछे पाँव में बेड़ियां पड़ी रहें ! या अल्लाह, रहम करो !'

इन शब्दों में मरनेवाले की निर्मल आत्मा मानो व्याप्त हो गयी थी। बातें वही थीं, जो रोज़ सुना करते थे; पर इस समय इनमें कुछ ऐसी द्रावक, कुछ ऐसी हिला देनेवाली सिद्धि थी कि सभी जैसे उसमें नहा उठे। इस चुटकी-भर राख ने जैसे उनके तापमय विकारों को शान्त कर दिया।

प्रातःकाल जब काले खाँ ने अपनी जीवन-लीला समाप्त कर दी तो ऐसा कोई क़ैदी न था; जिसकी आँखों से आँसू न निकल रहे हों; पर औरों का रोना दुःख का था, अमर का रोना सुख का था। औरों को किसी आत्मीय के खो देने का सदमा था, अमर को उसके और समीप हो जाने का अनुभव हो रहा था। अपने जीवन में उसने यही एक नवरत्न पाया था, जिसके सम्मुख वह श्रद्धा से सिर झुका सकता था और जिससे वियोग हो जाने पर उसे एक वरदान पा जाने का भान होता था।

इस प्रकाश-स्तम्भ ने आज उसके जीवन को एक दूसरी ही धारा में डाल दिया जहाँ संशय की जगह विश्वास, और शंका की जगह सत्य मूर्तिमान हो गया था।

7

लाला समरकान्त के चले जाने के बाद सलीम ने हर एक गाँव का दौरा करके असामियों की आर्थिक दशा की जाँच करनी शुरू की। अब उसे मालूम हुआ कि उनकी दशा उससे कहीं हीन है, जितनी वह समझे बैठा था। पैदावार का मूल्य लागत और लगान से कहीं कम था। खाने-कपड़े की भी गुंजाइश न थी, दूसरे खर्चों का क्या ज़िक्र। ऐसा कोई बिरला ही किसान था, जिसका सिर ऋण के नीचे न दबा हो। कालेज में उसने अर्थशास्त्र अवश्य पढ़ा था और जानता था कि यहाँ के किसानों की हालत ख़राब है, पर अब ज्ञात हुआ कि पुस्तक-ज्ञान और प्रत्यक्ष व्यवहार में वही अन्तर है, जो किसी मनुष्य और उसके चित्र में है। ज्यों-ज्यों असली हालत मालूम होती जाती थी; उसे असामियों से सहानुभूति होती जाती थी। कितना अन्याय है कि जो बेचारे रोटियों को मुहताज हों, जिनके पास तन ढाँकने को केवल चीथड़े हों, जो बीमारी में एक पैसे की दवा भी न कर सकते हों, जिनके घरों में

दीपक भी न जलते हों, उनसे पूरा लगान वसूल किया जाय। जब जिन्स महँगी थी, तब किसी तरह एक जून रोटियाँ मिल जाती थीं। इस मन्दी में तो उनकी दशा वर्णनातीत हो गयी है। जिनके लड़के पाँच-छः बरस की उम्र में ही मेहनत-मजूरी करने लगे, जो ईंधन के लिए हार में गोबर चुनते फिरें, उनसे पूरा लगान वसूल करना, मानो उनके मुँह से रोटी का टुकड़ा छीन लेना है, उनकी रक्त-हीन देह से .ख़ून चूसना है।

परिस्थिति का यथार्थ ज्ञान होते ही सलीम ने अपने कर्तव्य का निश्चय कर लिया। वह उन आदमियों में न था, जो स्वार्थ के लिए अफ़सरों के हर एक हुक्म की पाबन्दी करते हैं। वह नौकरी करते हुए भी आत्मा की रक्षा करना चाहता था। कई दिन एकान्त में बैठकर उसने विस्तार के साथ अपनी रिपोर्ट लिखी और मि. ग़ज़नवी के पास भेज दी। मि. ग़ज़नवी ने उसे तुरन्त लिखा–आकर मुझसे मिल जाओ। सलीम उनसे मिलना न चाहता था। डरता था, कहीं यह मेरी रिपोर्ट को दबाने का प्रस्ताव न करें, लेकिन फिर सोचा–चलने में हरज ही क्या है। अगर मुझे क़ायल कर दें, तब तो कोई बात नहीं; लेकिन अफ़सरों के भय से मैं अपनी रिपोर्ट को कभी न दबने दूँगा। उसी दिन वह संध्या समय सदर जा पहुँचा।

मि. ग़ज़नवी ने तपाक से हाथ बढ़ाते हुए कहा–'मि. अमरकान्त के साथ तो तुमने दोस्ती का हक़ .ख़ूब अदा किया। वह ख़ुद शायद इतनी मुफ़स्सिल रिपोर्ट न लिख सकते लेकिन तुम क्या समझते हो, सरकार को यह बातें मालूम नहीं ?'

सलीम ने कहा–'मेरा तो ऐसा ही ख़याल है। उसे जो रिपोर्ट मिलती है, वह .ख़ुशामदी अहलकारों से मिलती है, जो रिआया का .ख़ून करके भी सरकार का घर भरना चाहते हैं। मेरी रिपोर्ट वाक़यात पर लिखी गयी है।'

दोनों अफ़सरों में बहस होने लगी। ग़ज़नवी कहता था–'हमारा काम केवल अफ़सरों की आज्ञा मानना है। उन्होंने लगान वसूल करने की आज्ञा दी। हमें लगान वसूल करना चाहिए। प्रजा को कष्ट होता है तो हो, हमें इससे प्रयोजन नहीं। हमें ख़ुद अपनी आमदनी का टैक्स देने में कष्ट होता है; लेकिन मज़बूर होकर देते हैं। कोई आदमी .ख़ुशी से टैक्स नहीं देता।'

ग़ज़नवी इस आज्ञा का विरोध करना अनीति ही नहीं, अधर्म समझता था। केवल ज़ाब्ते की पाबन्दी से उसे सन्तोष न हो सकता था। वह इस हुक्म की तामील करने के लिए सब कुछ करने को तैयार था। सलीम का कहना था–'हम सरकार के नौकर केवल इसलिए हैं कि प्रजा की सेवा कर सकें, उसे सुदशा की ओर ले जा सकें, उसकी उन्नति में सहायक हो सकें। यदि सरकार की किसी आज्ञा से इन उद्देश्यों की पूर्ति में बाधा पड़ती है, तो हमें उस आज्ञा को कदापि न मानना चाहिए।'

ग़ज़नवी ने मुँह लम्बा करके कहा–'मुझे खौफ है कि गवर्नमेन्ट तुम्हारा यहाँ से तबादला कर देगी।'

'तबादला कर दे इसकी मुझे परवाह नहीं; लेकिन मेरी रिपोर्ट पर ग़ौर करने का वादा करे। अगर वह मुझे यहाँ से हटाकर मेरी रिपोर्ट को दाख़िल-दफ़्तर करना चाहेगी, तो मैं इस्तीफ़ा दे दूँगा।'

ग़ज़नवी ने विस्मय से उसके मुँह की ओर देखा।

'आप गवर्नमेन्ट की दिक्क़तों का मुतलक़ अन्दाज़ा नहीं कर रहे हैं। अगर वह इतनी आसानी से दबने लगे, तो आप समझते हैं, रिआया कितनी शेर हो जायेगी। ज़रा-ज़रा सी बात पर तूफ़ान खड़े हो जायेंगे। और यह महज़ इस इलाक़े का मुआमला नहीं है, सारे मुल्क में यही तहरीक जारी है। अगर सरकार अस्सी फ़ीसदी काश्तकारों के साथ रिआयत करे, तो उसके लिए मुल्क का इन्तज़ाम करना दुश्वार हो जायेगा।'

सलीम ने प्रश्न किया—'गवर्नमेन्ट रिआया के लिए है, रिआया गवर्नमेन्ट के लिए नहीं। काश्तकारों पर ज़ुल्म करके, उन्हें भूखों मारकर अगर गवर्नमेन्ट ज़िन्दा रहना चाहती है, तो कम-से-कम मैं अलग हो जाऊँगा। अगर मालियत में कमी आ रही है तो सरकार को अपना खर्च घटाना चाहिए। न कि रिआया पर सख़्तियाँ की जायँ।'

ग़ज़नवी ने बहुत ऊँच-नीच सुझाया; लेकिन सलीम पर कोई असर न हुआ। उसे डण्डों से लगान वसूल करना किसी तरह मंजूर न था। आख़िर ग़ज़नवी ने मजबूर होकर उसकी रिपोर्ट ऊपर भेज दी, और एक ही सप्ताह के अन्दर गवर्नमेन्ट ने उसे पृथक् कर दिया। ऐसे भयंकर विद्रोही पर वह कैसे विश्वास करती ?

जिस दिन उसने नये अफ़सर को चार्ज़ दिया और इलाक़े से बिदा होने लगा, उसके डेरे के चारों तरफ़ स्त्री-पुरुष का एक मेला लग गया और सब उससे मिन्नतें करने लगे, आप इस दशा में हमें छोड़कर न जायँ। सलीम यही चाहता था। बाप के भय से घर न जा सकता था। फिर इन अनाथों से उसे स्नेह हो गया था। कुछ तो दया और कुछ अपने अपमान ने उसे उनका नेता बना दिया। वही अफ़सर जो कुछ दिन पहले अफ़सरी के मद से भरा हुआ आया था, जनता का सेवक बन बैठा। अत्याचार सहना अत्याचार करने से कहीं ज्यादा गौरव की ब़ात मालूम हुई।

आन्दोलन की बागडोर सलीम के हाथ में आते ही लोगों के हौसले बँध गये। जैसे पहले अमरकान्त आत्मानन्द के साथ गाँव-गाँव दौड़ा करता था, उसी तरह सलीम दौड़ने लगा। वही सलीम, जिनके .ख़ून के लोग प्यासे हो रहे थे, अब उस इलाक़े का मुकुटहीन राजा था। जनता उसके पसीने की जगह .ख़ून बहाने को तैयार थी।

संध्या हो गयी थी। सलीम और आत्मानन्द दिन-भर काम करने के बाद लौटे थे कि एकाएक नयी बँगाली सिविलियन मि. घोष पुलिस कर्मचारियों के साथ आ पहुँचे और गाँव भर के मवेशियों को क़ुर्क़ करने की घोषणा कर दी। कुछ कसाई पहले ही से बुला लिए गये थे। वे सस्ता सौदा ख़रीदने को तैयार थे। दम-के-दम में कांस्टेबलों ने मवेशियों को खोल-खोलकर मदरसे के द्वार पर जमा कर दिया। गूदड़, भोला, अलगू सभी चौधरी गिरफ़्तार हो चुके थे। फ़सल की कुर्की तो पहले ही हो चुकी थी; मगर फ़सल में अभी क्या रखा था। इसलिए अब अधिकारियों ने मवेशियों को कुर्क करने का निश्चय किया था। उन्हें विश्वास था कि किसान मवेशियों की कुर्की देखकर भयभीत हो जायेंगे, और चाहे उन्हें क़र्ज लेना पड़े, या स्त्रियों के गहने बेचने पड़े, वे जानवरों को बचाने के लिए सब कुछ करने पर तैयार होंगे। जानवर किसान के दाहिने हाथ हैं।

किसानों ने यह घोषणा सुनी, तो छक्के छूट गये। वे समझे बैठे थे कि सरकार और जो चाहे करे, पर मवेशियों को क़ुर्क़ न करेगी। क्या वह किसानों की जड़ खोदकर फेंक

देगी ?

यह घोषणा सुनकर भी वे यही समझ रहे थे कि यह केवल धमकी है; लेकिन जब मवेशी मदरसे के सामने जमा कर दिये गये और क़साइयों ने उनकी देखभाल शुरू की, तो सबों पर जैसे वज्राघात हो गया। अब समस्या उस सीमा तक पहुँची थी, जब रक्त का आदान-प्रदान आरम्भ हो जाता है।

चिराग़ जलते-जलते जानवरों का बाज़ार लग गया। अधिकारियों ने इरादा किया है कि सारी रक़म एकजाई वसूल करें। गाँववाले आपस में लड़-भिड़कर अपने-अपने लगान का फ़ैसला कर लेंगे। इसकी अधिकारियों को कोई चिन्ता नहीं है।

सलीम ने आकर मि. घोष से कहा–'आपको मालूम है कि मवेशियों को क़ुर्क़ करने का आपको मजाज़ नहीं है ?'

मि. घोष ने उग्र भाव से जवाब दिया–'यह नीति ऐसे अवसरों के लिए नहीं है। विशेष अवसरों के लिए विशेष नीति होती है। क्रान्ति की नीति, शान्ति की नीति से भिन्न होनी स्वाभाविक है।'

अभी सलीम ने कुछ उत्तर न दिया था कि मालूम हुआ, अहीरों के महाल में लाठी चल गयी। मि. घोष उधर लपके। सिपाहियों ने भी संगीनें चढाईं और उनके पीछे चले। काशी, पयाग, आत्मानन्द सब उसी तरफ़ दौड़े। केवल सलीम यहाँ खड़ा रहा। जब एकान्त हो गया, तो उसने क़साइयों के सरगना के पास जाकर सलाम-अलेक किया और बोला–'क्यों भाई साहब, आपको मालूम है, आप लोग इन मवेशियों को ख़रीदकर यहाँ की ग़रीब रिआया के साथ कितनी बड़ी बे-इन्साफ़ी कर रहे हैं।'

सरगना का नाम तेग़मुहम्मद था। नाटे क़द का गठीला आदमी था, पूरा पहलवान। ढीला कुरता, चारख़ाने की तहमद, गले में चाँदी की तावीज़, हाथ में मोटा सोंटा। नम्रता से बोला–'साहब, मैं तो माल ख़रीदने आया हूँ। मुझे इससे क्या मतलब कि माल किसका है और कैसा है। चार पैसे का फ़ायदा जहाँ होता है वहाँ आदमी जाता ही है।'

'लेकिन यह तो सोचिए कि मवेशियों की क़ुर्क़ी किस सबब से हो रही है। रिआया के साथ आपको हमदर्दी होनी चाहिए।'

तेग़मुहम्मद पर कोई प्रभाव न हुआ–'सरकार से जिसकी लड़ाई होगी, उसकी होगी। हमारी कोई लड़ाई नहीं है।'

'तुम मुसलमान होकर ऐसी बातें करते हो, इसका मुझे अफ़सोस है। इसलाम ने हमेशा मज़लूमों की मदद की है। और तुम मज़लूमों की गरदन पर छुरी फेर रहे हो !'

'जब सरकार हमारी परवरिश कर रही है, तो हम उसके बदख़ाह नहीं बन सकते।'

'अगर सरकार तुम्हारी जायदाद छीनकर किसी ग़ैर को दे दे, तो तुम्हें बुरा लगेगा, या नहीं ?'

'सरकार से लड़ना हमारे मज़हब के ख़िलाफ़ है।'

'यह क्यों नहीं कहते कि तुममें ग़ैरत नहीं है।'

'आप तो मुसलमान हैं। क्या आपका फ़र्ज नहीं है कि बादशाह की मदद करें ?'

'अगर मुसलमान होने का यह मतलब है कि ग़रीबों का ख़ून किया जाय, तो मैं काफ़िर

हूँ।'

तेग़मुहम्मद पढ़ा-लिखा आदमी था। वह वाद-विवाद करने पर तैयार हो गया। सलीम ने उसकी हँसी उड़ाने की चेष्टा की। पन्थों को वह संसार का कलंक समझता था, जिसने मनुष्य-जाति को विरोधी दलों में विभक्त करके एक दूसरे का दुश्मन बना दिया है। तेग़मुहम्मद रोज़ा-नमाज़ का पाबन्दी, दीनदार मुसलमान था। मज़हब की तौहीन क्योंकर बरदाश्त करता। उधर तो अहिराने में पुलिस और अहीरों में लाठियाँ चल रही थीं, इधर इन दोनों में हाथापाई की नौबत आ गयी। क़साई पहलवान था। सलीम भी ठोकर चलाने और घूंसेबाज़ी में मँजा हुआ, फुरतीला, चुस्त। पहलवान साहब उसे अपनी पकड़ में लाकर दबोच बैठना चाहते थे। वह ठोकर पर ठोकर जमा रहा था। ताबड़तोड़ ठोकरें पड़ीं, तो पहलवान साहब गिर पड़े और लगे मातृभाषा में अपने मनोविकारों को प्रकट करने। उसके दोनों साथियों ने पहले दूर ही से तमाशा देखना उचित समझा था; लेकिन वह तेग़मुहम्मद गिर पड़ा, तो दोनों कमर कसकर पिल पड़े। यह दोनों अभी जवान पट्ठे थे, तेज़ी और चुस्ती में सलीम के बराबर। सलीम पीछे हटता जाता था और यह दोनों उसे ठेलते जाते थे। उसी वक़्त सलोनी लाठी टेकती हुई अपनी गाय खोजने आ रही थी। पुलिस उसे उसके द्वार से खोल लायी थी। यहाँ यह संग्राम छिड़ा देखकर उसने अंचल सिर से उतारकर कमर में बाँधा और लाठी सँभालकर पीछे से दोनों क़साइयों को पीटने लगी। उसमें से एक ने पीछे फिरकर बुढ़िया को इतने ज़ोर से धक्का दिया कि वह तीन-चार हाथ पर जा गिरी। इतनी देर में सलीम ने घात पाकर सामने के जवान को ऐसा घूँसा दिया कि उसकी नाक से ख़ून जारी हो गया और वह सिर पकड़कर बैठ गया। अब केवल एक आदमी और रह गया। उसने अपने दो योद्धाओं की यह गति देखी, तो पुलिसवालों से फ़रियाद करने भागा। तेग़मुहम्मद की दोनों घुटनियाँ बेकार हो गयी थीं। उठ न सकता था। मैदान ख़ाली देखकर सलीम ने लपककर मवेशियों की रस्सियाँ खोल दीं और तालियाँ बजा-बजाकर उन्हें भगा दिया। बेचारे जानवर सहमे खड़े थे। आनेवाली विपत्ति का उन्हें कुछ आभास हो रहा था। रस्सी खुली तो सब पूँछ उठा-उठाकर भागे और हार की तरफ़ निकल गये।

उसी वक़्त आत्मानन्द बदहवास दौड़े आये और बोले—'आप ज़रा अपना रिवाल्वर तो मुझे दीजिए।'

सलीम ने हक्का-बक्का होकर पूछा—'क्या माजरा है, कुछ कहो तो ?'

'पुलिसवालों ने कई आदमियों को मार डाला। अब नहीं रहा जाता, मैं इस घोष को मज़ा चखा देना चाहता हूँ।'

'आप कुछ भंग तो नहीं खा गये हैं। भला यह रिवाल्वर चलाने का मौक़ा है ?'

'अगर यों न दोगे, तो मैं छीन लूँगा। इस दुष्ट ने गोलियाँ चलवाकर चार-पाँच आदमियों की जान ले ली। दस-बारह आदमी बुरी तरह जख़्मी हो गये हैं। कुछ इनको भी तो मज़ा चख़ाना चाहिए। मरना तो है ही।'

'मेरा रिवाल्वर इस काम के लिए नहीं है।'

आत्मानन्द यों भी उद्दण्ड आदमी थे। इस हत्याकाण्ड ने उन्हें बिलकुल उन्मत्त कर दिया था। बोले—'निरपराधों का रक्त बहाकर आततायी चला जा रहा है, तुम कहते हो रिवाल्वर

इस काम के लिए नहीं है ! फिर और किस काम के लिए है ? मैं तुम्हारे पैरों पड़ता हूँ भैया, एक क्षण के लिए दे दो। दिल की लालसा पूरी कर लूँ। कैसे-कैसे वीरों को मारा है इन हत्यारों ने कि देखकर मेरी आँखों में ख़ून उतर आया।'

सलीम बिना कुछ उत्तर दिए वेग से अहिराने की ओर चला गया। रास्ते में सभी द्वार बन्द थे। कुत्ते भी कहीं भागकर जा छिपे थे।

एकाएक एक घर का द्वार झोंके के साथ ख़ुला और एक युवती सिर खोले अस्त-व्यस्त, कपड़े ख़ून से तर, भयातुर हिरनी-सी आकर उसके पैरों से चिपट गयी और सहमी हुई आँखों से द्वार की ओर ताकती हुई बोली—'मालिक, यह सब सिपाही मुझे मारे डालते हैं।'

सलीम ने तसल्ली दी—'घबराओ नहीं। घबराओ नहीं। माजरा क्या है ?'

युवती ने डरते-डरते बताया कि घर में कई सिपाही घुस गये हैं। इसके आगे वह और कुछ न कह सकी।'

'घर में कोई आदमी नहीं है ?'

'वह तो भैंस चराने गये हैं।'

'तुम्हारे कहाँ चोट आयी है ?'

'मुझे चोट नहीं आयी। मैंने दो आदमियों को मारा है।'

उसी वक़्त दो कांस्टेबल बन्दूकें लिए घर से निकल आये और युवती को सलीम के पास खड़ी देखकर दौड़कर उसके केश पकड़ लिए और उसे द्वार की ओर खींचने लगे।

सलीम ने रास्ता रोककर कहा—'छोड़ दो उसके बाल, वरना अच्छा न होगा। मैं तुम दोनों को भूनकर रख दूँगा।'

एक कांस्टेबल ने क्रोध-भरे स्वर में कहा—'छोड़ कैसे दें। इसे ले जायेंगे साहब के पास। इसने हमारे दो आदमियों को गँड़ासे ज़ख़्मी कर दिया। दोनों तड़प रहे हैं।'

'तुम इसके घर में क्यों गये थे ?'

'गये थे मवेशियों को खोलने। यह गँड़ासा लेकर टूट पड़ी।'

युवती ने टोका—'झूठ बोलते हो। तुमने मेरी बाँह नहीं पकड़ी थी ?'

सलीम ने लाल आँखों से सिपाही को देखा और धक्का देकर कहा—'इसके बाल छोड़ दो !'

'हम इसे साहब के पास ले जायेंगे।'

'तुम इसे नहीं ले जा सकते।'

सिपाहियों ने सलीम को हाकिम के रूप में देखा था। उसकी मातहती कर चुके थे। उस रोब का कुछ अंश उनके दिल पर बाक़ी था। उसके साथ ज़बरदस्ती करने का साहस न हुआ। जाकर मि. घोष से फ़रियाद की। घोष बाबू सलीम से जलते थे। उनका ख़याल था कि सलीम ही इस आन्दोलन को चला रहा है और यदि उसे हटा दिया जाय, तो चाहे आन्दोलन तुरन्त शान्त न हो जाय, पर उसकी जड़ टूट जायेगी, इसलिए सिपाहियों की रिपोर्ट सुनते ही तुरन्त घोड़ा बढ़ाकर सलीम के पास आ पहुँचे और अंग्रेज़ी में क़ानून बघारने लगे। सलीम को भी अंग्रेज़ी बोलने का बहुत अच्छा अभ्यास था। दोनों में पहले क़ानूनी मुबाहसा हुआ, फिर धार्मिक तत्त्व-निरूपण का नम्बर आया, इससे उतरकर दोनों दार्शनिक तर्क-वितर्क

करने लगे, यहाँ तक कि अन्त में व्यक्तिगत आक्षेपों की बौछार होने लगी। इसके एक ही क्षण बाद शब्द ने क्रिया का रूप धारण किया। मिस्टर घोष ने हण्टर चलाया, जिसने सलीम के चेहरे पर एक नीली चौड़ी उभरी हुई रेखा छोड़ दी। आँखें बाल-बाल बच गयीं। सलीम भी जामे से बाहर हो गया। घोष की टाँग पकड़कर ज़ोर से खींचा। साहब घोड़े से नीचे गिर पड़े। सलीम उनकी छाती पर चढ़ बैठा और नाक पर घूँसा मारा। घोष बाबू मूर्छित हो गये। सिपाहियों ने दूसरा घूँसा न पड़ने दिया। चार आदमियों ने दौड़कर सलीम को जकड़ लिया। चार आदमियों ने घोष को उठाया और होश में लाये।

अँधेरा हो गया था। आतंक ने सारे गाँव को पिशाच की भाँति छाप लिया था। लोग शोक से मौन और आतंक के भाव से दबे, मरनेवालों की लाशें उठा रहे थे। किसी के मुँह से रोने की आवाज़ न निकलती थी। ज़ख़्म ताज़ा था, इसलिए टीस न थी। रोना पराजय का लक्षण है। इन प्राणियों को विजय का गर्व था। रोकर अपनी दीनता प्रकट न करना चाहते थे। बच्चे भी जैसे रोना भूल गये थे।

मिस्टर घोष घोड़े पर सवार होकर डाकबँगले गये। सलीम एक सब-इंस्पेक्टर और कई कांस्टेबलों के साथ एक लारी पर सदर भेज दिया गया। यह अहीरिन युवती भी उसी लारी पर भेजी गयी। पहर रात जाते-जाते चारों अर्थियाँ गंगा की ओर चलीं। सलोनी लाठी टेकती हुई आगे-आगे गाती जाती थी—

'सैयाँ मोरा रूठा जाय सखी री...'

8

काले खाँ के आत्म-समर्पण ने अमरकान्त के जीवन को जैसे कोई आधार प्रदान कर दिया। अब तक उसके जीवन का कोई लक्ष्य न था, कोई आदर्श न था, कोई व्रत न था। इस मृत्यु ने उसकी आत्मा में प्रकाश-सा डाल दिया। काले खाँ की याद उसे एक क्षण के लिए भी न भूलती और किसी गुप्त शक्ति की भाँति उसे शान्ति और बल देती थी। वह उसकी वसीयत इस तरह पूरी करना चाहता था कि काले खाँ की आत्मा को स्वर्ग में शान्ति मिले। घड़ी रात से उठकर क़ैदियों का हाल-चाल पूछना और उनके घरों पर पत्र लिखकर रोगियों के लिए दवा-दारू का प्रबन्ध करना, उनकी शिकायतें सुनना और अधिकारियों से मिलकर शिकायतों को दूर करना, यह सब उसके काम थे। और इन कामों को वह इतने विनय, इतनी नम्रता और सहृदयता से करता कि अमलों को भी उस पर सन्देह की जगह विश्वास होता था। वह क़ैदियों का भी विश्वासपात्र था और अधिकारियों का भी।

अब तक वह एक प्रकार से उपयोगितावाद का उपासक था। इसी सिद्धान्त को मन में, यद्यपि अज्ञात रूप से, रखकर वह अपने कर्तव्य का निश्चय करता था। तत्त्व-चिन्तन का उसके जीवन में कोई स्थान न था। प्रत्यक्ष के नीचे जो अथाह गहराई है, वह उसके लिए कोई महत्त्व न रखती थी। उसने समझ रखा था, वहाँ शून्य के सिवा और कुछ नहीं। काले खाँ की मृत्यु ने जैसे उसका हाथ पकड़कर बलपूर्वक उसे उस गहराई में डुबा दिया

और उसमें डूबकर उसे अपना सारा जीवन किसी तृण के समान ऊपर तैरता हुआ दीख पड़ा, कभी लहरों के साथ आगे बढ़ता हुआ, कभी हवा के झोंकों से पीछे हटता हुआ, कभी भँवर में पड़कर चक्कर खाता हुआ। उसमें स्थिरता न थी, संयम न था, इच्छा न थी। उसकी सेवा में भी दम्भ था, प्रमाद था, द्वेष था। उसने दम्भ में सुखदा की उपेक्षा की। उस विलासिनी के जीवन में जो सत्य था, उस तक पहुँचने का उद्योग न करके वह उसे त्याग बैठा। उद्योग करता भी क्या ? तब उसे इस उद्योग का ज्ञान भी न था। प्रत्यक्ष ने उसकी भीतरवाली आँखों पर परदा डालकर रखा था। प्रमाद में उसने सकीना से प्रेम का स्वाँग किया। क्या उस उन्माद में लेशमात्र भी प्रेम की भावना थी ? उस समय मालूम होता था, वह प्रेम में रत हो गया है, अपना सर्वस्व उस पर अर्पण किए देता है; पर आज उस प्रेम में लिप्सा के सिवा और उसे कुछ न दिखाई देता था। लिप्सा ही न थी, नीचता भी थी। उसने उस सरला रमणी की हीनावस्था से अपनी लिप्सा शान्त करनी चाही थी। फिर मुन्नी उसके जीवन में आयी; निराशाओं से भग्न, कामनाओं से भरी हुई। उस देवी से उसने कितना कपट व्यवहार किया। यह सत्य है कि उसके व्यवहार में कामुकता न थी। वह इसी विचार से अपने मन को समझा लिया करता था, लेकिन अब आत्म-निरीक्षण करने पर स्पष्ट ज्ञात हो रहा था कि उस विनोद में भी, उस अनुराग में भी कामुकता का समावेश था। तो क्या वह वास्तव में कामुक है ? इसका जो उत्तर उसने स्वयं अपने अन्तःकरण से पाया, वह किसी तरह श्रेयस्कर न था। उसने सुखदा पर विलासिता का दोष लगाया; पर वह स्वयं उससे कहीं कुत्सित, कहीं विषय-पूर्ण विलासिता में लिप्त था। उसके मन में प्रबल इच्छा हुई कि दोनों रमणियों के चरणों पर सिर रखकर रोये और कहे—'देवियो, मैंने तुम्हारे साथ छल किया है, तुम्हें दग़ा दी है। मैं नीच हूँ, अधम हूँ, मुझे जो सज़ा चाहे दो, यह मस्तक तुम्हारे चरणों पर है।'

पिता के प्रति भी अमरकान्त के मन में श्रद्धा का भाव उदय हुआ। जिसे उसने माया का दास और लोभ का कीड़ा समझ लिया था, जिसे यह किसी प्रकार के त्याग के अयोग्य समझता था, वह आज देवत्व के ऊँचे सिंहासन पर बैठा हुआ था। प्रत्यक्ष के नशे में उसने किसी न्यायी, दयालु ईश्वर की सत्ता को कभी स्वीकार न किया था; पर इन चमत्कारों को देखकर अब उसमें विश्वास और निष्ठा का जैसे एक सागर-सा उमड़ पड़ा था। उसे अपने छोटे-छोटे व्यवहारों में भी ईश्वरीय इच्छा का आभास होता था। जीवन में अब एक नया उत्साह था। नयी जाग्रति थी। हर्षमय आशा से उसका रोम-रोम स्पन्दित होने लगा। भविष्य अब उसके लिए अन्धकारमय न था। दैवी इच्छा में अन्धकार कहाँ !

संध्या का समय था। अमरकान्त परेड में खड़ा था कि उसने सलीम को आते देखा। सलीम के चरित्र में कायापलट हुई थी, उसकी उसे ख़बर मिल चुकी थी; पर यहाँ तक नौबत पहुँच चुकी है, इसका उसे गुमान भी न था। वह दौड़कर सलीम के गले लिपट गया। और बोला—'तुम ख़ूब आये दोस्त, अब मुझे यक़ीन आ गया कि ईश्वर हमारे साथ है। सुखदा भी तो यहीं है, जनाने जेल में। मुन्नी भी आ पहुँची। तुम्हारी कसर थी, वह पूरी हो गयी। मैं दिल में समझ रहा था, तुम भी एक-न-एक दिन आओगे, पर इतनी जल्दी आओगे, यह उम्मीद न थी। वहाँ की ताज़ा ख़बरें सुनाओ। कोई हंगामा तो नहीं हुआ ?'

सलीम ने व्यंग्य से कहा—'जी नहीं, ज़रा भी नहीं। हंगामे की कोई बात भी हो।

लोग मज़े से खा रहे हैं और फ़ाग गा रहे हैं। आप यहाँ आराम से बैठे हुए हैं न ?'

उसने थोड़े-से शब्दों में वहाँ की सारी परिस्थिति कह सुनाई—मवेशियों का क़ुर्क़ किया जाना, क़साइयों का आना, अहीरों के मुहाल में गोलियों का चलना। घोष को पटककर मारने की कथा उसने विशेष रुचि से कही।

अमरकान्त का मुँह लटक गया—'तुमने सरासर नादानी की।'

'और आप क्या समझते थे, कोई पंचायत है, जहाँ शराब और हुक़्क़े के साथ सारा फ़ैसला हो जायेगा।'

'मगर फ़रियाद तो इस तरह नहीं की जाती।'

'हमने तो कोई रिआयत नहीं चाही थी।'

'रिआयत तो थी ही। जब तुमने एक शर्त पर ज़मीन ली, तो इन्साफ़ यह कहता है कि वह शर्त पूरी करो। पैदावार की शर्त पर किसानों ने ज़मीन नहीं जोती थी; बल्कि सालाना लगान की शर्त पर। ज़मींदार या सरकार को पैदावार की कमी-बेशी से कोई सरोकार नहीं है।'

'जब पैदावार के महँगे हो जाने पर लगान बढ़ा दिया जाता है, तो कोई वजह नहीं कि पैदावार के सस्ते हो जाने पर घटा न दिया जाये। मन्दी में तेज़ी का लगान वसूल करना सरासर बेइन्साफ़ी है।'

'मगर लगान लाठी के ज़ोर से तो नहीं बढ़ाया जाता। उसके लिए भी तो क़ानून है ?'

सलीम को विस्मय हो रहा था, ऐसी भयानक परिस्थिति सनुकर भी अमर इतना शान्त कैसे बैठा हुआ है। इसी दशा में उसने यह ख़बरें सुनी होतीं, तो शायद उसका ख़ून खौल उठता और वह आपे से बाहर हो जाता। अवश्य ही अमर जेल में आकर दब गया है। ऐसी दशा में उसने उन तैयारियों को उससे छिपाना ही उचित समझा, जो आजकल दमन का मुक़ाबिला करने के लिए की जा रही थीं।

अमर उसके जवाब की प्रतीक्षा कर रहा था। जब सलीम ने कोई जवाब न दिया, तो उसने पूछा—'तो आजकल वहाँ कौन है ? स्वामीजी हैं ?'

सलीम ने सकुचाते हुए कहा—'स्वामीजी तो शायद पकड़ गये। मेरे बाद ही वहाँ सकीना पहुँच गयी।'

'अच्छा ! सकीना भी परदे से निकल आयी ? मुझे तो उससे ऐसी उम्मीद न थी।'

'तो क्या तुमने समझा था कि आग लगाकर तुम उसे एक दायरे के अन्दर रोक लोगे ?'

अमर ने चिन्तित होकर कहा—'मैंने तो यही समझा था कि हमने हिंसा-भाव को लगाम दे दी है और वह क़ाबू से बाहर नहीं हो सकता।'

'आप आज़ादी चाहते हैं; मगर उसकी क़ीमत नहीं देना चाहते।'

'आपने जिस चीज़ को आज़ादी की क़ीमत समझ रखा है, वह उसकी क़ीमत नहीं है। उसकी क़ीमत है—हक़ और सच्चाई पर जमे रहने की ताक़त।'

सलीम उत्तेजित हो गया—'यह फ़ज़ूल की बात है। जिस चीज़ की बुनियाद ज़ब्र पर है, उस पर हक़ और इन्साफ़ का कोई असर नहीं पड़ सकता।'

अमर ने पूछा—'क्या तुम इसे तसलीम नहीं करते कि दुनिया का इन्तज़ाम हक़ और

इन्साफ़ पर क़ायम है और हरेक इन्सान के दिल की गहराइयों के अन्दर वह तार मौजूद है, जो क़ुरबानियों से झंकार उठता है।'

सलीम ने कहा—'नहीं, मैं इसे तसलीम नहीं करता। दुनिया का इन्तज़ाम ख़ुदगरजी और ज़ोर पर क़ायम है और ऐसे बहुत कम इन्सान हैं जिनके दिल की गहराइयों के अन्दर वह तार मौजूद हो।'

अमर ने मुस्कराकर कहा—'तुम तो सरकार के ख़ैरख़्वाह नौकर थे। तुम जेल में कैसे आ गये ?'

सलीम हँसा—'तुम्हारे इश्क़ में !'

'दादा को किसका इश्क़ था ?'

'अपने बेटे का।'

'और सुखदा को ?'

'अपने शौहर का।'

'और सक़ीना को ? और मुन्नी को ? और इन सैकड़ों आदमियों को, जो तरह-तरह की सख़्तियाँ झेल रहे हैं ?'

'अच्छा मान लिया कि कुछ लोगों के दिल की गहराइयों के अन्दर यह तार है; मगर ऐसे आदमी कितने हैं ?'

'मैं कहता हूँ, ऐसा कोई आदमी नहीं जिसके अन्दर हमदर्दी का तार न हो। हाँ, किसी पर जल्द असर होता है, किसी पर देर में और कुछ ऐसे ग़रज़ के बन्दे भी हैं, जिन पर शायद कभी न हो।'

सलीम ने हारकर कहा—'तो आख़िर तुम चाहते क्या हो ? लगान हम दे नहीं सकते। वह लोग कहते हैं, हम लेकर छोड़ेंगे। तो क्या करें ? अपना सब कुछ क़ुर्क़ हो जाने दें ? अगर हम कुछ कहते हैं, तो हमारे ऊपर गोलियाँ चलती हैं। नहीं बोलते, तो तबाह हो जाते हैं। फिर दूसरा कौन-सा रास्ता है ? हम जितना ही दबते जाते हैं, उतना वह लोग शेर होते हैं। मरनेवाला बेशक दिलों में रहम पैदा कर सकता है; लेकिन मारनेवाला ख़ौफ़ पैदा कर सकता है, जो रहम से कहीं ज़्यादा असर डालनेवाली चीज़ है।'

अमर ने इस प्रश्न पर महीनों विचार किया था। वह मानता था, संसार में पशुबल का प्रभुत्व है, किन्तु पशुबल को भी न्यायबल की शरण लेनी पड़ती है। आज बलवान से बलवान राष्ट्र में भी यह साहस नहीं है कि वह किसी निर्बल राष्ट्र पर ख़ुल्लमख़ुल्ला यह कहकर हमला करे कि 'हम तुम्हारे ऊपर राज करना चाहते हैं; इसलिए तुम हमारे अधीन हो जाओ।' उसे अपने पक्ष को न्याय-संगत दिखाने के लिए कोई-न-कोई बहाना तलाश करना पड़ता है। बोला—'अगर तुम्हारा ख़याल है कि ख़ून और क़त्ल से किसी क़ौम की नजात हो सकती है, तो तुम सख़्त ग़लती पर हो। मैं इसे नजात नहीं कहता कि एक ज़माअत के हाथों से ताक़त निकलकर दूसरी ज़माअत के हाथों में आ जाय और वह भी तलवार के ज़ोर से राज़ करे। मैं नज़ात उसे कहता हूँ कि इन्सान में इन्सानियत आ जाय और इन्सानियत की ज़ब्र, बेइन्साफ़ी और ख़ुदग़रजी से दुश्मनी है।'

सलीम को यह कथन तत्त्वहीन मालूम हुआ। मुँह बनाकर बोला—'हुज़ूर को मालूम

रहे कि दुनिया में फ़रिश्ते नहीं बसते, आदमी बसते हैं।'

अमर ने शान्त शीतल हृदय से जवाब दिया—'लेकिन क्या तुम देख नहीं रहे हो कि हमारी इन्सानियत सदियों तक ख़ून और क़त्ल में डूबे रहने के बाद अब सच्चे रास्ते पर आ रही है ? उसमें यह ताक़त कहाँ से आयी ? उसमें ख़ुद वह दैवी शक्ति मौजूद है। उसे कोई नष्ट नहीं कर सकता। बड़ी-से-बड़ी फ़ौजी ताक़त भी उसे कुचल नहीं सकती, जैसे सूखी ज़मीन में घास की जड़ें पड़ी रहती हैं और ऐसा मालूम होता है कि ज़मीन साफ़ हो गयी, लेकिन पानी के छींटे पड़ते ही वह जड़ें पनप उठती हैं, हरियाली से सारा मैदान लहराने लगता है, उसी तरह इस कलों और हथियारों और ख़ुदग़रज़ियों के ज़माने में भी हममें वह दैवी शक्ति छिपी हुई अपना काम कर रही है। अब वह ज़माना आ गया है, जब हक़ की आवाज़ तलवार की झंकार या तोप की गरज से ज़्यादा कारगर होगी। बड़ी-बड़ी क़ौमें अपनी-अपनी फ़ौजी और जहाज़ी ताकतें घटा रही हैं। क्या तुम्हें इससे आनेवाले ज़माने का कुछ अन्दाज़ नहीं होता ? हम इसलिए ग़ुलाम हैं कि हमने ख़ुद ग़ुलामी की बेड़ियाँ अपने पैरों में डाल ली हैं। जानते हो कि यह बेड़ी क्या है ? आपस का भेद। जब तक हम इस बेड़ी को काटकर प्रेम करना न सीखेंगे, सेवा में ईश्वर का रूप न देखेंगे, हम ग़ुलामी में पड़े रहेंगे। मैं यह नहीं कहता कि जब तक भारत का हरेक व्यक्ति इतना बेदार न हो जायेगा, तब तक हमारी नजात न होगी। ऐसा तो शायद कभी न हो; पर कम-से-कम उन लोगों के अन्दर तो यह रोशनी आनी ही चाहिए, जो क़ौम के सिपाही बनते हैं। पर हममें कितने ऐसे हैं, जिन्होंने अपने दिल को प्रेम से रोशन किया हो ? हममें अब भी वही ऊँच-नीच का भाव है, वही स्वार्थ-लिप्सा है, वही अहंकार है।'

बाहर ठण्ड पड़ने लगी थी। दोनों मित्र अपनी-अपनी कोठरियों में गये। सलीम जवाब देने के लिए उतावला हो रहा था; पर वार्डर ने जल्दी की और उन्हें उठना पड़ा।

दरवाज़ा बन्द हो गया, तो अमरकान्त ने एक लम्बी साँस ली और फ़रियादी आँखों से छत की तरफ़ देखा। उसके सिर कितनी बड़ी ज़िम्मेदारी है। उसके हाथ कितने बेगुनाहों के ख़ून से रँगे हुए हैं ! कितने यतीम बच्चे और अबला विधवाएँ उसका दामन पकड़कर खींच रही हैं ! उसने क्यों इतनी जल्दबाज़ी से काम लिया ? क्या किसानों की फ़रियाद के लिए यही एक साधन रह गया था ? और किसी तरह फ़रियाद की आवाज़ नहीं उठाई जा सकती थी ? क्या यह इलाज बीमारी से ज़्यादा असाध्य नहीं है ? इन प्रश्नों ने अमरकान्त को पथभ्रष्ट-सा कर दिया। इस मानसिक संकट में काले खाँ की प्रतिमा उसके सम्मुख आ खड़ी हुई। उसे आभास हुआ कि वह उससे कह रही है—'ईश्वर की शरण में जा। वहीं तुझे प्रकाश मिलेगा।'

अमरकान्त ने वहीं भूमि पर मस्तक रखकर शुद्ध अन्तःकरण से अपने कर्तव्य की जिज्ञासा की—'भगवन ! मैं अन्धकार में पड़ा हुआ हूँ ! मुझे सीधा मार्ग दिखाइए।'

और इस शान्त, दीन प्रार्थना में उसको ऐसी शान्ति मिली, मानो उसके सामने कोई प्रकाश आ गया है और उसकी फैली हुई रोशनी में चिकना रास्ता साफ़ नज़र आ रहा है।

9

पठानिन की गिरफ़्तारी ने शहर में ऐसी हलचल मचा दी, जैसी किसी को आशा न थी। जीर्ण वृद्धावस्था में इस कठोर तपस्या ने मृतकों में भी जीवन डाल दिया, भीरु और स्वार्थ-सेवियों को भी कर्मक्षेत्र में ला खड़ा किया। लेकिन ऐसे निर्लज्जों की अब भी कमी न थी, जो कहते थे–'इसके लिए जीवन में अब क्या धरा है। मरना ही तो है। बाहर न मरी, जेल में मरी। हमें तो अभी बहुत दिन जीना है, बहुत कुछ करना है, हम आग में कैसे कूदें ?'

संध्या का समय है। मज़दूर अपने-अपने काम छोड़कर, छोटे दुकानदार अपनी-अपनी दुकानें बन्द करके घटनास्थल की ओर भागे चले जो रहे हैं। पठानिन अब वहाँ नहीं है, जेल पहुँच गयी होगी। हथियारबन्द पुलिस का पहरा है, कोई जलसा नहीं हो सकता, कोई भाषण नहीं हो सकता, बहुत से आदमियों का जमा होना भी ख़तरनाक है, पर इस समय कोई कुछ नहीं सोचता, किसी को कुछ दिखाई नहीं देता–सब किसी वेगमय प्रवाह में बहे जा रहे हैं। एक क्षण में सारा मैदान जन-समूह से भर गया।

सहसा लोगों ने देखा, एक आदमी ईंटों के एक ढेर पर खड़ा कुछ कह रहा है। चारों ओर से दौड़-दौड़कर लोग वहाँ जमा हो गये–जन-समूह का एक विराट सागर उमड़ा हुआ था। यह आदमी कौन है ? लाला समरकान्त ! जिनकी बहू जेल में है, जिनका लड़का जेल में है।

'अच्छा, यह लाला हैं ! भगवान् बुद्धि दे, तो इस तरह। पाप से जो कुछ कमाया, वह पुण्य में लुटा रहे हैं।'

'है बड़ा भागवान।'

'भागवान न होता, तो बुढ़ापे में इतना जस कैसे कमाता !'

'सुनो, सुनो !

'वह दिन आयेगा, जब इसी जगह ग़रीबों के घर बनेंगे और जहाँ हमारी माता गिरफ़्तार हुई है, वहीं एक चौक बनेगा और उस चौक के बीच में माता की प्रतिमा खड़ी की जायेगी। बोलो माता पठानिन की जय !'

दस हज़ार गलों से 'माता की जय !' की ध्वनि निकलती है, विकल, उत्तप्त, गम्भीर; मानो ग़रीबों की हाय संसार में कोई आश्रय न पाकर आकाशवासियों से फ़रियाद कर रही है।

'सुनो, सुनो !

'माता ने अपने बालकों के लिए अपने प्राणों का उत्सर्ग कर दिया। हमारे और आपके भी बालक हैं। हम और आप अपने बालकों के लिए क्या करना चाहते हैं, आज इसका निश्चय करना होगा।'

शोर मचता है–'हड़ताल, हड़ताल !'

'हाँ, हड़ताल कीजिए; मगर वह हड़ताल, एक या दो दिन की न होगी, वह उस वक़्त तक रहेगी, जब तक हमारे नगर के विधाता हमारी आवाज़ न सुनेंगे। हम ग़रीब हैं, दीन हैं, दुखी हैं; लेकिन बड़े आदमी अगर ज़रा शान्तचित्त होकर ध्यान करेंगे, तो उन्हें मालूम

हो जायेगा कि उन्हीं दीन-दुखी प्राणियों ही ने उन्हें बड़ा आदमी बना दिया है। ये बड़े-बड़े महल जान हथेली पर रखकर कौन बनाता है ? इन कपड़े की मिलों में कौन काम करता है ? प्रातः काल द्वार पर दूध और मक्खन लेकर कौन आवाज़ देता है ? मिठाइयाँ और फल लेकर कौन बड़े आदमियों के नाश्ते के समय पहुँचता है ? सफ़ाई कौन करता है, कपड़े कौन धोता है ? सबेरे अख़बार और चिट्ठियाँ लेकर कोन पहुँचता है ? शहर के तीन-चौथाई आदमी एक-चौथाई के लिए अपना रक्त जला रहे हैं। इसका प्रसाद यही मिलता है कि उन्हें रहने के लिए स्थान नहीं ! एक बँगले के लिए कई बीघे ज़मीन चाहिए। हमारे बड़े आदमी साफ़-सुथरी हवा और ख़ुली हुई जगह चाहते हैं। उन्हें यह ख़बर नहीं है कि जहाँ असंख्य प्राणी दुर्गन्ध और अन्धकार में पड़े भयंकर रोगों से मर-मरकर रोग के कीड़े फैला रहे हों, वहाँ ख़ुले हुए बँगले में रहकर भी वह सुरक्षित नहीं हैं; यह किसकी जिम्मेदारी है कि शहर के छोटे-बड़े, अमीर-गरीब सभी आदमी स्वस्थ रह सकें ? अगर म्युनिसिपैलिटी इस प्रधान कर्तव्य को नहीं पूरा कर सकती, तो उसे तोड़ देना चाहिए। रईसों और अमीरों की कोठियों के लिए, बग़ीचों के लिए, महलों के लिए, क्यों इतनी उदारता से ज़मीन दे दी जाती है ? इसलिए कि हमारी म्युनिसिपैलिटी ग़रीबों की जान का कोई मूल्य नहीं समझती। उसे रुपये चाहिए, इसलिए कि बड़े-बड़े अधिकारियों को बड़ी-बड़ी तलब दी जाये। वह शहर को विशाल भवनों से अलंकृत कर देना चाहती है। उसे स्वर्ग की तरह सुन्दर बना देना चाहती है; पर जहाँ की अँधेरी दुर्गन्धपूर्ण गलियों में जनता पड़ी कराह रही हो, वहाँ इन विशाल भवनों से क्या होगा ? यह तो वही बात है कि कोई देह के कोढ़ को रेशमी वस्त्रों में छिपाकर इठलाता फिरे। सज्जनो ! अन्याय करना जितना बड़ा पाप है, उतना ही बड़ा पाप अन्याय सहना भी है। आज निश्चय कर लो कि तुम यह दुर्दशा न सहोगे। यह महल और बँगले नगर की दुर्बल देह पर छाले हैं, मसवृद्धि हैं। इन मसवृद्धियों को काटकर फेंकना होगा। जिस ज़मीन पर हम खड़े हैं; वहाँ कम-से-कम दो हज़ार छोटे-छोटे सुन्दर घर बन सकते हैं, जिनमें कम-से-कम दस हज़ार प्राणी आराम से रह सकते हैं। मगर यह सारी ज़मीन चार-पाँच बँगलों के लिए बेची जा रही है। म्युनिसिपैलिटी को दस लाख रुपये मिल रहे हैं! इसे वह कैसे छोड़े ? शहर के दस हज़ार मज़दूरों की जान दस लाख के बराबर भी नहीं !'

एकाएक पीछे के आदमियों ने शोर मचाया–'पुलिस ! पुलिस आ गयी !'

कुछ लोग भागे, कुछ लोग सिमटकर और आगे बढ़ आये।

लाला समरकान्त बोले–'भागो मत, भागो मत, पुलिस मुझे गिरफ़्तार करेगी। मैं उसका अपराधी हूँ। और मैं ही क्यों, मेरा सारा घर उसका अपराधी है। मेरा लड़का जेल में है, मेरी बहू और पोता जेल में हैं। मेरे लिए अब जेल के सिवा और कहाँ ठिकाना है। मैं तो जाता हूँ। (पुलिस से) वहीं ठहरिए साहब, मैं ख़ुद आ रहा हूँ। मैं तो जाता हूँ, मगर यह कहे जाता हूँ कि अगर लौटकर मैंने यहाँ अपने ग़रीब भाइयों के घरों की पाँतियाँ फूलों की भाँति लहलहाती न देखी, तो यहीं मेरी चिता बनेगी।'

लाला समरकान्त कूदकर ईंटों के टीले से नीचे आये और भीड़ को चीरते हुए जाकर पुलिस कप्तान के पास खड़े हो गये। लारी तैयार थी, कप्तान ने उन्हें लारी में बैठाया। लारी चल दी।

'लाला समरकान्त की जय !' की गहरी, हार्दिक वेदना से भरी हुई ध्वनि किसी बँधुए पशु की भाँति तड़पती, छटपटाती ऊपर को उठी, मानो परवशता के बन्धन को तोड़कर निकल जाना चाहती हो।'

एक समूह लारी के पीछे दौड़ा; अपने नेता को छुड़ाने के लिए नहीं, केवल श्रद्धा के आवेश में, मानो कोई प्रसाद, कोई आशीर्वाद पाने की सरल उमंग में। जब लारी गर्द में लुप्त हो गयी, तो लोग लौट पड़े।

'यह कौन खड़ा बोल रहा है ?'

'कोई औरत जान पड़ती है।'

'कोई भले घर की औरत है।'

'अरे यह तो वही हैं, लालाजी की समधिन, रेणुका देवी।'

'अच्छा ! जिन्होंने पाठशाले के नाम अपनी सारी जमाजथा लिख दी।'

'सुनो, सुनो !

'प्यारे भाइयो, लाला समरकान्त जैसा योगी जिस सुख के लोभ से चलायमान हो गया, वह कोई बड़ा भारी सुख होगा; फिर मैं तो औरत हूँ, और औरत लोभिन होती ही है। आपके शास्त्र-पुराण सब यही कहते हैं। फिर मैं उस लोभ को कैसे रोकूँ। मैं धनवान की बहू, धनवान की स्त्री, भोग-विलास में लिप्त रहनेवाली, भजन-भाव में मगन रहनेवाली, मैं क्या जानूँ ग़रीबों को क्या कष्ट है, उन पर क्या बीतती है। लेकिन इस नगर ने मेरी लड़की छीन ली, मेरी जायदाद छीन ली, और अब मैं भी तुम लोगों ही की तरह ग़रीब हूँ। अब मुझे इस विश्वनाथ की पुरी में एक झोंपड़ा बनवाने की लालसा है। आपको छोड़कर मैं और किसके पास माँगने जाऊँ। यह नगर तुम्हारा है। इसकी एक-एक अंगुल ज़मीन तुम्हारी है। तुम्हीं इसके राजा हो। मगर सच्चे राजा की भाँति तुम भी त्यागी हो। राजा हरिश्चन्द्र की भाँति अपना सर्वस्व दूसरों को देकर, भिखारियों को अमीर बनाकर, तुम आज भिखारी हो गये हो। जानते हो वह छल से खोया हुआ राज्य तुमको कैसे मिलेगा ? तुम डोम के हाथों बिक चुके। अब तुम्हें रोहितास और शैव्या को त्यागना पड़ेगा। तभी देवता तुम्हारे ऊपर प्रसन्न होंगे। मेरा मन कह रहा है कि देवताओं में तुम्हारा राज्य दिलाने की बातचीत हो रही है। आज नहीं तो कल तुम्हारा राज्य तुम्हारे अधिकार में आ जायेगा। उस वक़्त मुझे भूल न जाना। मैं तुम्हारे दरबार में अपना प्रार्थना-पत्र पेश किए जा रही हूँ।'

सहसा पीछे से शोर मचा 'फिर पुलिस आ गयी !'

'आने दो। उनका काम है अपराधियों को पकड़ना। हम अपराधी हैं। गिरफ़्तार न कर लिए गये, तो आज नगर में डाका मारेंगे, चोरी करेंगे, या कोई षड्यन्त्र रचेंगे। मैं कहती हूँ, कोई संस्था जो जनता पर न्यायबल से नहीं, पशुबल से शासन करती है, वह लुटेरों की संस्था है। जो लोग ग़रीबों का हक़ लूटकर ख़ुद मालदार हो रहे हैं, दूसरों के अधिकार छीनकर अधिकारी बने हुए हैं, वास्तव में वही लुटेरे हैं। भाइयो, मैं तो जाती हूँ; मगर मेरा प्रार्थना-पत्र आपके सामने है। इस लुटेरी म्युनिसिपैलिटी को ऐसा सबक़ दो कि फिर उसे ग़रीबों को कुचलने का साहस न हो। जो तुम्हें रौंदे, उसके पाँव में काँटे बनकर चुभ जाओ। कल से ऐसी हड़ताल करो कि धनियों और अधिकारियों को तुम्हारी शक्ति का अनुभव हो जाय,

उन्हें विदित हो जाय कि तुम्हारे सहयोग के बिना वे न धन को भोग सकते हैं, न अधिकार को। उन्हें दिखा दो कि तुम्हीं उनके हाथ हो, तुम्हीं उनके पाँव हो, तुम्हारे बग़ैर वे अपंग हैं।'

वह टीले से नीचे उतरकर पुलिस-कर्मचारी की ओर चलीं तो सारा जन-समूह, हृदय में उमड़कर आँखों में रुक जानेवाले आँसुओं की भाँति, उनकी ओर ताकता रह गया। बाहर निकलकर मर्यादा का उल्लंघन कैसे करें ? वीरों के आँसू बाहर निकलकर सूखते नहीं, वृक्षों के रस की भाँति भीतर ही रहकर वृक्ष को पल्लवित और पुष्पित कर देते हैं। इतने बड़े समूह में एक कण्ठ से भी जयघोष नहीं निकला। क्रिया-शक्ति अन्तर्मुखी हो गयी थी; मगर जब रेणुका मोटर में बैठ गयीं और मोटर चली, तो श्रद्धा की वह लहर मर्यादाओं को तोड़कर एक पतली, गहरी, वेगमयी धारा में निकल पड़ी।

एक बूढ़े आदमी ने डाँटकर कहा—'जय-जय बहुत कर चुके। अब घर जाकर आटा-दाल जमा कर लो। कल से लम्बी हड़ताल करनी है।'

दूसरे आदमी ने इसका समर्थन किया—'और क्या ! यह नहीं कि यहाँ तो गला फाड़-फाड़ चिल्लायें और सबेरा होते ही अपने-अपने काम पर चल दिये।'

'अच्छा, यह कौन खड़ा हो गया ?'

'वाह, इतना भी नहीं पहचानते ? डॉक्टर साहब हैं।'

'डॉक्टर साहब भी आ गये। तब तो फ़तह है !'

'कैसे-कैसे शरीफ़ आदमी, हमारी तरफ़ से लड़ रहे हैं। पूछो, इन बेचारों को क्या लेना है, जो अपना सुख-चैन छोड़कर, अपने बराबरवालों से दुश्मनी मोल लेकर, जान हथेली पर लिए तैयार हैं।'

'हमारे ऊपर अल्लाह का रहम है। इन डॉक्टर साहब ने पिछले दिनों जब प्लेग फैला था, ग़रीबों की ऐसी ख़िदमत की कि वाह ! जिनके पास अपने भाई-बन्द तक न खड़े होते थे, वहाँ बेधड़क चले जाते थे और दवा-दारू, रुपया-पैसा, सब तरह की मदद तैयार ! हमारे हाफ़िज़जी तो कहते थे, यह अल्लाह का फ़रिश्ता है।'

'सुनो, सुनो, बकवास करने को रात भर पड़ी है।'

'भाइयो ! पिछली बार जब आपने हड़ताल की थी, उसका क्या नतीजा हुआ ? अगर फिर वैसी ही हड़ताल हुई, तो उससे अपना ही नुक़सान होगा। हममें से कुछ लोग चुन लिये जायेंगे, बाक़ी आदमी मतभेद हो जाने के कारण आपस में लड़ते रहेंगे और असली उद्देश्य की किसी को सुधि न रहेगी ! सरग़नों के हटते ही पुरानी अदावतें निकाली जाने लगेंगी, गड़े मुरदे उखाड़े जाने लगेंगे; न कोई संगठन रह जायेगा, न कोई ज़िम्मेदारी। सभी पर आतंक छा जायेगा, इसलिए अपने दिल को टटोलकर देख लो। अगर उसमें कच्चापन हो, तो हड़ताल का विचार दिल से निकाल डालो। ऐसी हड़ताल से दुर्गन्ध और गन्दगी में मरते जाना कहीं अच्छा है। अगर तुम्हें विश्वास है कि तुम्हारा दिल भीतर से मज़बूत है; उसमें हानि सहने की, भूखों मरने की, कष्ट झेलने की सामर्थ्य है, तो हड़ताल करो। प्रतिज्ञा कर लो कि जब तक हड़ताल रहेगी, तुम अदावतें भूल जाओगे, नफ़े-नुकसान की परवाह न करोगे। तुमने कबड्डी तो खेली ही होगी। कबड्डी में अक्सर ऐसा होता है कि एक तरफ़ के सब गुइयाँ

मर जाते हैं केवल एक खिलाड़ी रह जाता है; मगर वह एक खिलाड़ी भी उसी तरह कानून-कायदे से खेलता चला जाता है। उसे अन्त तक आशा बनी रहती है कि वह अपने मरे गुइयों को जिला लेगा और सब-के-सब फिर पूरी शक्ति से बाजी जीतने का उद्योग करेंगे। हरेक खिलाड़ी का एक ही उद्देश्य होता है—पाला जीतना। इसके सिवा उस समय उसके मन में कोई भाव नहीं होता। किस गुइयाँ ने उसे कब गाली दी थी, कब उसका कनकौआ फाड़ डाला था, या कब उसको घूँसा मारकर भागा था, इसकी उसे ज़रा भी याद नहीं आती। उसी तरह इस समय तुम्हें अपना मन बनाना पड़ेगा। मैं यह दावा नहीं करता कि तुम्हारी जीत ही होगी। जीत भी हो सकती है, हार भी हो सकती है। जीत या हार से हमें प्रयोजन नहीं। भूखा बालक भूख से विकल होकर रोता है। वह यह नहीं सोचता कि रोने से उसे भोजन मिल ही जायेगा। सम्भव है माँ के पास पैसे न हों, या उसका जी अच्छा न हो; लेकिन बालक का स्वाभाव है कि भूख लगने पर रोए; इसी तरह हम भी रो रहे हैं। हम रोते-रोते थककर सो जायेंगे, या माता वात्सल्य से विवश होकर हमें भोजन दे देगी, यह कौन जानता है। हमारा किसी से बैर नहीं, हम तो समाज के सेवक हैं, हम बैर करना क्या जानें...'

उधर पुलिस कप्तान थानेदार को डाँट रहा था—'जल्द लारी मँगवाओ। तुम बोलता था, अब कोई आदमी नहीं है। अब यह कहाँ से निकल आया ?'

थानेदार ने मुँह लटकाकर कहा—'हुजूर, यह डॉक्टर साहब तो आज पहली ही बार आये हैं। इनकी तरफ़ तो हमारा गुमान भी नहीं था। कहिए तो गिरफ़्तार करके ताँगे पर ले चलूँ।'

'ताँगे पर ! सब आदमी ताँगे को घेर लेगा ! हमें फ़ायर करना पड़ेगा। जल्दी दौड़कर कोई टैक्सी लाओ।'

डॉक्टर शान्तिकुमार कह रहे थे—

'हमारा किसी से बैर नहीं है। जिस समाज में ग़रीबों के लिए स्थान नहीं, वह उस घर की तरह है जिसकी बुनियाद न हो ! कोई हल्का-सा धक्का भी उसे ज़मीन पर गिरा सकता है। मैं अपने धनवान और विद्वान और सामर्थ्यवान भाइयों से पूछता हूँ, क्या यही न्याय है कि एक भाई तो बँगले में रहे, दूसरे को झोंपड़ा भी नसीब न हो ? क्या तुम्हें अपने ही जैसे मनुष्यों को इस दुर्दशा में देखकर शर्म नहीं आती ? तुम कहोगे, हमने बुद्धि-बल से धन कमाया है, क्यों न उसका भोग करें। इस बुद्धि का नाम स्वार्थ-बुद्धि है, और जब समाज का संचालन स्वार्थ-बुद्धि के हाथ में आ जाता है, न्याय-बुद्धि गद्दी से उतार दी जाती है, तो समझ लो कि समाज में कोई विप्लव होनेवाला है। गरमी बढ़ जाती है, तो तुरन्त ही आँधी आती है। मानवता हमेशा कुचली नहीं जा सकती। समता जीवन का तत्त्व है। यही एक दशा है, जो समाज को स्थिर रख सकती है। थोड़े से धनवानों को हरगिज़ यह अधिकार नहीं है कि वे जनता की ईश्वरदत्त वायु और प्रकाश का अपहरण करें। यह विशाल जनसमूह उसी अनधिकार, उसी अन्याय का रोषमय रुदन है। अगर धनवानों की आँखें अब भी नहीं ख़ुलतीं, तो उन्हें पछताना पड़ेगा। यह जागृति का युग है। जागृति अन्याय को सहन नहीं कर सकती। जागे हुए आदमी के घर में चोर और डाकू की गति नहीं...'

इतने में टैक्सी आ गयी। पुलिस कप्तान कई थानेदारों और कांस्टेबलों के साथ समूह की तरफ़ चला।

थानेदार ने पुकारकर कहा—'डॉक्टर साहब, आपका भाषण तो समाप्त हो चुका होगा। अब चले आइए, हमें क्यों वहाँ आना पड़े ?'

शान्तिकुमार ने ईंट-मंच पर खड़े-खड़े कहा—'मैं अपनी ख़ुशी से तो गिरफ़्तार होने न आऊँगा, आप ज़बरदस्ती गिरफ़्तार कर सकते हैं।' और फिर अपने भाषण का सिलसिला जारी कर दिया—

'हमारे धनवानों को किसका बल है ? पुलिस का। हम पुलिस ही से पूछते हैं, अपने कांस्टेबल भाइयों से हमारा सवाल है, क्या तुम भी ग़रीब नहीं हो ? क्या तुम और तुम्हारे बाल-बच्चे सड़े हुए अँधेरे, दुर्गन्ध और रोग से भरे हुए बिलों में नहीं रहते ? लेकिन यह ज़माने की खूबी है कि तुम अन्याय की रक्षा करने के लिए, अपने ही बाल-बच्चों का गला घोंटने के लिए तैयार खड़े हो...'

कप्तान ने भीड़ के अन्दर जाकर शान्तिकुमार का हाथ पकड़ लिया और उन्हें साथ लिया हुआ लौटा। सहसा नैना सामने से आकर खड़ी हो गयी।

शान्तिकुमार ने चौंककर पूछा—'तुम किधर से नैना ? सेठजी और देवीजी तो चल दिए, अब मेरी बारी है।'

नैना मुस्कराकर बोली—'और आपके बाद मेरी।'

'नहीं, कहीं ऐसा अनर्थ न करना। सब कुछ तुम्हारे ही ऊपर है।'

नैना ने कुछ जवाब न दिया। कप्तान डाक्टर को लिए हुए आगे बढ़ गया। उधर सभा में शोर मचा हुआ था। अब उनका क्या कर्तव्य है, इसका निश्चय वह लोग न पाते थे। उनकी दशा पिघलती हुई धातु की-सी थी। उसे जिस तरफ़ चाहें मोड़ सकते हैं। कोई भी चलता हुआ आदमी उनका नेता बनकर उन्हें जिस तरफ़ चाहे ले जा सकता था—सबसे ज़्यादा आसानी के साथ शान्ति-भंग की ओर। चित्त की उस दशा में, जो इन ताबड़-तोड़ गिरफ़्तारियों से शान्ति-पथ-विमुख हो रहा था, बहुत सम्भव था कि वे पुलिस पर पत्थर फेंकने लगते, या बाज़ार लूटने पर आमादा हो जाते। उसी वक़्त नैना उसके सामने जाकर खड़ी हो गयी। वह अपनी बग्घी पर सैर करने निकली थी। रास्ते में उसने लाला समरकान्त और रेणुका देवी के पकड़े जाने की ख़बर सुनी। उसने तुरन्त कोचवान को इस मैदान की ओर चलने को कहा, और दौड़ी चली आ रही थी। अब तक उसने अपने पति और ससुर की मर्यादा का पालन किया था। अपनी ओर से कोई ऐसा काम न करना चाहती थी कि ससुरालवालों का दिल दुखे, या उनके असन्तोष का कारण हो; लेकिन यह ख़बर पाकर वह संयत न रह सकी। मनीराम जामे से बाहर हो जायेंगे, लाला धनीराम छाती पीटने लगेंगे, उसे ग़म नहीं। कोई उसे रोक ले, तो वह कदाचित् आत्महत्या कर बैठे। वह स्वभाव से ही लज्जाशील थी। घर के एकान्त में बैठकर यह चाहे भूखों मर जाती, लेकिन बाहर निकलकर किसी से सवाल करना उसके लिए असाध्य था। रोज़ जलसे होते थे; लेकिन उसे कभी कुछ भाषण करने का साहस नहीं हुआ। यह नहीं कि उसके पास विचारों का अभाव था, अथवा वह अपने विचारों को व्यक्त न कर सकती थी। नहीं, केवल इसलिए कि जनता के सामने

खड़े होने में उसे संकोच होता था। या यों कहो कि भीतर की पुकार कभी इतनी प्रबल न हुई कि मोह और आलस्य के बन्धनों को तोड़ देती। बाज़ ऐसे जानवर भी होते हैं, जिनमें एक विशेष आसन होता है। उन्हें आप मार डालिए; पर आगे क़दम न उठायेंगे। लेकिन उस मार्मिक स्थान पर उँगली रखते ही उनमें एक नया उत्साह, एक नया जीवन चमक उठता है। लाला समरकान्त की गिरफ़्तारी ने नैना के हृदय में उसी मर्मस्थल का स्पर्श कर लिया। वह जीवन में पहली बार ज़नता के सामने खड़ी हुई, निश्शंक, निश्चल, एक नयी प्रतिभा, एक नई प्रांजलता से आभासित। पूर्णिमा के रजत प्रकाश में ईंटों के टीले पर खड़ी जब उसने अपने कोमल किन्तु गहरे कण्ठ-स्वर से जनता को सम्बोधन किया, तो जैसे सारी प्रकृति निःस्तब्ध हो गयी।

'सज्जनो, मैं लाला समरकान्त की बेटी और लाला धनीराम की बहू हूँ। मेरा प्यारा भाई जेल में है, मेरी प्यारी भावज जेल में है, मेरा सोने-सा भतीजा जेल में है, आज मेरे पिताजी भी पहुँच गये।'

जनता की ओर से आवाज़ आयी—'रेणुका देवी भी ?'

'हाँ, रेणुका देवी भी, जो मेरी माता के तुल्य थीं। लड़की के लिए वही मैका है, जहाँ उसके माँ-बाप, भाई-भावज रहें। और लड़की को मैका जितना प्यारा होता है, उतनी ससुराल नहीं होती। सज्जनो, इस ज़मीन के कई टुकड़े मेरे ससुरजी ने खरीदे हैं। मुझे विश्वास है, मैं आग्रह करूँ तो वह यहाँ अमीरों के बँगले न बनवाकर ग़रीबों के घर बनवा देंगे; लेकिन हमारा उद्देश्य यह नहीं है। हमारी लड़ाई इस बात पर है कि जिस नगर में आधे से ज़्यादा आबादी गन्दे बिलों में मर रही हो, उसे कोई अधिकार नहीं है कि महलों और बँगलों के लिए ज़मीन बेचे। आपने देखा था, यहाँ कई हरे-भरे गाँव थे। म्युनिसिपैलिटी ने नगर-निर्माण-संघ बनाया। गाँव के किसानों की ज़मीन कौड़ियों के दाम छीन ली गयी, और आज वही ज़मीन अशर्फ़ियों के दाम बिक रही है; इसलिए कि बड़े आदमियों के बँगले बनें। हम अपने नगर के विधाताओं से पूछते हैं, क्या अमीरों ही के ज़ान होती है। ग़रीबों के जान नहीं होती ? अमीरों ही को तन्दुरुस्त रहना चाहिए ? ग़रीबों को तन्दुरुस्ती की ज़रूरत नहीं ? अब जनता इस तरह मरने को तैयार नहीं है। अगर मरना ही है, तो इस मैदान में ख़ुले आकाश के नीचे, चन्द्रमा के शीतल प्रकाश में मरना बिलों में मरने से कहीं अच्छा है; लेकिन पहले हमें नगर-विधाताओं से एक बार और पूछ लेना है कि वह अब भी हमारा निवेदन स्वीकार करेंगे, या नहीं। अब भी इस सिद्धान्त को मानेंगे, या नहीं। अगर उन्हें घमण्ड हो कि वे हथियार के ज़ोर से गरीबों को कुचलकर उनकी आवाज़ बंद कर सकते हैं, तो यह उनकी भूल है। ग़रीबों का रक्त जहाँ गिरता है, वहाँ हरेक बूँद की जगह एक-एक आदमी उत्पन्न हो जाता है। अगर इस वक्त नगर-विधाताओं ने ग़रीबों की आवाज़ सुन ली; तो उन्हें सेंत का यश मिलेगा, क्योंकि ग़रीब बहुत दिनों तक ग़रीब नहीं रहेंगे और वह जमाना दूर नहीं है, जब ग़रीबों के हाथ में शक्ति होगी। विप्लव के जन्तु को छेड़-छेड़कर न जगाओ। उसे जितना ही छेड़ोगे, उतना ही झल्लायेगा और वह उठकर जम्हाई लेगा और ज़ोर से दहाड़ेगा, तो फिर तुम्हें भागने की राह न मिलेगी। हमें बोर्ड के मेम्बरों को यही चेतावनी देनी है। इस वक़्त बहुत ही अच्छा अवसर है। सभी भाई म्युनिसिपैलिटी के दफ़्तर चलें। अब देर न करें, मेम्बर

अपने-अपने घर चले जायेंगे। हड़ताल में उपद्रव का भय है, इसलिए हड़ताल उसी हालत में करनी चाहिए, जब और किसी तरह काम न निकल सके।'

नैना ने झण्डा उठा लिया और म्युनिसिपैलिटी के दफ़्तर की ओर चली। उसके पीछे बीस-पच्चीस हज़ार आदमियों का एक सागर-सा उमड़ता हुआ चला ! और यह दल मेलों की भीड़ की तरह अशृंखल नहीं, फ़ौज की क़तारों की तरह शृंखलाबद्ध था। आठ-आठ आदमियों की असंख्य पंक्तियाँ गम्भीर भाव से एक विचार, एक उद्देश्य, एक धारणा की आन्तरिक शक्ति का अनुभव करती हुई चली जा रही थीं, और उनका ताँता न टूटता था, मानो भूगर्भ से निकलती चली आती हों। सड़क के दोनों ओर छज्जों और छतों पर दर्शकों की भीड़ लगी हुई थी। सभी चकित थे। उफ़्फोह ! कितने आदमी हैं। अभी चले ही आ रहे हैं।

तब नैना ने यह गीत शुरू कर दिया, जो इस समय बच्चे-बच्चे की ज़बान पर था—

'हम भी मानव तनधारी हैं...'

कई हज़ार गलों का संयुक्त, सजीव और व्यापक स्वर गगन में गूँज उठा—

'हम भी मानव तनधारी हैं !'

नैना ने उस पद की पूर्ति की—'क्यों हमको नीच समझते हो ?'

कई हज़ार गलों ने साथ दिया—

'क्यों हमको नीच समझते हो ?'

नैना—'क्यों अपने सच्चे दासों पर ?'

जनता—'क्यों अपने सच्चे दासों पर ?'

नैना—'इतना अन्याय बरतते हो !'

जनता—'इतना अन्याय बरतते हो !'

उधर म्युनिसिपल बोर्ड में यही प्रश्न छिड़ा हुआ था।

हाफ़िज हलीम ने टेलीफ़ोन का चोंगा मेज़ पर रखते हुए कहा—'डॉक्टर शान्तिकुमार भी गिरफ़्तार हो गये।'

मि. सेन ने निर्दयता से कहा—'अब इस आन्दोलन की जड़ कट गयी। डॉक्टर साहब उसके प्राण थे।'

पं. ओंकारनाथ ने चुटकी ली—'उस ब्लाक पर अब बँगले न बनेंगे। शगुन कह रहे हैं।'

सेन बाबू भी अपने लड़के के नाम से उस ब्लाक के एक भाग के खरीददार थे। जल उठे—'अगर बोर्ड में अपने पास किए हुए प्रस्तावों पर स्थिर रहने की शक्ति नहीं है, तो उसे इस्तीफ़ा देकर अलग हो जाना चाहिए।'

मि. शफ़ीक ने, जो युनिवर्सिटी के प्रोफ़ेसर और डॉक्टर शान्तिकुमार के मित्र थे, सेन को आड़े हाथों लिया—'बोर्ड के फ़ैसले ख़ुदा के फ़ैसले नहीं हैं। उस वक़्त बेशक बोर्ड ने उस ब्लाक को छोटे-छोटे प्लाटों में नीलाम करने का फ़ैसला किया था, लेकिन उसका नतीजा क्या हुआ ? आप लोगों ने वहाँ जितना इमारती सामान जमा किया, उसका कहीं पता नहीं है। हज़ार आदमी से ज़्यादा रोज़ रात को वहीं सोते हैं। मुझे यकीन है कि वहाँ काम करने के लिए एक मज़दूर भी राज़ी न होगा। मैं बोर्ड को ख़बरदार किये देता हूँ कि अगर अपनी

पॉलिसी बदल न दी, तो शहर पर बहुत बड़ी आफ़त आ जायेगी। सेठ समरकान्त और शान्तिकुमार का शरीक होना बतला रहा है कि यह तहरीक बच्चों का खेल नहीं है। उसकी जड़ बहुत गहरी पहुँच गयी है और उसे उखाड़ फेंकना अब क़रीब-क़रीब गैरमुमकिन है। बोर्ड को अपना फ़ैसला रद्द करना पड़ेगा। चाहे अभी करे; या सौ-पचास जानों की नज़र लेकर करे। अब तक का तज़रबा तो यही कह रहा है कि बोर्ड की सख़्तियों का बिलकुल असर नहीं हुआ; बल्कि उल्टा ही असर हुआ। अब जो हड़ताल होगी, वह इतनी खौफ़नाक होगी कि उसके ख़याल से रोंगटे खड़े होते हैं। बोर्ड अपने सिर पर बहुत बड़ी ज़िम्मेदारी ले रहा है।'

मि. हामिद अली कपड़े की मिल के मैनेजर थे। उनकी मिल घाटे पर चल रही थी। डरते थे, कहीं लम्बी हड़ताल हो गयी, तो बधिया ही बैठ जायेगी। थे तो बेहद मोटे; मगर बेहद मेहनती। बोले—'हक़ को तसलीम करने में बोर्ड को क्यों इतना पसोपेश हो रहा है, यह मेरी समझ में नहीं आता। शायद इसलिए कि उसके ग़रूर को झुकना पड़ेगा। लेकिन हक़ के सामने झुकना कमज़ोरी नहीं, मज़बूती है। अगर आज इसी मसले पर बोर्ड का नया इन्तख़ाब हो, तो मैं दावे से कह सकता हूँ कि बोर्ड का यह रिज़ोल्यूशन हर्फ़े ग़लत की तरह मिट जायेगा। बीस-पचीस हज़ार ग़रीब आदमियों की बेहतरी और भलाई के लिए अगर बोर्ड को दस-बारह लाख का नुक़सान उठाना और दस-पाँच मेम्बरों की दिलशिकनी करनी पड़े तो उसे...'

फिर टेलीफ़ोन की घण्टी बजी। हाफ़िज हलीम ने कान लगाकर सुना और बोले—'पच्चीस हज़ार आदमियों की फ़ौज हमारे ऊपर धावा करने आ रही है। लाला समरकान्त की साहबज़ादी और सेठ धनीराम साहब की बहू उसकी लीडर हैं। डी.एस.पी. ने हमारी राय पूछी है, और यह भी कहा है कि फ़ायर किये बग़ैर जुलूस पीछे हटनेवाला नहीं। मैं इस मुआमले में बोर्ड की राय जानना चाहता हूँ। बेहतर है कि वोट ले लिये जायें। जाब्ते की पाबन्दियों का मौक़ा नहीं है, आप लोग हाथ उठायें—फ़ॉर ?'

बारह हाथ उठे।

'अगेन्स्ट ?'

दस हाथ उठे। लाला धनीराम निउट्रल रहे।

'तो बोर्ड की राय है कि जुलूस को रोका जाये, चाहे फ़ायर करना पड़े।'

सेन बोले—'क्या अब भी कोई शक है।'

फिर टेलीफ़ोन की घण्टी बजी। हाफ़िजजी ने कान लगाया। डी.एस.पी. कह रहा था—'बड़ा ग़ज़ब हो गया। अभी लाला मनीराम ने अपनी बीवी को गोली मार दी।'

हाफ़िज़जी ने पूछा—'क्या बात हुई ?'

'अभी कुछ मालूम नहीं। शायद मिस्टर मनीराम ग़ुस्से में भरे हुए जुलूस के सामने आये और अपनी बीबी को वहाँ से हट जाने को कहा। लेडी ने इनकार किया। इस पर कुछ कहा-सुनी हुई। मिस्टर मीनराम के हाथ में पिस्तौल थी। फ़ौरन शूट कर दिया। अगर वह भाग न जायें, तो धज्जियाँ उड़ जायें। जुलूस अपने लीडर की लाश उठाये फिर म्युनिसिपल बोर्ड की तरफ़ जा रहा है।'

हाफ़िज़जी ने मेम्बरों को यह ख़बर सुनाई, तो सारे बोर्ड में सनसनी दौड़ गयी। मानो किसी जादू से सारी सभा पाषाण हो गयी हो।

सहसा लाला धनीराम खड़े होकर भर्राई हुई आवाज़ में बोले—'सज्जनो, जिस भवन को एक-एक कंकड़ जोड़-जोड़कर पचास साल से बना रहा था, वह आज एक क्षण में ढह गया, ऐसा ढह गया है कि उसकी नींव का पता नहीं। अच्छे-से-अच्छे मसाले दिये, अच्छे-अच्छे कारीगर लगाये, अच्छे-से-अच्छे नक़्शे बनवाये, भवन तैयार हो गया था, केवल कलस बाक़ी था। उसी वक़्त एक तूफ़ान आता है और उस विशाल भवन को इस तरह उड़ा ले जाता है, मानो फूस का ढेर हो। मालूम हुआ कि वह भवन केवल मेरे जीवन का एक स्वप्न था। सुनहरा स्वप्न कहिए, चाहे काला स्वप्न कहिए; पर था स्वप्न ही। वह स्वप्न भंग हो गया—भंग हो गया !'

यह कहते हुए वह द्वार की ओर चले।

हाफ़िज हलीम ने शोक के साथ कहा—'सेठजी, मुझे और मैं उम्मीद करता हूँ कि बोर्ड की आपसे कमाल हमदर्दी है।'

सेठजी ने पीछे फिरकर कहा—'अगर बोर्ड को मेरे साथ हमदर्दी है, तो इसी वक़्त मुझे यह अख़्तियार दीजिए कि जाकर लोगों से कह दूँ, बोर्ड ने तुम्हें वह ज़मीन दे दी; वरना यह आग कितने ही घरों को भस्म कर देगी, कितनों ही के स्वप्नों को भंग कर देगी।'

बोर्ड के कई मेम्बर बोले—'चलिए, हम लोग भी आपके साथ चलते हैं।'

बोर्ड के बीस सभासद उठ खड़े हुए। सेन ने देखा कि यहाँ कुल चार आदमी रहे जाते हैं, तो वह भी उठ पड़े, और उनके साथ उनके तीनों मित्र भी उठे। अन्त में हाफ़िज हलीम का नम्बर आया।

जुलूस उधर से नैना की अर्थी लिए चला आ रहा है। एक शहर में इतने आदमी कहाँ से आ गये। मीलों लम्बी घनी क़तार है; शान्त, गम्भीर, संगठित जो मर मिटना चाहती है। नैना के बलिदान ने उन्हें अजेय, अभेद्य बना दिया है।

उसी वक्त बोर्ड के पचीसों मेम्बरों ने सामने आकर अर्थी पर फूल बरसाये और हाफ़िज़ हलीम ने आगे बढ़कर, ऊँचे स्वर में कहा—'भाइयो ! आप म्युनिसिपैलिटी के मेम्बरों के पास जा रहे हैं, मेम्बर ख़ुद आपका इस्तिक़बाल करने आये हैं। बोर्ड ने आज इत्तिफ़ाक राय से पूरा प्लाट आप लोगों को देना मंजूर कर लिया। मैं इस पर बोर्ड को मुबारकबाद देता हूँ, और आपको भी। आज बोर्ड ने तसलीम कर लिया कि ग़रीब की सेहत, आराम और ज़रूरत की वह अमीरों के शौक, तक़ल्लुफ़ और हविस से ज़्यादा लिहाज़ के क़ाबिल समझता है। उसने तसलीम कर दिया कि ग़रीबों का उस पर उससे कहीं ज़्यादा हक़ है, जितना अमीरों का। हमने तसलीम कर लिया कि बोर्ड रुपये की निस्बत रिआया की जान की ज़्यादा क़द्र करती है। उसने तसलीम कर लिया कि शहर की ज़ीनत बड़ी-बड़ी कोठियों और बंगलों से नहीं, छोटे-छोटे आरामदेह मकानों से है, जिनमें मज़दूर और थोड़ी आमदनी के लोग रह सकें। मैं ख़ुद उन आदमियों में हूँ जो इस वसूल की तसलीम न करते थे। बोर्ड का बड़ा हिस्सा मेरे ही ख़याल के आदमियों का था; लेकिन आपकी क़ुर्बानियों ने और आपके लीडरों की ज़ाँबाज़ियों ने बोर्ड पर फ़तह पायी और आज मैं उस फ़तह पर आपको मुबारकबाद देता

हूँ; और इस फ़तह का सेहरा उस देवी के सिर है, जिसका जनाज़ा आपके कन्धों पर है। लाला समरकान्त मेरे पुराने रफ़ीक़ हैं। उनका सपूत बेटा मेरे लड़के का दिली दोस्त है। अमरकान्त जैसा शरीफ़ नौजवान मेरी नज़र से नहीं गुज़रा। उसी की सोहबत का असर है कि आज मेरा लड़का सिविल सर्विस छोड़कर जेल में बैठा हुआ है। नैना देवी के दिल में जो कशमकश हो रही थी, उसका अन्दाज़ा हम और आप नहीं कर सकते। एक तरफ़ बाप और भावज जेल में क़ैद, दूसरी तरफ़ शौहर और ससुर मिलकियत और जायदाद की धुन में मस्त। लाला धनीराम मुझे मुआफ़ करेंगे। मैं उन पर फ़िकरा नहीं कसता। जिस हालत में वह गिरफ़्तार थे, उसी हालत में हम, आप और सारी दुनिया गिरफ़्तार हैं। उनके दिल पर इस वक्त एक ऐसे ग़म की चोट है, जिससे ज़्यादा दिलशिकन कोई सदमा नहीं हो सकता। हमको, और मैं यक़ीन करता हूँ, आपको भी उनसे कमाल हमदर्दी है। हम सब उनके ग़म में शरीक हैं। नैना देवी के दिल में मैका और ससुराल की यह लड़ाई शायद इस तहरीक के शुरू होते ही शुरू हुई और आज उसका यह हसरतनाक अंजाम हुआ। मुझे यक़ीन है कि उनकी इस पाक क़ुरबानी की यादगार हमारे शहर में उस वक़्त तक क़ायम रहेगी, जब तक इसका वजूद क़ायम रहेगा ! मैं बुतपरस्त नहीं हूँ, लेकिन सबसे पहले मैं तजवीज़ करूँगा कि उस प्लाट पर जो मोहल्ला आबाद हो, उसके बीचोबीच इस देवी की यादगार नस्ब की जाये, ताकि आनेवाली नसलें उसकी शानदार क़ुरबानी की याद ताज़ा करती रहें।

'दोस्तो, मैं इस वक़्त आपके सामने कोई तकरीर नहीं करता हूँ। यह न तकरीर करने का मौक़ा है, न सुनने का। रोशनी के साथ तारीकी है, जीत के साथ हार, और ख़ुशी के साथ ग़म। तारीकी और रोशनी का मेल सुहानी सुबह होती है, और जीत और हार का मेल सुलह। यह ख़ुशी और ग़म का मेल एक नये दौर की आवाज़ है और ख़ुदा से हमारी दुआ है कि यह दौर हमेशा क़ायम रहे, हममें ऐसे ही हक़ पर जान देनेवाली पाक रूहें पैदा होती रहें; क्योंकि दुनिया ऐसी ही रूहों की हस्ती से क़ायम है। आपसे हमारी गुज़ारिश है कि इस जीत के बाद हारनेवालों के साथ वही बर्ताव कीजिए, जो बहादुर दुश्मन के साथ किया जाना चाहिए। हमारी इस पाक सरज़मीन में हारे हुए दुश्मनों को दोस्त समझा जाता था। लड़ाई ख़त्म होते ही हम रंजिश और गुस्से को दिल से निकाल डालते थे; और दिल खोलकर दुश्मन से गले मिल जाते थे। आइए, हम और आप गले मिलकर उस देवी की रूह को खुश करें, जो हमारी सच्ची रहनुमा, तारीकी में सुबह का पैग़ाम लानेवाली सुफ़ैदी थी। ख़ुदा हमें तौफ़ीक दे कि इस सच्चे शहीद से हम हक़परस्ती और ख़िदमत का सबक़ हासिल करें।'

हाफ़िज़जी के चुप होते ही 'नैना देवी की जय' की ऐसी श्रद्धा में डूबी हुई ध्वनि उठी कि आकाश तक हिल उठा। फिर हाफ़िज हलीम की भी जय-जयकार हुई और जुलूस गंगा की तरफ़ रवाना हो गया। बोर्ड के सभी मेम्बर जुलूस के साथ थे। सिर्फ़ हाफ़िज हलीम म्युनिसिपैलिटी के दफ़्तर में जा बैठे और पुलिस के अधिकारियों से क़ैदियों की रिहाई के लिए परामर्श करने लगे।

जिस संग्राम को छः महीने पहले एक देवी ने आरम्भ किया था, उसे आज एक दूसरी देवी ने अपने प्राणों की बलि देकर अन्त कर दिया।

10

इधर सकीना जनाने जेल में पहुँची, उधर सुखदा, पठानिन और रेणुका की रिहाई का परवाना भी आ गया। उसके साथ ही नैना की हत्या का संवाद भी पहुँचा। सुखदा सिर झुकाये मूर्तिवत बैठी रह गयी, मानो अचेत हो गयी हो। कितनी महँगी विजय थी !

रेणुका ने लम्बी साँस लेकर कहा—दुनिया में ऐसे-ऐसे आदमी भी पड़े हुए हैं, जो स्वार्थ के लिए अपनी स्त्री की हत्या कर सकते हैं।

सुखदा आवेश में आकर बोली—'नैना की उसने हत्या नहीं की अम्माँ, यह विजय उस देवी के प्राणों का वरदान है।'

पठानिन ने आँसू पोंछते हुए कहा—'मुझे तो यही रोना आता है कि भैया को कितना दुःख होगा। भाई-बहन में इतनी मोहब्बत मैंने नहीं देखी।'

जेलर ने आकर सूचना दी, 'आप लोग तैयार हो जायें। शाम की गाड़ी से सुखदा, रेणुका और पठानिन, इन महिलाओं को जाना है। देखिए, हम लोगों से जो ख़ता हुई हो, उसे मुआफ़ कीजिएगा।'

किसी ने इसका जवाब न दिया, मानो किसी ने सुना ही नहीं। घर जाने में अब आनन्द न था। विजय का आनन्द भी इस शोक में डूब गया था।

सकीना ने सुखदा के कान में कहा—'जाने के पहले बाबूजी से मिल लीजियेगा। यह ख़बर सुनकर न जाने दुश्मनों पर क्या गुज़रे। मुझे तो डर लग रहा है।'

बालक रेणुकान्त सामने सहन में कीचड़ से फिसलकर गिर गया था और पैरों से ज़मीन को इस शरारत की सज़ा दे रहा था। साथ-ही-साथ रोता भी जाता था। सकीना और सुखदा दोनों उसे उठाने दौड़ीं, और वृक्ष के नीचे खड़ी होकर उसे चुप कराने लगीं।

सकीना कल सुबह आयी थी; पर अब तक सुखदा और उसमें मामूली शिष्टाचार के सिवा और कोई बात न हुई थी। सकीना उससे बातें करते झेंपती थी कि कहीं वह गुप्त प्रसंग न उठ खड़ा हो। और सुखदा इस तरह उससे आँखें चुराती थी, मानो अभी उसकी तपस्या उस कलंक को धोने के लिए काफ़ी नहीं हुई।

सकीना की सलाह में जो सहृदयता भरी हुई थी, उसने सुखदा को पराभूत कर दिया। बोली—'हाँ, विचार तो है। तुम्हारा भी कोई सन्देशा कहना है ?'

सकीना ने आँखों में आँसू भरकर कहा—'मैं क्या सन्देशा कहूँगी बहूजी ? आप इतना ही कह दीजियेगा—नैना देवी चली गयीं, पर जब तक सकीना ज़िन्दा है, आप उसे नैना ही समझते रहिए।'

सुखदा ने निर्दय मुस्कान के साथ कहा—'उनका तो तुमसे दूसरा रिश्ता हो चुका है।'

सकीना ने जैसे इस वार को काटा—'तब उन्हें औरत की ज़रूरत थी, आज बहन की ज़रूरत है।'

सुखदा तीव्र स्वर में बोली—'मैं तो तब भी ज़िन्दा थी।'

सकीना ने देखा, जिस अवसर से वह काँपती रहती थी, वह सिर पर आ ही पहुँचा। अब उसे अपनी सफ़ाई देने के सिवा और कोई मार्ग न था।

उसने पूछा—'मैं कुछ कहूँ, बुरा तो न मानियेगा ?'

'बिलकुल नहीं।'

'तो सुनिए—तब आपने उन्हें घर से निकाल दिया था। आप पूरब जाती थीं, वह पच्छिम जाते थे। अब आप और वह एक दिल हैं, एक जान हैं। जिन बातों की उनकी निगाह में सबसे ज्यादा क़द्र थी, वह आपने सब पूरी कर दिखायी। वह जो आपको पा जायें, तो आपके क़दमों का बोसा ले लें।'

सुखदा को इस कथन में वही आनन्द आया, जो एक कवि को दूसरे कवि की दाद पाकर आता है, उसके दिल में जो संशय था वह जैसे आप-ही-आप उसके हृदय से टपक पड़ा—'यह तो तुम्हारा ख़याल है सकीना। उसके दिल में क्या है, यह कौन जानता है। मरदों पर विश्वास करना मैंने छोड़ दिया। अब वह चाहे मेरी कुछ इज़्ज़त करने लगे—इज़्ज़त तो तब भी क़म न करते थे, लेकिन तुम्हें वह दिल से निकाल सकते हैं, इसमें मुझे शक है। तुम्हारी शादी मियाँ सलीम से हो जायेगी, लेकिन दिल में वह तुम्हारी उपासना करते रहेंगे।'

सक़ीना की मुद्रा गम्भीर हो गयी। नहीं, वह भयभीत हो गयी। जैसे कोई शत्रु उसे दम देकर उसके गले में फन्दा डालने जा रहा हो। उसने मानो गले को बचाकर कहा—'तुम उनके साथ फिर अन्याय कर रही हो बहनजी। वह उन आदमियों में नहीं हैं, जो दुनिया के डर से कोई काम करें। उन्होंने ख़ुद सलीम से मेरी ख़त-किताबत करवाई। मैं उनकी मंशा समझ गयी। मुझे मालूम हो गया, तुमने अपने रूठे हुए देवता को मना लिया। मैं दिल में काँपी जा रही थी कि मुझ-जैसी गँवारिन उन्हें कैसे खुश रख सकेगी। मेरी हालत उस कँगले की-सी हो रही थी; जो ख़जाना पाकर बौखला गया हो कि अपनी झोंपड़ी में उसे कहाँ रखे, कैसे उसकी हिफ़ाज़त करे। उनकी यह मंशा समझकर मेरे दिल का बोझ हलका हो गया। देवता तो पूजा करने की चीज़ है वह हमारे घर में आ जाये, तो उसे कहाँ बैठायें, कहाँ सुलायें, क्या खिलायें। मन्दिर में जाकर हम एक छन के लिए कितने दीनदार, कितने परहेज़गार बन जाते हैं। हमारे घर में आकर यदि देवता हमारा असली रूप देखे, तो शायद हमसे नफ़रत करने लगे। सलीम को मैं सँभाल सकती हूँ। वह इसी दुनिया के आदमी हैं, और मैं उन्हें समझ सकती हूँ।'

उसी वक़्त जनाने वार्ड के द्वार ख़ुले और तीन क़ैदी अन्दर दाखिल हुए। तीनों घुटनों तक जाँघिये और आधी बाँह के ऊँचे कुरते पहने हुए थे। एक के कन्धे पर बाँस की सीढ़ी थी, एक के सिर पर चूने का बोरा। तीसरा चूने की हाँड़ियाँ, कूँची और बालटियाँ लिए हुए था। आज से ज़नाने जेल की पुताई होगी। सालाना सफ़ाई और मरम्मत के दिन आ गये हैं।

सकीना ने क़ैदियों को देखते ही उछलकर कहा—'वह तो जैसे बाबूजी हैं, डोल और रस्सी लिए हुए, सलीम सीढ़ी उठाए हुए हैं।'

यह कहते हुए उसने बालक को गोद में उठा लिया और उसे भेंच-भेंचकर प्यार करती हुई द्वार की ओर लपकी। बार-बार उसका मुँह चूमती और कहती जाती थी—'चलो, तुम्हारे बाबूजी आये हैं।'

सुखदा भी आ रही थी, पर मन्द गति से। उसे रोना आ रहा था। आज इतने दिनों के बाद मुलाक़ात हुई तो इस दशा में।

सहसा मुन्नी एक ओर से दौड़ती हुई आयी और अमर के हाथ से डोल और रस्सी छीनती हुई बोली—'अरे ! यह तुम्हारा क्या हाल है लाला, आधे भी नहीं रहे ! चलो आराम से बैठो, मैं पानी खींचे देती हूँ।'

अमर ने डोल को मज़बूत पकड़कर कहा—'नहीं-नहीं तुमसे न बनेगा। छोड़ दो डोल। जेलर देखेगा, तो मेरे ऊपर डाँट पड़ेगी।'

मुन्नी ने डोल छीनकर कहा—'मैं जेलर को जवाब दे लूँगी। ऐसे ही थे तुम वहाँ ?'

एक तरफ़ से सकीना और सुखदा, दूसरी ओर से पठानिन और रेणुका आ पहुँची; पर किसी के मुँह से बात न निकलती थी। सबों की आँखें सजल थीं और गले भरे हुए। चली थीं हर्ष के आवेश में पर हर पग के साथ मानो जल गहरा होते-होते अन्त को सिरों पर आ पहुँचा।

अमर इन देवियों को देखकर विस्मय-भरे गर्व से फूल उठा। उनके सामने वह कितना तुच्छ था, कितना नगण्य। किन शब्दों में उनकी स्तुति करे, उनकी भेंट क्या चढ़ाये। उनके आशावादी नेत्रों में भी राष्ट्र का भविष्य कभी इतना उज्ज्वल न था। उसके सिर से पाँव तक स्वदेशाभिमान की एक बिजली-सी दौड़ गयी। भक्ति के आँसू आँखों में छलक आये।

औरों की जेल-यात्रा का समाचार तो वह सुन चुका था; पर रेणुका को वहाँ देखकर वह जैसे उन्मत्त होकर उनके चरणों पर गिर पड़ा।

रेणुका ने उसके सिर पर हाथ रखकर आशीर्वाद देते हुए कहा—'आज चलते-चलते तुमसे ख़ूब भेंट हो गयी बेटा। ईश्वर तुम्हारी मनोकामना सफल करे। मुझे तो आये आज पाँचवाँ ही दिन है, पर हमारी रिहाई का हुक्म आ गया। नैना ने हमें मुक्त कर दिया।'

अमर ने धड़कते हुए हृदय से कहा—'तो क्या वह भी यहाँ आयी है ? उसके घरवाले तो बहुत बिगड़े होंगे ?'

सभी देवियाँ रो पड़ीं। इस प्रश्न ने जैसे उनके हृदय को मसोस लिया। अमर ने चकित नेत्रों से हरेक के मुँह की ओर देखा। एक अनिष्ट-शंका से उसकी सारी देह थराथरा उठी। इन चेहरों पर विजय की दीप्ति नहीं, शोक की छाया अंकित थी। अधीर होकर बोला—'कहाँ है नैना, यहाँ क्यों नहीं आती ? उसका जी अच्छा नहीं है क्या ?'

रेणुका ने हृदय को सँभालकर कहा—'नैना को आकर चौक में देखना बेटा, जहाँ उसकी मूर्ति स्थापित होगी। नैना आज तुम्हारे नगर की रानी है। हरेक हृदय में तुम उसे श्रद्धा के सिंहासन पर बैठी पाओगे।'

अमर पर जैसे वज्रपात हो गया। वह वहीं भूमि पर बैठ गया और दोनों हाथों से मुँह ढाँपकर फूट-फूटकर रोने लगा। उसे जान पड़ा, अब संसार में उनका रहना वृथा है। नैना स्वर्ग की विभूतियों से जगमगाती, मानो उसे खड़ी बुला रही थी।

रेणुका ने उसके सिर पर हाथ रखकर कहा—'बेटा उसके लिए क्यों रोते हो, वह मरी नहीं, अमर हो गयी। उसी के प्राणों से इस यज्ञ की पूर्णाहुति हुई है !'

सलीम ने गला साफ़ करके पूछा—'बात क्या हुई ? क्या कोई गोली लग गयी ?'

रेणुका ने इस भाव का तिरस्कार करके कहा—'नहीं भैया, गोली क्या चलती, किसी से लड़ाई थी ? जिस वक़्त वह मैदान से जुलूस के साथ म्युनिसिपैलिटी के दफ़्तर की ओर

चली, तो एक लाख आदमी से कम न थे। उसी वक़्त मनीराम ने आकर उस पर गोली चला दी। वहीं गिर पड़ी। कुछ मुँह से कहने न पायी। रात-दिन भैया ही में उसके प्राण लगे रहते थे। वह तो स्वर्ग गयी; हाँ हम लोगों को रोने के लिए छोड़ गयी।'

अमर को ज्यों-ज्यों नैना के जीवन की बातें याद आती थीं, उसके मन में जैसे विषाद का एक नया सोता ख़ुला जाता था। हाय ! उस देवी के साथ उसने एक भी कर्तव्य का पालन न किया। यह सोच-सोचकर उसका जी कचोट उठता था। वह अगर घर छोड़कर न भागा होता, तो लालाजी क्यों उसे उस लोभी मनीराम के गले बाँध देते ! और क्यों उसका यह करुणाजनक अन्त होता !

लेकिन सहसा इस शोक-सागर में डूबते हुए उसे ईश्वरीय विधान की नौका-सी मिल गयी। ईश्वरीय प्रेरणा के बिना किसी में सेवा का ऐसा अनुराग कैसे आ सकता है। जीवन का इससे शुभ उपयोग और क्या हो सकता है। गृहस्थी के संचय में, स्वार्थ की उपासना में, तो सारी दुनिया मरती है। परोपकार के लिए मरने का सौभाग्य तो संस्कारवालों ही को प्राप्त होता है। अमर की शोक-मग्न आत्मा ने अपने चारों ओर ईश्वरीय दया का चमत्कार देखा—'व्यापक, असीम, अनन्त।'

सलीम ने फिर पूछा—'बेचारे लालाजी को तो बड़ा रंज हुआ होगा ?'

रेणुका ने गर्व से कहा—'वह तो पहले ही गिरफ़्तार हो चुके थे बेटा, और शान्तिकुमार भी।'

अमर को जान पड़ा, उसकी आँखों की ज्योति दुगुनी हो गयी है, उसकी भुजाओं में चौगुना बल आ गया है, उसने वहीं ईश्वर के चरणों में सिर झुका दिया और अब उसकी आँखों से जो मोती गिरे, वह विषाद के नहीं उल्लास और गर्व के थे। उसके हृदय में ईश्वर की ऐसी निष्ठा का उदय हुआ, मानो वह कुछ नहीं है, जो कुछ है, ईश्वर की इच्छा है; जो कुछ करता है, वही करता है; वही मंगल-मूल और सिद्धियों को दाता है। सकीना और मुन्नी दोनों उसके सामने खड़ी थीं। उनकी छवि को देखकर उसके मन में वासना की जो आँधी-सी चलने लगती थी, उसी छवि में आज उसने निर्मल प्रेम के दर्शन पाये, जो आत्मा के विकारों को शान्त कर देता है, उसे सत्य के प्रकाश से भर देता है। उसमें लालसा की जगह उत्सर्ग, भोग की जगह तप का संस्कार भर देता है। उसे ऐसा आभास हुआ, मानो वह उपासक है और ये रमणियाँ उसकी उपास्य देवियाँ हैं। उनके पद-रज को माथे पर लगाना ही मानो उसके जीवन की सार्थकता है।

रेणुका ने बालक को सकीना की गोद से लेकर अमर की ओर उठाते हुए कहा—'यही तेरे बाबूजी हैं बेटा, इनके पास जा।'

बालक ने अमरकान्त का वह क़ैदियों का बाना देखा, तो चिल्लाकर रेणुका से चिपट गया। फिर उसकी गोद में मुँह छिपाये कनखियों से उसे देखने लगा, मानो मेल तो करना चाहता है, पर भय यह है कि कहीं यह सिपाही उसे पकड़ न लें, क्योंकि इस भेस के आदमी को अपना बाबूजी समझने में उसके मन को सन्देह हो रहा था।

सुखदा को बालक पर क्रोध आया। कितना डरपोक है, मानो इसे वह खा जाते। उसकी इच्छा हो रही थी कि यह भीड़ टल जाये, तो एकान्त में अमर से मन की दो-चार बातें

कर ले। फिर न जाने कब भेंट हो।

अमर ने सुखदा की ओर ताकते हुए कहा—'आप लोग इस मैदान में भी हमसे बाज़ी ले गयीं। आप लोगों ने जिस काम का बीड़ा उठाया, उसे पूरा कर दिखाया। हम तो अभी जहाँ खड़े थे, वहीं खड़े हैं। सफलता के दर्शन होंगे भी या नहीं, कौन जाने। जो थोड़ा बहुत आन्दोलन यहाँ हुआ है, उसका गौरव भी मुन्नी बहन और सकीना बहन को है। उन दोनों बहनों के हृदय में देश के लिए जो अनुराग और कर्त्तव्य के लिए जो उत्सर्ग है, उसने हमारा मस्तक ऊँचा कर दिया। सुखदा ने जो कुछ किया, वह तो आप लोग मुझसे ज़्यादा जानती हैं। आज लगभग तीन साल हुए, मैं विद्रोह करके घर से भागा था। मैं समझता था, इनके साथ मेरा जीवन नष्ट हो जायेगा; पर आज मैं इनके चरणों की धूल माथे पर लगाकर अपने को धन्य समझूँगा। मैं सभी माताओं और बहनों के सामने उनसे क्षमा माँगता हूँ।'

सलीम ने मुस्कराकर कहा—'यों ज़बानी नहीं, कान पकड़कर एक लाख मरतबा उठो-बैठो।'

अमर ने उसे कनखियों में देखा और बोला—'अब तुम मैजिस्ट्रट नहीं हो भाई, भूलो मत। ऐसी सज़ाएँ अब नहीं दे सकते !'

सलीम ने फिर शरारत की। सकीना से बोला—'तुम चुपचाप क्यों खड़ी हो सकीना ? तुम्हें भी तो इनसे कुछ कहना है, या मौक़ा तलाश कर रही हो ?'

फिर अमर से बोला—'आप अपने क़ौल से फिर नहीं सकते जनाब ! जो वादे किये हैं, वह पूरे करने पड़ेंगे।'

सकीना का चेहरा मारे शर्म के लाल हो गया। जी चाहता था, जाकर सलीम के चुटकी काट ले ! उसके मुख पर आनन्द और विजय का ऐसा रंग था; जो छिपाये न छिपता था। मानो उसके मुख पर बहुत दिनों से जो क़ालिमा लगी हुई थी, वह आज धुल गयी हो, और संसार के सामने अपनी निष्कलंकता का ढिंढोरा पीटना चाहती हो। उसने पठानिन को ऐसी आँखों देखा, जो तिरस्कार भरे शब्दों में कह रही थीं—'अब तुम्हें मालूम हुआ, तुमने कितना घोर अनर्थ किया था ! अपनी आँखों में वह कभी इतनी ऊँची न उठी थी। जीवन में उसे इतनी श्रद्धा और इतना सम्मान मिलेगा, इसकी तो उसने कभी कल्पना न की थी।'

सुखदा के मुख पर भी कुछ कम गर्व और आनन्द की झलक न थी। वहाँ जो कठोरता और गरिमा छाई रहती थी, उसकी जगह जैसे माधुर्य खिल उठा है। आज उसे कोई ऐसी विभूति मिल गयी है, जिसकी कामना अप्रत्यक्ष होकर भी उसके जीवन में एक रिक्ति, एक अपूर्णता की सूचना देती रहती थी। आज उस रिक्ति में जैसे मधु भर गया है, वह अपूर्णता जैसे पल्लवित हो गयी है। आज उसने पुरुष के प्रेम में अपने नारीत्व को पाया है। उसके हृदय से लिपटकर अपने को खो देने के लिए आज उसके प्राण कितने व्याकुल हो रहे हैं। आज उसकी तपस्या मानो फलीभूत हो गयी है।

रही मुन्नी, वह अलग विरक्त भाव से सिर झुकाये खड़ी थी। उसके जीवन की सूनी मुँडेर पर एक पक्षी न जाने कहाँ से उड़ता हुआ आकर बैठ गया था। उसे देखकर वह अंचल में दाना भरे आ ! आ ! कहती, पाँव दबाती हुई उसे पकड़ लेने के लिए लपककर चली। उसने दाना ज़मीन पर बिखेर दिया। पक्षी ने दाना चुगा, उसे विश्वास-भरी आँखों से देखा,

मानो पूछ रहा हो—तुम मुझे स्नेह से पालोगी या चार दिन मन बहलाकर फिर पर काटकर निराधार छोड़ दोगी; लेकिन उसने ज्योंही पक्षी को पकड़ने के लिए हाथ बढ़ाया, पक्षी उड़ गया और तब दूर की एक डाली पर बैठा हुआ उसे कपट-भरी आँखों से देख रहा था, मानो कह रहा हो—मैं आकाशगामी हूँ, तुम्हारे पिंजरे में मेरे लिए सूखे दाने और कुल्हिया में पानी के सिवा और क्या था !

सलीम ने नाँद में चूना डाल दिया। सकीना और मुन्नी ने एक-एक डोल उठा लिया और पानी खींचने चलीं।

अमर ने कहा—'बाल्टी मुझे दे दो, मैं भरे लाता हूँ।'

मुन्नी बोली—'तुम पानी भरोगे और हम बैठे देखेंगे ?'

अमर ने हँसकर कहा—'और क्या तुम पानी भरोगी, और मैं तमाशा देखूँगा ?'

मुन्नी बाल्टी लेकर भागी। सकीना भी उसके पीछे दौड़ी।

रेणुका जमाई के लिए कुछ जलपान बना लाने चली गयी थी। यहाँ जेल में बेचारे को रोटी-दाल के सिवा और क्या मिलता है। वह चाहती थी, सैकड़ों चीज़ें बनाकर विधि-पूर्वक जमाई को खिलायें। जेल में भी रेणुका को घर के सभी सुख प्राप्त थे। लेडी जेलर, चौकीदारिनें और अन्य कर्मचारी सभी उनके गुलाम थे। पठानिन खड़ी-खड़ी थक जाने के कारण जाकर लेट रही थी। मुन्नी और सकीना पानी भरने चली गयी। सलीम को भी सकीना से बहुत-सी बातें कहनी थीं। वह भी बम्बे की तरफ़ चला। यहाँ केवल अमर और सुखदा रह गये।

अमर ने सुखदा के समीप आकर बालक को गले लगाते हुए कहा—'यह जेल तो मेरे लिए स्वर्ग हो गया सुखदा ! जितनी तपस्या की थी, उससे कहीं बढ़कर वरदान पाया। अगर हृदय दिखाना सम्भव होता, तो दिखाता कि मुझे तुम्हारी कितनी याद आयी थी। बार-बार अपनी गलतियों पर पछताया था।'

सुखदा ने बात काटी—'अच्छा, अब तुमने बातें बनाने की कला भी सीख़ ली। तुम्हारे हृदय का हाल कुछ मुझे भी मालूम है। उसमें नीचे से ऊपर तक क्रोध-ही-क्रोध है। क्षमा या दया का कहीं नाम भी नहीं। मैं विलासिनी सही; पर उस अपराध का इतना कठोर दण्ड। और यह जानते थे कि वह मेरा दोष नहीं, मेरे संस्कारों का दोष था।'

अमर ने लज्जित होकर कहा—'यह तुम्हारा अन्याय है सुखदा !'

सुखदा ने उसकी ठोड़ी को ऊपर उठाते हुए कहा—'मेरी ओर देखो। मेरा ही अन्याय है ! तुम न्याय के पुतले हो ? ठीक है। तुमने सैकड़ों पत्र भेजे, मैंने एक का भी जवाब न दिया, क्यों ? मैं कहती हूँ, तुम्हें इतना क्रोध आया कैसे ? आदमी को जानवरों से भी प्रीति हो जाती है। मैं तो फिर भी आदमी थी। रूठकर ऐसा भुला दिया मानो मैं मर गयी।'

अमर इस आक्षेप का कोई जवाब न दे सकने पर भी बोला—'तुमने भी कोई पत्र नहीं लिखा और मैं लिखता भी तो तुम जवाब देती ? दिल से कहना।'

'तो तुम मुझे सबक़ देना चाहते थे ?'

अमरकान्त ने जल्दी से आक्षेप को दूर किया—'नहीं, यह बात नहीं है, सुखदा। हजारों बार इच्छा हुई कि तुम्हें पत्र लिखूँ, लेकिन...'

सुखदा ने वाक्य को पूरा किया—'लेकिन भय यही था कि शायद मैं तुम्हारे पत्रों को

हाथ न लगाती। अगर नारी-हृदय का तुम्हें यही ज्ञान है, तो मैं कहूँगी, तुमने उसे बिलकुल नहीं समझा।'

अमर ने अपनी हार स्वीकार की—'तो मैंने यह दावा कब किया था कि मैं नारी हृदय का पारखी हूँ।'

वह यह दावा न करे; लेकिन सुखदा ने तो धारणा कर ली थी कि उसे यह दावा है। मीठे तिरस्कार के स्वर में बोली—'पुरुष की बहादुरी तो इसमें नहीं है कि स्त्री को अपने पैरों पर गिराये। मैंने अगर तुम्हें पत्र न लिखा, तो इसका यह कारण था कि मैं समझती थी, तुमने मेरे साथ अन्याय किया है, मेरा अपमान किया है; लेकिन इन बातों को जाने दो। यह बताओ, जीत किसकी हुई, मेरी या तुम्हारी ?'

अमर ने कहा—'मेरी।'

'और मैं कहती हूँ—मेरी।'

'कैसे ?'

'तुमने विद्रोह किया था, मैंने दमन से ठीक कर दिया।'

'नहीं तुमने मेरी माँगें पूरी कर दीं।'

उसी वक़्त सेठ धनीराम जेल के अधिकारियों और कर्मचारियों के साथ अन्दर दाख़िल हुए। लोग कुतूहल से उन लोगों की ओर देखने लगे। सेठ इतने दुबले हो गये थे कि बड़ी मुश्किल से लकड़ी के सहारे चल रहे थे। पग-पग पर खाँसते भी जाते थे।

अमर ने आगे बढ़कर सेठजी को प्रणाम किया। उन्हें देखते ही उसके मन में उनकी ओर से जो गुबार था, वह जैसे धुल गया।

सेठजी ने उसे आशीर्वाद देकर कहा—'मुझे यहाँ देखकर तुम्हें आश्चर्य हो रहा होगा बेटा, तुम समझते होगे, बुड्ढा अभी तक जीता जा रहा है, इसे मौत क्यों नहीं आती। यह मेरा दुर्भाग्य है कि मुझे संसार ने सदा अविश्वास की आँखों से देखा। मैंने जो कुछ किया, उस पर स्वार्थ का आक्षेप लगा। मुझमें भी कुछ सच्चाई है, कुछ मनुष्यता है, इसे किसी ने कभी स्वीकार नहीं किया। संसार की आँखों में मैं कोरा पशु हूँ, इसलिए कि मैं समझता हूँ, हरेक काम का समय होता है। कच्चा फल पाल में डाल देने से पकता नहीं। तभी पकता है, जब पकने के लायक़ हो जाता है। जब मैं अपने चारों ओर फैले हुए अन्धकार को देखता हूँ, तो मुझे सूर्योदय के सिवाय उसके हटाने का क़ोई दूसरा उपाय नहीं सूझता। किसी दफ्तर में जाओ, बिना रिश्वत के काम नहीं चल सकता। किसी घर में जाओ, वहाँ द्वेष का राज्य देखोगे। स्वार्थ, अज्ञान, आलस्य ने हमें जकड़ रखा है। इसे ईश्वर की इच्छा ही दूर कर सकती है। हम अपनी पुरानी संस्कृति को भूल बैठे हैं। वह आत्मा-प्रधान संस्कृति थी। जब तक ईश्वर की दया न होगी, उसका पुनर्विकास न होगा और जब तक उसका पुनर्विकास न होगा, हम लोग कुछ नहीं कर सकते। इस प्रकार के आन्दोलनों में मेरा विश्वास नहीं है। इनसे प्रेम की जगह द्वेष बढ़ता है। जब तक रोग का ठीक निदान न होगा, उसकी ठीक औषधि न होगी, केवल बाहरी टीम-टाम से रोग का नाश न होगा।'

अमर ने इस प्रलाप पर उपेक्षा-भाव से मुस्कराकर कहा—'तो फिर हम लोग उस शुभ समय के इन्तज़ार में हाथ-पर-हाथ धरे बैठे रहें ?'

एक वार्डर दौड़कर कई कुरसियाँ लाया। सेठजी और जेल के दो अधिकारी बैठे। सेठजी ने पान निकालकर खाया, और इतनी देर में इस प्रश्न का जवाब भी सोचते जाते थे। तब प्रसन्न मुख होकर बोले—'नहीं, यह मैं नहीं कहता। यह आलसियों और अकर्मण्यों का काम है। हमें प्रजा में जाग्रति और संस्कार उत्पन्न करने की चेष्टा करते रहना चाहिए। हमारी पूरी शक्ति जाति की आत्मा को जगाने में लगनी चाहिए। मैं इसे कभी नहीं मान सकता कि आज आधी मालगुज़ारी होते ही प्रजा सुख के शिखर पर पहुँच जायेगी। उसमें सामाजिक और मानसिक ऐसे कितने ही दोष हैं कि आधी तो क्या, पूरी मालगुज़ारी भी छोड़ दी जाय, तब भी उसकी दशा में कोई अन्तर न होगा। फिर मैं यह भी स्वीकार न करूँगा कि फ़रियाद करने की जो विधि सोची गयी और जिसका व्यवहार किया गया, उनके सिवा कोई दूसरी विधि न थी।'

अमर ने उत्तेजित होकर कहा—'हमने अन्त तक हाथ-पाँव जोड़े, आख़िर मज़बूर होकर हमें यह आन्दोलन शुरू करना पड़ा।'

लेकिन एक ही क्षण में वह नम्र होकर बोला—'सम्भव है, हमसे ग़लती हो, लेकिन उस वक़्त हमें यही सूझ पड़ा।'

सेठजी ने शान्तिपूर्वक कहा—'हाँ, ग़लती हुई और बहुत बड़ी ग़लती हुई। सैकड़ों घर बरबाद हो जाने के सिवा और कोई नतीजा न निकला। इस विषय पर गवर्नर साहब से मेरी बातचीत हुई है और वह भी यही कहते हैं कि ऐसे जटिल मुआमले में विचार से काम नहीं लिया गया। तुम तो जानते हो, उनसे मेरी कितनी बेतक़ल्लुफ़ी है। नैना की मृत्यु पर उन्होंने मातमपुरसी का तार दिया था। तुम्हें शायद मालूम न हो, गवर्नर साहब ने ख़ुद उस इलाक़े का दौरा किया और वहाँ के निवासियों से मिले। पहले तो कोई उनके पास आता ही न था। साहब बहुत हँस रहे थे कि ऐसी सूखी अकड़ कहीं नहीं देखी। देह पर साबित कपड़े नहीं; लेकिन मिज़ाज यह है कि हमें किसी से कुछ नहीं कहना है। बड़ी मुश्किल से थोड़े-से आदमी जमा हुए। जब साहब ने उन्हें तसल्ली दी और कहा—तुम लोग डरो मत, हम तुम्हारे साथ अन्याय नहीं करना चाहते, तब बेचारे रोने लगे। साहब इस झगड़े को जल्द तय कर देना चाहते हैं। और इसलिए उनकी आज्ञा है कि सारे क़ैदी छोड़ दिए जायें और एक कमेटी करके निश्चय कर लिया जाय कि हमें क्या करना है। उस कमेटी में तुम और तुम्हारे दोस्त मियाँ सलीम तो होंगे ही, तीन आदमियों को चुनने का तुम्हें और अधिकार होगा। सरकार की ओर से केवल दो आदमी होंगे। बस, मैं यही सूचना देने आया हूँ। मुझे आशा है, तुम्हें इसमें कोई आपत्ति न होगी।'

सकीना और मुन्नी में कनफुसकियाँ होने लगीं। सलीम के चेहरे पर भी रौनक़ आ गयी, पर अमर उसी तरह शान्त, विचारों में मग्न खड़ा रहा।

सलीम ने उत्सुकता से पूछा—'हमें अख़्तियार होगा, जिसे चाहें चुने ?'

'पूरा।'

'उस कमेटी का फ़ैसला नातिक़ होगा ?'

सेठजी ने हिचकिचाकर कहा—'मेरा तो ऐसा ही ख़याल है।'

'हमें आपके ख़याल की ज़रूरत नहीं। हमें इसकी तहरीर मिलनी चाहिए।'

'और तहरीर न मिले ?'

'तो हमें मुआइदा मंजूर नहीं।'

'नतीज़ा यह होगा, कि यहीं पड़े रहोगे और रिआया तबाह होती रहेगी।'

'जो कुछ भी हो।'

'तुम्हें तो कोई ख़ास तकलीफ़ नहीं है लेकिन ग़रीबों पर क्या बीत रही है, वह सोचो।'

'ख़ूब सोच लिया है।'

'नहीं सोचा।'

'सोच लिया है।'

'बिलकुल नहीं सोचा।'

'ख़ूब अच्छी तरह सोच लिया है।'

'सोचते तो ऐसा न कहते।'

'सोचा है इसीलिए ऐसा कह रहा हूँ।'

अमर ने कठोर स्वर में कहा–'क्या कह रहे हो सलीम ! क्यों हुज्जत कर रहे हो ? इससे फ़ायदा ?'

सलीम ने तेज़ होकर कहा–'मैं हुज्जत कर रहा हूँ ? वाह री आपकी समझ ! सेठजी मालदार हैं, हुक्कामरस हैं, इसलिए वह हुज्जत नहीं करते। मैं ग़रीब हूँ, क़ैदी हूँ, इसलिए हुज्जत करता हूँ।'

'सेठजी बुज़ुर्ग हैं।'

'यह आज ही सुना कि हुज्जत करना बुज़ुर्गी की निशानी है।'

अमर अपनी हँसी को न रोक सका। बोला–'यह शायरी नहीं है भाईजान, कि जो मुँह में आया बक गये। ऐसे मुआमले हैं, जिन पर लाखों आदमियों की ज़िन्दगी बनती-बिगड़ती है। पूज्य सेठजी ने इस समस्या को सुलझाने में हमारी मदद की है, जैसा उनका धर्म था ! और इसके लिए हमें उनका मशकूर होना चाहिए। हम इसके सिवा और क्या चाहते हैं कि ग़रीब किसानों के साथ इन्साफ़ किया जाये, और जब इस उद्देश्य को करने के इरादे से एक ऐसी कमेटी बनाई जा रही है, जिससे यह आशा नहीं की जा सकती कि वह किसान के साथ अन्याय करे, तो हमारा धर्म है कि उसका स्वागत करें।'

सेठजी ने मुग्ध होकर कहा–'कितनी सुन्दर विवेचना है। वाह ! लाट साहब ने ख़ुद तुम्हारी तारीफ़ की।'

जेल के द्वार पर मोटर का हार्न सुनाई दिया। जेलर ने कहा–'लीजिए, सेवियों के लिए मोटर आ गयी। आइए, हम लोग चलें। देवियों को अपनी-अपनी तैयारियाँ करने दें। बहनो, मुझसे जो कुछ ख़ता हुई हो, उसे मुआफ़ कीजिएगा। मेरी नीयत आपको तकलीफ़ देने की न थी, हाँ सरकारी नियमों से मज़बूर था।'

सब के सब एक ही लारी में जायें, यह तय हुआ। रेणुका देवी का आग्रह था। महिलाएँ अपनी तैयारियाँ करने लगीं। अमर और सलीम के कपड़े भी यहीं मँगवा लिए गये। आधे घण्टे में सब के सब जेल से निकले।

सहसा एक दूसरी मोटर आ पहुँची और उस पर से लाला समरकान्त, हाफ़िज हलीम,

डॉ. शान्तिकुमार और स्वामी आत्मानन्द उतर पड़े। अमर दौड़कर पिता के चरणों पर गिर पड़ा। पिता के प्रति आज उसके हृदय में असीम श्रद्धा थी। नैना मानो आँखों में आँसू भरे उससे कह रही थी–'भैया, दादा को कभी दुःखी न करना, उनकी रीति-नीति तुम्हें बुरी भी लगे, तो भी मुँह मत खोलना। वह उनके चरणों को आँसुओं से धो रहा था और सेठजी उसके ऊपर मोतियों की वर्षा कर रहे थे।'

सलीम भी पिता के गले से लिपट गया। हाफ़िजजी ने आशीर्वाद देकर कहा–'ख़ुदा का लाख-लाख शुक्र है कि तुम्हारी कुरबानियाँ सुफल हुईं। कहाँ है सकीना, उसे भी देखकर कलेजा ठण्डा कर लूँ।'

सकीना सिर झुकाये आयी और उन्हें सलाम करके खड़ी हो गयी। हाफ़िज़जी ने उसे एक नज़र देखकर समरकान्त से कहा–'सलीम का इन्तिख़ाब तो बुरा नहीं मालूम होता।'

समरकान्त मुस्कराकर बोले–'सूरत के साथ दहेज में देवियों के जौहर भी है।'

आनन्द के अवसर पर हम अपने दुःखों को भूल जाते हैं। हाफ़िज़जी को सलीम के सिविल सर्विस से अलग होने का, समरकान्त को नैना की मृत्यु का और सेठ धनीराम को पुत्र-शोक का रंज कुछ कम न था, पर इस समय सभी प्रसन्न थे। किसी संग्राम में विजय पाने के बाद योद्धागण मरनेवालों के नाम को रोने नहीं बैठते। उस वक्त तो सभी उत्सव मनाते हैं, शादियाने बजते हैं, महफ़िलें जमती हैं, बधाइयाँ दी जाती हैं। रोने के लिए हम एकान्त ढूँढ़ते हैं, हँसने के लिए अनेकान्त।

सब प्रसन्न थे। केवल अमरकान्त मन मारे हुए उदास था।

सब लोग स्टेशन पर पहुँचे, तो सुखदा ने उससे पूछा–'तुम उदास क्यों हो ?'

अमर ने जैसे जागकर कहा–'मैं ! उदास तो नहीं हूँ।'

'उदासी भी कहीं छिपाने से छिपती है।'

अमर ने गम्भीर स्वर में कहा–'उदास नहीं हूँ, केवल यह सोच रहा हूँ कि मेरे हाथों इतनी जान-माल की क्षति अकारण ही हुई। जिस नीति से अब काम लिया गया, क्या उसी नीति से तब काम न लिया जा सकता था ? उस ज़िम्मेदारी का भार मुझे दबाये डालता है।'

सुखदा ने शान्त कोमल स्वर में कहा–'मैं तो समझती हूँ, जो कुछ हुआ, अच्छा ही हुआ। जो काम अच्छी नीयत से किया जाता है, वह ईश्वरार्थ होता है। नतीजा कुछ भी हो, यज्ञ का अगर कुछ फल न मिले तो यज्ञ का पुण्य तो मिलता ही है; लेकिन मैं तो इस निर्णय को विजय समझती हूँ, ऐसी विजय जो अभूतपूर्व है। हमें जो कुछ बलिदान करना पड़ा, वह उस जाग्रति के देखते हुए कुछ भी नहीं है, जो जनता में अंकुरित हो गयी है। क्या तुम समझते हो, इन बलिदानों के बिना यह जाग्रति आ सकती थी, और क्या इस जाग्रति के बिना यह समझौता हो सकता था ? मुझे तो इसमें ईश्वर का हाथ साफ़ नज़र आ रहा है।'

अमर ने श्रद्धा-भरी आँखों से सुखदा को देखा। उसे ऐसा जान पड़ा कि स्वयं ईश्वर इसके मन में बैठे बोल रहे हैं। वह क्षोभ और ग्लानि निष्ठा के रूप में प्रज्वलित हो उठी, जैसे कूड़े-करकट का ढेर आग की चिनगारी पड़ते ही तेज़ और प्रकाश की राशि बन जाता

है। ऐसी प्रकाशमय शान्ति उसे कभी न मिली थी।

उसने प्रेम-गद्‌गद कण्ठ से कहा–'सुखदा, तुम वास्तव में मेरे जीवन का दीपक हो।'

उसी वक़्त लाला समरकान्त बालक को कन्धे पर बिठाये हुए आकर बोले–'अभी तो काशी ही चलने का विचार है न ?'

अमर ने कहा–'मुझे तो अभी हरिद्वार जाना है।'

सुखदा बोली –'तो हम सब वहीं चलेंगे।'

अमरकान्त ने कुछ हताश होकर कहा–'अच्छी बात है। तो ज़रा मैं बाज़ार से सलोनी के लिए साड़ियाँ लेता आऊँ।'

सुखदा ने मुस्कराकर कहा–'सलोनी ही के लिए क्यों ? मुन्नी भी तो है।'

मुन्नी इधर ही आ रही थी। अपना नाम सुनकर जिज्ञासा-भाव से बोली–'क्या मुझे कुछ कहती हो बहूजी ?'

सुखदा ने उसकी गरदन में हाथ डालकर कहा–'मैं कह रही थी कि अब मुन्नी देवी भी हमारे साथ काशी रहेंगी !'

मुन्नी ने चौंककर कहा–'तो क्या तुम लोग काशी जा रहे हो ?'

सुखदा हँसी–'और तुमने क्या समझा था ?'

'मैं तो अपने गाँव जाऊँगी।'

'हमारे साथ न रहोगी ?'

'तो क्या लाला भी काशी जा रहे हैं ?'

'और क्या ? तुम्हारी क्या इच्छा है ?'

मुन्नी का मुँह लटक गया।

'कुछ नहीं, यों ही पूछती थी।'

अमर ने उसे आश्वासन दिया–'नहीं मुन्नी, यह तुम्हें चिढ़ा रही हैं। हम सब हरिद्वार चल रहे हैं।'

मुन्नी खिल उठी।

'तब तो बड़ा आनन्द आयेगा। सलोनी काकी मूसलों ढोल बजायेगी।'

अमर ने पूछा–'अच्छा, तुम इस फ़ैसले का मतलब समझ गयीं ?'

'समझी क्यों नहीं ? पाँच आदमियों की एक कमेटी बनेगी। वह जो कुछ करेगी उसे सरकार मान लेगी। तुम और सलीम दोनों उस कमेटी में रहोगे। इससे अच्छा और क्या होगा ?'

'बाकी तीन आदमियों को भी हमीं चुनेंगे।'

'तब तो और भी अच्छा हुआ।'

'गवर्नर साहब की सज्जनता और सहृदयता है।'

'तो लोग उन्हें व्यर्थ बदनाम कर रहे थे ?'

'बिलकुल व्यर्थ।'

'इतने दिनों के बाद हम फिर अपने गाँव में पहुँचेंगे। और लोग भी तो छूट आये होंगे ?'

'आशा है। जो न आये होंगे, उनके लिए लिखा-पढ़ी करेंगे।'
'अच्छा, उन तीन आदमियों में कौन-कौन रहेगा ?'
'और कोई रहे या न रहे, तुम अवश्य रहोगी।'
'देखती हो बहूजी, यह मुझे इसी तरह छेड़ा करते हैं।'
यह कहते-कहते उसने मुँह फेर लिया। आँखों में आँसू भर आये थे।

●●●